唐人小說與民俗意象研究

增訂本

熊明 著

图书在版编目(CIP)数据

唐人小说与民俗意象研究/熊明著.—增订本.—
上海：上海古籍出版社，2020.11
（蠡海文丛）
ISBN 978-7-5325-9805-2

Ⅰ.①唐… Ⅱ.①熊… Ⅲ.①古典小说—文学研究—中国—唐代 Ⅳ.①I207.41

中国版本图书馆CIP数据核字(2020)第221360号

蠡海文丛
唐人小说与民俗意象研究（增订本）
熊 明 著
上海古籍出版社出版发行
（上海瑞金二路272号 邮政编码200020）
(1) 网址：www.guji.com.cn
(2) E-mail: guji1@guji.com.cn
(3) 易文网网址：www.ewen.co
常熟市新骅印刷有限公司
开本635×965 1/16 印张25.75 插页6 字数370,000
2020年11月第1版 2020年11月第1次印刷
印数：1—1,300
ISBN 978-7-5325-9805-2
Ⅰ·3532 定价：108.00元
如有质量问题，请与承印公司联系

中国海洋大学一流大学建设专项经费资助

教育部人文社会科学研究规划基金项目（11YJA751079）

《蠡海文丛》序

刘怀荣

《蠡海文丛》为汇集中国海洋大学"古代文学与传统文化"重点研究团队系列成果之总称,将由上海古籍出版社陆续推出。

"蠡海"者,"以蠡测海"之省称。其命名,首先考虑的是"海"在民族文化中的特殊含义。概言之有三:

一曰:"凡地大物博者,皆得谓之海。"(段玉裁《说文解字注》)自古以来,我国长期以农耕为主,安土重迁而难得亲近大海。在很长的历史时期里,人们对海的认识多偏于想象。如《尔雅·释地》按距我们生活区域由远及近的顺序,有所谓"四极"、"四荒"、"四海"之名。其中的"四海",指的是"九夷、八狄、七戎、六蛮"。与此相应,先秦以来的典籍也多以"四海之内"指古代华夏族统治之疆域;以"四海之外"指超出这一范围,辽远无际、更广大乃至未知的空间。如荀子论王道理想,以"四海之内若一家"(《荀子·王制》)、"国家既治四海平"(《荀子·成相》)为标志,管子以"上通于天之上,下泉于地之下,外出于四海之外,合络天地以为一裹"(《管子·宙合》)谈论宇宙之构成,都将"海"视为广阔无边的空间概念。

二曰:"海不辞东流,大之至也。"(《庄子·徐无鬼》)这是海的本义。《说文解字》也说:"海,天池也,以纳百川者。"可见,在古人眼中,容纳了极大数量的水,是海的重要特点。"观于海者难为水"(《孟子·尽心上》)、"江海不择小助,故能成其富"(《韩非子·大体》),都是从"多水"的角度立论。"天下之水,莫大于海,万川归之,不知何时止而不盈;尾闾泄之,不知何时已而不虚"(《庄子·秋水》),庄子此论,尤为典型。

三曰:"(江海)能为百谷王。"(《老子》)"万川归之"的自然现象,为大海赢得了有类于王者的崇高地位。"江汉朝宗于海"(《尚书·禹贡》)、"沔彼流水,朝宗于海"(《诗经·小雅·沔水》)的经典表述,都体现了对海近乎宗教式的尊仰。

海也被借指知识和学问,有"学海"之喻。因上述对海的特殊理解,"学海"自然包含了"海"的主要含义。赵翼"学海迷茫未有涯,何来捷径指褒斜"(《瓯北集》卷三十五《上元后三日芷堂过访草堂……》),谈到了身处至大无边、包蕴无穷之"学海"中特有的"迷茫",这或许也正是"蠡海"者共同的体验吧!

中国海洋大学以海洋类学科见长,在海洋之地位日显重要的今日,可谓适逢良机;而作为一所综合性大学,补足人文学科发展的短板,也成为必须面对的课题。只是中文专业曾中断数十年,像中国古代文学这样需要长久积淀的传统人文学科,基础较薄,力量尚微。近年来虽略有改观,但与国内兄弟院校相比,依然大有差距。况三千年文学史,典籍浩如烟海,名家代有其人。庄子"吾生也有涯,而知也无涯"(《庄子·养生主》)之慨叹,能不于我心有戚戚焉?似我辈浅陋之人,于"蠡海"盛事,"迷茫"愈深。

虽然,仍致力于"蠡海"之业,启动此《文丛》,非不知力之弱,愿以此为起点,日积月累,薪火相传,庶几可集腋而成裘,积"蠡"以测"海",冀他日或有小成也。"不积小流,无以成江海"(《荀子·劝学》),前贤高论,自当涵泳;"海纳百川,取则行远",此吾校训,更需铭记。愿与诸同仁,勤而行之,"蠡海"于万一。虽不能至,心向往之。

是为序。

2020 年 11 月 15 日于青岛

初版序

李剑国

　　从整体上、本质上看,唐人小说属于士人文学,明显有别于通俗小说。唐代士人深受传统史学的影响,通常视小说为"史官末事",着意搜罗"史官残事"。正如我常说的,唐代小说家具有历史家意识,唐人小说具有史学品格。不仅许多小说家自觉担负起"拾遗补阙"的史家任务——这从诸如《逸史》《阙史》《史遗》《国史补》之类的书名上就看得出来,即便是在想象和虚构中,也常出于史学修养的本能,追求历史背景、社会环境甚至史实的真实性,就是说,把虚幻的、传闻的事件纳入一个真实的历史框架中。这种基于"传信"的史家追求和对审美真实感的美学追求,就使得唐人小说能够最大限度地从宏观到微观反映唐代的真实面貌——包括观念、信仰、情感、志趣、愿望、人物、事件、民情、风俗等等。而且,由于唐人小说题材的广博丰富,这种反映是全方位的,包括了不同阶层、不同时代、不同地域。因此,毫不夸张地说,唐人小说是唐代社会的百科全书,是展现唐代历史的长幅画卷。有了这个基本事实,我们才有可能从各种角度去研究唐代小说,比如说政治、宗教、文学、艺术、科举、妇女、交通、城市、民俗等。事实上在这些方面已有许多著作问世,拿我的弟子们来说,就有研究唐人小说中诗歌、妇女、长安、寺院、梦等的专门著作出版或即将出版,弟子中还有研究古小说中巫术和墓葬的,其中也大量涉及唐人小说。

　　如今熊明教授的《唐人小说与民俗意象研究》也将出版,乃是专门研究民俗问题。民俗研究是学界长期关注的热门课题。民俗学家们通常通过田野调查描述各民族各地方的民俗事象,而由于小说中对历史上的民俗事象有大量的记录和描述,而且这些记录和描述大都是不加修饰的原生态,所以小说一向受到民俗研究者的青睐。比如我的另一位弟子李道和教授就出版了《岁时民俗与古小说研究》(天津古籍出版社,2004)和《民俗文学与民俗文献研究》(巴蜀书社,2008)两部民俗学专著。在后书中他特别将小说列为重要的民俗文献,开章明义说:"比起诗、词及辞赋来,古代小说与民俗具有更为密切的关系,中国古代的很多民俗事象往往包含在古代小说中……小说作品或是直接传承着民俗事象,或是间接借用民俗背景,小说和民俗之间往往你中有我,我中有你,构成一种共生互动关系。"说得很对。熊明此书正是利用唐人小说中关于民俗的丰富资料,梳理归纳种种有代表性的民俗事象,并在唐代的历史背景下作出社会学、文化学和小说学阐释,我以为这是一宗非常有价值的研究成果。

在我看来,单纯的民俗事象描述是民俗研究的低层次,高层次应当是阐释,简单说,就是对民俗对象"说出所以然来"(周庆华《文学诠释学》,台北里仁书局,2009,第25页)。熊明此书的主脑是民俗意象,这就使他的研究上升到文学研究的层面。道和博士的民俗研究(包括他的其他著作)致力于溯源,即探求民俗事象发生发展的信仰根源及人文自然原因,属于民俗本体论研究,常采用文献考据、历史还原和人类文化学的研究方法。熊明博士则着意于研究民俗事象的文学运用和文学创造及其在创作中的艺术功能,采用的是意象学、主题学、叙事学和美学的研究方法。对于小说民俗研究来说,凡此都是研究的题中应有之义。

所谓意象,乃是客观物象在创作主体以特定的情感经验进行观照之下创造出来的艺术形象。熊明把民俗意象归纳为三种类型:一是观念型民俗意象,即唐代社会民间普遍观念在唐人小说中经形象化与艺术化的处理而生成的民俗意象;二是风物型民俗意象,即唐代社会民间习惯性社群民俗活动在唐人小说中经特殊化与典型化的处理而生成的民俗意象;三是人物型民俗意象,即民间神话传说人物在唐人小说中经改构甚至重构而生成的民俗意象。书中对这三种民俗意象类型,都选择了一些常见的有代表性的事象作出具体分析论述。下边我就从这三种民俗意象入手,尽力把握熊明的思路和论证逻辑,对他的论述做点粗浅点评。

第一种观念型民俗意象,是揭示民俗事象及意象创造深层的观念、信仰。许多民俗的背后都隐伏着某种宗教的或世俗的信仰。信仰成为支配和统摄民俗现象的灵魂,而当物象、事象转化为文学意象时,支配小说家的思想观念也还是这种为全社会所感知的信仰。第一章《唐人小说与婚恋俗尚》、第五章《唐人小说与幽冥世界》,都属于这方面的内容。

  关于婚恋俗尚的论述,可以婚姻前定为代表。熊明从唐代流行的命定论入手,分析月老传说与婚恋俗信。月老传说非常典型地反映着唐人的婚姻前定观念。婚姻前定故事唐代特别多,是前所未有的现象。熊明分析唐代士人的社会心理,就是"娶五姓女"式的姻缘是唐代士人对婚姻的普遍期待。需要补充的是,在门阀观念深入人心的唐代士人社会,婚姻已经背离了以爱情为内涵的本义,成为关涉科名、仕宦的关键性因素,婚姻实际成为门第联姻、政治联姻。这一论点是有充分的事例来支撑的。面对这一现实,士人不可避免地将仕途的穷达归于婚姻的成败。这里起作用的就是命定论观念。但我们看《定婚店》中月下老人的形象是诗意化的,冥吏老人月下检婚书,构成一个神秘而温馨的意境。这就使得月老走向民间,赤绳系足也成为对婚姻的美好祝愿,如熊明所说,月老最终被奉为婚姻之神。我在讲述《定婚店》时曾经在网上搜寻,发现月老祠遍布各地,成为俗信的一大亮色。此外,书中值得注意的还有对冥婚习俗的论述。冥婚起源于商代,流行于后世,唐人小说也有相当数量的冥婚故事。熊明分析说,推其根源,实与中国古代民族文化心理中的鬼神、幽冥观念及丧葬习俗相关。

  鬼神、幽冥观念反映的是鬼神冥府信仰,它关涉着丧葬、祭祀等习俗,折射着现实生活的众生相,内容重要,所以本书又特别设置专章讨论唐人小说中的幽冥世界意象。从书中的仔细描述可以看到,冥间就是人间,如熊明所说,幽冥世界实乃人间世界的镜像。六朝的入冥小说大抵是地狱的阴森恐怖,唐人笔下则是生动活泼的,世间的人情世故、风气物貌统统被搬到这里——自然也会包括卖烧饼的。唐人作这样的冥间演绎,我想原因并不复杂。冥界本属虚幻,谁也没去过,人们只能依照人世的模样想象这鬼世界。而在这中间,更重要的是表达某些情感,展示人们和鬼们的心灵世界。

熊明指出，唐人小说中幽冥世界的描写不仅被赋予了比六朝时期志怪小说更为广泛的主题表达，而且有的还具有叙事功能。为此，他分析了《续定命录》中的李行修游地府见亡妻的情节。通过这一情节的安排，解决了小说叙事的逻辑困境，成为情节发展的重要环节。

唐人的鬼神幽冥信仰，必然产生相关的习俗，书中也举出一些民间葬祭习俗，如在野田河畔呼名飨鬼，如焚纸钱、设酒饭。从民俗学角度看，这些是地道的民俗事象，但论述似应再充实和加强。就拿流传至今的烧纸钱来说，唐人小说中有不少描述和解释，实在可以做足文章。

第二种风物型民俗意象，主要是讲与节日活动、宴聚、游艺、行旅等方面有关的习俗，反映着风物民情。第三章《唐人小说与节庆宴聚习俗》和第六章《唐人小说与游艺行旅》对此作了专门讨论。唐代节日极为丰富，书中特别举出上元赏灯和中秋玩月习俗，又特别举出唐明皇的相关故事。明皇赏灯游月是唐人津津乐道的美妙传说，自然不能放过。唐人的种种节庆习俗，构成一幅幅特有的民俗意象画卷。不过熊明的注意力并没有停留在这里，他进一步结合具体作品，分析节庆意象所承担的表意与叙事功能。此外他还讲述唐人的宴聚风尚，包括酒令、歌舞、百戏等，同时也分析了宴聚意象的小说功能。长安曲江是著名游赏之地，曲江游赏游宴，以寒食节至上巳节的春日及重阳节为盛。这是唐代独有、长安独有的习俗。熊明在书中以重彩浓墨描述其状况和介绍相关故事，是非常精彩的章节。其中又特别用一整节七八千字来专门谈新科进士的曲江会。新科及第进士的曲江宴，是皇帝赐宴，并不属于民俗活动。但它由士民曲江游赏游宴风俗而来，也必然会对这一习俗推波助澜，而且新科进士的曲江会吸引众多公卿游民竞来观看，实际也成为曲江盛会的一道风景。这一点应当加以说明为好。

第六章讨论民间游戏与行旅意象，内容也很多。别的不谈，单拿竹马来说吧，非常有趣。唐人小说常有骑竹飞行的描写，熊明以为这是将儿童竹马之戏引入小说情节中，用以表现道术之士的神异。我以为说法是可信的，无牵强之弊。由此又扩展到骑扫帚、骑瓮等飞行，这也是连类而及的想象。《广异记·户部令史妻》中的婢女骑扫帚飞行，使人不由想到欧洲中世纪小说和童话故事中骑扫帚的女巫,但二者恐怕只是巧合,并无必然联系,想想吧,拿扫帚扫地本就是婢女的活计。

第三种人物型民俗意象,都是织女、九子魔母等女神女仙及女鬼女妖。熊明说,这些意象是对传统形象的改构——我想也就是常说的解构的意思。改构颠覆了许多传统的女神形象,在人神恋、人鬼恋、人妖恋中,透露出士人们一种游戏女神的心态。这里的"游戏女神"是一个动宾结构,是从士人角度说的,就是说士人以"游戏"心态对待女神等等。我看若从士人对象的角度说,也可用指和人间男子恋爱的女神女仙。"游戏女神"一语大概来源于欧洲绘画和当今的网络游戏。虽说人神恋、人鬼恋、人妖恋中的女性们不都是"游戏"的态度,但至少用来概括那些风花雪月的女神等等——比如下降美男子郭翰的织女——还是恰当的。熊明详尽分析了士人游戏女神的心态,认为潜藏的是寒门微贱书生或落魄失意寒士对美好爱情的幻想与渴望以及其他种种不便言说的企盼。实际情况很复杂,其中也多有风流士子的冶游之趣,比如张文成写《游仙窟》。

士人异物恋的空间场所,有两处特别地方,就是寺院和道观。熊明分别用两节讨论庙寺与宫观、神仙窟的人神、人鬼、人妖情恋。拿庙寺说,他认为情恋故事之所以多在庙寺出现,实与唐时独特的庙寺规制风格与习俗信仰相关。而这些庙寺意象在小说中有着独特的功能,或者暗示小说人物身份,或者作为小说故事发生与展开的空间场景,或者在小说故事的情节布设中承担联接功能,在小说的叙事建构中发挥重要作用。宫观的情况也大体如此。顺便说,我的一位女弟子李艳茹所著《佛教寺院与唐代小说》(人民出版社,2014),也论述到寺院中女妖惑人,二人有相合之处。

第四章《唐人小说与龙及龙宫俗信》在书中是很特别的部分,在民俗意象分类上看没有明确归属于哪一类。从龙崇拜和龙宫、龙王、龙女俗信这些内容上看,自然和观念型民俗意象有关系,但毕竟它很特别,又是唐代小说中的一宗重大题材,所以没有作硬性归属——我揣摩,大概熊明就是这么考虑的。这部分写得很充实很周到,对龙女的讨论尤其用力。此外也深入分析了传书范式、扣树俗信及龙宫宝货这些龙故事中引人注目的母题。

要之,熊明此书颇见他驾驭唐人小说繁复内容的功夫和理论阐释的能力。他通过对民俗的梳理和论述,实际把唐人小说中的许多最重要最有价值的题材、母题、意象统统调动起来,在很大程度上反映出唐人小说的整体面貌。其中一些论述如人神、人妖、人鬼恋等,表面看似乎溢出民俗之外,但这些故事实际由神仙信仰、鬼灵信仰而衍生,而其中也常有相关的习俗描述。当然了,若能按此思路加以铺垫申说,会更见完善。第六章关于客店、弈棋的讨论,也应当作如是处理。唐人小说中的民俗事象极为丰富,由于本书不是只单纯梳理唐代民俗事象,而是着眼于小说本身,自然不必事事不漏。不过也还有些十分重要的内容,比如狐神崇拜、天狐信仰。可能是因为我已写过《中国狐文化》一书,熊明有意略去了吧。

熊明博士曾从我攻读博士学位,他的博士论文《汉魏六朝杂传研究》洋洋洒洒四五十万字,2004年由沈阳辽海出版社出版。此后他重新修订了《汉魏六朝杂传研究》,并完成百多万字的《汉魏六朝杂传集》的辑校——这两书是他申请到的国家青年项目的成果。前书已由中华书局2014年出版,后书中华书局也即将出版。本书是教育部人文社会科学研究规划基金项目,亦已结项,将由上海古籍出版社出版。前三本书我都为之作序,这回应请再事操觚。匆忙之间草成此文,但愿对熊明博士此书的脉理精髓能发明一二。

2015年4月3日至5日写于南开大学文学院钓雪斋

目 录

《蠡海文丛》序／刘怀荣 1

初版序／李剑国 1

前言 1

导论　唐人小说的生态图式 1
  第一节　唐人小说的源起 1
    一、传奇之名的确立 1
    二、"源出于志怪"之缺失 3
    三、汉魏六朝杂传之启导 5
    四、唐人传奇之渊源图式 12
  第二节　唐人小说的审美趣尚：著文章之美，传要妙之情 15
    一、沈既济与《任氏传》 16
    二、理论内涵：小说的审美趣尚及其实现途径 19
    三、理论价值：小说审美功能的强调 24
    四、小说史意义：小说创作的自觉与成熟 29
  第三节　唐人小说的艺术特征：史才、诗笔与议论 32
    一、唐人小说之"史才" 32
    二、唐人小说之"诗笔" 39
    三、唐人小说之"议论" 45

第一章　唐人小说与婚恋俗尚　　51
第一节　命定观念与红丝结褵　　51
　　一、命定故事及其民间心理　　53
　　二、月老传说与婚恋俗信　　60
　　三、姻缘前定的艺术呈现　　64
　　四、月老意象及命定观念的文化心态审视　　67
第二节　非婚情恋与冶游之习　　69
　　一、唐人小说中的士子与妓女情恋　　69
　　二、唐人小说中的婚外情恋　　74
　　三、冶游之习与风流薮泽　　77
第三节　前世因缘与三生石　　79
　　一、《圆观》与三生石　　79
　　二、《圆观》故事渊源　　82
　　三、三生石与因缘轮回观念　　85
　　四、从前世因缘到前世姻缘　　88
第四节　早夭与冥婚之俗　　91
　　一、冥婚之俗的小说呈现　　91
　　二、唐人小说冥婚故事的社会文化心理依托　　95
　　三、冥婚仪式　　99

第二章　唐人小说与游戏女神　　102
第一节　女神形象的改构与游戏女神　　102
　　一、妖娆的魔母　　102
　　二、不贞的织女　　105
　　三、卑下的上元夫人　　109
　　四、游戏女神　　112
第二节　人神、人鬼、人妖情恋与爱情幻想　　114
　　一、唐人小说中的人神情恋　　114
　　二、唐人小说中的人鬼情恋　　121

三、唐人小说中的人妖情恋　　128
　　四、人神、人鬼、人妖情恋与士人的爱情幻想　　131
第三节　庙寺与人神、人鬼、人妖情恋　　136
　　一、庙寺意象在人神、人鬼、人妖情恋故事中的艺术呈现　　137
　　二、庙寺意象的小说功能　　141
　　三、庙寺意象的文化心理阐释　　147
　　四、宫观、神仙窟与人神、人鬼、人妖情恋　　151

第三章　唐人小说与节庆宴聚习俗　　154

第一节　唐人节庆与节庆习尚　　154
　　一、上元赏灯　　155
　　二、中秋玩月　　158
　　三、唐人小说中的节庆意象及其小说功能　　163
第二节　唐人宴聚与宴聚风尚　　169
　　一、酒令　　169
　　二、乐歌　　172
　　三、唐人小说中的宴聚意象及其小说功能　　176
第三节　进士及第与曲江游宴　　182
　　一、曲江的历史变迁　　183
　　二、曲江与节日游宴　　187
　　三、新科进士的曲江会　　191
　　四、曲江会上的世态人情　　195
第四节　唐人日常饮食及其好尚　　201
　　一、食方丈及饮食的排场和讲究　　202
　　二、肉食及吃法　　206
　　三、海鲜河鲜及吃法　　209
　　四、面食及其花样　　214
　　五、粟米、糕糜与粥羹及其他　　220
　　六、饮食中的风习世情　　224

第四章　唐人小说与龙及龙宫俗信　229

第一节　崇龙与祭龙祈雨　229
一、唐人小说中的龙　229
二、龙的神性、困厄与物性　233
三、龙的施云致雨神格及其小说呈现　237
四、祭龙祈雨习俗的小说呈现　243

第二节　龙王、龙女与崇龙俗信　249
一、唐人小说中的龙王与龙女　250
二、《传奇·萧旷》与崇龙俗信　255

第三节　龙宫与龙宫俗信　262
一、龙宫及其位置　262
二、传书范式及其渊源　266
三、龙宫之门与扣树俗信　271
四、龙宫与宝货　277

第五章　唐人小说与病患生死　283

第一节　病患与唐人的医疗观念　283
一、唐人小说中的医事书写　283
二、病因的具象化推想及其延伸　287
三、医技天授观念及其表达　294
四、医事书写的意象化与小说叙事建构　298
五、唐人小说医事书写神秘化的文化心理　302

第二节　鬼神观念与幽冥世界　303
一、鬼神观念　303
二、幽冥世界之社会结构　305
三、幽冥世界之职司　307

第三节　幽冥世界与人间社会　310
一、幽冥与人间的沟通　310
二、人间社会的镜像　313

三、唐人小说中的幽冥意象及其审美价值 315

第六章　唐人小说与游艺行旅 319
第一节　竹马之戏与飞行的竹马 319
一、飞行的竹马 319
二、飞行的扫帚及其他 323
三、竹枝之妙用 325
第二节　弈与对弈中的人间世相 328
一、弈技天授 328
二、作为神仙标志的对弈 330
三、对弈中的人间世相 333
第三节　客店、客店奇遇与宵话征异 336
一、客店奇事型 337
二、客店奇人型 343
三、客店奇情型 348
四、客店奇遇故事中客店场景的小说功能 352
五、客店奇遇故事与宵话征异 356

参考文献 363

后记 367

又记 369

前　言

唐人小说,人们习惯上称之为传奇小说或唐人传奇,唐人小说的出现和兴盛,是中国古代小说特别是文言小说成熟的标志,桃源居士在《唐人小说序》中认为唐人小说之成就可与唐诗比肩,堪称"绝代之奇"。认为唐人小说"摛词布景,有翻空造微之趣,至纤若锦机,怪同鬼斧,即李杜之跌宕、韩柳之尔雅,有时不得与孟东野、陆鲁望、沈亚之、段成式辈,争奇竞爽……所谓厥体当行,别成奇致,良有以也"[①]。

唐人小说对现实生活有着广泛的触及与表现,唐人小说虽多出科举士子之手[②],但其所反映的生活却不仅仅只是士人亦即知识精英阶层的生活和思想情感,而是广泛地涉及唐代社会从民间到宫廷各个阶层的生活及其精神世界。正如李剑国先生所言:"极为广泛地反映着现实生活和幻想世界——仍还是现实世界的折光反映——以及人的思想感情的各个方面。"[③]单就其主题而言,就十分广泛,据李剑国先生概括,就包括性爱、历史、伦理、政治、梦幻、英雄、神仙、宿命、报应、兴趣十大主题。而翻检唐

---

① 桃源居士:《唐人小说》序,上海文艺出版社 1992 年影印上海扫叶山房石印本,第 1 页。
② 二十世纪四十年代末,冯沅君先生对六十种四十八位唐人小说作者做了统计分析,指出其中值得注意的一点是"唐传奇的杰作与杂俎中的知名者多出进士之手",见冯沅君《唐代传奇作者身份的估计》,载《文讯》1948 年第九卷第 4 期。今俞钢在其《唐代文言小说与科举制度》中以专章考析了唐代文言小说的作者身份,他依据李时人先生编校的《全唐五代小说》正编和外编的收录以及作者小传的考订,"按进士和明经之流、制举之流和其他三方面作统计列表,并在简要考析的基础上,对唐代文言小说作者的身份作出了全面和客观的估价"。据俞钢考析,唐代文言小说作者中进士应试和及第者四十九人,明经应举和及第者三人,以制举应试和登科为背景的文言小说作者十二人,以吏部科目选应试和登第为背景的文言小说作者九人。没有科举背景的文言小说作者中,有姓名有官历者约计四十五人,有姓名而不详生平者约计二十五人,僧人道士约计五人,佚名作者二十一人。并由此认为,"唐代科举士子构成文言小说作者的重要组成部分"。见俞钢《唐代文言小说与科举制度》,上海古籍出版社 2004 年版,第 196—240 页。
③ 李剑国:《唐五代志怪传奇叙录》(增订本)代前言"唐稗思考录",中华书局 2017 年版,第 60 页。

人小说,我们不难发现,唐人小说中还有大量的民俗内容存在,这一点,前人亦已有认识,上海文艺出版社在影印桃源居士《唐人小说》时说:"书中汇萃了唐代小说、笔记及杂著之名篇佳作,其中还有大量的民间文化的内容,是研究唐代文化和民俗风情的不可忽视的材料,兼具有文学和史学的价值。"①

钟敬文先生这样定义民俗学:"民俗学是研究民间风俗、习惯等现象的一门人文科学。"②那么,民俗应该是指民间风俗、习惯等现象。民俗存在于社会生活的每一个方面,包括日常个人和社群生活中的生产、婚恋、祭祀、游艺等等,大凡在一定时空和社群生活中具有普遍性、集体性、习惯性的行为观念、取向、方式及其具体施行的过程,均可称之为民俗。唐人小说在反映"现实生活和幻想世界"时,引入了大量的民俗内容,当然,唐人小说中的这些民俗存在,有异于现实生活中的民俗,是小说故事结构不可分割的组成部分,经作者据小说的主题表达、人物塑造与叙事建构需要而增益、删减、截取,乃至提炼、改构,已经成为一种与小说故事情节密切相关的文学性意象了,本书称之为民俗意象。本书讨论的主要对象,即是这些虽消解于小说之中却仍斑斑可辨的民俗意象。

唐人小说中民俗意象的运用十分广泛,根据其来源的不同,大致而言,主要有三种类型:一是唐代社会民间普遍观念在唐人小说中经形象化与艺术化的处理而生成的民俗意象,可称之为观念型民俗意象;二是唐代社会民间习惯性社群民俗活动在唐人小说中经特殊化与典型化的处理而生成的民俗意象,可称之为风物型民俗意象;三是民间神话传说人物在唐人小说中经改构甚至重构而生成的民俗意象,可称之为人物型民俗意象。唐人小说中的这些民俗意象,不仅仅是作为简单的文学意象而存在,而是被赋予各种不同的小说功能,在小说艺术构筑的诸方面发挥重要作用,并对唐人小说独特美学品格的形成产生重要影响。

---

① 桃源居士:《唐人小说》版权页识语,上海文艺出版社 1992 年影印上海扫叶山房石印本。
② 钟敬文:《钟敬文民俗学论集》,上海文艺出版社 1998 年版,第 253 页。

一

在历史的时空中,每一个时代,都存在一些为多数民众共同持有的普遍观念,当然,这些观念或源自历史,或基于其时特定的人文环境,总成为人们生活中用以看待、解释某些特定生活现象或事件的理论依据。比如佛教中的因缘轮回报应等观念,就是渊源于历史而根植于唐人中且也在以后的历史中绵延不绝的普遍观念。比如命定观念,就是源自西汉以降盛行的阴阳五行、谶纬符命之说,如果说唐前还多限于对王朝兴衰和社会治乱的附会,那么,到了唐代,则延伸到并用在了对于个人命运的解释。这些观念在唐人小说中往往被具化为某一具体的艺术形象,有的借助于小说故事的流传而被广泛接受和认同,逐渐被剥离出来,继而凝结、定格,成为一个全新的民俗形象。这类民俗意象,本文将其概括为观念型民俗意象。

"月老"意象即属于此类。月下老人在中国民间是一个家喻户晓的人物,他主管着人间男女婚姻,在冥冥之中以红绳系男女之足,以定姻缘。月下老人的出现,与命定观念息息相关。西汉以来流行的阴阳五行、谶纬符命之说,在唐代社会进一步向民间渗透,形成了在民间广泛流行的命定观念,唐人以为,人的命运,不是自己可以确定和改变的,从一出生,就已在冥冥之中被安排好了,"天下之事,皆前定矣"①,"人遭遇皆系之命"②,"人事固有前定"③。这种命定观念被唐人用来解释个人的年寿、功名、禄位和婚姻等各个方面。月老形象就是这种命定观在婚恋领域的艺术化与形象化,这一形象最初出现在唐人李复言的小说《续玄怪录·定婚店》中。

《定婚店》叙婚姻之事,言杜陵韦固,少孤,思早娶妇,然而,多方求婚而终无所成。元和二年,韦固将往清河,旅次于宋城南店,有客为其撮合清河司马潘昉之女,期于南店之西的龙兴寺门口相见,韦固由于求婚心

---

① 李昉等:《太平广记》卷一五〇《定数五》"李泌",中华书局2003年版,第1079页。
② 李昉等:《太平广记》卷一四七《定数二》"王儦",中华书局2003年版,第1058页。
③ 李昉等:《太平广记》卷一五五《定数十》"韩泉",中华书局2003年版,第1117页。

切,夜半即前往会面之地,他于此遇到了月下老人:

> 斜月尚明,有老人倚布囊坐于阶上,向月检书。固步觇之,不识其字,既非虫篆八分科斗之势,又非梵书,因问曰:"老父所寻者何书?固少小苦学,世间之字,自谓无不识者。西国梵字,亦能读之,唯此书目所未觌,如何?"老人笑曰:"此非世间书,君因何得见?"……固曰:"然则君又何掌?"曰:"天下之婚牍耳。"……因问:"囊中何物?"曰:"赤绳子耳,以系夫妻之足。及其生则潜用相系,虽仇敌之家,贵贱悬隔,天涯从宦,吴楚异乡,此绳一系,终不可逭。君之脚已系于彼矣,他求何益。"①

这个于月下倚布囊、坐于阶上、向月检书的老人,即是后来在民间被奉为婚姻之神的月下老人。只要他用囊中红绳把世间男女之足系在一起,即使"仇敌之家,贵贱悬隔,天涯从宦,吴楚异乡",他们也会成为夫妻。

唐人认为,人的命运是由"非人间"的幽冥世界中的地府冥司决定的,世间之人命运的主宰者或管理者来自幽冥世界,月下老人即来自幽冥,韦固曾对此表示诧异:

> 固曰:"幽冥之人,何以到此?"
> 曰:"君行自早,非某不当来也。凡幽吏皆掌人生之事,掌人可不行冥中乎?今道途之行,人鬼各半,自不辨尔。"

在李复言《定婚店》之外,《广异记·阎庚》也叙及幽冥之吏掌管人间姻缘的情节,其云:

> 仁亶见其视瞻非凡,谓庚自外持壶酒至,仁亶以酒先属客,客不敢受,固属之,因与合饮。酒酣欢甚,乃同房而宿。中夕,相问行李,

---

① 李复言撰,程毅中点校:《续玄怪录》卷四"定婚店",中华书局2014年版,第186—187页。

客答曰:"吾非人,乃地曹耳。地府令主河北婚姻,绊男女脚。"仁亶开视其衣装,见袋中细绳,方信焉。①

小说中自言为地曹的"客",即是"主河北婚姻"者,他与月下老人相似,同样是通过以袋中之绳"绊男女脚"的方式,确定世间男女姻缘。于此也说明,婚姻前定且主于幽冥地府是唐代流行和普遍的观念。

世间男女之所以能成为夫妻,是由于主婚姻的地府冥吏以绳相系,是冥冥之中的命运安排,《续玄怪录·定婚店》和《广异记·阎庚》在图解婚姻前定观念方面,实等无差别,但很显然,《定婚店》中月老于月下结绳以定婚姻的形象,更具诗意,因而流播更广,遂为故实。月下老人更随着故事的流传而家喻户晓,并从小说的虚拟形象走向现实生活,最终被奉为婚姻之神,定格为一个承载婚姻前定观念的艺术化民俗形象。

又如"三生石"意象亦属于此类。在中国民间具有广泛影响的因缘轮回观念,唐以降,逐渐具化在一块所谓的"三生石"上,此石竖立于黄泉路畔,人生之三世因缘均可于其上见之。与之相对应的现实世界中的"三生石",则位于杭州天竺寺外,而这块"三生石",实则是基于唐人袁郊所著小说《甘泽谣·圆观》故事。限于篇幅,此不赘述。需要说明的是,在唐人小说中,有很多小说立意于图解某种观念,但由于其故事情节枯燥,且缺乏鲜明生动的形象而湮没无闻。

二

相较而言,唐人小说中的民俗意象更多的还是源于唐代社会、本于唐人生活。在唐人的日常生活中,有许多习惯性的社群民俗活动。唐代节日众多,以时间为序,一年之中有元日、立春、人日、上元、晦日、中和节、二社日、寒食、清明、上巳、端午、七夕、中元、中秋、重阳、下元、冬至、腊日、岁除,此外还有佛诞日、皇帝诞日及老子诞日等。在节日里,内外官吏都要休假,《唐六典》吏部卷第二云:"内外官吏则有假宁之节,谓元正、冬至,

---

① 戴孚撰,方诗铭辑校:《广异记》"阎庚",中华书局1992年版,第68页。

各给假七日;寒食通清明四日,八月十五日、夏至及腊各三日,正月七日、十五日并给休假一日。"① 而在每一个节日中都有一些特殊的社群性民俗节庆活动,如上元赏灯、中元观灯、寒食秋千、清明斗鸡、七夕乞巧、中秋玩月、除岁舞傩等。除节日中这些特殊的民俗节庆活动之外,在日常生活中,唐人也有许多宴聚、游艺活动,而这些宴聚、游艺活动,也自带有唐人独特的风俗人情。唐人小说对此有大量的描写,并常常被附着以特殊的人与事,根据小说人物塑造与叙事建构等的需要,经过特殊化与典型化的加工处理,在小说中形成了一个个鲜明生动、意蕴独特的民俗意象。这类意象,本文将其概括为风物型民俗意象。

唐人节庆中特殊的民俗活动,在唐人小说中常常被赋予翩翩的异想与烂漫的情致,形成一个个曼妙无比的民俗意象。比如中秋玩月之俗②,在唐人小说中有许多生动的描写,形成了许多意蕴独特的中秋玩月意象,唐玄宗中秋玩月意象,就是其中的典型代表。唐玄宗中秋玩月意象,在多篇唐人小说中出现,如《神仙感遇传·罗公远》云:

> 开元中,中秋望夜,时玄宗于宫中玩月,公远奏曰:"陛下莫要至月中看否?"乃取拄杖,向空掷之,化为大桥,其色如银。请玄宗同登,约行数十里,精光夺目,寒色侵人,遂至大城阙。公远曰:"此月宫也。"见仙女数百,皆素练宽衣,舞于广庭。玄宗问曰:"此何曲也?"曰:"《霓裳羽衣》也。"玄宗密记其声调,遂回。却顾其桥,随步而灭。

---

① 李林甫等撰,陈仲夫点校:《唐六典》卷二,中华书局1992年版,第35页。
② 唐代是否有中秋节,或中秋节始于何时,今学术界主要有两种观点,一种以为中秋节形成于唐代,张泽咸、李斌城、吴玉贵、杨琳等持此说。(分别见:张泽咸:《唐朝的节日》,《文史》1993第37辑,第65—92页;李斌城:《隋唐五代社会生活史》,中国社会科学出版社1998年版,第624—625页;吴玉贵:《中国风俗通史》隋唐五代卷,上海文艺出版社2001年版,第635—637页;杨琳:《中国传统节日文化》,宗教文化出版社2000年版,第318—326页)其中张泽咸、李斌城、吴玉贵、韩养民、郭兴文将其作为一种事实,对中秋节的习俗活动进行描述,而杨琳则辨论甚详。另一种观点认为中秋节起源于宋代,尚秉和、周一良、朱红、刘德增、熊海英持此说。(分别见:尚秉和:《历代社会风俗事物考》,上海文艺出版社1989年6月影印本,第445页;周一良:《从中秋节看中日文化交流》,《周一良集》第四集,辽宁教育出版社1998年版;朱红:《唐代节日民俗与文学研究》,2002复旦大学博士论文,第35—44页;刘德增:《中秋节源自新罗考》,《文史哲》2003年第6期,第97—101页;熊海英:《中秋节及其节俗内涵在唐宋时期的兴起与流变》,《复旦学报》2005年第6期,第135—140页)无论中秋节形成于唐还是宋,唐人中秋玩月则是事实。

且召伶官,依其声调作《霓裳羽衣曲》。①

罗公远抛杖成桥,与玄宗登之入月,异想翩然。小说中又虚构《霓裳羽衣》之曲来自月宫,闲来一笔,亦见巧思。而在《龙城录·明皇梦游广寒宫》中,对唐玄宗中秋游月宫的描述,则又略有不同:

> 开元六年,上皇与申天师、道士鸿都客,八月望日夜,因天师作术,三人同在云上游月中。过一大门,在玉光中飞浮,宫殿往来无定,寒气逼人,露濡衣袖皆湿。顷见一大宫府,榜曰"广寒清虚之府"。其守门兵卫甚严,白刃粲然,望之如凝雪。时三人皆止其下,不得入。天师引上皇起跃,身如在烟雾中。下视王城崔巍,但闻清香霭郁,视下若万里琉璃之田。其间见有仙人道士,乘云驾鹤,往来若游戏。少焉,步向前,觉翠色冷光,相射目眩,极寒不可进。下见有素娥十余人,皆皓衣乘白鸾往来,舞笑于广陵大桂树之下。又听乐音嘈杂,亦甚清丽。上皇素解音律,熟览而意已传。顷天师亟欲归,三人下若旋风。忽悟,若醉中梦回尔。次夜,上皇欲再求往,天师但笑谢而不允。上皇因想素娥风中飞舞袖被,编律成音,制《霓裳羽衣舞曲》。自古洎今,清丽无复加于是矣。②

《神仙感遇传·罗公远》《龙城录》之外,《叶法善》中亦言及玄宗中秋游月宫事,其云:

> 又尝因八月望夜,师与玄宗游月宫,聆月中天乐,问其曲名,曰:"《紫云曲》。"玄宗素晓音律,默记其声,归传其音,名之曰《霓裳羽衣》。③

---

① 李昉等:《太平广记》卷二二《神仙二十二》"罗公远",中华书局2003年版,第147页。
② 柳宗元:《龙城录》"明皇梦游广寒宫",《唐五代笔记小说大观》上册,上海古籍出版社2000年版,第143页。
③ 李昉等:《太平广记》卷二六《神仙二十六》"叶法善",中华书局2003年版,第172页。

小说流播，唐玄宗游月宫之事也逐渐成为故实，在稍后的小说如张读《宣室志·周生架梯取月》中乃见引用。《宣室志·周生架梯取月》大略云：唐太和中有周生者，精于道术，将往洛谷之间，途次广陵，舍佛寺中，遇三四客，时值中秋，周生与客共赏明月，"其夕霁月澄莹，且吟且望，有说开元时明皇帝游月宫事"，相与感叹，于是周生言自己"能挈月致之怀袂"，并为诸客试之：

> 因命虚一室，翳四垣，不使有纤隙。又命以箸数百，呼其僮绳而架之。且告客曰："我将梯此取月去，闻呼可来观。"乃闭户久之。数客步庭中，且伺焉。忽觉天地曛晦，仰而视之，即又无纤云。俄闻生呼曰："某至矣。"因开其室，生曰："月在某衣中耳，请客观焉。"因以举之，其衣中出月寸许，忽一室尽明，寒逼肌骨。生曰："子不信我，今信乎？"客再拜谢之，愿收其光。因又闭户，其外尚昏晦，食顷方如初。①

中秋之夜，周生以箸数百，绳而架之，梯以取月。而其取来之月，居然只有"寸许"，能藏在衣中。想象奇特，绰约婉妙。此即著名的"梯云挈月"之原典，其本身无疑也是一个依托于中秋赏月民俗而创造出来的美妙无比的文学意象。另外，在《周生架梯取月》中也言及"开元时明皇帝游月宫事"，于此也可推知唐玄宗中秋游月宫事，在张读的时代已成为一个广为人知的典型意象了。②

其他如在唐代颇为流行的上元赏灯之俗，在唐人小说中也颇多呈现，其中玄宗赏灯意象亦十分特别，《明皇杂录》记其梗概："正月望夜，上与叶法善游西凉州，烛灯十数里，俄顷还，而楼下之歌舞未终。"③而《叶法

---

① 张读撰，张永钦、侯志明点校：《宣室志》辑佚"周生架梯取月"，中华书局1983年版，第169页。
② 关于玄宗游月宫之事又见于多处史籍，高国藩先生在《敦煌科幻故事〈唐玄宗游月宫〉及其流变》（高国藩：《敦煌俗文化学》，上海三联书店1999年版）一文中对此有详细的考证说明，可参看。
③ 郑处诲撰，田廷柱点校：《明皇杂录》逸文"玄宗夜游西凉州"，中华书局1994年版，第55页。

善》则敷衍甚详,其中述叶法善与玄宗腾空而行、俄顷由京师而至西凉上空的情节最见异想。牛僧孺《玄怪录·开元明皇幸广陵》与之相类,只是方式不是腾空飞行,而是驾虹桥连通京师与广陵罢了。

在这种特殊的节庆民俗意象之外,与之相类的,是源于唐人日常生活的民俗意象,亦多见风情,比如日常宴聚。唐人宴聚之时,觥筹交错,酣饮之间,为文赋诗自不待言,除此而外,还有许多其他特殊的俗尚,唐人小说对此也有精彩的呈现,形成唐人小说中独特的民间生活意象。牛僧孺《玄怪录·刘讽》就为我们呈现了一个完整的宴聚过程。小说叙唐文明年间,竟陵掾刘讽投夷陵空馆夜宿,遇一群女鬼于月下宴聚,刘讽于一旁偷偷观看,目睹了女鬼们的整个宴聚过程。① 检视全篇,不难发现《刘讽》并不承载写鬼小说的传统主题,它既不以报应灵验传道弘佛,也不以人鬼情恋撩人情思,又不以怪奇之事耸人视听。《刘讽》中的女鬼们,饮酒传令,谈谑歌咏,与其说是鬼,还不如说更像文士,她们在月下的聚会,与文人的雅集几无差别。可以说,《刘讽》实际上是借女鬼们的月下聚会表现一种文人宴聚之雅趣。就此而言,《刘讽》应该是写鬼故事中的别出一格者。其通过一群女鬼月下聚会所呈现出来的唐人宴聚意象,洋溢着浓郁的唐时风情。当然,唐人小说中的宴聚意象是在作者根据小说人物塑造与叙事需要而设置的,其必然经过作者的取舍而有别于现实生活,是特殊化与典型化了的文学意象。

在唐人小说中,现实生活中普遍而不为人注意的各种游艺形式与活动,也常常被信手拈来,赋予奇特的特性与功用,成为唐人小说中意蕴别致的文学意象。竹马意象就是其中的代表。竹马是儿童跨竹竿作马的游戏,宋王应麟《玉海》卷七九"汉鸠车"条引《杜氏幽求子》云:"儿年五岁有鸠车之乐,七岁有竹马之欢。"②《新唐书》卷二二一上《西域传·龟兹传》云:"帝喜,见群臣从容曰:'夫乐有几,朕尝言之:土城竹马,童儿乐也……'"这一儿童游戏由来已久,从史籍记载看,在两汉魏晋间就已十分流行,《后汉书·郭伋传》云东汉郭伋牧并州时,"素结恩德",后途径其地

---

① 牛僧孺撰,程毅中点校:《玄怪录》卷六"刘讽",中华书局2014年版,第53—54页。
② 王应麟:《玉海》卷七九《车服·车舆》"汉鸠车"条,广陵书社2003年版,第1457页。

时,就有儿童骑竹马拜迎:"始至行部,到西河美稷,有童儿数百,各骑竹马,道次迎拜。"东晋桓温亦曾对人语及少年时与殷浩为竹马戏之事:"殷侯既废,桓公语诸人曰:'少时与渊源共骑竹马,我弃去,已辄取之,故当出我下。'"①童年时代的竹马之戏往往是成年后美好的回忆,晋武帝会诸葛靓,就向其提及童年时共为竹马之戏的美好记忆:"(诸葛靓)与武帝有旧……帝就太妃间相见。礼毕,酒酣,帝曰:'卿故复忆竹马之好不?'"②到了唐代,竹马之戏也成为诗歌中常见的意象,在诗歌中,竹马意象常成为人生中欢乐无忧、天真烂漫的美好时光的象征,如顾况《悼稚》云:"稚子比来骑竹马,犹疑只在屋东西。莫言道者无悲事,曾听巴猿向月啼。"白居易《观儿戏》云:"一看竹马戏,每忆童騃时。"而在大诗人李白《长干行》诗中,更是把"竹马"与"青梅"联系起来:"妾发初覆额,折花门前剧。郎骑竹马来,绕床弄青梅。""青梅竹马"则又成为纯美爱情的代名词。

与诗歌中的竹马意象不同,唐人小说中的竹马,却不仅仅停留在儿童游戏的层面上,试看牛僧孺《玄怪录·古元之》中的一段情节:

> ……即令负一大囊,可重一钧。又与一竹杖,长丈二余。令元之乘骑随后,飞举甚速,常在半天。西南行,不知里数,山河逾远,欻然下地,已至和神国。③

《玄怪录·古元之》中的主人公古元之,因酒醉而死,实为其远祖古弼所召,古弼欲往和神国,无担囊者,遂召古元之。而他们去和神国的乘用工具,居然就是儿童游戏中的竹马。作为童戏的竹马,在小说中成了一种真正的交通工具,且"飞举甚速,常在半天",当其"欻然下地"时,就已到达了目的地,这真是一个绝妙的异想。

除了《玄怪录·古元之》外,唐人小说《续定命录·李行修》《逸史·

---

① 刘义庆撰,刘孝标注,余嘉锡笺疏,周祖谟等整理:《世说新语笺疏》,上海古籍出版社1996年版,第521页。
② 同上,第290页。
③ 牛僧孺撰,程毅中点校:《玄怪录》卷八"古元之",中华书局2014年版,第79页。

李林甫》《广古今五行记·惠照师》等中也有类似的情节。《续定命录·李行修》有一段情节,叙李行修入幽冥之境见其亡妻:

> 行修如王老教,呼于林间,果有人应,仍以老人语传入。有顷,一女子出,行年十五。便云:"九娘子遣随十一郎去。"其女子言讫,便折竹一枝跨焉。行修观之,迅疾如马。须臾,与行修折一竹枝,亦令行修跨。与女子并驰,依依如抵。西南行约数十里,忽到一处,城阙壮丽……①

这里,九娘子所遣侍女与李行修入幽冥之境,竟也是乘"竹马"前往,而且这竹马也居然"迅疾如马"!《逸史·李林甫》中,道士带李林甫之魂魄到一神秘"府署",即李林甫"身后之所处",亦以竹马为乘用之具:

> 逡巡,以数节竹授李公曰:"可乘此,至地方止,慎不得开眼。"李公遂跨之,腾空而上,觉身泛大海,但闻风水之声,食顷止,见大郭邑……遂却与李公出大门,复以竹杖授之,一如来时之状……②

竹马本是唐人现实生活中平平常常、随处可见的儿童游戏,在唐人小说中却被赋予神奇的力量,成为真正的能载人飞举甚速的工具,其翩翩异想,令人倾倒。在唐人小说中,这类基于民间游戏形式的民俗意象还有不少,是唐人小说中颇见思致的构设。

三

除以上两类民俗意象之外,在唐人小说中还有一类特殊的民俗意象值得注意,那就是流传于民间的古老神话传说中的人物在唐人小说中经改构甚至重构而生成的民俗意象。这类意象,本文将其概括为人物型民俗意象。比如牛郎织女传说中的织女形象,在唐人小说中就被改构与重

---

① 李昉等:《太平广记》卷一六〇《定数十五》"李行修",中华书局2003年版,第1150页。
② 李昉等:《太平广记》卷一九《神仙十九》"李林甫",中华书局2003年版,第131页。

塑,呈现出来的不再是人们所熟悉的传统形象。牛郎织女故事,主要是作为一个凄美的人神情恋意象而存在于中国的民族文化中,被历代诗文反反复复地歌咏着。如曹植《九咏》赋云:"临回风兮浮汉渚,目牵牛兮眺织女。交有际兮会有期,嗟痛吾兮来不时。"李白在《拟古十二首》诗之一中云:"青天何历历,明星白如石。黄姑与织女,相去不盈尺。银河无鹊桥,非时将安适。"秦观《鹊桥仙》词云:"纤云弄巧,飞星传恨,银汉迢迢暗度。金风玉露一相逢,便胜却、人间无数。"牛郎织女故事见于小说,当始于魏晋,西晋张华《博物志》中的《浮槎》一篇,也就是著名的"八月浮槎"的原典,有牛郎织女事,其大略言有居海渚之人,年年八月浮槎泛海,一年,经十余日,"奄至一处,有城郭状,屋舍甚严。遥望宫中多织妇,见一丈夫牵牛渚次饮之"。① 后还,访严君平,方知看到的是织女牛郎。故事中使用了民间传说中牛郎织女居银河两岸的意象,不过,故事中牛郎牵牛而饮,织女在宫中纫织,他们似乎幸福地生活在一起,过着男耕女织的生活。其后,梁代吴均的《续齐谐记》则较为完整地保留了民间传说中七夕相会的意象,其云:

> 桂阳成武丁,有仙道,常在人间,忽谓其弟曰:"七月七日,织女当渡河,诸仙悉还宫。吾向已被召,不得停,与尔别矣。"弟问曰:"织女何事渡河?去当何还?"答曰:"织女,天之真女也,暂诣牵牛,吾后三千年当还。"明日,失武丁所在,世人至今犹云七月七日织女嫁牵牛。②

故事中的牛郎织女,被阻隔在天河两岸,只有每年的七夕,才能相见一次。只是,在他们相会的这一天,"诸仙悉还宫"而已,从而巧妙地表现了成武丁是得道仙官的主题。

魏晋南北朝小说中基本保存了牛郎织女传说的原貌,然而,在唐人小

---

① 张华撰,范宁校证:《博物志校证》卷一〇《杂说下》,中华书局1980年版,第111页。
② 吴均:《续齐谐记》"成武丁",李剑国辑释《唐前志怪小说辑释》(修订本),上海古籍出版社2011年版,第633—634页。

说中,牛郎织女传说却遭到了改构,牛郎织女的形象,特别是织女的形象也发生了颠覆性的变化。在张荐的小说集《灵怪集》中有《郭翰》一篇,叙织女降郭翰之事,其略云:太原有一青年郭翰,少简贵,有清标,姿度美秀,善谈论,工草隶。早孤独处,当盛暑,乘月卧庭中。有仙女来降,愿与交欢:

> 时有清风,稍闻香气渐浓,翰甚怪之。仰视空中,见有人冉冉而下,直至翰前,乃一少女也。明艳绝代,光彩溢目,衣玄绡之衣,曳霜罗之帔,戴翠翘凤凰之冠,蹑琼文九章之履。侍女二人,皆有殊色,感荡心神。翰整衣巾,下床拜谒曰:"不意尊灵迥降,愿垂德音。"女微笑曰:"吾天上织女也,久无主对,而佳期阻旷,幽态盈怀,上帝赐命游人间。仰慕清风,愿托神契。"翰曰:"非敢望也,益深所感。"女为敕侍婢净扫室中,张霜雾丹縠之帏,施水晶玉华之簟,转会风之扇,宛若清秋。乃携手升堂,解衣共卧。其衬体轻红绡衣,似小香囊,气盈一室。有同心龙脑之枕,覆双缕鸳文之衾。柔肌腻体,深情密态,妍艳无匹。①

传说中忠贞的织女,居然主动下降人间,与郭翰婚恋!当郭翰问:"牵郎何在?那敢独行?"她却说:"阴阳变化,关渠何事!且河汉隔绝,无可复知,纵复知之,不足为虑。"俨然一个背情弃义之人。而在七夕来临之时,她又跑回天上,与牛郎相会,"后将至七夕,忽不复来,经数夕方至"。当郭翰问其"相见乐乎"时,她竟然笑而对曰:"天上那比人间!正以感运当尔,非有他故也,君无相忌。"用情不专不贞,又与荡妇无异。

张荐《灵怪集·郭翰》,可以说颠覆了牛郎织女传说中织女的美好形象,织女由一个忠于爱情、坚贞守望爱情的女子,变成一个不专不贞的风流天仙。而牛郎似乎没有改变,还在银河边守望一年一度的相会,他在织女的眼中,已经变得不重要了,与他每年一度的相会,也变成"感运当尔"

---

① 李昉等:《太平广记》卷六八《女仙十三》"郭翰",中华书局2003年版,第420页。

的应付而已。在另一篇唐人小说杜光庭《神仙感遇传·姚氏三子》(《太平广记》卷六五)中,织女也变为妖艳的女仙,与另外两位仙女,通过下凡与人为婚的方式,令人"长生度世,位极人臣"。她们选中了姚氏三子,当然,由于姚氏三子没有做到保守秘密、"百日不泄于人"的要求,织女等遂弃之而去。后经一"硕儒"点破,姚氏父方知是织女、婺女、须女星"降下人间,将福三子",懊悔不已,但为时已晚,三子返,"至则三女邈然如不相识"。

再如九子魔母,本是中国民间主掌子息生育的神灵。传说夫妇无子息者,祀之则有应验,而在《会昌解颐·黑叟》(《太平广记》卷四一)、《玉堂闲话·南中行者》(《太平广记》卷三六八)等唐人小说中,九子魔母却完全是另一种形象,或为年轻美艳的女子,或为妖媚无比的美妇,行走人间,或戏弄为其塑像的信众,或勾引年少的行者,全然不见母亲及儿童守护神的特征。

与对织女、九子魔母的改构相类的情况在唐人小说中还有很多,这些改构,颠覆了许多传统的女神形象,形成了一组意蕴独特的人物型民俗意象,唐人小说中的这类人物型民俗意向,在某种程度上开启了审视传统民间神仙形象的新视角。考察唐人小说对传统女神形象的改构,不难发现,这些改构常常是通过人神情恋(亦包括人鬼情恋、人妖情恋)的方式来实现的,如果再进一步探究,就其所体现的深层文化心理而言,则可以发现,在人神情恋的表象之下,透露出的是一种游戏女神的心态,潜藏的是寒门微贱书生或落魄失意寒士对美好爱情的幻想与渴望以及其他种种不便言说的企盼。也正因为如此,这种改构没有丝毫恶意,且洋溢着唐人特有的天真与浪漫。

四

唐人小说中的这些民俗意象,当然不仅仅是作为简单的文学意象而存在,亦被赋予多重功能,在小说的主题表达、人物塑造与叙事建构等方面往往发挥着重要作用。检视之,有的是作为小说中故事情节的重要组成部分甚至是故事情节的主体而存在,承担着一定的表意功能或叙事功能；有的则是作为小说故事发生、展开的场景或背景而存在，为小说故事情节的发生、展开提供相应的时空场景，或者营造适当的氛围；有的是作为小说故事情节推进的纽带或者作有如画龙点睛般的穿插。

唐人小说中有许多民俗意象是作为小说故事情节的主体而存在的，如前文言及牛僧孺《玄怪录·刘讽》，其主要故事情节实际上就是一次宴聚过程。女鬼们的宴聚大致可分三个阶段，第一阶段，各色人物出场，落座之后，即设明府、录事，"明府女郎"也就是"蔡家娘子"首先举杯酒酒，送出一串祝福，遍及座中诸人及其家人，不漏一个。细视这些祝福，主要着眼于年寿、禄位、婚姻三方面，看来，鬼在幽冥世界也希望长寿，也希望仕宦通显，也希望嫁得好郎，婚姻美满。这种心理，显然是唐时社会心理的折射，充满浓郁的世俗气息。第二阶段，传酒令：

> 又一女郎起传口令，仍抽一翠簪，急说，须传翠簪，翠簪过令不通即罚。令曰："鸾脑老，头脑好，好头脑鸾老。"传说数巡，因令紫绥下坐，使说令，紫绥素吃讷，令至，但称"鸾鸾"。女郎皆笑，曰："昔贺若弼弄长孙鸾侍郎，以其年老口吃，又无发，故造此令。"①

酒令是宴聚时劝酒佐兴的一种游戏。最初是指在宴席上监督众人饮酒之人，先秦时代就已有之，《诗经·小雅·宾之初筵》即云："凡此饮酒，或醉或否。既立之监，或佐之史。"后逐渐演化为游戏。不过，在唐以前，人们宴集饮酒，以酒令助兴还不普遍，至唐，宴集饮酒以酒令助兴才开始流行起来。唐李肇《国史补》卷下言及唐时举进士的种种情形时说："进士为时所尚久矣。是故俊义实集其中，由此出者，终身为闻人……既捷，列书其姓名于慈恩寺塔，谓之题名会。大宴于曲江亭子，谓之曲江会。"②当时士人，进士题名后，往往要在曲江宴集，文人多风雅，故席间常设明府（即宴席主持）、录事（纠察坐客及行酒令之人）以酒令佐兴。此风流荡，遂渐

---

① 牛僧孺撰，程毅中点校：《玄怪录》卷六"刘讽"，中华书局2014年版，第53—54页。
② 李肇撰，曹中孚校点：《国史补》卷下，《唐五代笔记小说大观》上册，上海古籍出版社2000年版，第193页。

成俗尚。第三阶段,弹琴歌唱。饮酒谈谑,兴酣而歌,清雅之极。女鬼们在三更后,又"弹琴击筑,齐唱迭和"。最后是黄衫人传婆提王诏,"讽因大声连咳,视庭中无复一物",小说也就此收笔。

其他又如《叶法善》中叶法善上元节携玄宗游西凉意象、《玄怪录·开元明皇幸广陵》中叶仙师上元节为唐玄宗架虹桥游广陵意象、《宣室志·周生架梯取月》中周生中秋"梯云挈月"意象、《神仙感遇传·罗公远》中的罗公远中秋携唐玄宗游月宫意象以及《龙城录》"明皇梦游广寒宫"中申天师中秋携唐玄宗游月宫意象,都是借上元赏灯与中秋玩月,幻设为文,表现如叶法善、周生、罗公远、申天师等术士的超凡道术与神奇技艺。此类民俗意象在小说中的表意功能是显而易见的。

而如《传奇》中《崔炜》《颜濬》中的中元节赏灯意象,则不是为了表现主人公的某一品性而设,而是借以帮助叙事构建。《传奇·崔炜》中崔炜因财业殚尽,栖止佛舍,于是作者借中元日番禺"多陈设珍异于佛庙,集百戏于开元寺"的中元节习俗,构建起崔炜于此遇神秘老妪的情节:

> 时中元日,番禺人多陈设珍异于佛庙,集百戏于开元寺。炜因窥之,见乞食老妪,因蹶而覆人之酒瓮,当垆者殴之,计其直,仅一缗耳。炜怜之,脱衣为偿其所直,妪不谢而去。①

而崔炜与此老妪的相遇,实是整篇小说故事情节建构的基础。《传奇·颜濬》中的中元节游寺意象,亦承担着叙事构建的功能。颜濬下第之建业途中,遇赵幼芳,相语甚洽,遂有再次相晤之约,而这再次相晤的时间地点,小说即借中元节游寺而构设:

> 抵白沙,各迁舟航,青衣乃谢濬曰:"数日承君深顾,某陋拙,不足奉欢笑,然亦有一事可以奉酬。中元必游瓦官阁,此时当为君会一神仙中人,况君风仪才调,亦甚相称,望不渝此约。至时,某候于彼。"言

---

① 裴铏撰,周楞伽辑注:《传奇》"崔炜",上海古籍出版社1980年版,第14页。

讫,各登舟而去。濬志其言,中元日,来游瓦官阁,士女阗咽。及登阁,果有美人,从二女仆,皆双鬟而有媚态。美人倚栏独语,悲叹久之。濬注视不已;双鬟笑曰:"憨措大,收取眼。"美人亦讶之,乃曰:"幼芳之言不缪矣。"使双鬟传语曰:"西廊有惠鉴阇黎院,则某旧门徒,君可至是,幼芳亦在彼。"濬甚喜,蹑其踪而去,果见同舟青衣出而微笑。濬遂与美人叙寒暄,言语竟日。①

使用特殊的节庆民俗意象构建小说情节,好处就在于合乎情理且自然亲切。现实的日常生活中,由于有节日的便于记忆和不会变更的好处,人们也常以节日为约定的期日,这在特殊的非常时期,如鼎革之际、离乱之中,则更是如此。《本事诗》所载徐德言与其妻在陈亡之际以正月望日为期的约定即是最好的例证:

陈太子舍人徐德言之妻,后主叔宝之妹,封乐昌公主,才色冠绝。时陈政方乱,德言知不相保,谓其妻曰:"以君之才容,国亡必入权豪之家,斯永绝矣。傥情缘未断,犹冀相见,宜有以信之。"乃破一镜,人执其半,约曰:"他日必以正月望日卖于都市,我当在,即以是日访之。"及陈亡,其妻果入越公杨素之家,宠嬖殊厚。德言流离辛苦,仅能至京,遂以正月望日访于都市。有苍头卖半镜者,大高其价,人皆笑之。德言直引至其居,设食,具言其故,出半镜以合之,仍题诗曰:"镜与人俱去,镜归人不归。无复嫦娥影,空留明月辉。"陈氏得诗,涕泣不食。素知之,怆然改容,即召德言,还其妻,仍厚遗之。闻者无不感叹。仍与德言、陈氏偕饮,令陈氏为诗,曰:"今日何迁次?新官对旧官。笑啼俱不敢,方验作人难。"遂与德言归江南,竟以终老。②

当然,在唐人小说中,大部分民俗意象则主要用于构设小说故事情节

---

① 裴铏撰,周楞伽辑注:《传奇》"颜濬",上海古籍出版社1980年版,第102页。
② 孟棨撰,李学颖校点:《本事诗》情感第一,《唐五代笔记小说大观》下册,上海古籍出版社2000年版,第1238页。

发生、发展的时空场景或者人物活动的背景。如沈亚之《湘中怨解》中郑生于上巳日登岳阳楼而望,因见形类汜人者的情节中,上巳日水边洗濯祓除不祥以及临水饮宴游赏之俗,实际上就是作为背景而存在的。① 上巳节,即农历三月的第一个上巳日,自魏后则以三月三日为之,此节日最初起于洗濯污垢,祓除不祥,或为招魂、祭奠。《后汉书·礼仪志》:"是月(三月)上巳,官民皆洁于东流水上,曰洗濯祓除去宿垢疢为大洁。"徐广《史记注》:"三月上巳,临水祓除谓之禊。"后来逐渐演变为民间节日之一,《荆楚岁时记》:"三月三日,士民并出江渚池沼间,为流杯曲水之饮。"上巳节有乘舟游赏之俗,此俗在唐时也很流行,张说"舟将水动千寻日,暮共林横两岸烟"诗句,描绘的正是唐时上巳节乘船游赏的画面。(见张说《三月三日诏宴定昆池官庄赋得筵字》)在《湘中怨解》中,上巳乘船游赏的习俗,实际上为郑生再见汜人的情节提供了合理的背景。

再如戴孚《广异记·常夷》、陈翰《异闻录·独孤穆》、裴铏《传奇·颜濬》《传奇·薛昭》以及张读《宣室志·陆乔遇沈约范云》等小说中的宴聚意象,也是作为背景为故事情节的展开服务。此外,如陈鸿《长恨歌传》中七夕乞巧意象,则主要是由此引入对昔日的追忆,插入唐玄宗与杨贵妃世世为夫妻的祈愿情节,这类民俗意象在情节建构中则又起着关联作用。而《玄怪录·古元之》《续定命录·李行修》中的竹马意象等,则可以视为小说中画龙点睛式的穿插。

五

民俗意象的大量运用是唐人小说的鲜明特征之一,唐人小说中的这些民俗意象,不仅其本身洋溢着翩翩的异想、卓然的才思与婉妙的情致,而且在小说的主题表达、人物塑造与叙事建构等诸方面也发挥着独特的作用。不唯如此,在小说美学的更深层面上,唐人小说中民俗意象的大量运用,也造成了唐人小说别样的审美意蕴,对唐人小说独特美学品格的形成亦具有重要影响。

---

① 沈亚之:《湘中怨解》,李剑国辑校《唐五代传奇集》第二编卷一三,中华书局2015年版,第835—836页。

如鲁迅先生言,唐人始有意为小说,故十分重视和强调小说的特别之"味",段成式即以不同之味喻小说与诗文等之不同,颇具代表性。其《酉阳杂俎序》云:"夫《易》《象》'一车之言',近于怪也;《诗》人'南淇之奥',近乎戏也。固服缝掖者,肆笔之余,及怪及戏,无侵于儒。无若《诗》《书》之味大羹,史为折俎,子为醯醢也。炙鸮羞鳖,岂容下箸乎?固役而不耻者,抑志怪小说之书也……"①唐代小说家如高彦休、温庭筠等亦有相似之论。高彦休《阙史序》云:"讨寻经史之暇,时或一览,犹至味之有菹醢也。"②温庭筠《干䐶子序》云:"不爵不觥,非炰非炙,能悦诸心,聊甘众口,庶乎干䐶之义。"③强调的都是小说所具有的独特滋味。唐人小说中的民俗意象常常就是构成这种独特之"味"的一剂原料。而这一剂原料在唐人小说中所酿成之"味",往往浓烈而鲜明,且是多方面的。

如前文言及《甘泽谣·圆观》中的三生石意象,便为整篇小说平添了浓郁的"诗味"。小说中圆观与李源殷勤相约来生之会,其后,小说以诗意的叙述,再现了这两次相见,特别是后一次相见,其文云:

时天竺寺山雨初晴,月色满川,无处寻访。忽闻葛洪川畔,有牧竖歌《竹枝词》者,乘牛叩角,双髻短衣,俄至寺前,乃观也。李公就谒曰:"观公健否?"却向李公曰:"真信士。与公殊途,慎勿相近。俗缘未尽,但愿勤修不堕,即遂相见。"李公以无由叙话,望之潸然。圆观又唱《竹枝》,步步前去,山长水远,尚闻歌声,词切韵高,莫知所谓。初到寺前,歌曰:"三生石上旧精魂,赏月吟风不要论。惭愧情人远相访,此身虽异性长存。"寺前又歌曰:"身前身后事茫茫,欲话因缘恐断肠。吴越山川游已遍,却回烟棹上瞿塘。"④

---

① 段成式撰,许逸民校笺:《酉阳杂俎校笺》序,中华书局2016年版,第1页。
② 高彦休撰,阳羡生校点:《唐阙史》序,《唐五代笔记小说大观》下册,上海古籍出版社2000年版,第1327页。
③ 温庭筠:《干䐶子序》,陈振孙撰,徐小蛮、顾美华点校《直斋书录解题》卷一一《小说家类》引,上海古籍出版社2006年版,第320页。朱胜非《绀珠集》亦见引用,无"聊甘众口"四字。
④ 袁郊:《甘泽谣·圆观》,李剑国辑校《唐五代传奇集》,中华书局2015年版,第2138—2140页。

"三生石"即出第一首《竹枝词》中"三生石上旧精魂"句,更重要的是,两首《竹枝词》诗意地概括与再现了李源与圆观二人的两世情谊,在完美地将三生石转化为因缘轮回观念的具体形象符号的同时,营造出浓郁的抒情氛围,也让小说充满了"诗味",形成了小说的诗意特征,亦即宋人赵彦卫在论及唐人小说时所谓的"诗笔"。①

当然,唐人小说叙事中诗歌的引入是普遍现象,且多为绝妙之作。如明人杨慎所言:"诗盛于唐,其作者往往托于传奇小说神仙幽怪以传于后,而其诗大有妙绝今古,一字千金者。"②而在这些民俗意象中出现的诗歌往往源自民歌,常又荡漾着民间歌谣的韵调,如《圆观》中的这两首《竹枝词》就散发出淡淡的巴渝民谣风味。朱自清《中国歌谣》:"《词律》云:'《竹枝》之音,起于巴蜀唐人所作。'"③《竹枝词》是乐府《近代曲》之一,为起源于巴渝一带的民歌。(小说中圆观与李源游蜀州,"抵青城、峨眉",归途取到"荆州,出三峡",圆观于南浦结束此生而投胎于王姓孕妇。)这一情节透露出《圆观》故事的一个渊源,据明曹学佺《蜀中广记》,蜀地有个叫圆泽的和尚,在万州郡的周溪坐化,其地大云寺有碑传其事。④亦即在巴蜀一带早有圆泽转世的故事流传,袁郊所作《圆观》当参考了圆泽故事,小说中出现这两首《竹枝词》亦当与此有关。再如沈亚之《湘中怨解》在通过人神情恋改构神女形象的过程中,亦散发着浓郁的"诗味",且由于故事背景被置于洞庭湖一带,故其叙事建构中所引入的三首诗歌,全部为骚体诗,这一方面契合了氾人这个湘水仙子的身份,又

---

① 赵彦卫撰,傅根清点校:《云麓漫钞》卷八,中华书局1998年版;第135页。其云:"唐之举人,先藉当世显人,以姓名达之主司,然后以所业投献;逾数日又投,谓之温卷,如《幽怪录》《传奇》等皆是也。盖此等文备众体,可以见史才、诗笔、议论。"

② 杨慎撰,王仲镛笺证:《升庵诗话笺证》卷一一"唐人传奇小诗"条,上海古籍出版社1987年版,第413页。

③ 朱自清:《中国歌谣》,复旦大学出版社2004年版,第92页。

④ 曹学佺《蜀中广记》卷八七《高僧记第七·川东道》云:"唐《忠义传》:'李澄之子源……此身虽坏性常存。'此僧赞宁所记,而东坡以为圆泽。按万州之东濒江四十里地,名陨溪,乃唐僧圆泽化处,再生为南浦人。其诗曰:'身前身后事茫茫,欲话因缘恐断肠。吴越山川寻已遍。却回烟棹上瞿唐。'《冷斋夜话》云尝欲以异闻之叔党,即此事也。"文渊阁《四库全书》本,第591册,第434页下—第435页上;《蜀中广记》卷二三《名胜记第二三·下川东道·万县》云:"碑目又云:'大云寺碑有唐僧圆泽传及元和间万州守李羲书圣业院碑。在周溪大江之滨,三生石旁。薛封,可见者咸通三年壬子岁十一月建十余字耳。'按周溪在县东四十里。"文渊阁《四库全书》本,第591册,第294页下—第295页上。

使得小说弥漫着一种湖湘之地特有的《九歌》式的楚辞风情。需要说明的是,唐人小说的"诗味",并不仅仅凭借诗歌的引入,更多的是通过诗意的叙述特别是以景写情的方法来实现,如上引《圆观》描写二人于天竺寺外相见的情景,即是如此。

而如沈亚之《秦梦记》等中人神情恋模式下的神女意象,则又使小说充满了浓至的"情味"。《秦梦记》以第一人称叙述了这样一个故事:亚之在去邠州的路途上,"客橐泉邸舍","昼梦入秦"。梦中,因辅佐西乞术伐河西立功,得晋五城,为穆公赏识,嫁以爱女弄玉,授以要职,成为朝廷重臣。婚后亚之与弄玉感情深笃,但好景不长。次年春,弄玉无疾而终,亚之被遣回国。悲伤之际,亚之大梦忽醒,发现自己尚在邸舍。明日,亚之将此梦告诉友人崔九万,崔说橐泉正是穆公墓所在地。亚之进而求证,果如崔言。① 从《秦梦记》故事情节的设计看,沈亚之实际上是在路过秦穆公橐泉宫遗址时突发思古幽情,于是借改构神女弄玉来抒发其"窈窕之思"。秦穆公小女弄玉本是仙人萧史的妻子,也已成仙,而作者却大胆改构传说,硬生生拆散这对神仙眷属,安排萧史先死,自己取而代之,成了弄玉的后夫,演绎出自己与弄玉新的情恋故事。整篇小说借叙写亚之与弄玉的情恋故事,并以弄玉形象为依托,抒发了一种对美的向往与憧憬以及美的得而复失的失落与迷茫情感,营造出充满诗情画意却又空幻缥缈的幽微感伤情致。沈亚之自言"又能创窈窕之思,善感物态",且工为"情语",②他的《感异记》《湘中怨解》也如《秦梦记》一样,着意表现的都是一个"情"字。实际上,不管是《秦梦记》中的弄玉,还是《感异记》中的神女张女郎姊妹、《湘中怨解》中的仙姝氾人,都是他借以写情与达情的对象。

唐人小说中多此类通过人神情恋模式改构传统民俗神女形象的故事,这些故事往往利用人神情恋情节模式中注定的分离结局,来抒发忧伤情怀。故唐人的人神情恋故事,多借这种种传统情节模式的基本架构,以

---

① 沈亚之:《秦梦记》,李剑国辑校《唐五代传奇集》第二编卷一三,中华书局2015年版,第851—854页。

② 沈亚之:《沈下贤文集》卷二《为人撰乞巧文》,《鲁迅辑录古籍丛编》第四卷,人民文学出版社1999年版,第四册,176页。

一个个被改构甚至是重塑的神女为对象,来宣泄情感,他们往往把那种两相悦慕却无法常相厮守的感伤与苦痛写得委婉缠绵,诗意无限,实际上已将人神情恋故事范型,变成一种情感宣泄的载体。

唐人多情,寄之于文学,故工为"情语",诗既如此,小说亦如是。正如明人伪托洪迈、刘攽所言:"洪容斋谓唐人小说,不可不熟,小小情事,凄惋欲绝。刘贡父谓小说至唐,鸟花猿子,纷纷荡漾。"①道出了唐人小说擅于写情、达情的特点。清人章学诚则直接将唐人小说比作"乐府古艳诸篇",他说:"大抵情钟男女,不外离合悲欢……其始不过淫思古意,辞客寄怀,犹诗家之乐府古艳诸篇也。"②意谓唐人小说在写情、达情方面可以和乐府中的抒情篇什相媲美,而民俗意象特别是诸如那些被改构甚至重塑的神女意象在传情与达情方面的突出表现力,是值得关注的。

再如前文论及牛僧孺《玄怪录·古元之》《续定命录·李行修》中的"竹马"意象等,则又给小说增添了几许烂漫的"趣味"。竹马本为儿童游戏,《古元之》中的古元之远祖古弼,以及《李行修》中的九娘子侍婢截竹而跨,居然能"飞举甚速""迅疾如马"。儿童胯下的竹马,在小说中成了表现法术的奇异之物,横生一种妙趣。

段成式《酉阳杂俎序》云"固服缝掖者肆笔之余,及怪及戏,无侵于儒"道出一个事实,那就是唐人常以游戏心态为小说,且常常标榜所作乃为"助谈资"。如韦绚《刘宾客嘉话录序》云:"传之好事,以为谈柄也。"③佚名《大唐传载序》云:"虽小说,或有可观,览之而哂而笑焉。"④故唐人小说多"趣味",许多唐人小说并不表现或者承载严肃的主题与思想,"它只不过是在表现某种兴趣,或者说趣味——一种生活情趣,一种奇趣,一种

---

① 桃源居士:《唐人小说》序,上海文艺出版社1992影印上海扫叶山房石印本,第1页。
② 章学诚撰,叶瑛校注:《文史通义校注》卷五《诗话》,中华书局2004年版,第560—561页。
③ 韦绚撰,阳羡生校点:《刘宾客嘉话录》序,《唐五代笔记小说大观》上册,上海古籍出版社2000年版,第792页。
④ 佚名撰,恒鹤校点:《大唐传载》序,《唐五代笔记小说大观》上册,上海古籍出版社2000年版,第883页。

谐趣,一种文趣"。① 而民俗意象中的这种"趣味"蕴涵常常十分突出。如《玄怪录·刘讽》,小说只是鲜活而细致地呈现了一次月下宴聚的过程,是一个典型的宴聚意象,实际上是借女鬼们的月下聚会表现一种文人雅集之趣。再如《玄怪录·董慎》,叙隋大业元年,兖州左使董慎为泰山府君所追,来到幽冥地府,替泰山府君断狱的过程。小说言幽冥地府之事,呈现出一幅独特的幽冥世界图景:泰山府君只不过是董慎的邻家,因正要审判者是太元夫人三等亲,不愿承担枉法之责,追来董慎帮其断狱;而董慎闻知缘由后,亦推托不判,推荐常州府秀才张审通来处理此事。在这一过程中,泰山府君闻冥吏范慎唱"追董慎到",大笑曰:"使一范慎追一董慎,取左曹布囊盛一右曹录事,可谓能防慎矣。"以人名与官名调侃,诙谐幽默。后张审通的初判为天曹所责,泰山府君被罚,迁怒于审通,审通被"方寸肉塞却一耳,遂无闻"。审通乃改判,天曹以为允当,泰山府君获得褒奖,乃为审通加一耳:"因命左右割下耳中肉,令一小儿擘之为一耳,安于审通额上。"并云:"塞君一耳,与君三耳,何如?"张审通"数日额角痒,遂踊出一耳,通前三耳,而踊出者尤聪。时人笑曰:'天有九头鸟,地有三耳秀才。'亦呼为鸡冠秀才者。"② 如此之类,异想联翩,良多趣味。不难看出,《董慎》中的这个幽冥地府与凝固在人们观念中的幽冥地府大异其趣,全无因果报应的严肃与庄严、量罪定罚的无情与恐怖,形成一个特殊的幽冥意象。而小说作者显然也并不想凭借它图解报应之类的主题,或以描写幽冥罪罚的不爽教人为善,而仅仅意在表现一种谐趣而已。

当然,唐人小说中由于民俗意象的运用而形成的特殊之"味"是多方面的,其发生方式也是多种多样的,这里仅略举数端。概而言之,唐人小说的独特之"味",我们不妨称为"唐味",这种"唐味"在唐人小说中的形成与呈现,民俗意象的大量运用当是重要因素。总之,对唐人小说民俗意象存在与运用的爬梳、考察,对全面、准确地理解与把握唐人小说的美学品格,拓宽唐人小说研究的视野,无疑都是有积极意义的。

---

① 李剑国:《唐五代志怪传奇叙录》(增订本)代前言"唐稗思考录",中华书局2017年版,第90页。
② 牛僧孺撰,程毅中点校:《玄怪录》卷六"董慎",中华书局2014年版,第55—57页。

六

唐人小说中有大量的民俗意象存在,本书即撷取唐人小说中所呈现的若干民俗意象,并对这些民俗意象进行粗略的爬梳,分析这些民俗意象的社会文化心理背景,揭示这些民俗意象描写在小说人物塑造、情节建构、主题表达方面的功用及其审美价值,以期在一个全新的视角上审视唐人小说,这是本书写作的目的所在。

本书分为七章:

导论部分对唐人小说的基本生态略作解析。在宏观的层面上对唐人小说进行整体观照,目的在于速写式地勾勒出唐人小说的基本面貌,弄清唐人小说源出何处?唐人小说有何种审美趣尚?唐人小说有哪些艺术特征?唐人小说并不是凭空产生,鲁迅先生认为"传奇者流,源盖出于志怪",这仅是一个方面,唐人小说实又与汉魏六朝杂传有密切关系,是在汉魏六朝杂传小说化的基础上孕育、发展起来。明人胡应麟针对唐前雏形小说与唐人小说的差别时说:"凡变异之谈,盛于六朝,然多是传录舛讹,未必尽幻设语。至唐人乃作意好奇,假小说以寄笔端。"[①]唐人小说之所以有别于雏形小说,乃在于唐人小说有着自己独特的审美追求,沈既济在《任氏传》结尾处针对任氏及郑生"著文章之美,传要妙之情"的议论[②],道出了唐人小说的审美追求。也正是这种强调小说美学特征的审美追求,形成了唐人小说别具一格的艺术特征:文备众体,史才、诗笔与议论相结合。

第一章对唐人小说中命定观念影响下所呈现出的唐人婚恋俗尚进行探讨。唐人以为,人的命运,不是自己可以确定和改变的,从一出生,就已在冥冥之中被安排好了,且不可改变,这一观念影响着唐人对人生际遇与经历的看法和解释。而姻缘前定是这一观念在婚恋领域的体现,与此相

[①] 胡应麟:《少室山房笔丛》卷三六已部《二酉缀遗中》,上海书店出版社2001年版,第371页。

[②] 沈既济:《任氏传》,李剑国辑校《唐五代传奇集》第二编卷一,中华书局2015年版,第443页。

关,在唐人小说中形成了极具特色的民俗意象,月老形象就是其中的代表,是命定观念在婚恋领域的艺术化与形象化。而冶游之习以及由此投射到唐人小说中而产生的士子与妓女的情恋以及其他于婚姻之外演绎的许多荡气回肠的才子佳人式的完美爱情,则是唐人特别是唐代士人在无奈现实婚姻之外对理想爱情的追求,是躁动于他们心中的虚幻憧憬与渴望。

第二章对唐人小说中游戏女神心态支配下改构女神形象及其方式略加阐说。唐人小说颠覆了许多传统的女神形象,形成了一组独特的民俗意象,在某种程度上开启了审视传统民间神仙形象的新视角。唐人小说中对传统女神形象的改构,在绝大多数情况下是通过人神情恋来实现的。人神情恋是唐人小说改构女神形象、颠覆传统女神形象的一种主要方式,而这些人神情恋故事,亦折射出唐代士子内心在情恋方面难以言说的隐秘。

第三章对唐人小说中所呈现出的节庆宴聚习俗略加爬梳。唐代节日很多,一年之中有元日、立春、人日、上元、晦日、中和节、二社日、寒食、清明、上巳、端午、七夕、中元、中秋、重阳、下元、冬至、腊日、岁除,此外还有佛诞日、皇帝诞日及老子诞日等。唐人在节庆宴聚中的各种习俗,在唐人小说中构成了一幅幅特有的民俗意象画卷,清晰而全面地展现出唐时民间的节庆、宴聚风俗。

第四章对唐人小说中所体现出来的龙与龙宫俗信略加论析。中华民族自称"龙的传人",足见龙在中华民族文化心理中的特殊地位。中华民族对龙的崇拜,从史前时期就已开始,自汉末以来,随着佛教传入中国,佛教经典中关于龙的种种传说与故事,与中国传统的龙崇拜相结合,大约在隋唐之际,逐渐形成了龙王信仰。无论是在龙崇拜的上古至秦汉,还是随着佛教传入而形成龙王信仰的过程中及其以后,龙总是以各种方式和形象出现在文学作品特别是小说中,唐人小说中就出现了众多与龙有关故事,这些故事不仅呈现出唐人关于龙的种种奇幻想象,也折射出唐人崇龙的种种观念与习俗。

第五章对唐人小说中所呈现的幽冥世界意象略做梳理。唐人的鬼神观念承继传统,同时,又与唐代社会文化相联系,带有显著的时代特征,这在唐人小说的幽冥世界意象中有着充分的体现,唐人小说中的幽冥世界意象,往往折射出唐代社会独有的幽冥观念,并因此呈现出独特的唐时民间丧葬、祭祀风情,具有特殊的审美价值。

第六章对唐人小说中民间游戏与行旅意象略作讨论。唐时民间流行有各种各样的儿童游戏,如竹马、藏钩、秋千、斗草、踢球、放纸鸢等。唐时民间流行的各种儿童游戏,在唐人小说中亦有呈现。而小说中的这些童戏意象,往往被赋予奇特的功用,颇见天真的异想与机趣,亦可见唐时鲜活的人情世态,其所具有的独特美学价值是值得注意的。

导论　唐人小说的生态图式

第一节　唐人小说的源起

唐人小说抑或唐代小说，人们习惯上称之为传奇小说或唐人传奇。与以志怪名先唐传录鬼神怪异之事的雏形小说一样，以传奇名唐人所作的不同于志怪的新小说，是后世在比较、选择中逐渐形成的。

一、传奇之名的确立

在唐代，虽已出现了裴铏将自己的小说集名为《传奇》之事，但这时的传奇之称显然不是对当时小说的通称。究其含义，"传"是动词，是记的意思，"奇"是怪异的意思，即"传奇"与"志怪"同义，只不过传奇之"奇"的含义比志怪之"怪"的内涵包容更广，不仅指超现实的奇怪之事，也指现实生活中的奇异之事。①

北宋时，陈师道《后山诗话》言及传奇，其文云："范文正公为《岳阳楼记》，用对语说时景，世以为奇。尹师鲁读之曰：'《传奇》体耳'。《传奇》，唐裴铏所著小说也。"②显然，陈师道所言《传奇》，也并不是一种通称，仍指裴铏所著之书。

传奇有通称唐代新小说之意，当始于南宋，谢采伯曾云："经史本朝文艺杂说几五万余言，固未足追媲作者，要之无抵牾于圣人，不犹愈于稗官

---

① 李剑国先生对此有详细论述，见《唐五代志怪传奇叙录》代前言"唐稗思考录"，中华书局2017年版，第8页。
② 陈师道：《后山诗话》，何文焕辑《历代诗话》，中华书局2001年版，第310页。

小说、传奇、志怪之流乎？"①谢采伯把稗官小说、志怪、传奇并举，似乎对唐人小说和六朝志怪之间的不同已有所认识，并有区分之意。

至元代，以传奇呼唐人新小说的意思就更为明显了，虞集于《写韵轩记》云："唐之才人，于经艺道学有见者少，徒知好为文辞，闲暇无所用心，辄想像幽怪遇合、才情恍惚之事，作为诗章答问之意，傅会以为说。盍簪之次，各出行卷，以相娱玩，非必真有是事，谓之传奇。元稹、白居易犹或为之，而况他乎。"②虞集把唐人的那些闲暇无可用心时所作多想象幽怪遇合、才情恍惚之事、传会为说、以为娱玩的小说称为传奇，指称甚明。陶宗仪亦有类似之言："唐有传奇，宋有戏曲、唱诨、词说，金有院本、杂剧、诸宫调。"③降及明代，传奇小说的指称则更为明显和具体，杨慎云："诗盛于唐，其作者往往托于传奇小说神仙幽怪以传于后。"④胡应麟区分小说为六类，其中有传奇一类，而"唐人传奇"一语，亦创于明代的臧懋循："近得无名氏《仙游》《梦游》二录，皆取唐人传奇为之敷演。"⑤

传奇一词在其语义的发展中逐渐形成了指称唐代小说的含义，不过，它在形成这一含义的过程中并没有排除其他含义。在宋代，传奇也指说唱技艺中小说一类中的一家。耐得翁《都城纪胜·瓦舍众伎》中说："说话有四家：一者小说，谓之银字儿，如烟粉、灵怪、传奇……"⑥在元代，传奇也指此时流行的杂剧，元人钟嗣成《录鬼簿》中即把杂剧称作传奇。明人贾仲名的《录鬼簿续编》亦沿用此称。又如，杨维桢《元宫词》云："《尸谏灵公》演传奇，一朝传到九重知。奉宣赍与中书省，诸路都教唱此词。"⑦后来兴起的南戏，亦以传奇呼之。如徐渭《南词叙录》"传奇"条云："裴铏乃吕用之之客。用之以道术愚弄高骈，铏作《传奇》，多言鬼事

---

① 谢采伯：《密斋笔记》序，文渊阁《四库全书》本，第864册，第644页下。
② 虞集：《道园学古录》卷三八《写韵轩记》，文渊阁《四库全书》本，第1207册，第545页上。
③ 陶宗仪：《辍耕录》卷二五，文渊阁《四库全书》本，第1040册，第685页下。
④ 杨慎撰，王仲镛笺证：《升庵诗话笺证》卷一一"唐人传奇小诗"条，上海古籍出版社1987年版，第413页。
⑤ 臧懋循：《负苞堂集》卷三《弹词小序》，古典文学出版社1958年版，第57页。
⑥ 孟元老等著：《东京梦华录》（外四种），古典文学出版社1957年版，第98页。
⑦ 王国维：《宋元戏曲史》，上海古籍出版社1998年版，第130页。

韶之,词多对偶。借以为戏文之号,非唐之旧矣。"①直到现在,明清以"南调"为主的长编戏曲仍被称作传奇。

在近代小说史的研究中,鲁迅先生著《中国小说史略》及《中国小说的历史的变迁》,亦以传奇名唐代兴起的与六朝志怪不同的新小说,得到学术界的普遍认同。李剑国先生言:"用'传奇'——记述奇人奇事——来概称唐代新体小说,实在是一个天才发明。"②故本书亦沿用之。

二、"源出于志怪"之缺失

唐人小说亦即唐人传奇,无疑是中国古典小说发展史上的一座里程碑,它标志着中国古代成熟小说艺术的出现。对此,前人已有充分的认识,并有精辟的论断:明代的胡应麟说:"凡变异之谈,盛于六朝,然多是传录舛讹,未必尽幻设语。至唐人乃作意好奇,假小说以寄笔端。"③鲁迅先生多次论及唐人传奇,于此更为详备,他在《中国小说史略》第八篇《唐之传奇文》(上)中说:"小说亦如诗,至唐代而一变,虽尚不离于搜奇记逸,然叙述宛转,文辞华艳,与六朝之粗陈梗概者较,演进之迹甚明,而尤显者乃在是时则始有意为小说。"在第十篇《唐之传奇集及〈杂俎〉》中谈及牛僧孺《玄怪录》时又说:"其文虽与他传奇无甚异,而时时示人以出于造作,不求见信……"在《中国小说的历史的变迁》第三讲《唐之传奇文》中说:"小说到了唐时,却起了一个大变迁。我前次说过:六朝时之志怪与志人底文章,都很简短,而且当作记事实;及到唐时,则为有意识的作小说,这在小说史上可算是一大进步。而且文章很长,并能描写得曲折,和前之简古的文体,大不相同了,这在文体上也算是一大进步。"在《六朝小说和唐代传奇文有怎样的区别?》中说:"唐代传奇文可就大两样了:神仙人鬼妖物,都可以随便驱使;文笔是精细,曲折的,至于被崇尚简古者所诟病;所叙的事,也大抵具有首尾和波澜,不止一点断片的谈柄;而且作者往

---

① 徐渭撰,李复波、熊澄宇注释:《南词叙录注释》,中国戏剧出版社1989年版,第86页。
② 李剑国:《唐五代志怪传奇叙录》(增订本)代前言"唐稗思考录",中华书局2017年版,第8页。
③ 胡应麟:《少室山房笔丛》卷三六己部《二酉缀遗中》,上海书店出版社2001年版,第371页。

往故意显示着这事迹的虚构,以见他想象的才能了。"①鲁迅先生从作者的创作意识及在与魏晋南北朝雏形小说的比较中鲜明生动地揭示了唐人传奇的特质,如虚构、情节的曲折、文辞的华美精细等,说明了唐人传奇成熟的小说艺术特征。汪辟疆、王庆菽等亦有相类阐说。② 当代学者如程毅中、张稔穰、吴志达、石昌渝、董乃斌、侯忠义、李剑国、李悟吾及日本学者汪丙堂等也都有论述,所以,在学术界,这一点是具有普遍性的共识。

作为成熟小说艺术形式的唐人传奇,它在形象塑造及叙事建构等方面都取得了很高的艺术成就,正如《五朝小说·唐人百家小说序》所言唐人传奇把"鸟花猿子"也写得"纷纷荡漾",把"小小情事"也写得"凄惋欲绝"。③ 读唐人传奇,如彭翥所言:"陟岱华之雄奇,摩天扪宿,而烟岑丹壑,寸步玲珑,未可刮我屐齿也。溯河海之浩瀚,浴日排空,而别渚芳洲,尺波澄澹,未可临流而返也。"④可以说,唐人传奇无论是在题材、主题、内容,还是在体制、语言等方面,都有着独特的艺术个性,也正因为如此,它才被后世称为"传奇文"。显然,传奇文不能凭空产生。

对于唐人传奇之渊源,中国古典小说研究的奠基者鲁迅先生说:"传奇者流,源盖出于志怪。"⑤也就是说唐人传奇主要是在汉魏六朝志怪小说的基础上进化而成的。先生的论断清晰而明了,此结论便为学术界所广泛认同。

鲁迅先生的这一论断无疑是经典性的,只是,这一结论虽出于高度精炼的概括,却给人以过于简略之感,而且,基于此种认识,有许多问题无法解决,比如,传奇文体,它与志怪有何联系?除此而外,还有其他诸多方面

---

① 分别见:鲁迅:《中国小说史略》第八篇《唐之传奇文》(上),第十篇《唐之传奇集及〈杂俎〉》,东方出版社 1996 年版,第 51 页,第 67 页;《中国小说的历史的变迁》第三讲《唐之传奇文》,《鲁迅全集》第九卷,人民文学出版社 2005 年版,第 323 页;《六朝小说和唐代传奇文有怎样的区别?》,《鲁迅全集》第六卷,人民文学出版社 2005 年版,第 335 页。
② 分别见:汪辟疆:《唐人小说在文学上之地位》,程千帆编《汪辟疆文集》,上海古籍出版社 1988 年版,第 604 页;王庆菽:《小说至唐始达成立时期之原因》,《中央日报·文史周刊》1947 年 10 月 6 日第 62 期。
③ 桃源居士:《唐人小说》序,上海文艺出版社 1992 年影印上海扫叶山房石印本,第 1 页。
④ 彭翥:《唐人说荟序》,丁锡根编《中国历代小说序跋集》,人民文学出版社 1996 年版,第 1795 页。
⑤ 鲁迅:《中国小说史略》第八篇《唐之传奇文》(上),东方出版社 1996 年版,第 52 页。

存在的疑点也无法解释。

但是,这却是人们梳理事物源流惯常的方法——简化——摒弃杂芜,简化历史,让事物的源流清晰起来。这种做法是必要的,因为,当人们站在时间的这端回望过去的时候,呈现在人们面前的历史总是杂乱无章地堆放着,且常有"断裂"①地带,即非连续性现象的存在。为了合乎"逻辑"地描述事物的历史,人们总要在杂乱无章的遗物或痕迹中,拈出显而易见的东西,并把它们串联起来,以此来获得对事物源流的最初认识。

三、汉魏六朝杂传之启导

既然汉魏六朝的志怪小说作为唐人传奇的渊源所在无法完全解释诸如传奇文体的来源等问题,这说明,把汉魏六朝的志怪小说作为唐人传奇的唯一源头是不确妥的,亦即,除志怪而外,唐人传奇还当另有所本。而这另一渊源,就是汉魏六朝杂传。

汉魏六朝时期,杂传创作十分繁荣,很多学者也都注意到了这一点,《隋书·经籍志》杂传类序在说明为何要立杂传一门时,其理由之一就是"相继而作者甚众"。刘勰也说:"及魏代三雄,记传互出……至于晋代之书,繁乎著作……"②描绘了魏晋南北朝时期杂传创作的繁荣局面。《隋书·经籍志》史部杂传类中共著录有杂传二百一十七部,一千二百八十六卷。通计亡书,合二百一十九部,一千五百零三卷。《隋书·经籍志》杂传类所著录,基本上都是汉魏六朝时期的作品,这已是相当大的一个数字。但清人姚振宗在其《隋书经籍志考证》一书中统计,汉隋之际的杂传共有四百七十部,这比《隋书·经籍志》著录的多出一倍多。其实,据笔者考察,姚氏的统计仍有遗漏,汉魏六朝时期的杂传还远不止这些。

正史之外的汉魏六朝杂传,由于其处境的边缘化,远离甚至可以说摆脱了正统史传写作规范的束缚和制约,在创作上进行了很多新的尝试,逐渐形成了很多异于正史的新特点,而最突出之处,就是普遍的小说化倾

---

① [法]福柯语。见《知识考古学·引言》,三联书店1998年版,第2页。
② 刘勰撰,范文澜注:《文心雕龙注》卷四《史传》第十六,人民文学出版社1998年版,第285页。

向。也正是因为其普遍的小说化,才使汉魏六朝杂传成为唐人传奇的重要源头。

杂传是史之一体,从正史列传中分化而来,刘向将司马迁纪传史体中的列传取出单行,作《列女》《列士》《列仙》《孝子》诸传,杂传文体最终形成,成为史之一体。不能否认,杂传与正统史传显然有着千丝万缕联系,但它毕竟又已不在正史,《隋书·经籍志》对它的定位是:"盖亦史官之末事也。"①既然是史官之末事,对于史的传统与规范,对于史的责任与义务,对于史的追求与理想,它都可以置之不顾。对于其所选用的资材,它往往"根据肤浅、好尚偏驳"②,不考虑真实的历史,根据一己之喜好来选用,对那些"杂以虚诞怪妄之说"③、"鬼神怪妄之说"④者也多加传录,甚至"穿凿旁说"、移植改造、虚构故事。在叙事建构方面,偏离了对史实的客观陈述,又常常"莫顾实理""伟其事""详其迹"⑤,按照自己的意愿叙写与述说,"或虚加练饰,轻事雕彩;或体兼赋颂,词类俳优"地藻饰增华。对人物的评判,它也不顾客观与公正,"轻弄笔端,肆情高下"⑥。如此,也就造成了汉魏六朝杂传的边缘化,更确切地说,是徒具史的身份,却实已多具小说品格而"通之于小说"⑦,即刘知幾所谓:"文非文,史非史,譬夫乌孙造室,杂以汉仪,而刻鹄不成,反类于鹜者也。"⑧在不自觉中小说化了。

汉魏六朝杂传的小说化倾向,突出地表现在诸如人物传写、叙事建构、风格取向等方面。

在人物传写方面:汉魏六朝杂传,不仅抛弃正统史传对人物的历史

---

① 魏徵等:《隋书·经籍志》杂传类序,中华书局2011年版,第982页。
② 《宋两朝艺文志》传记类序,马端临《文献通考·经籍考》杂史各门总杂传类序引,华东师范大学出版社1985年版,第537页。
③ 魏徵等:《隋书·经籍志》杂传类序,中华书局2011年版,第982页。
④ 焦竑:《国史经籍志》卷三传记类序,《丛书集成初编》本,中华书局1985年版,第100页。
⑤ 刘勰撰,范文澜注:《文心雕龙注》卷四《史传》第十六,人民文学出版社1998年版,第287页。
⑥ 刘知幾撰,浦起龙释:《史通释》卷六《浮词》,上海古籍出版社1978年版,第161页。
⑦ 《宋两朝艺文志》传记类序,马端临《文献通考·经籍考》杂史各门总杂传类序引,华东师范大学出版社1985年版,第537页。
⑧ 刘知幾撰,浦起龙释:《史通释》卷六《叙事》,上海古籍出版社1978年版,第180页。

化定位，关注个体生命，描写日常生活，人物传写趋向生活化；而且摆脱了史传对政治资鉴和道德劝诫目的的追求，关注人物性格，注重对人物的性格刻画，人物传写趋向个性化；并运用细节描写等手法，对人物进行从外貌到性格品行的传神写照，刻画出一个个充满个性的人物形象；可以说，在汉魏六朝杂传的人物传写中，人物本身及其性格成为真正的焦点。杂传以人物性格刻画为重心，最典型的例子当是《赵飞燕外传》，此传的最成功之处就是对人物性格的刻画和表现。作品最重要的人物是赵飞燕姊妹和汉成帝三人，围绕三人的关系编织故事情节，构成一帝二妃的三角关系，其基本内容都集中在物欲和情欲方面，通过人物之间在欲望驱动之下互相依附又互相冲突的关系，生动展现出人物性格，凸显出鲜明的人物形象。二赵形象的共同特征是淫荡和争宠，对此作品有丰富的情节描写。但二赵又明显有别，其行为方式和情感脾性显示出各自鲜明的独特性。而其他如《曹瞒传》《郭林宗别传》《邴原别传》等对人物的传写，也都基本着眼于人物的性格。同时，汉魏六朝杂传中作者个性的表露和作者对人物原型的创造性改造、加工，都导致了杂传展现出来的人物形象与历史真实人物之间的相互分离，具有了个人主观意趣的虚构形象的特征，如《东方朔传》中的东方朔及《汉武故事》《汉武内传》中的东方朔、汉武帝等就与真实的历史人物之间有了相当的距离。而如《杜兰香传》中的杜兰香、《曹著传》中的徐婉、《神女传》中的成公智琼等人物，已基本可以说是完全出于虚构了。故就人物传写的取向与重心以及人物形象本身的特征而言，汉魏六朝杂传的人物传写是有小说化倾向的。

在叙事建构方面：汉魏六朝杂传的叙事建构，依据其目标指向的转移，即从对历史事实及其政治资鉴和道德劝诫意义的关注转向了对历史上的生命个体本身及其性格的关注，放弃了正统史传"关国家盛衰，系生民休戚，善可为法，恶可为戒者"的事类去取标准，不再看重事类的重大、真实与否，而在于事类是否反映了生命个体的品性和精神，在事类的选择与运用上，倾向于琐细化、庸常化，并不弃传闻、虚诞，甚至移植、虚构故事；同时，在叙事方式上，也背离了正统史传叙事尚简的基本范则，以详赡化、细节化的演绎方式和场景化、戏剧化的呈现方式取代了正统史传主要由叙述者——史家——概述的叙事方式;并且在继承史传叙事结构的基础上,重视线索、引入悬念、注意前后呼应,叙事结构也有了许多突破和新变。叙事事类的选择运用、叙事方式、叙事结构上的这些变化,使汉魏六朝杂传的叙事建构,虽然承正统史传而来,但已明显与之有了很大的差异。如《文士传·祢衡传》中一节:

后至八月朝会,大阅试鼓节,作三重阁,列坐宾客。以帛绢制衣,作一岑牟、一单绞及小裈。鼓吏度者,皆当脱其故衣,着此新衣。次传衡,衡击鼓为《渔阳》掺挝,蹋地来前,蹻跂脚足,容态不常,鼓声甚悲,音节殊妙。坐客莫不慷慨,知必衡也。既度,不肯易衣。吏呵之曰:"鼓吏何独不易服?"衡便止。当武帝前,先脱裈,次脱余衣,裸身而立。徐徐乃着岑牟,次着单绞,后乃着裈。毕,复击鼓掺挝而去,颜色无怍。①

显然,《文士传·祢衡传》的叙事建构与正统史传有了很大的不同而已非常接近小说的叙事了。总而言之,由于叙事事类的传闻、虚诞、移植、虚构等特征使其具有了虚构性,由于叙事的详赡化、细节化、场景化、戏剧化而使其具有了形象性,也使其中的虚构具有了生活及事理意义上的真实感,由于其各种叙事结构技巧的运用而产生了强烈的叙事效果等,特别是叙事建构在总体上所表现出来的故事性、情节性,无疑使汉魏六朝杂传的叙事建构具有了小说叙事的特点,或者说呈现出明显的小说化倾向。

在风格取向方面:汉魏六朝杂传从正统史传儒雅素朴、沉稳庄重的单一风格中摆脱出来,风格趋向多样化,而在多样化的风格中,有两个显著的特征,即藻饰化和谐谑化。藻饰化无疑使汉魏六朝杂传避免了正统史传行文的枯燥和乏味,叙事也因此变得生动和形象,给汉魏六朝杂传带来了显著的文学愉悦特性;谐谑化使汉魏六朝杂传从正统史传的圣坛上走了下来,史传的庄重严肃色彩减弱,而具有了轻松的以文为戏、游心寓

---

① 刘义庆著,刘孝标注,余嘉锡笺疏,周祖谟等整理:《世说新语笺疏》,上海古籍出版社1996年版,第64页。

目的性质。如《夏仲御别传》中的一段：

> 仲御诣洛，到三月三日，洛中公王以下，莫不方轨连轸，并至南浮桥边禊。男则朱服耀路，女则锦绮灿烂。仲御时在船中，曝所市药，虽见此辈，稳坐不摇，贾公望见之，深奇其节，愿相与语。此人有心胆，有似冀缺，走问船中安坐者为谁，仲御不应，重问，徐乃答曰："会稽北海间民夏仲御。"①

又如《诸葛恪别传》中的一段：

> 太子尝嘲恪："诸葛元逊可食马矢。"恪曰："愿太子食鸡卵。"权曰："人令卿食马矢，卿使人食鸡卵，何也？"恪曰："所出同耳。"权大笑。②

《夏仲御别传》文对洛中众人及夏仲御行为举止的描绘，极尽铺陈，且文辞华赡，语带骈偶，这种叙事风格在史传中是很难见到的，但在传奇文中却是普遍的存在。《诸葛恪别传》文充满谐谑、幽默味道。所以，从其藻饰化、谐谑化所带来的愉悦、娱乐性质而言，汉魏六朝杂传风格取向亦可以说具有显著的小说化倾向。

当然，本书认为汉魏六朝杂传多具小说品格，有着普遍的小说化倾向，但也不否认汉魏六朝杂传中有一些杂传不具小说品格，根据其中小说品格的强弱，汉魏六朝杂传基本分为三种类型，即史传性杂传、小说性杂传和亚小说性杂传，其中的史传性杂传，就基本不具小说品格，如果作简单的量化，在汉魏六朝杂传中，史传性杂传大约占总数的四分之一，很显然，史传性杂传并不是汉魏六朝杂传的主流，小说性杂传与亚小说性杂传

---

① 欧阳询撰，汪绍楹校：《艺文类聚》卷四《岁时中·三月三日》，上海古籍出版社1999年版，第63页。
② 陈寿撰，裴松之注：《三国志》卷六四《吴书·诸葛恪传》裴注，中华书局2000年版，第1430页。

才是汉魏六朝杂传的主流,亦即,汉魏六朝杂传具有普遍的小说化倾向即是就主流——大量的小说性杂传和亚小说性杂传——而言。同时,本文认为汉魏六朝杂传具有小说化倾向,而这种小说化倾向,也并不是一个在时间流程上显示出来的渐进过程。也就是说,汉魏六朝杂传的小说化不是按历史时间顺序——由两汉到三国、由三国到两晋、由两晋到南北朝——由隐而显、由少而多、由弱而强的过程。而是在总体上呈现出来的一种倾向、一种趋势,不具有时间性。早期的许多杂传如《东方朔传》《赵飞燕外传》《汉武故事》《洞冥记》《汉武内传》《曹瞒传》等就表现出强烈的小说品格,而如《赵飞燕外传》甚至被视为"传奇之首"。但南北朝时期的许多杂传,小说性内蕴却不甚鲜明。

汉魏六朝杂传的小说化,实质是向唐人传奇的趋近或转化,唐人传奇正是在此基础上孕育、发展起来。可以说,汉魏六朝杂传中的小说性杂传和亚小说性杂传,正是唐人传奇之先声。试看《雷焕别传》一文:

> 焕字孔章,鄱阳人。善星历卜占。晋司空张华夜见异气起牛斗,华问焕"见之乎?"焕曰:"此谓宝剑气。"华曰:"时有相吾者云:'君当贵达,身佩宝剑。'此言欲效矣。"乃以焕为丰城令。焕至县,移狱掘入三十余尺,得青石函一枚,中有双剑,文采未甚明。焕取南昌西山黄白土用拭剑,光艳照耀。乃送一剑并少黄土与华,自留一剑。华得剑并土,曰:"此干将也,莫邪已复不至,而然天生神物,终当合耳。"乃更以华阴赤土一斤送与焕。焕得磨剑,鲜光愈亮。及华诛,剑亡玉匣,莫知所在。后焕亡,焕子爽带剑经延平津,剑无故堕水。令人没水逐觅,见二龙长数丈盘交,须臾,光采微发,曜日映川。①

《雷焕别传》无疑是一篇小说性杂传,其主要内容是写宝剑的,此显然是借古已有之的关于干将、莫邪宝剑的传说,附之于张华、雷焕,敷演而成。传文从宝剑即将出现的预兆写起,然后叙述发现过程,最后以宝剑重

---

① 李昉等:《太平御览》卷三四三《兵部七四·剑中》,中华书局1998年版,第1577页。

新消失结束。故事情节完整,充满奇幻色彩,小说品格十分鲜明和突出,基本可以看作是一篇关于宝剑的传奇故事。

正史之外的汉魏六朝杂传,由于与史的疏离状态,较少受到正统史传撰写规范的束缚和制约,从而在不自觉中走向了小说,孕育了传奇的胚胎。①

必须指出,在学术界,不少学者亦业已意识到杂传是唐人传奇的重要源头,比如,程千帆就曾说:"而西汉之末,杂传渐兴……其体实上承史公列传之法,下启唐人小说之风,乃传记之重要发展也。"②程毅中、石昌渝、王恒展也有类似论说,此不一一列举。不过,他们的认识多是结论式的概括,没有作进一步的展开和解析。另外,也有学者在对具体杂传的分析中指出了杂传与传奇血缘联系的线索,如程毅中先生分析了《赵飞燕外传》《智琼传》《杜兰香传》,并指出杂传主要是在体制方面影响了传奇;李剑国先生在《唐五代志怪传奇叙录》《隋唐五代文学史》《怎样读唐传奇》《文言小说的理论研究与基础研究》《〈神女传〉〈杜兰香传〉〈曹著传〉考论》等专著和论文中也多次谈到杂传与唐人传奇之间的血缘联系。还有的学者则笼统地认为唐人传奇渊源于史传。如李宗为说:"传奇体的形成受到史传体极大影响是毫不奇怪的……"③言唐人传奇渊源于史传,虽不无道理,但史传之称,一般是指正史列传④,显而易见,正史列传与唐人传奇的关系是比较疏远的,除了外在形式略有相似之处外,余皆不类,而且,正史特别讲究"实录"、"信史",要求史事的确凿无疑,"盖文疑则阙,贵信

---

① 于兴汉在《唐传奇——模仿的艺术》(载《山西师大学报》1997 年第 4 期)一文中,指出"从创作主体的接受角度看,与其说传记文学影响了唐传奇,倒不如说唐传奇主动模仿了传记文学"以此立论,认为"唐传奇是模仿传记文学而创作的一种小说艺术",从反方向上说明了传记与传奇之间源流的关系,逆向审视,亦不失为一种思考视角,只是他的"传记"概念还有待进一步明晰。

② 程千帆:《闲堂文薮》之第二辑《汉魏六朝文学散论》之二《史传文学与传记之发展》,齐鲁书社 1984 年版,第 162 页。

③ 李宗为:《唐人传奇》,中华书局 1985 年版,第 33 页。另外,吴志达、张稔穰亦有相似论述,分别见:吴志达:《中国文言小说史》,齐鲁书社 1994 年版,第 230 页;张稔穰:《古代小说艺术教程》,山东教育出版社 1999 年版,第 285 页。

④ 不过,也有的"史传"是泛指的,如《中国古典散文基础文库》之《史传卷》(付念齐、马赫编译,广西师范大学出版社 1999 年版)、《中国分体文学史》之《史传文学》(郭丹著,广西师范大学出版社 1999 年版)中的"史传"就是泛指,它既包括正史列传,也包括正史以外的杂传。但这种泛指,其主要方面也是指正史列传。

史也"①,即如果有疑问,应"疑则传疑"或"著其明,疑则阙之"②。而唐人传奇,人所共知,讲究"幻设"、虚构。所以,笼统地说唐人传奇渊源于正史列传,则不免牵强,从正史列传到传奇,必有另一种过渡性的介质,那就是杂传,也就是说,正统史传只是唐人传奇的远祖而已。

四、唐人传奇之渊源图式

基于上文的论述,我们基本可以梳理出如下一条传奇的宗祖谱系图式:

正统史传——汉魏六朝杂传(小说性杂传、亚小说性杂传)——唐人传奇

需要说明的是,这里所谓杂传,它不包括今之所谓的志怪小说,然而,正如学术界所公认,志怪无疑也是唐人传奇的重要源头之一。本文将其排除在外,并不是要有意否认这一点。而是因为此点既然已成为共识,就没有必要再加重复。其实,依据唐人的杂传概念,即《隋书·经籍志》杂传类和《旧唐书·经籍志》杂传类的杂传内涵,杂传实际上是一个有着相当广泛内涵的概念,它既包括本文所谓杂传,也包括今之所谓志怪,我们不妨称之为泛杂传。就历史的真实论之,在唐人的观念中,本文所谓杂传与志怪,都在唐人的泛杂传概念中,所以,更加确切地说,唐人传奇原本也接受了泛杂传的影响,唐人传奇是在泛杂传的基础上孕育与发展起来的。汉魏六朝杂传和汉魏六朝志怪,都是唐人传奇的源头。

如此,上文唐人传奇的宗祖源流图式,应当修改为:

正统史传——泛杂传(汉魏六朝杂传、汉魏六朝志怪)——唐人传奇

---

① 刘勰撰,范文澜注:《文心雕龙注》卷四《史传》,人民文学出版社1998年版,第287页。
② 司马迁:《史记》卷一三《三代世表》,卷一八《高祖功臣侯者年表》,中华书局2000年版,第487页,第878页。

这样当更近于历史的真实与实际。

从汉魏六朝志怪到唐人传奇,正如李剑国先生所言,是志怪小说的内部"变革性的美学因素"的出现和发生作用的结果,具体而言就是志怪中"人情化、情绪化、诗意化、兴趣化的出现和强调","当志怪以这些美学标准来重新设计自己,并讲究作品的精致化、文章化时,它就变成了传奇"。① 从汉魏六朝杂传到唐人传奇的本质性转变,亦是如此,是杂传内部变革性美学因素的出现和发生作用的必然结果。不言而喻,促使杂传向传奇发生本质性转化的美学因素,就是杂传中的小说品格,具体表现为形象性、兴趣性、虚构性、故事性、情节性、诗意性。汉魏六朝杂传的人物传写具有了生活化、个性化倾向,作者的主观意趣亦多有体现,并具有一定的形象性;叙事建构中时常杂以虚诞怪妄之说,甚至移植、虚构故事,具有虚构性特征并有相当程度的故事性、情节性;风格取向倾向于藻饰化、谐谑化,表现出一定的"诗笔"特征,或者说文章化倾向。当杂传中存在的这些小说品格在累积中成为普遍自觉的追求和操作范则时,杂传也就变成了传奇。

一方面是志怪的精致化、文章化,一方面是杂传的小说化,它们相互交织着,比肩雁行,走向了传奇。

当然,本书认为唐人传奇是在泛杂传的基础上孕育、发展起来,是志怪文章化、精致化的必然结果,是杂传小说化的必然结果,也并不否认其他社会人文因素对唐人传奇影响的存在。毕竟,从志怪到传奇,从杂传到传奇,都是质的变化与飞跃,这种本质变化的发生,无疑是社会人文等多种综合因素的结果,正如从猿到人一样,并非有了猿就能变成人,有了猿,这只是一个必不可少的重要条件。对于促进从志怪到传奇、从杂传到传奇质变的其他种种社会人文因素,学术界已多有讨论,此不赘述。

泛杂传是唐人传奇的渊源所在,不过,杂传和志怪对唐人传奇的启导领域又略有差异,抛开次要的枝节,总而言之,志怪主要在题材方面为唐人传奇提供了开拓方向,而杂传,则主要是在文体方面为唐人传奇提供了

---

① 李剑国:《唐五代志怪传奇叙录》(增订本)代前言"唐稗思考录",中华书局2017年版,第22页。

基本范型。

唐人传奇的兴起与汉魏六朝杂传的小说化倾向有着密切的联系,是汉魏六朝杂传小说化倾向发展的必然结果。传奇文体对杂传文体的继承,也正是这一必然结果的突出体现,甚至可以说是显著标志。传奇文体直接承继汉魏六朝时期的杂传文体而来,这种承继关系体现在传奇文体的各个方面,传奇文体无处不烙有杂传文体的印记,如它们相似的外在体制模式,相似的内在叙事模式。就外在的体制模式言,具体表现在唐人传奇对杂传文本存在形式和行文方式的沿袭和模仿等方面。就内在的叙事模式言,具体表现在唐人传奇对杂传叙事方式以及选材运材方式等的继承和发展方面。另外,唐人传奇的"文备众体"也与杂传有着密切的联系。

不过,这是就总体而论,如果作分类考察,杂传文体与传奇文体之间的这种传承关系,在散传与单篇传奇文之间体现得尤为显著。

汉魏六朝杂传中有大量的散传,如《赵飞燕外传》《汉武内传》《曹瞒传》《郑玄别传》《卫玠别传》《杜兰香传》《神女传》《曹著传》等。这些散传,主要是承继先秦、秦汉以来诸如《穆天子传》《燕丹子》等而来,在文体以及其他诸方面都深受它们的影响。汉魏六朝散传往往取材于历史,以历史上真实的人物为传写对象,但又不拘泥于历史,常常加以增益虚构,并通过详尽的叙述,构建宛若真实的故事和情节,展现细微的生活,塑造出性格鲜明的人物形象。从体制上看,这类散传一般篇幅较长,叙事细腻,讲究章法结构,传记体制完善而显著。单篇传奇,鲁迅先生称为传奇文,如《莺莺传》《李娃传》《霍小玉传》《谢小娥传》《长恨歌传》《东城老父传》《任氏传》《洞庭灵姻传》《秦梦记》等。这些传奇文,抛开题材内容,单就文体而论,如鲁迅先生所说,"文章很长,并能描写得曲折"[1],且"叙述宛转,文辞华艳"[2],亦以传记体为基本的体制模式,它们与汉魏六朝杂传中的散传极为一致,单篇传奇文无疑是在此类散传的基础上发展而来,

---

[1] 鲁迅:《中国小说的历史的变迁》第三讲《唐之传奇文》,《鲁迅全集》第九卷,人民文学出版社 2005 年版,第 323 页。
[2] 鲁迅:《中国小说史略》第八篇《唐之传奇文》(上),东方出版社 1996 年版,第 51 页。

胡应麟所谓"《飞燕》,传奇之首也"①的论断,恐怕就是对此而发。而且,就作品的实际而言,上文所举的散传如《赵飞燕别传》《杜兰香传》等,其实已与传奇文相当类似了,今之学术界就有人将它们视为传奇小说。也就是说,从先秦、秦汉以来的《穆天子传》《燕丹子》等到汉魏六朝散传,从汉魏六朝散传到传奇文,在文体上有着清晰的传承之迹。

必须指出,我们说志怪主要在题材方面为唐人传奇提供了开拓方向,杂传主要是在文体方面为唐人传奇提供了基本范型。这种区分无疑是有意解析的结果,有生硬与牵强之嫌,不过这种解析却是在追本溯源中厘清流变的不得已的办法。同时,我们说散传与单篇传奇文之间的联系也主要是就文体而言而忽略其他方面,单篇传奇文,就文体观之,可以说直接渊源于汉魏六朝散传,但如果就题材、内容考察,在汉魏六朝散传中表现现实的一类,也可以说直接来源于杂传,不过,除了现实题材一类之外,也还有非现实的神怪狐妖的一类,如《古镜记》《东阳夜怪录》,甚至上文所举《洞庭灵姻传》等,这类单篇传奇文,从题材方面说则主要源于汉魏六朝的志怪小说,即也可以说是志怪精致化、文章化的产物。另外,如泛杂传中的《列仙传》《神仙传》《拾遗记》一类作品,它们的体制属于传记体,而它们的题材却是志怪的,这类作品,可以说是杂传与志怪的结合体,则更是难于对它们进行分割解析。也就是说,既然在唐人的观念中,杂传与志怪同属一类,他们在接受泛杂传的影响,或者在从中攫取所需的时候,是没有这样明晰地"分类"式地进行操作的。而且,这种影响也无疑是如春雨润物般在潜移默化中发生,并经过了一个漫长的历史过程。

第二节　唐人小说的审美趣尚:著文章之美,传要妙之情

桃源居士在《唐人小说序》中说:"唐三百年,文章鼎盛,独律诗与小

---

①　胡应麟:《少室山房笔丛》卷二九丙部《九流绪论下》,上海书店出版社2001年版,第283页。

说,称绝代之奇。何也？ 盖诗多赋事,唐人于歌律,以兴以情,在有意无意之间。文多征实,唐人于小说,摛词布景,有翻空造微之趣。至纤若锦机,怪同鬼斧,即李杜之跌宕、韩柳之尔雅,有时不得与孟东野、陆鲁望、沈亚之、段成式辈,争奇竞爽。犹耆卿、易安之于词,汉卿、东篱之于曲,所谓厥体当行,别成奇致,良有以也。"①不仅把唐人小说与唐人诗歌相提并论,认为唐人小说和唐诗一样,是有唐一代的文学标志之一,而且指出唐人小说在艺术上"摛词布景,有翻空造微之趣。至纤若锦机,怪同鬼斧",取得了巨大成就。

唐人小说之所以能堪称"绝代之奇"、与唐诗并论,成为有唐一代文学的标志之一,是与其先进的创作理念与审美追求分不开的。沈既济在《任氏传》的结尾处,针对任氏及郑生感叹道:"嗟乎,异物之情也有人道焉！遇暴不失节,狥人以至死,虽今妇人,有不如者矣。惜郑生非精人,徒悦其色而不征其情性。向使渊识之士,必能揉变化之理,察神人之际,著文章之美,传要妙之情,不止于赏玩风态而已。惜哉！"②沈既济在《任氏传》中的这段言论,虽不是直接针对唐人传奇的创作所言,但却准确地概括了唐人小说的基本创作理念与审美趣尚及其实现的途径。

一、沈既济与《任氏传》

沈既济,《旧唐书》卷一四九、《新唐书》卷一三二有传,苏州吴县人。沈既济早年因"经学该明"而受知于杨炎,大历十四年(779)五月德宗即位,命杨炎为门下侍郎平章事,杨炎即荐沈既济"有良史才",德宗召之,始为协律郎,后改任左拾遗、史官修撰。建中二年(781),杨炎得罪,谪崖州司马,沈既济被牵连,出为处州司户参军。约在兴元元年(784),又为翰林学士陆贽所荐,入朝为礼部员外郎,不久卒于官,赠太子少保。沈既

---

① 桃源居士:《唐人小说》序,上海文艺出版社1992影印上海扫叶山房石印本,第1页。
② 沈既济:《任氏传》,见《太平广记》卷四五二《狐六》,题《任氏》,《类说》卷二八节引《异闻集》,题《任氏传》,知原题为《任氏传》,《太平广记》所引因不在杂传记门中,删"传"字。汪辟疆先生《唐人小说》辑录时题《任氏传》(《唐人小说》,上海古籍出版社1983年版,第52—58页),李剑国先生《唐五代传奇集》新辑,亦题《任氏传》(《唐五代传奇集》第二编卷一,中华书局2015年版,第435—443页),从之。下同。

济富于史才,《旧唐书》本传说他"博通群籍,史笔尤工",著有《建中实录》十卷、《选举志》十卷、《江淮记乱》一卷。赵璘《因话录》卷二称赞其《建中实录》"体裁精简,虽宋、韩、范、裴亦不能过,自此之后,无有比者"。但他的著作均已散亡,《全唐文》卷四七六只收录其文六篇。他在文学史上的地位,是由他存世的两篇传奇小说名篇《任氏传》和《枕中记》确立的。

据沈既济在《任氏传》中自言,此文当是沈既济在"建中二年","自秦徂吴"的途中,向友人们讲述此故事之后,在友人们建议下创作完成的。即《任氏传》当作于建中二年(781)。

《任氏传》历来被认为是唐人小说发展进程中的标志性作品,是唐人小说创作由初兴期步入兴盛期、由初创走向成熟的标志。也就是说,《任氏传》是一篇无论在叙事建构还是形象塑造方面都十分成熟并且达到相当艺术高度的代表性作品。

《任氏传》有着高超的叙事建构艺术,全文三千余言,结构安排委婉曲折而又不蔓不枝,繁简有致。当简处则简,但简而不失。当繁处则不惜笔墨,描摹细致真切,酷肖是时情状,读来如在目前。简处如写郑六听了鬻饼者之言,天明回原处查看,小说中写道:"复视其所,见土垣车门如故。窥其中,皆蓁荒及废圃耳。"郑六观察的结果证明鬻饼者所言非虚,但却没有点明,省略了。后郑六与任氏再次相遇,任氏对其言曰:"公知之,何相近焉?"则又表明任氏也一直暗中观察郑六,知道郑六所为,知道郑六业已察觉自己是狐。但这些小说也略而未言。不过,这些内容虽然没有直接写出,却并不影响情节的发展与读者的理解。繁处如接下来郑六与任氏的再次相见,作者就作了详细的摹写:

> 经十许日,郑子游,入西市衣肆,瞥然见之,曩女奴从。郑子遽呼之。任氏侧身周旋于稠人中以避焉。郑子连呼前迫,方背立,以扇障其后,曰:"公知之,何相近焉?"郑子曰:"虽知之,何患?"对曰:"事可愧耻,难施面目。"郑子曰:"勤想如是,忍相弃乎?"……

刻画精微细腻,再现了郑六与任氏于市集相见的场景,仿佛欲真。

除此而外，《任氏传》高超的叙事艺术还表现在环境氛围的营造等其他诸多方面。《任氏传》善于营构环境，给人如临其境之感。如郑六和任氏初次相会之后，郑六返回，行至里门，门还未关，小说于此写道："既行，及里门，门扃未发。门旁有胡人鬻饼之舍，方张灯炽炉，郑子憩其帘下……"描摹当时之境，随意点染，竟宛然可见。《任氏传》的叙事语言十分精湛，传神达意，有气韵流转之致，如写任氏为犬所杀，郑六掩埋其尸后，作者写道："回睹其马，啮草于路隅，衣服悉委于鞍上，履袜犹悬于镫间，若蝉蜕然。唯首饰坠地，余无所见。女奴亦逝矣。"不仅真实地描摹出郑六掩埋任氏后的情状，又表现出郑六睹物思人的悲痛和伤怀。语言雅致而时露骈俪，自有一种诗意的韵致。

《任氏传》的叙事建构，《虞初志》称其能"酷肖是时情状"，"似谑似庄，愈嚼愈觉有味"，"妆点处根株果叶宛若见之"，"奔骇光景极善形摹"，"情与词转觉纤媚"，"叙问转折仿佛欲真"，[①]可谓切中肯綮。作者精妙的叙事艺术，使得这个本属虚妄的故事显现出如同现实生活般的真实可感性。

当然，《任氏传》的形象塑造更具指标性意义，主人公任氏本为狐妖，小说开篇即称"任氏，女妖也"。在任氏身上，有着不同于人的神异和狐性，如行踪飘忽不定，可化蓁荒废圃为富丽的屋舍，衣不自制，害怕猎犬和最终为猎犬所杀等。但小说中突出和强调的，却是任氏的"异物之情也有人道焉"，是她身上的人性，是她身上诸如"遇暴不失节，狥人以至死"之类的人伦品性。就整体形象而言，可以说，小说中的任氏虽狐实人，而且不仅具有人的相貌，还具有人的心灵、人的情感、人的品德，已经彻底被人性化、人情化了。

彻底的人性化、人情化正是任氏形象的典型意义之所在。以人性赋予狐鬼，六朝已肇其端，只不过六朝还是拟人化，还存在着人形的不稳定、人性的不健全、美丑的对立等不足。任氏形象的出现，如《情史》卷二一所言已是"人面人心"，表明异类形象塑造中从形到质的彻底人化，人物

---

① 《虞初志》卷七《任氏传》汤显祖等评语，《说海》，人民日报出版社1997年版，第169—171页。

形象的塑造中"征其情性",特殊"情性"的揭示与展现成为重心。《任氏传》通过任氏与郑六的情人关系、与韦崟的昵友关系,生动细致地刻画出任氏形象所蕴含的人性美和人情美。任氏对爱情忠贞不渝,她不愿攀附豪门公子,对韦崟的凌辱,她顽强抗拒;但是对不以异类对待她的郑六,她却愿意"终己以奉巾栉"。对爱情和友情的执着,使之不唯具有人之貌,同时也具有人之情、人之德。南宋洪适在《句南吕薄媚舞》中把任氏称为"兽质人心冰雪肤,名齐节妇古来无"的"艳狐"。① 任氏形象之所以生动感人,更在于作者并没有满足于一般地在妖精形象中透射人性,而是进一步实现形象的个性化,即写出其独特的"情性"来。作者运用人物对话、细节描写等手段,精细地塑造任氏丰富生动的性格,她多情、开朗、诙谐、诚挚、机敏、精明、刚烈的性格特征,都十分鲜明,这些使得任氏成为唐人小说中最生动的形象之一。

二、理论内涵:小说的审美趣尚及其实现途径

《任氏传》在艺术上的成功不是偶然的,其结尾处的议论"惜郑生非精人,徒悦其色而不征其情性。向使渊识之士,必能揉变化之理,察神人之际,著文章之美,传要妙之情,不止于赏玩风态而已"等语,道出了其成功的秘密。此数语虽是针对郑生而发,实际上也可以说是沈既济创作《任氏传》、塑造狐仙任氏形象的基本理念。更言之,此数语实包蕴着一套完整而精辟的小说理论,不仅概括了以沈既济《任氏传》为代表的唐人小说在叙事建构与形象创造两大方面的审美趣尚,也指出了实现这两方面审美创造的方法与途径。具言之,"著文章之美"体现了唐人小说在叙事建构方面的目标与追求,"传要妙之情"以及"徒悦其色而不征其情性""不止于赏玩风态而已"等语则体现了唐人小说在形象创造方面的目标与追求,而"揉变化之理,察神人之际"则又指出了达成这种审美创造的方法与途径。

"著文章之美",从字面意思而言,"著"乃撰述、写作之意,又有显露、

---

① 洪适:《句南吕薄媚舞》,《盘洲文集》卷七八,文渊阁《四库全书》本,第1158册,第774页下。

标举之意;"文章",本指错杂的色彩与花纹,后以指文字、文辞,文字、文辞是小说的文本存在,因此主要指小说的外在形式,文章之美则指小说要有美的形式。李剑国先生即认为,文章之美主要是针对唐人小说的形式而言,概而言之是指小说的语言美、结构美及气韵美等,具体而言,也就是"形象描写生动、精微、鲜明,语言流畅、工秀,富于色彩,富于表现力,结构布局完整、精巧,气韵充沛、深邃等"①。可见,"著文章之美"是对小说文本外在形式的要求,亦即对其叙事建构的要求。

唐人小说的叙事建构有着独特的个性特征,这一点,宋人就已意识到了,陈师道曾针对范仲淹的《岳阳楼记》说:"范文正公为《岳阳楼记》,用对语说时景,世以为奇。尹师鲁读之曰:'《传奇》体尔。'《传奇》,唐裴铏所著小说也。"②陈师道的《岳阳楼记》"世以为奇",具有独特的艺术个性,特别是"用对语说时景"的方式,尹师鲁看后认为这与唐人小说相类似,因而称之为"传奇体",指出其在文体上有唐人小说的特点。那么,唐人小说在文体上到底有何特征呢?对唐人小说在文体上的特征,陈师道所言"以对语说时景",指出了其中的一个方面,但还不完善,唐人小说在文体上亦即其叙事建构上的最显著特点是"文备众体"。

"文备众体"一语亦出自宋人的概括,赵彦卫在他的《云麓漫钞》中说:"唐之举人,先藉当世显人,以姓名达之主司,然后以所业投献;逾数日又投,谓之温卷,如《幽怪录》《传奇》等皆是也。盖此等文备众体,可以见史才、诗笔、议论。至进士则多以诗为贽,今有《唐诗》数百种行于世者是也。"③"文备众体"概括了唐人小说在叙事建构上的典型特征,是唐人小说追求"著文章之美"的体现。

唐人小说在文本体制上承汉魏六朝杂传而来,沿袭汉魏六朝杂传的外在行文模式,不仅在篇名上模仿杂传,多以"传""记"为名,而且,在行文方式上,也多有承袭,如对人物字号、爵里等的介绍,对实录的有意标榜

---

① 李剑国:《唐五代志怪传奇叙录》(增订本)代前言"唐稗思考录",中华书局2017年版,第35页。
② 陈师道:《后山诗话》,何文焕辑《历代诗话》,中华书局2001年版,第310页。
③ 赵彦卫撰,傅根清点校:《云麓漫钞》卷八,中华书局1998年版,第135页。

等。对杂传体制的承袭和模仿,使唐人传奇摆脱了六朝小说"断片的谈柄"①式的丛残小语叙事格局,获得了独立的文体。并在此基础上,进一步文章化,讲究篇什之美,"言涉文词","撰述浓至"。② 而又翻新出奇,"争奇竞爽"。在其间融入诗歌、议论乃至书信、奏章、判词等其他文体,"别成奇致",形成所谓的"文备众体"。可以说,唐人小说的叙事建构从语言运用到结构安排等诸方面都极尽才情巧思,呈现出丰富的变化。如桃源居士所言,"摘词布景,有翻空造微之趣",处处显露出文章之美来。读唐人传奇,如彭霨所言:"陟岱华之雄奇,摩天扪宿,而烟岑丹壑,寸步玲珑,未可封我屐齿也。泝河海之浩瀚,浴日排空,而别渚芳洲,尺波澄澹,未可临流而返也。"③这正是文章之美产生的力量。

"传要妙之情",就字面而言,"传"有撰述、传叙之意,同样也有显露、标举之意;"要妙"有精微、奥妙之意。结合沈既济之言,"情"当指人物的"情性",也就是说,要妙之情是指人物的精微、奥妙之性情。李剑国先生亦认为,要妙之情主要针对唐人小说的内容而言,是指"小说要表现人物的情感特征,要表现人物细微丰富曲折的情感活动,即所谓'征其情性'"。④ 则"传要妙之情"主要是对唐人传奇形象创造的要求。

小说是以形象塑造为核心的,马振方先生说:"诗和散文,可以写人,也可以不写人——不直接写人。几笔山水,一篇风物,都可成为脍炙人口的佳作。小说不然,必须写人,写人生。人物是小说的主脑、核心和台柱。"⑤当然,"人物"是一个泛指,应指小说中所有的形象。鲁迅先生言:"中国本信巫,秦汉以来,神仙之说盛行,汉末又大畅巫风,而鬼道愈炽;会小乘佛教亦入中土,渐见流传。凡此,皆张皇鬼神,称道灵异,故自晋讫

---

① 鲁迅:《六朝小说和唐代传奇文有怎样的区别?》,《鲁迅全集》第六卷,人民文学出版社2005年版,第335页。
② "言涉文词",语出刘肃《大唐新语》序;"撰述浓至",语出《唐人小说》本《红线传》跋语。
③ 彭霨:《唐人说荟序》,丁锡根编《中国历代小说序跋集》,人民文学出版社1996年版,第1795页。
④ 李剑国:《唐五代志怪传奇叙录》(增订本)代前言"唐稗思考录",中华书局2017年版,第35页。
⑤ 马振方:《小说艺术论》第二章《小说的人物形态》,北京大学出版社1999年版,第27页。

隋,特多鬼神志怪之书"。① 胡应麟亦言"凡变异之谈,盛于六朝"②这些志怪小说,由于其目的在于"张皇鬼神,称道灵异","搜奇记逸"③,故唐前志怪小说目的主要在于叙述异事,并不重形象塑造,而志人小说虽以"人间言动"为主,但也为只言片语,很少能表现一个比较完整的过程和形象结构,亦重在旧闻轶事而已。唐人小说开始以形象塑造为主,并注意刻画出人物形象独特的"情性"来。

就人物形象而言,唐人小说的人物形象,可以说涉及了各个阶层,上至皇帝贵妃、公卿名将,下及士子举人、贩夫走卒、娼妓优伶、侠客豪民、樵夫渔父、僧道仙客,甚至鬼魅狐妖。同时,在唐人小说中,不仅有真实世界的人物,也有虚设的人物,甚至将各种异类变成人。这些虚设的人物,却又莫不是按照人的品性与情感来塑造的,即沈既济所言"异物之情也有人道焉"。不仅如此,还要"征其情性",不能停留在所谓"徒悦其色"与"赏玩风态"的表层形貌与风态上,正如清人冯镇峦所言:"说鬼亦要有伦次,说鬼亦要得性情。"④要展示出人物独特的个性特征。唐人传奇的形象创造多是把握了"性情"的,正因为如此,唐人小说才能把"鸟花猿子"也写得"纷纷荡漾",把"小小情事"也写得"凄惋欲绝"。⑤

沈既济在自己创作实践的基础上,提出"著文章之美,传要妙之情",从小说的叙事建构与形象创造两方面提出了标准和要求,那么,如何才能达成"著文章之美,传要妙之情"呢?沈既济认为,应"揉变化之理,察神人之际",即对所叙之事、所传之人的深入思考与解析,也就是要进行精细的艺术构思与设计,以反映和揭示本质。"通过对题材的艺术琢磨为作品的思想确立恰当的、充分艺术的形象结构,从而深入地、巧妙地、富于独创

---

① 鲁迅:《中国小说史略》第五篇《六朝之鬼神志怪书》(上),东方出版社1996年版,第28页。
② 胡应麟:《少室山房笔丛》卷三六已部《二酉缀遗中》,上海书店出版社2001年版,第371页。
③ 鲁迅:《中国小说史略》第八篇《唐之传奇文》(上),东方出版社1996年版,第51页。
④ 冯镇峦:《读聊斋杂说》,蒲松龄撰,张友鹤辑校《聊斋志异》,上海古籍出版社1995年版,第9页。
⑤ 桃源居士:《唐人小说》序,上海文艺出版社1992影印上海扫叶山房石印本,第1页。

地揭示人与人生的本质。"①

唐人小说的创作,多遵循了这一原则,从题材的获取到最后成文,往往都经历了一个开掘、提炼的过程。这一点,我们可以从很多唐人小说作品中作者的交代得到证实。在很多唐人小说的篇末或篇首,都有作者对小说创作过程的交代。如《任氏传》的成文,沈既济在文末就交代说:"大历中,既济居钟陵,尝与鋈游,屡言其事,故最详悉。"又说:"建中二年,既济自左拾遗与金吾将军裴冀、京兆少尹孙成、户部郎中崔儒、右拾遗陆淳,皆谪居东南,自秦徂吴,水陆同道。时前拾遗朱放,因旅游而随焉。浮颍涉淮,方舟沿流,昼宴夜话,各征其异说。众君子闻任氏之事,共深叹骇,因请既济传之,以志异云。"②从这两段话可知,《任氏传》故事题材,沈既济早就熟知,后来,作者与一群文士"浮颍涉淮,方舟沿流,昼燕夜话,各征其异说",便把此故事讲述给众人,众人在听完故事后,"共深叹骇",想必对故事作了较为深入的讨论,而且,这种讨论一定涉及广泛,包括故事本身及其思想意蕴、人物性格品性等。其后,沈既济在"志异"时,显然对此又进行了进一步的总结思考,从前文作者所言"不止于赏玩风态而已""徒悦其色而不征其情性"等语可知,在作者的总结思考过程中,发掘出主人公任氏最本质的"情性"是其最重要的工作与成果。不难看出,《任氏传》的创作过程,从获得最初故事题材,到最后成文,经历了一个相当长的过程,在这一过程中,沈既济"揉变化之理,察神人之际",不仅发掘、提炼出小说的主题,对主人公任氏形象的把握,也经历了从"悦其色""赏玩风态"到"征其情性"的过程。然后在此基础上,完成了《任氏传》的创作。

又如《长恨歌传》的创作,作者陈鸿说:"元和元年冬十二月,太原白乐天自校书郎尉于盩厔。鸿与琅邪王质夫家于是邑。暇日相携游仙游寺,话及此事,相与感叹。质夫举酒于乐天前曰:'夫希代之事,非遇出世之才润色之,则与时消没,不闻于世。乐天,深于诗、多于情者也。试为歌

---

① 马振方:《小说艺术论》第八章《短篇小说的艺术构思》,北京大学出版社1999年版,第296页。

② 沈既济:《任氏传》,李剑国辑校《唐五代传奇集》第二编卷一,中华书局2015年版,第442—443页。

之。如何?'乐天因为《长恨歌》。意者不但感其事,亦欲惩尤物,窒乱阶,垂于将来者也。歌既成,使鸿传焉。世所不闻者,予非开元遗民,不得知。世所知者,有《玄宗本纪》在。今但传《长恨歌》云尔。"①可见,《长恨歌传》的成文,也经历了这样一个深入思考和解析的过程,先是获知故事,也就是小说题材内容的获取;然后经过几位文士对题材的讨论,"相与感叹",发掘出其间的理致;然后待白居易《长恨歌》诗完成,据其主题思想,选择资材;如作者自言,他对李、杨故事的取舍,是经过细致的分析的,其末句所言"世所不闻者,予非开元遗民,不得知。世所知者,有《玄宗本纪》在。今但传《长恨歌》云尔"可见一斑;最后设计小说结构行文,完成小说创作。

"揉变化之理,察神人之际"概括了唐人小说创作中进行艺术构思的基本途径与方法,这一主张,实际上是以严肃的态度,把小说当作"事出于沉思,义归乎翰藻"的文章来写。从沈既济等的创作实践及言论可知,它不仅指小说主题思想的提炼、题材内容选择及结构行文的安排等,更指对人物形象本质性格的分析与把握,不仅"徒悦其色"而已,"不止于赏玩风态而已",而是要真正发掘出并表现出人物最本质的"情性"。

三、理论价值:小说审美功能的强调

沈既济《任氏传》中提出并实践了的"著文章之美,传要妙之情"的小说创作理念与审美趣尚,实有着巨大的理论价值,它反映了人们对小说价值功能认识的深化,标示着小说观念的重大转变。

在唐前及唐代,人们对小说的认识,如前所述,有两种观念占据着主流地位,一是子流之小道,一是正史之外乘。无论哪一种,都带有鲜明的功利色彩。

子流之小道的观念,始自"小说"一词的诞生,在《庄子·外物》中,"小说"一出现,便被与"大达"对举,"饰小说以干县令,其于大达亦远矣",鲜明地标示出它是一种"小道",对于其含义,鲁迅在《中国小说的历

---

① 陈鸿:《长恨歌传》,李剑国辑校《唐五代传奇集》第二编卷一一,中华书局2015年版,第758页。

史的变迁》第一讲中说:"因为如孔子,杨子,墨子各家的学说,从庄子看来,都可以谓之小说;反之,别家对庄子,也可称他的著作为小说。"[1]也就是说,"小说"是指与主流见解或主张不一致的"另类"观点或思想,贬称为"小道"。其后,桓谭、班固等继承了这一观念,桓谭、班固之言,都是针对"小说家"而言,班固说:"小说家者流,盖出于稗官。街谈巷语,道听途说之所造也。孔子曰:'虽小道,必有可观者焉,致远恐泥,是以君子弗为也。'然亦弗灭也。闾里小知者之所及,亦使缀而不忘。如或一言可采,此亦刍荛狂夫之议也。"[2]桓谭说:"若其小说家合丛残小语,近取譬论,以作短书,治身理家,有可观之辞。"[3]桓谭《新论》一书早已亡佚,我们很难揣测出他于此讨论小说家的具体语境,不过,班固的《汉书·艺文志》实际是西汉末刘歆《七略》的删节[4],因此《汉书·艺文志》中所著录的小说家及关于小说家的议论实应出自刘歆之手。刘歆与桓谭同时,而班固亦去刘歆不远,所以,班固《汉书》中使用的"小说家"一词的含义,应该与桓谭差别不大。班固是在目录上著录群书时,于诸子类中把"小说家"与儒、道、墨、法、名、阴阳、纵横、杂、农各家并列为类的。我们知道,儒、道、墨、法等是学术思想流派,班固据此分类录书,则其分类标准是以学术的主要内容为依据的。也就是说,小说家也应当是按照学术的主要内容定名而来的,且班固在论说中引用了孔子的"虽小道……"一语,小道虽是贬抑之称,但它无疑是指思想见解和主张。所以,班固、桓谭的"小说",亦承袭《庄子》中小说的含义,是指与主流(或自我)思想不一致的另类思想或学说。

班固在《汉书·艺文志》中对小说的阐述,以严肃的历史叙事,以其不容置疑的权威性长久而深远地影响着人们对小说的认识。特别是他将

---

[1] 鲁迅撰:《中国小说的历史的变迁》第一讲《从神话到神仙传》,《鲁迅全集》第九卷,人民文学出版社2005年版,第311—312页。
[2] 班固:《汉书·艺文志》子部小说家类,中华书局1962年版,第1745页。
[3] 桓谭《新论》已佚,佚文见《文选》江淹诗《李都尉陵从军诗》李善注引。
[4] 《汉书·艺文志序》:"会向(刘向)卒,哀帝复使向子侍中奉车都尉歆卒父业。歆于是总群书而奏其《七略》。故有《辑略》,有《六艺略》,有《诸子略》,有《诗赋略》,有《兵书略》,有《术数略》,有《方技略》,今删其要,以备篇籍。"见陈国庆编《汉书艺文志注释汇编》,中华书局1983年版,第7页。

小说归入诸子类中,将小说列于九流之末,也就是所谓的子流之小道,这一身份定位,成为对小说的权威界定,影响至深。

汉魏六朝时期对小说的认识,多依承班固之论。如东汉荀悦在《汉纪》卷二五分诸子为九家,且云:"又有小说家者流,盖出于街谈巷语所造。"①是完全照搬《汉书·艺文志》;又如晋人李轨注扬雄《法言·吾子篇》"好说而不要诸仲尼,说铃也"句云:"铃以喻小声,犹小说不合大雅。"②又如汉末徐幹在《中论·务本篇》说:"夫详于小事,而察于近物者,谓耳听乎丝竹歌谣之和,目视乎雕琢采色之章,口给乎辩慧切对之辞,心通乎短言小说之文,手习乎射御书数之巧,体骛乎俯仰折旋之容。凡此数者,观之足以尽人之心,学之足以动人之志,且先王之末教也,非有小才小智,则亦不能为也。"③仍是对"小道"论的发挥。④ 又如刘勰在《文心雕龙·谐隐》中语及小说亦云:"然文辞之有谐隐,譬九流之有小说,盖稗官所采,以广视听。"⑤显然也是承班固之论,与《汉书·艺文志》之小说同义。

到了唐代,这种观念仍然流行,《隋书·经籍志》《旧唐书·经籍志》等就以严肃的历史叙事,依承班固之论而又有所补充,如《隋书·经籍志》小说类序云:

> 小说者,街说巷语之说也。《传》载舆人之诵,《诗》美询于刍荛。古者圣人在上,史为书,瞽为诗,工诵箴谏,大夫规诲,士传言而庶人谤。孟春,徇木铎以求歌谣,巡省观人诗,以知风俗。过则正之,失则改之。道听途说,靡不毕纪。《周官》,诵训"掌道方志以诏观事,道方慝以诏辟忌,以知地俗";而训方氏"掌道四方之政事,与其上下之

---

① 荀悦、袁宏著,张烈点校:《两汉纪》上《汉纪》,中华书局2002年版,第437页。
② 扬雄撰,汪荣宝义疏,陈仲夫点校:《法言义疏》卷四《吾子篇》,《新编诸子集成》第一辑,中华书局1987年版,第74页。《法言·吾子篇》李轨注又云:"文赋杂子,不可以经圣典。"也是同样意思,"杂子"当合小说在内。宋吴秘注亦云:"诡辞小说,不益于正理。"
③ 徐幹:《中论》,中华书局1985年版,第28页。
④ 这种观念流传很广,如唐刘𫍯《隋唐嘉话》序云:"余自髫丱之年,便多闻往说,不足备之大典,故系之小说之末。"以小说为与大典相对的末事,也是同样观点。
⑤ 刘勰撰,范文澜注:《文心雕龙注》卷三《谐隐》,人民文学出版社1998年版,第272页。

志,诵四方之传道而观衣物",是也。孔子曰:"虽小道,必有可观者焉,致远恐泥。"①

又如杨炯《后周明威将军梁公神道碑》:"思若云飞,辨同河泻;兼该小说,邕容大雅;武擅孙吴,文标董贾……"②小说与大雅并称,小道之义甚明。又如李邕《兖州曲阜县孔子庙碑》:"故夫子之道消息乎两仪,夫子之德经营乎三代,岂徒小说,盖有异闻。"③李舟《毘陵集序》:"不肖者得其细者,或附会小说,以立异端;或雕斫成言,以裨对句;或志近物,以玩童心……"④如此等等,都是这种观念。

正史之外乘的观念,亦渊源久远,《汉书·艺文志》中所言"小说家流,盖出于稗官",将小说与史联系起来,已启其端。至《新唐书·艺文志》所说"传记、小说……皆出于史官之流",仍然是这一表述的翻版。南朝梁殷芸编《小说》⑤,亦体现了这一观念。殷芸《小说》之资料来源及编定,刘知幾做过记述:"刘敬昇《艺苑》称晋武库失火,汉高祖斩蛇剑穿屋而飞,其言不经。致梁武帝令殷芸编诸《小说》。"⑥姚振宗《隋书经籍志考证》卷三二说:"按此殆是梁武帝作《通史》时,凡不经之说为《通史》所不取者,皆令殷芸别集为《小说》,是《小说》因《通史》而作,犹《通史》之外乘。"⑦故据刘知幾之言及姚振宗之考证,殷芸《小说》的成书,是因修《通史》时,出现了许多"其言不经"之事,《通史》不能载录,于是就将这些"其言不经"之事加以别录,这才有了《小说》一书,《小说》是《通史》的"外

---

① 魏徵等:《隋书·经籍志》子部小说类序,中华书局2011年版,第1012页。
② 杨炯:《盈川集》卷六《后周明威将军梁公神道碑》,文渊阁《四库全书》本,第1065册,第239页上。
③ 李邕:《李北海集》卷三《兖州曲阜县孔子庙碑》,文渊阁《四库全书》本,第1066册,第20页下。
④ 李舟:《毘陵集》序,独孤及《毘陵集》,文渊阁《四库全书》本,第1072册,第161页上。
⑤ 殷芸《小说》,今有鲁迅、唐兰、余嘉锡三家辑本。另外,袁行霈、侯忠义认为宋时刘义庆也曾编过一部以《小说》为名的书。(见其《中国文言小说书目》,北京大学出版社1981年版,第27页)此书久佚,且有学者认为根本无此书,如周楞伽,故本文以殷芸《小说》为论。
⑥ 刘知幾撰,浦起龙释:《史通通释》卷一七《杂说中》,上海古籍出版社1978年版,第480页。
⑦ 姚振宗:《隋书经籍志考证》卷三二,《续修四库全书》本,上海古籍出版社2002年版,第916册,第499页。

乘"。而《隋书·经籍志》在论及《列异传》时,则明确地指出小说是"盖亦史官之末事",既是末事,则"外乘"之意甚明。

作为历史理论家的刘知幾,更是从理论高度,强化了这一观念,他在《史通·杂述》篇说:

> 在昔《三坟》《五典》《春秋》《梼杌》,即上代帝王之书,中古诸侯之记。行诸历代,以为格言。其余外传,则神农尝药,厥有《本草》;夏禹敷土,实著《山经》;《世本》辨姓,著自周室;《家语》载言,传诸孔氏。是知偏记小说,自成一家,而能与正史参行,其所由来尚矣。①

刘知幾认为小说源自三坟五典、《春秋》《梼杌》之外的"外传",也即是正统史著之外的野史杂著。可以说,刘知幾从理论上正式把小说纳入了史流,是"自成一家,而能与正史参行"的史书,明确了小说是正史的补充,是与正史相参行的"外乘"性质,正史之外乘的身份定位,也成为历代人们对小说的共识之一。

无论是子流之小道,还是正史之外乘,或言小道可观,或言拾遗补阙,都显露出小说鲜明的明道辅教的功利目的。

在中国古代,儒家思想居于主导地位,而儒家论文,一向重功利,人们对小说的解读与定位,也往往强调其功用。《汉书·艺文志》及《隋书·经籍志》中,都引用孔子的话"虽小道,必有可观者焉",努力寻找其中的可观之处。班固发现了其有"可采"之处,联系他在《诸子略》中所说的"修六艺之术""通万方之略",以及《诗赋略》中所说的"观风俗,知厚薄",则其所言小说之"可采"之处,亦当此意。桓谭说得明白,小说的功能就是"治身理家",即教化功能。刘勰在《文心雕龙》中,则强调小说了的认识功能:"九流之有小说,盖稗官所采,以广视听。"②刘知幾强调的,则是小说能与"正史参行"的补遗作用。而如晋人王嘉《拾遗记》、唐人李

---

① 刘知幾撰,浦起龙释:《史通通释》卷一〇《杂述》,上海古籍出版社 1978 年版,第 273 页。
② 刘勰撰,范文澜注:《文心雕龙》三《谐隐》,人民文学出版社 1998 年版,第 272 页。

肇《唐国史补》,更是从书名上明确标示其撰述目的在于拾遗补阙。李德裕撰《次柳氏旧闻》,也在序中直接说要"以备史官之阙"。

西汉以降,儒学融合战国以来的阴阳五行等学说,逐渐被经学化、神学化,因而谶纬流行,察妖祥、推灾异成为政治生活的重点。小说也被赋予了这种职能,如张华撰《博物志》就是为了"出所不见,粗言远方,陈山川位象,吉凶有征",干宝撰《搜神记》就是为了"明神道之不诬"。至佛教传入,道教兴起,小说也成为弘佛传道的工具,即所谓的"辅教之书"。东汉郭宪作《洞冥记》,就是为了"洞心于道教,使冥迹之奥昭然显著";齐代王琰撰《冥祥记》,就是为了证明佛法之"瑞验之发"。①

对功用的强调,导致对小说艺术的忽略,使小说长期以来未能摆脱"丛残小语"的幼稚形态,仅仅作为"断片的谈柄"②而存在。沈既济提出小说创作要"著文章之美,传要妙之情",鲜明地标举审美创造才是小说的主要目的这一旗帜,将小说的核心价值由功利主导而转向审美主导,从而引导小说创作抛弃功利目的,成为一种自觉的美的艺术创造。

四、小说史意义:小说创作的自觉与成熟

"著文章之美,传要妙之情",当然并不仅仅是沈既济的创作理念与审美趣尚,这种小说创作的审美追求在唐代小说家中实际上已逐渐成为一种自觉,具有普遍性。唐代小说家虽不擅长理论表述,但有许多小说家,从审美体验的角度,强调了小说的审美特质,比如对小说之"味"的体认与表述。

柳宗元在《读韩愈所著毛颖传后题》中说:"大羹玄酒,体节之荐,味之至者。而又设以奇异小虫、水草、楂梨、橘柚,苦咸酸辛,虽蜇吻裂鼻,缩舌涩齿,而咸有笃好之者。文王之昌蒲菹,屈到之芰,曾皙之羊枣,然后尽天下之奇味以足于口。独文异乎?"③柳宗元通过譬喻,以大羹玄酒、奇异

---

① 分别见:张华《博物志序》,干宝《搜神记序》,郭宪《洞冥记序》,王琰《冥祥记序》。丁锡根编《中国历代小说序跋集》,人民文学出版社1996年版,第37页,第50页,第34页,第68页。
② 鲁迅:《六朝小说和唐代传奇文有怎样的区别?》,《鲁迅全集》第六卷,人民文学出版社2005年版,第335页。
③ 柳宗元:《柳宗元集》卷二一,中华书局2000年版,第570页。

小虫、水草、楂梨、橘柚之类喻不同文章,从其文意可知,"大羹玄酒"是指传统诗文,而"奇异小虫、水草、楂梨、橘柚"则指《毛颖传》之类的俳谐文字,他认为,"大羹玄酒"之类,是至味,而如"奇异小虫、水草、楂梨、橘柚"之类,虽不同于前者,却另有滋味,虽或"苦咸酸辛","而咸有笃好之者",不能排斥,文章亦如此,俳谐文字之类也有独特的美学内涵。正如明人罗汝敬所言:"昌黎韩公传《毛颖》《革华》,先正谓其'珍果中之查梨',特以备品味尔。"①《毛颖传》类于传奇小说,明显借鉴了小说的构思和技巧②,故柳宗元的论述,其实可以说也适用于小说。即认为小说也有其独特滋味,这种滋味显然来自其作品的感染力。如果说柳宗元的论述还没有直接涉及小说的话,那么,段成式的表述就十分直接而清晰了,段成式在《酉阳杂俎序》说:

> 夫《易》《象》"一车之言",近于怪也;《诗》人"南淇之奥",近乎戏也。固服缝掖者,肆笔之余,及怪及戏,无侵于儒。无若《诗》《书》之味大羹,史为折俎,子为醯醢也。炙鸮羞鳖,岂容下箸乎?固役而不耻者,抑志怪小说之书也。成式学落词曼,未尝覃思,无崔駰真龙之叹,有孔璋画虎之讥。饱食之暇,偶录记忆,号《酉阳杂俎》,凡三十篇,为二十卷,不以此间录味也。③

这里,段成式也以"味"设论,通过譬喻,清楚地表明小说之"味",虽不及"诗书之味大羹",但其"味"独特。与段成式相似,高彦休在《唐阙史序》中也说:"讨寻经史之暇,时或一览,犹至味之有菹醢也。"④温庭筠在《干

---

① 罗汝敬等撰,周楞伽校注:《剪灯新话》附《剪灯余话序》,上海古籍出版社1981年版,第119页。
② 李剑国:《唐五代志怪传奇叙录》(增订本)代前言"唐稗思考录",中华书局2017年版,第48页。
③ 段成式撰,许逸民校笺:《酉阳杂俎校笺》序,中华书局2016年版,第1页。
④ 高彦休撰,阳羡生校点:《唐阙史》序,《唐五代笔记小说大观》下册,上海古籍出版社2000年版,第1327页。

馔子序》中也说:"不爵不觞,非炰非炙,能悦诸心,聊甘众口。"①强调的都是小说所具有的独特滋味。

显然,段成式等人以"味"喻小说,是用一种直觉的方式形象地表达对小说的审美体验,他们虽未直接说明小说之"味"来自何处,但很明显,这种"味",无疑是指读者在品读小说的过程中,由其散发出的艺术魅力所引发的心理体验。明人李云鹄之言,可以说对此作了很好的诠释,他在《酉阳杂俎》刊序中说此书:"无所不有,无所不异。使读者忽而颐解,忽而发冲,忽而目眩神骇,愕眙而不能禁。辟羹藜含粮者,吸之以三危之露;草蔬麦饭者,供之以寿木之华。屠沽饮市门而淋漓狼藉,令人不敢正视;村农野老,小小治具而气韵酸薄,索然神沮。一旦进王膳侯鲭,金薤玉脍,能不满堂变容哉……"②李云鹄认为《酉阳杂俎》中有"真味",读来可以"忽而颐解,忽而发冲,忽而目眩神骇,愕眙而不能禁",而这些心理体验的产生,显然源自小说的艺术感染力。

以味论文,源自钟嵘《诗品序》,其言:"五言居文词之要,是众作之有滋味者也,故云会于流俗。岂不以指事造形,穷情写物,最为详切者邪!"又说如能将六义"酌而用之,干之以风力,润之以丹采,使味之者无极,闻之者动心,是诗之至也"。钟嵘认为,有滋味的诗歌,是能够"指事造形,穷情写物,最为详切者",如若能"干之以风力,润之以丹采",则"是诗之至也"。强调的是诗歌中要有生动传神的形象、真挚动人的情感以及华美的文采与情韵。柳宗元、段成式等以味论小说,显然源自钟嵘,其味所指,也正是这些方面。也就是说,要获得"味",小说也要"指事造形,穷情写物",可见对小说之"味"的体认与强调,是与沈既济的"著文章之美,传要妙之情"同义相类的,只不过角度不同而已。

由此我们可以说,对小说审美特性的强调与追求,是唐代小说家在创作实践中的普遍共识,在这种普遍的理论共识的指导下,唐代的小说创作

---

① 温庭筠:《干馔子序》,陈振孙撰,徐小蛮、顾美华点校《直斋书录解题》卷一一《小说家类》引,上海古籍出版社2006年版,第320页。
② 李云鹄:《刻酉阳杂俎序》,丁锡根编《中国历代小说序跋集》,人民文学出版社1996年版,第304页。

发生了革命性变化,明人胡应麟注意到了这一巨大变化,他说:"凡变异之谈,盛于六朝,然多是传录舛讹,未必尽幻设语。至唐人乃作意好奇,假小说以寄笔端。"①也就是说,小说创作进入了一个以审美创造为核心的自觉时代,也就是鲁迅先生所言的"意识之创造""始有意为小说""有意识的作小说"。② 其结果就是小说文体的独立与成熟小说艺术的出现。

第三节　唐人小说的艺术特征:
史才、诗笔与议论

宋人赵彦卫在论及唐人小说时说:"唐之举人,先藉当世显人,以姓名达之主司,然后以所业投献;逾数日又投,谓之温卷,如《幽怪录》《传奇》等皆是也。盖此等文备众体,可见史才、诗笔、议论。至进士则多以诗为贽,今有《唐诗》数百种行于世者是也。"③他认为唐人小说乃是因唐世举人"温卷"之用而产生,不免偏颇,但认为唐人小说"文备众体",则又相当精辟地概括出了唐人小说在艺术上的基本特征,并认为由此可以窥见作者的"史才、诗笔、议论"才华。

"史才、诗笔、议论"虽本指从小说中可以窥见的作者的才华与修养,但以之作为"文备众体"的注解,用来概指唐人小说"文备众体"的具体方面,也不失为简括省净,故论者多沿引袭用,而对其具体所指则又往往语焉不详或各执一词。那么,"史才、诗笔、议论"有着怎样的内涵?唐人小说的艺术特质又体现在哪些方面呢?

一、唐人小说之"史才"

班固在《汉书·司马迁传》"赞语"中称"迁有良史之材",然后又说:

---

① 胡应麟:《少室山房笔丛》卷三六已部《二酉缀遗中》,上海书店出版社2001年版,第371页。
② 胡应麟:《少室山房笔丛》卷三六已部《二酉缀遗中》,上海书店出版社2001年版,第371页。鲁迅:《中国小说史略》第八篇《唐之传奇文》(上),东方出版社1996年版,第51页;《中国小说的历史的变迁》第三讲《唐之传奇文》,《鲁迅全集》第六卷,人民文学出版社2005年版,第323页。
③ 赵彦卫撰,傅根清点校:《云麓漫钞》卷八,中华书局1998年版,第135页。

"服其善序事理,辨而不华,质而不俚,其文直,其事核,不虚美,不隐恶,故谓之实录。"可见,史才,特别是"良史之材",概括地说就是"实录"的才能。

唐人小说的叙事建构艺术主要源于中国发达的史传,正因为如此,对唐人小说叙事艺术的观照和评价,特别是正面的肯定和称许,人们往往以史比附而论之。如李肇《唐国史补》中即云沈既济《枕中记》和韩愈《毛颖传》"二篇真良史才也。"又说《毛颖传》"其文尤高,不下史迁"。王仁裕《玉堂闲话·陈俶》说陈鸿《长恨词》"文格极高,盖良史也。"但如果认为唐人小说之"史才"仅仅指对史家实录原则的遵循与继承或者是史家写传记的笔法①,则就十分局限了。

班固所谓"实录",具体而言则包括"善序事理,辨而不华,质而不俚,其文直,其事核,不虚美,不隐恶"诸方面,实囊括了叙事结构、线索,叙事语言、态度等叙事建构诸方面。因而,史才应是对唐人小说叙事建构艺术的概括。

唐人小说之叙事建构艺术,虽主要源自史传,但无疑又超越了史传,叙事艺术更加成熟、灵活。一如明人伪托胡应麟所言云:"胡元瑞曰:唐传奇小传,如《柳毅》《陶岘》《红线》《虬髯客》诸篇,撰述浓至,有范晔、李延寿之所不及。"②此所言"撰述浓至",有指叙事精细、生动之意,虽简括,但已经略及唐人小说叙事艺术的主要方面了。

唐人小说之史才,当然首先体现在其叙事所形成的真实感,赵彦卫等评价唐人小说具有"史才""良史才"或堪称"良史",即主要指此。唐人小说叙事的这一特性,源自史家之实录原则,但却已不是指现实生活或历史中的真人真事,而是指通过对人物事件(主要指幻设之人物事件)的符合现实生活事理逻辑的描绘与刻画所形成的真实感,虽非实有之人事,却宛

---

① 如:伏漫戈《史才、诗笔、议论——红楼梦文备众体的特点》(载《南都学坛》2004 年第 3 期)一文认为:"史才"即"首先表现为坚持实录精神"。程毅中《文备众体的唐代传奇》(载《神怪情侠的艺术世界》,中共中央党校出版社 1994 年版,第 80 页)认为:"史才""也就是用史家写传记的笔法来写小说"。

② 《红线传》跋语,桃源居士编《唐人小说》之传奇家第一百三帙《红线传》,上海文艺出版社 1992 影印上海扫叶山房石印本。

若真实,这就是现代叙事理论中所谓艺术的真实。

我们知道,唐人小说多出于虚构,现实题材的作品如此,那些以神仙鬼怪为表现对象的作品更是如此。如清人李慈铭言:"唐人小说藻采斐然,而语意多近儇浮,事每失实。"①虽语带不满,却道出了唐人小说多出虚构的事实。但无论作何种虚构幻设,唐人小说总立足于现实生活,将虚构幻设之人事人情化、生活化。其中的神仙鬼魅、妖怪精灵、飞禽走兽,在他们非人的外表下,却表现出人的情感、人的习性以及人的欲念和价值观。《任氏传》中狐狸精任氏体现出"异物之情也有人道焉",《稽神录》中《朱廷禹》《司马正彝》中的神女,也用假发和粉脂如普通凡间中的民女一样打扮自己。《洞庭灵姻传》中的龙女,和人间普通女子一样,也受到丈夫的遗弃和公婆的虐待,"夫婿乐逸,为婢仆所惑,日以厌薄。既而将诉于舅姑,舅姑爱其子,不能御。迨诉频切,又得罪舅姑,舅姑毁黜以至此。"被罚在荒郊牧羊。其后与柳毅结合,在不知柳毅态度到底如何以前,仍然"愁惧兼心,不能自解"。还有众多唐人小说中叙及的狗、老虎、大象、甚至老鼠报恩故事,也折射着人间的知恩图报等道德伦理观念。故唐人小说中的天堂地狱,洞天福地,异域方外,也如咫尺现实,充满着人间万象:《南柯太守传》中由一群蚂蚁组成的大槐安国,仿佛一个人间上层社会,有宠辱沉浮,有生老病死。而另一个蚂蚁王国,《纂异记·徐玄之》中的蚍蜉国,不仅有昏庸的皇帝,浮浪的王子,也还有尽忠之臣。幽冥地府则更俨然是另一个人间,其间也有城池,如人间的州府郡县,而分散在各处的鬼们都处在如人世乡村般的世界中,一座坟墓就是一个家庭,几座相连就成了村落。大大小小的鬼们各有各的职业生计,有高贵,有低贱,《广异记·阿六》中即有鬼以卖饼为业;鬼们之间的关系,特别是在官场中,也如人间,《广异记·六合县丞》中鬼吏冥卒们即开后门、卖人情、讨小费,甚至还调戏妇女;鬼们也追求时尚,《河东记·李敏求》中的鬼就托回到人间的朋友买一顶流行的扬州毡帽;《玄怪录·刘讽》中年轻女鬼们在一起,高雅则如仕女弹琴饮酒行酒令,浅俗则如村姑打情骂俏,谈找婆家;

---

① 李慈铭撰,由云龙辑:《越缦堂读书记》卷八《文学》"剧谈录",中华书局2006年版,第933页。

《庐江冯媪传》中鬼公公鬼婆婆逼着鬼媳妇要东西,媳妇拉着三岁小儿委屈无助地哭泣,凄楚之境一如人间贫寒家庭。

唐人小说真实感的获得,不仅在于虚构幻设人事的人情化与生活化,还在于对场景与细节的细腻逼真呈现,此即所谓"撰述浓至"之一种表现。将故事以场景展开,辅之以细节,就仿佛打开一幅画卷,给人以身临其境的真实感受。如《虬须客传》中灵石旅舍三侠相遇的场景:

> 将归太原,行次灵石旅舍,既设床,炉中烹肉且熟。张氏以发长委地,立梳床前。公方刷马,忽有一人,中形,赤须如虬,乘蹇驴而来。投革囊于炉前,取枕欹卧,看张梳头。公怒甚,未决,犹亲刷马。张氏熟视其面,一手握发,一手映身摇示公,令勿怒。急急梳头毕,敛衽前问其姓,卧客答曰:"姓张。"对曰:"妾亦姓张,合是妹。"遽拜之。问第几。曰:"第三。"问妹第几。曰:"最长。"遂喜曰:"今多幸逢一妹。"张氏遥呼:"李郎且来拜三兄!"公骤拜之。遂环坐……①

此一段场景将风尘三侠相遇的情景表现得十分具有戏剧性,生动精彩而又散发着浓郁的生活气息。李靖、红拂妓夫妇息于旅舍,炉中煮肉,男人刷马,女人一旁梳头,何等真实!其间细节,将人物情貌个性逼真地呈露出来。如写虬须客突然走进来的动作细节:"投革囊于炉前,取枕欹卧,看张梳头。"行李一扔,就斜卧在床呆呆地看一位年轻女子梳头,这样的行为无疑十分冒昧,但却很自然地突出了虬须客的粗犷、潇洒、不拘小节的性格。又如李靖,见虬须客如此无礼,"公甚怒,未决,犹亲刷马。"虽然对虬须客的举动十分恼怒,几乎要停止刷马,给这个不速之客一点颜色,但他又努力克制自己,透过这一细节,不难想象李靖此时的心理:一方面儆戒自己不要鲁莽,一方面借继续刷马冷静自己,观察和揣测对方的底细。由此把李靖遇事冷静、克制的性格写得十分生动。再看红拂妓:"张熟视其面,一手握发,一手映身摇示公,令勿怒。急急梳头毕,敛衽前问其姓。"这

---

① 裴铏:《传奇·虬须客传》,李剑国辑校《唐五代传奇集》第三编卷四三,中华书局2015年版,第2454—2455页。

一连串的动作细节,生动地揭示出她多方面性格特点:其一,见多识广,当虬须客看着他梳头时,设想她如果只是一个深藏闺阁的女子,大概早就两颊绯红、不知所措了,但红拂妓不仅没有羞涩和慌乱,反而从容自若,仔细打量起虬须客来,与她长期生活在大贵族家做歌妓的身份相一致。其二,聪明机警,慧眼识英雄。素昧平生的虬须客,经她一番"熟视"之后,就确信他是一位值得结识的英豪,并立即打定主意,与之结拜,这与她认定李靖后就与其私奔的决定一样果敢。其三,作为一个女性,她很理解李靖难免为虬须客的举动而生怒,因而,当他与虬须客攀谈之前,首先暗示李靖"令勿怒",她没有世俗女子的畏缩、犹豫不决、不敢出头的观念,充分展示出她的泼辣、豪爽的女中豪杰性格。其四,待人接物,彬彬有礼,风度焕然。她"敛衽前问",当得知与己同姓,即以兄事之,便"遽拜之",并呼李靖"来拜三兄"。正因为她的这种礼貌与风度,使风尘三侠得以结缘。唐人小说多如是,大量使用这种场景与细节,将虚构与幻设之故事逼真地展现出来。

唐人小说之史才,又体现在其叙事的严谨有章法,能熟练地运用各种叙事技巧将故事纡徐委曲地叙述出来。唐人小说常常避免采取平铺直叙的方式,而是利用各种技巧,如悬念、伏笔、照应等,造成情节的起伏变化,达到引人入胜的艺术效果。

薛调《无双传》是悬念运用的突出例子。《无双传》在展开故事情节的过程中,紧紧抓住并着力表现王仙客与无双相会的希望与失望的多次交替:本有希望,忽而失望,接着又生新的希望,旋又转成绝望,于绝望中又生希望,最后终得相会。小说中多次出现一些出人意料的情节或现象,其中的很多背景因素,作者并不是按部就班地加以介绍,而是随着故事情节的发展逐步展开,造成一个又一个的悬念,形成情节发展的突兀和跳荡,试看下面一段:

> 一日,扣门,乃古生送书。书云:"茅山使者回,且来此。"仙客奔马去,见古生,生乃无一言。又启使者,复云:"杀却也。且吃茶。"夜深,谓仙客曰:"宅中有女家人识无双否?"仙客以采蘋对。仙客立取

而至。古生端相,且笑且喜云:"借留三五日,郎君且归。"后累日,忽传说曰:"有高品过,处置园陵官人。"仙客心甚异之,令塞鸿探所杀者,乃无双也。仙客号哭,乃叹曰:"本望古生,今死矣!为之奈何!"流涕歔欷,不能自已。①

这段文字,故事情节颇多突兀之处,如:突然提及的茅山使者所为何事?他的回来意味着什么?古生所谓"杀却也",当是指茅山使者,然而古生为何要杀此人?古生对王仙客为何如此寡言少语?特别是塞鸿探知无双被杀,消息果确实否?其中究竟有何原因?如此等等,便生出种种悬念。这种种悬念,无疑诱发了阅读者好奇心,希望得到答案。但作者并不急于而且更不依序逐一加以回答,而是从容继续展开现有故事情节,让一个个悬念在情节的发展中自然解开:

> 是夕更深,闻叩门甚急。及开门,乃古生也。领一篼子入,谓仙客曰:"此无双也,今死矣。心头微暖,后日当活,微灌汤药,切须静密。"言讫,仙客抱入阁子中,独守之。至明,遍体有暖气,见仙客,哭一声遂绝。救疗至夜方愈。古生又曰:"暂借塞鸿,于舍后掘一坑。"坑稍深,抽刀断塞鸿头于坑中,仙客惊怕。古生曰:"郎君莫怕,今日报郎君恩足矣。比闻茅山道士有药术,其药服之者立死,三日却活。某使人专求,得一丸,昨令采蘋假作中使,以无双逆党,赐此药令自尽。至陵下,托以亲故,百缣赎其尸,凡道路邮传,皆厚赂矣,必免漏泄。茅山使者及舁篼人,在野外处置讫,老夫为郎君,亦自刎……"言讫举刀,仙客救之,头已落矣,遂并尸盖覆讫。②

上段文字使人生出种种疑问,这段文字则使人一次次发出惊叹,故事情节一再出现令人惊奇的突然变化,就在这种曲折突兀甚至惊心动魄的叙述

---

① 薛调:《无双传》,李剑国辑校《唐五代传奇集》第三编卷三七,中华书局2015年版,第2173页。
② 同上,第2174页。

中,展现人物的命运,同时,通过故事情节的发展和古生的自叙,解开一个个悬念。

《无双传》故事曲折离奇,情节引人入胜,对读者保持着一种连续性的阅读吸引力。体现了唐人传奇叙事技巧的成熟和独特匠心。除悬念运用外,唐人传奇亦注意使用伏笔、照应。《传奇·郑德璘》中江中秀才吟诗即是伏笔,到结束时才点明原委。《传奇·裴航》中樊夫人赠裴航诗"云英""蓝桥"云云实际上也是伏笔。《枕中记》的开篇"时主人方蒸黍"先伏下一笔,最后梦醒而"主人蒸黍未熟",前后呼应中蕴含深意。其他又如《姚康成》等炫才小说中精怪作诗自寓,结尾处一一指明原形而与前照应;《南柯太守传》梦醒后掘蚁穴与梦中经历形成照应;《续玄怪录·定婚店》结尾"题其店曰定婚店"与标题形成照应。伏笔、照应的运用,给叙事进程增添了断续、显隐之势,不仅形成叙事章法的变化,也使叙事结构产生回环完整之美,亦是唐人小说史才之体现。

另外,一些唐人小说还注意敷设贯穿整部小说的叙事线索,唐人小说中的叙事线索,一般表现为某种特定的事物。如《古镜记》即以古镜为叙事线索,以其出没之迹及神异功能来寄寓兴亡的感慨;《乾𦠆子·陈义郎》中的血衫子亦为全文线索;《传奇·崔炜》中的艾灸、《传奇·张无颇》中的仙药都是线索性的事物。

唐人小说之史才,亦表现为对叙事节奏的有效控制,形成情节发展的疾徐、张弛变化。应当指出,事物的发展当是一张一弛,人们对艺术的欣赏,也不能长久处于紧张急迫或平静舒缓的状态,所以,从事物的发展规律和人们欣赏艺术的心理而言,小说情节的跌宕起伏,也不应该不间断地急转直下,无休止地变异出奇,应讲究节奏的有疾有徐,唐人小说十分重视叙事节奏的缓急有致。以《李娃传》为例,小说的故事情节,围绕李娃与郑生的境遇展开,除开头介绍荥阳公及其子郑生以引出故事、末尾叙述李娃归宿以交代故事结局之外,情节发展主要有四个阶段:院遇,计逐,鞭弃,护读,而这四个主要情节段又是由若干小的情节单元构成,故事情节之间的连接转换,自然而符合逻辑,节奏张弛有度。这里,我们仅就"计逐"与"鞭弃"之间的情节安排来分析其对叙事节奏的控制。无疑,在《李娃传》中,"院遇"一段情节发展将郑生与李娃的关系推向一个顶点,"计逐"一段则又将二人之关系拉向低谷。情节发展至此,可以说被推到了一个十分紧张的程度:郑生的命运如何?李娃在郑生被逐中又扮演着怎样的角色?她对郑生是什么态度?然而《李娃传》接下来的情节,却并没有马上全部回答这些问题,而只是写郑生一方,写旅店哀其无依而收留之,写凶肆怜其病亟而拯救之。写郑生从妓院到旅店到凶肆,存亡安危之间腾挪变换,文笔夭矫空灵,曲折陡峭,继续前文紧张节奏而略有减弱,其情节安排是在"计逐"的高潮之后又一个小的跌宕起伏。在一个又一个波澜起伏、紧张跳荡的情节之后,《李娃传》接下来便笔锋一收,转入写郑生在凶肆的生活,叙事节奏也随之平缓下来,郑生病愈了,在凶肆"执绋帷,获其直以自给",不至于流落冻馁,在突遭变故之后,到底有了安身之所。故事情节的发展也进入了一个间歇阶段。这里,《李娃传》继之以大段文字,写郑生在凶肆的生活,特别插入了东西两肆互争胜负的大段描写。与前文一个又一个的变故相比,这样的情节实无甚曲折可言,散漫舒缓。当然,这也并非闲笔,这些描写看似游离于主题之外,实则仍然围绕郑生用笔,并为引出"鞭弃"一节文字作铺垫。所以,这一段看似无关的闲笔却起着情节转换的过渡作用,正因为这一次竞赛,郑生由"执绋帷,获其值以自给",被东肆长以二万钱"索顾"为挽歌郎,使得他的生活又掀起了大波澜,引出了与其父相遇的情节而有"鞭弃"一节,再次将情节推向又一个节奏紧张的阶段。《李娃传》叙事的张弛变化,缓急有致,体现出作者对叙事节奏高超的控制技巧。

二、唐人小说之"诗笔"

宋陈师道在其《后山诗话》中言及范仲淹的《岳阳楼记》,说其"用对语说时景"的方法,是"《传奇》体",源自裴铏《传奇》。后来之论多据此认为,唐人小说的诗笔就是"用对语说时景",就是诗歌等韵文体的插入[①],则是只注意到了表面现象而已。唐人小说的"诗笔",其实应是对唐人小说诗意

---

① 程毅中:《文备众体的唐代传奇》,《神怪情侠的艺术世界》,中共中央党校出版社1994年版,第80页。即认为:"诗笔""就是在叙事文学中融合以诗歌"。

化抒情特征的概括。

唐人小说多充满浓郁的诗意,正如明人伪托洪迈、刘攽所言:"洪容斋谓唐人小说不可不熟,小小情事,凄惋欲绝。刘贡父谓小说至唐,鸟花猿子,纷纷荡漾。"①清人章学诚则直接将唐人小说比作"乐府古艳诸篇",他说:"大抵情钟男女,不外离合悲欢……其始不过淫思古意,辞客寄怀,犹诗家之乐府古艳诸篇也。"②

当然,唐人小说诗意的产生,最为重要的方式就是叙事行文中诗歌的插入。有相当多的唐人小说插入了诗歌,而这些诗歌有许多足称佳制,于此,前人多有称述。元人辛文房在《唐才子传》中说:"杂传记中多录鬼神灵怪之词,哀调深情,不异畴昔。"③明人杨慎说:"诗盛于唐,其作者往往托于传奇小说神仙幽怪以传于后,而其诗大有妙绝今古、一字千金者。"④胡应麟说:"《广记》所录唐人闺阁事,咸绰有情致,诗词亦大率可喜。"⑤这些诗歌在小说整体结构中的作用,石昌渝将其归纳为五个方面:一、男女之间传情达意,他以《游仙窟》《莺莺传》等为代表。二、人物言志抒情,以《李章武传》《湘中怨解》等为代表。三、绘景状物,以《柳毅传》(即《洞庭灵姻传》)《传奇·裴航》等为代表。四、暗示情节的某种结局,以《传奇·裴航》等为代表。五、评论,以《长恨歌传》《东城老父传》为代表。⑥李剑国亦将传奇中诗歌的作用和地位归纳为五个方面,但和石昌渝又略有不同:一是以诗歌代替人物对话,如《游仙窟》。二是录入作者或他人题咏作品中人物事件的诗歌,一般同情节发展没有多大关系,如《莺莺传》的杨巨源《崔娘诗》、元稹《会真诗》、李景亮《李章武传》中李章武所赋诗。有的则同情节发展有关联,如《非烟传》崔李二生所赋诗。三是鬼

---

① 桃源居士:《唐人小说》序,上海文艺出版社1992影印上海扫叶山房石印本,第1页。
② 章学诚撰,叶瑛校注:《文史通义校注》卷五《诗话》,中华书局2004年版,第560页。
③ 辛文房撰,傅璇琮主编:《唐才子传校笺》卷一〇《鬼》,中华书局1990年版,第519页。
④ 杨慎撰,王仲镛笺证:《升庵诗话笺证》卷一一"唐人传奇小诗"条,上海古籍出版社1987年版,第413页。
⑤ 胡应麟:《少室山房笔丛》卷三六已部《二酉缀遗中》,上海书店出版社2001年版,第371页。
⑥ 石昌渝:《中国小说源流论》第四章《传奇小说》第三节《诗赋的插入》,三联书店1994年版,第167页。

魅以诗自寓,如《东阳夜怪录》《玄怪录·元无有》。四是根据情节需要为人物撰作诗歌,如《传奇·郑德璘》。五是根据规定情景通过人物自题自吟或赠答酬对,抒写人物的情绪,或有意识创造抒情氛围乃至意境。①

　　李剑国先生认为,唐人小说中插入诗歌,最具审美意义的乃是末一种,即根据规定情景通过人物自题自吟或赠答酬对,抒写人物情绪,或有意识创造抒情氛围乃至意境。因为它造成小说的诗意化特征,是小说家诗意识的最本质的体现。这种情况在各种情恋题材的小说中最为突出,诗歌成为男女主人公宣泄爱情或甜蜜或苦痛的情感的最为重要的方式。如前所述,唐人小说中的情恋故事多在士子与妓女、人神、人妖等之间发生,在这些情恋中,分离多是他们的宿命,小说中诗歌的基调也多以感伤为主,故此类唐人小说所营造出的抒情氛围和意境也多与唐人的闺怨诗相类。如《柳氏传》,小说在叙写男主人公韩翃与女主人公柳氏相互悦慕而定情之后,由于省家和安史之乱长期无法相聚,于是,小说便以韩翃的《章台柳》与柳氏的《杨柳枝》二诗来表现他们之间的相思、牵挂和悲叹,二诗的哀怨凄恻情调,也给小说罩上了一层诗意的感伤氛围。《李章武传》中李章武与王氏妇分别时,也以主人公之间的赋诗赠答来抒写离愁别恨。第一次分别是生离,诗歌用了民歌中的双关手法,形成一种婉转缠绵的情致。第二次是死别,四首诗都萦绕着永别的哀痛之情,与小说所描写的依依惜别、人去室空、寒灯摇曳的场面相一致,共同烘托出小说浓烈的抒情氛围。两次离别用诗,再加上文末李章武的赋诗,王氏妇空中叹惋,从而形成了小说诗意化的抒情基调。

　　还有一些唐人小说,甚至放弃了小说的对故事情节的追求而仅仅着意于诗歌般意境的酿造。这些小说故事情节极为简单却诗意极为浓厚,宛如小说中的绝句。如《纪闻·巴峡人》:

　　　　调露年中,有人行于巴峡,夜泊舟,忽闻有人朗咏诗曰:"秋径填黄叶,寒摧露草根。猿声一叫断,客泪数重痕。"其音甚厉,激昂而悲。

---

① 李剑国:《唐五代志怪传奇叙录》(增订本)代前言"唐稗思考录",中华书局2017年版,第102—103页。

> 如是通宵,凡吟数十遍。初闻以为舟行者未之寝也,晓访之而更无舟船,但空山石泉,溪谷幽绝,咏诗处有人骨一具。①

写清夜鬼吟,情节极为简单,夜泊闻吟诗,晨起见枯骨而已,文中重点是以鬼吟之诗渲染出一种幽绝凄寒的意境。又如《河东记·臧夏》:

> 上都安邑坊十字街东,有陆氏宅,制度古丑,人常谓凶宅。后有进士臧夏僦居其中,与其兄咸尝昼寝。忽梦魇,良久方寤。曰:始见一女人,绿裙红袖,自东街而下,弱质纤腰,如雾濛花,收泣而云:"听妾一篇幽恨之句。"其辞曰:"卜得上峡日,秋天风浪多。江陵一夜雨,肠断木兰歌。"②

此篇亦写鬼,情节仅是臧夏与兄昼寝而梦鬼,主要还是在于通过缥缈如雾濛花般弱质纤腰的女鬼幽恨满怀的吟唱,着意营造一种幽清的氛围罢了。其他如《灵怪集》中的《中官》《河湄人》,《河东记·踏歌鬼》《宣室志·鬼诗》等亦如此,在简略省净的情节中以鬼诗或者一两个单纯的意象营造出诗意的情调和意境。这些小说中的鬼怪形象,往往是作为一个符号,仅是诗意情绪的承载者而已,并不具有个性特征。

唐人小说诗意的产生,除了插入诗歌一途之外,还有以直接而浓烈的抒情和细致而诗意的写景创造出诗一般的氛围和意境的方法。如《霍小玉传》,在叙述霍小玉悲剧命运经历的过程中,将其忧虑、怅惘、愁怨、愤恨的情感表达置于非常突出的位置,小说自始至终笼罩在强烈的情感氛围中,充满诗意,正如李剑国先生所言,"虽然全文未用一诗(小玉念李益诗'开帘'二句不计),但无疑是诗的情思"③。《长恨歌传》则是以融情于景的方式来获得诗意的,特别是小说的后半部分,在表现唐明皇与杨贵妃天

---

① 李昉等:《太平广记》卷三二八《鬼十三》"巴峡人",中华书局 2003 年版,第 2608 页。
② 李昉等:《太平广记》卷三四六《鬼三十一》"臧夏",中华书局 2003 年版,第 2739 页。
③ 李剑国:《唐五代志怪传奇叙录》(增订本)代前言"唐稗思考录",中华书局 2017 年版,第 106 页。

上人间的相思之情时,小说把唐明皇内心的凄恻之情融入对春日冬夜夏莲秋槐的细致描写中,从而获得了如《长恨歌》诗"春风桃李花开夜"同样的诗意。又如《李牟吹笛记》《逸史·李謩》《博异志·吕乡筠》《集异记·李子牟》中对笛声引起的风涛云雨等的变化的精妙摹写,读来犹如李贺的《李凭箜篌引》。而《玄怪录·柳归顺》以及《博异志》中的《许汉阳》《阴隐客》中对幽秘之境的描绘,优美如画,充满诗的意境。如《柳归舜》中对柳归顺信步君山,偶入异境所见:

忽道旁有一大石,表里洞彻,圆而砥平,周匝六七亩,其外尽生翠竹,圆大如盘,高百余尺,叶曳白云,森罗映天,清风徐吹,戛戛为丝竹音。石中央又生一树,高百余尺,条干偃阴为五色。翠叶如盘,花径尺余,色深碧,蕊深红,异香成烟,著物霏霏。有鹦鹉数千,丹嘴翠衣,尾长二三尺,翱翔其间,相呼姓字,音旨清越……①

如果说《柳归舜》中的描写有如工笔画的话,那么,《龙城录·赵师雄醉憩梅花下》中的描写则如写意画一般:

隋开皇中,赵师雄迁罗浮。一日,天寒日暮,在醉醒间,因憩仆车于松林间。酒肆傍舍,见一女人淡妆素服,出迓师雄。时已昏黑,残雪对月,色微明。师雄喜之,与之语,但觉芳香袭人,语言极清丽。因与之扣酒家门,得数杯,相与饮。少顷,有一绿衣童子来,笑歌戏舞,亦自可观。顷醉寝,师雄亦懵然,但觉风寒相袭。久之,时东方已白,师雄起视,乃在大梅花树下,上有翠羽啾嘈相顾,月落参横,但惆怅而已。②

残雪未消,月色微明,淡妆素服、暗香袭人的女子,笑歌戏舞的绿衣童子,

---

① 牛僧孺撰,程毅中点校:《玄怪录》卷四"柳归舜",中华书局2014年版,第32页。
② 柳宗元撰,曹中孚校点:《龙城录》,《唐五代笔记小说大观》上册,上海古籍出版社2000年版,第141页。

再加上数杯之酒,构成一幅绝妙的图画,轻笔点染之间,形成了一种朦胧淡雅的诗意境界,堪称无韵之诗。

在唐代小说家中,最善于运用"诗笔"的要算沈亚之了。沈亚之字下贤,有小说五篇传于世,即《异梦录》《冯燕传》《湘中怨解》《感异记》《秦梦记》。① 除《冯燕传》外,其余四篇都不重情节而以"情语"为主,抒发其空灵缥缈的"窈窕之思",有着诗一般的情韵意境。

《感异记》叙沈警奉使秦陇,途过张女郎庙,酌水祝神,暮宿传舍,有感作诗,既闻帘外有叹赏声,旋见二女入,称张女郎姊妹,以生日故同觐张女郎,过此闻咏,遂邀沈警乘车至其宫,具酒殽,弹琴作歌,备极欢悦。其夜,小女郎润玉伴宿沈警,晨起作歌而别,沈警还馆,润玉所赠合欢结,夜失所在,警回至庙中,于神座后得一碧笺,乃小女郎与警书,备述离恨云云。总括小说中沈警与张女郎姊妹共赋诗十首,散布于全篇各处,从而营造出整篇小说的诗意氛围。《秦梦记》叙主人公"我"梦入秦国,见秦穆公,公问以治国之道,"我"对之,秦穆公称善,遂为官。久之,公幼女弄玉婿萧史死,"我"得尚公主,复一年,公主无疾卒,葬咸阳原,"我"作《泣葬一枝红》,又作墓志铭云云。后月余,穆公令"我"归,复作歌,别秦而去,至函谷关,忽惊觉而卧邸舍中。小说故事情节与《南柯太守传》相类,但其主题却非表达人生如梦之感慨,而在于借事言情。为公主所作《泣葬一枝红》以及"白杨风哭兮石鬐髶莎"的铭辞,以浓艳之词藻,抒发了一种失去所爱的怅惘情怀;离国之前的两首诗歌,亦充满失落的感伤情思。这些诗作,给小说的后半部分涂上了强烈的感情色彩,并形成了小说的诗意情调。《异梦录》记二异梦,其一云:元和十年五月十八日泾州节度使陇西公(李汇)宴客,言邢凤异事。凤帅家子,贞元中寓居长安平康里南故豪家之第,昼寝,梦一古装美人自西檻来,执卷而吟,并言此本其家,所吟乃《春阳曲》。继而美人为凤作弓弯之舞,然后辞去。其二云:明日,吴兴姚合等来,姚合言其友王炎元和初梦游吴王宫,会吴王葬西施,吴王令王炎

---

① 沈亚之《异梦录》《冯燕传》《湘中怨解》《感异记》《秦梦记》,李剑国先生有考辨、辑录,可参看:《唐五代志怪传奇叙录》(增订本),中华书局2017年版,第435页、第453页、第473页、第477页、第540页。《唐五代传奇集》第二编卷一三,中华书局2015年版,第821—854页。

作挽歌,醒而述其事。二则异梦,皆旨在言情,邢凤所梦古装美人,未言是鬼是神,忽然而来,忽然而去,平添迷茫之情。加上凄艳宛转的《春阳曲》,渲染出一种寂寞凄清的情怀。王炎梦入吴国,为西施作挽歌,亦借叹美人之逝,抒发一种失落的怅惘之情。《湘中怨解》叙太学郑生晓渡洛桥,闻桥下有哭声甚哀,寻得一艳丽女子,自云受兄嫂虐待,欲赴水自尽。生携归同居,号曰汜人。能诵《楚辞》,善赋怨辞。尝作《光风词》。郑生贫,汜人出轻缯一端,卖与胡人,得钱千金。居数岁,生游长安,惜别之际,汜人自陈身世,乃知其本为湘中蛟宫之娣,谪而从生,期满将还。后十年,生登岳阳楼,思动而吟,未终而见画舻来,上有一美人,形类汜人,载歌载舞,翔然凝望,须臾而没。《湘中怨解》亦以抒情为主,小说假人神情恋之题材,宣泄一种对美的追求与向往、美的得而复失的失落和迷茫情绪。小说的重心在后半部分,特别是郑生岳阳楼上所作及汜人画舻上所吟,与"风涛崩怒"的景物描写、"翔然凝望"的情态描写一起,营造出一种梦幻般的情韵意境,一如李贺之诗。

浓郁的诗意是唐人小说显著的特征,它源自沐浴在唐诗中的唐代小说家普遍的浪漫与诗意情怀。唐人小说中诗笔的运用,提升了小说的艺术品质,增加了小说的美学内蕴。而插入诗歌的形式,也为后世小说(包括文言和白话小说甚至民间说唱艺术)所继承,成为中国小说独特的艺术表现方式之一。

三、唐人小说之"议论"

对于唐人小说中的"议论",李剑国先生从揭示小说主题的角度,认为"议论"是"小说家伦理意识的本能反映,虽然并不都是以议论形式反映出来的"。[①] 程毅中先生则根据其存在形式的角度,认为"议论""只是'史才'的一个组成部分,模拟《左传》的'君子曰'、《史记》的'太史公

---

① 李剑国:《唐五代志怪传奇叙录》(增订本)代前言"唐稗思考录",中华书局2017年版,第82页。

曰',显示其继承的是史家的传统……"①无论是把"议论"看作是"伦理"体现,还是把"议论"看作是"史才"之一种体现,都只是唐人小说中"议论"的一个侧面,是不全面的。考察唐人小说,其间的议论实际上是作者对小说中人物或故事的评论,借以表达作者的创作意旨;或者根据故事中人物或情节而引发的包括伦理道德、社会人生、历史现实等的理性思索。

唐人小说中的议论,常常表现为小说叙述者即作者直接出现的直接言说,但有时,也表现为借小说中人物之口的间接阐发。故唐人小说的"议论",不仅应该包括由对小说中人物或故事的直接评论而实现的主题揭示,还应该包括由小说中人物或故事引申开来的、对道德伦理、社会人生、历史现实的理性思考或哲理阐释。

在唐人小说中,有相当多的议论主要侧重于对小说中人物个性品行的评论,而对性格品行的评判,多集中在优劣、高下、贤愚的判断上,如《任氏传》末尾的议论:

嗟乎,异物之情也有人道焉!遇暴不失节,狥人以至死,虽今妇人,有不如者矣。惜郑生非精人,徒悦其色而不征其情性……②

这里的议论,即主要是称赏作为狐精的任氏"之情也有人道焉",任氏虽为狐,而实为人,不仅只有人的外貌,其心、其情、其德都与人无异,且"虽今妇人,有不如者矣"。除评论任氏之"人情"特性之外,对郑六的个性也做了评价,指出其性格缺失:"非精人","徒悦其色而不征其性情",只知"赏玩风态而已",叹惋任氏不遇"渊识之士"。

但更多唐人小说的议论,是把对人物个性品行的评论杂糅在了伦理道德的评判中,如《任氏传》中的议论就又把任氏的"有人情"与"节"联系起来,这里把"情"与"节"相联系,略显牵强和迂腐。又如《洞庭灵姻传》

---

① 程毅中:《文备众体的唐代传奇》,《神怪情侠的艺术世界》,中共中央党校出版社1994年版,第80页。
② 沈既济:《任氏传》,李剑国辑校《唐五代传奇集》第二编卷一,中华书局2015年版,第443页。

末:"五虫之长,必以灵著,别斯见矣。人,裸也,移信鳞虫。洞庭含纳大直,钱塘迅疾磊落,宜有承焉。嘏咏而不载,独可邻其境。愚义之,为斯文。"这段议论,点明著此一篇小说的目的在于赞颂信义,称赏柳毅救难济困,仗义拒威之义;称赏钱塘、龙女秉诚报恩之义;也称赏钱塘灭暴,使善恶有归之义。在信义评价之外,又涉及对洞庭、钱塘性格的概括:"洞庭含纳大直,钱塘迅疾磊落"。

唐人小说中的议论,伦理道德的阐释和提倡是突出的,也正因为如此,李剑国先生才把议论作为唐人小说表达伦理道德意识的重要方式。有很多议论,就主要是从伦理道德的角度展开的,如《李娃传》文末议论:

> 嗟乎,倡荡之姬,节行如是,虽古先烈女,不能逾也,焉得不为之叹息哉!予伯祖尝牧晋州,转户部,为水陆运使,三任皆与生为代,故谙详其事。贞元中,予与陇西公佐话妇人操烈之品格,因遂述汧国之事……①

明言撰述《李娃传》的因由乃是起于"话妇人操烈之品格",可见,小说的重心就在于表现李娃的操烈之节。而"倡荡之姬,节行如是,虽古先烈女,不能逾也"的称赏,无疑是把李娃的"妇人之节行"作为典范来彰显的。同时《李娃传》开篇也有一段议论,云:"汧国夫人李娃,长安之倡女也,节行瑰奇,有足称者,故监察御史白行简为撰述。"此语故非白行简原传所有,当为行简之后的唐人所加。"节行瑰奇,有足称者"之语,亦着眼于李娃的道德品行。除此而外,如《杨倡传》《冯燕传》等小说中的议论,都是如此,重在伦理道德的阐释和宣扬。

除了这种正面的道德宣讲之外,也有一些唐人小说的议论,特别是那些小说中人物的行事有违伦理道德的要求之时,则重在提出告诫。如《莺莺传》文末议论云:"时人多许张为善补过者,予常于朋会之中,往往及此意者。夫使知者不为,为之者不惑。"即就张生之行为,到处向朋辈宣讲,

---

① 白行简:《李娃传》,李剑国辑校《唐五代传奇集》第二编卷一五,中华书局2015年版,第905—906页。

目的就在于"使知之者不为,为之者不惑",劝诫之意甚明。

唐人小说中的议论,还有针对小说中的人物之经历、遭遇表达感慨的,如《无双传》末议论云:"噫,人生之契阔会合多矣,罕有若斯之比。常谓古今所无。无双遭乱世籍没,而仙客之志,死而不夺,卒遇古生之奇法取之,冤死者十余人。"即是对仙客、无双之离合悲欢经历的感叹。唐人小说中的此类感叹多借题发挥,有浇一己胸中块垒之意。如《柳氏传》文末的议论:

> 然即柳氏,志防闲而不克者;许俊,慕感激而不达者也。向使柳氏以色选,则当熊、辞辇之诚可继;许俊以才举,则曹柯、渑池之功可建。夫事由迹彰,功待事立,惜郁堙不偶,义勇徒激,皆不入于正,斯岂变之正乎?盖所遇然也。①

此议论叹柳氏、许俊郁堙不偶,认为柳氏当以色选,许俊当以才达,把他们的湮没无闻,归之于"所遇然也",即不遇伯乐、识才之人,并由此发出所谓"事由迹彰,功待事立"之感慨。而在这种借题发挥的感叹中,恐怕很难说作者没有把自己的经历遭遇融于其间。

在唐人小说中,也有一部分议论特别是那些历史题材小说中的议论,则主要是表达对历史的认识和思考,往往寄寓朝代兴亡之叹、陵谷变迁之感。如《古镜记》开篇议论:"昔杨氏纳环,累代延庆;张公丧剑,其身亦终,今度遭世扰攘,居常郁怏,王室如毁,生涯何地,宝镜复去,哀哉!"怀往念今,忧国悯己,生世之悲、黍离之恨溢于言表。又如《长恨歌传》末的议论,又有借历史垂戒现实和将来之意,其云:"意者不但感其事,亦欲惩尤物,窒乱阶,垂于将来者也。"如果说《古镜记》《长恨歌传》的议论是由叙述者即作者直接表达出来的话,那么,《东城老父传》的议论,则是通过小说中的特定人物之口表达出来的:

---

① 许尧佐:《柳氏传》,李剑国辑校《唐五代传奇集》第二编卷八,中华书局2015年版,第678页。

鸿祖问开元之理乱,昌曰:"老人少时,以斗鸡求媚于上,上倡优畜之,家于外官,安足以知朝廷之事?然有以为吾子言者。老人见黄门侍郎杜暹出为碛西节度,摄御史大夫,始假风宪以威远……天子幸五岳,从官千乘万骑,不食于民。老人岁时伏腊得归休,行都市间,见有卖白衫白叠布行,邻比廛间。有人禳病,法用皂布一匹,持重价不克致,竟以幞头罗代之……开元十二年,诏三省侍郎有缺,先求曾任刺史者,郎官缺,先求曾任县令者……"①

以贾昌自悔"老人少时,以斗鸡求媚于上"起笔,暗讽玄宗荒政误国,此段议论,主要借贾昌之口,论开元四事,以昔较今,在评论玄宗开元政事的同时,又生出今不如昔之慨,实借开元理乱,指陈中唐时弊。其见识虽很难说高明,但其以历史而资鉴现实的态度还是可取的。

唐人小说中还有的议论,是表达某种人生哲理和感悟的,比较典型的例子是《枕中记》和《南柯太守传》文末的议论,如《枕中记》篇末以吕翁和卢生的对话,表达对人生的感悟:

生蹶然而兴,曰:"岂其梦寐也?"翁笑谓生曰:"人生之适,亦如是矣。"生怃然良久,谢曰:"夫宠辱之道,穷达之运,得丧之理,死生之情,尽知之矣。此先生所以窒吾欲也,敢不受教。"稽首再拜而去。②

此段亦属借小说中人物之口的议论形式,其间所表达的对人生的看法是深刻的,即应以超然达观之态度面对人生,宠辱穷达、得丧盛衰,皆如同梦幻,不应系之于怀,萦之于心。这一感悟的获得,与作者本身的人生经历相关,沈既济受知于杨炎而入仕,两年后即坐贬外州,杨炎亦受卢杞陷构

---

① 陈鸿:《东城老父传》,李剑国辑校《唐五代传奇集》第二编卷一一,中华书局2015年版,第771—772页。
② 沈既济:《枕中记》,李剑国辑校《唐五代传奇集》第二编卷一,中华书局2015年版,第452—453页。

而贬死崖州。沈既济有感宦海沉浮,生死穷达的瞬间变化,故借吕翁、卢生之口,发此人生感叹。《南柯太守传》文末"生感南柯之浮虚,悟人世之倏忽"以及"后之君子,幸以南柯为偶然,无以名位骄于天壤间云"之议论,亦属人生感悟与哲理的表达。

还有一部分唐人小说中的议论,在于点明小说作者所信奉的某种观念,特别是由小说中的人物经历、遭遇所证明了的观念。如《玄怪录·郭元振》末作者根据郭元振的经历,重申自己对命运前定观念的确信:"公之贵也,皆任大官之位,事已前定,虽生远地而弃于鬼神,终不能害,明矣。"又如《续玄怪录·定婚店》末云:"乃知阴骘之定,不可变也。"则是根据小说中主人公韦固的婚姻而发出的对婚姻前定观念的肯定与确信。

第一章 唐人小说与婚恋俗尚

第一节 命定观念与红丝结褵

西汉以降,阴阳五行、谶纬符命之说,将人事与天命联系起来,如果说唐前还多限于对王朝兴衰和社会治乱的附会,那么,到了唐代,则延伸到了对于个人命运的解释,这一现象,在唐人小说中反映了出来。

唐人以为,人的命运,不是自己可以确定和改变的,从一出生,就已在冥冥之中被安排好了,"天下之事皆前定矣"①,"人遭遇皆系之命"②,"人事固有前定"③。事无巨细,都早已注定,"事无大小,皆前定矣","凡人细微尚有定分,况功勋爵禄乎"。④ 甚至是某一天、某一餐吃什么,都是前定的,"一饮一啄,系之于分"⑤,"生人一饮一啄,无非前定"⑥,"食物之微,冥路已定,况大者乎"⑦,并且不可改变,"阴骘之定,不可变也"⑧。这种命定观念,在唐人小说中反复出现,包括赵自勤的《定命论》、钟辂《前定录》、吕道生《定命录》、温畬《续定命录》、刘愿《知命录》、冯鉴《广前定录》以及佚名的《感定命录》等,这些小说集,讲述了一个又一个的命定故事。

---

① 李昉等:《太平广记》卷一五〇《定数五》"李泌",中华书局2003年版,第1079页。
② 李昉等:《太平广记》卷一四七《定数二》"王儒",中华书局2003年版,第1058页。
③ 李昉等:《太平广记》卷一五五《定数十》"韩泉",中华书局2003年版,第1117页。
④ 李昉等:《太平广记》卷一五六《定数十一》"杜悰外生",中华书局2003年版,第1123页。
⑤ 李昉等:《太平广记》卷一五八《定数十三》"贫妇",中华书局2003年版,第1140页。
⑥ 牛僧孺撰,程毅中点校:《玄怪录》卷九"掠剩使",中华书局2014年版,第98页。
⑦ 李昉等:《太平广记》卷一五六《定数十一》"崔洁",中华书局2003年版,第1125页。
⑧ 李复言撰,程毅中点校:《续玄怪录》卷四"定婚店",中华书局2014年版,第188页。

赵自勤《定名论》,《新唐书·艺文志》小说家类、《通志·艺文略》传记冥异类著录,十卷。此书散佚,佚文与其后吕道生之《定命录》相混,李时人先生之《全唐五代小说》卷一一辑有其文十二条,外编卷四录二十六条。(诸书征引未见题赵自勤《定名论》者,其后吕道生继之续作《定命录》,今所见吕书中有叙赵自勤事者,或疑为赵书,李剑国先生及台湾王国良亦有此见,李时人先生在其《全唐五代小说》中确定出赵书者共三十八篇,李书所辑有非出赵书者,笔者另有详考。)

钟簵《前定录》,《新唐书·艺文志》小说家类著录,一卷。《崇文总目》小说类、《通志·艺文略》传记冥异类、《宋史·艺文志》小说类著录同此,惟《崇文》《宋志》作者题作"钟辂"。今存二十三条,宋代时刊于《百川学海》甲集,《太平广记》亦引其书,明清时多见于各种丛书如《唐宋丛书》《四库全书》《唐人说荟》《唐代丛书》《学津讨源》《说库》中,李剑国先生在《唐五代志怪传奇叙录》中对其文有详考。

吕道生《定命录》,《新唐书·艺文志》小说家类著录,二卷。《崇文总目》小说类、《通志·艺文略》著录同此,今佚,其文散见诸书征引,尤以《太平广记》为最多,李剑国先生《唐五代志怪传奇叙录》考订其目共六十八节,《新唐志》著录时注云"大和中,道生增赵自勤之说",可知其乃是续赵书之作。

温畬《续定命录》,《新唐书·艺文志》小说家类著录,一卷。《崇文总目》小说类、《通志·艺文略》传记冥异类、《宋史·艺文志》著录同,惟《宋志》作者讹作"温奢"。此书佚,其文多见于《太平广记》等书征引,李剑国先生《唐五代志怪传奇叙录》考订其条目共十四条。

刘愿《知命录》,《文献通考》《宋史·艺文志》《国史经籍志》传记冥异类著录,一卷。其文今仅见《白孔六帖》卷一四引一条,云:"李峤当则天朝拜相。帝幸宅,见卧青绹帐,赐御用绣罗帐,峤卧不安席,明日奏:少时相者谓不当华,欲用旧帐。"

《感定命录》,五代时人撰,失姓名,《通志·艺文略》传记冥异类著录作"《感定命录》一卷",《宋史·艺文志》小说类著录作"《感定录》",撰人作"钟辂",误。此书佚,《太平广记》引其文二十一条,《分门古今类事》引二条,共存佚文二十三条,李剑国先生《唐五代志怪传奇叙录》中有考订。

后蜀冯鉴《广前定录》,《崇文总目》小说类、《宋史·艺文志》小说类著录,七卷。从其书名可知,此乃钟簵书之续作。

在本节中,笔者将主要以以上诸书之文为基础,亦兼及其他唐人小说,对唐人之命定观念及其在小说中的呈现进行粗略的讨论。

一、命定故事及其民间心理

唐人小说中的命定故事,如《定命录》之《崔元综》《袁嘉祚》《李峤》,《前定录》之《郑虔》《裴谞》《刘邈之》《乔琳》《韩滉》《韦泛》等,涉及个人命运和人生经历的诸方面,不过,归纳起来,唐人最为关注的,却是功名、禄位、年寿和婚姻,因而,与此四个方面有关的故事也最多。讲述功名前定故事,如《前定录》之《豆卢署》《张宣》《李相国揆》《薛少殷》《马游秦》《陈彦博》《陆宾虞》《沙门道昭》,《定命录》之《段文昌》《崔朴》,温畬《续定命录》之《樊阳原》等。讲述禄位前定故事,如《定名录》之《狄仁杰》《王晙》《车三》《袁天纲》《张囧臧》《卢齐卿》《梁十二》《卖餦媪》《姜皎》《桓臣范》《张嘉贞》,《前定录》之《李敏求》《杜思温》《袁孝叔》等。讲述年寿前定故事,如《定命录》之《李太尉军士》《五原将校》,《前定录》之《柳及》等。讲述婚姻前定故事,如《前定录》之《武殷》《李敏求》《柳及》,《续定命录》之《李行修》,李复言《续玄怪录》之《定婚店》等。

在这些小说中,往往会出现一个特殊人物,由他们宣示定数,他们是命运安排的代言人。这些代言人,大致而言,有如下类型:其一为有知人之鉴,或善相,或善卜,或兼知术数之人。如《定命录·卢齐卿》中的卢齐卿、《定命录·李峤》中的李峤,《前定录·刘邈之》中的魏山人琮,《前定录·乔琳》中的申屠生,就"能知人"或"善鉴人"①,有知人之鉴。《定命录·车三》中的车三,《定命录·沈七》中的沈七,《前定录·裴谞》中的房安禹,《前定录·武殷》中的勾龙生,《前定录·李相国揆》中的王生,就善卜相。《定命录·袁天纲》中的袁天纲,《定命录·张囧臧》中的张囧臧,

---

① 李昉等:《太平广记》卷一五〇《定数五》"刘邈之","乔琳",中华书局2003年版,第1080页,第1077页。

《定命录·梁十二》中的梁十二,更是"好道艺,精于相术"①,《前定录·陆宾虞》中的僧惟瑛,就兼知术数。如果说这些人除了善相善卜之外,而与普通人无异的话,那么,另一类代言人,却有异常之能,介于人神之间。如《定命录·崔元综》《定命录·王晙》中的奚三儿,就能见鬼神,"时奚三儿从北来,见一鬼,云送牒向渭南,报明府改官"②,而《定命录·姜皎》中的僧人,"俄而失僧所在"③,《定命录·袁嘉祚》中的"忽而不见"的黄衣人④,《前定录·袁孝叔》中的老父,来去无踪,"不详其所止"⑤,则更为神秘。钟辂《前定录·韩滉》中的"吏",不仅为人间之官,还"兼属阴司"。⑥再有一类就是鬼魂,如《前定录·杜思温》中的"叟",《前定录·柳及》中的"小儿",一个是秦时的河南太守梁陟的魂灵,一个是柳及子甑甑的鬼魂,他们来往于地府与人间,传递定数信息。

第一类代言人,有的在宣示定数时需要特殊的介质。如《定命录·冯七言事》中的冯七,只有在饮酒之后,才"言事无不中"⑦,《定命录·桓臣范》中的暨生,"三日,饮之以酒,醉,至四日,乃将拌米并火炷来,暨生以口衔火炷,忽似神言"⑧。

除了这些带有神异特征的代言人之外,在不少唐人小说中,也有以梦的形式宣示定数的,如《前定录》之《张宣》,即言是张宣梦中见一女子,通过其言而预示将来,其他如《前定录》之《张辕》《庞严》《王璠》《陈彦博》,《定命录》之《潘珣》《樊系》,《续定命录》之《樊阳原》亦此类。另外,还有一种"还魂"形式,即人暂死,进入地府,得以查看定数册籍,然后复苏而得知余生之命运安排,《前定录》之《韦泛》即是此类。

掌管命运、定数之所出的地方,是在冥间地府,《前定录·柳及》中言:"汝(甑甑)既属冥司,即人生先定之事可知也,试为吾检穷达性命,一

---

① 李昉等:《太平广记》卷二二一《相一》"袁天纲",中华书局2003年版,第1694页。
② 李昉等:《太平广记》卷一四七《定数二》"王晙",中华书局2003年版,第1056页。
③ 李昉等:《太平广记》卷二二四《相四》"姜皎",中华书局2003年版,第1721页。
④ 李昉等:《太平广记》卷一四七《定数二》"袁嘉祚",中华书局2003年版,第1060页。
⑤ 李昉等:《太平广记》卷一五二《定数七》"袁孝叔",中华书局2003年版,第1049页。
⑥ 李昉等:《太平广记》卷一五一《定数六》"韩滉",中华书局2003年版,第1086页。
⑦ 李昉等:《太平广记》卷一四七《定数二》"冯七言事",中华书局2003年版,第1062页。
⑧ 李昉等:《太平广记》卷一四七《定数二》"桓臣范",中华书局2003年版,第1063页。

来相告。"①地府冥司的状貌,《定名论》等小说中,多有描述。这些描述与其他唐人小说对地府冥司的描绘基本相似,反映出当时人们对地府冥司的普遍观念,只是比较简略,不像有的小说那样细致真切。如《前定录·李敏求》:"俄而精魄去身,约行六七十里,至一城,府门之外,有数百人。"②可见,冥间掌管定数之地,一如人间郡县治所,《前定录·柳及》,借小儿之口又言:"冥官有一大城,贵贱等级,咸有本位,若棋布焉。"③《前定录·韦泛》中韦泛暴卒,见一吏持牒来,云府司追,"与之同行,约数十里,忽至一城,兵卫甚严。"④《薛少殷》中薛少殷暴卒,有一使持牒云,大使追,"俄引至府门"。每个人的命运,一生所历,便既定于这样的冥司。《前定录·李敏求》言李敏求"忽如沉醉,俄而精魄去身,约行六七十里,至一城,府门之外,有数百人。……柳曰:'人生在世,一食一宿,无不前定,所不欲人知者,虑君子不进德修业,小人惰于农耳。君固欲见,亦不难尔。'乃命一吏引敏求至东院,西有屋一百余间,从地至屋,书架皆满,文簿签帖,一一可观。"⑤一个人一生所历,事无巨细,早已安排妥当,并记录在这样的簿册上。《前定录·韩滉》所述韩晋公韩滉最初不相信:

晋公曰:"若然,某明日当以何食?"吏曰:"此非细事,不可显之。请疏于纸,过后为验。"乃恕之而系其吏。明旦,遽有诏命,既对,适遇太官进食,有糕糜一器,上以一半赐晋公。食之美,又赐之。既退而腹胀,归私第,召医者视之,曰:"食物所壅,宜服少橘皮汤。至夜,可啖浆水粥。"明旦疾愈。思前夕吏言,召之,视其书,则皆如其说云。因复问:"人间之食,皆有籍耶?"答曰:"三品已上日支,五品已上而有权位者旬支,凡六品至于九品者季支,其有不食禄者岁支。"⑥

---

① 李昉等:《太平广记》卷一四九《定数四》"柳及",中华书局2003年版,第1075页。
② 钟辂:《前定录》"李敏求",文渊阁《四库全书》本,第1042册,第632页上。
③ 李昉等:《太平广记》卷一四九《定数四》"柳及",中华书局2003年版,第1075页。
④ 李昉等:《太平广记》卷一四九《定数四》"韦泛",中华书局2003年版,第1076页。
⑤ 钟辂:《前定录》"李敏求",文渊阁《四库全书》本,第1042册,第632页上。
⑥ 李昉等:《太平广记》卷一五一《定数六》"韩滉",中华书局2003年版,第1086页。

日常饮食居然都规定得如此细致,对于生死、功名、禄位等人生大事,则更是如此。《前定录·柳及》言:"世人将死,或半年或数月内,即先于城中呼其名。"①这是决定人之生死年寿。《前定录·陈彦博》中陈彦博,"忽梦至都堂,见陈设甚盛,若行大礼然。庭中帷幄,饰以锦绣。中设一榻,陈列几案。上有尺牍,望之照耀如金字。彦博私问主事曰:'此何礼也?'答曰:'明年进士人名,将送上界官司阅视之所。'"②这是决定人之功名。有时,生死与禄位又常常相互联系。如《朝野佥载·娄师德》云:

> 娄师德为扬州江都尉,冯元常亦为尉,共见张冏藏。冏藏曰:"二君俱贵,冯位不如娄,冯唯取钱多,即官益进,娄若取一钱,官即落。"后冯为浚仪尉,多肆惨虐,巡察以为强,奏授云阳尉,又缘取钱事雪,以为清强监察。娄竟不敢取一钱,位至台辅,家极贫匮。冯位至尚书左丞,后得罪,赐自尽,娄至纳言卒。③

娄师德与冯元常之官与禄都相互联系,只不过冯元常取钱多,官益进,娄师德若取一钱,官即败。再如《朝野佥载·王显》:

> 王显与文武皇帝有严子陵之旧,每掣裈为戏,将帽为欢。帝微时,常戏曰:"王显抵老不作茧。"及帝登极,而显谒奏曰:"臣今日得作茧耶?"帝笑曰:"未可知也。"召其三子,皆授五品,显独不及。谓曰:"卿无贵相,朕非为卿惜也。"曰:"朝贵而夕死足矣。"时仆射房玄龄曰:"陛下既有龙潜之旧,何不试与之。"帝与之三品,取紫袍、金带赐之,其夜卒。④

王显无贵相,他自己不信,房玄龄亦不信,结果与之官而其夜卒。

---

① 李昉等:《太平广记》卷一四九《定数四》"柳及",中华书局2003年版,第1075页。
② 李昉等:《太平广记》卷一五四《定数九》"陈彦博",中华书局2003年版,第1107页。
③ 张鷟撰,赵守俨点校:《朝野佥载》卷六,中华书局2005年版,第148页。
④ 同上。

生死早已注定,不过,有时,冥吏按册索人性命也会出错,误索了不当死之人,但一旦查明,那些不应死去的人,虽死亦可复生,《前定录·韦泛》即载:"其人曰:'某职主召魂,未省追子。'因思之,曰:'嘻,误矣,所追者,非追君也,乃兖州金乡县尉韦泛也。'遽叱吏送之归"。① 哪怕此人身首早已异处,也会重新复活。《定命录·李太尉军士》所述故事,即是此类,且颇为奇特:

忽为人驱入城门,被引随兵死数千计。至其东面,有大局署,见绿衣长吏凭几,点籍姓名而过,次呼其人,便云:"不合来",乃呵责极切,左右逐出令还。见冥司一人,髡桑木如臂大,其状若浮沤钉,牵其人头身断处,如令勘合,则以桑木钉自脑钉入喉,俄而便觉。②

身首分离后,竟可以大木钉钉在一起,然后复生!《定命录·五原将校》所载,与之相类,只不过复活的方法不一样:"……其身首已异矣,至日入,但魂魄觉有呵喝,状若官府一点巡者,至某,官怒曰:'此人不合死,因何杀却?'胥者扣头求哀,官曰:'不却活,君须还命。'胥曰:'得活。'遂许之……某头安在项上,身在三尺厚叶上卧,头边有半碗稀粥,一张折柄匙,插在碗中。某能探手取匙,抄致口中。渐能食,即又迷闷睡着。眼开,又见半碗粥,匙亦在中。如此六七日,能行,策杖却投本处。"③

唐人认为,人的命运是由"非人间"的地府冥司决定的,从一出生,就已在冥冥之中被安排好了,"天下之事皆前定","人遭遇皆系之命","人事固有前定"。事无巨细,都早已注定。在唐人小说中,有时这种人生的命中注定,还具化为一份人生的履历清单,《前定录·袁孝叔》中袁孝叔的一生所历,即记录在一张由"老父"送给他的"一编书"上:

---

① 李昉等:《太平广记》卷一四九《定数四》"韦泛",中华书局2003年版,第1076页。
② 李昉等:《太平广记》卷三七六《再生二》"李太尉军士",中华书局2003年版,第2991页。
③ 李昉等:《太平广记》卷三七六《再生二》"五原将校",中华书局2003年版,第2992页。

袁孝叔者,陈郡人也。少孤,事母以孝闻。母尝得疾恍惚,逾日不瘥。孝叔忽梦一老父谓曰:"子母疾可治。"孝叔问其名居,不告,曰:"明旦迎吾于石坛之上,当有药授子。"及觉,乃周览四境,所居之十里,有废观古石坛,而见老父在焉。孝叔喜,拜迎至于家。即于囊中取九灵丹一丸,以新汲水服之,即日而瘳。孝叔德之,欲有所答,皆不受。或累月一来,然不详其所止。孝叔意其能历算爵禄,常欲发问,而未敢言。后一旦来而谓孝叔曰:"吾将有他适,当与子别。"于怀中出一编书以遗之,曰:"君之寿与位,尽具于此,事以前定,非智力所及也。今之躁求者,适足徒劳耳。君藏吾此书,慎勿预视,但受一命,即开一幅,不尔,当有所损。"孝叔跪受而别。后孝叔寝疾,殆将不救,其家或问后事。孝叔曰:"吾为神人授书一编,未曾开卷,何遽以后事问乎?"旬余其疾果愈。后孝叔以门荫调授密州诸城县尉,五转蒲州临晋县令。每之任,辄视神人之书,时日无差谬。后秩满,归阌乡别墅,因晨起,欲就巾栉,忽有物坠于镜中,类蛇而有四足。孝叔惊仆于地,因不语,数日而卒。后逾月,其妻因阅其笥,得父老所留之书,犹余半轴。因叹曰:"神人之言,亦有诬矣,书尚未尽,而人已亡。"乃开视之,其后唯有空纸数幅,画一蛇盘镜中。①

面对命运的安排,人是无能为力的,无法改变自身的命运,"人之出处,无非命也"②;"乃知命也,岂由于人耶"③。且命运的好坏,与人的才学无关,"事以前定,非智力所及也"④;"凡有无,皆君之命也"⑤,一切都是命中注定。《朝野佥载》叙魏徵一事,正是此一观念的体现:

魏徵为仆射,有二典事之长参,时徵方寝,二人窗下平章。一人曰:"我等官职总由此老翁。"一人曰:"总由天上。"徵闻之,遂作一

---

① 李昉等:《太平广记》卷一五二《定数七》"袁孝叔",中华书局2003年版,第1094页。
② 李昉等:《太平广记》卷一五四《定数九》"樊阳源",中华书局2003年版,第1106页。
③ 李昉等:《太平广记》卷一四六《定数一》"狄仁杰",中华书局2003年版,第1053页。
④ 李昉等:《太平广记》卷一五二《定数七》"袁孝叔",中华书局2003年版,第1094页。
⑤ 李昉等:《太平广记》卷一一八《报应十七》"韦丹",中华书局2003年版,第828页。

书,遣"由此老翁"人者送至侍郎处,云:"与此人一员好官。"其人不知,出门心痛,凭"由天上"者送书。明日引注,"由老人"者被放,"由天上"者得留。徵怪之,问焉,具以实对。乃叹曰:"官职禄料由天者,盖不虚也。"①

魏徵闻二人言,其意与"由老人者"同,本欲与此人官,而此人得书出门而心痛,遂与"由天者"送书,"由天者"因此得官,而"由老人者"被放。魏徵得知原委,也不得不承认"官职禄料由天者,盖不虚也"。又,《定命录·裴光庭》叙裴光庭为宰相事云:

> ……姚公曰:"宰相者,所以佐天成化,非其人莫可居之。向者与裴君言,非应务之士,词学又寡,宁有其禄乎?"相者曰:"公之所云者,才也;仆之所述者,命也。才与命固不同焉。"姚默然不信。后裴公果为宰相数年,及在庙堂,亦称名相。②

"非应务之士,词学又寡"的裴光庭,虽没有宰相之才,却因命中注定当为宰辅而后"果为宰相数年"。所以,命运前定,一个人命中注定不该有的,无论如何努力,也无法得到。《定命录·车三》叙及进士李蒙宏词及第,入京注官,见善卜相的车三,车三言其"得此官在,但见公无此禄",众人对此都表示怀疑,因为,李蒙入京的目的,就是去接受官职的。后李蒙入京,"果注华阴县尉,授官,相贺于曲江舟上宴会,诸公令蒙作序,日晚序成,史翙先起,于蒙手取序看,裴士南等十余人,又争起看序,其船篇,遂覆没,李蒙、士南等,并被没溺而死"。③命中注定无禄,即使及第,眼看顺理成章、伸手可及的禄位也是无法得到的。而命中注定该有的,也是人力所不能阻止的。《定命录·狄仁杰》中霍献可为御史中丞事即是一个非常典型的范例,其云:

---

① 张鷟撰,赵守俨点校:《朝野佥载》卷六,中华书局2005年版,第147页。
② 李昉等:《太平广记》卷二二二《相二》"裴光庭",中华书局2003年版,第1702页。
③ 李昉等:《太平广记》卷二一六《卜筮一》"车三",中华书局2003年版,第1655页。

唐狄仁杰之贬也，路经汴州，欲留半日医疾。开封县令霍献可追逐当日出界。狄公甚衔之。及回为宰相，霍已为郎中。狄欲中伤之而未果。则天命择御史中丞，凡两度承旨，皆忘。后则天又问之，狄公卒对，无以应命，惟记得霍献可，遂奏之。恩制除御史中丞。后狄公谓霍曰："某初恨公，今却荐公，乃知命也，岂由于人哉？"①

狄仁杰不愿荐举霍献可，甚至想中伤他，然而最后却不得不荐举他，这是霍献可命中有此禄位，人力无法改变。

这种面对命运的无能为力，是唐人的普遍心理，面对冥冥之中既定的命运安排，在多数情况下，唐人表现为顺应和服从。心安理得地接受功名的有无："名第者，阴注阳受。"②心安理得地接受官职的高下："一官一名，皆是分定。"③心安理得地接受贵贱生死："人之贵贱分定"④，"夫人生死有命，富贵关天"⑤，"人生之穷达，皆自阴骘"⑥。心安理得地接受祸福来去，"祸福之异，有定分焉"。⑦

二、月老传说与婚恋俗信

在唐人的命定观念中，姻缘前定是最为重要的一个方面。"结褵之亲，命固前定，不可苟求"⑧，"伉俪之道，亦系宿缘"⑨。与此相关，在唐人小说中形成了极具特色的民俗意象，月老形象就是其中的代表，是命定观念在婚恋领域的艺术化与形象化。

月老即月下老人，月老在中国民间是一个家喻户晓的人物，他主管着

---

① 李昉等：《太平广记》卷一四六《定数一》"狄仁杰"，中华书局2003年版，第1052页。
② 李昉等：《太平广记》卷一八四《贡举七》"高鍇"，中华书局2003年版，第1376页。
③ 李昉等：《太平广记》卷一四九《定数四》"麹思明"，中华书局2003年版，第1070页。
④ 李昉等：《太平广记》卷一五三《定数八》"李藩"，中华书局2003年版，第1100页。
⑤ 李昉等：《太平广记》卷一四九《定数四》"麹思明"，中华书局2003年版，第1070页。
⑥ 李复言撰，程毅中点校：《续玄怪录》卷二"李岳州"，中华书局2014年版，第159页。
⑦ 苏鹗撰，阳羡生校点：《杜阳杂编》卷中"舒守谦"，《唐五代笔记小说大观》下册，上海古籍出版社2000年版，第1389页。
⑧ 李复言撰，程毅中点校：《续玄怪录》卷二"郑虢州騊夫人"，中华书局2014年版，第165页。
⑨ 李昉等：《太平广记》卷一六〇《定数十五》"灌园婴女"，中华书局2003年版，第1151页。

人间男女婚姻,这一形象最初出现在唐人李复言的小说《续玄怪录·定婚店》中。

《续玄怪录·定婚店》叙杜陵韦固,少孤,思早娶妇,然而,多方求婚而终无所成。元和二年,韦固将往清河,旅次于宋城南店,有客为其撮合清河司马潘昉之女,期于南店之西的龙兴寺门口相见,韦固由于求婚心切,夜半即前往会面之地,在那里,他遇到了月下老人:

> 斜月尚明,有老人倚布囊,坐于阶上,向月检书。固步觇之,不识其字,既非虫篆八分科斗之势,又非梵书,因问曰:"老父所寻者何书?固少小苦学,世间之字,自谓无不识者。西国梵字,亦能读之,唯此书目所未睹,如何?"老人笑曰:"此非世间书,君因何得见?"……固曰:"然则君又何掌?"曰:"天下之婚牍耳。"……因问:"囊中何物?"曰:"赤绳子耳,以系夫妻之足,及其生,则潜用相系,虽仇敌之家,贵贱悬隔,天涯从宦,吴楚异乡,此绳一系,终不可逭。君之脚已系于彼矣,他求何益?"①

这个于月下倚布囊、坐于阶上、向月检书的老人,就是后来在民间被奉为婚姻之神的月下老人。只要他用囊中红绳把世间男女之足系在一起,即使"仇敌之家,贵贱悬隔,天涯从宦,吴楚异乡",他们也会成为夫妻。

如前所言,唐人认为,人的命运是由"非人间"的地府冥司决定的,世间之人命运的主宰者或管理者,来自地府冥司,《前定录·柳及》中言:"汝(甑甑)既属冥司,即人生先定之事可知也,试为吾检穷达性命,一来相告。"②月下老人亦来自冥府,韦固曾对此表示诧异:

> 固曰:"幽冥之人,何以到此?"
> 曰:"君行自早,非某不当来也。凡幽吏皆掌人生之事,掌人可不

---

① 李复言撰,程毅中点校:《续玄怪录》卷四"定婚店",中华书局2014年版,第186—187页。
② 李昉等:《太平广记》卷一四九《定数四》"柳及",中华书局2003年版,第1075页。

行冥中乎？今道途之行，人鬼各半，自不辨尔。"

在李复言《定婚店》之外，唐人小说中还有叙及幽冥之吏掌管人间姻缘的情节，《广异记·阎庚》云：

> 仁亶见其视瞻非凡，谓庚自外持壶酒至，仁亶以酒先属客，客不敢受，固属之，因与合欢。酒酣欢甚，乃同房而宿。中夕，相问行礼，客答曰："吾非人，乃地曹耳，地府令主河北婚姻，绊男女脚。"仁亶开视其衣装，见袋中细绳，方信焉。①

这里自言为地曹的"客"，即是"主河北婚姻"者，这篇小说中的地曹形象，和月下老人的形象极为相似，同样是通过以袋中之绳"绊男女脚"的方式，确定世间男女姻缘。可见，在唐代，婚姻前定、主于地府冥司是流行和普遍的观念。世间男女之所以能成为夫妻，是由于地府冥吏以绳相系，是冥冥之中的命运安排，《续玄怪录·定婚店》和《广异记·阎庚》两者无异，不过月老于月下结绳以定婚姻的形象，更具诗意，因而流传更广，遂成为故实，月下老人也因此成为民间家喻户晓的婚姻之神。

《定婚店》中的月老和《阎庚》中的地曹以绳系男女以定婚姻，是命定观念在小说中的形象化呈现，源于小说的想象和虚构，然而，在现实生活中，居然也有用以绳相系的方式来选择配偶。王仁裕《开元天宝遗事》卷上《牵红丝娶妇》条中所载郭元振择妇之事，即是此类，其云：

> 郭元振少时，美风姿，有才艺，宰相张嘉贞欲纳为婿。元振曰："知公门下有女五人，未知孰陋，事不可仓卒，更待忖之。"张曰："吾女各有姿色，即不知谁是匹偶，以子风骨奇秀，非常人也，吾欲五女各持一丝，幔前使子取便牵之，得者为婿。"元振欣然从命，遂牵一红丝

---

① 戴孚撰，方诗铭辑校：《广异记》"阎庚"，中华书局1992年版，第68页。

线,得第三女,大有姿色,后果然随夫贵达。①

此事《山堂肆考》等书亦载,张嘉贞有五女,郭元振不能确定到底娶谁,便用红丝相系而牵的办法挑选,这就是所谓的"红丝结褵"之典。当然,此事实出于传闻(宋洪迈《容斋随笔》卷一《浅妄书》有辩驳,可参看),然亦可见唐人对婚姻前定观念的笃信。

人无法改变前定的命运,改变前定的婚姻,《定婚店》对此作了形象的表述。得知月老"掌天下婚牍"之后,韦固甚喜,因求问自己的婚姻,月老告诉其妻为"此店北卖菜陈婆女",并言"君之妇,适三岁矣,年十七当入君门",韦固不愿娶其为妻,欲杀之:

> 及明,所期不至。老人卷书揭囊而行,固逐之入菜市,有眇妪抱三岁女来,弊陋亦甚。老人指曰:"此君之妻也。"固怒曰:"杀之可乎?"老人曰:"此人命当食天禄,因子而食邑,庸可杀乎!"老人遂隐,固骂曰:"老鬼妖妄如此!吾士大夫之家,娶妇必敌,苟不能娶,即声妓之美者,或援立之,奈何婚眇妪之陋女。"磨一小刀子,付其奴曰:"汝素干事,能为我杀彼女,赐汝万钱。"奴曰:"诺。"明日,袖刀入菜行中,于众中刺之而走。一市纷扰,固与奴奔走获免。

韦固见月老为其所定之妻,不仅年幼,而且生于贫贱之家,是"眇妪之陋女",认为与自己不相匹配,不满这一前定姻缘,希图通过"杀之"的方式改变命定。当然,这种努力是徒劳的,韦固无法改变自己的前定姻缘,"后固屡求婚,终无所遂",又过了十四年,才终于得以娶妇,而此妇便是当年菜市陈婆所抱之女。

人在命运面前无能为力,无法改变自己的婚姻,正如《广异记·李元平》中鬼女所言:"天命已定,君虽欲婚,亦不可得"②,然而,主掌之冥吏却

---

① 王仁裕撰,丁如明校点:《开元天宝遗事》卷上"牵红丝娶妇",《唐五代笔记小说大观》下册,上海古籍出版社2000年版,第1719页。
② 戴孚撰,方诗铭辑校:《广异记》"李元平",中华书局1992年版,第113页。

或可以更改,而人的命运则可因姻缘的改变而改变,特别是功名禄位,《广异记·阎庚》即描写了这样的故事:

> 因求问己荣位年寿,鬼言:"亶年八十余,位极人臣。"复问庚,鬼云:"庚命贫,无位禄。"仁亶问何以致之,鬼云:"或绊得佳女,配之有相,当能得耳。今河北去白鹿山百余里,有一村中王老女,相极贵,顷已绊与人讫,当相为解彼绊此,以成阎侯也。第速行,欲至其村,当有大雨濡湿,以此为信。"因诀去。①

本来,"庚命贫,无位禄",但在主管姻缘地曹的指点下,得以娶"相极贵"的王氏之女,由于这一姻缘,后阎庚"累遇提挈,竟至一州"。

三、姻缘前定的艺术呈现

姻缘前定,是唐人对于婚恋的基本看法,这种观念,在唐人小说中多有艺术化的呈现,唐人小说讲述了一个又一个姻缘前定的生动故事(《太平广记》定数门中第十四、十五专选婚姻前定故事,可参看)。且在这些故事中,又往往蕴含着命定观念衍生出的和与之密切相关的多种民俗意象,亦值得关注,《续定命录·李行修》(《太平广记》卷一六○)、《续玄怪录·郑虢州騊夫人》(《续玄怪录》卷二)、《前定录·武殷》(《太平广记》卷一五九)、《玉堂闲话·灌园婴女》(《太平广记》卷一六○)等即是这类小说中具有代表性的作品。

《续定命录·李行修》云:李行修"娶江西廉使王仲舒女,贞懿贤淑,行修敬之如宾",而元和中,李行修寓居东洛时,"昏然而寐,梦己之再娶,其妇即王氏之幼妹",而李行修却视王氏幼妹为"己之同气",因而"甚恶之"。返回家中,家中老奴居然做了一个与之相同的梦!显然,这是前定的宣示。李行修"以符己之梦,尤恶其事",表现出对命定的不满和抵触。并安慰王氏,"此老奴梦,安足信"。然而,"无何,王氏果以疾终"。其后

---

① 戴孚撰,方诗铭辑校:《广异记》"阎庚",中华书局1992年版,第68页。

小说设置了李行修多次拒绝了岳父王仲舒的续婚之讽和故江陵尹卫伯玉之子卫随劝导的情节。后遇稠桑王老，致其与死去的王氏相见，在相见之时，李行修本"欲申离恨之久"，却被王氏制止，反而托以幼妹，并言："今与君幽显异途，深不愿如此，贻某之患，苟不忘平生，但得纳小妹鞠养，即于某之道尽矣！所要相见，奉托如此。"最后，他只好"续王氏之婚"，娶了王氏幼妹，接受了命运的安排。

在《李行修》中，姻缘前定的宣示者，不是由如《定婚店》中的月老等冥吏来直接宣示，而是通过梦的形式，小说设置了李行修与家中苍头老奴同做一梦的情节，梦的宣示形式，本来就显得神秘，再加上两人在不同地点同时同梦一事，就更显离奇。在小说中，作者又设置了一个"有知人之鉴"的人——"故江陵尹伯玉之子"卫随，卫随的作用，不在于宣示定数，而是设置了一个悬念，推动情节发展："侍御何怀亡夫人之深乎？如侍御要见夫人，奚不问稠桑王老？"卫随的话，在李行修拒绝其岳父续婚之后，解决了情节推进的困境，于是，小说故事转入对如何遇稠桑王老的叙述。三年后，李行修因公务而次于稠桑，遇王老。王老致其与亡妻相见，此段情节，甚为离奇玄妙。在多数唐人小说中，与亡灵相见，多采取生人性命误被追索而灵魂进入地府的方式，《李行修》则与此不同，而是由王老引见，再由九子母祠中的九娘子派人相送：

> 行修如王老教，呼于林间，果有人应，仍以老人语传入。有倾，一女子出，行年十五。便云："九娘子遣随十一郎去。"其女子言讫，便折竹一枝跨焉。行修观之，迅疾如马。须臾，与行修折一枝，亦令行修跨。与女子并驰，依依如抵。西南行约数十里，忽到一处，城阙壮丽。前经一大官，官有门……①

继之李行修与王氏亡灵相见，小说又设置了皂荚子汤的情节，"行修比苦肺疾，王氏尝与行修备治疾皂荚子汤，自王氏之亡也，此汤少得。至

---

① 李昉等：《太平广记》卷一六〇《定数十五》"李行修"，中华书局2003年版，第1150页。

是青衣持汤,令行修啜焉,即宛是王氏手煎之味。"这一情节,可谓是横出之笔,不仅表现了李行修对王氏的依恋之情,而在相见之前,王氏送汤,再品旧时滋味,小说也似乎在暗示这一相见,将会是多么缠绵!然而,当王氏出场,却只是托以幼妹,反差极大,从而断绝了李行修对王氏的怀念,为最终李行修"续王氏之婚",接受命运安排,扫除了情感障碍。

李复言《续玄怪录·郑虢州騊夫人》和钟辂《前定录·武殷》所述故事也甚为精彩,不过,《郑虢州騊夫人》中姻缘前定的宣示者,与前所举诸篇又有不同,是一个巫者,"弘农令女既笄,将适卢氏",当夜将举行婚礼,其母问于巫者:

> 李氏之母问曰:"小女今夕适人,卢郎常来,巫当熟见,其人官禄厚薄?"巫曰:"卢郎非长而髯者乎?"曰:"然。""然则非夫人之子婿也。夫人子婿,中形且无髯。"夫人大惊曰:"吾女今夕适人,何以非卢生?"曰:"不知其他,卢非子婿之貌。"①

俄而卢生前来纳彩,李氏之母以为巫者妄言,怒而逐之。但随即发生在婚礼上的突变,却应验了巫者所言:"及夕,卢乘轩车来,展亲迎之礼,宾主礼具,解佩约花,卢若惊奔而出,乘马而遁。"李氏之父对卢生之举甚为愤怒,于是邀客皆坐,并呼女出拜,说:"此女岂惊人乎?今若不出,人以为兽形也。"因而当众招婿,结果,卢生之傧相郑騊,愿意娶李氏,而郑騊形貌,与巫者所指相符,"巫言之貌宛然"。前定的姻缘,无论如何也无法改变。而没有前定姻缘的男女,本来看上去顺理成章的婚礼和结合,也会终无所成,正如小说结尾所言:"乃知结褵之亲,命固前定,不可苟求。"而钟辂《前定录·武殷》中前定的宣示者是"善相"的勾龙生,小说言武殷"尝欲娶同郡郑氏,则殷从母之女。姿色绝世,雅有令德,殷甚悦慕,女意亦愿从之,因求为婿,有诚约矣"。虽然武殷与此女相互爱慕,且有诚约,然而,由于此女并不是武殷前定之妻,"此固非君之妻也,君当娶韦氏,后二年始

---

① 李复言撰,程毅中点校:《续玄怪录》卷二"郑虢州騊夫人",中华书局2014年版,第165页。

生,生十七年而君娶之"。后武殷与郑氏女的婚姻果无所成,郑氏嫁夕,一如相者所言,武殷梦女来见,对之倾诉款曲,并终如前定而娶韦氏。

《玉堂闲话·灌园婴女》故事情节与《定婚店》相类,小说的主人公是一位秀才,"年及弱冠,切于婚娶,经数十处,托媒氏求问,竟未谐偶",问于善易者方知,其前定姻缘,在"滑州郭之南,某姓某氏,父母见灌园为业",秀才本"自以门第才望,方求华族"因而不满前定姻缘,欲杀之,于是"伺其女婴父母出外,遂就其家,诱引女婴使前,即以细针内于颅中而去",然后离去,并以为女婴必死无疑。多年后,秀才娶妇,竟为女婴。方"信卜人之不谬也"。

四、月老意象及命定观念的文化心态审视

月下老人以红丝定世间男女婚姻的故事,经过岁月的涤荡,今天,早已没有了原来韦固苦求婚姻的无奈和苦涩,剩下的只是一个浪漫而美好的民俗意象。月老形象及其相关、相类故事在唐代的出现和流播,与唐人姻缘前定的婚恋观念息息相关,是这一观念的艺术化与形象化。

姻缘前定是深植于唐人心中的基本观念,是唐人命定观的具体体现之一。把人生命运,归结为冥冥之中鬼神的预先安排,这无疑是唯心和荒谬的,然而,这一观念的流行,无疑是有其深刻的社会心理基础的。

一般而言,唐人的命定观,实际上是面对无常人生的一种消极的情绪发泄,它反映了唐人对无常人生的迷茫和困惑以及消解这种迷茫和困惑的努力。面对人生的无常,面对荣枯沉浮,宠辱得失的变幻莫测,困惑不已的唐代士人便发出了这样的疑问:"殆天意乎?非人事乎?"[1]而当他们最终无法获得解释与答案的情况下,便把一切归之于命运,归之于定数,"乃知命也,岂由于人耶"[2],所以,命定观念的滋生与流行,实际上反映了唐人面对人生无常的迷茫和对这种迷茫感主动的排遣与消解。正如李剑国先生所言:"所谓'命'者,其实是感伤的、无可奈何的、得意的、嫉妒的、

---

[1] 李昉等:《太平广记》卷一五八《定数十三》"李甲",中华书局2003年版,第1137页。
[2] 李昉等:《太平广记》卷一四六《定数一》"狄仁杰",中华书局2003年版,第1053页。

愤慨的、自慰的情绪的发泄。"①把一切归之于命运,归之于前定,他们便找到了自我安慰的理论,获得了内心的平衡。于是他们说:"人之出处,无非命也。"②"官职是当来之分,未遇何以怅然。"③不仅以此自慰,而且还以此宽解他人:"君无为复患迁谪,事固已前定。"④告诫别人不要躁求:"事以前定,非智力所及也。今之躁求者,适足徒劳耳。"⑤"命当有成,弃之不可;时苟未会,躁亦何为。举此一端,可以戒其知进而不知退者。"⑥进而体悟到了乐天知命的道理:"彼乐天知命者,盖知事皆前定矣。"⑦当然,这种安慰,无疑是带着无奈和苦涩的。

婚姻前定观念亦如是,是人们特别是那些下层寒微士子面对婚恋问题的复杂心态的一种折射。自隋以来,科举制度的施行,知识阶层有了前所未有的扩大,且南北朝以降,世家大族衰落,这些读书人绝大多数出生寒微,他们的普遍愿望就是进士及第,做大官,娶五姓女。薛元超的"三恨"之说就非常典型,据《隋唐嘉话》卷中载:"薛中书元超谓所亲曰:'吾不才,富贵过分。然平生有三恨:始不以进士擢第,不得娶五姓女,不得修国史。'"⑧仅就婚姻而言,获得"娶五姓女"式的姻缘是唐代士人对婚姻的普遍期待,当然,有人如愿以偿地获得了美满姻缘,自然心满意足,得意非常。但一般而言,虽然唐人的婚恋生活相对较为自由,但多数人的婚姻是平淡的,薛元超官至中书,如其自言,已"富贵过分",然仍不能称意,至于普通人,则更是难免。

另外,据实而论,无论何时,虽然不乏真诚的爱情、纯洁的婚姻范例,但婚姻之中带有这样或那样的功利目的,也不乏其例,如《阎庚》所述,则是典型的希图通过婚姻改变命运者。退而次之,也至少要门当户对,如韦

---

① 李剑国:《唐五代志怪传奇叙录》(增订本)代前言"唐稗思考录",中华书局2017年版,第87—88页。
② 李昉等:《太平广记》卷一五四《定数九》"樊阳源",中华书局2003年版,第1106页。
③ 李昉等:《太平广记》卷一百四十九《定数四》"麴思明",中华书局2003年版,第1070页。
④ 李昉等:《太平广记》卷一五〇《定数五》"裴谞",中华书局2003年版,第1081页。
⑤ 李昉等:《太平广记》卷一五二《定数七》"袁孝叔",中华书局2003年版,第1095页。
⑥ 牛僧孺撰,程毅中点校:《玄怪录》卷九"吴全素",中华书局2014年版,第96页。
⑦ 牛僧孺撰,程毅中点校:《玄怪录》卷九"掠剩使",中华书局2014年版,第98页。
⑧ 刘𫗧撰,程毅中点校:《隋唐嘉话》卷中,中华书局2005年版,第28页。

固所思。所以,寒微士子在面对人生困境之时,生出希图通过联姻高门而获得终南捷径的想法也是非常自然的事情。

第二节　非婚情恋与冶游之习

如前所言,虽然唐人的婚恋生活相对较为自由,但多数人的婚姻是平淡的,如薛元超者尚有遗憾,至于普通人,则更是难免。在这一背景下,在唐人特别是唐代士人中,非婚情恋甚为流行,这在唐人小说中亦有精彩的呈现。本节拟对此略作阐述。

一、唐人小说中的士子与妓女情恋

在唐人小说中,出现了大量的士子与妓女的情恋故事,如《霍小玉传》《李娃传》《柳氏传》等,透过这些生动的故事,我们还可以那样真切地感受到男女主人公们的悲欢离合,从而对一千多年以前唐人社会生活中这一特殊的情恋现象有了直观而形象的了解。

唐人小说中士子与妓女的情恋故事,从其结局看,大致有两种类型,即喜剧型和悲剧型。喜剧型如《李娃传》,悲剧型如《霍小玉传》。[①]

白行简的《李娃传》是一篇典型的士子与妓女题材的唐人小说,又名《汧国夫人传》。文叙常州刺史荥阳(郑)公有子荥阳(郑)生,弱冠赴长安应进士举,居布政里。生访友过平康里鸣珂曲,偶见绝色女娃立于门,生惊艳,诈坠马鞭,候从者取之。生"累眄于娃,娃回眸凝睇"。后访之,乃知此为狭邪李氏宅。于是,生假托税居而家于李第。具礼以往,娃喜,留生止其宅。岁余,生资财耗尽,娃与鸨母设"倒宅计",弃生他徙。生困顿,流落凶肆,日为丧家执绋帷、唱挽歌以自给。后二凶肆互争胜负,生以哀婉感人的挽歌大获胜。值荥阳公至京师入计,认出荥阳生。公以生辱没门风,怒而将其鞭挞几死,弃之而去。生被凶肆救护,不久复被抛弃。一旦雪中行乞,正过娃新宅,娃闻而抱持以入,乃税一院调养之,卒岁平

---

① 白行简:《李娃传》,蒋防:《霍小玉传》,分别见:李剑国辑校《唐五代传奇集》第二编卷一五、第二编卷一八,中华书局2015年版,第897—906页,第1006—1014页。

愈。娃乃督其苦读,三岁而登甲科,又举直言极谏科第一,授成都府参军。娃自感卑微,欲归去养母,令生结姻鼎族。生固请其一同赴官,娃不从,欲送生至剑门而后返。生至剑门,恰荥阳公拜成都尹。生因投刺,谒父于邮亭,遂父子相认。荥阳公奇娃之节行,遂遣媒备礼,令生迎娃。其后,生仕途通达,娃被封为汧国夫人,四子皆高官。

如果说《李娃传》演绎的是喜剧型的士子与妓女情恋故事,那么蒋防的《霍小玉传》则是悲剧型的士子与妓女情恋故事。《霍小玉传》叙大历中,李益进士擢第,俟明年拔萃,舍于长安新昌里。益思得名妓,托媒鲍十一娘访得故霍王宠婢净持女小玉,玉素爱益诗,见而两相欢悦。是夕,益立盟设约,誓不相舍,后年春,益以书判拔萃登科,授郑县主簿。将别,玉度益去当就佳姻,乃陈短愿,冀以八岁为期尽其欢爱,然后听益另选,而己当削发为尼。益重申前誓,云到任即遣使奉迎。益到任,求假往东都觐亲,太夫人为其订婚于表妹卢氏。益畏太夫人严毅,不敢辞让,从此与玉不相闻问,欲绝其望。岁余,玉抱恨成疾,卢女居长安,益潜入就亲。有中表弟崔允明者,感玉资给之恩,告之于玉。玉乃多方招致,益终不肯往。时有黄衫豪士怒其薄行,挟之至玉处,玉见而斥其负心,誓为厉鬼,使其妻妾终日不安,言讫长恸而卒。益为之缟素,哭泣甚哀。将葬之夕忽见玉,感其相送之情。月余,益与卢氏成婚,归郑县。此后益果不宁于室。

在士子与妓女的情恋中,正如《霍小玉传》中李益自言:"小娘子爱才,鄙夫重色,两好相映,才貌相兼。"在美貌与才华基础上的相互愉悦是这种情恋发生的根本原因。《李娃传》中的荥阳生,"隽朗有词藻,迥然不群,深为时辈推伏",乃典型的少年才子;而李娃,娃之本意,美女也;而小说中言"妖姿要妙,绝代未有",以致荥阳生一见而"徘徊不能去"。《霍小玉传》中的李益"少有才思,丽词嘉句,时谓无双","年二十,以进士擢第,其明年,拔萃",堪称少年才士;霍小玉,则是"谪在下界"的仙人,"资质浓艳,一生未见,高情逸态,事事过人,音乐诗书,无不通解",立于人前,"一室之中,若琼林玉树,互相照耀,转盼精彩射人"。故在某种意义上,士子与妓女情恋的产生,是较少受到道德伦理等社会因素影响的发自人的自然本性的爱情,当它产生时,如《李娃传》中所说"男女之际,大欲存焉,情苟相得，虽父母之命，不能制也"。故小说在表现这些士子与妓女的情恋故事时，体现出唯爱至上的自由爱情理想。霍小玉择人即明言"不邀财货，但慕风流"。李娃之待荥阳生，虽始爱复弃，有娼门之习，但毅然见留困顿垂死之际的荥阳生，则又显露出一种非功利的至性至情。

士子与妓女情恋故事中的这种爱情理想的表现是强烈的，而与此同时，在此类故事中，亦真切地反映出这种情恋不得不面对的社会压力。如在《霍小玉传》中，霍小玉在与李益"极欢之际，不觉悲至"，因为"妾本倡家，自知非匹"。在心愿刚刚得遂，初尝爱情的甜蜜之后，隐忧便随之而生。由于士子与妓女各自门第、身份与地位的差别，他们的爱情注定经受不住强大的社会压力。故李益在闻之家中为其定亲后，"逡巡不敢辞让"，将其"永不相舍"的誓言抛在了脑后。《李娃传》中荥阳生与李娃之情恋为荥阳公知道后，被其父"以马鞭鞭之数百"，然后弃之而去。即使是李娃在佐荥阳生功名有成之后，仍然提出"愿以残年，归养老姥"，清醒地意识到这种情恋的无法永恒。士子本身的未能免俗，亦是重要方面。陈寅恪先生对此说得透辟："盖唐代社会承南北朝之旧俗，通以二事评量人品之高下。此二事，一曰婚，二曰宦。凡婚而不娶名家女，与仕而不由清望官，俱为社会所不齿。"[①]热衷功名的唐代士子，当狂热的爱情冷却之后，面对功名与前途，必然会舍弃这种情恋关系。故《霍小玉传》中李益与霍小玉的悲剧结局是士子与妓女情恋在生活中的必然现实结局。而《李娃传》中荥阳公子与李娃的大团圆喜剧结局，虽然没有违背逻辑，因为作为个案而言还是合理的，但从普遍性而言，这只是士子与妓女情恋不现实的黄粱梦般虚幻而缥缈的理想而已。而当他们回首这种情恋之时，将其视为一段风流，或许是他们为掩藏失落的一种借口，以此获得一丝可以潇洒的快慰。

在讲述士子与妓女的情恋故事中，孙棨的《北里志》值得注意，其自叙云："每思物极则反，疑不能久，常欲纪述其事，以为他时谈薮，顾非暇

---

① 陈寅恪：《元白诗笺证稿》第四章《艳诗及悼亡诗》附《读莺莺传》，三联书店2001年版，第116页。

豫,亦窃俟其叩乔耳。"①故其记士子与妓女的情恋多平实客观,对于了解其时士子与妓女情恋的真实状况。如《王团儿》中记福娘于作者的交往和结局,就可见一斑。

> 王团儿,前曲自西第一家也。已为假母,有女数人,长曰小润……次曰福娘,字宜之,甚明白,丰约合度,谈论风雅,且有体裁……次曰小福,字能之,虽乏风姿,亦甚慧黠。予在京师,与群从少年习业,或倦闷时,同诣此处,与二福环坐,清谈雅吟,尤见风态。予尝赠宜之诗……宜之每宴洽之际,常惨然郁悲,如不胜任,合坐为之改容,久而不已。静询之,答曰:"此踪迹安可迷而不返耶?又何计以返?每思之,不能不悲也。"遂呜咽久之。他日忽以红笺授予,泣且拜,视之诗曰:"日日悲伤未有图,懒将心事话凡夫。非同覆水应收得,只问仙郎有意无。"余因谢之曰:"甚知幽旨,但非举子所宜,何如?"又泣曰:"某幸未系教坊籍,君子倘有意,一二百金之费尔。"未及答,因授予笔,请和其诗……②

上文所举士子与妓女的情恋故事,都是发生在士子与职业妓女之间,唐时妓女,除了职业妓女之外,还有一种比较特殊的女性,就是那些生活在达官显贵之家,提供性服务的女性,通常被称为家妓。家妓的地位一般而言,比妾稍低,但又比奴婢稍高。在唐人小说中,亦有许多描写士子与家妓情恋的故事,如《柳氏传》《昆仑奴》《虬须客传》等③,且此三篇,皆为唐人小说中的名篇,各家小说选本,此三篇多在其中,如注辟疆先生校录之《唐人小说》,即收录此三篇。

---

① 孙棨撰,曹中孚校点:《北里志》序,《唐五代笔记小说大观》下册,上海古籍出版社2000年版,第1403页。
② 孙棨撰,曹中孚校点:《北里志》"王团儿"条,《唐五代笔记小说大观》下册,上海古籍出版社2000年版,第1410页。
③ 许尧佐:《柳氏传》,李剑国辑校《唐五代传奇集》第二编卷八,中华书局2015年版,第675页;裴铏:《昆仑奴》,裴铏撰,周楞伽辑注《传奇》"昆仑奴",中华书局1980年版,第6页;裴铏:《虬须客传》,李剑国辑校《唐五代传奇集》第三编卷四三,中华书局2015年版,第2453页。

这些故事中的家妓，生活在达官显贵之家，相较而言，其处境要好于职业妓女，她们往往被达官显贵视为私人财产，不用出卖身体以谋生。在士子与家妓的情恋故事中，那些家妓多颇具慧眼，善于从人群中识别出才子与英雄，并能果敢地做出决定，改变自己的命运。如《昆仑奴》中的红绡妓，是"一品"显宦的家妓，崔生代父前去探访"一品"之疾，红绡妓见而悦之，崔生临行，她以手语暗示，后在崔生家仆昆仑奴磨勒的帮助下，红绡妓逃出"一品"之家，与崔生结合。又如《虬须客传》中的红拂妓，是司空杨素的侍妓，"有殊色"，而李靖其时尚为一介寒士，就连虬须客初见李靖亦未看出其独特之处，发出这样的疑问："观李郎之行，贫士也，何以致斯异人？"而红拂妓闻李靖对杨素之策，便知其"亦有心者焉"而夜奔之。又如《柳氏传》中的柳氏，从门缝中窥见其时"羁滞贫甚"韩翊，便对人曰："韩夫子岂长贫贱者乎！"识其才华，"遂属意焉"。故在某种意义上，士子与家妓的情恋，是更为单纯的才与色的倾慕，特别是女性对男性才华的鉴识，是她们他们情恋故事发生的基础。如《柳氏传》中，"柳夫人容色非常，韩秀才文章特异"，于是便有"翊仰柳氏之色，柳氏慕翊之才"的两相悦好。这一点就和前一类情恋故事略有不同，在士子与职业妓女之间的情恋故事中，其情恋的发生主要乃在于士子们对风流的追求。所以，士子与家妓的情恋更具才子佳人特点。

士子与家妓的情恋故事，多是以才子与佳人的最终的结合为结局，《柳氏传》颇为典型，传略谓：韩翊有诗名，有李生者善视之，李生宠妾柳氏悦韩翊，李便以郎才女貌而以柳氏归韩翊。明年，韩翊擢上第，间岁赴清池省家，柳氏自居京师。会安史之乱，二京倾覆，柳氏乃寄居法灵寺。淄青节度使侯希逸请韩翊为书记。肃宗反正，韩翊乃遣使行求柳氏，题诗"章台柳"云云。柳得之，答以"杨柳枝"云云。无何，有蕃将沙咤利慕柳氏之色，劫之归第。韩翊随侯希逸进京，已失柳氏所在。后偶遇于途，约明旦相会，赠玉合而别。会淄青诸将饮于酒楼，有虞侯将许俊者闻之，乃乘骑径入沙咤利府，以书札示柳氏，携之跨马驰出，以归韩翊。后侯希逸上状奏其原委，诏令柳氏归韩翊，另赐钱予沙咤利。末云韩后累官中书舍人。《本事诗·情感》亦载此事，唯李生作李将，诏判归韩翊者云是代宗。

诗句字句略有异。①

韩翃与柳氏的情恋,虽历经曲折,遇到各种阻力,而"寻有诏,柳氏宜还韩翃",最终有情人终成眷属,这种结局也是大多数士子与家妓情恋故事的结局。

二、唐人小说中的婚外情恋

在唐人的非婚情恋故事中,在士子与妓女的情恋故事之外,还有一种婚外情恋故事。这一类故事主要表现为女主人公多为有夫之妇,她们有家庭,有丈夫,在婚姻之外,与他人发生情恋。李景亮《李章武传》、皇甫枚《三水小牍·非烟传》、沈亚之《冯燕传》三篇②,可算是表现婚外情恋的佳构。

李景亮的《李章武传》记李章武和华州王氏子妇之间的婚外恋爱悲剧故事。故事大略云:贞元三年,李章武于华州悦一美妇,遂赁舍其家而私之,妇乃主人王某子妇。两相情好,无何,章武归长安,互赠诗及信物而别。积八九年,未通音问。贞元十一年,章武再访之,妇殁已再周矣。邻妇杨六告其王氏妇因别后思慕心切,致废寝食,终以疾卒。临死犹叹恨不已,冀能神会冥交。章武乃居其旧室,是夕见亡妇来,相会若平生,天明又相互赠诗而别。章武别后,怀思不已,赋诗抒怀,闻空中叹赏之声,乃王氏妇也,自云冒阴司重责以送。皇甫枚《非烟传》叙河南府功曹参军武公业妾步非烟与邻院公子赵象之间的婚外情恋悲剧故事。步非烟容止纤丽,善声好文,比邻天水赵象见而悦之,乃厚赂门阍以传意。非烟久以公业悍非良匹为憾,遂与私。经年,非烟奴衔私愤告公业,公业怒而鞭杀之。赵象则变服易名远窜江浙间。《冯燕传》叙魏豪士冯燕,杀人避滑州,贾耽留属中军,滑将张婴,妻美,燕私之,婴知,累殴其妻。会婴饮,燕复寝其家,婴还,燕匿户扇后,婴醉瞑,妻以刀授燕,令杀婴,燕反断其颈而去。妻

---

① 孟棨撰,李学颖校点:《本事诗》情感第一,《唐五代笔记小说大观》下册,上海古籍出版社2000年版,第1240—1241页。
② 李景亮:《李章武传》,皇甫枚:《非烟传》,沈亚之:《冯燕传》,分别见:李剑国辑校《唐五代传奇集》第二编卷一一、第四编卷一二、第二编卷一三,中华书局2015年版,第777—781页,第2861—2866页,第829—830页。

党以婴杀妻,告官收系。将就刑,燕来自首,贾耽义之,上闻免死。

唐人小说中婚外情恋的发生,多始于男性,且多由于对方美色的吸引。《李章武传》中是李章武"出行,于市北街见一妇人,甚美"而心生爱慕,"遂赁舍于美人之家",与之情恋。《非烟传》中是赵象"于南垣隙中,窥见非烟,神气俱丧,废食忘寐",不能自持,乃托人与非烟通。《冯燕传》中是冯燕"见户旁妇人,翳袖而望者,色甚冶,使人熟其意",与之交接。当然,如李章武起初虽是悦于王氏妇的美色,但相处后,二人最终"两心克谐,情好弥切",从后来章武临别作诗、赠鸳鸯绮、与王氏妇亡魂缠绵、怀鞿鞢宝等细节,可以看出,章武对王氏妇也是真心的。

而女性婚外情恋的产生,接受婚外情恋,则多出于对现有婚姻的失望与不满。《李章武传》中王氏妇虽是一个"寒微"的民家妇女,但貌"甚美"且有诗才,文中虽然没有交代她夫家的情况,但从"我夫室犹如传舍",往来客人常赁舍其家,以及她经常被丈夫带着东跑西颠的描写看,其夫大概是商贩或者手艺人之流。李章武能于市中见而悦之,足见其美之出众。有此惊艳之美而为庸常人之妻,其心中遗憾与失落可想而知。而当遇到"生而敏博,遇事便了"又"容貌闲美,即之温然"的才子李章武时,"不觉自失",堕入情网,合于物理人情。《非烟传》中步非烟"容止纤丽,若不胜绮罗,善秦声,好文笔",但却"垂髫而孤,中间为媒妁所欺,遂匹合于琐类"。小说中步非烟的丈夫河南府功曹参军武公业,粗暴、无知,丝毫不懂怜香惜玉。故当步非烟遇到"秀端有文""大好才貌"的赵象,感其诗文,她便在"吁嗟良久"后,义无反顾地投身于与赵象的爱情之中。《冯燕传》中虽未明言张婴妻对婚姻的不满,亦当如是。

也正因为对现有婚姻的失望与不满,所以,这些女性一旦堕入此情,便不顾一切。王氏妇接受李章武的情爱之后,便倾情投入,以致离别后,因"思慕之心,或竟日不食,终夜无寝",不久便为爱而陨。但又不甘心如此而终,故有神会冥交的期待。其临终之言曰:"我本寒微,曾辱君子厚顾,心常感念,久以成疾,自料不治,曩所奉托,万一至此,愿申九泉衔恨,千古暌离之叹,仍乞留止此,冀神会于仿佛之中。"非烟接受赵象的情恋,无疑经过慎思熟虑,从其览赵象诗而"吁嗟良久"后的一段对媪之言可知,而当其接受以后,亦不顾一切地投入赵象的怀抱,并有"一拜清光,九殒无恨""生得相亲,死亦何恨"的释怀、欢畅与坦然。故其死也无悔,为鬼尚斥责诋己者,不认为自己的行为是不正当的。

三篇唐人小说中婚外情恋的结局——特别是对于其中的女性而言——都是悲剧性的。三篇小说中三位女性的结局,概括出唐代婚外情恋中女性的必然命运:或者如王氏妇,获得了渴慕的情爱,且其婚外情恋,如其自言:"总我家人,亦未知之。"却不得不在分离的煎熬中耗尽生命,以虚幻缥缈的神会冥交来弥补遗恨。或者如步非烟,她与赵象的婚外情恋为其夫武公业所知,被"鞭楚血流",含恨而终。在其死后,还有如崔、李二生之咏,为人评头论足,崔诗末云"恰似传花人饮散,空床抛下最繁枝",同情其死。李诗末云"艳魄香魂如有在,还应羞见坠楼人",嘲其失节。或者如张婴妻,婚外情恋显露,被丈夫"累殴",遭受身与心的双重折磨,最终竟为情人所杀。

在唐人小说中,叙及婚外情恋的还有如柳祥《潇湘录·孟氏》(《太平广记》卷三四五),记商人穆某之妻子孟氏,"美容质,能歌舞,薄知书,稍有词藻",偶值一"容貌甚秀美"的陌生少年,悦之而与之情恋。李隐《大唐奇事记·冉遂》(《太平广记》卷三〇六),叙赵玉之女,"美姿质",偶见一军官英武,自云:"我若得此夫,死亦无恨。"于是与之在林中一次交欢。

《李章武传》等婚外情恋故事中的女主人公,在情恋中表现出来的痴情,让人唏嘘。李景亮《李章武传》中的王氏子妇,因思念与己有过私情的李章武抑郁而死。但即使死后,依然化为鬼魂来和李章武见面。《非烟传》中的步非烟在丈夫的淫威之下也曾犹豫过是否接受赵象的爱情,但她的痴情还是最终战胜了恐惧。这两篇关于婚外恋的小说也反映出了唐人的婚恋观,即完美的婚恋应该是才貌相当的。因为王氏子妇和非烟拥有的都是不匹配的婚姻,所以人们对她们的感情是叹惋和同情的。《非烟传》的作者皇甫枚囿于时代的思想观念,对非烟的这种行为是持批判态度的,认为"非烟之罪""不可逭",不是"淑女"。但同时又对她满怀同情——"察其心亦可悲矣"。什么"心"?就是对不幸婚姻的不满和抗争,对爱情的追求和执着。文末崔、李二人作诗对非烟的评论,代表了当时人对这件事的两种看法,一种是责怪非烟失节,一种是感叹美的陨落。而无怨无悔的非烟是肯定自己行为的正当性的,她的鬼魂在梦中感谢赞美她的崔生,《虞初志》评语曰"崔生解人也",他充分理解非烟的情感和行为;而对贬斥她的李生则大加痛骂。这个堪称小说点睛之笔的虚幻情节,进一步表现了非烟的刚烈。而且,李生的死亡,也暗示着冥冥中是有公正存在的,神明对非烟也是充分理解和同情的。事实上,从本质上说,这场悲剧的产生非烟之罪,是那个时代下的制度造成的,不合理的婚姻制度的存在才导致了这种婚外情恋悲剧的发生。

三、冶游之习与风流薮泽

如果说姻缘前定的观念以及唐人小说中姻缘前定的故事,是唐人面对婚姻,在幻想之后、在迷茫和困惑之后的自我安慰,是他们对抑郁于心的失落情绪的消解和排遣的话,那么,士子与妓女的情恋以及其他于婚姻之外演绎的许多荡气回肠的才子佳人式的完美爱情,则是唐人特别是唐代士人在无奈的现实婚姻之外对理想爱情的追求,是躁动于他们心中的虚幻憧憬与渴望。

当然,士子与妓女情恋故事以及婚外情恋故事的大量出现,也与唐时之社会文化环境紧密相关的。唐兴,承隋制开科取士,士子们为求取功名,往往要离家漫游,漫游之目的,乃在于结交时彦,获取声名,以为科举之阶梯。在唐代士子们的漫游经历中,狎妓是表现其风流韵致的重要方式,几成为一种时尚。如杜牧即以"十年一觉扬州梦,赢得青楼薄幸名"而感到自豪。时人亦喜谈论此类故事。据《开元天宝遗事》记载长安名妓刘国容,与进士郭昭述相爱,郭昭述后授天长簿,与刘国容相别,既行,国荣使一女仆驰矮驹赍短书与昭述,其文即为人传扬,以至"长安子弟多诵讽焉"。①

而其时宽松的社会舆论,也使这一风气得以滋生蔓延而无碍,以致形

---

① 王仁裕撰,丁如明校点:《开元天宝遗事》卷下"鸡声断爱",《唐五代笔记小说大观》下册,上海古籍出版社2000年版,第1733页。

成所谓的"风流薮泽"之地:

> 长安有平康坊,妓女所居之地,京都侠少萃集于此,兼每年新进士,以红笺名纸游谒其中。时人谓此坊为风流薮泽。①

唐人小说中的非婚情恋故事,正是唐代士子们的这种冶游之习的体现。清人李慈铭曰:"唐时禁网宽弛,无文字忌讳之祸,故其文士多轻薄,喜造纤艳小说,以至斥言宫闱,污蔑不根。"②此乃肯綮之言。

而在现实生活中,当非婚情恋发生,人们亦确持宽容态度。杨国忠对待其妻的态度便是一例:

> 杨国忠出使于江浙,其妻思念至深,荏苒成疾。忽昼梦与国忠交,因而有孕,后生男名朏。洎至国忠使归,其妻具述梦中之事,国忠曰:"此盖夫妻相念情感所致。"时人无不讥诮也。③

杨国忠妻在杨国忠出使江浙期间怀孕并产一子,显然不是"梦与国忠交"而得,但杨国忠并不计较,而是相信了其妻之言。此事或可视为特例,但亦可见唐人观念之一斑。

所以,在唐人那里,非婚情恋对士子而言是习见之事,他们的非婚情恋常常仅被视为一段可堪品味的风流韵事而已。故男性在非婚情恋中可以不承担任何责任,如《霍小玉传》中的李益,可以一走了之,杳无音问。如《李章武传》中的李章武可以一去八九年,《非烟传》中赵象与非烟的情恋败露,也只是"远窜江浙间",远走他乡了事;《冯燕传》中对冯燕之"淫惑之心"虽有训责,而只是云"不可不畏",但对其杀死张婴妻、最后自首的行为却倍加称赏,称其"杀不谊,白不辜,真古豪矣",最终免死。与这

---

① 王仁裕撰,丁如明校点:《开元天宝遗事》卷上"风流薮泽",《唐五代笔记小说大观》下册,上海古籍出版社 2000 年版,第 1725 页。
② 李慈铭撰,由云龙辑:《越缦堂读书记》卷八《文学类》,中华书局 2006 年版,第 950 页。
③ 王仁裕撰,丁如明校点:《开元天宝遗事》卷上"梦中有孕",《唐五代笔记小说大观》下册,上海古籍出版社 2000 年版,第 1723 页。

种对男性的宽容态度不同,对于婚外情恋中的女性,唐人的心态则是复杂的,一方面指责她们的越轨行为,一方面又同情她们的不幸遭遇。《非烟传》中对步非烟的态度具有典型意义,她与赵象的情恋为其夫武公业所知,被"鞭楚血流",含恨而终。在其死后,崔、李二生之咏,即折射出社会评判的这种复杂心态,文末"三水人(作者)曰"之语则更为明显地体现出来:"非烟之罪虽不可逭,察其心亦可悲矣。"(此语《说郛》本有而《太平广记》无)但从总体上看,三篇小说特别是《李章武传》与《非烟传》对婚外情恋中女性的同情是真挚而深切的,对她们寻求真爱"良匹"的行为是肯定与赞赏的,《李章武传》把一段婚外情恋写得韵味悠远,犹如一曲缠绵凄婉的绝世情歌。《非烟传》虽言非烟有不可逭之罪,但对其不幸的悲悼,对其为真爱死而无悔、为鬼尚报贽己者的刚烈行为的叹赏是发自内心的,表现出真诚的同情之心。

第三节　前世因缘与三生石

因缘轮回观念源自佛教,并随着佛教的传播深入人心,成为流行于中国民间的一种普遍观念。至唐,则具化在一块所谓的"三生石"上,此石竖立于黄泉路畔,人生之三世因缘均可见于其上。与之相对应的现实世界中的"三生石",则位于杭州天竺寺外,而这块"三生石",实又与唐人袁郊所著小说《甘泽谣·圆观》故事密切相关。

一、《圆观》与三生石

《圆观》叙李源与惠林寺僧圆观两世交谊之事。李源为东都留守李憕之子,安史之乱中李憕被叛军杀害。后李源依止惠林寺,与僧圆观为忘言交。三十年后,二人结伴同游蜀州,行次南浦,圆观遇一孕妇,乃其托身之处。圆观请李源为之稍驻时日,托以后事及来生相会之期,遂卒,而孕妇产。三日后,李源依约访之,婴儿见之一笑。十二年后,李源按时赴约,二人又相见于杭州天竺寺外,圆观歌二首《竹枝词》而去。李源与圆观的友情,没有因为生命的轮回而改变泯灭,特别是李源信守与圆观的约定,如期再赴圆观来世之约,突显了朋友之间真挚不渝的可贵友情。①

在《圆观》中,李源与圆观真挚不渝的友情,被具体化为一种二人之间替对方着想、信守然诺的信义品性与不离不弃、相依相伴的情意。圆观对自己的托身之所,是早有预知的,故而当他们行次南浦,见到王姓妇人时,他泣下而言:"其中孕妇姓王者,是某托身之所,逾三载,尚未娩怀,以某未来之故也。"他有意回避这次相见,所以不愿入峡出川,而想游长安。但当李源说"吾已绝世事,岂取途两京"时,他毅然遵从了李源之愿,仅云:"行固不由人。"为了李源,圆观放弃了回避其托身之所的初衷,不惜了结此生,这是圆观的对朋友之义。而李源的对朋友之义,则表现在他不忘圆观托付,并按时赴约。圆观作别此生时,曾向李源托付身后之事,并约定来生相见之期:"请假以符咒,遣某速生,少驻行舟,葬某山下。浴儿三日,公当访临。若相顾一笑,即某认公也。更后十二年,中秋月夜,杭州天竺寺外,与公相见之期。"对圆观的托付与约定,李源信守然诺,一一践履,故圆观称赞李源为"真信士"。

《圆观》在表现朋友之间这种可以跨越今生来世的友情时,并不是仅仅停留在抽象的层面上,而是在朋友之义中,融入一种可贵的真情。故事中李源与圆观之间的朋友之谊,实洋溢着一种相互间难舍难分的依恋之情。圆观直呼李源为"情人",一个"情"字贯穿于作品始末。李源与圆观之间,从开始的"促膝静话,自旦及昏",超出了常人的理解,引来时人"清浊不伦"的讥诮。到最后天竺寺前的再约相见,二人真情"长存"。而中间圆观托生为婴儿后对李源粲然"一笑",意蕴悠长。故事中对他们友谊的描写,脱离了枯燥与抽象的道德说教,呈现为一种表现在人物身上具体而可感的美好品性与情感。

"三生石"即出现于小说中圆观后身的牧童所歌二首《竹枝词》的第一首,其云:

---

① 袁郊:《甘泽谣·圆观》,《太平广记》卷三八七《悟前生一》,中华书局2003年版,第3089页。汪辟疆校录《唐人小说》亦录,上海古籍出版社1983年版,第311页。李剑国先生辑校《唐五代传奇集》,中华书局2015年版,第2138—2140页,从之。

> 三生石上旧精魂,赏月吟风不要论。惭愧情人远相访,此身虽异性长存。

"三生石上旧精魂"一语,即是杭州天竺寺外三生石渊源所在。不过,《圆观》中并未交代"三生石"之为何,北宋释惠洪《冷斋夜话》卷一〇《三生为比丘》则叙其始末云:

> 唐《忠义传》李澄之子源,自以父死王难,不仕,隐洛阳惠林寺,年八十余。与道人圆观游甚密。老而约自峡路入蜀,源曰:"予久不入繁华之域。"于是许之。观见锦裆女子浣,泣曰:"所以不欲自此来者,以此女也。然业影不可逃。明年某日,君自蜀还,可相临,以一笑为信。吾已三生为比丘,居湘西岳麓寺。寺有巨石林间,尝习禅其上。"遂不复言。已而观死。明年,如期至锦裆家,则儿生始三日。源抱临明檐,儿果一笑。却后十二年,至钱塘孤山。月下闻扣牛角而歌者,曰:"三生石上旧精魂,赏月吟风不要论。惭愧情人远相访,此身虽坏性常存。"东坡删削其传而曰"圆泽",而不书岳麓三生石上事。赞宁所录为"圆观",东坡何以书为"泽",必有据,见叔党当问之。

惠洪所记,显然是自据所闻,非袭自袁郊所记,观其情事有异可知。原来三生石是在长沙岳麓山寺庙,圆观在这里已经三世为僧,常在石上坐禅。所谓"三生石上旧精魂",或即与这段奇特经历有关。圆观的这段传闻应当说流传已久,但不知何以袁郊没有写出。在圆观李源故事广泛流传后,由于二人相逢于杭州天竺寺,所以三生石便从湘西岳麓寺转移到杭州天竺寺。《浙江通志》卷九载:

> 三生石,《成化杭州府志》,在下天竺寺后山。唐李源与僧圆泽为友,同至三峡,期后世见于杭州葛洪川畔。后十二年如期至。忽闻牧童隔水呼源,歌曰:"三生石上旧精魂,赏月吟风不要论。惭愧情人远相访,此身虽异性常存。"歌毕,拂袖而去。石之中峰有篆刻"三生

石"三字。旁石题名甚多。

《杭州府志》这里确言三生石在杭州葛洪川畔。至于此处作"圆泽",后文有论。显然,袁郊作《圆观》,利用佛教轮回思想,构设了一个似幻而真的时空背景,将李源与圆观的交谊植入两世的轮回之中。小说中李源与圆观的友情,没有因为生命的轮回而改变泯灭,特别是李源信守与圆观的约定,如期再赴圆观来世之约,突显了一种朋友之间真挚不渝的可贵友情。三生石也因此成为代表前世缘分的特定意象,故事中圆、李二人再次相会的地点——杭州天竺寺的三生石,成为远近闻名的著名景点。

二、《圆观》故事渊源

《圆观》故事主要本于真实人物李源事迹,《旧唐书》卷一八七《李憕传》附其事,录有李德裕荐举表一文,其云:"长庆三年,御史中丞李德裕表荐之曰:'处士李源,即故礼部尚书、东都留守、赠司徒、忠烈公李憕之少子。天与忠孝,嗣兹贞烈。以父死国难,哀缠终身,自司农寺主簿,绝心禄仕,垂五十年。暨于衰暮,多依惠林佛寺'……诏曰:'……可守左谏议大夫,赐绯鱼袋。仍敕河南尹差官就所居敦谕遣发。'穆宗寻令中使赍手诏、绯袍、牙笏、绢二百匹,往洛阳惠林寺宣赐。源受诏,对中使苦陈疾甚年高,不能趋拜,附表谢恩,其官告服色绢,皆辞不受。竟卒于寺。"[1]《全唐文》卷六四作《授李源左谏议大夫制》,《全唐文》卷七〇一作《荐处士李源表》,另外,《唐会要》卷五五、《册府元龟》卷九八亦录此文。李源实有其人,《圆观》中所述李源出处与此相符。其父李憕死于安史之乱,《旧唐书》卷一八七《李憕传》载云:"李憕,太原文水人……十四载转光禄卿……安禄山反于范阳,人心震懼,玄宗遣安西节度封常清兼御史大夫为将,召募于东京以御之。憕与留台御史中丞卢奕、河南尹达奚珣,绥辑将士,完缮城郭,遏其侵逼……禄山领其众,椎鼓大呼,以入都城,杀掠数千人,箭及宫阙。然后住居于闲厩中。令擒憕及奕、判官蒋清等三人害之,

---

[1] 刘昫等:《旧唐书》卷一八七下《李憕传》,中华书局 2011 年版,第 4889—4890 页。

以威于众。禄山传憕、奕、清三人之首,以徇河北。"①《新唐书》卷一九一亦有其传。

圆观与李源故事实在袁郊写成《圆观》之前已有流传,牛僧孺《玄怪录》卷一一《李沈》与李伉《独异志·李源鬼友》即是。② 此二篇小说故事情节大略相近,唯人名略异,《李沈》中为李沈与冥官李擢,《李源》中为李源与冥官武十三,实均以李源故实为本。在李伉《李源鬼友》与牛僧孺《李沈》中,与李源(沈)交者均为冥吏,《李源鬼友》在讲述李源与武十三特殊的交谊之外,也表现了因缘轮回,但突出的是武十三对未来事的预见,特别是对李源未来禄位的预见,《李沈》突出的也是李擢对李沈未来禄位年寿的预知与告诫。

《圆观》故事除依托李源之外,当又别有所本。上文引北宋释惠洪《冷斋夜话》卷一〇《三生为比丘》云宋苏轼撰《僧圆泽传》一文主人公名"圆泽",苏轼在文末特注云:"此出袁郊所作《甘泽谣》,以其天竺故事,故书以遗寺僧,旧文烦冗,颇为删改。"③可见苏轼作《僧圆泽传》,主要依据袁郊《甘泽谣·圆观》,而"圆泽"之名当是刻意改之,则其当另有所本。

《蜀中广记》卷八七云:"唐《忠义传》:'李澄之子源……此身虽坏性常存。'此僧赞宁所记,而东坡以为圆泽。按万州之东濒江四十里地,名周溪,乃唐僧圆泽化处,再生为南浦人。其诗曰:'身前身后事茫茫,欲话因缘恐断肠。吴越山川寻已遍,却回烟棹上瞿唐。'《冷斋夜话》云尝欲以异同质之叔党,即此事也。"④《蜀中广记》此处所记指出在蜀地有个叫圆泽的和尚,在万州郡的周溪坐化了,苏轼在其文《僧圆泽传》中,改袁郊《甘泽谣·圆观》中"圆观"为"圆泽",当据此。《蜀中广记》卷二三又载:"碑

---

① 刘昫等:《旧唐书》卷一八七下《李憕传》,中华书局 2011 年版,第 4887—4889 页。
② 牛僧孺:《玄怪录》卷一一"李沈",第 119—121 页;李伉撰,张永钦、侯志明点校:《独异志》补佚"李源鬼友",中华书局 1983 年版,第 82—83 页。按:张永钦、侯志明点校本作者作"李冗",误,据李剑国先生考证,作"李伉"为是。见李剑国《唐五代志怪传奇叙录》(增订本),中华书局 2017 年版,第 1058 页;此条见于李昉等《太平广记》卷一五四《定数九》"李源",中华书局 2003 年版,第 1105 页。
③ 苏轼撰,孔凡礼校点:《苏轼文集》,中华书局 1986 年版,第 2 册,第 422 页。
④ 曹学佺:《蜀中广记》卷八七《高僧记第七·川东道》,文渊阁《四库全书》本,第 591 册,第 434 页下—第 435 页上。

目又云:'大云寺碑有唐僧圆泽传及元和间万州守李裁书圣业院碑。在周溪大江之滨,三生石旁。薜封,可见者咸通三年壬子岁十一月建十余字耳。'按周溪在县东四十里。"①这里交代大云寺碑所刻《圆泽传》是在咸通三年,而《甘泽谣》是写成于咸通九年。也即在袁郊的《甘泽谣·圆观》写成之前,圆泽转世的故事即已在巴蜀一带流传。又,《同治增修万县志》卷二一云:"大云寺碑,寺有唐僧《圆泽传》。"②《道光夔州府志》卷二四亦有相同记载。可见,在蜀地流传的转世故事中,主人公名圆泽,苏轼在依托袁郊所作《甘泽谣》作《圆泽传》时,当是参考了蜀地的这一故事,将"圆观"之名改为"圆泽"。

但宋赞宁在作《高僧传》时,却仍名"圆观"③,可见其主要是采录袁郊所作,并综合了《旧唐书·李憕传》有关记载。与《甘泽谣·圆观》不同的是传末只云"观又歌《竹枝》,杳裹前去,词切调高,莫所知谓",未录二首《竹枝词》,但明确说圆观所歌为《竹枝词》。而《竹枝词》是乐府《近代曲》之一,为巴渝(今四川东部)一带民歌,其形式为七言绝句,语言通俗,音调轻快。朱自清《中国歌谣》:"《词律》云:'《竹枝》之音,起于巴蜀唐人所作。'"④而地处巴渝的万州正好就是《竹枝词》流行的区域,因此《圆观》中两首竹枝词或在袁郊作《圆观》时就已在民间流传,或经过袁郊加工润色,嵌入小说中。

《类说》卷三六、《绀珠集》卷一一所节《甘泽谣》,都作"圆泽",宋人引用亦多作"圆泽",殆据苏轼而改。元无名氏《湖海新闻夷坚续志》后集卷二《僧圆泽》,明田汝成《西湖游览志》卷一一《北山胜迹·三生石》,皆据苏轼之《僧圆泽传》。

袁郊《甘泽谣》问世后,李源、圆观故事更是广为流播,与袁郊同时代的贯休,在其诗《酬张相公见寄》中就提到三生石,其云:"感通未合三生

---

① 曹学佺:《蜀中广记》卷二三《名胜记第二三·下川东道·万县》,文渊阁《四库全书》本,第591册,第294页上—第295页下。
② 王玉鲸等:《同治增修万县志》,清同治五年刻本。
③ 赞宁:《宋高僧传》卷二〇《唐洛京慧林寺僧圆观传》,《高僧传合集》,上海古籍出版社1995年版,第512页。
④ 朱自清:《中国歌谣》,复旦大学出版社2004年版,第92页。

石,骚雅欢擎九转金。"而晚唐的齐己的"自抛南岳三生石,长傍西山数片云"(《荆渚感怀寄僧达禅弟三首》)表明三生石是南岳三生石之说与《冷斋夜话》所说的"岳麓三生石事"似为相近,晚唐的修睦更有一首《三生石》诗:"圣迹谁会得,每到亦徘徊。一尚不可得,三从何处来。清宵寒露滴,白昼野云隈。应是表灵异,凡情安可猜。"①另外,话本小说也有取材此事者,如《古今小说》卷三〇《明悟禅师赶五戒》入话、《西湖佳话·三生石迹》皆是。

三、三生石与因缘轮回观念

《甘泽谣·圆观》是通过具体生动的艺术形象图解了因缘轮回观念。李源与圆观为"忘言交",三十年不离不弃,情谊深厚。此生不愿分离,故圆观极力避免途径其托身之所,致使王氏妇人"踰三载尚未娩怀",既见之后,不得以将赴来生,又殷勤相约来生之会:

> 圆观曰:"其中孕妇姓王者,是某托身之所,逾三载尚未娩怀,以某未来之故也。今既见矣,即命有所归,释氏所谓循环也。"谓公曰:"请假以符咒,遣某速生,少驻行舟,葬某山下。浴儿三日,公当访临。若相顾一笑,即某认公也。更后十二年,中秋月夜,杭州天竺寺外,与公相见之期。"

"释氏所谓循环也",便是对因缘轮回的最好注解,并定下来生两次再会之期,一是三日之后,二是十二年后。不难看出,《甘泽谣·圆观》仅以"释氏所谓循环也"等数语直接体现因缘轮回,然后即以诗意的叙述,再现了这两次相见。第一次:"李公三日往观新儿,襁褓就明,果致一笑。李公泣下,具告于王。"第二次:

> 时天竺寺山雨初晴,月色满川,无处寻访。忽闻葛洪川畔,有牧

---

① 贯休、齐己、修睦诗,清彭定求等:《全唐诗》卷八三五,卷八四四,卷八四九,中华书局1999年版,第9486页,第9613页,第9683页。

竖歌《竹枝词》者,乘牛叩角,双髻短衣。俄至寺前,乃观也。李公就谒曰:"观公健否?"却问李公曰:"真信士。与公殊途,慎勿相近。俗缘未尽,但愿勤修不堕,即遂相见。"李公以无由叙话,望之潸然。圆观又唱《竹枝》,步步前去,山长水远,尚闻歌声。词切韵高,莫知所谓……

李源在圆观转生之后第一次与之相见,襁褓小儿的"果至一笑",让人感动。而第二次相见,则是一个如诗如画的月下相见场面,李源一句"观公健否"的问候,圆观一句"真信士"的感叹,让人唏嘘。而这次相见,短暂、简单而纯洁,没有前生那样"促膝静话,自旦及昏"的倾诉与长谈,正如白化文先生所言,表明这次相见仅仅是"由于前生因缘不断,来生还要再见一面以了结此因缘"。① 然后以两首《竹枝词》来诗意地再现李源与圆观二人的两世情谊,以完美的艺术形象把因缘轮回观念表现得诗意盎然,从而使三生石成为因缘轮回观念的具体形象符号。

  因缘轮回观念与佛教的缘起之说相关。佛教有"十二缘起"及"三世"说,佛教认为世界上一切事物的存在,都依赖某种条件,人的生命过程也是如此。即《杂阿含经》卷一二所谓"此有故彼有,此起故彼起"。佛教把这些条件分为十二个彼此成为因果联系的部分,故名"十二因缘"。后来,佛教把这"十二因缘"配合过去、现在、未来"三世"说,形成所谓的轮回转世理论。任何生命个体,在未获得解脱之前,都必须依照因果规律在"三世"和"六趣"(也称"六道",指众生依据生前的善恶行为而有六种轮回往生的趋向,即:天、人、阿修罗、地狱、饿鬼、畜生)中生死流转。

  随着佛教的传播,在魏晋南北朝时期,因缘轮回观念就已深入人心,并成为民间的一种普遍观念。魏晋南北朝释氏辅教类小说中就有许多此类故事,特别是前生今世的轮回转生故事,如《冥祥记》言向靖女故事云:"向靖有女,数岁而亡,始病时,弄小刀子,母夺取不与,伤母手。又后产,生一女,年四岁,曰:'前时刀子何在?'母曰:'无也。'女曰:'昔争刀子,故

---

① 白化文:《三生石上旧精魂》,北京出版社 2005 年版,第 20 页。

伤母手,何云无也?'靖觅数刀子,合置一处,令女自识。女见大喜,即取先者。"①至唐,因缘轮回观念甚至在官修正史中也有体现,如《晋书·羊祜传》言羊祜事云:"祜年五岁,时令乳母取所弄金环,乳母曰:'汝先无此物。'祜即诣邻人李氏东垣桑树中探得之。主人惊曰:'此吾亡儿所失物也,云何持去?'乳母具言之,李氏悲惋。时人异之,谓李氏子则祜之前身也。"②唐修《晋书》录此事,足见因缘轮回观念在唐时的深植人心。当然,流行于民间这种因缘轮回观念,主要还是指有生命的人和动物,特别是人的轮回转生。如明彭大翼引隋李士谦论前后身云:

> 前后身本出释氏轮回之说,隋李士谦论前后身云:"客有不信佛家报应者,士谦曰:'积善余庆,积恶余殃,岂非休咎耶?佛经云:转轮五道,此贾谊所谓千变万化,未始有极也。若鲧为黄熊,杜宇为鹝鴂,褒君为龙,牛哀为虎,君子为鹄,小人为猿,黄母为鼋,宣武为鳖,邓艾为牛,徐伯为鱼,此非佛家变受异形之谓耶!'客曰:'邢子才云:岂有松柏后身化为樗栎者?'士谦曰:'此不类之说也。变化皆由心作,木岂有心乎?'客亦不能难。"③

另外,在《独异志·李源鬼友》《玄怪录·李沈》中,亦可大略窥见唐人的因缘轮回观念及其相关的某些侧面。

《独异志·李源鬼友》因其本身故事省净,因缘轮回观念的表现也较为简略,武十三与李源"行及宋之谷熟桥,携手登岸",即到达武十三转生之所:"武曰:'与子诀矣。'源惊讯之,即曰:'某非世人也,为国掌阴兵百有余年,凝结此形。今夕托质于张氏为男子,十五得明经,后终邑令。'"④武十三在这段自叙身世的过程中表现出了鬼魂转生观念及其方式,并对

---

① 曾慥:《类说》卷五《冥祥记》"女记前生刀子"条,书目文献出版社 1988 年版,第 99 页。
② 房玄龄等:《晋书》卷三四《羊祜传》,中华书局 1974 年版,第 1023 页。
③ 彭大翼:《山堂肆考》卷一四三"前后身",文渊阁《四库全书》本,第 976 册,第 739 页上—第 739 页下。
④ 李冘撰,张永钦、侯志明点校:《独异志》补佚"李源鬼友",中华书局 1983 年版,第 82 页。

自己来生之事了如指掌。而在《玄怪录·李沈》中,因缘轮回转生观念及方式的表达则更清晰。首先,李擢是冥吏,亦是鬼魂,故预知自己的转身之所,并对此了如指掌:"托孕于亲已五载矣",亦知"其家以为不祥,祈神祝佛之法";其次,转生之后,前世之事将全部忘却:"擢之此身,艺难为匹,唯虑一舍此身,都醉前业,"故须有人提醒,"祈兄与醒之",希望得到李沈相助;第三,李擢也详细言说如何让转世之身重新获得前世的记忆,即醒之之法:"可取儿抱卧,夜久,伺掌人闭户,即抱于静处呼曰:'李擢记我否?'儿当啼,啼即掌之。再三问之,擢必微悟。兄宜与擢言洛中居处及游宴之地,擢当大悟,悟后此生之业无子遗矣。"三年后,李沈如约前来,以此法醒儿:"问之者三四,儿忽曰:'十六兄果能来此耶?'沈因与言洛中事,遂大笑言若平生,曰:'擢一一悟矣。'"①原来,李擢适宋,之所以邀李沈同行,主要是希望在他转生过程中,能得到李沈的帮助。

唐人认为,在轮回转世过程中,特别是由鬼转生为人时,必须经过一个中转站——黄婆开的酒店,黄婆会给每一个经过此处的魂灵一碗黄汤,即迷魂药,喝完后就会忘记前生。② 在《玄怪录·李沈》中,李擢担心"一舍此身,都醉前业",正是这一观念和看法的体现。李擢之所以担心转生之后忘却前生之事,主要是他认为自己有"艺难为匹"的出众才华,所以恳请李沈"与醒之耳"。

四、从前世因缘到前世姻缘

《圆观》中李源与圆观的友情,没有因为生命的轮回而改变泯灭,特别是李源信守与圆观的约定,如期再赴圆观来世之约,突显了一种朋友之间真挚不渝的可贵友情。三生石也因此成为代表和承载前世缘分的特定意象,成为民间因缘轮回观念形象化的替代之物。

如前所述,在最初的李源、圆观故事中,虽涉因缘轮回观念,但其主要所在还是冥吏为生人预知未来之事,如《独异志·李源鬼友》中,武十三在告知李源自己的身份和转生之事后,即对李源言及其一生禄位:"子之

---

① 牛僧孺撰,程毅中点校:《玄怪录》卷一一"李沈",中华书局 2014 年版,第 119—121 页。
② 白化文:《三生石上旧精魂》,北京出版社 2005 年版,第 20 页。

禄亦薄,年登八十,朝廷当以谏议大夫征,后二年当卒矣。我后七年复与君相见。"①《玄怪录·李沈》中,李擢与李沈交游,乃是"意有所托",在告知李沈身份后,恳请李沈:

"擢之此身,艺难为匹,唯虑一舍此身,都醉前业,祈兄与醒之耳。然擢孕五载,寓亲腹中,其家以为不祥,祈神祝佛之法,竭赀而为。擢尚未往,神固何为。兄可往其家,朱书'产'字令吞之,擢即生矣。必奉兄绢素。兄得且去,候擢三岁,宜复来视之,且曰:'主人孙久不产者,某以朱字吞之,生儿奇惠,今三载矣,思宿以告之,故复来也。'可取儿抱卧,夜久,伺掌人闭户,即抱于静处呼曰:'李擢记我否?'儿当啼,啼即掌之。再三问之,擢必微悟。兄宜与擢言洛中居处及游宴之地,擢当大悟,悟后此生之业无子遗矣。此事必醒素以归……"

然后为李沈言禄位之事:"擢乃后荣盛,兄不可复得从容矣。兄声名籍甚,不久当有大谏之拜,慎勿赴也,赴当非寿……"文末又云:"以沈食禄而诛,不食而免,其命乎?足以警贪禄位而不知其命者也。"所以,李亢《李源》及牛僧孺《李沈》,其主旨恐主要还在于以鬼友预知未来,突显前定思想,告诫人们应安于命运,对因缘轮回观念的表现还处于次要地位。

而在袁郊的《圆观》中,不难发现,在圆观身上,《独异志·李源鬼友》中武十三和《玄怪录·李沈》中李擢的冥吏身份消失了,圆观仅仅是一个普通僧人,是"大历末洛阳惠林寺僧,能事田园,富有粟帛。梵学之外,音律贯通。时人以富僧为名,而莫知所自也",虽言及其"莫知所自",但始终没有说他有什么特别出处。《圆观》中也没有对未来禄位之事的预言,小说中圆观在交代了自己的转生之事后,还有一句话值得注意:即"释氏所谓循环也。"这也是《圆观》和《独异志·李源鬼友》《玄怪录·李沈》情节中最显著的差别,表明《圆观》已放弃了《独异志·李源鬼友》《玄怪录·李沈》中主要对前定观念的表达与图解,佛教因缘轮回思想成为其情

---

① 李亢撰,张永钦、侯志明点校:《独异志》补佚"李源鬼友",中华书局1983年版,第82页。

节构设的主导思想,李源与圆观的交谊被植入两世轮回之中,在两世轮回中表现李源与圆观的友情,特别是李源信守与圆观的约定,如期再赴圆观来世之约,从而突显了一种朋友之间真挚不渝的可贵友情。所以,相较而言,《圆观》的思想意蕴要比《李源》《李沈》更为深刻而有意义,并更具感染力。也正因为《圆观》所具有的这种艺术魅力,三生石才获得了永恒的生命力,成为因缘轮回观念的象征。

唐以降,随着袁郊《甘泽谣·圆观》及苏轼《僧圆泽传》、赞宁《高僧传·僧圆观传》的流播,三生石也成为中国文学中代表前世缘分的特定意象,频繁出现在许多小说戏曲中。如《阅微草堂笔记》:"或以此一念,三生石上,再种后缘,亦未可知耳。"[1]更多的则以诗歌典的形式出现在小说或戏曲中,如"三生石上看来去,万岁台前辨假真。'"[2]"三生石上见逋仙,独鹤归来楚云黑。"[3]如此之类甚众。

值得一提的是,三生石在《圆观》中,承载与体现的是前生今世的因缘轮回,但唐以后,三生石的内蕴又有所拓展和变化,最为显著的变化是由象征前世因缘进一步确切引申为象征男女之间的前世姻缘。如明冯梦龙的《喻世明言》,在卷三〇《明悟禅师赶五戒》中,亦据圆泽事,但已经添加删改,故事后附瞿宗吉诗:"清波下映紫裆鲜,邂逅相逢峡口船。身后身前多少事,三生石上说姻缘。"[4]将三生石与男女姻缘联系在一起,此后在明清小说及戏曲中多处把三生石与男女姻缘相结合。而在《红楼梦》中,还生出三生石畔的绛珠草下世为人的偿还情缘的情节设计,到第九十回通过紫鹃的话将宝玉与黛玉之前世情缘说了出来:"想来宝玉和姑娘必是姻缘……如今一句话,又把这一个弄得死去活来。可不说的三生石上百年前结下的么。"[5]有的甚至又将其与月下老人联系在一起,如《说唐三传》第三十九回:"仙翁(月下老人)道:'你们随我进洞,到三生石上查看

---

[1] 纪昀:《阅微草堂笔记》卷一三,学苑出版社1998年版,第197页。
[2] 汤显祖:《牡丹亭》,人民文学出版社1998年版,第300页。
[3] 成廷珪:《墨梅诗》,赵翼《陔余丛考》卷二四"古今人诗句相同",中华书局2006年版,第499页。
[4] 冯梦龙:《喻世明言》卷三〇《明悟禅师赶五戒》,中华书局2002年版,第309页。
[5] 曹雪芹:《红楼梦》第九十回,辽海出版社2007年版,第1149页。

便了。'"①

第四节　早夭与冥婚之俗

冥婚是为死人举行婚嫁活动的一种特殊婚姻形式。冥婚的出现,最早可以追溯到商代,出土的商代甲骨文记载,武丁之妃妇好死后,又充当成唐、大甲、祖乙、小乙等的"冥妇"。② 至西周时,冥婚便已在民间成为风俗。《周礼·地官·媒氏》载:"禁迁葬者与嫁殇者。""迁葬",按郑玄的解释,是指将生时并非夫妇的一男一女合葬在一起,以"使相从也"。"嫁殇",郑司农定义为"嫁死人也"。贾公彦又进一步解释说:"嫁殇者,生年十九已下而死,死乃嫁之"。③ 可知,周代不仅确实有冥婚的存在,并且已经分化为迁葬和嫁殇两种形式。历先秦两汉魏晋南北朝,冥婚之事不绝如缕,常见载录。至唐,则有转盛之势,自宫廷至于民间,这也在唐人小说中体现出来,唐人小说中出现了相当数量的冥婚故事,从一个侧面形象地再现了唐人的冥婚之俗,值得注意。

一、冥婚之俗的小说呈现

唐人小说中的冥婚故事,多凄艳绝美,流露出的是一种对爱情的渴望与追求。如戴孚《广异记·长洲陆氏女》:

长洲县丞陆某,家素贫,三月三日,家人悉游虎丘寺,女年十五六,以无衣不得往,独与一婢守舍。父母既行,慨叹投井而死。父母以是为憾,悲泣数日,乃权殡长洲县。后一岁许,有陆某者,曾省其姑,姑家与女殡相近,经殡宫过,有小婢随后,云:"女郎欲暂相见。"某不得已,随至其家,家门卑小,女郎靓妆,容色婉丽,问云:"君得非长洲百姓耶? 我是陆丞女,非人,鬼耳,欲请君传语与赞府,今临顿李

---

① 如莲居士:《说唐三传》第三十九回,宝文堂书店1987年版。
② 宋镇豪:《中国风俗通史》夏商卷,上海文艺出版社2001年版,第554页。
③ 《周礼注疏》卷一四《媒氏》,阮元校刻《十三经注疏》,中华书局1982年版,第733页。

十八求婚，吾是室女，义难自嫁，可与白大人，若许为婚，当传语至此。"其人尚留殡宫中，少时，当州坊正从殡宫边过，见有衣带出外，视之，见妇人，以白丞，丞自往，使开壁取某，置之厅上，数日能言，问焉得至彼。某以女言对，丞叹息，寻令人问临顿李十八，果有之，而无恙自若，初不为信，后数日乃病，病数日卒。举家叹恨，竟将女与李子为冥婚。①

长洲县丞陆某之女，因家境贫寒，三月三日家人游虎丘寺，女因无衣无法前往，慨叹投井而死。陆氏女正值豆蔻年华，却未尝人间爱情滋味，故死后自寻姻缘于临顿李十八，并请经过此地省姑的陆某传语家人。陆丞初不为信，数日后李十八病卒，"举家叹恨，竟将女与李子为冥婚"。

《纪闻·季攸》故事与《广异记·长洲陆氏女》相类，其云：

天宝初，会稽主簿季攸，有女二人，及携外甥孤女之官。有求之者，则嫁己女，己女尽而不及甥，甥恨之，因结怨而死，殡之东郊。经数月，所给主簿市胥吏姓杨，大族子也，家甚富，貌且美。其家忽有失胥，推寻不得，意其为魅所惑也，则于墟墓访之。时大雪，而女殡室有衣裾出，胥家人引之，则闻屋内胥叫声，而殡宫中甚完，不知从何入。遽告主簿，主簿使发其棺，女在棺中，与胥同寝，女貌如生。其家乃出胥，复修殡屋。胥既出如愚，数日方愈，女则下言于主簿曰："吾恨舅不嫁，惟怜己女，不知有吾，故气结死。今神道使吾嫁与市吏，故辄引与之同衾，既此邑已知，理须见嫁，后月一日，可合婚姻，惟舅不以胥吏见期，而违神道，请即知闻，受其所聘，仍待以女婿礼。至月一日，当具饮食，吾迎杨郎，望伏所请焉。"主簿惊叹，乃召胥一问，为杨胥。于是纳钱数万，其父母皆会焉。攸乃为外生女造作衣裳帷帐，至月一日，又造馔大会。杨氏鬼又言曰："蒙恩许嫁，不胜其喜。今日故此亲迎杨郎。"言毕，胥暴卒，乃设冥婚礼，厚加棺殓，合葬于东郊。②

---

① 戴孚撰，方诗铭辑校：《广异记》"长洲陆氏女"，中华书局1992年版，第85页。
② 李昉等：《太平广记》卷三三三《鬼十八》"季攸"，中华书局2003年版，第2644页。

季攸外甥女亦因久不得嫁，结怨而死，死后自寻婚姻，得"家甚富，貌且美"的杨氏为婿，并安排一切，终得杨氏为冥婚。

如果说《广异记·长洲陆氏女》与《纪闻·季攸》中的陆氏女、季攸外甥的冥婚是早夭女子死后自寻，那么戴孚《广异记·王乙》中的王乙与临汝官渠店女的冥婚则是生前相爱，死后更为冥婚以续前缘的故事。其云：

> 临汝郡有官渠店，店北半里许李氏庄王乙者，因赴集，从庄门过，遥见一女年可十五六，相待忻悦，使侍婢传语。乙徘徊槐阴，便至日暮，因诣庄求宿。主人相见甚欢，供设亦厚。二更后，侍婢来云："夜尚未深，宜留烛相待。"女不久至，便叙绸缪。事毕，女悄然忽病，乙云："本不相识，幸相见招，今叙平生，义即至重，有何不畅耶？"女云："非不尽心，但适出门闼，逾垣而来，墙角下有铁爬，爬齿刺脚，贯彻心痛，痛不可忍。"便出足视之，言讫辞还，云："已应必死，君若有情，回日过访，以慰幽魂耳。"后乙得官东归，途次李氏庄所，闻其女已亡，私与侍婢持酒馔至殡宫外祭之，因而痛哭。须臾，见女从殡宫中出，己乃伏地而卒，侍婢见乙魂魄与女同入殡宫，二家为冥婚焉。①

《广异记·长洲陆氏女》《纪闻·季攸》与《广异记·王乙》中的冥婚发生，表现为鬼女的主动追求，继而人间男子卒，两家人为之冥婚。五代何光远《鉴诫录》中的《求冥婚》则表现为人间男子主动追求鬼女，多年以后，男子卒而为冥婚。其云：

> 传言鬼神所凭，有时而信。故黄熊入梦不为无人，豕人立啼显彰有鬼。蜀有曹孝廉第十九子晦，因游彭州导江县汉口，谒李永相公庙，睹土塑三女，俨然而艳，遂指第三者，祝曰："愿与小娘子为冥婚，某终身不媾凡庶矣。"遂取卦子掷之，相交而立。良久，巫者度语曰："相公请曹郎留着体衣一事，以为言定。"曹遂解汗衫留于女坐。巫

---

① 戴孚撰，方诗铭辑校：《广异记》"王乙"，中华书局1992年版，第86页。

者复取女红披衫与之,曰:"望曹郎保惜此衣,后二纪当就姻好。"曹亦深信,竟不婚姻。纵遇国色,视之如粪土也。果自天祐甲子,终于癸未二十年间,曹积觉气微,又疑与神盟约数,乃自沐浴,俨然衣冠,俟神之迎也。是日至暝,车马甚盛,骈塞曹门,同街居人竞来观瞩。至二更,邻人见曹升车而去,莫知其由。及晓视之,曹已奄然矣。议者以华岳灵姻,咸疑谬说,苎萝所遇,亦恐妖称。今曹公冥婚,目验其异。呜呼!自投鬼趣,不亦卑乎?①

《鉴诫录·求冥婚》的特殊之处还在于,鬼女为李永相公庙中土塑偶像,此故事接近人鬼恋或人神恋。故事开篇前有一段的议论:"传言鬼神所凭,有时而信。故黄熊入梦不为无人,豕人立啼显彰有鬼。"似在以此说明鬼神的真实存在,此一故事是又一个实际的例证。而末尾的议论:"议者以华岳灵姻,咸疑谬说,苎萝所遇,亦恐妖称。今曹公冥婚,目验其异。呜呼!自投鬼趣,不亦卑乎?"进一步说明鬼神的存在,结句的感叹则流露出对故事中主人公曹晦的批评。看来,作者虽认为鬼神不虚,而生人预约与鬼为冥婚则不可取。

唐人小说中言及冥婚者尚有《广异记·魏靖》与《玄怪录·曹惠》。《广异记·魏靖》言武城尉魏靖暴卒后,"权殓已毕,将冥婚舅女"②。《玄怪录·曹惠》言武德初曹惠为江州参军,于佛堂得二木偶人,持归与稚儿,后稚儿方食饼,木偶引手请之,于是"转盼驰走,悉无异人",曹惠询问其来历,乃自道始末,知其为宣城太守谢朓家俑偶,为其被杀葬时沈约所赠,并为曹惠说谢朓冥中事,谢朓于冥中逐王敬则女,而娶乐彦辅第八女,"王氏乃生前之妻,乐氏乃冥婚耳"③。《玄怪录·曹惠》所言谢朓与乐氏冥婚,与《广异记·长洲陆氏女》《纪闻·季攸》《广异记·王乙》与《广异记·魏靖》等又有不同,《广异记·长洲陆氏女》等是生人为死去的男女

---

① 何光远:《鉴诫录》卷一〇"求冥婚",文渊阁《四库全书》本,第1035册,第923页上—第923页下。
② 戴孚撰,方诗铭辑校:《广异记》"魏靖",中华书局1992年版,第134页。
③ 牛僧孺撰,程毅中点校:《玄怪录》卷四"曹惠",中华书局2014年版,第40—41页。

二人为冥婚,《玄怪录·曹惠》则是死去的男女二人在幽冥之境的结合,并因来自幽冥之地的木偶人轻素与轻红的叙述才为生人所知。

二、唐人小说冥婚故事的社会文化心理依托

唐人小说中冥婚故事的出现,当然与唐代社会冥婚现象的大量存在有直接关系,是这一现象的艺术化呈现。

追溯源头,如前所言,冥婚习俗早在商周时代就已存在了,先秦两汉以来,冥婚之事时或见诸典籍,如《战国策·秦策二》中秦国宣太后与魏丑夫死后合葬的要求,《汉书·东方朔》中馆陶公主与董偃的身后姻缘。魏晋南北朝亦多有记载,如《北史·穆崇传》中平城与始平公主的冥婚,如《三国志》卷二〇《魏书·邓哀王传》云:(曹冲)年十三……为聘甄氏亡女与合葬。①《三国志》卷五《魏书·后妃传》又载云:"太和六年(232),明帝(曹叡)爱女淑薨……取后(甄后)亡从孙黄与合葬,追封黄列侯。"②南北朝时期,北魏孝文帝曾为其女举行冥婚,《魏书》卷二十七《穆崇传》云:"子平城,早卒。高祖时,始平公主薨于宫,追赠平城驸马都尉,与公主合葬。"③隋大业年间,左武卫大将军李公曾为其女为冥婚,《大隋左武卫大将军吴公李氏女墓志》中记其事云:"女郎姓尉,字富娘……春秋一十有八……母氏痛盛年之无匹,悲处女之未笄,虽在幽媾,婚归于李氏,共牢无爽,同穴在斯。"④

可见,唐代以前,冥婚在上层社会是相当普遍的,在民间也可以偶尔寻觅到其身影。到了唐代时,冥婚习俗则似乎弥漫更广。上至帝王公卿,下自黎民百姓,都有有关冥婚的记载。仅李唐宗室就有四例:一是唐中宗和韦庶人夫妇就为太子重润举办过冥婚,《旧唐书》卷八六《懿德太子

---

① 陈寿撰,裴松之注:《三国志》卷二〇《魏书·邓哀王传》,中华书局2011年版,第580页。
② 陈寿撰,裴松之注:《三国志》卷五《魏书·后妃传》,中华书局2011年版,第163页。
③ 魏收:《魏书》卷二十七《穆崇传》,中华书局2011年版,第673页。
④ 《大隋左武卫大将军吴公李氏女墓志文》,无书撰者款。李氏女,即左武卫大将军尉迟安第三女,本名尉富娘,大业十一年(615)卒,年十八,五月十七日葬京兆长安县龙首乡兴台里,冥配李氏,因称李氏女。志为楷书,24行,行24字。清同治十年(1871)出土于西安,传世有二石,一石在河北庞泽銮,藏残石上半,无盖。一石为南海李山农藏,志盖全,今藏天津博物馆。

重润传》记载:

> 大足元年(701),为人所构,与其妹永泰郡主、婿魏王武延基等窃议张易之兄弟何得恣入宫中,则天令杖杀,时年十九……中宗即位,追赠皇太子(705),谥曰懿德,陪葬乾陵。仍为聘国子监丞裴粹亡女为冥婚,与之合葬。①

二是韦庶人为其弟韦洵举办过冥婚。《旧唐书》卷九二《萧至忠传》载云:"韦庶人又为亡弟赠汝南王洵与至忠亡女为冥婚合葬。"②三是韦庶人为其弟韦泂亦举办过冥婚,《唐代墓志汇编》中《大唐赠并州大都督淮阳郡王韦君墓志铭》云:

> ……王讳泂……春秋一十有六……制以王年未及室,灵椟方孤,求淑魄于高门……乃冥婚太子家令清河崔道猷亡第四女为妃而会葬焉,盖古之遗礼也。③

还有一例载于史籍的宫廷冥婚是唐肃宗之第三子李倓的冥婚,《旧唐书》卷一一六《承天皇帝倓传》曰:"肃宗怒,踢倓死……及代宗即位……诏曰:'……与兴信公主第十四女张氏冥婚。'"④

至于民间,冥婚现象更是普遍和广泛。《唐代墓志汇编》和《唐代墓志汇编续集》两书收集了1996年前出土的唐代墓志,内容丰富。考察两书,民间冥婚事例共有10个。⑤

唐代现实生活中冥婚存在的原因,姚平《论唐代的冥婚及其形成的原因》(载《学术月刊》2003年第7期)、邓星亮《唐代冥婚略考》(载《攀枝花

---

① 刘昫:《旧唐书》卷八六《懿德太子重润传》,中华书局2011年版,第2835页。
② 刘昫:《旧唐书》卷九二《萧至忠传》,中华书局2011年版,第2970页。
③ 周绍良主编:《唐代墓志汇编》,上海古籍出版社1992年版,第1083页。
④ 刘昫:《旧唐书》卷一一六《承天皇帝倓传》,中华书局2011年版,第3385—3386页。
⑤ 周绍良主编:《唐代墓志汇编》,上海古籍出版社1992年版。周绍良、赵超主编:《唐代墓志汇编续集》,上海古籍出版社2001年版。

学院学报》2005年第6期)、马格侠、李旦《也谈唐代冥婚习俗及其原因》(载《宝鸡文理学院学报》2010年第1期)等有归纳。姚平的归纳具有代表性,他说:"唐代冥婚的骤兴是与唐代的社会和历史背景密切相关的。唐代(尤其是前唐)经济的繁荣为冥婚提供了深厚的物质基础;唐代对死后世界观的更新及男女之情的开放态度为冥婚提供了极好的精神和心理条件;从另一方面来说,冥婚则又为有能力作此安排的父母和亲属提供了表达自己心愿以及获取种种实际利益的机会。"①

唐人小说中冥婚故事的存在,推其根源,实与中国古代民族文化心理中的鬼神、幽冥观念及丧葬习俗相关。

人死而为鬼的观念起源很早,它源于先民的祖先崇拜,鬼是指人死去的祖先。与鬼密切相关的是源于先民对自然崇拜而产生的神的观念。在远古先民那里,一般而言,所谓的神是指自然之神,鬼神联称,且相互交叉互通,界限模糊,鲁迅先生言:"然详案之,其故殆尤在鬼神之不别,天神地祇人鬼,古者虽若有辨,而人鬼亦得为神祇,人神淆杂……"②鬼亦可称作神,比如泰山府君,亦称作泰山神,掌管人间男女婚姻的月下老人,是隶属于幽冥世界的冥吏,但却被尊为婚姻之神。

殷周之前,我们的祖先就开始了鬼神崇拜,并逐渐形成一套对鬼神祭祀的活动与仪式,《尚书·尧典》:"分命羲仲,宅嵎夷,曰旸谷,寅宾出日,平秩东作。"夏代就已具雏形,至殷商,鬼神崇拜愈炽,《礼记·丧记》云:"夏道尊命,事鬼敬神而远之,近人而忠焉。""殷人尊神,率民以事神,先鬼而后礼。"这种对鬼神的信仰,从此深植于民间,至周,周人虽"尊礼尚施,事鬼敬神而远之",但并没有抛弃鬼神信仰,只不过是敬而远之而已。此后,无论是佛教还是道教的传播和流行,都未能消弭其影响,鬼神信仰反而渗入佛、道的流行教义之中。鲁迅先生言:"中国本信巫,秦汉以来,神仙之说盛行,汉末又大畅巫风,而鬼道愈炽;会小乘佛教亦入中土,渐见流传,凡此,皆张皇鬼神,称道灵异。"又说:"宋代虽云崇儒,并容释道,而

---

① 姚平:《论唐代的冥婚及其形成的原因》,《学术月刊》2003年第7期。
② 鲁迅:《中国小说史略》第二篇《神话与传说》,东方出版社1996年版,第12页。

信仰本根,夙在巫鬼。"①而传统的鬼神观念,在渗入佛、道等宗教之后,又不断得到丰富和发展,变得更加光怪陆离,充满异彩。伴随鬼神崇拜与信仰在民间流播,与之相伴而生的鬼的居所——幽冥世界——也逐渐形成并不断丰富和发展。在中国传统文化心理中,幽冥世界是人死之后灵魂之所归处,即鬼魂所居之处。这个幽冥世界的社会结构一如人间,幽冥世界中的一个个城池,仿佛就是人间的一个个州府,从阎王到鬼卒的社会等级与职司,其实就是人间从皇帝到府县小吏的社会等级结构。《前定录·柳及》,借小儿之口言:"冥间有一大城,贵贱等级,咸有本位,若棋布焉。"《冥报记·唐眭仁蒨》云:

　　……景曰:"六道之内亦一如此耳。其得天道,万无一人,如君县内无一五品官。得人道者有数人,如君九品。入地狱者亦数十,如君狱内囚。唯鬼及畜生最为多也,如君县内课役户。就此道中又有等级。"……蒨曰:"鬼有死乎?"曰:"然。"蒨曰:"死入何道?"答曰:"不知,如人知死,而不知死后之事。"……景曰:"道者,天帝总统六道,是谓天曹。阎罗王者如人天子,太山府君如尚书令录,五道神如诸尚书……"②

　　既然鬼魂所居的幽冥世界亦如人间,那么生活在幽冥世界的鬼魂也需要穿衣吃饭,也需要家庭爱情,活着的人们出于对早夭未婚男女的怜惜,担心孤魂寂寞,故而代为其寻找幽冥世界的伴侣,慰灵之意是十分明显的。如前所举,韦洞在冥婚时,是因为"王年未及室,灵椟方孤",即家人感其灵魂孤单,所以才为其"求淑魄于高门,代姻无忝,结芳神于厚夜,同穴知安",与崔道猷之亡女冥婚。又如《大唐故贾君墓志铭并序》言贾氏为其王子贾元与卫氏冥婚云:"君讳元叡……年十七。未有伉俪焉,即

---

① 鲁迅:《中国小说史略》第五篇《六朝之鬼神志怪书上》,第十一篇《宋之志怪及传奇文》,东方出版社1996年版,第28页,第76页。
② 唐临撰,方诗铭辑校:《冥报记》卷中"唐眭仁蒨",中华书局1992年版,第28页。

以聘卫氏女为冥婚。"①《西郡李公墓石》言李氏为李璿与刘氏冥婚也称"未婚而终,父母哀其魂孤"。② 所以,唐代冥婚,一个非常重要的原因就是在鬼神及幽冥观念之下,家人担心早夭未婚青年男女灵魂孤单,因此为其缔结冥婚。而对于未婚的年轻女子,还有借冥婚以合礼,完成灵魂的皈依与袝祭的功能。

另外,未成年或者未婚而亡的女子,死后不能安葬在家族墓地。《礼记·曾子问》:"曾子问曰:'女未庙见而死,则如之何?'孔子曰:'不迁于祖,不袝于皇姑,婿不杖,不菲,不次,归葬于女氏之党,示未成妇也。'"注云:"迁,朝庙也。婿虽不备丧礼,犹为之服齐衰也。"疏云:"将反葬于女氏之党,故其柩不迁朝于婿之祖庙……又不得袝于皇姑庙也。未庙见而死,以其未庙见,不得舅姑之命,示若未成妇。"③亦即如果女子未嫁而死,不得袝牌位于祖庙,也无婿家祖茔可以归葬。因此为了让死者灵魂有所皈依,能够归葬祖茔与袝牌位于皇姑庙,给未婚男女举行冥婚,让他们结婚,是解决这一问题的最佳途径。韦洞"乃冥婚太子家令清河道猷亡第四女为妃而会葬焉,盖古之遗礼也",当据这一传统。陈冲与张氏冥婚后,被合葬于"侯山西南十五□平原之旧茔礼也"。④ 王豫冥婚时,其叔父"悯此孤丧,收附先茔"。⑤

三、冥婚仪式

为早夭的青年男女举行冥婚,对于生者而言,也是一件大事,其仪式一如人间现实生活中的婚姻,隆重而严肃,《纪闻·季攸》言及冥婚仪式之大略:

> 主簿惊叹,乃召胥一问,为杨胥。于是纳钱数万,其父母皆会焉。

---

① 周绍良主编:《唐代墓志汇编》,上海古籍出版社1992年版,第307页。
② 同上,第1592页。
③ 《礼记正义》卷一八《曾子问》,阮元校刻《十三经注疏》,中华书局1982年版,第3015页。
④ 周绍良主编:《唐代墓志汇编》,上海古籍出版社1992年版,第748页。
⑤ 同上,第918页。

攸乃为外生女造作衣裳帷帐，至月一日，又造馔大会。杨氏鬼又言曰："蒙恩许嫁，不胜其喜。今日故此亲迎杨郎。"言毕，胥暴卒，乃设冥婚礼，厚加棺殓，合葬于东郊。①

准备阶段：首先要"纳钱数万"，然后"其父母皆会"，再"造作衣裳帷帐"。冥婚举行当天："造馔大会杨氏"，然后设"冥婚仪式"。整个冥婚过程与仪式，宋康誉之《昨梦录》有较详细说明，其云：

> 北俗，男女年当嫁娶，未婚而死者，两家命媒互求之，谓之"鬼媒"人。通家状细贴，各以父母命，祷而卜之。得卜，即制冥衣。男冠带，女裙帔等毕备。媒者就男墓，备酒果，祭以合婚。设二座相并，各立小幡长尺余者于座后。其未奠也，二幡凝然，直垂不动。奠毕，祝请男女相就，若合卺焉。其相喜者，则二幡微动，以致相合；若一不喜者，幡不为动且合也。又有虑男女年幼或未间教训，男即取先生已死者，书其姓名生时以荐之，使受教，女即作冥器充保母使婢之属。既已成婚，则或梦新妇谒翁姑，婿谒外舅也。不如是，则男女或作祟，见秽恶之迹，谓之男祥女祥，鬼两家亦薄以币帛酬鬼媒，鬼媒每岁察乡里男女之死者而议，资以养生焉。②

大致与现实生活中的男女婚姻过程与仪式相同，故马之骕《中国的婚俗》说："阴婚的手续，与活人嫁娶大同小异，不过聘礼稍有差别，就是不用实物，而是用五色纸制成各种器具，如房屋衣服车马之类，双方言明通婚，即择吉日，各备棺材一口，发掘男女骨骸，遵礼成殓。结婚之日亦通知双方亲友参加婚礼，并备喜筵款待来宾。在行礼时，鼓乐齐鸣，众亲友簇拥护送女棺到男家坟地，与男棺同时入土安葬，从此这一双男女，便在阴间成为夫妇，两家活人从此也就成了姻亲。"③

---

① 李昉等：《太平广记》卷三三三《鬼十八》"季攸"，中华书局2003年版，第2644页。
② 陆楫：《古今说海·说略部》，巴蜀书社1988年版，第464页。
③ 马之骕：《中国的婚俗》，岳麓书社1988年版，第160—161页。

唐代社会现实生活中存在的冥婚现象,投射在小说创作中,留下了诸如《广异记·长洲陆氏女》《纪闻·季攸》与《广异记·王乙》等冥婚题材的小说作品。在这些小说中的冥婚故事叙述中,不难发现,实际上表现了在婚姻不自由的现实生活中,青年男女对爱情的执着追求:生时无法满足,死后也要完成心愿。在表达这一主题上,唐人小说中的冥婚题材或又与人鬼情恋相结合,其表现力与艺术效果则更胜一筹。比如《异闻录·独孤穆》中独孤穆与隋临淄县主鬼魂交接的故事即属此类。① 《异闻录·独孤穆》撰述细致委屈,篇幅较长,融冥婚与人鬼情恋于一体,后有略论,此不赘述。

---

① 李昉等:《太平广记》卷三四二《鬼二十七》"独孤穆",中华书局2003年版,第2709页。

第二章 唐人小说与游戏女神

第一节 女神形象的改构与游戏女神

唐人小说中出现了众多的女神形象，而这些女神，却往往与人们心中长久以来所熟悉的传统形象大相径庭，可以说，唐人小说颠覆了许多传统的女神形象，形成了一组独特的民俗意象，在某种程度上开启了审视传统民间神仙形象的新视角。唐人小说中对传统女神形象的改构，别出心裁而异想翩翩，表现出一种游戏女神的心态，但并无恶意，洋溢着天真与浪漫。以下本节就对此略加申说。另外，此所指女神，乃是概指，除了传统意义上的神女仙姝之外，亦包括鬼女及物妖之类等所有女性神灵怪魅。

一、妖娆的魔母

九子魔母又称九子母、魔母，或鬼子母，是中国民间主掌子息生育的神灵。传说夫妇无子息者，祀之则有应验，唐代韩鄂《岁华纪丽》卷二引《荆楚岁时记》云："四月八日，长沙寺阁下，有九子母神。是日，市肆之人无子者，供养薄饼以乞子。"

九子魔母这个中国民间主掌子息的女神，其实是一个中外"混血"的神灵。其中国血统源自先秦时期的两位女性，其一为屈原《天问》中提到的女歧，《天问》有云："女歧无合，夫焉取九子？伯强何处？惠气安在？"女歧无夫而育九子，类于姜嫄、简狄之生稷、契，故民间神之，称九子母。其二为春秋时鲁之母师，刘向《列女传》卷一《鲁之母师》载，鲁有寡母，育九子，有德行，鲁君嘉之，尊为母师，称九子母。其外国血统源自佛教，佛教中有鬼子母，或称魔母，音译诃利帝母，传说生有五百子，逐日吞食王舍城中的童子，后经佛祖点化，成为护佑儿童的女神。

中国民间在佛教传入之前就已崇奉以母师及女歧为原型的九子母神，据《汉书·成帝纪》颜师古注引应劭曰："甲观在太子宫甲地，主用乳生也，画堂画九子母。"应劭所言，表明在汉代就已有九子母崇拜了。明周婴在《卮林》卷三《九子母》针对应劭之言又说："但自佛教东来，后汉时翻译尚寡，亦无九子母之说，此宋凉以后妖僧伪为其名耳。且九子母，鬼也，帝寝皇宫岂宜图写鬼魅乎？按，《列女传》鲁有九子之母，教儿造次于礼，鲁人以为母师。甲观既燕闲内寝，后妃所居，则画九子者，取蕃育之义，画其母者，取礼法之宗，亦何足怪乎？"①周婴之辨，其实也正说明民间的九子魔母是一个中外融合的神灵。佛教传入中国后，由于女歧、母师与魔母都有多子的特点，在民间遂合而为一。这或许也正是九子魔母为何有诸多别名的原因。

九子魔母在唐代民间崇奉甚盛，人们对九子魔母的态度，应该说是十分微妙的，唐孟棨撰《本事诗·嘲戏》载裴谈一段言论，可窥其中大略，其云："中宗朝，御史大夫裴谈，崇奉释氏，妻悍妒，谈畏之如严君。尝谓人：'妻有可畏者三，少妙之时，视之如生菩萨；及男女满前，视之如九子魔母，安有人不畏九子魔母耶？及五十、六十，薄施妆粉，或黑，视之如鸠盘荼，安有人不畏鸠盘荼？'"②明彭大翼《山堂肆考》卷九四《亲属·畏如魔母》条按语解释九子魔母："九子母，鬼母也，生子最多。"③因其能给人子息，护佑儿童，故崇敬之，又因其为鬼母，故畏惧之。

但在唐人小说中，九子魔母却完全是另一种形象，或为年轻美艳的女子，或为妖媚无比的美妇，行走人间，或戏弄为其塑像的信众，或勾引年少的行者，全然不见母亲及儿童守护神的特征。

在唐人小说《会昌解颐》及《河东记》中，有《黑叟》(《太平广记》卷四一)一篇，小说中九子魔母化为美艳的女子，与黑叟一起，毁坏了皇甫政出

---

① 周婴：《卮林》卷三，文渊阁《四库全书》本，第858册，第64页上。
② 孟棨撰，李学颖校点：《本事诗》嘲戏第七，《唐五代笔记小说大观》下册，上海古籍出版社2000年版，第1253页。
③ 彭大翼：《山堂肆考》卷九四，文渊阁《四库全书》本，第97册，第734页上。

巨资为其重绘的画像。故事大略云：越州观察使皇甫政妻陆氏，有姿容而无子息，其州宝林寺有魔母堂，于是前往求之，并许之若得子，将重构堂宇及画像。后陆氏果然得子，遂出巨资构堂绘像，既成，举行盛大法会。在法会上，有一黑叟来至，直上魔母堂，"举手锄以斫其面"，毁坏了魔母绘像，称画工罔上，其所绘之像不逮生人，还赶不上其"田舍老妻"（即九子魔母所化）。于是皇甫政招来其妻：

> 政令十人随叟召之。叟自苇庵间，引一女子，年十五六，薄傅粉黛，服不甚奢，艳态媚人，光华动众。顷刻之间，到宝林寺。百万之众，引颈骇观，皆言所画神母，果不及耳。引至阶前，陆氏为之失色。政曰："尔一贱夫，乃蓄此妇，当进于天子。"叟曰："待归与田舍亲诀别也。"政遣卒五十，侍女十人，同诣其家。至江欲渡，叟独在小游艇中，卫卒、侍女、叟妻同一大船。将过江，不觉叟妻于急流之处，忽然飞入游艇中。人皆惶怖，疾棹趋之，夫妻已出，携手而行。又追之，二人俱化为白鹤，冲天而去。①

魔母竟然是"年十五六"的女子，"薄傅粉黛，服不甚奢，艳态媚人，光华动众。"以致"百万之众，引颈骇观"。

《黑叟》中魔母对人间的崇拜与感激似乎十分反感，虽美艳却不涉妖淫；但在另一篇唐人小说《玉堂闲话·南中行者》中，魔母却变成了一个"淫物"（见《情史》卷一九《九子魔母》冯梦龙按语）：

> 南中有僧院，院内有九子母像，装塑甚奇。尝有一行者，年少，给事诸僧，不数年，其人渐甚羸瘠，神思恍惚，诸僧颇怪之。有一僧见此行者至夜入九子母堂寝宿，徐见一美妇人至，晚引同寝，已近一年矣。僧知塑像为怪，即坏之，自是不复更见，行者亦愈，即落发为沙门。②

---

① 李昉等：《太平广记》卷四一《神仙四十一》"黑叟"，中华书局2003年版，第260页。
② 李昉等：《太平广记》卷三六八《精怪一》"南中行者"，中华书局2003年版，第2931页。

这里,九子魔母化为美妇,与年少行者交媾,致其"甚羸瘠","神思恍惚",则此魔母仿佛近于淫荡之妖魅了。

而在《续定命录·李行修》中,九子魔母却又似乎成为一个有求必应的神灵,小说中的李行修经稠桑王老指点,去幽冥之地见其亡妻,就是由九子魔母派人相送的。当然,这是李行修回来后,询问老人才知道的:"老人曰:'须谢九娘子遣人相送。'行修亦如其教。行修困惫甚,因问老人曰:'此等何哉?'老人曰:'此原上有灵应九子母祠耳。'"①

另外,在冯梦龙《情史》卷一九所录《九子魔母》中,九子魔母又化为媚态横生的美艳女郎,与常州"美风度"的少年吴生生出了一段浪漫的人仙情恋。故事大略云,常州吴生,髫年美风度,一日徒行毗陵城上,遇一女郎,年稍长于吴生,但"姿容妖媚,韵度绰约","顾盼之间,辄通眉语",主动与吴生接近,吴生情不自禁,携归。小说中描绘了九子魔母的美艳,如称其"昼则作女真装束,常服淡靓,不加新采;晚则花钿满髻,浓艳照人,左右见者,无不荡魂"。也描绘了九子魔母的神异,如云其小妆奁中,有"碧玉圭","简之圭足,乃有'玉帝'二字,填金所书","暇则私向吴生说天上事,及诸神仙变幻",如此种种。后吴生家人忧吴生为邪所魅,阴请道士治之,魔母乃去。②

可见,不同小说中的九子魔母形象,有着巨大的差别,这也从一个侧面反映出民俗意象意蕴的丰富和复杂。

二、不贞的织女

牛郎织女是中国古老的民间传说之一,牛郎织女为银河阻隔的情节以及一年一度七夕相会的结局,让千百年来多少人为之一掬感伤之泪。

牵牛织女本为星宿,明周祈《名义考》卷一《天部·牛女》云:"焦林《太斗纪》:天河之西,有星煌煌,与参俱出,谓之牵牛;天河之东,有星微微,在氐之下,谓之织女。牵牛一名河鼓,讹为黄姑。"③后人们据二星宿

---

① 李昉等:《太平广记》卷一六〇《定数十五》"李行修",中华书局2003年版,第1150页。
② 冯梦龙:《情史》卷一九《情疑类》,江苏古籍出版社1993年版,第721页。
③ 周祈:《名义考》卷一,文渊阁《四库全书》本,第856册,第305页上。

而演绎出这一爱情传说,流行民间。宋王观国《学林》卷四《牛女》就说:"又世传织女嫁牵牛,渡河相会。观国案:《史记》《汉》《晋》天文书,河鼓星随织女星、牵牛星之间,世俗因傅会为渡河之说,渫渎上象,无所根据,惟《淮南子》云乌鹊填河成桥而渡女……"①其所云"乌鹊填河成桥而渡女"之事,见于《白孔六帖》卷九,而今本《淮南子》无,《四库提要》云:"白居易《六帖》引乌鹊填河事,云出《淮南子》,而今本无之,则尚有脱文也。"

牛郎织女传说出现很早,汉代王逸的《九思》中就已有"与织女兮合婚,举天罼兮掩邪"(见《楚辞章句》卷一七)的句子,《白孔六帖》卷九《桥》"乌鹊"条下引《淮南子》言:"乌鹊填河成桥,而渡织女。"也就是说,至迟在汉代,牛郎织女的故事就已基本定型和广泛流传。

牛郎织女故事,主要是作为一个坚贞执着的凄美爱情意象而存在于中国的民族文化中,被历代诗文反反复复地歌咏着。如曹植《九咏》赋云:"临回风兮浮汉渚,目牵牛兮眺织女。交有际兮会有期,嗟痛吾兮来不时。"李白在《拟古十二首》诗之一中云:"青天何历历,明星白如石。黄姑与织女,相去不盈尺。银河无鹊桥,非时将安适。"孟郊《古意》诗云:"河边织女星,河畔牵牛郎。未得渡清浅,相对遥相望。"秦观《鹊桥仙》词云:"纤云弄巧,飞星传恨,银汉迢迢暗度。金风玉露一相逢,便胜却人间无数。"

牛郎织女故事见于小说,始于魏晋六朝,西晋张华《博物志》中的《浮槎》一篇,也就是著名的"八月浮槎"的原典,有牛郎织女事,其大略言有居海渚之人,年年八月浮槎泛海,一年,经十余日,"奄至一处,有城郭状,屋舍甚严。遥望宫中多织妇,见一丈夫牵牛渚次饮之"。②后还,访严君平,方知看到的是织女牛郎。故事中使用了民间传说中牛郎织女居银河两岸的意象,不过,故事中牛郎牵牛而饮,织女在宫中纫织,他们似乎幸福地生活在一起,过着男耕女织的生活。

其后,梁代吴均的《续齐谐记》则较为完整地保留了民间传说中七夕相会的意象,其云:

---

① 王观国:《学林》卷四,文渊阁《四库全书》本,第851册,第94页上。
② 张华撰,范宁校正:《博物志校正》卷一〇《杂说下》,中华书局1980年版,第111页。

桂阳成武丁,有仙道,常在人间,忽谓其弟曰:"七月七日,织女当渡河,诸仙悉还宫。吾向已被召,不得停,与尔别矣。"弟问曰:"织女何事渡河?去当何还?"答曰:"织女,天之真女也,暂诣牵牛,吾后三千年当还。"明日,失武丁所在,世人至今犹云七月七日织女嫁牵牛。①

故事中的牛郎织女,被阻隔在天河两岸,只有每年的七夕,才能相见一次。只是在他们相会的这一天,"诸仙悉还宫"而已,从而巧妙地表现了成武丁是得道仙官的主题。

魏晋六朝小说中基本保存了牛郎织女传说的原貌,然而,在唐人小说中,牛郎织女传说却遭到了改构,牛郎织女的形象、特别是织女的形象也发生了颠覆性的变化。

在张荐的小说集《灵怪集》中,有《郭翰》一篇,其略云:太原有一青年郭翰,少简贵,有清标,姿度美秀,善谈论,工草隶。早孤独处,当盛暑,乘月卧庭中。有仙女来降,愿与交欢:

> 时有清风,稍闻香气渐浓,翰甚怪之。仰视空中,见有人冉冉而下,直至翰前,乃一少女也。明艳绝代,光彩溢目,衣玄绡之衣,曳霜罗之帔,戴翠翘凤凰之冠,蹑琼文九章之履。侍女二人,皆有殊色,感荡心神。翰整衣巾,下床拜谒曰:"不意尊灵迥降,愿垂德音。"女微笑曰:"吾天上织女也,久无主对,而佳期阻旷,幽态盈怀,上帝赐命游人间。仰慕清风,愿托神契。"翰曰:"非敢望也,益深所感。"女为敕侍婢净扫室中,张霜雾丹縠之帱,施水晶玉华之簟,转会风之扇,宛若清秋。乃携手升堂,解衣共卧。其衬体轻红绡衣,似小香囊,气盈一室。有同心龙脑之枕,覆双缕鸳文之衾。柔肌腻体,深情密态,妍艳无匹。②

---

① 吴均:《续齐谐记》"成武丁",李剑国辑释《唐前志怪小说辑释》(修订本),上海古籍出版社2011年版,第633—634页。
② 李昉等:《太平广记》卷六八《女仙十三》"郭翰",中华书局2003年版,第420页。

传说中忠贞的织女,居然主动下降人间,与郭翰婚恋!当郭翰问:"牵郎何在?那敢独行?"她却说:"阴阳变化,关渠何事!且河汉隔绝,无可复知,纵复知之,不足为虑。"俨然一个背情弃义之人。而在七夕来临之时,她又跑回天上,与牛郎相会,"后将至七夕,忽不复来,经数夕方至"。当郭翰问其"相见乐乎"时,她竟然笑而对曰:"天上那比人间!正以感运当尔,非有他故也,君无相忌。"用情不专不贞,又与荡妇无异。

张荐《灵怪集·郭翰》,可以说颠覆了牛郎织女传说中织女的美好形象,织女由一个忠于爱情、坚贞守望爱情的之人,变成一个不专不贞的风流天仙。而牛郎似乎没有改变,还在银河边守望一年一度的相会,他在织女的眼中,已经变得不重要了,与他每年一度的相会,也变成"感运当尔"的应付而已。

在另一篇唐人小说杜光庭《神仙感遇传》中的《姚氏三子》(《太平广记》卷六五)中,织女也变为妖艳的女仙,与另外两位仙女,通过下凡与人为婚的方式,令人"长生度世,位极人臣"。她们选中了姚氏三子,当然,由于姚氏三子没有做到保守秘密、"百日不泄于人"的要求,织女等遂弃之而去。后经一"硕儒"点破,姚氏父方知是织女、婺女、须女星"降下人间,将福三子",懊悔不已,但为时已晚,三子返,"至则三女邈然如不相识"。

当然,在唐人小说中,织女也有以尊神面目降临的形象。如《神仙感遇传·郭子仪》中的织女,就是一位来预言郭子仪将"大富贵,亦寿考"的尊神形象:

> 郭子仪,华州人也。初从军沙塞间,因入京催军食,回至银州十数里,日暮,忽风砂陡暗,行李不得,遂入道旁空屋中,籍地将宿。既夜,忽见左右皆有赤光,仰视空中,见辎軿车绣屋中,有一美女,坐床垂足,自天而下,俯视。子仪拜祝云:"今七月七日,必是织女降临,愿赐长寿富贵。"女笑曰:"大富贵,亦寿考。"言讫,冉冉升天,犹正视子仪,良久而隐。①

---

① 李昉等:《太平广记》卷一一九《神仙十九》"郭子仪",中华书局2003年版,第131页。

另外，在唐人小说中，也并不是只有织女变得不贞，同样不贞的，还有华岳三夫人。三位夫人乘岳神上计于天之际，与人间男子李湜偷欢。《广异记·李湜》云：

> 赵郡李湜，以开元中，谒华岳庙。过三夫人院，忽见神女悉是生人，邀入宝帐中，备极欢洽。三夫人迭与结欢，言终而出。临诀谓湜曰："每年七月七日至十二日，岳神当上计于天，至时相迎，无宜辞让。今者相见，亦是其时，故得尽欢尔。"自尔七年，每悟其日，奄然气尽。家人守之，三日方悟，说云："灵帐璕筵，绮席罗荐，摇月扇以轻暑，曳罗衣以纵香，玉佩清冷，香风斐亹，候湜之至，莫不笑开星靥，花媚玉颜。叙离异则涕零，论新欢则情洽。三夫人皆其有也。湜才伟于器，尤为所重，各尽其欢情。及还家，莫不惆怅呜咽，延景惜别。"湜既悟，形貌流泱，辄病十来日而后可。有术者见湜云："君有邪气。"为书一符，后虽相见，不得相近。二夫人一姓王，一姓杜，骂云："酷无行，何以带符为！"小夫人姓萧，恩义特深，涕泣相顾，诫湜三年勿言，言之非独损君，亦当损我。湜问以官，云合进士及第，终小县令。皆如其言。①

检视《郭翰》等唐人小说对牛郎织女传说的改构，其用心并无恶意，不像《补江总白猿传》等小说，用以诽谤他人。这只是文人炫耀异想、呈竞才华的一种表现方式。但这种改构无疑给我们提供了观照民间传说的另一种方式。

三、卑下的上元夫人

上元夫人是中国民间颇为人知的神姝之一，《太平广记》云："上元夫人，道君弟子也。亦玄古已来得道，总统真籍，亚于龟台金母。所降之处，

---

① 戴孚撰，方诗铭辑校：《广异记》"李湜"，中华书局1992年版，第51—52页。

多使侍女相闻,已为宾侣焉。"①

上元夫人最多的仙迹,出现在《汉武内传》中,在这里,上元夫人为西王母之宾从,王母向汉武帝介绍上元夫人,云"此真元之母,尊贵之神,女当起拜",可见其品级甚高。时王母降汉武帝,乃"遣侍女郭密香与上元夫人相问",邀请上元夫人亦至汉宫,不久,上元夫人至:

> 当二时许,上元夫人至,来时亦闻云中箫鼓之声。既至,从官文武千余人,皆女子,年同十八九许,形容明逸,多服青衣,光彩耀日,真灵官也。夫人年可廿余,天姿清辉,灵眸绝朗,服赤霜之袍,云彩乱色,非锦非绣,不可名字。头作三角髻,余发散垂至腰。戴九灵夜光之冠,带六出火玉之佩,垂凤文琳华之绶,腰流黄挥精之剑。上殿向王母拜,王母坐而止之,呼同坐,北向,夫人设厨,厨之精珍,与王母所设者相似。②

后上元夫人乃对汉武帝言道,上元夫人言毕,王母抚汉武帝背曰:"汝用上元夫人至言,必得长生,可不勖勉耶?"其言深为王母所赏。末上元夫人又授汉武帝"六甲灵飞十二事",随王母而去。

如此淑美尊贵的女神,在唐人小说中,却为了与一个普通书生交接,三番降临,委屈而卑下。

在裴铏《传奇》中,有《封陟》一篇,言上元夫人降封陟事。其大略云:唐宝历中孝廉封陟,貌态洁朗,性颇贞端,志在典坟,居于少室。一日夜半,有仙姝来降:

> 时夜将午,忽飘异香酷烈,渐布于庭际。俄有辎軿自空而降,画轮轧轧,直凑檐楹。见一仙姝,侍从华丽,玉佩敲磬,罗裙曳云,体欺皓雪之容光,脸夺芙蕖之艳冶。正容敛衽而揖陟曰:"某籍本上仙,谪

---

① 李昉等:《太平广记》卷五六《女仙一》"上元夫人",中华书局2003年版,第346页。按:此条注出《汉武内传》,而此段文字当不出《汉武内传》。
② 班固撰,钱熙祚校:《汉武帝内传》,《丛书集成初编》本,中华书局1985年版,第7页。

居下界,或游人间五岳,或止海面三峰。月到瑶阶,愁莫听其凤管;虫吟粉壁,恨不寐于鸳衾。燕浪语而徘徊,莺虚歌而缥缈。宝瑟休泛,虬觥懒斟。红杏艳枝,激含嚬于绮殿;碧桃芳萼,引凝睇于琼楼。既厌晓妆,渐融春思。伏见郎君,坤仪浚洁,襟量端明,学聚流萤,文含隐豹。所以慕其真朴,爱以孤标,特谒光容,愿持箕帚,又不知郎君雅意如何?"①

面对"体欺皓雪之容光,脸夺芙蕖之艳冶"的上元夫人,封陟却不解风情,拒绝了上元夫人的请求:"必不敢当神仙降顾,断意如此,幸早回车。"而上元夫人则云:"某乍造门墙,未申恳迫,辄有诗一章奉留,后七日更来。"并不放弃,告诉封陟七日后再来。后七日,上元夫人果来,以"艳媚巧言",卑下恳请,希望封陟"幸垂采纳,无阻精诚",能够接纳她。

  骑从如前时,丽容洁服,艳媚巧言。入白陟曰:"某以业缘遽萦,魔障欻起,蓬山瀛岛,绣帐锦宫,恨起红茵,愁生翠被。难窥舞蝶于芳草,每妒流莺于绮丛。靡不双飞,俱能对跱,自矜孤寝,转憎空闺。秋却银釭,但凝眸于片月;春寻琼圃,空抒思于残花。所以激切前时,布露丹恳,幸垂采纳,无阻精诚,又不知郎君意竟如何?"②

如此诚恳,却又被封陟所拒,但上元夫人仍然不放弃,"愿不贮其深疑,幸望容其陋质,辄更有诗一章,后七日复来"。后七日又来,依然卑下为言,人生短暂,许为封陟致三松之寿:

  后七日夜,姝又至,态柔容冶,靓衣明眸。又言曰:"逝波难驻,西日易颓,花木不停,薤露非久。轻沤泛水,只得逡巡,微竹当风,莫过瞬息。虚争意气,能得几时,恃顽韶颜,须臾槁木。所以君夸容鬓,尚未凋零,固止绮罗,贪穷典籍。及其衰老,何以任持?我有还丹,颇能

---
① 裴铏撰,周楞伽辑注:《传奇》"封陟",上海古籍出版社1980年版,第65页。
② 同上。

驻命,许其依托,必写襟怀,能遣君寿例三松,瞳方两目,仙山灵府,任意追游。莫种槿花,使朝晨而骋艳;休敲石火,尚昏黑而流光。"①

而封陟竟然怒斥上元:"我居书斋,不欺暗室,下惠为证,叔子为师。是何妖精,苦相凌逼,心如铁石,无更多言,倘若迟回,必当窘辱。"上元夫人无奈,只得无限感伤地留诗而去,希望封陟能有所感动,无奈封陟"意不易"而最终无果。

当然,封陟不知此即上元夫人,当他为太山所追、行于黄泉之路时,值上元夫人游太山,为其所救,才知其昔日所遇乃上元夫人。

与《传奇·封陟》中的上元夫人相似的神女,还有《逸史·太阴夫人》中的太阴夫人(《太平广记》卷六四),因"奉上帝命遣人间,自求匹偶耳",又见卢杞有仙相,故遣麻婆传意,但最终卢杞却并不因为她的尊贵以及百日升天、常住水晶宫、寿与天毕的礼待而与之结合,空留遗憾。又有陈翰《异闻集·韦安道》中的后土夫人(《太平广记》卷二九九),因"冥数合为匹偶"而下嫁"举进士久不第"的韦安道。

四、游戏女神

唐人小说对女神形象的改构,颠覆了长期流传于民间的传统女神形象,从上文对唐人小说中九子魔母形象、织女形象以及上元夫人形象的分析可以看到,这种改构实并无恶意,洋溢其间的是一种天真与浪漫的游戏心态而已。

我们知道,唐人小说多产生于"昼宴夜话,各征其异说"的文人宴谈之间,然后"握管濡翰,疏而存之"。韦绚《刘宾客嘉话录序》言及《刘宾客嘉话录》的创作过程时说:"文人剧谈,卿相新语,异常梦话,若谐谑卜祝、童谣佳句,即席听之,退而默记……"②这一说法是颇具代表性的。如沈既济在《任氏传》中言及《任氏传》的创作时说:

---

① 裴铏撰,周楞伽辑注:《传奇》"封陟",上海古籍出版社1980年版,第66页。
② 韦绚撰,阳羡生校点:《刘宾客嘉话录》序,《唐五代笔记小说大观》,上海古籍出版社2000年版,第792页。

建中二年,既济自左拾遗与金吾将军裴冀、京兆少尹孙成、户部郎中崔儒、右拾遗陆淳,皆谪官东南,自秦徂吴,水陆同道。时前拾遗朱放,因旅游而随焉。浮颍涉淮,方舟沿流,昼宴夜话,各征其异说。众君子闻任氏之事,共深叹骇,因请既济传之,以志异云。①

白行简在《李娃传》中说:

予伯祖尝牧晋州,转户部,为水陆运使,三任皆与生为代,故谙详其事。贞元中,予与陇西公佐话妇人操烈之品格,因遂述汧国之事。公佐拊掌竦听,命予为传。乃握管濡翰,疏而存之。时乙亥岁秋八月,太原白行简云。②

唐人小说由于多出于这种"剧谈""宴话",故其带有游戏性质则不足奇怪,石昌渝先生即认为"娱乐刺激了传奇小说",他认为"唐代传奇小说有许多作品就产生在闲谈故事中","这种征异话奇的消遣娱乐需要,成为传奇小说的根本动力"。③

唐人思想活跃,言论比较自由,禁忌也相对较少,什么话题几乎都可以谈论,甚至最高统治者皇帝的宫闱秘事。元稹在《行宫》诗中说:"白头宫女在,闲坐说玄宗。"宫女可以闲说皇帝,民间士人则更无妨了。故唐人小说中有很多记录或描写皇帝、卿相、文武重臣遗闻轶事的作品,甚至还有虚构故事以为调侃乃至诽谤之用,如《周秦行纪》《补江总白猿传》等即是。

既然皇帝及朝廷重臣可以调侃之,游戏之,神仙又何尝不可。如《黑叟》,即是以神仙自己来毁坏自己的塑像,反对神仙崇拜,嘲笑、愚弄越州

---

① 沈既济:《任氏传》,李剑国辑校《唐五代传奇集》第二编卷一,中华书局2015年版,第442页,第443页。
② 白行简:《李娃传》,李剑国辑校《唐五代传奇集》第二编卷一五,中华书局2015年版,第905—906页。
③ 石昌渝:《中国小说源流论》第四章《传奇小说》第一节《传奇小说的兴起》,三联书店1994年版,第146—148页。

观察使皇甫政。当然,小说在嘲笑、愚弄皇甫政的同时,作为女神的九子魔母也被游戏性地改构了。

《灵怪集·郭翰》中的游戏意蕴则更显而易见,行文充满轻松与调侃。织女初来,见郭翰,是"微笑"与郭翰语,轻松地介绍自己:"吾天上织女也,久无主对,而佳期阻旷,幽态盈怀,上帝赐命游人间。仰慕清风,愿托神契。"而在二人"情好转切"之后,郭翰与织女也并不介意牛郎,郭翰甚至以调笑的口吻戏问织女何以面对牛郎:

> 翰戏之曰:"牵郎何在,那敢独行?"
> 对曰:"阴阳变化,关渠何事!且河汉隔绝,无可复知,纵复知之,不足为虑。"

在《传奇·封陟》中,虽少了《灵怪集·郭翰》的轻松与调侃,但小说中细致地描写上元夫人几次三番卑下降临、委曲而恳切地诉说心意,游戏尊神以此获得满足的心态甚明,其间所传达的隐微心理下文将有略析,此不赘述。

第二节 人神、人鬼、人妖情恋与爱情幻想

唐人小说对女神形象的改构,在绝大多数情况下是通过人神情恋来实现的。翻检唐人小说,不难发现,唐人小说中有大量的人神情恋故事以及与之有相同属性的人鬼情恋和人妖情恋故事,在这些人神、人鬼、人妖情恋故事中,情恋多发生在士子与女神、女鬼、女妖之间,可以说,人神情恋以及人鬼情恋、人妖情恋是唐人小说改构女神形象、颠覆女神形象的一种主要方式,亦是唐人游戏女神的一种主要形式。而在这种游戏女神的人神情恋以及人鬼情恋、人妖情恋中,亦折射出唐代士子内心在情恋方面难以言说的隐秘。本节拟对此略加阐说。

一、唐人小说中的人神情恋

人神情恋见之于文学,可以追溯到宋玉的《高唐赋》与《神女赋》,在

这两篇作品中,宋玉开创了人神情恋题材类型,并创造了一种人神相恋、交接而又最终却因人神殊途而离别的人神情恋情节模式,为后世此类题材的文学作品所继承,如曹植的《洛神赋》等。中国古代小说中的人神情恋故事,亦基本以这一模式来建构故事情节。

中国古代小说中的人神情恋故事,就其创作初衷而言,主要在于表现所谓的仙凡感通、人神感应以及度人济世等思想。从现存资料看,题刘向所作《孝子传》中的《董永》,当是此类故事之早出者。《董永》故事流传颇广,干宝《搜神记》亦载,其文云:

> 董永父亡,无以葬,乃自卖为奴。主知其贤,与钱千万遣之。永行三年丧毕,欲还诣主,供其奴职。道逢一妇人曰:"愿为子妻。"遂与之俱。主谓永曰:"以钱丐君矣。"永曰:"蒙君之恩,父丧收藏。永虽小人,必欲服勤致力,以报厚德。"主曰:"妇人何能?"永曰:"能织。"主曰:"必尔者,但令君妇为我织缣百匹。"于是永妻为主人家织,十日而百匹具焉。主惊,遂放夫妇二人而去。行至本相逢处,乃谓永曰:"我是天之织女,感君至孝,天使我偿之。今君事了,不得久停。"语讫,云雾四垂,忽飞而去。①

织女之下嫁董永,乃是因为上天感董永至孝,乃使织女助其偿债。可见,《董永》故事在表现人神感通的思想中,注入了道德因素,借人神遇合表达对孝道的旌扬,成为孝感故事。在唐前小说中,有相当多的人神遇合故事,把人神遇合的因由,主要归之于上天出于对人间男子孝诚勤俭等美好品德的回报。除《董永》故事外,《搜神记·白水素女》亦属此类,故事写晋安侯官谢端孤贫无妻,"恭谨自守,不履非法",天帝哀之,令天汉中白水素女下就守舍炊烹,素女化螺而助之。其后离去,素女临别之言,表达了和《董永》中织女类似的降临因由:"我天汉中白水素女也。天帝哀卿少孤,恭慎自守,故使我来,权相为守舍炊烹……"②白水素女来降,也

---

① 干宝撰,李剑国辑校:《新辑搜神记》卷八《董永》,中华书局2012年版,第136页。
② 干宝撰,李剑国辑校:《新辑搜神记》卷七"白水素女",中华书局2012年版,第117页。

是因为谢端有恭慎自守之美德的缘故。略有不同的是，在《白水素女》中，并未言及素女与谢端结合，但基本情节及主题与《董永》却是一致的。

唐前的人神情恋故事，就人神情恋发生的因由而言，除了这种道德回报之外，另一类就是所谓的因缘神契之故，神女来降。在此一类型的人神情恋中，人间男子并没有什么突出的美德，有时，神女来降的直接原因常出于上天对神女孤苦的哀怜或者是因为神女有过而被谪降人间，故其间的人神感通思想体现得更明显一些。如张敏《神女传》，天上玉女成公智琼降济北国从事弦超，智琼言于弦超云："我天上玉女，见遣下嫁，故来从君。不谓君德，盖宿时感运，宜为夫妇……"①成公智琼明确说"不谓君德"，乃是"见遣下嫁"和"宿时感运"这里所谓"见遣下嫁""宿时感运"，即是出于因缘神契。又如《杜兰香传》，神女杜兰香来降张硕，小婢言于张硕云："阿母所生，遣授配君，君不可不敬从。"②再如《八朝穷怪录·刘子卿》中神女降子卿，神女亦言于子卿曰："感君之爱，故来相诣"，"今者与郎契合，亦是因缘"。③

唐人小说中也出现了大量的人神情恋故事，相较于唐前的人神情恋故事，唐代的人神情恋故事，既有对唐前此类故事范型基本情节演进模式的承继，又有许多新变，这里，本文试以《崔书生》为例并兼及其他唐人小说略作解析。

《崔书生》是唐人小说中一个典型的人神遇合故事。《崔书生》出自牛僧孺《玄怪录》，除《太平广记》引录外，《类说》节载，题作《王母玉女卮娘子》，《绀珠集》节载，题作《玉卮娘子》，《锦绣万花谷》前集卷一七节引作《玉卮娘》，《三洞群仙录》卷一一引作《玉卮娘子》，《绿窗新话》卷上亦节引，题《崔生遇玉卮娘子》，《情史》卷一九作《玉卮娘子》。程毅中先生点校《玄怪录》，将其录于卷四。④ 小说叙开元天宝年间崔书生与王母第三女玉卮娘子遇合之事。崔生好植花竹，居于东州逻谷口，后遇一女郎率

---

① 张敏：《神女传》，李剑国《唐前志怪小说史》，人民文学出版社2011年版，第447页。
② 曹毗：《杜兰香传》，李剑国《唐前志怪小说史》，人民文学出版社2011年版，第453页。
③ 李昉等：《太平广记》卷二九五《神五》"刘子卿"，中华书局2003年版，第2352页。
④ 牛僧孺撰，程毅中点校：《玄怪录》卷四"崔书生"，中华书局2014年版，第35—37页。

数名老少青衣数过其前,崔生为其殊色所吸引,欲留之与谈,女郎不顾而过,后得女郎一老青衣相助,娶得女郎为妻。崔生母见女郎,忧其妖美无双,恐为狐媚,言于崔生。女郎得知,请别去。于是,崔生洒泪送归于逻谷中,女郎赠崔生白玉合子而别。后有胡僧来至,告崔生白玉合子乃至宝,并以百万市之,崔生诧异,问女郎为谁,胡僧乃告崔生,女乃王母第三女玉卮娘子。

在《崔书生》中,崔生与玉卮娘子发生情恋的因由,乃是因为玉卮多次经过崔生居所之前,崔生为其"殊色"所吸引,于是展开追求,经过努力,终于赢得芳心。小说用了相当多的笔墨描写这一过程。先是崔生见玉卮经过,"有殊色"而心动,因为玉卮马快,崔生"未及细视"而玉卮已过。第二天,崔生为了接近玉卮,以便"细视",做了精心准备:事先"致酒茗罇杓,铺陈茵席";见其经过时,及时"迎马首"而问,并以自己性好花木,此时正是园中花木繁茂为由,邀女郎下马歇息:"某以性好花木,此园无非手植。今香茂似堪流盼。伏见女郎频自而过,计仆驭当疲,敢具箪醪,希垂憩息。"崔生可谓用尽心机。但并未成功,玉卮"不顾而过"。正当崔生失望之时,玉卮的青衣却鼓励崔生:"但具酒馔,何忧不至。"意谓:只要心诚,必能成功。于是次日,崔生"又于山下别致醪酒",等待玉卮经过,待其来,更"鞭马随之,到别墅之前,又下马拜请"。如此行事,可谓心诚志坚。崔生的执着,换来了玉卮一老青衣的帮助,老青衣"自控女郎马至堂寝下",使崔生获得了与玉卮相见的机会,并愿意主动为媒妁。最后,崔生终于娶得玉卮为妻。

可以看出,《崔书生》在人神情恋因由的设计上,已经不再是唐前此类小说中对男主人公的道德回报或人神冥冥中的因缘神契了,而是出于相互之间的悦慕。另外,《崔书生》中人神情恋的发生已不再是神女主动降临,而是人间男子主动执着地追求神女的结果。这是一个非常值得注意的地方。不仅《崔书生》如此,唐人小说中的其他人神遇合故事,在人神遇合的因由设计上,虽仍以因缘神契为托词,但人神遇合的主要原因,则多出于两相悦慕,或神女为人间男子的风神气度所吸引,或人间男子为神女的殊色所倾倒,从而生出一段人神情恋来。如戴孚《广异记·汝阴人》中的汝阴男子许生与神女的遇合,虽也称"然此亦冥期神契,非至精相感,何能及此。"但小说中突出的是许生"为人白皙,有姿调",神女慕其"盛德","欲托良缘";神女"艳丽无双","清声哀畅,容态荡越,殆不自持",而许生"不胜其情",从而坠入其爱河。① 又如张荐《灵怪集·郭翰》,郭翰"少简贵,有清标,姿度美秀,善谈论,工草隶",是一个容貌俊美、善谈工书的才子,而织女则"明艳绝代,光彩溢目",织女来降,自言:"仰慕清风,愿托神契。"是被郭翰的风神气度所吸引。② 再如陈劭《通幽记·赵旭》中,神女之所以与赵旭情恋,如神女自言:"以君气质虚爽,体洞玄默,幸托清音,愿谐神韵。"③亦是因为被其神韵所倾倒的缘故。

崔生与玉卮的情恋,最后还是以分离而终,就此而言,《崔书生》在故事的主体情节模式上,仍基本承袭唐前以来人神情恋故事的基本模式。分别之因,是因为崔生母见玉卮"妖美无双","恐是狐媚之辈",崔母的这种看法,伤害了玉卮,所以,玉卮请去:"本侍箕帚,便望终天,不知尊夫人待以狐媚辈,明晨即便请行,相爱今宵耳。"小说对崔生与玉卮的分别,也作了细致的描写。有崔生相送入逻谷,玉卮姊及青衣侍从对崔生的责诮,宴食崔生,临别赠白玉合子等情节,最后崔生离开逻谷,"行至逻谷,回望千岩万壑,无径路,自恸哭归家"。

人神情恋故事情节模式中注定的分离结局,为抒发忧伤情怀提供了绝好背景,故唐人的人神情恋故事,多借这种传统情节模式的基本架构,来宣泄情感,他们往往把那种两相悦慕却无法长相厮守的感伤与苦痛写得委婉缠绵,诗意无限,实际上已将人神情恋故事范型,变成一种情感宣泄的载体。如沈亚之《感异记》、张读《宣室志·谢翱遇鬼诗》,从文字比例可知,小说的重心是在离别之时和离别以后,并在这两部分通过男女主人公的吟咏方式而大量引入表现离愁别恨的诗、赋,使整篇小说笼罩着浓郁的感伤情怀。《宣室志·谢翱遇鬼诗》中谢翱与"美人"分别,以诗相互咏答:"翱怅然,因命笔赋诗曰:'阳台后会杳无期,碧树烟深玉漏迟。半

---

① 戴孚撰,方诗铭辑校:《广异记》"汝阴人",中华书局1992年版,第55—56页。
② 李昉等:《太平广记》卷六八《女仙》"郭翰",中华书局2003年版,第420页。
③ 李昉等:《太平广记》卷六五《女仙十》"赵旭",中华书局2003年版,第404页。

夜香风满庭院,花前竟发楚王诗。'美人览之,泣下数行,曰:'某亦尝学为诗,欲答来赠,幸不见诮。'……美人题曰:'相思无路莫相思,风里花开只片时。惆怅金闺却归处,晓莺啼断绿杨枝。'"分别之后,"明年春,下第东归,至新丰,夕舍逆旅氏,因步月长望,追感前事,又为诗曰:'一纸华笺丽碧云,余香犹在墨犹新。空添满目凄凉事,不见三山缥缈人。斜月照衣今夜梦,落花啼雨去年春。红闺更有堪愁处,窗上虫丝镜上尘。'"别后谢翱对神女的思念,换来的是与神女的再次相遇,如神女言:"感君意勤厚,故一面耳。"然后更酬一篇:"惆怅佳期一梦中,五陵春色尽成空。欲知离别偏堪恨,只为音尘两不通。愁态上眉凝浅绿,泪痕侵脸落轻红。双轮暂与王孙驻,明日西驰又向东。"①通过对分别、再遇,再分别这一过程细致委屈的描写,抒发了一种"惆怅佳期一梦中"的感伤情绪。又如沈亚之《湘中怨解》,故事重心在分别之后,其描写分别十余年后郑生于岳阳楼上仿佛见汜人的情景:

后十余年,生之兄为岳州刺史。会上巳日,与家徒登岳阳楼,望鄂渚,张宴。乐酣,生愁吟曰:"情无垠兮荡洋洋,怀佳期兮属三湘。"声未终,有画舻浮漾而来。中为彩楼,高百余尺,其上施帷帐,栏笼画饰。帷裹,有弹弦鼓吹者,皆神仙蛾眉,被服烟霓,裙袖皆广长。其中一人起舞,含嚬凄怨,形类汜人,舞而歌曰:"泝青山兮江之隅,拖湘波兮袅绿裾。荷卷卷兮来舒,匪同归兮将焉如!"舞毕,敛袖,翔然凝望。楼中纵观方怡,须臾,风涛崩怒,遂迷所往。②

此段文字从湖上汜人和楼上郑生两个角度调度笔墨,通过对环境氛围及其二人情态的描写,又以两首骚体诗歌,把他们别后相思和幽怨痛苦的情感表达得婉曲深微,创造出一种梦幻般凄迷艳绝的意境。这类人神遇合

---

① 张读撰,张永钦、侯志明点校:《宣室志》补遗"谢翱遇鬼诗",中华书局1983年版,第144页。
② 沈亚之:《湘中怨解》,李剑国辑校《唐五代传奇集》第二编卷一三,中华书局2015年版,第836页。

故事，抒发一种对美好的爱情得而复失的失落与迷茫情感，着意营造的是一种充满诗情画意、却又空幻缥缈的幽微感伤情致。

在唐人小说的人神情恋故事中，亦有突破这种传统情节模式的佳构，如李朝威《洞庭灵姻传》、裴铏《传奇·裴航》即是，在这两篇小说中，传统人神情恋故事模式中终会因人神殊途而不得不分别的故事结局，为最终的幸福结合并同登仙境结局所取代。且在这两篇人神情恋故事中，不仅仅是在讲述一个人神交接的奇遇，在更深的层面上，通过人神情恋的曲折经历，为我们呈现出一种纯洁、真诚和执着的爱情理想。《洞庭灵姻传》中柳毅拒绝钱塘君"以威加人"的傲慢求婚以及《裴航》中裴航在遇到云英之后，舍弃世俗的功名念想且不计一切的做法，表现出一种纯洁的爱情追求。而最为感动人心的，则是两篇故事中主人公在追求爱情过程中所表现出的真诚和执着。这一点在《洞庭灵姻传》中于龙女身上体现出来。在二人最终结合一岁并有一子后，龙女对柳毅的深情倾诉中，把她对柳毅的一往而情深的爱表露无遗：龙女对柳毅的爱之火种，在泾川之滨就已埋下；而当"泾川之怨"得以大白之后，便发出了"誓心求报"的誓言；在"钱塘季父论亲不从，遂至睽违，天各一方，不能相问"之后，仍然痴心不改，并以"闭户剪发，以明无意"的方式，拒绝了"父母欲配嫁于濯锦小儿某"的婚姻；又在"君子累娶"中受尽煎熬，在最终如愿后，虽喜"得遂报君之意"，又因"妇人匪薄，不足以确厚永心"而"愁惧兼心，不能自解"；而当最后明白能"咸善终世"后，喜极而泣，才发出"死无恨矣"的欣叹。① 而在《裴航》中，则突出地体现在裴航身上。裴航历经曲折、一心一意寻访玉杵臼的过程，终于找到后又不吝重价，"泻囊，兼货仆货马"的行为，以及再次欣然接受捣药百日的要求，是关于真诚执着爱情的完美脚注。②

另外，《崔书生》中玉卮娘子的神女身份，与其他唐人小说中的人神情恋故事一样，最后才被揭示出来，而且是以其所赠崔生"白玉合子"为契机，通过胡僧之口，先点明白玉合子乃至宝，由宝及人，再点明了玉卮娘

---

① 李朝威：《洞庭灵姻传》，李剑国辑校《唐五代传奇集》第二编卷八，中华书局2015年版，第649—658页。
② 裴铏撰，周楞伽辑注：《传奇》"裴航"，上海古籍出版社1980年版，第54—56页。

子的神女身份——王母第三女。在唐人小说中经常出现胡僧或胡人的形象,这些胡人或胡僧,在识鉴方面往往有殊异之能,特别是对各种珍稀异宝的感知和鉴别。除《崔书生》外,又如《李章武传》中,王氏子妇之鬼魂所赠李章武的靺鞨宝,李章武于东平丞相府,召玉工视,玉工不识,不敢雕刻,后奉使大梁,又召玉工,粗能辨,因雕作槲叶象。后李章武奉使上京,贮之怀中,而一胡僧便知其怀中有宝:"偶见一胡僧,忽近马叩头云:'君有宝玉在怀,乞一见尔。'乃引于静处开视,僧捧玩移时,云:'此天上至物,非人间有也。'"①又如《古镜记》中亦有一胡僧,知古镜为"绝世宝镜",问其何以知之,乃曰:"贫道受明录秘术,颇识宝气。檀越宅上,每日常有碧光连日,绛气属月,此宝镜气也。"②并云镜可照见肺腑。又如《宣室志·玉清三宝》言韦弇至玉清宫,玉清之女赠之三宝:碧瑶杯、红蕤枕、紫玉函,后韦弇于广陵市,遇一胡人,胡人识其为玉清真三宝,云:"此天下之奇宝也。虽千年万年,人无得者。"③并以数千万为值而易之。再如杜光庭《录异记》卷二《异人·胡氏子》中的胡商,遇胡氏子,便"知其头中有珠,使人诱之,以其狎熟,饮之以酒,取其珠而去。"④胡僧或胡人的这种能力,与唐时珍玩多来自西域有关。

二、唐人小说中的人鬼情恋

中国古代小说中人鬼情恋故事,在六朝志怪小说中就已出现,《列异传》中的《谈生》、《陆氏异林》中的《钟繇》、《录异传》中的《紫琼》、《搜神记》中的《紫玉》以及《孔氏志怪》中的《卢充》等都是。

至唐,人鬼情恋故事在小说中继续出现,较之六朝,数量更多,且在故事的情节模式上又多有新变,叙事行文也更见思致和情采。《太平广记》卷三一六至三五五,收录大量的涉鬼故事,其中的人鬼情恋故事,即多出

---

① 李景亮:《李章武传》,汪辟疆校录《唐人小说》,上海古籍出版社1983年版,第70页。
② 王度:《古镜记》,李剑国辑校《唐五代传奇集》第一编卷一,中华书局2015年版,第5页。
③ 张读撰,张永钦、侯志明点校:《宣室志》卷六"玉清三宝",中华书局1983年版,第80页。
④ 杜光庭撰,萧逸校点:《录异记》卷二《异人》,《唐五代笔记小说大观》下册,上海古籍出版社2000年版,第1517页。

于唐代。

唐人小说中的人鬼情恋,多发生在人间男子与鬼女之间,其情恋形式大致可归为两途,其一,鬼女就男于人间。其二,鬼女邀男入幽冥。在第一种类型的人鬼情恋故事中,如《广异记·王玄之》《广异记·李陶》《广异记·新繁县令》《广异记·李元平》《传奇·曾季衡》《通幽记·唐晅》《干䐉子·华州参军》等篇,颇具代表性。而《续玄怪录·窦玉妻》《宣室志·郑德楙鬼婚》《续博物志·崔书生》《异闻录·独孤穆》《潇湘录·郑绍》《传奇·颜濬》等数篇则属于第二种类型。

第一种类型的人鬼情恋故事,其情节模式大致为:鬼女行步人间,人间男子见而悦之,携鬼女而归,于是发生一段人鬼情恋。如《广异记·王玄之》,王玄之"日晚徙倚门外,见一妇人从西来","如此数四","王试挑之,女遂欣然,因留宿",情恋发生。① 又如《广异记·李元平》,李元平"客于东阳精舍读书,岁余暮际,忽有一美女服红罗裙襦,容色甚丽,有青衣婢随来,入元平所居院他僧房中,平悦而趋之",虽先有青衣怒斥,而"女从中出,相见忻说,有如旧识",有了人鬼一夜情恋。故事中鬼女自称:"己大人昔任江州刺史,君前生是江州门夫,恒在使君家长直。虽生于贫贱,而容止可悦,我以因缘之故,私与交通,君才百日,患霍乱没故,我不敢哭,哀倍常情,素持《千手千眼菩萨咒》,所愿后身各生贵家,重为婚姻,以朱笔涂君左股为志。"其夜乃其托生之日,故前来一会。② 当然,这只是一般而言,并不是所有此类故事都如此。也有鬼女主动相诣者。如《广异记·李陶》,鬼女主动前来相诣,李陶始有拒意,而见之愉悦,因而流连:"天宝中,陇西李陶,寓居新郑,常寝其室,睡中有人摇之,陶惊起,见一婢袍袴,容色甚美,陶问:'那忽得至此?'婢云:'郑女郎欲相诣。'顷之,异香芳馥,有美女从西北陬壁中出,至床所再拜。陶知是鬼,初不交语,妇人惭怍却退。婢谩骂数四云:'田舍郎,待人故如是耶?令我女郎愧耻无量。'陶悦其美色,亦心讶之,因绐云:'女郎何在?吾本未见,可更呼之。'婢云'来',又云:'女郎重君旧缘,且将复至,忽复如初,可以殷勤也。'及至,陶

---

① 戴孚撰,方诗铭辑校:《广异记》"王玄之",中华书局1992年版,第89页。
② 戴孚撰,方诗铭辑校:《广异记》"李元平",中华书局1992年版,第113页。

下床致敬,延止偶坐,须臾相近。"①《传奇·曾季衡》则是曾季衡期待鬼女出现,鬼女为其精诚所感,主动来就,生出一段人鬼情恋来。②

其二,鬼女邀男入幽冥,一般是鬼女邀人间男子归其所居,如墓穴等处,发生一段人鬼情恋。如《宣室志·郑德懋鬼婚》,"荥阳郑德懋,常独乘马,逢一婢,姿色甚美,马前拜云:'崔夫人奉迎郑郎。'郑愕然曰:'素不识崔夫人,我又未婚,何迎之有?'。婢曰:'夫人小女颇有容质,且以清门令族,宜相配敌。'郑知非人,坚拒之。俄有黄衣苍头十余人至,曰:'夫人趣郎。'迫辄控马,其行甚疾……"进而至一处,"崇垣高门,外皆列植楸桐",然则此实坟墓,后郑德懋"寻其故处,惟见大坟,旁有小冢"。③《潇湘录·郑绍》郑绍"止于逆旅,因悦华山之秀峭,乃自店南行,可数里,忽见青衣谓绍曰:'有人令传意,欲暂邀君。'绍曰:'何人也?'青衣曰:'南宅皇尚书女也。适于宅内登台,望见君,遂令致意。'"后郑绍被引"及一大宅",此大宅即鬼女居处,乃虚无缥缈的幽冥之地,后郑绍复至,却"杳无人迹"。④《异闻录·独孤穆》中,独孤穆被邀至一处,"门馆甚肃",亦实为幽冥之地。⑤《传奇·颜濬》中颜濬被邀至鬼女处,鬼女自言所居"某家在青溪,颇多松月",而实乃"陈朝宫人墓"也。⑥

在这些人鬼情恋故事中,鬼女多容色绝代,如《广异记·李陶》中的鬼女"貌既绝代",《广异记·王玄之》中的鬼女"姿色殊绝",《广异记·李元平》中的鬼女"容色甚丽",《续玄怪录·窦玉妻》中的鬼女亦"妖丽无比",《传奇·曾季衡》中的鬼女"乃神仙中人";《异闻录·独孤穆》中的鬼女"年可十三四,姿色绝代";《潇湘录·郑绍》中的鬼女"容质殊丽,年可初笄"。面对这些风华绝代的鬼女,人间男子怎能不神魂颠倒? 所以,在这些人鬼情恋故事中,人间男子多从悦鬼女之美色开始,进而忘情留

---

① 戴孚撰,方诗铭辑校:《广异记》"李陶",中华书局1992年版,第84页。
② 裴铏撰,周楞伽辑注:《传奇》"曾季衡",上海古籍出版社1980年版,第78页。
③ 张读撰,张永钦、侯志明点校:《宣室志》卷一〇"郑德懋鬼婚",中华书局1983年版,第127页。
④ 李昉等:《太平广记》卷三四五《鬼三十》"郑绍",中华书局2003年版,第2734页。
⑤ 李昉等:《太平广记》卷三四二《鬼二十七》"独孤穆",中华书局2003年版,第2709页。
⑥ 裴铏撰,周楞伽辑注:《传奇》"颜濬",上海古籍出版社1980年版,第102页。

恋。如《广异记·李陶》:"陶悦其美色","女郎貌既绝代,陶深悦之";《广异记·王玄之》对鬼女也"情爱甚至","宠念转密",虽后知其为鬼,也不害怕和畏避,"王(玄之)既爱念,不复嫌忌"。见鬼女家人迎丧,且前往凭吊,乃至始终不能忘怀,"后念之,遂恍惚成病,数日方愈,然每思辄忘寝食也"。《广异记·李陶》中李陶之母知其与鬼情恋后,劝诫李陶,李陶亦不顾:"陶母躬自窥觇,累使左右呼陶,陶恐阻己志,亦终不出。妇云:'大家召君,何以不往,得无坐罪于我。'陶乃诣母,母流涕谓陶曰:'汝承人昭穆,乃有鬼妇乎?'陶云改之,自尔留连,半岁不去。"《广异记·李元平》中李元平与鬼女,"相见忻悦,有如旧识";而当女言:"'我已非人,君无惧乎?'元平心既相悦,略无疑阻。"反而"情契既洽,欢惬亦甚"。《异闻录·独孤穆》中独孤穆"乃知是鬼,亦无所惧",并言:"穆之先祖,为隋室将军,县主必以穆忝有祖风,欲相顾托,乃平生之乐闻也,有何疑焉?"即使最初略有顾忌,而当见到鬼女时,也会立即改变态度,如《宣室志·郑德楙鬼婚》中的男主人公郑德楙,最初"郑知非人,坚拒之",而当见到鬼女"年十四五,姿色甚艳,目所未见,被服綮丽,冠绝当时"时,"郑(德楙)遂欣然"。而在《续玄怪录·窦玉妻》中,窦玉甚至在其鬼妻让其离开"非人间"的幽冥之地时,反而不愿离开,并且说:"人神既殊,安得配属。已为夫妇,便合相从。信誓之诚,言犹在耳,一夕而别,何太惊人。"《传奇·曾季衡》中的曾季衡,更是明先知为鬼,反而期待与鬼女相遇:

　　大和四年春,盐州防御使曾孝安有孙曰季衡,居使宅西偏院,室屋壮丽,而季衡独处之。有仆夫告曰:"昔王使君女暴终于此,乃国色也;昼日,其魂或见于此,郎君慎之!"季衡少年好色,愿睹其灵异,终不以人鬼为间。频炷名香,颇疏凡俗,步游闲处,恍然凝思。①

而当鬼女别去后,"季衡自此寝寐求思,形体羸瘵"。唐人小说人鬼情恋故事中情恋的发生方式,显然不同于六朝人鬼情恋故事的情节模式,在唐

---

① 裴铏撰,周楞伽辑注:《传奇》"曾季衡",上海古籍出版社1980年版,第78页。

人的人鬼情恋故事中,鬼女显然被更加人化,其风姿性情,几与人无异。不仅如此,有的鬼女甚至具有人伦品性,如《广异记·李陶》中的鬼女,在李陶不顾其母之召时,竟然劝李陶前往,"大家召君,何以不往,得无坐罪于我。"之语,与人间贤淑子妇无异焉。而当李陶参选之上都,病重后,鬼妇即前往省问,至潼关,为鬼司所遏,不得过数日,后李陶之堂兄赴选,才得以随之而过,抵李陶之所,使李陶之笃疾得以痊愈。鬼女对李陶有无微不至之情,而六朝人鬼情恋故事,则很少从这一角度去表现。

人鬼情恋故事之结局,多以分别而告终,而分离之由,则各有不同,《广异记·王玄之》中王玄之与女鬼分离,是由于鬼女客死高密,"今家迎丧,明日当去",是因移葬,鬼女他去;《广异记·李元平》乃是鬼女"托生时至,不得久留";《广异记·李陶》中李陶与鬼女最终分离,"问其故,云'相与缘尽'";《传奇·曾季衡》分离,"亦冥数尽耳",亦是因鬼女乃客死者,"王使君之爱女,不疾而终于此院,今已归葬北邙山,或阴晦而魂游于此……"《宣室志·郑德楙鬼婚》中郑德楙与鬼女分离,是因为"心稍疑忌",鬼女乃觉"幽冥理隔,不遂如何",《潇湘录·郑绍》中郑绍与鬼女分别,如郑绍自言,"当暂出,以缉理南北货财","久不出行,亦吾心之所不乐者"。

人鬼情恋故事的分离结局设计,恐与唐人的鬼神观念相关,与人神殊途之观念一样,唐人亦认为幽显途殊,无法长相厮守,《唐晅》中唐晅与妻之鬼魂分别时所题之诗,这种理念十分突出:"不分殊幽显,那堪异古今。阴阳途自隔,聚散两难心。"唐晅妻又尚言"阴阳道隔"[1],而《宣室志·郑德楙鬼婚》中鬼女亦言"幽冥理隔"。故人鬼情恋故事,也如大多数人神情恋故事一样,多以分离而终。当然,与人神情恋故事有如《洞庭灵姻传》等相偕同归结局一样,人鬼情恋亦有永远之例。《续玄怪录·窦玉妻》中人鬼情恋就不是分离结局,据故事中男主人公言,其与鬼妻,"千里之外,可以同行,今且昼别宵会尔","自是每夜独宿,思之则来,供帐馔

---

[1] 李昉等:《太平广记》卷三三二《鬼十七》"唐晅",中华书局2003年版,第2637页,第2636页。

具,悉其携也,若此者五年矣。"①而后窦玉言讫遁去,不知所在的结局,实际暗示窦玉与其鬼妻当继续他们的情恋和相处方式。

在唐人小说的人鬼情恋故事中,《唐晅》(唐晅自撰,《太平广记》卷三三二注出《通幽记》)和《干𦠅子·华州参军》(《太平广记》卷三四二)值得注意,此二篇乃叙男女主人公生时为侣,在女主人公死后为鬼依然相恋的故事。《唐晅》略叙晋昌人唐晅娶姑女张氏,唐晅开元十八年入洛,夜梦妻隔花泣,俄而窥井笑。次日,日者云其妻已亡,数日凶信果至。数年后,唐晅归家,感而赋悼亡诗,闻暗中有涕泣之声,乃亡妻张十娘之鬼魂,唐晅遂与相会,并见亡婢、亡女,夫妻赋诗申款,一夕绸缪,天明赠物而别。《干𦠅子·华州参军》叙华州柳参军,上巳日遇崔氏女于曲江,柳参军爱之,托崔氏女青衣轻红达意,轻红拒之。后崔氏女有疾,其舅执金吾王氏请为子纳,崔女母不敢违兄之命,而崔女愿嫁柳生。其母怜女,遂嫁女于柳生。崔女母乃言于其舅,称女被强窃而去。执金吾王氏乃密令捕访。后崔女母卒,柳生携妻往吊,为执金吾所获。闻于官。柳生辩解无果,公断王家先下财礼,崔女归王家。执金吾子王生悦崔女美色,亦不怨前横。经数年,执金吾亡,崔女不乐事外兄,乃使轻红访柳生,并同逃归柳生。无奈王生不久又寻得柳生,复讼于官而夺之。王生情深,又不责而纳焉。二年,崔女与轻红相继而殁。柳生后闲居江陵,追念崔女,而不知其已亡,俄见崔女与轻红同来。柳生与崔女叙契阔,悲欢之甚。崔女自言已与王生绝,自此可以同穴矣。二年间,可谓尽平生矣。无何,王氏苍头过柳生之门,见之,言于王生,王生乃千里命驾至柳生门,窥之果然。其时"崔氏女新妆,轻红捧镜于其侧,崔氏匀铅黄未竟"。王生门外极叫,遂入,柳生待王生如宾,俄失崔女及轻红所在。王生与柳生乃从容言事,柳生始知始末。于是同至长安,发葬验之,"即江陵所施铅黄如新,衣服肌肉,且无损败,轻红亦然"。后"柳与王相誓,却葬之,二人入终南山访道,遂不返焉"。②

---

① 李复言撰,程毅中点校:《续玄怪录》卷三"窦玉妻",中华书局2014年版,第178页。
② 李昉等:《太平广记》卷三四二《鬼二十七》"华州参军",中华书局2003年版,第2713页。

生前死后执着的情恋,让人感动。《唐晅》一篇出于自叙,唐晅年少丧偶,思悼亡妻,幻设人鬼冥遇以寄情怀,小小情事,委屈叙来,情调凄婉。而其中插入论释氏宿因、佛道同源、魂形相离等,乃在借鬼之口发明教义,实为败笔。《干䐉子·华州参军》中崔氏女之专情苦恋,生前之愿不达,死后为鬼继续未了之情,生生死死之情不渝,可谓情痴矣。

唐人小说中的人鬼情恋故事,鬼多为女性,亦有男鬼与人间女子情恋者,如《潇湘录·孟氏》即是。小说略云:维扬万贞者乃大商,多离家在外,其妻孟氏,先本寿春之妓人,而"美容质,能歌舞,薄知书,稍有词藻",万贞久不归,孟氏游于家园,吟诗以叹,忽有"容貌甚秀美"之少年,逾垣而入,调之,孟氏遂与之酬对,并"挈归己舍"而私之。后万贞回,少年乃腾身而去。① 小说中虽未明言男子为鬼,而《太平广记》录于鬼门,姑视其为鬼也。

上述人鬼情恋故事,人鬼情恋的产生多及于情,因而小说多叙述婉转,颇见情致。且唐人小说中的人鬼情恋,由于多以分离而终,故多散发出一种爱而不尽的轻愁。如《传奇·曾季衡》,叙写人鬼情恋,更是情思绵密,在舒缓有致的叙述中,把人鬼情恋的淡淡感伤,抒写得如歌如泣。而更多的人鬼情恋故事,则往往在结尾处,以男主人公欲寻旧梦而无获,唯见凄清之景,来深化这种情绪。如《传奇·颜濬》末:"信宿,更寻曩日地,则近青溪,松桧丘墟。询之于人,乃陈朝宫人墓……"在寥落的景物描写中,散发出淡然而悠长的情味,有余韵绕梁之致。又如《潇湘录·郑绍》末:"至明年春,绍复至此,但见红花翠竹,流水青山,杳无人迹,绍乃号恸,经日而返。"清代蒲松龄的《聊斋志异》,由于多写鬼魅狐妖,亦深谙此道,如《翩翩》末云:"后生思翩翩,偕儿往探之,则黄叶满径,洞口云迷,零涕而返。"②

唐人小说中也有述及人鬼遇合而不及情者,如《广异记·河间刘别

---

① 李昉等:《太平广记》卷三四五《鬼三十》"孟氏",中华书局2003年版,第2735—2736页。
② 蒲松龄撰,张友鹤辑校:《聊斋志异》卷三"翩翩",上海古籍出版社1995年版,第436页。

驾》《广异记·杨准》《广异记·裴徽》《广异记·李莹》《通幽记·崔咸》《纪闻·道德里书生》等,还有言女鬼借与人间男子交而害人者,如《广异记·李昪》《通幽记·王垂》《独异志·厕神惑李赤》等,此不一一赘述。

三、唐人小说中的人妖情恋

"妖"之本义,《说文》一上示部释云:"地反物为妖也。"又,《说文》十三上虫部"蠥"字注:"衣服、歌谣、草木之怪谓之祅,禽兽、虫蝗之怪谓之蠥。""祅"即"妖"字,"怪"与"妖"初义相近,故常合用为"妖怪"。秦汉以后,妖、怪的含义发生了变化,指的是动植物或无生命者的精灵,也就是妖怪,或称为怪物,如花妖、狗怪、虹精等。

妖怪化人,与人情恋,在先唐的小说中就是一类重要题材,如《搜神记》《列异传》等中就多见此类故事。唐人小说不仅承袭了这一题材,且较之从前,写得更加情致灿然。

唐人小说中的人妖情恋故事,可分为两类,一类是男性妖怪与人间女子的情恋故事,一类是女性妖怪与人间男子的情恋故事。

在男性妖怪与人间女子的情恋故事中,男性妖怪化为人形,寻求人间女子为偶,往往以强娶或惑淫之法。如牛僧孺《玄怪录·郭代公》即写猪妖乌将军以"祸福人"的办法强娶人间女子:"每岁求偶于乡人,乡人必择处女之美者而嫁焉。"①而戴孚《广异记·户部令史妻》中的苍鹤精,则是惑而淫之:"户部令史妻有色,得魅疾。"②陆勋《集异记·朱觊》中的蛇精,亦是择人间美女惑而淫之:"时主人邓全宾家有女,姿容端丽,常为鬼魅之幻惑。"③戴孚《广异记·韦明府》中的狐精崔参军,亦以术惑韦明府女,韦不能制,只好"与女"。④ 值得一提的还有《补江总白猿传》中的猿精,则是窃掠人之妻女美者,藏于深山险绝之地。小说中的猿精形象颇为鲜明,是

---

① 牛僧孺撰,程毅中点校:《玄怪录》卷二"郭代公",中华书局2014年版,第19页。
② 戴孚撰,方诗铭辑校:《广异记》"户部令史妻",中华书局1992年版,第228页。
③ 李昉等:《太平广记》卷四五六《蛇一》"朱觊",中华书局2003年版,第3733页。
④ 戴孚撰,方诗铭辑校:《广异记》"韦明府",中华书局1992年版,第206页。

男性妖怪中刻画得十分精细的形象之一,就外形而言,猿精是一个"美髯丈夫","长六尺余,白衣曳杖";"着帽,加白袷,被素罗衣,不知寒暑。遍身白毛,长数寸"。就神力技艺而言,猿精"力能杀人,虽百夫操兵,不能制也";"晴昼或舞双剑,环身电飞,光圆若月……半昼往还数千里";"所需无不立得"。还有对其心理的刻画,这在男性妖怪形象塑造中是少见的,比如,在写其将死之时的叹咤:"此天杀我,岂尔之能。"又如在述及猿精对自己命运的预感时,写其怆然自言:"吾为山神所诉,将得死罪。亦求获之于众灵,庶几可免。"又述其怅然自失:"吾已千岁而无子。今有子,死期至矣。"①通过这些心理的揭示,传神地塑造出一个颇具悲剧色彩的妖怪形象。

女性妖怪与人间男子的情恋故事,是人妖情恋故事的主要类型,在此类人妖情恋故事中,妖怪往往化为美好女子,或主动求婚于人间男子,或为人间男子所倾慕而婚恋,或两相悦慕而结合。

在女妖与人间男子的情恋故事中,多数是女妖主动求婚于人间男子。如在陆勋《集异记·崔韬》中,即是虎妖主动求婚于男子,虎妖夜来,崔韬"见兽于中庭脱去兽皮,见一女子奇丽严饰,升厅而上,乃就韬衾",并托言:"家贫,欲求良匹,无从自达,乃夜潜将虎皮为衣,知君子宿于是馆,故欲托身,以备洒扫。"②柳祥《潇湘录·焦封》中的猿精,亦属此类,猿精孙氏,遣青衣邀焦封至家,对之言曰:"妾是都督府孙长史女,少适王茂。王茂客长安死,妾今寡居,幸见托于君子,无以妾自媒为过……"③又如张读《宣室志·许贞狐婚》狐精李氏,见到许贞之后,便托独孤沼表达对许贞的恋慕:"某家于陕,昨西来,过李外郎。谈君之美不暇,且欲与君为姻好……"④其他如牛僧孺《玄怪录·尹纵之》、陆勋《集异记·李汾》等亦如是。

---

① 阙名:《补江总白猿传》,李剑国辑校《唐五代传奇集》第一编卷二,中华书局2015年版,第47—49页。
② 李昉等:《太平广记》卷四三三《虎八》"崔韬",中华书局2003年版,第3514页。
③ 李昉等:《太平广记》卷四四六《畜兽十三》"焦封",中华书局2003年版,第3649页。
④ 张读撰,张永钦、侯志明点校:《宣室志》卷一〇"许贞狐婚",中华书局1983年版,第136页。

在皇甫氏《原化记·天宝选人》中，则是人间男子悦妖怪之丽而婚恋，小说中的"选人"入京候选，日暮投一村僧房求宿，无意间看到虎妖，悦其美色而偷其虎皮："忽见一女子，年十七八，容色甚丽，盖虎皮，熟寝之次，此人乃徐行，掣虎皮藏之。"①虎妖之皮为"选人"所藏，无法变回虎形，无奈，虎妖乃与之婚恋。戴孚《广异记·李麐》中的李麐，见狐精郑氏"有美色"，"目而悦之"，索得后"宠遇甚至"。②而沈既济《任氏传》与薛渔思《河东记·申屠澄》以及裴铏《传奇·孙恪》中的人妖婚恋则出于人妖之间的两相悦慕。《任氏传》中的郑六，见狐精任氏"容色姝丽"，"见之惊悦"；而任氏亦对之"时时盼睐，意有所受"。《河东记·申屠澄》中的申屠澄恋虎妖之"妍媚""闲丽"且"明慧若此"，虎妖对申屠澄亦颇恋慕，从其"更修容靓饰"而出见便可知一斑。③《传奇·孙恪》中"恪未室，又睹女子之妍丽如是，乃进媒而请之；女亦忻然相受。"④

　　在唐人的人妖情恋故事中，上述篇章多写得情致婉转，文采灿然，其中如《补江总白猿传》《任氏传》《传奇·孙恪》堪称唐人小说中的名篇。当然，也有一些小说虽亦写人妖情恋故事，如戴孚《广异记·郑氏子》、牛僧孺《玄怪录·淳于矜》、陆勋《集异记·邓元佐》等，却叙述简省，略呈梗概而已，故不论。

　　概言之，唐人小说中的人妖情恋故事，突破了先唐同类题材中搜奇记怪的简单目的，在婉转的叙事中，表达一种超越世俗礼教限制的、率性而真诚的男女情爱，如《原化记·天宝选人》中的"选人"、《宣室志·许贞狐婚》中的许贞，明知女为妖怪，却爱恋依旧，不以异类而见弃。而妖怪们对所爱的人间凡夫俗子，亦多真诚相待，《宣室志·许贞狐婚》中狐精李氏临终之言，感人肺腑。而沈既济在《任氏传》文末亦感叹道："异物之情也有人道焉！"

---

① 李昉等：《太平广记》卷四二七《虎二》"天宝选人"，中华书局2003年版，第3479页。
② 戴孚撰，方诗铭辑校：《广异记》"李麐"，中华书局1992年版，第218页。
③ 李昉等：《太平广记》卷四二九《虎四》"申屠澄"，中华书局2003年版，第3487—3488页。
④ 裴铏撰，周楞伽辑注：《传奇》"孙恪"，上海古籍出版社1980年版，第1页。

四、人神、人鬼、人妖情恋与士人的爱情幻想

人神情恋及人鬼情恋、人妖情恋故事是中国古代小说中的重要题材类型,关于唐人人神婚恋小说所蕴含的文化心理,陈寅恪、詹丹、程国赋、关四平都作过讨论,且各有异同,此不赘述。① 人神情恋及人鬼情恋、人妖情恋是唐人游戏女神心态的产物,是唐人游戏女神的主要方式,窃以为,就其所体现的深层文化心理而言,人神情恋及人鬼情恋、人妖情恋在游戏女神的表象之下,潜藏的是寒门微贱书生或落魄失意寒士对美好爱情的幻想与渴望以及其他种种不便言说的企盼。

唐兴,承隋制开科取士,士子们为求取功名,往往要离家漫游、读书。漫游在于结交时彦,获取声名,以为科举之阶梯;而读书则多在寺庙道观。无论是漫游都市还是读书山林,凄惶的独自逆旅或青灯下的形影相吊是他们通常的境遇,在孤独与寂寞中,对爱情的追求与幻想成为他们心灵的安慰,人神情恋以及人鬼情恋、人妖情恋故事正是这些偶偶行于科举之途的士人此种心态的写照。清人李慈铭针对唐人的情恋小说曾说:"唐时禁网宽弛,无文字禁忌之祸,故其文士多轻薄,喜造纤艳小说,以致斥言宫闱,污蔑不根。"又说:"唐人小说多进士浮薄及穷不得志者所为……甚荒诞鄙妄至此。"②李慈铭此言之"纤艳小说"无疑包括人神情恋及人鬼情恋、人妖情恋故事在内,且另一个角度说明了人神情恋故事盛行之一因,而其"多进士浮薄及穷不得志者所为"之语,亦揭示了此类小说的作者构成。

我们看到,无论是人神情恋还是人鬼情恋、人妖情恋,故事中的男主人公多是一些贫寒潦倒、功名未就的书生。如人神情恋故事《洞庭灵姻传》中的柳毅"应举下第,将还湘滨";《传奇·裴航》中的裴航"因下第,游

---

① 陈寅恪:《元白诗笺证稿》第四章《艳诗及悼亡诗》附《读莺莺传》,三联书店2001年版,第110页;詹丹:《仙妓合流的文化意蕴——唐代爱情传奇片论》,载《社会科学战线》1992年第3期;程国赋:《唐五代小说的文化阐释》第五章《唐五代小说与婚恋思想》,人民文学出版社2002年版,第147页;关四平:《再论唐代的人神恋小说》,载《沈阳师范大学学报》2007年第6期。

② 李慈铭撰,由云龙辑:《越缦堂读书记》八《文学》,中华书局2006年版,第950页,第924页。

于鄂渚"。如人鬼情恋故事《传奇·颜濬》中的颜濬"下第,游广陵,遂之建业";如《续玄怪录·窦玉妻》中的窦玉"求荐于同州。其时客多,宾馆颇溢,二人闻郡功曹王翥私第空闲,借其西廊,以俟郡试"。如人妖情恋故事《任氏传》中的郑六"贫无家,托身于妻族";《传奇·孙恪》中的孙恪,"因下第,游于洛中"。而且,在小说中,还常常突出他们身上的文人品性,如《玄怪录·崔书生》中的男主人公崔书生,是一个爱好花竹的读书之人,为了种植花竹,特独居逻谷口,所种花竹,"春暮之时,英蕊芬郁,远闻百步。"崔生"每晨,必盥漱独看"。可见,崔生乃是一个有着高雅性情的读书人。又如《灵怪集·郭翰》中郭翰的"善谈论,工草隶";《感异记》中沈警的"美风调,善吟咏";《宣室志·谢翱遇鬼诗》中谢翱的"尝举进士,好为七字诗"。而如《广异记·汝阴人》中的许生,甚至是"好鲜衣良马,游骋无度"之士。唐人小说中男主人公的这些品性,在唐前人神遇合故事中的男主人公身上是看不到的。唐前人神遇合故事中的男主人公,多与诗书无关,故事中突出或强调的,是他们贫贱、微寒的下层普通劳动者身份。如《董永》中的董永,乃仆隶之人;《神女传》中的弦超,为"济北国从事",一小吏耳;《曹著传》中的曹著,亦为"建康小吏";唯《刘子卿》中的刘子卿,"少好学,笃志无倦",略带书卷之气。

所以,对这些寒微潦倒的读书人来说,能得到小说故事中或神或鬼或花妖狐媚却均"光彩艳丽""殆非人世所有"(《任氏传》)的女主人公的眷顾,无疑是一种莫大的安慰。故在人神情恋以及人鬼情恋、人妖情恋故事中,实际上寄寓着现实生活中这些潦倒寒微士人的渴望和理想。比如在《任氏传》中,任氏实际上有两位男性——郑六和韦崟——有交往,任氏初见郑六,即与其"酣饮极欢,夜久而寝",第二次相会后,即表示"愿终己以奉巾栉"。而韦崟对任氏虽然"爱之发狂",却遭到任氏的坚决拒绝。任氏对郑六和韦崟的不同态度,并非因为两人在风度品行上的优劣区别,而是因为对郑六身世贫贱的怜悯,任氏的价值取向和选择,反映的是贫贱微寒书生的人生幻想和期待。这一心态,在《续玄怪录·窦玉妻》窦玉之遇鬼女故事中,就体现得更加明显:

既食,丈人曰:"君今此游,将何所求?"曰:"求举资耳。"曰:"家在何郡?"曰:"海内无家,萍蓬之士也。"丈人曰:"君生涯如此,身事落然,蓬游无抵,徒劳往复。丈人有女,年近长成,今便令奉事,衣食之给,不求于人,可乎?"玉起拜曰:"孤客无家,才能素薄,忽蒙采顾,何副眷怜。但虑庸虚,敢不承命。"①

既得美妻,又获资助,从此"衣食之给,不求于人",岂不美哉?而更甚者,则是希求借此得到命运与神意的青睐,获得功名禄位。卢肇《逸史·太阴夫人》就是这一情结的形象表达。《逸史·太阴夫人》中的太阴夫人,见卢杞"有仙相,故遣麻婆传意",欲与结婚姻之好,并向其言曰:"君合得三事,任取一事:常留此宫,寿与天毕;次为地仙,常居人间,时得至此;下为中国宰相。"卢杞始言"在此处实为上愿",却在最后关头选择了"人间宰相"。② 借与太阴夫人结姻之机,得见上帝使者,获得了人间宰相的禄位。陈翰《异闻集·韦安道》亦是此类,韦安道因与后土夫人"有冥数",故后土夫人在与之离异之前,嘱托天后"与之钱五百万,与官至五品"。后韦安道果"为魏王府长史,赐钱五百万"。③ 戴孚《广异记·李湜》中离别之际,李湜亦"问以官",得到了"合进士及第,终小县令"的禄位预告。④ 杜光庭《神仙感遇传·姚氏三子》亦是体现出这种心态,只不过姚氏三子本来可以凭借与神女的婚姻,"必为公相,贵极人臣"⑤,却因泄露了天机而被夺去本来属于他们的禄位。

唐人小说中的人神情恋以及人鬼情恋、人妖情恋故事,是贫寒潦倒之士的爱情奇遇幻想的生动写照,是他们于苦寒清寂境况中的精神安慰。而多数人神情恋以及人鬼情恋、人妖情恋故事的分离结局,则是他们在美好的迷梦中因自身处境而流露出的自卑、沮丧与失望心理。

当然,正如李剑国先生所言,唐人小说"许多情况下主题的含义并不

---

① 李复言撰,程毅中点校:《续玄怪录》卷三"窦玉妻",中华书局2014年版,第177页。
② 李昉等:《太平广记》卷六四《女仙九》"太阴夫人",中华书局2003年版,第400页。
③ 李昉等:《太平广记》卷二九九《神九》"韦安道",中华书局2003年版,第2375页。
④ 戴孚撰,方诗铭辑校:《广异记》"李湜",中华书局1992年版,第52页。
⑤ 李昉等:《太平广记》卷六五《女仙十》"姚氏三子",中华书局2003年版,第402页。

是单一的,常常是多主题的结合,或者说从不同角度审视会显出不同的主题含义"①。这些人神情恋及人鬼情恋、人妖情恋故事,在表现爱情主题、寄寓寒士爱情幻想与渴望之外,还常常还承载着其他命意,表达出那些落魄失意或苦寒潦倒士人心中不便言说的种种期冀。比如,借人神情恋张皇道教、表现羽化成仙思想。很多人神情恋故事都有此种寓意,许多小说常常借有识者之口,称言与神女交接既久,便可成仙。如薛渔思《河东记·卢佩》中即借女童言曰:"向使娘子常为妻,九郎一家,皆为地仙矣。"②牛僧孺《玄怪录·崔书生》文末借胡僧之口云:"君所纳妻,王母第三女玉卮娘子……所惜君娶之不得久远。倘住一年,君举家必仙矣。"而《洞庭灵姻传》《传奇·张无颇》中的凡夫俗子,则由于与神女的结合,分别羽化成仙了。《洞庭灵姻传》中的柳毅,与龙女"相与归洞庭"成为神仙;《传奇·张无颇》中的张无颇,"于是去之,不知所适",得道而去。而在《传奇·裴航》中,这种张皇道教的意图甚至是其本意所在。裴航与仙姝云英结合后,"将妻入玉峰洞中,琼楼殊室而居之,饵以绛雪、琼英之丹,体性清虚,毛发绀绿,神化自在,超为上仙"。《洞庭灵姻传》等人神情恋故事,男主人公都在神女的启发和诱导下得以成仙,故这些故事中的神女,又有"神仙之饵"的作用。在人神情恋故事中,神女所交接者即使不能羽化成仙,但神女们常会授之以术,使之得以增年益寿,这同样与道家之养生观念有关。如陈劭《通幽记·赵旭》中,神女青童即授与赵旭"仙枢龙席隐诀五篇",如戴孚《广异记·汝阴人》中的许生,遇神女王女郎,因女郎"雅善玄素养生之术,许体力精爽,倍于常矣"。甚至那些拒绝了神女的人,仍可得到神女的帮助,如裴铏《传奇·封陟》中的书生封陟,虽拒绝神女的交接请求,但当其染疾而终,在幽府偶遇了曾寄情于他的仙姝,仙姝还是为之"更延一纪"之寿。

而又如《异闻录·独孤穆》《传奇·颜濬》二篇则又以写人鬼情恋寄寓对历史的看法和感慨。《异闻录·独孤穆》叙贞元中,独孤穆客淮南,

---

① 李剑国:《唐五代志怪传奇叙录》(增订本)代前言"唐稗思考录",中华书局2017年版,第60页。
② 李昉等:《太平广记》卷三〇六《神十六》"卢佩",中华书局2003年版,第2427页。

夜投大仪县宿,遇一青衣,邀穆至其所居,见自称县主者之鬼魂,乃隋帝第三子齐王之女杨六,隋末与炀帝等同时遇害,已二百年矣。相论隋朝遗事,言及隋炀之死,其时,"大臣宿将,无不从逆",唯穆之先祖,"力拒逆党"。次乃各赋诗以吊。其后,又邀来护儿歌人,谈笑言说,是夕,县主与穆共寝,结人鬼情恋。将别,县主托穆迁遗骸于洛,穆从之,天明别去。后穆自江南回,为县主迁葬,末叙县主又来一会,及明而去云云。此篇文颇长,观其立意,盖借人鬼情恋崇颂祖德,旌美隋炀,斥责逆臣,托古抒愤也。中有县主与穆赋诗作歌,如县主所咏"江都昔丧乱,阙下多构兵……哀哀独孤公,临死乃结缨……君子乘祖德,方垂忠烈名……"独孤穆所咏:"皇天昔降祸,隋室若缀旒……出门皆凶竖,所向多逆谋……英英将军祖,独以社稷忧。丹血溅黼扆,丰肌染戈矛。今来见禾黍,尽日悲宗周……"此意昭然可见。此篇小说似为名独孤穆者所作,显扬家族忠烈,自诩忠烈之后。因其祖乃隋室将军,故于隋炀多所旌美。另外,小说中又借县主之口,评论薛道衡,称"当时薛道衡名高海内,妾每见其文,心颇鄙之。向者情发于中,但直叙事耳,何足称赞?"鄙薄薛道衡,可见作者自视颇高,狂傲之情可见。而其"情发于中"之论,亦是灼见也。《传奇·颜濬》叙会昌中,有颜濬者下第游广陵,遇青衣,后乃知为陈朝宫人赵幼芳之鬼魂,相谈颇洽,青衣约以中元于瓦官阁相见,为之致一神仙中人。至日,颜濬前往,果见丽人,即陈朝张贵妃之鬼魂,邀濬至其处,又有孔贵嫔者来,相与论陈隋之间旧事。继又有江修容、何婕妤、袁昭仪者来谒,其夕,濬与此数辈饮宴赋诗,并与张贵妃共寝,成一段人鬼情恋,欲曙而起,互赠物而别。后濬更寻故处,得陈朝宫人之墓而已。此篇中颜濬与陈朝后主宫中嫔妃论陈隋旧事,有惜陈后主而斥隋炀帝之意。如其云:"……我后主实即风流,诗酒追欢,琴樽取乐而已。不似杨广西筑长城,东征辽海,使天下男怨女旷,父寡子孤。途穷广陵,死于匹夫之手,亦上天降鉴,为我报仇耳。"其中颜濬与诸鬼女赋诗,其词如"皓魄初圆恨翠娥,繁华秋艳竟如何?两朝唯有长江水,依旧行人作逝波"等,感叹世事沧桑变化,历史之感亦深沉矣。此篇中鬼女,为陈后主宫人,其人物设计,如《周秦行纪》之遇汉薄后等,抒风流冶游之怀,而以皇帝嫔妃宫人为之,心态则略呈鄙陋。

《河东记·申屠澄》与《传奇·孙恪》两篇,在表现人妖情恋之外,还寄寓了一种归隐山林的情绪。《河东记·申屠澄》中的归隐情绪从申屠澄及其虎妻的诗中表现出来,申屠澄为官秩满后,为诗云:"一官惭梅福,三年愧孟光。此情何所喻,川上有鸳鸯。"其虎妻见此诗,"终日吟讽,似默有和者,然未尝出口",后至嘉陵江畔,临泉藉草,不禁和曰:"琴瑟情虽重,山林志自深。常忧时节变,辜负百年心。"后其虎妻终于寻得虎皮,化虎而去,重新回到山林,申屠澄亦"不知所之"。《传奇·孙恪》亦表现出一种山林之志,体现在猿精袁氏身上,孙恪初次窥见猿精袁氏,袁氏所吟之诗,实际上就流露出来了:"彼见是忘忧,此看同腐草。青山与白云,方展我怀抱。"后袁氏"每遇青松高山,凝睇久之,若有不快意"。而临去的题壁诗:"刚被恩情役此心,无端变化几湮沉。不如逐伴归山去,长啸一声烟雾深。"把归隐之情表现得更为突出。唐人小说人妖情恋故事中这种归隐之情的寄寓,恐怕与虎、猿之自然本性相关,虎、猿本居山林,故小说正好借混迹于人间的虎妖、猿精本性的流露即对山林的依恋来表达士人心中的归隐情结。

另外,李玫《纂异记·嵩岳嫁女》又以炫仙物为能事。[①] 于此可见,唐人小说中的人神情恋故事在爱情主题之外,还有其他多重命意的寄寓。

第三节 庙寺与人神、人鬼、人妖情恋

检读唐人小说的人神、人鬼、人妖情恋故事,会发现一个有趣的现象,那就是有相当一部分人神、人妖、人鬼情恋故事与庙寺有关,即人神、人鬼、人妖情恋故事中往往有庙寺意象,这一现象值得注意。那么,唐人小说中人神、人鬼、人妖情恋故事为何会多有庙寺出现?庙寺在人神、人鬼、人妖情恋故事中有着怎样的艺术功能?其背后又有着怎样的文化心理基础?本节拟对此略加探析。

---

① 李玫撰,李宗为校点:《纂异记》"嵩岳嫁女",《唐五代笔记小说大观》上册,上海古籍出版社 2000 年版,第 496 页。

一、庙寺意象在人神、人鬼、人妖情恋故事中的艺术呈现

庙即神庙。自古以来,中国民间各地就崇奉着许多神祇,他们被赋予执掌一事或护佑一方的职能,因而大大小小的神庙遍布各地,如岱庙、中岳庙、南岳庙、北岳庙等。寺即佛寺。汉末以来,随着佛教在中土的传播与流布,作为佛教僧侣与信众宗教活动中心的佛寺也随之大量兴建。至唐代,由于统治集团三教并重,佛教在有唐三百年间十分昌隆,是上至公卿、下至庶民的普遍信仰。因而唐代的佛教文化十分发达,佛寺之创建遍及山川都邑。神庙与佛寺大略相类,而触处可见的庙寺也就自然与普通民众的生活密切关联。这也在唐人的文学创作中体现出来,唐人小说中就有许多庙寺意象。比如《广异记·王太》王太避虎失道,在草中行十余里,见"有一神庙",因宿于梁上,"寻而虎至庙庭,跳跃变成男子,衣冠甚丽",继而虎神发现王太,言王太业但为其所食,并教其避难方法。[①] 小说主要表现脱离虎口的智慧和法术,而虎居然化为人形,居住在神庙中,且能在虎形与人形之间随意变化,其间蕴含的佛道观念与民俗信仰成分值得玩味。又如袁郊《甘泽谣·圆观》,叙写李源与圆观的两世情谊,而洛阳惠林寺是他们生活与交往的主要场所,李"脱粟布衣,止于惠林寺",与圆观"促膝静话,自旦及昏","如此三十年"。[②] 而圆观转世时与李源相约十二年后再见,地点则是杭州天竺寺。小说中洛阳惠林寺与杭州天竺寺不仅是李源与圆观两世情谊的见证之地,也为小说主题思想因缘轮回观念的表达提供了最为恰当的背景。再如薛用弱《集异记·徐智通》,小说叙徐智通偶于河桥听到两神相约来日于楚州龙兴寺前戏场斗技的对话。二神在交谈中各自炫其神技及效验,徐智通于一旁听得,便告诉好友六七人,先期至而俟之,结果一一应验。在这一故事中,事件的发生场景并不在楚州龙兴寺,而是寺前之戏场,龙兴寺作为神仙斗法

---

① 戴孚撰,方诗铭辑校:《广异记》"王太",中华书局1992年版,第174页。
② 袁郊:《甘泽谣·圆观》,李剑国辑校《唐五代传奇集》,中华书局2015年版,第2138—2140页。

的背景,自然而亲切。① 而在唐人的弘佛小说中,寺庙意象更是大量存在,此不赘述。

相较而言,除去弘佛小说,在唐人小说的人神、人鬼、人妖情恋故事中,寺庙更是经常出现,寺庙意象有着更为特殊的意蕴。

庙寺意象常常出现在唐人小说的人神情恋故事中。如戴孚《广异记·李湜》,"赵郡李湜,以开元中谒华岳庙,过三夫人院",李湜谒华岳庙,突见神女悉是生人,被神女邀入宝帐中,"备极欢洽,三夫人迭与结欢"。临别告诉李湜,原来每年七月七日至十二日,"岳神当上计于天,至时相迎,无宜辞让。今者相见,亦是其时,故得尽欢尔"。"自尔七年,每悟其日,奄然气尽",即被邀与三夫人相会。后有术士为其书符,虽相见而不得相近。于是二夫人恨骂李湜无行,唯小夫人"恩义特深,涕泣相顾",告诫李湜三年勿言,并告知其一生仕禄。②《李湜》在表现人神情恋的同时,也通过三夫人告知李湜仕禄的方式,演绎唐人的命定观念。再如沈亚之《感异记》,"沈警,字玄机,吴兴武康人也……奉使秦陇,途过张女郎庙。旅行多以酒肴祈祷,警独酌水具祝,词曰:'酌彼寒泉水,红芳掇岩谷。虽致之非遥,而荐之随俗。丹诚在此,神共感录。'"其夜,沈警宿传舍,张女郎姊妹来诣,大者适庐山夫人长男,小者适衡山府君小子。以大姊生日前来拜访,故遇警于此。二女邀警同去其宫,饮酒弹琴、唱和赠答,极尽欢悦之情。其夜,小女郎润玉伴宿沈警。然而,好景不长,及至天晓,他们不得不"执手呜咽而别"。③ 临别之际互赠礼物,警得瑶镜、金缕结。及归客舍,夜而失之。沈警出使返回时,于庙中神座后得小女郎所寄碧笺,备叙离恨。自此再无相见之期。《感异记》以委婉雅致的笔触,将一个世俗化的艳遇神女故事雅化、诗化,使得小说文采斐然,格调清新,韵味悠长。小说的结局安排,亦让人畅想回味:人神别后而再无相见之期,只有小女郎寄予沈警那封备叙离愁别恨的碧笺,在昭示着人神间这份美好感情的真

---

① 薛用弱:《集异记》补编"徐志通",中华书局1980年版,第61页。
② 戴孚撰,方诗铭辑校:《广异记》"李湜",中华书局1992年版,第51—52页。
③ 沈亚之:《感异记》,李剑国辑校《唐五代传奇集》第二编卷一三,中华书局2015年版,第843—845页。

实存在。就这样，美妙浪漫的感情、多情多才的神女，犹如昙花一现，依稀梦里，留下的只是美和情失却后的深深失落与无限怅惘。

与人神情恋故事相比，人鬼情恋故事中的庙寺意象则更多。如裴铏《传奇·崔炜》就多次出现庙寺意象。崔炜荡尽家产，栖止佛舍："贞元中，有崔炜者，故监察向之子也……不事家产，多尚豪侠；不数年，财业殚尽，多栖止佛舍。"中元借游开元寺："时中元日，番禺人多陈设珍异于佛庙，集百戏于开元寺。炜因窥之……"后又游海光寺："后数日，因游海光寺，遇老僧赘于耳……"后离开赵陀墓，返回人间，先到蒲涧寺："俄闻蒲涧寺钟声，遂抵寺，僧人以早麋见饷，遂归广州。"又游城隍庙："炜得金，遂具家产。然访羊城使者，竟无影响。后有事于城隍庙，忽见神像有类使者。又睹神笔上有细字，乃侍女所题也。"至中元节，崔炜如约访蒲涧寺，获田夫人："后将及中元日，遂丰洁香馔甘醴，留蒲涧寺僧室。夜将半，果四女伴田夫人至，容仪艳逸，言旨雅澹。"《崔炜》篇幅较长，全文约三千字，在唐人小说中不很多见。小说的中心题旨在于宣扬报恩思想。获得报答最多的是主人公崔炜。乞食老妪为了报答脱衣偿值之恩，赠给他治疗疣赘的艾草，"每遇疣赘，只一炷耳，不独愈苦，兼获美艳"；海光寺老僧为了报答，诚恳表示要"转经以资郎君之福祐"，并且将"藏镪巨万，亦有斯疾"的任翁介绍给他；任翁为了报答，许下十万钱的谢仪；白蛇为了报答，将他引领到越王赵佗的玄宫；赵佗为了报答，赠给他宝珠、美妇，即田夫人。可见，崔炜的一念之仁，得到的回报是多么丰厚！当然，崔炜也对助其还家的羊城使者进行了回报，"于城隍庙，忽见神像有类使者，又睹神笔上有细字，乃侍女所题也。方具酒脯而奠之。兼重粉缋，及广其宇。"①这种善有善报的"报恩"思想，是对"滴水之恩当以涌泉相报"传统观念的诠释。又如《传奇·颜濬》，"会昌中，进士颜濬，下第，游广陵，遂之建业。赁小舟，抵白沙。同载有青衣，年二十许，服饰古朴，言词清丽。濬揖之，问其姓氏，曰：'幼芳姓赵。'……抵白沙，各迁舟航，青衣乃谢濬曰：'数日承君深顾，某陋拙，不足奉欢笑，然亦有一事可以奉酬。中

---

① 周楞伽辑注，裴铏撰：《传奇》，上海古籍出版社1980年版，第14—18页。

元必游瓦官阁……'"后至中元日,颜濬"来游瓦官阁,士女阗咽"。在赵幼芳的帮助下,得见美人张贵妃、孔贵嫔,倾觞相会,谈说陈、隋旧事,最后得与贵妃同寝,天明而别。后更寻曩日地,"则近青溪,松桧丘墟。询之于人,乃陈朝宫人墓。"① 小说在人鬼情恋故事的外衣之下,借鬼叙历史,表达对历史的追怀与感慨。在唐人小说的人鬼情恋故事中,出现庙寺意象的还有如《广异记·李元平》中的东阳寺、《周秦行纪》中的薄太后庙等等。

在唐人小说的人妖情恋故事中,亦多庙寺意象。如皇甫氏《原化记·天宝选人》:

> 天宝年中,有选人入京,路行日暮,投一村僧房求宿。僧不在,时已昏黑,他去不得,遂就榻假宿,鞍马置于别室。迟明将发,偶巡行院内,至院后破屋中,忽见一女子,年十七八,容色甚丽。盖虎皮,熟寝之次。此人乃徐行,掣虎皮藏之。女子觉,甚惊惧,因而为妻。问其所以,乃言逃难,至此藏伏,去家已远。载之别乘赴选,选既就,又与同之官。数年秩满,生子数人。一日俱行,复至前宿处,僧有在者,延纳而宿。明日,未发间,因笑语妻曰:"君岂不记余与君初相见处耶?"妻怒曰:"某本非人类,偶尔为君所收,有子数人,能不见嫌,敢且同处,今如见耻,岂徒为语耳。还我故衣,从我所适。"此人方谢以过言,然妻怒不已,索故衣转急。此人度不可制,乃曰:"君衣在北屋间,自往取。"女人大怒,目如电光,猖狂入北屋间寻觅虎皮,披之于体,跳跃数步,已成巨虎,哮吼回顾,望林而往。此人惊惧,收子而行。②

选人于僧房(即佛舍)宿,迟明发现一盖虎皮熟寝女子,即虎妖,乃藏虎皮而娶此女,数年之后,再返当年佛舍,因调笑其妻,其妻怒而索衣,后得,披之而化虎,哮吼而去。再如李玫《纂异记·杨祯》,"进士杨祯,家于渭桥,

---

① 周楞伽辑注,裴铏撰:《传奇》,上海古籍出版社1980年版,第102—104页。
② 李昉等:《太平广记》卷四二七《虎二》"天宝选人",中华书局2003年版,第3479页。

以居处繁杂,颇妨肄业,乃诣昭应县,长借石瓮寺文殊院"。有红裳美人,即寺中烛灯所化,"既夕而至,容色姝丽,姿华动人",相谈甚欢,"自是晨去而暮还,唯霾晦则不复至","归半年,家童归,告祯乳母,母乃潜伏于佛榻,俟明以观之,果自隙而出,入西幢,澄澄一灯矣。因扑灭,后遂绝红裳者"。①《杨祯》在表现人妖情恋的同时,也借烛灯所化红裳美人之口,自述身世,炫耀才华,与《东阳夜怪录》相类。

二、庙寺意象的小说功能

从上文可以看到,唐人小说人神、人鬼、人妖情恋故事中对庙寺的描写往往十分简略,或仅及庙名、寺名与地理位置,或略呈概貌,故呈现出来的意象往往十分省净,并不繁复。但是,这些庙寺意象在小说中却有着独特的功能,或者暗示小说人物身份,或者作为小说故事发生与展开的空间场景,或者在小说故事的情节布设中承担通联功能,在小说的叙事建构中发挥重要作用。②

在人神、人鬼、人妖情恋故事中,有些庙寺意象的存在并不是必需的关键要素,在小说的故事中只是作为背景,担负着暗示小说人物身份的重要作用。如沈亚之《感异记》中的张女郎庙即是这种作用,沈警"奉使秦陇,途过张女郎庙",酹水而祝,然后离开,并非住在张女郎庙。"既暮,宿传舍",而是止于传舍,其夜沈警凭轩望月,作《凤将雏含娇曲》,而张女郎姊妹来降。其后"携手出门,共等一辆辇车,驾六马,驰空而行"。"俄至一处,朱楼飞阁,备极焕丽。令警止一水阁。香气自外入内,帘幌多金缕翠羽,间以珠玑,光照满室"。然后揖警就座,又具酒肴,弹琴歌唱。一夜欢会,沈警被送回人间:"相与出门,复驾辎輧车,送至下庙,乃执手呜咽而别"。小说的主要情节是在沈警止宿的传舍与"朱楼飞阁,备极焕丽"的水阁仙境。故小说中张女郎庙的作用,则主要在于揭示来降沈警的神女的身份——张女郎姊妹。小说末又云:

---

① 李昉等:《太平广记》卷三七三《精怪六》"杨祯",中华书局2003年版,第3963页。
② 庙寺的艺术功能,李芳民《唐人小说中佛寺的艺术功能与文化蕴涵》已论及,可参看。见《山西大学学报》2007年第1期。

及至馆,怀中探得瑶镜、金缕结。良久,乃言于主人,夜而失所在。时同侣咸怪警夜有异香。警后使回,至庙中,于神座后得一碧笺,乃是小女郎与警书,备叙离恨。书末有篇云:"飞书报沈郎,寻已到衡阳。若存金石契,风月两相望。"从此遂绝矣。①

沈警出使归来,再过张女郎庙,于庙中神座后得小女郎碧笺,呼应前文,是进一步印证与确认神女身份。

再如韦瓘《周秦行纪》中的薄太后庙,小说中的男主人公牛僧孺落第归宛、叶间,至伊阙南道鸣皋山下,会暮失道:

> 见火明,意谓庄家。更前驱,至一大宅。门庭若富豪家。有黄衣阍人,曰:"郎君何至?"余答曰:"僧孺,姓牛,应进士落第往家。本往大安邸舍,误道来此。直乞宿,无他。"……入十余门,至大殿。殿蔽以珠帘,有朱衣紫衣人百数,立阶陛间。左右曰:"拜。"遂拜于殿下。帘中语曰:"妾汉文帝母薄太后。此是妾庙,郎不当来,何辱至?"②

以人物自我介绍,点明此地即薄太后庙,证实人物身份。但这"门庭若富豪家""入十余门,至大殿"的大宅,却是虚幻之境,因为真正的薄太后庙,小说结尾处云:"余却回望庙,荒毁不可入,非向者所见矣。"小说中虚幻的场景即"大宅"是故事情节展开的主要场所,故小说中现实呈现的薄太后庙的主要作用还是在于证实人物身份。小说中这种虚幻之境与现实之境的转换值得注意,即由昨夜所遇大安附近"门庭若富豪家"的"大宅"到今晨所见大安里附近"荒毁不可入"的"薄太后庙"的转换,也就是幻设世界向现实世界的转换。这一时空建构方式基于对特定地点的联想,由所

---

① 沈亚之:《感异记》,李剑国辑校《唐五代传奇集》第二编卷一三,中华书局2015年版,第845页。
② 韦瓘:《周秦行纪》,李剑国辑校《唐五代传奇集》第三编卷七,中华书局2015年版,第1199页。

遇薄太后庙生发出一番想象,虚设场景,然后再回到实地,实地成为谜底,并构成虚实反差,"含不尽之意见于言外"。这种空间场景的虚实转化,是唐人人神、人妖、人鬼情恋故事常见的时空建构方式,如沈亚之《秦梦记》写沈亚之在橐泉邸舍梦入秦国,醒后得知橐泉本是秦宫所在和秦穆公葬地,全是同一机杼。

所以,此类庙寺意象在人神、人鬼、人妖情恋故事中本身并不是必须具备的场所,在小说故事情节的发展中也并不具有叙事功能。其主要作用在于向读者暗示故事中人物的身份,或者故事发生于某一特定的场所,从而增强小说叙事的真实感与逻辑性。并唤起人们日常生活中关于寺庙的记忆而产生心理暗示,为小说平添一层神秘氤氲的幕纱。

除了在小说中暗示人物身份之外,相当多的人神、人鬼、人妖情恋故事则将庙寺作为故事发生与展开的主要空间场景,这类小说的故事情节,虽有繁简之别,但主要都围绕庙寺场景而展开,甚至是以庙寺为唯一的空间场景。李玫《纂异记·杨祯》、戴孚《广异记·李元平》、陆勋《集异记·光化寺客》、释道世《法苑珠林·王志》等即是。

李玫《纂异记·杨祯》言杨祯居石瓮寺文殊院,后一夜有红裳美人来访:

> 进士杨祯,家于渭桥,以居处繁杂,颇妨肆业,乃诣昭应县,长借石瓮寺文殊院。居旬余,有红裳既夕而至,容色姝丽,姿华动人。祯常悦者,皆所不及,徐步于帘外,歌曰:"凉风暮起骊山空,长生殿锁霜叶红。朝来试入华清宫,分明忆得开元中。"祯曰:"歌者谁耶?何清苦之若是?"红裳又歌曰:"金殿不胜秋,月斜石楼冷。谁是相顾人,褰帷吊孤影。"祯拜迎于门,既即席,问祯之姓氏,祯具告。祯祖父母叔兄弟中外亲族,曾游石瓮寺者,无不熟识。祯异之曰:"得非鬼物乎?"对曰:"吾闻魂气升于天,形魄归于地,是无质矣。何鬼之有?"曰:"又非狐狸乎?"对曰:"狐狸者,接人矣,一中其媚,祸必能及。某世业功德,实利生民,某虽不淑,焉能苟媚而欲奉祸乎?"祯曰:"可闻

姓氏乎?"……①

于是红裳美人自叙身世,并云:"昨闻足下有幽隐之志,籍甚既久,愿一款颜,由斯而来,非敢自献。然宵清月朗,喜觌良人,桑中之讥,亦不能耻。傥运与时会,少承周旋,必无累于盛德。"杨祯感其言,拜而纳之。"自是晨去而暮还,唯霾晦则不复至"。后杨祯乳母潜察得知红裳乃西幢一烛灯所化:"归半年,家童归,告祯乳母,母乃潜伏于佛榻,俟明以观之,果自隙而出,入西幢,澄澄一灯矣。因扑灭,后遂绝红裳者。"杨祯于石瓮寺文殊院遇红裳美人是典型的人妖情恋,而杨祯与烛灯之妖红裳美人的情恋故事,发生在杨祯所居的石瓮寺文殊院,石瓮寺文殊院是这一段人妖情恋的唯一空间场景。

再如戴孚《广异记·李元平》,叙一段人鬼情恋故事,故事发生与展开之地亦在佛寺:

> 李元平者,睦州刺史伯成之子。以大历五年客于东阳精舍读书,岁余暮际,忽有一美女服红罗裙襦,容色甚丽,有青衣婢随来,入元平所居院他僧房中。平悦而趋之,问以所适,及其姓氏。青衣怒云:"素未相识,遽尔见逼,非所望王孙也。"元平初不酬对,但求拜见。须臾,女从中出,相见忻悦,有如旧识,欢言者久之。谓元平曰:"所以来者,亦欲见君,论宿昔事。我已非人,君无惧乎?"元平心既相悦,略无疑阻,谓女曰:"任当言之,仆亦何惧。"女云:"己大人昔任江州刺史,君前生是江州门夫,恒在使君家长直。虽生于贫贱,而容止可悦,我因缘之故,私与交通。君才百日,患霍乱没,故我不敢哭,哀倍常情。素持《千手千眼菩萨咒》,所愿后身各生贵家,重为婚姻。以朱笔涂君左股为志,君试看之。若有朱者,我言验矣。"元平自视如其言,益信。因留之宿。久之,情契既洽,欢惬亦甚。欲曙,忽谓元平曰:"托生时至,不得久留,意甚恨恨。"言讫悲涕,云:"后身父今为县令,及

---

① 李昉等:《太平广记》卷三七三《精怪六》"杨祯",中华书局2003年版,第2963页。

我年十六,当得方伯,此时方合为婚姻,未间,幸无婚也。然天命已定,君虽欲婚,亦不可得。"言讫诀去。①

李元平读书东阳精舍,岁暮,有"服红罗裙襦"且"容色甚丽"的美女亦来此,"入元平所居院他僧房中",就此展开一段人鬼情恋故事,即此故事是在东阳精舍展开,东阳精舍是这一人鬼情恋故事发生与展开的空间场景。另外,《广异记·李元平》中的命定观念与佛教因缘轮回观念十分突出,李元平与鬼女此世姻缘,鬼女云是"天命已定",无法改变,"君虽欲婚,亦不可得",这是命定观念的体现。而鬼女言前生此世与李元平姻缘,则又是佛教因缘轮回观念的体现,小说中还特别言及鬼女在前生"素持《千手千眼菩萨咒》",更是明显痕迹。在人鬼情恋中又辅之以命定观念与因缘轮回观念的表达,这是《李元平》的独特之处。

陆勋《集异记·光化寺客》叙习儒客与百合花妖的人妖情恋,故事发生与展开均在兖州徂徕山光化寺。释道世《法苑珠林》卷七五所录《王志》所叙人鬼情恋,亦以庙寺为故事情节展开的主要空间场景,即绵州居棺寺,此故事《太平广记》卷三二八《鬼十三》亦录,题"王志",虽未言寺名,但亦云"县州寺"②,表明这一人鬼情恋也发生在佛寺中。不难发现,《纂异记·杨祯》《广异记·李元平》《法苑珠林·王志》这类以庙寺为主要空间场景的人神、人妖、人鬼情恋故事,故事情节的安排均十分紧凑,且多为单线结构,不蔓不枝,仿佛一出独幕剧。这些庙寺意象在小说情节建构中承担着重要的叙事功能,甚至可以说是小说故事情节建构的基础。如在《纂异记·杨祯》中,小说人物红裳美人是寺院中的烛灯之妖,没有石瓮寺文殊院,红裳美人也就失去依托,而红裳美人"晨去而暮还",于寺院绰绰灯影中与杨祯交往,既符合红裳美人为烛灯所化的身份,也营造出

---

① 戴孚撰,方诗铭辑校:《广异记》"李元平",中华书局1992年版,第113页。按:"李元平",李昉等《太平广记》卷三三九《鬼二十四》"李元平"录,云出《广异记》;《太平广记》卷一一二《报应十一》又录,云出《异物志》。

② 李昉等:《太平广记》卷四一七《草木十二》"光化寺客",第3394页;释道世:《法苑珠林》卷七五《邪淫部第六》"王志",上海古籍出版社1995年版,第541页;李昉等:《太平广记》卷三二八《鬼十三》"王志",中华书局2003年版,第2608页。

完美的人妖情恋氛围。

此外,在唐人小说的人神、人鬼、人妖情恋故事中,还有一类庙寺意象值得注意,那就是庙寺在小说故事中虽不是主要的空间场景,或者说其故事的核心情节并不是以庙寺为场景,却又或多或少与庙寺发生关联,庙寺是故事情节发生、发展过程中不可缺少的场景。从某种意义上说,这类庙寺意象及其相关故事,是小说总体故事情节建构的一个或数个部件,在小说故事的各个情节之间承担通联功能。裴铏《传奇·崔炜》中的庙寺意象即属此类。

如前所言,《传奇·崔炜》多次出现庙寺,一是中元日崔炜所游开元寺,第二是后数日崔炜所游海光寺,第三是崔炜离开赵佗墓,返回人间,最初抵达之地蒲涧寺,第四是崔炜访羊城使者,于城隍庙得之,第五是中元日崔炜游蒲涧寺。但小说故事情节展开的主要场景却是任翁家、枯井与赵佗墓,特别是赵佗墓,是小说中情节建构最为关键的场景。而五次出现的庙寺场景及其相关故事,在小说整体的故事情节建构中的功能则主要在于引导、呼应与勾连。中元日崔炜游开元寺,遇乞食老妪覆人酒瓮,怜而为其偿值,老妪以"越井冈艾"作为酬谢,而此艾"每遇疣赘,只一炷耳,不独愈苦,兼获美艳",故小说开篇的开元寺意象及崔炜遇妪与获赠"越井冈艾"的故事,是整个小说情节发展预言式的暗示与起点,其后小说情节均基于此。后数日,崔炜游海光寺,治老僧耳赘,老僧介绍崔炜为"藏镪巨万,亦有斯疾"的山下有一任翁治疣赘,由此引出崔炜为任翁治病、任翁以怨报德,图谋将其牺牲以飨其家所事鬼神的情节。故海光寺意象及崔炜为老僧治赘的故事,也主要是为了推进整个小说情节的发展,具有承上启下的功能。崔炜后幸得爱慕他的任氏女相助,得以脱离虎口。不料却于逃逸途中,落入枯井而不得出,从而生出为大蛇施治、入南越王赵佗墓中遇四女鬼等情节。其后小说中出现的城隍庙以及两次出现的蒲涧寺意象及其相关故事,主要是呼应前文与勾连前后情节,完成崔炜与田夫人的相见与结合,并最终揭晓故事中各种人物的真实身份。所以,《崔炜》中五次出现的庙寺意象及其相关故事,在整个故事情节的建构中,形成了故事情节发展中的五个链环部件,对整个小说故事情节发展的前后转承与完整性具有重要意义。

庙寺意象在人神、人鬼、人妖情恋故事中或者担负着暗示小说人物身份的作用,或者作为故事发生与展开的空间场景,或者在小说的情节布设中承担通联功能,在小说叙事建构中扮演重要角色,其小说功能值得重视。

三、庙寺意象的文化心理阐释

唐人小说中的人神、人鬼、人妖情恋多以庙寺暗示小说人物身份,或者作为故事情节发生与展开的背景或空间场景,自有其文化心理的依托。

检读人神、人鬼、人妖情恋故事,我们不难发现,小说中的男主人公多为士子,他们或因读书而寄居庙寺:如《纂异记·杨祯》中的杨祯:"进士杨祯,家于渭桥,以居处繁杂,颇妨肄业,乃诣昭应县,长借石瓮寺文殊院。"①《广异记·李元平》中的李元平:"李元平者,睦州刺史伯成之子。以大历五年客于东阳精舍读书。"②《法苑珠林·王志》中的学生某:"寺中先有学士,停一房内。"③陆勋《集异记·光化寺客》中的习儒客:"兖州徂徕山曰光化,客有习儒业者,坚志栖焉。"或因行旅途中,暮夜投宿庙寺:如《感异记》中的沈警:"沈警,字玄机,吴兴武康人也……奉使秦陇,途过张女郎庙。"④《原化记·天宝选人》中的赴京选人:"天宝年中,有选人入京,路行日暮,投一村僧房求宿。"⑤

唐人小说中人神、人鬼、人妖情恋故事中男主人公的这种身份,反映了唐时读书人出于应举、求仕的原因,离家游学干谒,多栖止庙寺的现象。而唐人小说的作者,二十世纪四十年代末冯沅君先生对四十八位唐人小说作者六十种作品的统计分析,指出其中值得注意的一点是"唐传奇的杰

---

① 李昉等:《太平广记》卷三七三《精怪六》"杨祯",中华书局2003年版,第3963页。
② 戴孚撰,方诗铭辑校:《广异记》"李元平",中华书局1992年版,第113页。
③ 释道世:《法苑珠林》卷七五《邪淫部第六》"王志",上海古籍出版社1995年版,第541页。
④ 沈亚之:《感异记》,李剑国辑校《唐五代传奇集》第二编一三,中华书局2015年版,第843页。
⑤ 李昉等:《太平广记》卷四二七《虎二》"天宝选人",中华书局2003年版,第3479页。

作与杂俎中的知名者多出进士之手"。①冯先生对唐人小说的统计篇目十分有限,今俞钢在其《唐代文言小说与科举制度》中以专章考析了唐代文言小说的作者身份,他依据李时人先生编校的《全唐五代小说》正编和外编的收录以及作者小传的考订,认为"唐代科举士子构成文言小说作者的重要组成部分"②,正因为唐人小说的作者多为士子,而他们往往有栖止庙寺的经历,故对庙寺环境十分熟悉,在这些寄托他们幽怀的人神、人鬼、人妖情恋故事中多见庙寺意象也就不难理解了。

人神、人鬼、人妖情恋故事中的女主人公——或神或鬼或妖,或者为神像、壁画所化,或为殡殓于此的女子亡魂所化,或为什物花木所化,亦往往与庙寺相关。《广异记·李湜》中的神女即华岳庙"三夫人院"中的三位夫人神像所化:"赵郡李湜,开元中,谒华岳庙。过三夫人院,忽见神女悉是生人。"《感异记》中的神女为张女郎庙神像所化:"沈警……奉使秦陇,途过张女郎庙。旅行多以酒肴祈祷,警独酌水具祝,词曰:'酌彼寒泉水,红芳掇岩谷。虽致之非遥,而荐之随俗。丹诚在此,神共感录。'"③《法苑珠林·王志》中的鬼女为暂时殡殓在寺院中的亡魂所化:"唐显庆三年,岐州岐山县王志……有在室女,面貌端正,未有婚娉,在道身亡。停在绵州殡殓,居棺寺,停累月。"④《纂异记·杨祯》中的妖女为佛寺中一盏长燃的烛灯所化:"母乃潜伏于佛榻,俟明以观之,果自隙而出,入西幢,澄澄一灯矣。"⑤陆勋《集异记·光化寺客》中的花妖是寺前一株百合苗所化:"暮将回,草中见百合苗一枝,白花绝伟。"⑥

唐人小说中人神、人鬼、人妖情恋故事中神女、鬼女与妖女身份的庙寺背景,实与唐时独特的庙寺规制风格与习俗信仰相关。

---

① 冯沅君:《唐代传奇作者身份的估计》,载《文讯》1948 年第九卷第 4 期。
② 俞钢:《唐代文言小说与科举制度》,上海古籍出版社 2004 年版,第 240 页。
③ 沈亚之:《感异记》,李剑国辑校《唐五代传奇集》第二编一三,中华书局 2015 年版,第 843 页。
④ 释道世:《法苑珠林》卷七五《邪淫部第六》"王志",上海古籍出版社 1995 年版,第 541 页。
⑤ 李昉等:《太平广记》卷三七三《精怪六》"杨祯",中华书局 2003 年版,第 3963 页。
⑥ 李昉等:《太平广记》卷四一七《草木十二》"光化寺客",中华书局 2003 年版,第 3394 页。

庙寺中多神像壁画，以为信众崇奉礼拜，这是庙寺的普遍的特点。但值得注意的是，唐时庙寺中的神佛造像与壁画，表现出强烈的世俗化倾向。段成式《寺塔记》卷上《常乐坊赵景公寺》云："隋开皇三年置，本曰弘善寺，十八年改焉……西中三门里门南，吴生画龙及刷天王须，笔迹如铁。有执炉天女，窈眸欲语。"①又卷下《崇仁坊资圣寺》云："净土院门外……寺西廊北隅，杨坦画。近塔天女，明睇将瞬。"②佛教造像与壁画的原初目的与功能是要使人产生敬畏之心，从而皈依佛门，但是天女之像的"明睇将瞬""窈眸欲语"，全然没有了庄严与凝重，有的只是夺人魂魄的异性魅力。《广异记·李湜》中李湜过三夫人院，"忽见神女悉是生人"恐正是这一现象的真实写照。不仅如此，有些庙寺造像与壁画中的人物形象，甚至以妓女为摹本，《寺塔记》卷上《道政坊宝应寺》云："韩幹，蓝田人。少时，常为贳酒家送酒，王右丞兄弟未遇，每一贳酒漫游，幹常征债于王家。戏画地为人马，右丞精思丹青，奇其意趣，乃岁与钱二万，令学画十余年。今寺中释梵天女，悉齐公妓小小等写真也。"③寺院壁画中的天女以家妓为原型，这充分反映了寺院壁画世俗化的倾向。而这些具有强烈世俗风情的天女亦即神女形象，无疑会让那些栖止庙寺的士人生出种种幻想。

唐人有死后葬于庙寺的风俗，戴军据《唐代墓志汇编》及《唐代墓志汇编续集》，统计出唐人终于寺院或葬于寺院者共三十五条，《墓志》及《续集》中永久性葬于寺院中或寺院附近的共二十条。④而且，死者的灵柩因种种原因不能归葬，也可以暂时殡葬于寺院。《法苑珠林·王志》中王志之女归途中夭亡，"停在绵州殡殓，居棺寺"，即属这种情况。而这些早夭而葬于庙寺或者暂殓于庙寺的年轻女子，也让人易生翩翩之思。

另外，中国自古就有物老成精的信仰，无生命的器物，有生命的动植物，这些非人的自然物禀赋灵性则可变化成人。庙寺多处深山幽僻之境，

---

① 段成式撰，许逸民校笺：《酉阳杂俎校笺》续集卷五《寺塔记上》，中华书局2016年版，第1789—1793页。
② 段成式撰，许逸民校笺：《酉阳杂俎校笺》续集卷六《寺塔记下》，中华书局2016年版，第1922—1925页。
③ 段成式撰，许逸民校笺：《酉阳杂俎校笺》续集卷五《寺塔记上》，中华书局2016年版，第1814页。
④ 戴军：《"坟寺"与唐代小说》，《南阳师范学院学报》2003年第8期。

年代久远,其间各种什物以及周遭之花草树木,自然也会让人生出各种异想。

所以,寓居在庙寺中的年轻士人,多值知慕少艾的年龄。寂寞长夜,相对荧荧一灯;或悠长白日,苦读倦怠之际,临窗一望,难免会有种种幻想。庙寺幽静神秘的环境、造像与壁画中美丽的天女、寺院里的亡灵以及周遭什物草木,也自然成为他们的幻想对象,人神、人妖、人鬼情恋故事的构设也就自然而然了。陆勋《集异记·光化寺客》就是这样一个颇具标本性的故事:

> 兖州徂徕山寺曰光化,客有习儒业者,坚志栖焉。夏日凉天,因阅壁画于廊序,忽逢白衣美女,年十五六,姿貌绝异。客询其来,笑而应曰:"家在山前。"客心知山前无是子,亦未疑妖,但心以殊尤,贪其观视,且挑且悦。因诱致于室,交欢结义,情款甚密。白衣曰:"幸不以村野见鄙,誓当永奉恩顾,然今晚须去,复来则可以不别矣。"客因留连,百端遍尽,而终不可。素宝白玉指环,因以遗之,曰:"幸视此,可以速还。"因送行,白衣曰:"恐家人接迎,愿且回去。"客即上寺门楼,隐身目送。白衣行计百步许,奄然不见。客乃识其灭处,径寻究。寺前舒平数里,纤木细草,毫发无隐,履历详熟,曾无踪迹。暮将回,草中见百合苗一枝,白花绝伟。客因斫之,根本如拱,瑰异不类常者。及归,乃启其重付,百叠既尽,白玉指环,宛在其内。乃惊叹悔恨,恍惚成病,一旬而毙。①

书生为了习儒,坚志栖于光化寺,"夏日凉天",读书之余,"因阅壁画于廊序",浮想联翩之际,而"忽逢白衣美女,年十五六,姿貌绝异",因而"诱致于室,交欢结义"。后书生赠美女白玉指环而别,"白衣行计百步许,奄然不见。客乃识其灭处,径寻究",最终发现白衣美女实乃寺前草中百合所化。陆勋《集异记·光化寺客》艺术地再现了一个栖止于庙寺中的寂寞

---

① 李昉等:《太平广记》卷四一七《草木十二》"光化寺客",中华书局2003年版,第3394页。

书生的白日美梦。而光化寺是作为故事情节展开的空间场景而存在的，于小说字里行间，如"夏日凉天，因阅壁画于廊序""客即上寺门楼，隐身目送""寺前舒平数里，纤木细草，毫发无隐"以及白衣美女"笑而应曰：'家在山前'"等语，光化寺绰约可见：隐于山中，山前几户人家；寺中清寂，是读书的好去处；廊庑曲折，壁画可观，引人遐思；门楼高峙，可以登临纵观；寺前舒平，纤木细草，可以流连。于此亦可知，庙寺意象也成为这一类小说中的典型构成而散发出独特的审美意趣。

四、宫观、神仙窟与人神、人鬼、人妖情恋

在唐人小说的人神、人鬼、人妖情恋故事中，与庙寺意象相类的特殊意象还有道教的宫观。如《逸史·太阴夫人》中卢杞与麻婆会面之地即是一处道观："会于城东废观，既至，见古木荒草，久无人居。"①宫观意象在人神、人鬼、人妖情恋故事中的小说功能与庙寺意象相类，故此不赘述。而源于庙寺与宫观的神仙窟意象，则有必要略加阐说。

在唐人小说的人神、人鬼、人妖情恋故事中，神女、鬼女或妖女有时会邀请男子进入她们的居所，这些居所虽所处各异，但皆远离人间，多是至美佳境，高门重重，富丽堂皇。张鷟《游仙窟》中的"神仙窟"的命名颇具代表性，故本文以此称之。如《游仙窟》云神仙窟所处之地："深谷带地，凿穿崖岸之形；高岭横天，刀削岗峦之势。烟霞子细，泉石分明，实天上之灵奇，乃人间之妙绝。目所不见，耳所不闻。""向上则有青壁万寻，直下则有碧潭千仞。古老相传云：'此是神仙窟也。'"神仙窟更是华美无比："于时金台银阙，蔽日干云。或似铜雀之新开，乍如灵光之且敞。梅梁桂栋，疑饮涧之长虹；反宇雕甍，若排天之矫凤。水精浮柱，的皪含星；云母饰窗，玲珑映日。长廊四柱，争施玳瑁之椽；高阁三重，悉用琉璃之瓦。白银为壁，照耀于鱼鳞；碧玉缘陛，参差于雁齿。入穹崇之室宇，步步心惊；见傥阆之门庭，看看眼眵。"②当然，其他人神、人鬼、人妖情恋故事对神仙窟的描述虽不及《游仙窟》繁复，但也往往十分细致，着重突出其人间难

---

① 李昉等：《太平广记》卷六四《女仙九》"太阴夫人"，中华书局2003年版，第400页。
② 张文成撰，李时人、詹绪左校注：《游仙窟校注》，中华书局2012年版，第1页，第9页。

得一见的奇丽。如《感异记》描写神女张女郎姊妹驾六马辒辌车携沈警至其所居:"俄至一处,朱楼飞阁,备极焕丽。令警止一水阁,香气自外入内。帘幌多金缕翠羽,间以珠玑,光照满室。"①又如牛僧孺《玄怪录·崔书生》描写神女玉卮娘子所居:"入逦谷三十余里,山间有川,川中异香珍果,不可胜纪。馆宇屋室,侈于王者。"②戴孚《广异记·汝阴人》"但见朱门素壁,若今大官府中,左右列兵卫,皆迎拜。""乃与入内,门宇严邃,环廊曲阁,连亘相通……"③裴铏《传奇·薛昭》描写鬼女张云容所居:"但灯烛荧荧,侍婢凝立,帐幄绮绣,如贵戚家焉。"④皇甫枚《三水小牍·王知古为狐招婿》描写狐妖所居:"复若十余里,至则乔林交柯,而朱门中开,皓壁横亘,真北阙之甲第也。""知古辞谢,从保母而入。过重门侧厅所,栾栌宏敞,帷幕鲜华,张银灯,设绮席,命知古坐焉。酒三行,复陈方丈之馔,豹胎鲔腴,穷水陆之美。"⑤

人神、人鬼、人妖情恋故事中的神仙窟意象,实与庙寺、宫观的小说功能相似,当然,神仙窟主要是作为故事情节发生与展开的空间场景。此外,小说对神仙窟的描绘,也有暗示神女、鬼女、妖女非人间身份的性质和作用,为后来揭示她们的身份作铺垫。显然,人神、人鬼、人妖情恋故事中的神仙窟意象,多风华物美的炫耀,人间世俗化倾向明显,而其间上演的人神、人鬼、人妖情恋,人间的情感与欲望成为主体。李春辉甚至认为"在这些故事里,'仙境'神秘的宗教气息已所剩无几,倒更像是男女欢会的娼楼妓馆。"⑥这一认识虽略显偏颇,但大致合理。所以,在人神、人鬼、人妖情恋故事的神仙窟意象中,除了男欢女爱之外,视听口腹之欲的满足也是重要方面。如《广异记·汝阴人》就大肆炫耀陈设之美:"女郎年十六七,艳丽无双,着青袿襦,珠翠璀错,下阶答拜,共升堂讫。少年乃去,房中

---

① 沈亚之:《感异记》,李剑国辑校《唐五代传奇集》第二编一三,中华书局2015年版,第844页。
② 牛僧孺撰,程毅中点校:《玄怪录》卷四"崔书生",中华书局2014年版,第36页。
③ 戴孚撰,方诗铭辑校:《广异记》"汝阴人",中华书局1992年版,第56页。
④ 裴铏撰,周楞伽编注:《传奇》"薛昭",上海古籍出版社1980年版,第40页。
⑤ 皇甫枚撰,穆公校点:《三水小牍》卷上"王知古为狐招婿",《唐五代笔记小说大观》下册,上海古籍出版社2000年版,第1183页。
⑥ 李春辉:《神仙窟的艳遇》,《广播电视大学学报》2010年第1期。

施云母屏风,芙蓉翠帐,以鹿瑞锦障映四壁。大设珍肴,多诸异果,甘美鲜香,非人间者。食器有七子螺、九枝盘、红螺杯、蕖叶碗,皆黄金隐起,错以瑰碧。有玉罍,贮车师葡萄酒,芬馨酷烈。座上置连心蜡烛,悉以紫玉为盘,光明如昼。"①实际上有满足耳目视听口腹之欲的目的。神仙窟的这种对居处陈设与甘肥美味的世俗化夸饰与炫耀,当是那些独处简陋庙寺与馆观的士人的内心希冀。如《广异记·汝阴人》中的许生,本是固陋鄙夫,少小即孤,蓬室湫隘,不意乃能得嵩山神女深情见顾,又有府君丰厚赐与,享受各种出自山川神府珍品奇物,自然会"欢怃交并,未知所措"。也就是说,唐代士人向往遇合神女、鬼女与妖女,其实也像卢藏用、田游岩的隐居是其仕宦的"终南捷径"一样,包含了士人求婚望族、平交王侯的功名利禄之心。

如前所言,人神、人鬼、人妖情恋故事中的神仙窟,虽繁华无比,却如过眼烟云,海市蜃楼般缥缈虚幻,转瞬之间便已无处寻觅,或者化为荒宅与土穴。如《周秦行纪》中牛僧孺夜中所见"门庭若富豪家""入十余门,至大殿"的大宅,转身之间便"荒毁不可入,非向见者"。《玄怪录·崔书生》中崔书生所见玉卮娘子"侈于王者"之所居,但其离开时,"行至逻谷,回望千岩万壑,无径路"。《传奇·薛昭》中"如贵戚家"之所居,回顾间"但一大穴,多冥器、服玩、金玉"而已。这种转化是十分震撼的,不仅突出了现实世界中士人所处庙寺与宫观的简陋和虚幻世界中神仙窟的神秘,也暗示了他们求婚望族、平交王侯这种途径的渺茫无依。

总之,唐人小说人神、人鬼、人妖情恋故事中的神仙窟意象,实渊源于庙寺与宫观②,是在庙寺与宫观基础上创造的虚幻意象。这从庙寺、宫观的虚实转化可见一斑,如前文所言《周秦行纪》中"大宅"与薄太后庙的转化,足见两者之间的关联。也正因为如此,神仙窟意象也可以视作庙寺、宫观意象的一种特殊体现。

---

① 戴孚撰,方诗铭辑校:《广异记》"李元平",中华书局1992年版,第55页。
② 李春辉认为神仙窟主要源自道教的道观,宫馆:"道士们居住的道院宫观则常常被描写为神仙居住的'仙境',在一些时候,人们称之为件'神仙窟'或'神仙居'。"见李春辉《神仙窟的艳遇》,载《广播电视大学学报》2010年第1期。

第三章　唐人小说与节庆宴聚习俗

第一节　唐人节庆与节庆习尚

唐代节日很多，一年之中，有元日、立春、人日、上元、晦日、中和节、春社日、寒食、清明、上巳、端午、七夕、中元、秋社日、中秋、重阳、下元、冬至、腊日、岁除等时序节日，此外还有佛诞日、皇帝诞日及老子诞日等特殊节日。在节日里，内外官吏往往放假，《唐六典》吏部卷第二云："内外官吏则有假宁之节，谓元正、冬至各给假七日，寒食通清明四日，八月十五日、夏至及腊各三日。正月七日、十五日……并给假一日。"①故在节日中有颇多节庆活动，其中唐人的游赏吟咏，最为后人欣赏羡慕，明代胡震亨曾对唐人的节庆与诗文吟咏有过述评，他说：

> 唐时风习豪奢，如上元山棚，诞节舞马，赐酺纵观，万众同乐。更民间爱重节序，好修故事，彩缕达于王公，粔籹不废俚贱，文人纪赏年华，概入歌咏。又其待臣下法禁颇宽，恩礼从厚。凡曹司休假，例得寻胜地宴乐，谓之旬假，每月有之。遇逢诸节，尤以晦日、上巳、重阳为重，后改晦日，立二月朔为中和节，并称三大节。所游地推曲江最胜……凡此三节，百官游宴，多是长安、万年两县有司供设，或径赐金钱给费。选妓携觞，帷幕云合，绮罗杂沓，车马骈阗，飘香堕翠，盈满于路。朝士词人有赋，翼日即留传京师。当时倡酬之多，诗篇之盛，此亦其一助也。②

---

① 李林甫等撰，陈仲夫点校：《唐六典》卷二，中华书局1992年版，第35页。
② 胡震亨：《唐音癸签》卷二七，上海古籍出版社1985年版，第284页。

这一点无须赘述,除此而外,唐人在节庆活动又尚有其他许多独特的习俗,这些习俗在唐人小说中也有许多呈现,本节拟选择上元、中秋二节略作爬梳。

一、上元赏灯

唐时上元节即今之元宵节,上元节或起源于汉武帝之时,《史记》卷二四《乐书第二》云:"汉家常以正月上辛祠太一甘泉,以昏时夜祠,到明而终。常有流星经于祠坛上。使僮男僮女七十人俱歌。"《汉书·礼乐志》亦有相似记载。宋朱弁在《曲洧旧闻》中追溯上元赏灯之俗云:"上元张灯,按唐名儒,沿袭汉武帝祠太乙自昏至明故事。梁简文帝有《列灯赋》,陈后主有《光璧殿遥咏灯山诗》,唐明皇先天中,东都设灯,文宗开成中,设灯迎三宫太后。是则唐以前岁不常设。本朝太宗三元不禁夜,上元御端门,中元、下元御东华门,其后罢中元、下元二节,而上元观游之盛,冠于前代矣。"[①]又或以为与佛教有关,《涅槃经》云如来遗体焚后,收舍利,绕城步步燃灯。其后成为习俗,玄奘《大唐西域记》云:"每岁至如来大神变月满之日,出示众人。(即印度十二月三十日,当此正月十五日也。)此时也,或放光,或雨花。"[②]随着佛教传入中国,此俗或亦随之而来。[③]

无论其起于何时,唐时正月十五已成为节日,并已有了赏灯之俗。唐人小说中多有上元赏灯的描写,刘肃《大唐新语》言及神龙之际的上元灯会盛况:

> 神龙之际,京城正月望日,盛饰灯影之会。金吾弛禁,特许夜行。贵游戚属,及下俚工贾,无不夜游。车马骈阗,人不得顾。王主之家,马上作乐以相夸竞。文士皆赋诗一章,以纪其事。作者数百人,唯中书侍郎苏味道、吏部员外郎郭利贞、殿中侍御史崔液三人为绝唱。味

[①] 朱弁撰,孔凡礼点校:《曲洧旧闻》卷七"上元张灯",中华书局2002年版,第180页。
[②] 玄奘、辩机撰,季羡林等校注:《大唐西域记校注》卷八《摩揭陀国上》,中华书局1985年版,第693页。
[③] 关于上元节之起源,朱红博士在其论文《唐代节日民俗与文学研究》(2002年复旦大学博士论文)一文中有考辨,可参看。

> 道诗曰:“火树银花合,星桥铁锁开。暗尘随马去,明月逐人来。游骑皆秾李,行歌尽落梅。金吾不禁夜,玉漏莫相催。”利贞曰:“九陌连灯影,千门度月华。倾城出宝骑,匝路转香车。烂漫唯愁晓,周旋不问家。更逢清管发,处处落梅花。”液曰:“今年春色胜常年,此夜风光正可怜。鳷鹊楼前新月满,凤凰台上宝灯燃。”文多不尽载。①

上元之夜“金吾弛禁,特许夜行”,上至贵游戚属,下及俚工贾客,无不参与游观。而其时文士更是以诗纪其盛况。此篇中所云苏味道诗,确为历代上元赏灯诗作中的名篇,“暗尘随马去,明月逐人来”句尤为人所称道。

唐玄宗颇耽游观,唐人小说中多有记其上元赏灯之事者,《叶法善》中云其与叶法善上元观灯:

> 开元初,正月望夜,玄宗移仗于上阳宫以观灯。尚方匠毛顺心,结构彩楼三十余间,金翠珠玉,间厕其内。楼高百五十尺,微风所触,锵然成韵。以灯为龙、凤、螭、豹腾踯之状,似非人力。玄宗见大悦,促召师观于楼下,人莫知之。师曰:“灯火之盛,固无比矣,然西凉府今夕之灯,不亚于此。”玄宗曰:“师顷尝游乎?”曰:“适自彼来,便蒙急召。”玄宗异其言曰:“今欲一往得乎?”曰:“此易耳。”于是令玄宗闭目,约曰:“必不得妄视,若误有所视,必有非常惊骇。”如其言,闭目距跃,已在霄汉。俄而足已及地,曰:“可以观矣。”既睹影灯,连亘数十里,车马骈阗,士女纷委。玄宗称其盛者久之,乃请回。复闭目腾空而上。顷之已在楼下,而歌舞之曲未终。②

小说中言及当时制灯巧匠毛顺心,为彩灯三十余座,高达一百五十尺,且灯之形状各异,有“龙、凤、螭、豹腾踯之状”,栩栩如生,十分精美,以至让人觉得“似非人力”所能达到。不仅京城如此,甚至连西凉府的灯会也盛

---

① 刘肃撰,许德楠、李鼎霞点校:《大唐新语》卷八《文章第十八》,中华书局2004年版,第127—128页。

② 李昉等:《太平广记》卷二六《神仙二十六》“叶法善”,中华书局2003年版,第172页。

况空前,"连亘数十里,车马骈阗,士女纷委",足见当时上元赏灯之风甚炽。此事《明皇杂录》中亦有载,文略而已。①

牛僧孺《玄怪录·开元明皇幸广陵》又有唐明皇于上元游广陵灯会的故事:

> 开元十八年正月望夕,帝谓叶仙师曰:"四方之盛,陈于此夕,师知何处极丽?"对曰:"灯烛华丽,百戏陈设,士女争妍,粉黛相染,天下无逾于广陵矣。"帝曰:"何术可使吾一观之?"师曰:"侍御皆可,何独陛下乎。"俄而虹桥起于殿前,板阁架虚,兰楯若画。师奏:"桥成,请行,但无回顾而已。"于是帝步而上之,太真及侍臣高力士、黄幡绰、乐官数十人从行,步步渐高,若造云中。俄顷之间,已到广陵矣。月色如昼,街陌绳直,寺观陈设之盛,灯火之光,照灼台殿。士女华丽,若行化焉,而皆仰望曰:"仙人现于五色云中。"乃蹈舞而拜,阗溢里巷。帝大悦焉……②

此篇中叶法善作法,架虹桥而至广陵的情节,与《叶法善》中腾空驾云而至西凉的构思一样,可为妙思,充满诗意。

唐人小说对上元灯会的描写往往十分精彩,除《叶法善》及《玄怪录·开元明皇幸广陵》之外,再如《朝野佥载》叙睿宗时上元灯会:

> 睿宗先天二年正月十五、十六夜,于京师安福门外作灯轮高二十丈,衣以锦绮,饰以金玉,燃五万盏灯,簇之如花树。宫女千数,衣罗绮,曳锦绣,耀珠翠,施香粉。一花冠、一巾帔皆万钱,装束一妓女皆至三百贯。妙简长安、万年少女妇千余人,衣服、花钗、媚子亦称是,于灯轮下踏歌三日夜,欢乐之极,未始有之。③

---

① 郑处诲撰,田廷柱点校:《明皇杂录》逸文"玄宗夜游西凉州",中华书局1994年版,第55页。
② 牛僧孺撰,程毅中点校:《玄怪录》卷一〇"开元明皇幸广陵",中华书局2014年版,第100页。
③ 张鷟撰,赵守俨点校:《朝野佥载》卷三,中华书局2005年版,第69页。

唐人小说中出了这种描绘灯会盛况的情节外,其间对灯饰制作亦颇多描绘,如《叶法善》及《朝野佥载》,再如《开元天宝遗事》中言及韩国夫人之灯树云:"韩国夫人置百枝灯树,高八十丈,竖之高山,上元夜点之,百里皆见,光明夺月色也。"而杨国忠则以千烛为饰:"杨国忠子弟,每至上元夜,各有千炬红烛围于左右。"①

当然,上元夜在赏灯的同时,又其他诸种娱乐,如上文《朝野佥载》于上元夜千余人"少女妇"所表演的"踏歌"又如《开元天宝遗事》中的"探官"游戏:"都中每至正月十五日,造面茧,以官位帖子,卜官位高下,或赌筵宴,以为戏笑。"②又有其他歌舞游戏。《明皇杂录》卷下云:"每正月望夜,又御勤政楼,观作乐。贵臣戚里,官设看楼。夜阑,即遣宫女于楼前歌舞以娱之。"③《影灯记》云:"正月十五日夜,玄宗于常春殿张临光宴。白鹭转花,黄龙吐水,金凫银燕,浮光洞,攒星阁,皆灯也。奏《灯月分光曲》。又撒蜀红锦荔枝千万颗,令宫人争拾,多者赏以红圈帔、绿台衫。"④《影灯记》又云:"洛阳人家上元以影灯多者为上,其相胜之词曰:'千影万影。'又各家造芋郎君食之,宜男女。仍互送鸡肉酒,用六寸瓶贮之,于亲知门前,留地而去。"⑤

二、中秋玩月

挂在长空中的那轮皓月,往往让人生出无尽的遐想,总想纵身一跃,飞入其间,或轻举衣袂,揽之入怀。于是就有了嫦娥奔月的神话,有了诸如李白"欲上青天揽明月"的浪漫奇想,也有了一年一度专门的赏月节日——中秋。

据宋人朱弁在《曲洧旧闻》中言及中秋之夜、赏玩明月的源起,他说:"中秋玩月,不知起何时。考古人赋诗,则始于杜子美。而戎昱《登楼望

---

① 王仁裕撰,丁如明校点:《开元天宝遗事》卷下"百枝灯树",《唐五代笔记说小大观》下册,上海古籍出版社2000年版,第1741页。
② 王仁裕撰,丁如明校点:《开元天宝遗事》卷下"探官",《唐五代笔记小说大观》下册,上海古籍出版社2000年版,第1729页。
③ 郑处诲撰,田廷柱点校:《明皇杂录》卷下"唐玄宗大酺",中华书局1994年版,第26页。
④ 冯贽:《云仙散录》五四《临光宴》,中华书局1998年版,第20页。
⑤ 冯贽:《云仙散录》一五四《芋郎君》,中华书局1998年版,第49页。

月》、冷朝阳《与空上人宿华严寺对月》、陈羽《鉴湖望月》、张南史《和崔中丞望月》、武元衡《锦楼望月》,皆在中秋。则自杜子美以后,班班形于篇什,前乎杜子美,想已然也。第以赋咏不著见于世耳。江左如梁元帝《江上望月》、朱超《舟中望月》、庾肩吾《望月》,而其子信亦有《舟中望月》,唐太宗《辽城望月》,虽各有诗,而皆非为中秋宴赏而作,然则玩月盛于中秋,其在开元以后乎!今则不问华夷,所在皆然矣。"①可见,中秋玩月之俗,流行起来或当在唐玄宗开元以后,而玩月赋诗则始于杜甫。

唐人留下大量的中秋玩月之诗,名篇佳制甚夥,除杜甫《八月十五夜月二首》之外,又有刘禹锡的《八月十五日夜玩月》、白居易的《中秋月》、李频的《中秋对月》、僧栖白的《八月十五夜月》等,或细致描绘中秋月之情状,或借玩月写心抒怀,传情达意,均情思婉转,理致可观。如僧栖白的《八月十五夜月》:"寻常三五夜,岂是不婵娟。及至中秋半,还胜别夜圆。清光凝有露,皓色爽无烟。自古人皆望,年来复一年。"②从寻常三五夜之月而及中秋之月,又在描绘中秋月的清光皓色中,生发出"自古人皆望,年来复一年"的感叹。

中秋玩月,唐人不仅咏之以诗,留下许多绝妙好诗。也形之于小说,留下许多中秋玩月的曼妙故事。这些故事多充满烂漫情致与翩翩异想。

《宣室志·周生架梯取月》故事,颇具代表性。小说大略云唐太和中有周生者,精通道术,将往洛谷之间,途次广陵,舍佛寺中,遇三四客,时值中秋,"其夕霁月澄莹",周生与客共赏明月,"且吟且望"。有人说开元时明皇帝游月宫事,相与感叹,于是周生言自己"能挈月致之怀袂",并为诸客试之:

  因命虚一室,翳四垣,不使有纤隙。又命以箸数百,呼其僮绳而架之,且告客曰:"我将梯此取月去,闻呼可来观。"乃闭户久之。数

---

① 朱弁:《曲洧旧闻》卷八"玩月盛于中秋",中华书局 2002 年版,第 194 页。今学术界对中秋节形成于何时有两种观点,见本书前言。
② 僧栖白:《八月十五夜月》,《才调集》卷九,《唐人选唐诗十种》,上海古籍出版社 1978 年版,第 658 页。

客步庭中,且伺焉。忽觉天地曛晦,仰而视之,即又无纤云。俄闻生呼曰:"某至矣。"因开其室,生曰:"月在某衣中耳,请客观焉。"因以举之,其衣中出月寸许,忽一室尽明,寒逼肌骨。生曰:"子不信我,今信乎?"客再拜谢之,愿收其光。因又闭户,其外尚昏晦,食顷方如初。①

此即著名的"梯云挈月"之原典。中秋之夜,周生以箸数百,绳而架之,梯以取月。而其取来之月,居然只有"寸许",能藏在衣中。想象奇特,绰约婉妙。值得注意的是,在《周生架梯取月》中,又言及"开元时明皇帝游月宫事",此事见之于另一篇唐人小说《神仙感遇传·罗公远》,是另一个与中秋玩月有关的奇妙故事,其云:

开元中,中秋望夜,时玄宗于宫中玩月,公远奏曰:"陛下莫要至月中看否?"乃取拄杖,向空掷之,化为大桥,其色如银。请玄宗同登,约行数十里,精光夺目,寒色侵人,遂至大城阙。公远曰:"此月宫也。"见仙女数百,皆素练霓衣,舞于广庭。玄宗问曰:"此何曲也?"曰:"《霓裳羽衣》也。"玄宗密记其声调,遂回。却顾其桥,随步而灭。且召伶官,依其声调作《霓裳羽衣曲》。②

罗公远抛杖成桥,与玄宗登之入月,异想翩然。小说中又虚构《霓裳羽衣》之曲来自月宫,闲来一笔,亦见巧思。而此事亦见于另一篇唐人小说,只不过罗公远变成了叶法善:

又尝因八月望夜,师与玄宗游月宫,聆月中天乐,问其曲名,曰:"《紫云曲》。"玄宗素晓音律,默记其声,归传其音,名之曰《霓裳

---

① 张读撰,张永钦、侯志明点校:《宣室志》辑佚"周生架梯取月",中华书局1983年版,第169页。
② 李昉等:《太平广记》卷二二《神仙二十二》"罗公远",中华书局2003年版,第147页。

羽衣》。①

而《龙城录》的描述,则又略有不同:

> 开元六年,上皇与申天师、道士泓都客,八月望日夜,因天师作术,三人同在云上游月中。过一大门,在玉光中飞浮,宫殿往来无定,寒气逼人,露濡衣袖皆湿。顷见一大官府,榜曰"广寒清虚之府"。其守门兵卫甚严,白刃粲然,望之如凝雪。时三人皆止其下,不得入。天师引上皇起跃,身如在烟雾中。下视王城崔巍,但闻清香霭郁,视下若万里琉璃之田。其间见有仙人道士,乘云驾鹤,往来若游戏。少焉,步向前,觉翠色冷光,相射目眩,极寒不可进。下见有素娥十余人,皆皓衣乘白鸾往来,舞笑于广陵大桂树下。又听乐音嘈杂,亦甚清丽。上皇素解音律,熟览而意已传。顷天师亟欲归,三人下若旋风。忽悟,若醉中梦回尔。次夜,上皇欲再求往,天师但笑谢而不允。上皇因想素娥风中飞舞袖,被编律成音,制《霓裳羽衣舞曲》。自古泊今,清丽无复加于是矣。②

小说流播,唐玄宗游月宫之事遂成故实,后来小说如《宣室志·周生架梯取月》,乃见引用。除此而外,唐人小说中关于唐玄宗中秋玩月,又尚有"望月台"之事,唐玄宗八月十五于太液池赏月,望月不尽,而生筑高台之意:

> 玄宗八月十五日夜与贵妃临太液池,凭栏望月不尽,帝意不快,遂敕令左右:"于池西岸别筑百尺高台,与吾妃子来年望月。"后经禄山之兵,不复置焉,惟有基址而已。③

---

① 李昉等:《太平广记》卷二六《神仙二十六》"叶法善",中华书局2003年版,第172页。
② 柳宗元撰,曹中孚校点:《龙城录》"明皇梦游广寒宫",《唐五代笔记小说大观》上册,上海古籍出版社2000年版,第143页。
③ 王仁裕撰,丁如明校点:《开元天宝遗事》卷下"望月台",《唐五代笔记小说大观》下册,上海古籍出版社2000年版,第1744页。

关于玄宗游月宫之传说见于多处史籍,高国藩先生在《敦煌科幻故事〈唐玄宗游月宫〉及其流变》一文中对此有详细的考证说明,可参看。①

唐人小说也有据神话传说而引申联想、编造中秋玩月故事者。如段成式《酉阳杂俎》前集卷一《天咫》载有人于八月十五夜赏月遇金蟾蜍事:"长庆中,八月十五日夜,有人玩月,见林中光属天如匹布。其人寻视之,见一金背虾蟆,疑是月中者。"②在原初的嫦娥奔月神话中,嫦娥奔月后变成了"蟾蜍",张衡《灵宪》即云:"羿请无死之药于西王母,姮娥窃之以奔月。将往,枚筮之于有黄。有黄占之曰:'吉。翩翩归妹,独将西行,逢天晦芒,毋惊毋恐,后其大昌。'姮娥遂托身于月,是为蟾蜍。"③沙坪坝出土的汉代石棺嫦娥画像,刻的就是两足蟾人立而持杵下捣的嫦娥之像,这恐怕是人们对其偷药的惩罚。随着神仙方术之说的兴起和流行,月中嫦娥是十分理想的仙化资材,于是神仙方术家就对嫦娥奔月神话加以改造,淡化了其偷药的负罪情节,将其变成了翩翩神女,列入神仙谱系中,但蟾蜍并没有消失,而是彻底物化,成为月中陪伴嫦娥的成员之一。段成式《酉阳杂俎》中的这一故事,当据此而来,亦是唐人中秋对月时的翩跹想象。物化的蟾蜍,作为月中之物,也逐渐成为人们的通常观念,《宣室志》所载李揆见蟾蜍故事,颇能说明这一点。其云:

> 李揆于乾元中为礼部侍郎,尝一日昼坐于堂之前轩,忽闻堂中有声极震,若墙圮。揆惊,入视之,见一虾蟆俯于地,高数尺,魁然殊状。揆且惊且异,莫穷其来,即命家童以巨缶盖之。客曰:"夫虾蟆者,月中之物,亦天使也。今天使来公堂,岂非上帝以荣命付公乎?"黎明,启视之,已亡见矣。后数日,果拜中书侍郎、平章事。④

---

① 高国藩:《敦煌俗文化学》十四《敦煌科幻故事〈唐玄宗游月宫〉及其流变》,上海三联书店1999年版,第384—408页。
② 段成式撰,许逸民校笺:《酉阳杂俎校笺》前集卷一《天咫》,中华书局2016年版,第97页。
③ 张衡:《灵宪》,见范晔《后汉书》《志第十·天文志上》刘昭注引,中华书局2011年版,第3216页。
④ 张读撰,张永钦、侯志明点校:《宣室志》卷一"虾蟆天使",中华书局1983年版,第1页。

三、唐人小说中的节庆意象及其小说功能

唐人在节庆中的各种习俗,在唐人小说中构成了一幅幅特有的民俗意象画卷。同时,这些节庆意象,亦承担着表意与叙事功能,以下对此略作概述。

除上述上元与中秋之外,唐人的其他节庆习尚在小说中亦多有呈现,比如,七夕夜的乞巧之俗,《开元天宝遗事》云:

> 帝与贵妃,每至七月七日夜在华清宫游宴。时宫女辈陈瓜花酒馔列于庭中,求恩于牵牛、织女星也。又各捉蜘蛛闭于小合中,至晓开视蛛网稀密,以为得巧之候。密者言巧多,稀者言巧少。民间亦效之。①

又云:

> 宫中以锦结成楼殿,高百尺,上可以胜数十人,陈以瓜果酒炙,设坐具,以祀牛、女二星。嫔妃各以九孔针、五色线,向月穿之,过者为得巧之候。动清商之曲,宴乐达旦。士民之家皆效之。②

《唐语林》言及此俗之流变,其云:"七夕者,七月七日夜。《荆楚岁时记》云:'七夕,妇人穿七孔针,设瓜果于庭以乞巧。'今人乃以七月六日夜为之,至明晓望于彩楼,以冀织女遗丝,乃是七'晓',非'夕'也。又取六夜穿七窍针,益谬矣。今贵家或连二宵陈乞巧之具,此不过苟悦童稚而已。"③ 又,陈鸿《长恨歌传》云:"秋七月,牵牛织女相见之夕,秦人风俗,是

---

① 王仁裕撰,丁如明校点:《开元天宝遗事》卷下"蛛丝才巧",《唐五代笔记小说大观》下册,上海古籍出版社 2000 年版,第 1730 页。
② 王仁裕撰,丁如明校点:《开元天宝遗事》卷下"乞巧楼",《唐五代笔记小说大观》下册,上海古籍出版社 2000 年版,第 1738 页。
③ 王谠:《唐语林》卷八,中华书局 1987 年版,第 736—737 页。

夜张锦绣,陈饮食,树瓜华,焚香于庭,号为乞巧。宫掖间尤尚之。"①《西京杂记》云:"汉彩女常以七月七日夜,穿七针于开襟楼,俱以习之。"②则秦汉时已有此俗。

又如中元的观灯之俗,唐人的中元节灯会多陈设于寺庙,且有百戏表演。《传奇·崔炜》云:"时中元日,番禺人多陈设珍异于佛庙,集百戏于开元寺。"士庶皆往游观,《传奇·颜濬》即云:"中元日,来游瓦官阁,仕女阗咽。"③

又如唐人的寒食节荡秋千之俗,《开元天宝遗事》云:"天宝宫中,至寒食节,竞竖秋千,令宫嫔辈戏笑,以为宴乐。帝呼为半仙之戏,都中士民因而呼之。"④

又如清明节有斗鸡之习,《东城老父传》云:"玄宗在藩邸时,乐民间清明节斗鸡戏。及即位,治鸡坊于两宫间。"⑤

又如除岁日有傩舞表演,《南部新书》云:"岁除日,太常卿领官属乐吏并护僮侲子千人,晚入内。至夜,于寝殿前进傩。然蜡炬,燎沉檀,荧煌如昼,上与亲王妃主已下观之,其夕赏赐甚多。是日,衣冠家子弟多觅侲子之衣,着而窃看宫中。"⑥

唐人小说中涉及节庆习俗的描写还有很多,此不一一列举。唐人小说中的这些节庆意象,除轶事小说外,在绝大多数情况下,并不是单纯简单的传述,而是常常承载着某种表意与叙事功能。

如《叶法善》中叶法善上元节携玄宗游西凉意象、《玄怪录·开元明皇幸广陵》中叶仙师上元节为唐玄宗架虹桥游广陵意象、《宣室志·周生架梯取月》中周生中秋"梯云挈月"意象、《神仙感遇传·罗公远》中的罗

---

① 陈鸿:《长恨歌传》,李剑国辑校《唐五代传奇集》第二编卷一一,中华书局2015年版,第758页。
② 李昉等:《太平广记》卷二二九《玩器一》"汉宣帝",中华书局2003年版,第1760页。
③ 裴铏撰,周楞伽辑注:《传奇》"颜濬",上海古籍出版社1980年版,第14页,第102页。
④ 王仁裕撰,丁如明校点:《开元天宝遗事》卷下"半仙之戏",《唐五代笔记小说大观》下册,上海古籍出版社2000年版,第1732页。
⑤ 陈鸿:《东城老父传》,李剑国辑校《唐五代传奇集》第二编卷一一,中华书局2015年版,第769页。
⑥ 钱易撰,黄寿成点校:《南部新书》乙,中华书局2002年版,第22页。

公远中秋携唐玄宗游月宫意象以及《龙城录》"明皇梦游广寒宫"中申天师中秋携唐玄宗游月宫意象,都是借上元赏灯与中秋玩月,幻设为文,表现如叶法善、周生、罗公远、申天师等术士的超凡道术与技艺。此类民俗意象在小说中的表意功能是显而易见的。

而如《传奇》中《崔炜》《颜濬》中的中元节赏灯意象,则不是为了表现主人公的某一品性而设,而是借以帮助叙事构建。《传奇·崔炜》中崔炜因财业殚尽,栖止佛舍,于是作者借中元日番禺"多陈设珍异于佛庙,集百戏于开元寺"的中元节习俗,构建起崔炜于此遇神秘老妪的情节:

> 时中元日,番禺人多陈设珍异于佛庙,集百戏于开元寺。炜因窥之,见乞食老妪,因蹶而覆人之酒瓮,当垆者殴之,计其直,仅一缗耳。炜怜之,脱衣为偿其所直,妪不谢而去。①

而崔炜与此老妪的相遇,实是小说整个故事情节的基础。《传奇·颜濬》中的中元节游寺意象,亦承担着叙事构建的功能。颜濬下第之建业途中,遇赵幼芳,相语甚洽,遂有再次相晤之约,而这再次相晤的时间地点,小说即借中元节游寺而构建:

> 抵白沙,各迁舟航,青衣谢濬曰:"数日承君深顾,某陋拙,不足奉欢笑,然亦有一事可以奉酬。中元必游瓦官阁,此时当为君会一神仙中人,况君风仪才调,亦甚相称,望不渝此约。至时,某候于彼。"言讫,各登舟而去。濬志其言。中元日,来游瓦官阁,士女阗咽。及登阁,果有美人,从二女仆,皆双鬟而有媚态。美人倚栏独语,悲叹久之。濬注视不已;双鬟笑曰:"憨措大,收取眼。"美人亦讶之。乃曰:"幼芳之言不缪矣。"使双鬟传语曰:"西廊有惠鉴阇黎院,则某旧门徒,君可至是,幼芳亦在彼。"濬甚喜,蹑其踪而去,果见同舟青衣出而微笑。濬遂与美人叙寒暄,言语竟日。②

---

① 裴铏撰,周楞伽辑注:《传奇》"崔炜",上海古籍出版社1980年版,第14页。
② 裴铏撰,周楞伽辑注:《传奇》"颜濬",上海古籍出版社1980年版,第102页。

以特殊的节庆民俗意象构建小说情节,好处就在于合乎情理且自然亲切。现实的日常生活中,由于有节日的便于记忆和不会变更的好处,人们也常以节日为约定的期日,而在特殊的非常时期,如鼎革之际、离乱之中,则更是如此,《本事诗·情感》所载徐德言与其妻在陈亡之际以正月望日为期的约定即是最好的例证:

陈太子舍人徐德言之妻,后主叔宝之妹,封乐昌公主,才色冠绝。时陈政方乱,德言知不相保,谓其妻曰:"以君之才容,国亡必入权豪之家,斯永绝矣。傥情缘未断,犹冀相见,宜有以信之。"乃破一镜,人执其半,约曰:"他日必以正月望日卖于都市,我当在,即以是日访之。"及陈亡,其妻果入越公杨素之家,宠嬖殊厚。德言流离辛苦,仅能至京,遂以正月望日访于都市。有苍头卖半镜者,大高其价,人皆笑之。德言直引至其居,设食,具言其故,出半镜以合之,仍题诗曰:"镜与人俱去,镜归人不归。无复嫦娥影,空留明月辉。"陈氏得诗,涕泣不食。素知之,怆然改容,即召德言,还其妻,仍厚遗之。闻者无不感叹。仍与德言、陈氏偕饮,令陈氏为诗,曰:"今日何迁次?新官对旧官。笑啼俱不敢,方验作人难。"遂与德言归江南,竟以终老。①

另外,唐人小说中的节庆民俗意象,有时候主要是作为小说故事情节的背景而存在,为小说故事情节的展开营造出相应的氛围。如薛用弱《集异记·李子牟》:

李子牟者,唐蔡王第七子也。风仪爽秀,才调高雅,性闲音律,尤善吹笛,天下莫比其能。江陵旧俗:孟春望夕,尚列影灯,其时士女缘江,骈阗纵观。子牟客游荆门,适逢其会,因谓朋从曰:"吾吹笛一曲,能令万众寂尔无哗。"于是同游赞成其事。子牟即登楼,临轩回

---

① 孟棨撰,李学颖校点:《本事诗》情感第一,《唐五代笔记小说大观》下册,上海古籍出版社 2000 年版,第 1238 页。

奏,清声一发,百戏皆停,行人驻愁,坐者起听。曲罢良久,众声复喧。①

李子牟,即李謩,又作李谟、李牟,"牟""谟"与"謩"音近,遂至相混,进而又讹传为"子牟"。李謩为唐天宝时人,善吹笛。元稹《连昌宫词》有诗句云:"李謩擪笛傍宫墙,偷得新翻数般曲。"其下自注:"明皇尝于上阳宫夜后按新翻一曲,属明夕正月十五日,潜游灯下,忽闻酒楼上有笛奏前夕新曲,大骇之。明日密遣捕捉笛者,诘验之,自云:'其夕窃于天津桥玩月,闻宫中度曲,遂于桥柱上插谱记之,臣即长安少年善笛者李謩也。'"李謩之事,唐代已流传颇广,唐人小说本之其事者,有李肇《唐国史补》中的《李舟著笛记》及《李牟夜吹笛》、卢肇《逸史·李謩》、薛用弱《集异记·李子牟》、郑还古《博异志·吕乡筠》及段安节《乐府杂录·笛》五篇。另外,《甘泽谣·许云封》亦涉李謩,小说主人公许云封为"李謩外孙"。

李肇《唐国史补·李牟》等五篇小说,由于均本之李謩事,故事情节大略相类,除《集异记·李子牟》外,其他四篇小说中均不言及其吹笛遇异叟事是在"孟春望夕"。

《唐国史补》中的《李舟著笛记》及《李牟夜吹笛》及《乐府杂录·笛》最为简括,《唐国史补》《李舟著笛记》及《李牟夜吹笛》云:

李舟好事,尝得村舍烟竹,截以为笛,坚如铁石,以遗李牟。牟吹笛天下第一,月夜泛江,维舟吹之,寥亮逸发,上彻云表。俄有客独立于岸,呼船请载。既至,请笛而吹,甚为精壮,山河可裂,牟平生未尝见。及入破,呼吸盘擗,其笛应声粉碎,客散,不知所之。舟著《记》,疑其蛟龙也。

李牟秋夜吹笛于瓜洲,舟楫甚隘。初发调,群动皆息。及数奏,微风飒然而至。又俄顷,舟人贾客,皆怨叹悲泣之声。②

---

① 薛用弱:《集异记》补编"李子牟",中华书局1980年版,第29页。
② 李肇撰,曹中孚校点:《唐国史补》卷下"李舟著笛记","李牟夜吹笛",《唐五代笔记小说大观》上册,上海古籍出版社2000年版,第195页。

《乐府杂录·笛》云：

> 开元中有李谟，独步于当时，后禄山乱，流落江东，越州刺史皇甫政月夜泛镜湖，命谟吹笛，谟为之尽妙。俄有一老父泛小舟来听，风骨泠秀，政异之，进而问焉。老父曰："某少善此，今闻至音，辄来听耳。"政即以谟笛授之，老父始奏一声，镜湖波浪摇动，数叠之后，笛遂中裂。即探怀中一笛，以毕其曲。政视舟下，见二龙翼舟而听。老父曲终，以笛付谟。谟吹之，竟不能声。即拜谢，以求其法。顷刻，老父入小舟，遂失所在。①

《唐国史补》其一条仅言"月夜泛江"，其二条仅言"秋夜吹笛于瓜洲"，《乐府杂录·笛》亦仅言"月夜泛镜湖"。卢肇《逸史·李謩》文略详，云李謩至越州，与州客举进士者十人，相约会于镜湖，"以费多人少，遂相约各召一客"，会中一人，以日晚方记得，不遑他请，遂邀其邻居之独孤丈。而此老人，即为身怀吹笛异技之人。当李謩吹笛之后，众皆"赞咏"而独孤丈"乃无一言"，众怒，而李謩以为其轻己，"又静思作一曲，更加妙绝"，而独孤丈"又无言"，当"会客同诮责"之时，独孤丈始徐言："公安知仆不会也？"请李謩为吹"凉州"，曲终之评，始显其为知音者，于是众请其一试，果"发声入云"，及入破，"笛遂败裂，不复终曲"。明旦，李謩往候之，独孤丈已不知所去。也未具体明言时日。②

在《博异志·吕乡筠》中，主人公则由李謩变成了吕乡筠，吕乡筠为洞庭贾客，善吹笛，每遇好山水，"无不维舟探讨，吹笛而去"，尝于月夜，泊于君山侧，饮酒吹笛，一老叟乘渔舟而来，乡筠起迎舟上，"饮之数杯"之后，乃自称"少业笛"，欲教乡筠，先是"于怀袖间出笛三管：其一大如合拱，其次大如常人之蓄者，其一绝小如细笔管"。而当乡筠复拜请老叟一吹时，老叟始备述三笛之异，然后吹其小者，一发声，果如其言："抽笛吹三声，湖上风动，波涛沉瀁，鱼鳖跳喷，乡筠及童仆恐耸耆栗，五声六声，君山

---

① 陆楫等：《古今说海·说纂》，巴蜀书社1988年版，第712页。
② 李昉等：《太平广记》卷二〇四《乐二》"李謩"，中华书局2003年版，第1553页。

上鸟兽叫噪,月色昏昧,舟楫大恐。"老父遂止,饮满数杯,咏歌而去。亦仅言"月夜"泊船君山侧而已。①

所以,仅有薛用弱《集异记·李子牟》把故事发生的时间设定在上元节夜,因为此夜"士女缘江,骈阗纵观",为李子牟吹笛"能令万众寂尔无哗"提供了一个恰如其分的环境。也就是说,《李子牟》中使用上元节意象,主要在于突显李子牟吹笛技艺所需上元节"士女缘江,骈阗纵观"的盛大场面,为李子牟吹笛时"百戏皆停,行人驻愁,坐者起听"作铺垫。

第二节　唐人宴聚与宴聚风尚

唐人宴聚之时,觥筹交错,酣饮之间,为文赋诗自不待言,除此而外,亦尚有许多其他特殊的俗尚,这在唐人小说中也有精彩的呈现,构成小说中独特的宴聚画面,本节拟选择唐人宴聚中佐欢助兴的酒令与歌舞作粗略的探讨。

一、酒令

酒令是宴聚时劝酒佐兴的一种游戏。最初是指在宴席上监督众人饮酒之人,先秦时代就已有之,《诗经·小雅·宾之初筵》即云:"凡此饮酒,或醉或否。既立之监,或佐之史。"后逐渐演化为游戏,宋人窦苹《酒谱·酒令十二》说:"《诗·雅》云:'人之齐圣,饮酒温恭'。又云:'既立之监,或佐之史'。然则饮之立监、史也,所以已乱而备酒祸也,后世因之有酒令。"②不过,在唐以前,人们宴集饮酒,以酒令助兴还不普遍,《梁书·王规传》:"湘东王时为京尹,与朝士宴集,属规为酒令,规从容对曰:'自江左以来,未有兹举。'"王规因为"未有兹举"而不愿行令,可见酒令在那时还不流行。

至唐,宴集饮酒以酒令助兴才开始流行起来,唐李肇《唐国史补》卷下言及唐时举进士的种种情形时说:"进士为时所尚久矣。是故俊乂实集

---

① 谷神子:《博异志》补编"吕乡筠",中华书局1980年版,第25—26页。
② 宛委山堂本《说郛》卷九四,《说郛三种》,上海古籍出版社1988年版,第4294页。

其中,由此出者,终身为闻人……既捷,列书其姓名于慈恩寺塔,谓之题名会。大宴于曲江亭子,谓之曲江会。"①当时士人,进士题名后,往往要在曲江宴集,文人多风雅,故席间常设明府(即宴席主持)、录事(纠察坐客及行酒令之人)以酒令佐兴。此风流荡,遂渐成俗尚,故在唐代,从民间到士林,凡宴饮之会,多行酒令。

李肇在《唐国史补》卷下云:"令至李梢云而大备,自上及下,以为宜然。大抵有律令,有头盘,有抛打,盖工于举场,而盛于使幕。"②据此,唐时宴饮时所用酒令,主要有三大类,即律令,头盘,抛打。细分则名目繁多,如"花枝令""雅令""招手令""打令""历日令""急口令",等等。唐人诗文中就有吟咏饮酒传令之事者,如白居易《就花枝》诗,其曰:"就花枝,移酒海,今朝不醉明朝悔。且算欢娱逐日来,任他容鬓随年改。醉翻衫袖抛小令,笑掷骰盘呼大采。自量气力与心情,三五年闲犹得在。"

流行于唐代社会的酒令,当然也在唐人小说中留下了身影,成为唐人小说中一种颇具民俗意义的特殊意象。唐人小说中宴集欢会场景中常有饮酒传令的描绘,这些酒令或本来就在现实生活中广为流传,或出于作者的随文臆造,但均幽默机趣,多见奇致之思。

如在《玄怪录·刘讽》中,描写一群女鬼置酒于月下欢会,主要场面即为饮酒传令,女鬼们首先也请"一女郎为明府,一女郎为录事",先是明府女郎举觞浇酒,致祝词;嗣后翘翘录事独下一筹,罚蔡家娘子。蔡家娘子持杯受罚。然后又一女鬼起立,提议传酒令:

> 又一女郎起传口令,仍抽一翠簪,急说,须传翠簪,翠簪过令不通即罚。令曰:"鸾脑老,头脑好,好头脑鸾老。"传说数巡,因令紫绥下坐,使说令,紫绥素吃讷,令至,但称"鸾鸾"。女郎皆笑,曰:"昔贺若弼弄长孙鸾侍郎,以其年老口吃,又无发,故造此令。"③

---

① 李肇撰,曹中孚校点:《唐国史补》卷下,《唐五代笔记小说大观》上册,上海古籍出版社2000年版,第193页。
② 同上,第197页。
③ 牛僧孺撰,程毅中点校:《玄怪录》卷六"刘讽",中华书局2014年版,第53—54页。

鸾老令是唐代广为流传的酒令之一,《全唐诗》卷八九七收录,此令为隋代贺若弼所造,起因如小说中所言:"昔贺若弼弄长孙鸾侍郎,以其年老口吃,又无发,故造此令。"贺若弼仕周、隋,仕周,官至寿州刺史,襄邑县公。入隋,因平陈有功,封右武侯大将军。此为其嘲长孙鸾年老口吃而造,属于酒令中的急口令,它巧妙利用汉语中声母"l"与"n""h"之间的相近发音,造成发音拗折,不易说得流畅,读来具有十分强烈的喜剧效果,因而也营造出欢快热烈的氛围。

大多数唐人小说中的酒令出于作者的随文臆造,这些酒令,除营造欢快热烈的氛围之外,也成为刻画人物形象的重要手段。在饮酒传令中,自然而不动声色地展现人物的才情与品性。如《玄怪录·来君绰》,小说叙来君绰与秀才罗巡、罗逖、李万进等亡命海州,途中夜投一宿处,主人威污蠛"命酒合坐","渐至酣畅",席间主人"谈谑交至",来君绰诸人几乎"不能对",于是来君绰欲以酒令挫之:

> 君绰颇不能平,欲以理挫之,无计,因举觞曰:"君绰请起一令,以坐中姓名双声者,犯罚如律。"君绰曰:"威污蠛。"实讥其姓。众皆抚手大笑,以为得言。及至污蠛,改令曰:"以坐中人姓为歌声,自二字至五字。"令曰:"罗李,罗来李,罗李罗来,罗李罗李来。"众皆惭其辩捷。①

文中酒令当为作者根据人物及情节臆造而成,但无疑十分精巧别致,既突显了人物形象,又使行文充满婉妙的机趣。来君绰本欲以别致出奇的酒令挫损威污蠛,却被对方轻易对出,在相互的酒令对答中,威污蠛的"辩捷"之才也被成功地表现了出来。

显然,酒令在唐人小说中被创造性地赋予了多种功能,除以上所列之外,有时,酒令也成为小说中男女主人公传情达意的方式。如《游仙窟》中"我"与五嫂、十娘即以酒令来相互表情达意。五嫂首先宣示酒令规

---

① 牛僧孺撰,程毅中点校:《玄怪录》卷四"来君绰",中华书局2014年版,第38—39页。

则:"不是赋古诗云,断章取义,惟须得情,若不惬当,罪有科罚。"十娘即遵命行令曰:"关关雎鸠,在河之洲。窈窕淑女,君子好逑。"此令以《诗经·关雎》一章,寓求欢之意。"我"闻令后,当然心领神会,还令曰:"南有樛木,不可休息。汉有游女,不可求思。"以《诗经·汉广》一章,寓欲求而无由之意。接下来五嫂再还令曰:"折薪如之何?匪斧不克。娶妻如之何?匪媒不得。"①以《诗经·南山》一章,表达愿作津梁、为二人通好之意。

在酒令游戏中,还可以寄寓兴亡之势。如《大业拾遗记》中,有一段文字描写隋炀帝于宫中小会,行左右离合令,即以拆字喻李渊将代隋炀帝:

> 帝于宫中尝小会,为拆字令,取左右离合之意。时杳娘侍侧,帝曰:"我取杳字,为十八日。"杳娘复解罗字为四维,帝顾萧妃曰:"尔能拆朕字乎?不能当醉一杯。"妃徐曰:"移左画居右,岂非渊字乎?"时人望多归唐公,帝闻之不怿,乃言:"吾不知此事,岂为非圣人邪?"②

流行于唐代社会中的酒令,在唐人小说中有多姿多彩的呈现,不仅使唐人小说充满文辩幽默之趣,也成为烘托场景氛围、塑造人物形象以及建构故事情节的重要手段。同时,这些酒令的存在,无疑也给唐人小说烙上了浓郁的民俗风情。

二、乐歌

唐人宴聚时,常设乐歌于前。此风在宫中尤甚,宫中专门设立了掌管乐舞的官署——教坊。崔令钦《教坊记》云:"西京右教坊在光宅坊,左教坊在延政坊,右多善歌,左多工舞,盖相因成习。东京两教坊俱在明义坊,

---

① 张文成撰,李时人、詹绪左校注:《游仙窟校注》,中华书局2012年版,第13页。
② 宛委山堂本《说郛》卷一一〇,《说郛三种》,上海古籍出版社1988年版,第5080页。

而右在南,左在北也。坊南西门外,即苑之东也。"①宫中每宴聚,则有音乐歌舞助兴,《明皇杂录·唐玄宗大酺事》中云:

  唐玄宗在东洛,大酺于五凤楼下,命三百里县令、刺史率其声乐来赴阙者,或谓令较其胜负而赏罚焉。时河内郡守令乐工数百人于车上,皆衣以锦绣,伏厢之牛,蒙以虎皮,及为犀象形状,观者骇目。时元鲁山遣乐工数十人,联袂歌《于蒍》。《于蒍》,鲁山文也。玄宗闻而异之,征其词,乃叹曰:"贤人之言也。"其后上谓宰臣曰:"河内之人其在涂炭乎?"促命征还,而授以散秩。每赐宴设酺会,则上御勤政楼。金吾及四军兵士未明陈仗,盛列旗帜,皆帔黄金甲,衣短后绣袍。太常陈乐,卫尉张幕后,诸蕃酋长就食。府县教坊,大陈山车旱船,寻橦走索,丸剑角抵,戏马斗鸡。又令宫女数百,饰以珠翠,衣以锦绣,自帷中出,击雷鼓为《破阵乐》《太平乐》《上元乐》。又引大象、犀牛入场,或拜舞,动中音律。②

唐玄宗于东洛大酺,让三百里范围内的县令、刺史都带上乐工来为其表演助兴,河内郡守的乐工因装扮特别而得到称赏,而元鲁山乐工之联袂而歌获得好评。文中又云唐玄宗"每赐宴设酺会",都要在勤政楼上观看乐舞表演,当然从此段记叙亦可知,宫中宴设酺会上的表演又不仅仅局限于歌舞,还包括诸如"山车旱船,寻橦走索,丸剑角抵,戏马斗鸡"等百戏。

皇宫如此,诸王府中亦是如此,如《开元天宝遗事》云:

  宁王宫有乐妓宠姐者,美姿色,善讴唱。每宴外客,其诸妓女尽在目前,惟宠姐客莫能见。饮欲半酣,词客李太白恃醉戏曰:"白久闻王有宠姐善歌,今酒肴醉饱,群公宴倦,王何吝此女示于众。"王笑谓左右曰:"设七宝花障,召宠姐于障后歌之。"白起谢曰:"虽不许见

---

① 崔令钦撰,曹中孚校点:《教坊记》,《唐五代笔记小说大观》上册,上海古籍出版社2000年版,第123页。
② 郑处诲撰,田廷柱点校:《明皇杂录》卷下"唐玄宗大酺",中华书局1994年版,第26页。

面,闻其声亦幸矣。"①

宁王宫中"每宴外客,其诸妓女尽在目前",几乎都有乐歌助兴。此还特别提到宁王宫中的"善讴唱"宠姐,深得宁王爱赏,密而宝之,以至从不让其"示于众"。可见,唐时宴聚以音乐歌舞助兴是较为普遍的风尚,宫廷如此,民间亦如是。《朝野佥载》记一事云:

> 唐贞观中,桂阳令阮嵩妻阎氏极妒。嵩在厅会客饮,召女奴歌,阎披发跣足袒臂,拔刀至席,诸客惊散。嵩伏床下,女奴狼狈而奔。刺史崔邈为嵩作考词云:"妇强夫弱,内刚外柔。一妻不能禁止,百姓如何整肃?妻既礼教不修,夫又精神何在?考下。省符解见任。"②

文中桂阳令阮嵩会客饮,本欲以歌助兴,"召女奴歌",不想因妻极妒,结果弄得十分狼狈,还因此被上司考为下等,丢了官。阮嵩家有妒妇而仍冒险在宴客之时召女奴为之唱歌助兴,于此可见民间此风亦不逊于宫廷。大凡宴聚置酒,多作歌舞。如《剧谈录·郭鄩见穷鬼》:"一旦与宾朋骤过鸣珂曲,有妇人靓妆立于门首。王氏驻马迟留,喜动颜色,因召同列者命酒开筵,为欢颇甚。时张生预其末,密访于左右,即安品子,善歌。是日歌数曲,王氏悉以金彩赠之,众皆讶其广费。"③又《纂异记·韦鲍生妓》云:"酒徒鲍生,家富畜妓。开成初,行历阳道中,止定山寺,遇外弟韦生下第东归,同憩水阁。鲍置酒。酒酣,韦谓鲍曰:'乐妓数辈焉在,得不有携挈者乎?'鲍生曰:'幸各无恙,然滞维扬日,连毙数驷,后乘既阙,不果悉从,唯与梦兰、小倩俱。今亦可以佐欢矣。'顷之,二双鬟抱胡琴、方响而

---

① 王仁裕撰,丁如明校点:《开元天宝遗事》卷下"隔障歌",《唐五代笔记小说大观》下册,上海古籍出版社 2000 年版,第 1739 页。
② 张鷟撰,赵守俨点校:《朝野佥载》卷四,中华书局 2005 年版,第 91 页。
③ 康骈撰,萧逸校点:《剧谈录》卷上"郭鄩见穷鬼",《唐五代笔记小说大观》下册,上海古籍出版社 2000 年版,第 1470 页。

至，遂坐韦生、鲍生之左，摐丝击金，响亮溪谷。"①

　　置酒为欢，则需有歌儿舞姬佐欢。有时，在宴聚时若没有乐工舞姬，参与者则自讴歌，如《玄怪录·刁俊朝》云："俊朝因留黄冠，烹鸡设食，食讫，贯酒欲饮。黄冠因啭喉高歌，又为丝匏琼玉之音，罔不铿锵可爱。既而辞去，莫知所诣，时大定中也。"②所以，那些善咏歌者往往很受欢迎，如沈亚之小说《感异记》中的主人公沈警，因"美风调，善吟咏。为梁东宫常侍，名著当时。每公卿宴集，必致骑邀之，语曰：'玄机在席，颠倒宾客。'其推重如此。"小说讲述了一个人神遇合故事："美风调，善吟咏"的吴兴武康人沈警，在出使秦陇途中，过张女郎庙而以酒祝神。暮宿客舍，凭窗望月，吟诗感怀。正吟咏间，有二女来访，称是张女郎姊妹，大者适庐山夫人长男，小者适衡山府君小子。以大姊生日前来拜访，故遇警于此。二女邀警同去其宫，饮酒弹琴、唱和赠答，极尽欢悦之情。小说中的饮酒歌咏之描写，诗意盎然，特别是沈警及二女郎所歌，均是绝妙好诗：

　　须臾，二女郎自阁后冉冉而至，揖警就坐，又具酒肴。于是大女郎弹箜篌，小女郎援琴，为数弄，皆非人世所闻。警嗟赏良久，愿请琴写之。小女郎笑而谓警曰："此是秦穆公、周灵王太子神仙所制，不可传于人间。"警粗记数弄，不复敢访。及酒酣，大女郎歌曰："人神相合兮后会难，邂逅相遇兮暂为欢。星汉移兮夜将阑，心未极兮且盘桓。"小女郎歌曰："洞箫响兮风生流，清夜阑兮管弦遒。长相思兮衡山曲，心断绝兮秦陇头。"又歌曰："陇上云车不复居，湘川斑竹泪沾余。谁念衡山烟雾里，空看雁足不传书。"警歌曰："义起曾历许多年，张硕凡得几时怜。何意今人不及昔，暂来相见更无缘。"二女郎相顾流涕，警亦下泪。小女郎谓警曰："兰香姨、智琼姊，亦常怀此恨矣。"警见二女郎歌咏极欢，而未知密契所在，警顾小女郎曰："润玉

---

① 李玫撰，李宗为校点：《纂异记》"韦鲍生妓"，《唐五代笔记小说大观》上册，上海古籍出版社2000年版，第513页。
② 牛僧孺撰，程毅中点校：《玄怪录》卷八"刁俊朝"，中华书局2014年版，第78页。

此人可念也。"①

沈亚之以委婉雅致的笔触,通过男主人公与女主人公之歌(实际上是绝美的诗作),将一个世俗化的艳遇神女故事雅化、诗化,使得小说文采斐然、格调清新、韵味悠长。这些佐兴的诗歌,实际上已经突破了简单的情节存在,而在小说中起着烘托气氛、创造情景的作用。

三、唐人小说中的宴聚意象及其小说功能

唐人宴聚之习尚,在酒令、歌舞、百戏之外,又有相互嘲戏之风。宫中亦有此风,《隋唐嘉话》叙长孙无忌与欧阳询于唐太宗宴会上互嘲之事:

> 太宗宴近臣,戏以嘲谑,赵公无忌嘲欧阳率更曰:"耸膊成山字,埋肩不出头。谁家麟阁上,画此一猕猴?"询应声云:"缩头连背暖,俛裆畏肚寒。只由心溷溷,所以面团团。"帝改容曰:"欧阳询岂不畏皇后闻?"赵公,后之兄也。②

又如《朝野佥载》叙张元一于武则天的宴席上嘲武懿宗事:

> 军回至都,置酒高会,元一于御前嘲懿宗曰:"长弓短度箭,蜀马临阶骗。去贼七百里,隈墙独自战。甲仗纵抛却,骑猪正南蹿。"上曰:"懿宗有马,何因骑猪?"对曰:"骑猪,夹豕走也。"上大笑。懿宗曰:"元一宿构,不是卒辞。"上曰:"尔叶韵与之。"懿宗曰:"请以莘韵。"元一应声曰:"裹头极草草,掠鬓不莘莘。未见桃花面皮,漫作杏子眼孔。"则天大悦,王极有惭色。③

---

① 沈亚之:《感异记》,李剑国辑校《唐五代传奇集》第二编卷一三,中华书局2015年版,第844页。
② 刘餗撰,程毅中点校:《隋唐嘉话》卷中,中华书局2005年版,第23页。
③ 张鷟撰,赵守俨点校:《朝野佥载》卷四,中华书局2005年版,第87页。

唐时宴聚之时为助兴佐欢,歌舞欢谑,是普遍习尚。又据宋欧阳修《归田录》卷下载,唐时士人宴聚时又尚有叶子格之戏:

> 唐世士人宴聚,盛行叶子格,五代、国初犹然,后渐废不传。今其格世或有之,而无人知者,惟昔杨大年好之。仲待制简,大年门下客也,故亦能之。大年又取叶子彩名红鹤、皂鹤者,别演为鹤格。郑宣徽戬、章郇公得象皆大年门下客也,故皆能之。予少时亦有此二格,后失其本,今绝无知者。①

此种流行于唐世的宴聚游戏,至欧阳修时已失传了。这也从一个侧面说明,唐世宴聚,自有其独特的趣尚习俗。

唐人宴聚情境,在《玄怪录·刘讽》中有完整而清晰的呈现,这里,我们不妨引录《刘讽》全文:

> 文明年,竟陵掾刘讽,夜投夷陵空馆,月明下憩。忽有一女郎西轩至,仪质温丽,缓歌闲步,徐徐至中轩,回命青衣曰:"紫绥,取西堂花茵来,兼屈刘家六姨姨、十四舅母、南邻翘翘小娘子,并将溢奴来,传语道此间好风月,足得游乐。弹琴咏诗,大是好事。虽有竟陵判司,此人已睡明月下,不足回避也。"
>
> 未几而三女郎至,一孩儿,色皆绝国。于是紫绥铺花茵于庭中,揖让班坐。坐中设犀角酒樽,象牙杓,绿罽花觯,白琉璃盏,醪醴馨香,远闻空际。女郎谈谑歌咏,音词清婉。
>
> 一女郎为明府,一女郎为录事。明府女郎举觞浇酒曰:"愿三姨婆寿等祇果山,六姨姨与三姨婆寿等,刘姨夫得太山府君纠判官,翘翘小娘子嫁得诸余国太子,溢奴便作诸余国宰相,某三四女伴总嫁得地府司文舍人,不然,嫁得平等王郎君六郎子、七郎子,则平生素望足矣。"一时皆笑曰:"须与蔡家娘子赏口。"翘翘录事独下一筹,罚蔡家

---

① 欧阳修撰,李伟国点校:《归田录》卷二,中华书局1997年版,第31页。

娘子曰:"刘姨夫才貌温茂,何故不与他五道主使,空称纠判官?怕六姨姨不欢,深吃一盏。"蔡家娘子即持杯曰:"诚知被罚,直缘刘姨夫年老眼暗,恐看五道黄纸文书不得,误大神伯公事。饮亦何伤。"于是众女郎皆笑倒。

又一女郎起传口令,仍抽一翠簪,急说,须传翠簪,翠簪过令不通即罚。令曰:"鸾脑老,头脑好,好头脑鸾好。"传说数巡,因令紫绥下坐,使说令。紫绥素吃讷,令至,但称"鸾鸾"。女郎皆笑,曰:"昔贺若弼弄长孙鸾侍郎,以其年老口吃,又无发,故造此令。"

三更后,皆弹琴击筑,齐唱迭和。歌曰:"明月清风,良宵会同。星河易翻,欢娱不终。绿樽翠杓,为君斟酌。今夕不饮,何时欢乐?"又歌曰:"杨柳杨柳,袅袅随风急,西楼美人春梦中,翠帘斜卷千条入。"又歌曰:"玉户金釭,愿陪君王。邯郸宫中,金石丝簧。卫女秦娥,左右成行。纨缟缤纷,翠眉红妆。王欢顾盼,为王歌舞。愿得君欢,常无灾苦。"

歌竟,已是四更。即有一黄衫人,头有角,仪貌甚伟,走入拜曰:"婆提王屈娘子,便请娘子速来!"女郎等皆起而受命,却传曰:"不知王见召,适相与望月至此。既蒙王呼唤,敢不奔赴。"因命青衣收拾盘筵。讽因大声嚏咳,视庭中无复一物。明旦,谛视之,拾得翠钗数个,将出示人,更不知是何物也。①

小说叙唐文明年间,竟陵掾刘讽投夷陵空馆夜宿,遇一群女鬼于月下宴聚,席间女鬼们谈谑歌咏,尽皆伶牙俐齿,其间相互调笑打趣,妙语连珠,洋溢着明朗、轻松、乐观、幽默的风调,全无鬼魅的幽暗与恐怖,却极富人间生活情趣。不难看出,《刘讽》并不承载写鬼小说的传统主题,它既不以报应灵验传道弘佛,也不以人鬼情恋撩人情思,又不以怪奇之事耸人视听。《刘讽》中的女鬼们,饮酒传令,谈谑歌咏,与其说是鬼,还不如说更像文士,她们在月下的聚会,与文人之雅集几无差别。可以说,《刘讽》

---

① 牛僧孺撰,程毅中点校:《玄怪录》卷六"刘讽",中华书局2014年版,第53—54页。

实际上是借女鬼们的月下聚会表现一种文人雅集之趣。就此而言,《刘讽》应该是写鬼故事中的别出一格者。

《刘讽》通过女鬼聚会较为完整地展现了唐时文人宴聚的情形,小说中女鬼们的宴聚过程大致可分为三个阶段。

第一阶段是聚会开始的祝福。女郎们设明府、录事,本来起于唐时进士曲江宴会,此处女鬼们饮酒也有此设,一如人间雅士相聚。"明府女郎"也就是"蔡家娘子"首先举杯洒酒,送出一串祝福,遍及座中诸人及其家人,不漏一个。细视这些祝福,主要着眼于三方面,一是年寿,对长者祝以高寿,如"愿三姨婆寿等祇果山,六姨姨与三姨婆寿等";一是禄位,如"刘姨夫得太山府君纠判官","溢奴便作诸余国宰相";一是婚姻,如"翘翘小娘子嫁得诸余国太子","某三四女伴总嫁得地府司文舍人,不然,嫁得平等王郎君六郎子、七郎子"。看来,鬼在阴间也希望长寿,也希望仕宦通显,也希望嫁得好郎,婚姻美满。这种心理,显然是唐时社会心理的折射,充满浓郁的世俗气息。明府女郎洒酒之后,翘翘录事对她大加调侃。这些祝酒之词,均洋溢着浓郁的人间日常生活气息,亲切、轻松,且带幽默、机辩之趣。其间女郎们口中提到的国名、官名、人名,如"诸余国""太山府君纠判官""地府司文舍人""五道主使""平等王郎君六郎子、七郎子"等,都是作者据其时幽冥观念而臆造出的冥府国名、官名。牛僧孺异想翩翩,在其小说中多有此类渺茫而新鲜的臆造,如《古元之》中的"和神国"就是一例。

第二阶段是传酒令,女鬼们所传为鸾老令,方法是:"抽一翠簪,急说,须传翠簪,翠簪过令不通即罚",因紫绶素吃讷,令至,但称"鸾老鸾老",引来众女鬼大笑。

最后是弹琴歌唱。饮酒谈谑,兴酣而歌,清雅之极。女鬼们在三更后,又"弹琴击筑,齐唱迭和"。所唱三首歌,其一为四言古体,音韵和谐流畅,写眼前美景,时下欢会,流露出及时行乐、不负良辰美景的思想。其二为杂言古体,为闺中之词,意象简洁而情味悠长。特别是"翠帘斜卷千条入"一句,尽显唐人风致。其三亦为声韵和谐流畅的四言古体,描写女鬼"愿陪君王"的心声,微露讽意而略带忧伤。此三首歌诗《全唐诗》卷八六六收录。牛僧孺并不以诗名,但其小说中插入的诗作,往往精妙,此三首歌诗即堪称"妙绝"者。

　　唐人宴聚特别是士人宴聚,其俗大抵如此。另外,于此也可以看出,唐人小说中的这些宴聚意象,除轶事小说在于传录旧闻轶事之外,在志怪及传奇小说中,如《玄怪录·刘讽》,往往是作为小说中的重要故事甚至是主要故事发生的场景。《刘讽》故事中的几乎所有情节,都发生在这次宴聚之中,如同戏剧中的舞台一般。小说起笔即以精细的笔墨,勾勒场景。这是一个明月高悬的宁静夜晚,"夷陵空馆",明月朗照,高雅而富有诗意,全无一般写鬼小说中凄凉幽暗的色调。然后故事中的人物——女鬼登场,四女鬼出现在西轩:"仪质温丽,缓歌闲步,徐徐至中轩。"仿佛人间大家闺秀月下闲步。忽生雅兴,于是回命青衣呼朋唤友,来此共赏风月:"传语道此间好风月,足得游乐。弹琴咏诗,大是好事。"虽然依旧把鬼们安排在夜间出现,但丝毫没有阴森恐怖之气,相反却诗意盎然。而且,如此开篇,通过女郎叙述,既引出其他人物,又于此点明整篇主旨:"弹琴咏诗。"

　　接着,小说叙述被邀的另外三女郎——长辈刘家六姨姨、十四舅母以及南邻翘翘小娘子——带着小孩儿溢奴登场,此三女郎,亦如前者,"色皆绝国"。这下就热闹了,三个女郎客人、一个小孩儿,加上四女郎,也就是"某三四女伴",还有青衣紫绥,总共九个鬼。对酒器的描写相当夸饰,一方面突出珍异,世所罕见;同时也是设置场景,仿佛舞台布景一般。至此,小说为女鬼们的活动布设了一个清新雅致的背景:明月高悬,空馆幽寂,花茵设庭,醪酒芬芳。其后小说便主要把笔墨集中于女鬼们的"谈谑歌咏"上,而"谈谑歌咏"正是在这一美妙而诗意的场景中进行的。

　　众女鬼在"谈谑歌咏"之后,"已是四更",这时,一黄衫人出现,传语云:"婆提王屈娘子,便请娘子速来!"于是女鬼门"收拾盘筵",准备离开。一直在一旁静静观察的刘讽也"大声嚏咳",一切都在瞬间消失,仿佛什么事都未曾发生,故事结束。一如戏剧演出结束,拉下大幕。而最后当刘讽天明谛视,"拾得翠钗数只",则是呼应前文,并产生余韵不绝的回味效果。

与《玄怪录·刘讽》相类,唐人小说中的炫才类小说多以宴聚为场景来展开故事情节,如上文所及之《玄怪录·来君绰》以及张读《宣室志·玄丘校尉》等。而有的只不过是聚坐而谈不设酒食而已,如王洙《东阳夜怪录》、牛僧孺《玄怪录·顾总》、张荐《灵怪集·姚康成》、李玫《纂异记·许生》等即是。

而如陈翰《异闻录·独孤穆》裴铏《传奇·颜濬》《传奇·薛昭》以及张读《宣室志·陆乔遇沈约范云》、戴孚《广异记·常夷》等小说中的宴聚意象,则是作为背景为故事情节的展开服务。《异闻录·独孤穆》《传奇·颜濬》如前所述,在表现人鬼情恋时,通过宴聚中人物的谈论,表达对历史的看法和感慨。宴聚成为引出历史话题的背景。

《广异记·常夷》叙述建康书生常夷,家近清溪,有吴郡秀才朱均之鬼魂,遣小儿前来呈送诗文,愿与为友。常夷以感契殊深,叹异久之,约定日期,请与相见。至期,朱均前来,二人噉果饮酒,言笑甚欢,朱均为其述梁陈间若干旧事,历历分明。自此以后,"数相来往,谈宴赋诗",成为密交。①《常夷》除了表现人鬼之间的交往与友情之外,还在于借鬼魂观照历史。而这一点正是通过常夷与朱均宴聚时人鬼对话的场景表现的。

宴聚之时,小说通过朱均之口,详细叙述了梁陈间的轶闻遗事共十余件。在小说中,作者说这些事"此皆史所脱遗",可见,他的本意是假托朱均之鬼说梁陈旧事,来拾遗补阙。朱均所言梁陈事均为人物佚事与历史掌故,对照《梁书》《南史》,可以看出大抵不是捕风捉影之谈。如说朱异"事武帝,恩幸无匹,帝有织成金缕屏风,珊瑚钿玉柄麈尾,林邑所献七宝澡瓶、沉香镂枕。皆帝所秘惜。常于承云殿讲竟,悉将以赐异",在《梁书》便可找到旁证,《梁书》中说朱异非常富有,"四方所馈,财货充积"。又如说"昭明太子薨时,有白雾四塞,葬时,玄鹄四双,翔绕陵上,徘徊悲鸣,葬毕乃去"。而在《梁书》卷八《昭明太子传》中就有这样的记载,中大通三年(531),昭明太子薨时,京师男女"号泣满路"。又如说"沈约母拜建昌太夫人时,帝使散骑侍郎就家读策受印绶。自仆射何敬容已下数百

---

① 戴孚撰,方诗铭辑校:《广异记》"常夷",中华书局1992年版,第97—98页。

人就门拜贺,宋梁已来命妇,未有其荣",也能在《梁书》的记载中找到依据,《梁书》卷一三《沈约传》载:"拜约母谢为建昌国太夫人,奉策之日,右仆射范云等二十余人咸来致拜,朝野以为荣。"在梁代历史中,侯景之乱是最让人痛惜的事情,朱均言云:"侯景陷台城,城中水米隔绝,武帝既敕进粥,宫中无米,于黄门布囊中,赍得四升,食尽遂绝,所求不给而崩。景所得梁人,为长枷,悉纳其头,命军士以三投矢乱射杀之,虽衣冠贵人亦无异也。"此与《梁书》卷五六《侯景传》所记,可以相互印证。又如说梁元帝萧绎"一目失明,深忌讳之,为湘东镇荆州,王尝使博士讲《论语》,至于'见瞽者必变色',语不为隐,帝大怒,乃酖杀之"。这正好给《梁书》卷五《元帝纪》史臣论中所说的"禀性猜忌"的论断提供了一个例证。又如"说陈武微时,家甚贫,为人庸保以自给,常盗取长城豪富包氏池中鱼,擒得,以担竿系,甚困。即祚后,灭包氏"。据《南史》卷九《陈本纪》,陈霸先是吴兴郡长城县下若里人,而且说他"其本甚微"。

《常夷》以人间书生与鬼魂交友,然后通过鬼魂之口向其叙述历史上的轶闻遗事,这种观照和书写历史的方式,被李剑国先生概括为"亡灵忆往"[1]。《宣室志·陆乔遇沈约范云》也是在表现人鬼友情的情节框架下,以宴聚为场景,通过人鬼对话来观照历史的。

当然,在唐人小说中,宴聚意象十分丰富,其在小说中的功用也应具体分析,这里只是略举数例而已。

第三节　进士及第与曲江游宴

唐承隋制,开科取士,进士及第,有题名慈恩寺塔、游览曲江、举行宴会等一系列庆祝活动。刘沧《及第后宴曲江》诗写云:"及第新春选胜游,杏园初宴曲江头。紫毫粉壁题仙籍,柳色箫声拂御楼。霁景露光明远岸,晚空山翠坠芳洲。归时不省花间醉,绮陌香车似水流。"[2]曲江游宴是唐

---

[1] 李剑国:《亡灵忆往:唐宋传奇的一种历史观照方式》,《古稗斗筲录》,南开大学出版社2004年版,第131页。

[2] 彭定求等:《全唐诗》卷五八六,中华书局1999年版,第6847页。

时最为著名的庆祝活动之一,作为进士及第后的特殊庆祝活动,曲江游宴不仅在唐人的诗文中多有描写,在唐人小说中也多有表现。且唐人小说中的曲江游宴,在呈现唐人普遍游宴习尚的同时,又呈现出许多特殊的风情,更可窥见形形色色的世态人情和多姿多彩的士人心态。

一、曲江的历史变迁

曲江本秦汉旧苑,是一弯低凹婉曲的天然水池,"乃空山之泺,旷野之湫"①。曲江池地处少陵原与乐游原之间一块不规则的洼地之中,泉涌兴旺、涵奥而抱虚,流水屈曲如广陵之曲江。张礼《游城南记》曰:"江以水流屈曲,故谓之曲江,其深处下不见底。"②曲江之美,首在一个"曲"字,从秦汉时期始,人们就已巧用这里的自然地势来布设园林风景,使之高低起伏,别处境界。

秦时,曲江所在之处称隑洲,唐人康骈的《剧谈录》卷下即云:"曲江池,本秦世隑洲……"③秦汉时期皇家利用曲江地区地形复杂、自然风光优美、川原相间等特点,于此开辟禁苑——宜春苑,专供帝王游猎。因此,隑洲、宜春苑则成为曲江的源头。至汉,以曲江为主体的宜春苑属于上林苑,是上林苑的一个组成部分。《太平寰宇记》中就载云:"曲江池,汉武帝所造,名为宜春苑。其水曲折有似广陵之江,故名之"。④《史记·秦始皇本纪》:"以黔首葬二世杜南宜春苑中"。⑤《汉书·司马相如传》"还过宜春宫,相如奏赋以哀二世行失"句下颜师古注云:"宜春本秦之离宫,胡亥于此为阎乐所杀"。⑥因此,汉代的曲江实与上林苑相关。据《汉书》记载,汉武帝于建元三年(前138),微行游猎,行踪"北至池阳,西至黄山,南

---

① 董诰等:《全唐文》卷五九七《曲江池记》,中华书局1983年版,第6033页。
② 张礼:《游城南记》,《丛书集成初编》本,中华书局1985年版,第3页。
③ 康骈撰,萧逸校点:《剧谈录》卷下《曲江》,《唐五代笔记小说大观》下册,上海古籍出版社2000年版,第1495页。
④ 乐史撰,王文楚等点校:《太平寰宇记》卷二五《关西道一·雍州一》,中华书局2007年版,第530页。
⑤ 司马迁撰,裴骃集解、司马贞索隐、张守节正义:《史记》卷六《秦始皇本纪》,中华书局2011年版,第275页。
⑥ 班固撰,颜师古注:《汉书》卷五七下《司马相如传》,中华书局1962年版,第2591页。

猎长杨,东游宜春",所到之处,严重地损害了禾稼,干扰了老百姓的正常生活,"民皆号呼骂詈"。武帝"以为道远劳苦,又为百姓所患",遂决定扩大上林苑。①扬雄《羽猎赋序》即云:"武帝广开上林,南至宜春、鼎湖、御宿、昆吾,旁南山,西至长杨、五柞,北绕黄山,滨渭而东,周袤数百里,穿昆明池象滇河,营建章、凤阙、神明、馺娑,渐台、太液象海水周流方丈、瀛洲、蓬莱。游观侈靡,穷妙极丽。"②

至汉宣帝,又有"乐游苑"之名。《汉书·宣帝纪》:"三年春,起乐游苑"。颜师古注:云:"《三辅黄图》云在杜陵西北。又《关中记》云宣帝立庙于曲池之北,号乐游。案其处则今之所呼乐游庙者是也,其余基尚可识焉。盖本为苑,后因立庙乎?"③《三辅黄图》亦多次提及,如"乐游苑在杜陵西北,神爵三年春起""宣帝庙号乐游",其注则云"宣帝立庙于曲池之北"等。

东汉至隋朝近四百年时间,虽有前赵、前秦、后秦、西魏、北周等多个王朝建都长安,但因处于分裂时期,王朝更替频繁,各朝没有实力进行苑囿园池的建设,在史籍中几乎没有见到建设宜春苑与曲江的记载。只是在南北朝的文学作品中偶尔提到宜春苑或零星记载对曲江一带的描述。如庾信《春赋》云:"宜春苑中春已归,披香殿里作春衣。新年鸟声千种啭,二月杨花满路飞。河阳一县并是花,金谷从来满园树。一丛香草足碍人,数尺游丝即横路。开上林而竞入,拥河桥而争渡……"④

至隋,隋文帝建都长安后,曲江池之地又复为整个长安城风景区之一。隋文帝时大加涤挖,被堵塞的泉眼重新涌流不止,并将其改名为芙蓉池。《隋唐嘉话》卷上记载:"京城南隅芙蓉园者,本名曲江园,隋文帝以曲名不正,诏改之。"⑤重新赋予曲江池一带为皇家园林的性质。到了隋炀帝时期,杨广于此更是肆意游乐,据《太平广记》载,隋炀帝每年的三月

---

① 班固撰,颜师古注:《汉书》卷六五《东方朔传》,中华书局1962年版,第2847页。
② 扬雄:《扬子云集》卷五《羽猎赋序》,文渊阁《四库全书》本,第1063册,第116页上—第116页下。
③ 班固撰,颜师古注:《汉书》卷八《宣帝纪》,中华书局1962年版,第262页。
④ 庾信:《庾子山集》卷一《春赋》,文渊阁《四库全书》本,第1064册,第357页下—第358页上。
⑤ 刘悚撰,程毅中点校:《隋唐嘉话》卷上,中华书局2005年版,第2页。

三日要在曲江大宴群臣,并且他把"曲水流觞"的传统引入曲池,赋予了曲江特定的文化内涵。

唐立国之初,没有对芙蓉园进行大规模的建设,只是稍作修葺。唐太宗曾先后三次幸驾芙蓉园,观赏园内的湖光水色。其后高宗、武则天时期,由于经济不断上升,对曲江园林的建设也加大了力度。唐高宗李治为追思慈母之恩,为其母文德皇后修建了慈恩寺,并在寺中建制高塔,初名慈恩寺塔,后名大雁塔。慈恩寺和大雁塔也成为曲江边的重要景点。

曲江的大规模兴建是在开元之际。宋张礼《游城南记》云:"唐开元中疏凿为胜境。江故有泉,俗谓之汉武泉。又引黄渠之水以涨之。"此外,还在曲江周围修建了许多亭、台、楼、阁及其他游乐设施。在芙蓉园内修建了紫云亭、彩霞亭、临水亭等建筑。这些人文景观或高大雄伟,或小巧玲珑,与自然景观和谐统一,相得益彰,使曲江风景区成为长安地区最有名的游览胜地。由于唐代曲江风景区的环境优美,所以唐人十分喜爱,常到曲江一带游赏,特别是节日期间。唐人康骈描写曲江游赏之盛况云:

> 曲江池,本秦世隑洲,开元中疏凿,遂为胜境。其南有紫云楼、芙蓉苑,其南有杏园、慈恩寺。花卉环周,烟水明媚。都人游玩,盛于中和、上巳之节。彩幄翠帱,匝于堤岸;鲜车健马,比肩击毂。上巳即赐宴臣僚,京兆府大陈筵席,长安、万年两县以雄盛相较,锦绣珍玩无所不施。百辟会于山亭,恩赐太常及教坊声乐。池中备彩舟数只,唯宰相、三使、北省官与翰林学士登焉。每岁倾动皇州,以为盛观。入夏则菰蒲葱翠,柳阴四合,碧波红蕖,湛然可爱。好事者赏芳辰,玩清景,联骑携觞,亹亹不绝。①

另外,从上述资料也可看出,曲江这个地理概念,秦汉至隋唐是有变化的。关于此,徐松《唐两京城坊考》、辛德勇《隋唐两京丛考》、史念海、

---

① 康骈撰,萧逸校点:《剧谈录》卷下《曲江》,《唐五代笔记小说大观》下册,上海古籍出版社 2000 年版,第 1495 页。

曹尔琴《游城南记校注》，有较深入的考证与辨析，可参看①。总之，到了唐代，曲江实际是以曲江池为中心，由一组名胜景观组成，包括曲江池、杏园、芙蓉园、慈恩寺（大雁塔）、乐游园、青龙寺等，位于唐长安城东南隅，连接成片，形成一个范围广大，内容丰富，皇族、百官、进士、僧侣和百姓聚集游宴的园林区。

"安史之乱"中，长安城遭受了严重的破坏，曲江池也未能幸免。《唐摭言》卷三载："曲江亭子，安、史未乱前，诸司皆列于岸浒；幸蜀之后，皆烬于兵火矣，所存者唯尚书省亭子而已。"②"安史之乱"后，国家社会经济渐渐恢复，曲江作为一代繁华的象征，其重修亦提上议事日程。长庆二年九月，曾有重修之意，却因"群情骇扰"而作罢。史载："先有诏广芙蓉苑南面，居人庐舍坟墓并移之，群情骇扰。癸丑，降敕罢之。"③真正大规模的重修则在大和年间："（大和九年冬十月）内出曲江新造紫云楼彩霞亭额，左军中尉仇士良以百戏于银台门迎之。时郑注言秦中有灾，宜兴土功压之，乃浚昆明、曲江二池。上好为诗，每诵杜甫《曲江行》云：'江头宫殿锁千门，细柳新蒲为谁绿？'乃知天宝以前，曲江四岸皆有行宫台殿、百司廨署，思复升平故事，故为楼殿以壮之。"④唐末，因黄渠年久失修，逐渐断流，池水有所减少，西岸阙间尽成荆棘。曲江园林区的衰落，与长安城的破坏有很大的关系。唐昭宗天祐元年（904），朱温强迫唐昭宗迁都洛阳，对长安城进行了彻底破坏。史载朱全忠"毁长安宫室百司及民间庐舍，取其材，浮渭沿河而下，长安自此遂丘墟矣"⑤。经过唐末的这次浩劫，曲江园林也破坏殆尽。

---

① 徐松：《唐两京城坊考》卷三，中华书局1985年版，第86页；辛德勇：《隋唐两京丛考》上篇《曲江池与升道坊》，三秦出版社2006年版，第36—37页；史念海、曹尔琴：《游城南记校注》，三秦出版社2006年版，第56页。
② 王定保撰，阳羡生校点：《唐摭言》卷三"慈恩寺题名游赏赋咏杂纪"，《唐五代笔记小说大观》下册，上海古籍出版社2000年版，第1600页。
③ 刘昫：《旧唐书》卷一六《穆宗纪》，中华书局2011年版，第499页。
④ 刘昫：《旧唐书》卷一七下《文宗纪》下，中华书局2011年版，第561页。同书卷一六九《郑注传》亦载此事，并云"既得注言，即命左右神策军差人淘曲江、昆明二池，仍许公卿士大夫之家于江头立亭馆，以时追赏。时两军造紫云楼、彩霞亭，内出楼额以赐之。"
⑤ 司马光：《资治通鉴》卷二六四，中华书局1956年版，第8626页。

二、曲江与节日游宴

唐时的长安,在各种节日期间,上至帝王卿相,下至庶民百姓,均喜游宴于曲江。如上文引唐康骈《剧谈录》卷下《曲江》所载,即描绘了上巳节皇帝与百官于曲江游宴的盛大场景。各种史籍亦多有类似记载。如《新唐书》卷二二二下《南蛮下》记载,室利佛逝王在开元年间,遣子入长安,玄宗:"诏宴于曲江,宰相会,册封宾义王,授右金吾卫大将军,还之。"《新唐书》卷二二一上《西域上》记载,开元时西域东女族女王及其子来长安朝拜,"诏与宰相宴曲江,封王曳夫为归昌王。"宋王溥《唐会要》卷二九《节日》载云:"贞元四年九月重阳节,赐宰臣百寮宴于曲江亭,帝赋诗锡之云:'早衣对庭燎,躬化勤意诚……'《旧唐书》卷一六二《韦绶传》记云:"绶在集贤,遇重阳,赐宰臣百官曲江宴,绶请与集贤学士别为一会,从之。"《旧唐书》卷一三《德宗纪》载云:"六年春正月……百僚会宴于曲江亭,上赋中和节群臣赐宴七韵,是日,百僚进《兆人本业》三卷,司农献黍粟各一斗……三月庚子,百僚宴于曲江亭,上赋上巳诗一篇赐之。"又云:"九年……是日中和节,宰相宴于曲江亭……"节日之外,皇帝与朝臣亦常常在曲江举行宴会。如《旧唐书》卷一三《德宗纪》云:"十一年……三月庚午,司徒兼侍中马燧以疾请罢侍中,不许。辛未,赐宰臣两省供奉官宴于曲江亭。"又云:"十三年……二月丁巳,赐宰臣、两省供奉官宴于曲江亭。"《旧唐书》卷一四《宪宗纪》云:"二年……三月辛卯,赐群臣宴于曲江亭。"《旧唐书》卷一六《穆宗纪》:"三年……三月丁巳,宰臣百僚赐宴于曲江亭,敕应御服及器用在淮南、两浙、宣歙等道合供进者……"

曲江游宴,以春日尤甚,特别是从寒食节至上巳节期间,如康骈《剧谈录》卷下《曲江》所言"都人游玩,盛于中和、上巳之节",这时的曲江池畔,士庶踏青游赏络绎不绝。《梦粱录》卷二"三月"条云:"曲水流觞故事起于晋时,唐朝赐宴曲江,倾都禊饮踏青,亦是此意。"刘驾《上巳日》云:"上巳曲江滨,喧于市朝路。相寻不见者,此地皆相遇。日光去此远,翠幕张如雾。何事欢娱中,易觉春城暮。物情重此节,不是爱芳树。明日花更多,何人肯回顾。"①说明了唐人重视上巳节日,展现了曲江万民同游、都人空巷而来的盛景。

上巳自古是一个重要的民间节日,先秦时便有春日水边濯洗游观的记载。晋宋以来,曲水流饮渐至风靡。《宋书》卷一五志第五记载:"魏明帝天渊池南,设流杯石沟,燕群臣。晋海西钟山后流杯曲水,延百僚,皆其事也。官人循之至今。"王融、颜延之皆有《曲水诗序》,谢朓有《曲水宴诗》。《荆楚岁时记》云:"三月三日,士民并出江渚池沼间,为流杯曲水之饮。"吴均《续齐谐记》记载,晋武帝问尚书挚虞:"三月三日曲水,其义何旨?"……尚书郎束皙曰:"……昔周公成洛邑,因流水泛酒,故逸诗云:'羽觞随波流。'又秦昭王三月上巳置酒河曲,见金人自河而出,奉水心剑曰:'令君制有西夏'。及秦霸诸侯,乃因此处,立为曲水。二汉相缘,皆为盛集。"《文选》卷四六李善注颜延年《三月三日曲水诗序一首》引之,成为典故。② 至唐,春日曲江游宴则更是盛况空前,从欧阳詹《曲江池记》所描绘,可见一斑,其云:"振振都人,遇佳辰于令月,就妙赏乎胜趣。九重绣毂,翼六龙而毕降;千门锦帐,同五侯以偕至。泛菊则因高乎断岸,祓禊则就洁乎芳沚。戏舟载酒,或在中流。"③《开元天宝遗事》卷下有"探春"一则又云:"都人士女,每至正月半后,各乘车跨马,供帐于园圃,或郊野中,为探春之宴。"据此,则探春之宴必大有选择曲江者。"探春"是唐代春日游赏的一个重要组成,新进士的"探花宴"也应该是受此风俗影响下形成的。曲江春宴,也有士人多行放纵之事,唐冯贽《云仙杂记》卷四引《曲江春宴录》云:"霍定与友生游曲江,以千金募人窃贵侯亭榭中兰花,插帽兼自持,往绮罗丛中卖之。士女争买,抛掷金钱。又各以锥刺藕孔,中者罚巨觥,不中者得美馔。"④

除从寒食节至于上巳节的春日游宴之外,唐时重阳节的曲江畔,也有大规模的游宴活动。重阳节游宴来历,《荆楚岁时记》"九月九日士民并

---

① 彭定求等:《全唐诗》卷五八五,中华书局1999年版,第6831页。
② 萧统:《文选》卷四六颜延年《三月三日曲水诗序一首》李注,中华书局2005年版,第645页。
③ 董诰等:《全唐文》卷五九七《曲江池记》,中华书局1983年版,第6034页。
④ 冯贽:《云仙杂记》卷四"窃花",《丛书集成初编》本,商务印书馆1939年版,第29页。

籍野饮宴"条引杜公瞻云:"'九月九日宴会,未知起于何代。'然自汉至宋未改。今北人亦重此节。佩茱萸,食蓬饵,饮菊花酒,云令人长寿。近代皆宴设于台榭。"①《晋书》卷九八《孟嘉传》有重阳宴会上落帽的典故。至唐,重阳节更成为一个与上巳同等重要的节日,《唐会要》卷二九记云:

> 其年(开成四年)九月,敕庆成节。宜令京兆府准上巳重阳例,于曲江宴会文武百官,其延英奉觞宜停。
> (开成)三年十月,京兆府奏:庆成节及上巳重阳,百官于曲江亭子宴会。②

曲江游宴,在有唐一代,又以开元时为最盛。王定保《唐摭言》云:

> 曲江游赏,虽云至神龙以来,然盛于开元之末。何以知之?案《实录》:天宝元年,敕以太子太师萧嵩私庙逼近曲江,因上表请移他处,敕令将士为嵩营造。嵩上表谢,仍让令将士创造。敕批云:"卿立庙之时,此地闲僻;今傍江修筑,举国胜游。与卿思之,深避喧杂。事资改作,遂命官司。承已拆除,终须结构。已有处分,无假致辞!"③

其时,为了便于游赏曲江,唐玄宗修筑从兴庆宫至曲江芙蓉园的"夹城"复道。《旧唐书·玄宗纪上》:"(开元二十年六月)遣范安及于长安广花萼楼,筑夹城至芙蓉园。"唐玄宗赐宴百官,也常常在曲江举行。李邕《谢赐游曲江宴表》即云:

> 臣邕等言:臣闻昔时人君之德也,大抚万国,必亲诸侯,是以通下情,序宾礼。伏惟陛下因遇上巳,收接下臣,顺发生之时,宏在镐之

---

① 宗懔撰,宋金龙校注:《荆楚岁时记》,山西人民出版社1987年版,第60页。
② 王溥:《唐会要》卷二九《节日》,中华书局1955年版,第547页。
③ 王定保撰,阳羡生校点:《唐摭言》卷三《慈恩寺题名游赏赋咏杂纪》,《唐五代笔记小说大观》下册,上海古籍出版社2000年版,第1598页。

宴。仙厨和鼎,浃洽于广筵;舜瑟歌风,均调于曲水。士女车骑,充溢山川,林薄光华,纚连城阙。臣等抚躬何幸?报德无阶,空惭尸素之名,岂适轮辕之用?不任载荷抃跃之至,谨诣朝堂奉表以闻。①

"安史之乱"后,曲江游宴又逐渐兴盛起来。唐德宗时,曲江赐宴以三大节日为主,从现存记载来看,唐德宗是赐宴曲江最多的皇帝。而唐文宗时,曲江盛景得以恢复,这时的曲江游宴,以新科进士们的曲江会最为引人注目。

当然,作为长安盛景,非节日期间,曲江边也应是人们常去游赏的地方,《剧谈录》即载裴休于曲江荷花盛发时与省阁名士同游故事,其所遭遇,亦颇可解颐:

> 升平裴相国廉察宣城,朝谢后,未离京国,时曲江荷花盛发,与省阁名士数人同游。自慈恩寺屏去左右,各领小仆,步至紫云楼下,见五六人坐于水际。裴公与名士憩于旁。中有黄衣饮酒半酣,轩昂颇甚,指顾笑语轻脱。裴意稍不平,揖而问之:"吾贤所任何官?"率尔而对曰:"喏,即不敢,新授宣州广德县令。"连问裴曰:"押衙所任何职?"裴公效曰:"喏,即不敢,新授宣州观察使。"于是狼狈而走,同坐亦皆奔散。朝士抚掌大笑。不数日,布于京华。左右于铨司访之,云有广德县令请换罗江宰矣。宣皇在宫即闻是说,与诸王每为戏谈其事。及龙飞,裴公入秉钧轴,因书麻制回谓枢近曰:"喏,即不敢,新授中书侍郎平章事。"②

裴休与同僚名士游曲江,是在谢朝之后,因其时荷花盛开,故前往游赏。小说中对所遇黄衣者的志得意满的描摹可谓传神,不仅写其"轩昂颇甚"的情态,更通过其语言,即答裴休所问的言辞"喏,即不敢,新授宣州广德

---

① 董诰等:《全唐文》卷二六一《谢赐游曲江宴表》,中华书局1983年版,第2653页。
② 康骈撰,萧逸校点:《剧谈录》卷下"曲江",《唐五代笔记小说大观》下册,上海古籍出版社2000年版,第1495页。

县令"表现出来。而裴休模仿其句式、语气的回答,亦传神微妙。此事传扬,一时传为笑谈。

三、新科进士的曲江会

唐时新科进士的曲江会,其流程、形式与名目等,李肇《唐国史补》有概括而清晰的描写,其云:

> 进士为时所尚久矣。是故俊乂实集其中,由此出者,终身为闻人。故争名常切,而为俗亦弊。其都会谓之举场,通称谓之秀才。投刺谓之乡贡。得第谓之前进士。互相推敬谓之先辈。俱捷谓之同年。有司谓之座主。京兆府考而升者,谓之等第。外府不试而贡者,谓之拔解。将试各相保任,谓之合保。群居而赋,谓之私试。造请权要,谓之关节。激扬声价,谓之还往。既捷,列书其姓名于慈恩寺塔,谓之题名会。大宴于曲江亭子,谓之曲江会。籍而入选,谓之春闱。不捷而醉饱,谓之打毷氉。匿名造谤,谓之无名子。退而肄业,谓之过夏。执业而出,谓之夏课。挟藏入试,谓之书策。此是大略也。其风俗系于先达,其制置存于有司。虽然,贤士得其大者,故位极人臣,常十有二三,登显列十有六七,而张睢阳、元鲁山有焉,刘辟、元翛有焉。①

李肇《唐国史补》所记,五代王定保撰《唐摭言》卷一《述进士下篇》、宋王谠《唐语林》卷二《政事下》、宋朱胜非撰《绀珠集》卷四《进士谱》等皆引。《唐国史补》所谓"曲江会",即是新科进士们在曲江举行的各种游宴活动。这些游宴活动与普通宴聚相比,除了饮酒赋诗、乐歌妓舞等之外,还有许多特殊习尚,且各有名目,《唐摭言》卷三"宴名"列出大相识、次相识、小相识、闻喜、樱桃、月灯打球、牡丹、看佛牙、关宴九种。傅璇琮《唐代的进士放榜与宴集》以及杨波《长安的春天——唐代科举与进士活动》都

---

① 李肇撰,曹中孚校点:《唐国史补》卷下,《唐五代笔记小说大观》上册,上海古籍出版社2000年版,第193页。

对曲江会上的这些名目各异的宴聚作了相当详尽的考述,可参看。① 从放榜的二月即开始,整个曲江会往往长达一两个月,甚至持续到仲夏。

曲江会的缘起与规模、声势、演变及相关习俗,五代王定保《唐摭言》有详细描摹,王定保,其自言云:"生于咸通庚寅岁,时属南蛮骚动,诸道征兵,自是联翩,寇乱中土,虽旧第太平里,而迹未尝达京师。故治平盛事,罕得博闻;然以乐闻科第之美,尝咨访于前达间。如丞相吴郡公扆,翰林侍郎濮阳公融,恩门右省李常侍渥,颜夕拜荛,从翁丞相溥,从叔南海记室涣,其次同年卢十三延让、杨五十一赞图、崔二十七籍若等十许人,时蒙言及京华故事,靡不录之于心,退则编之于简策。始以进士宴游之盛。"因此,《唐摭言》对进士曲江游宴活动的描述极为详尽。如其在交代自己写作《摭言》因由之后,概述曲江游宴之起源与习俗等云:

> 案李肇舍人《国史补》云:曲江大会比为下第举人,其筵席简率,器皿皆隔山抛之,属比之席地幕天,殆不相远。尔来渐加侈靡,皆为上列所据,向之下第举人,不复预矣。所以长安游手之民,自相鸠集,目之为"进士团"。初则至寡,洎大中、咸通已来,人数颇众。其有何士参者为之酋帅,尤善主张筵席。凡今年才过关宴,士参已备来年游宴之费,由是四海之内,水陆之珍,靡不毕备。时号"长安三绝"。团司所由百余辈,各有所主。大凡谢后便往期集院院内供帐宴馔,甲于荤鞀。其日,状元与同年相见后,便请一人为录事。其余主宴、主酒、主乐、探花、主茶之类,咸以其日辟之。主两人,一人主饮妓。放榜后,大科头两人,小科头一人,常诘旦至期集院;常宴则小科头主张,大宴则大科头。纵无宴席,科头亦逐日请给茶钱。第一部乐官科地每日一千,第二部五百,见烛皆倍,科头皆重分。逼曲江大会,则先牒教坊请奏,上御紫云楼,垂帘观焉。时或拟作乐,则为之移日。故曹松诗云:"追游若遇三清乐,行从应妨一日春。"敕下后,人置被袋,例

---

① 傅璇琮:《唐代的进士放榜与宴集》,《文史》第二十三辑;杨波:《长安的春天——唐代科举与进士活动》,中华书局2003年版。

以图障、酒器、钱绢实其中,逢花即饮。故张籍诗云:"无人不借花园宿,到处皆携酒器行。"其被袋,状元、录事同检点,阙一则罚金。曲江之宴,行市罗列,长安几于半空。公卿家率以其日拣选东床,车马阗塞,莫可殚述。洎巢寇之乱,不复旧态矣。①

据此可知,曲江会起于下第举子的曲江宴聚,这或有疑问,但曲江会逐渐成为新科进士的以庆祝为重心的宴聚,则是可以肯定的。且规模越来越大,以致后来连皇帝也要参加,"上御紫云楼,垂帘观焉",几乎成为长安最热闹的时候,"曲江之宴,行市罗列,长安几于半空",甚至许多权要人家还借曲江会上才俊毕集的机会为闺中女儿挑选女婿,"公卿家率以其日拣选东床"。《唐摭言》卷三又云:"曲江亭子,安、史未乱前,诸司皆列于岸浒;幸蜀之后,皆烬于兵火矣,所存者唯尚书省亭子而已。进士关宴,常寄其间。既彻馔,则移乐泛舟,率为常例。宴前数日,行市骈阗于江头。其日,公卿家倾城纵观于此,有若中东床之选者,十八九钿车珠鞍,栉比而至。"②如此看来,唐代新科进士们的曲江会,真可谓盛况空前。同时,由于新科进士们的特殊身份与知识背景等情况,除了饮酒赋诗作文,曲江会又有许多不同于一般宴聚的特别习尚,因而成为春来曲江畔一道独特的风景,为时人以及后人流连、羡叹。

曲江会的隆盛,当然与进士在唐代社会的备受推崇有关。《唐摭言》卷一《散序进士》云:

> 进士科始于隋大业中,盛于贞观、永徽之际;缙绅虽位极人臣,不由进士者,终不为美,以至岁贡常不减八九百人。其推重谓之"白衣公卿",又曰"一品白衫";其艰难谓之"三十老明经,五十少进士";其负倜傥之才,变通之术,苏、张之辨说,荆、聂之胆气,仲由之武勇,子

---

① 王定保撰,阳羡生校点:《唐摭言》卷三"散序",《唐五代笔记小说大观》下册,上海古籍出版社 2000 年版,第 1594 页。
② 王定保撰,阳羡生校点:《唐摭言》卷三"慈恩寺题名游赏赋咏杂纪",《唐五代笔记小说大观》下册,上海古籍出版社 2000 年版,第 1600 页。

房之筹画,弘羊之书计,方朔之诙谐,咸以是而晦之,修身慎行,虽处子之不若;其有老死于文场者,亦所无恨。故有诗云:"太宗皇帝真长策,赚得英雄尽白头。"独孤及撰《河南府法曹参军张从师墓志》云:"从师祖损之,隋大业中进士甲科,位至侍御史诸曹员外郎。损之生法,以硕学丽藻,名动京师,亦举进士,自监察御史为会稽令。"①

唐代社会普遍看重进士出身,将进士称为"白衣公卿"与"一品白衫"就是体现,而对个人而言,如不出身进士,即使位极人臣,也觉得遗憾。唐代应进士举者每年平均在千人左右,及第者平均在二十五人左右。② 所以最终及第登科者,在士人群体中毕竟凤毛麟角、寥若晨星。一旦高中,参加曲江游宴,包括如雁塔题名、杏园宴、闻喜宴等特意为新科进士们举办的活动,就是对其几年乃至几十年勤苦攻读最好的犒劳和补偿,昨日的困顿与寂寞一扫而空。孟郊《登科后》一诗把新科进士们此时的心情表达得最为形象:"昔日龌龊不足夸,今朝放荡思无涯。春风得意马蹄疾,一日看尽长安花"。曲江游宴成为他们一生中最灿烂的时刻。

与此相应,进士科的放榜日,也极为世人所关注。其时,曲江畔人山人海,黄滔的《放榜日》为我们形象地展示了当时的壮观景象:"吾唐取士最堪夸,仙榜标名出曙霞。白马嘶风三十辔,朱门秉烛一千家。郑诜联臂升天路,宣圣飞章奏日华。岁岁人人来不得,曲江烟水杏园花。"

据《登科记考》卷二一,李远大和五年进士及第,《全唐诗》卷五一九有李远《陪新及第赴同年会》诗③,则曲江会不光是当年及第进士的宴集,一些此前及第者也可以来参加。又,《唐摭言》卷三载杨嗣复事云:"宝历年中,杨嗣复相公具庆下继放两榜。时先仆射自东洛入觐,嗣复率生徒迎于潼关。既而大宴于新昌里第,仆射与所执坐于正寝,公领诸生翼坐于两

---

① 王定保撰,阳羡生校点:《唐摭言》卷一—"散序进士",《唐五代笔记小说大观》下册,上海古籍出版社 2000 年版,第 1578 页。

② 《北里志序》云:"自大中皇帝好儒术,特重科第……故进士自此尤盛,旷古无俦。"因而唐代每年应试进士科的考生很多,《通典·选举》:"多则二千人,少犹不减千人。"

③ 《唐五代文学编年史》列此诗于大和六年,傅璇琮主编:《唐五代文学编年史》晚唐卷,辽海出版社 1999 年版,第 75 页。

序。时元、白俱在,皆赋诗于席上,唯刑部杨汝士侍郎诗后成……"①此亦当为曲江会之宴,而有主考、重臣、诗人参加。

曲江会总会给新科进士们留下深刻印象,成为他们可以回味一生的美好记忆,并常常挂在嘴边,如白居易《酬哥舒大见赠》,即是其第二年回忆曲江会的情景,其云:"去岁欢游何处去,曲江西岸杏园东。花下忘归因美景,尊前劝酒是春风。各从微宦风尘里,共度流年离别中。今日相逢愁又喜,八人分散两人同。"其前小序云:"去年与哥舒等八人同登科第,今叙会散之意。"②刘禹锡《送张盥赴举诗》:"……永怀同年友,追想出谷晨。三十二君子,齐飞凌烟旻。曲江一会时,后会已凋沦。况今三十载,阅世难重陈……"其诗前云:"古人以偕受学为同门友,今人以偕升名为同年友,其语熟见,缙绅者皆道焉……吾不幸,向所谓同年友,当其盛时,联袂齐镳,亘绝九衢,若屏风然。今来落落,如曙星之相望。"③曲江大会三十年以后,见同年之子又将赴京赶考,回想起同年风华正茂聚会曲江之时,因而感慨万千。

四、曲江会上的世态人情

唐时新科进士的曲江会,是庆祝登第的聚会欢宴,年复一年,逐渐演为定制,以致后来出现了安排曲江宴的专门人士,宋钱易撰《南部新书》所载何士参、何汉儒父子,就是这样的专门人士。《南部新书》载其父子故事云:

> 进士春关,宴曲江亭,在五六月间。一春宴会,有何士参者,都主其事,多有欠其宴罚钱者,须待纳足,始肯置宴。盖未过此宴,不得出京,人戏谓"何士参索债宴"。士参卒,其子汉儒继其父业。南院驱使官郑镕者,知名天下,后亦官至宣州判司。故宛陵王公凝判醛,充

---

① 王定保撰,阳羡生校点:《唐摭言》卷三"慈恩寺题名游赏赋咏杂纪",《唐五代笔记小说大观》下册,上海古籍出版社2000年版,第1600页。
② 彭定求等:《全唐诗》第四三六卷,中华书局1999年版,第4838页。
③ 彭定求等:《全唐诗》第三五四卷,中华书局1999年版,第3981页。

职,得朝散阶。如郑镕与何士参及堂门官张良佐,皆应三数百年在在于人口。①

何士参,王定保《唐摭言》卷三《散序》亦言及:"其有何士参者为之酋帅,尤善主张筵席。"在这样的曲江会上,新科进士们以及倾城前来纵观的"公卿家""游手之民"等,自然会生出许多故事。唐人小说对曲江会亦多有呈现,且不乏精彩,其间所展现出来的世态人情,颇堪玩味。

曲江会中的关宴亦称"离会",是整个曲江会的压轴大宴,多由新科进士们自己醵资。新科进士中或有贫寒者,常常因此而陷入窘境。卢钧及第当年即如此。《唐摭言》卷三载其故事,"卢相国钧初及第,颇窘于牵费。……时俯及关宴,钧未办醵率,忧形于色"。这时,有一人自愿为其仆,"俄有一仆愿为月佣,服饰鲜洁,谨干不与常等。睹钧褊乏,往往有所资",并且帮助卢钧主办了一次完美的关宴:

钧初疑其妄,既而将觇之,绐谓之曰:"尔若有伎,吾当主宴,第一要一大第为备宴之所,次则徐图。"其仆唯而去,顷刻乃回白钧曰:"已税得宅矣,请几郎检校。"翌日,钧强往看之,既而朱门甲第拟于宫禁。钧不觉欣然,复谓曰:"宴处即大如法,此尤不易张陈。"对曰:"但请选日,启闻侍郎张陈。某请专掌。"钧始虑其非,反复诘问,但微笑不对。或意其非常人,亦不固于猜疑。既宴除之日,钧止于是。俄观幕帘茵毯,华焕无比,此外松竹、花卉皆称是,钧之醵率毕至。由是公卿间靡不夸诧。②

关宴之后,此仆以"给还诸色假借什物"为由,一去不返。卢钧异其事,因"驰往旧游访之,则向之花竹一无所有,但见颓垣坏栋而已。"此事传扬,"议者以钧之仁,感通神明,故为曲赞一春之盛,而成此终身之美。"卢钧

---

① 钱易撰,黄寿成点校:《南部新书》乙,中华书局2002年版,第19页。
② 王定保撰,阳羡生校点:《唐摭言》卷三"慈恩寺题名游赏赋咏杂纪",《唐五代笔记小说大观》下册,上海古籍出版社2000年版,第1605页。

是幸运的,有神明的青睐和帮助,无独有偶,其孙卢肃,居然获得了同样的帮助:"卢肃,钧之孙,贞简有祖风,光化初,华州行在及第。洎大寇犯阙,二十年缙绅靡不褊乏。肃始登第,俄有李鸿者造之,愿佣力。鸿以锥刀,暇日往往反资于肃,此外未尝以所须为意。肃有旧业在南阳,常令鸿征租,皆如期而至,往来千里,而未尝侵费一金。既及第,鸿奔走如初,及一春事毕,鸿即辞去。"卢钧与卢肃祖孙的幸运,对于大多数窘迫的新科进士而言,恐怕只是他们无计可施的窘迫中美好的期望与幻想。

无论如何窘迫,毕竟登第。在曲江会上,新科进士们杏园探花、雁塔题名、狂饮琼浆、作文赋诗,尽情享受成功的喜悦,也有新科进士,因得意狂欢而越出常礼,留下艳谈。如进士郑愚等的"颠饮"即是,《开元天宝遗事》云:"长安进士郑愚、刘参、郭保衡、王冲、张道隐等十数辈,不拘礼节,旁若无人。每春时,选妖妓三五人,乘小犊车,指名园曲沼,藉草裸形,去其巾帽,叫笑喧呼,自谓之颠饮。"①有美艳妖妓,且"藉草裸形,去其巾帽,叫笑喧呼",真可谓得意忘形。

新科进士们的曲江欢宴,亦有因得意忘形而惨酿悲剧者,开元年间李蒙、裴士南、李捎云等即因在参加新科进士的曲江会,泛舟曲江,结果出现意外,造成舟覆人亡的悲剧。此事在当时应引起不小震动,故有多位小说家从不同角度加以演绎。《独异志》云:

> 唐开元五年春,司天密奏云:"玄象有谪见,其灾甚重。"玄宗大惊,问曰:"何祥?"对曰:"当有名士三十八人,同日冤死。今新及第进士正应其数。"其年及第李蒙者,贵主家婿。上不得已,言其事,密戒主曰:"每有大游宴,汝爱婿可闭留其家。"主居昭国里,时大合乐,音曲远畅,曲江涨水,联舟数十艘,进士毕集。蒙闻之,乃逾垣走赴,群众惬望。登舟,移就池中,暴风忽起,画舸平沉。声妓、持篙楫者不

---

① 王仁裕撰,丁如明校点:《开元天宝遗事》卷二"颠饮",《唐五代笔记小说大观》下册,上海古籍出版社 2000 年版,第 1727 页。

知纪极,三十八人,无一生者。①

《定命录》云:

> 车三者,华阴人,善卜相。进士李蒙宏词及第,入京注官。至华阴,县官令车三见,诳云李益。车云:"初不见公食禄。"诸公云:"应缘不道实姓名,所以不中。此是李蒙,宏词及第,欲注官去。看得何官?"车云:"公意欲作何官?"蒙云:"爱华阴县。"车云:"得此官在,但见公无此禄。奈何。"众皆不信。及至京,果注华阴县尉授官。相贺于曲江舟上宴会。诸公令蒙作序,日晚序成,史翙先起,于蒙手取序看。裴士南等十余人,又争起看序。其船偏,遂覆没。李蒙、士南等,并被没溺而死。②

《广异记》云:

> 陇西李捎云,范阳卢若虚女婿也。性诞率轻肆,好纵酒聚饮。其妻一夜,梦捕捎云等辈十数人,杂以娼妓,悉被发肉袒,以长索系之,连驱而去,号泣顾其妻别。惊觉,泪沾枕席,因为说之。而捎云亦梦之,正相符会。因大畏恶,遂弃断荤血,持《金刚经》,数请僧斋,三年无他。后以梦滋不验,稍自纵怠,因会中友人,逼以酒炙,捎云素无检,遂纵酒肉如初。明年上巳,与李蒙、裴士南、梁褒等十余人,泛舟曲江中,盛选长安名倡,大纵歌妓。酒正酣,舟覆,尽皆溺死。③

三篇唐人小说皆云此次悲剧有征兆在先,《独异志》云是司天奏"玄象有谪见,其灾甚重","有名士三十八人,同日冤死",而"新及第进士正应其

---

① 李伉撰,张永钦、侯志明点校:《独异志》卷上"李蒙奇祸",中华书局1983年版,第10页。
② 李昉等:《太平广记》卷二一六《卜筮一》"车三",中华书局2003年版,第1655页。
③ 戴孚撰,方诗铭辑校:《广异记》"李捎云",中华书局1992年版,第41页。

数",暗示李蒙等将亡;《定命录》云是日者车三相李蒙,告知其没有官禄,预示李蒙将亡;《广异记》云李捎云与其妻同梦被"长索系之,连驱而去",暗示李捎云将亡。开元年间曲江会的这一悲剧,无论准确数字是"三十八人",还是裴士南等"十余人",大批才俊,一时俱逝,无疑让人十分痛惜,人们无法获得合理的解释,故只好把他们的意外逝去归之于命中注定。

曲江会虽主要为新科进士们所设,是新科进士们的节日,但亦有落第者,时或预其间,他们的行事则往往不同于那些新科进士。《唐摭言》所载温定故事,当具有代表性,落第者的心态于此可见一斑,其云:

> 乾符丁酉岁,关宴甲于常年。有温定者,久困场屋,坦率自恣,尤愤时之浮薄,设奇以侮之。至其日,蒙衣肩舆,金翠之饰,夐出于众,侍婢皆称是,徘徊于柳阴之下。俄顷,诸公自露棚移乐登鹢首,既而谓是豪贵,其中姝丽,因遣促舟而进,莫不注视于此,或肆调谑不已。群兴方酣,定乃于帘间垂足定膝,胫伟而毳。众忽睹之,皆掩袂,亟命回舟避之。或曰:"此必温定矣!"①

温定因久困场屋,坦率自恣,或生愤世嫉俗之意,看不惯新科进士们曲江会上的奢华浮靡与芸芸众生的趋附若鹜,因而在曲江关宴这一天"蒙衣肩舆,金翠之饰,夐出于众",在引得众人"莫不注视于此,或肆调谑不已,群兴方酣"时,露出真面目,跟人们开了一个大大的玩笑,发泄了一下心中的不满。

如前所言,曲江会盛况空前,"曲江之宴,行市罗列,长安几于半空",且"公卿家率以其日拣选东床",因而上至公卿,下至庶民,也纷纷携家前往。新科进士们在曲江会上有许多故事,这些前往纵观的"公卿家"与"游手之民"等,也有许多故事,其间众生之相,亦耐人寻味。如《唐摭言》卷三载杨知至与薛能借彩舟故事,其云乾符年间,侍郎杨知至为了携家人往游,向刚刚从自己手下调任京兆少尹、权知大尹的薛能借曲江彩舟:"乾

---

① 王定保撰,阳羡生校点:《唐摭言》卷三"慈恩寺题名游赏赋咏杂纪",《唐五代笔记小说大观》下册,上海古籍出版社2000年版,第1608页。

符中,薛能尚书为大京兆,杨知至侍郎将携家人游,致书于能,假舫子。先是舫子已为新人所假。能答书云:'已为三十子之鸠居矣。'知至得书,怒曰:'昨日郎吏,敢此无礼!'能自吏部郎中拜京兆少尹,权知大尹。"①因彩舟已被新科进士们借用,薛能答书告知无舟可借。大概是杨知至不相信薛能所言,认为是薛能故意不借,故而大骂薛能:"昨日郎吏,敢此无礼"。杨知至对薛能升迁的不屑、妒忌以及薛能回复略欠婉转的无心、随意,两人的这种微妙心理,通过小小的借舟一事表现得十分传神。

由于前来纵观的人数众多,"长安几于半空",必然鱼龙混杂,曲江会上难免不会生出这样那样的事端,《唐摭言》载韦昭范等曲江宴会故事,即属此类。故事云:咸通十四年,韦昭范等于曲江亭宴会,遇一个故意惹是生非的骄悖少年:"俄睹一少年,跨驴而至,骄悖之状,旁若无人。于是俯逼筵席,张目,引颈及肩,复以巨棰振筑佐酒,谑浪之词,所不忍聆……"《唐摭言》的描摹可谓惟妙惟肖。就在韦昭范诸君子骇愕之际,忽有一抱打不平的"门子"站出来教训这位无良少年:

> 诸君子骇愕之际,忽有于众中批其颊者,随手而坠,于是连加殴击,复夺所执棰,棰之百余。众皆致怒,瓦砾乱下,殆将毙矣。当此之际,紫云楼门轧开,有紫衣从人数辈驰告曰:"莫打!莫打!"传呼之声相续。又一中贵,驱殿甚盛,驰马来救。门子乃操棰迎击,中者无不面仆于地,敕使亦为所棰。既而奔马而返,左右从而俱入,门亦随闭而已。②

小说将这一混乱场景描写得细致入微,门子的路见不平,愤然而批少年之颊,怒棰百余下;众人的瓦砾乱下,紫衣人的奔走号呼,以及中贵的驱殿甚盛,紫衣人、中贵等人的狼狈而返,无比活灵活现。其后,众人问及门子来历,方知拔刀相助者是"宣慈寺门子,亦与诸郎君无素,第不平其下人无礼

---

① 王定保撰,阳羡生校点:《唐摭言》卷三"慈恩寺题名游赏赋咏杂纪",《唐五代笔记小说大观》下册,上海古籍出版社2000年版,第1600页。
② 同上。

耳"。又担心不良少年来自宫中,"仍虑事连宫禁,祸不旋踵",凡此种种,均描写得有声有色,仿佛展开了一幅唐时曲江畔新科进士曲江会的写生画卷。

第四节　唐人日常饮食及其好尚

　　唐人小说每言饮馔,往往不言其详,大多概述而已。如《南柯太守传》即云:"彩槛雕楹,华木珍果,列植于庭下;几案茵褥,帘帏肴膳,陈设于庭上。"又云:"羔雁币帛,威容仪度,妓乐丝竹,肴膳灯烛,车骑礼物之用,无不咸备。"①如《李娃传》:"复坐,烹茶斟酒,器用甚洁。""乃张烛进馔,品味甚盛。""俄献茶果,甚珍奇。"②如《霍小玉传》中李益第一次与霍小玉相见,其母净持招待李益:"遂命酒馔,即令小玉自堂东阁子中而出,生即拜迎。"李益与霍小玉最后一次相见,黄衫客为设宴:"顷之,有酒馔数十盘,自外而来,一座惊视。遽问其故,悉是豪士之所致也。因遂陈设,相就而坐。"③如《周秦行纪》薄太后招待牛僧孺:"既,太后命进馔。少焉食至,芳洁万品,皆不得名字。"④如《冥音录》崔氏与长女待其女弟莲奴鬼魂前来相会:"翼日,乃洒扫一室,列虚筵,设酒果,仿佛如有所见。"⑤如《灵应传》节度使周宝招待灵应九娘子:"宝命酌醴设馔,厚礼以待之。"⑥但也有细致具体者,及于品名、材料、烹制、味道等等,从中可窥见唐人的饮食好尚。

---

　　① 李公佐:《南柯太守传》,李剑国辑校《唐五代传奇集》第二编卷九,中华书局2015年版,第688页,第669页。
　　② 白行简:《李娃传》,李剑国辑校《唐五代传奇集》第二编卷一五,中华书局2015年版,第899页,第899页,第99页。
　　③ 蒋防:《霍小玉传》,李剑国辑校《唐五代传奇集》第二编卷一八,中华书局2015年版,第1008页,第1012页。
　　④ 韦瓘:《周秦行纪》,李剑国辑校《唐五代传奇集》第三编卷七,中华书局2015年版,第1200页。
　　⑤ 阙名:《冥音录》,李剑国辑校《唐五代传奇集》第三编卷二八,中华书局2015年版,第1892页。
　　⑥ 阙名:《灵应传》,李剑国辑校《唐五代传奇集》第四编卷四,中华书局2015年版,第2612页。

一、食方丈及饮食的排场和讲究

方丈,一丈见方,即长宽各一丈的面积。与饮食相连,最早当是见于《孟子·尽心下》"食前方丈,侍妾数百人"句,意指用餐时面前摆放了一丈见方的食物,委婉表达生活奢靡之意。在现实生活中的言谈与文章中的表达,云"食方丈",意多如此,《墨子》所谓"美食方丈……口不能遍味"亦然。《汉书》卷六四下《严安传》引严安以故丞相史上书云:"调五声使有节族,杂五色使有文章,重五味方丈于前,以观欲天下"云云,前有其总论点"今天下人民用财侈奢靡,车马衣裘宫室皆竞修饰",然后列举,故"重五味方丈于前"是天下奢靡的表现之一,则"方丈于前"有奢靡之意。《洛阳伽蓝记》卷三《城南》叙高阳王"嗜口味,厚自奉养"云:"一日必以数万钱为限,海陆珍羞,方丈于前。陈留侯李崇谓人曰:'高阳一日敌我千日。'"不仅指其奢靡,也是实指桌上的菜品确实很多。

由此意出,"食方丈"有时在表达奢靡之外,也象征富贵。如《韩诗外传》及《古列女传》中同源故事的北郭先生、楚于陵子仲语其妻之言,《韩诗外传》卷九北郭先生谓妇人曰:"楚欲以我为相,今日相,即结驷列骑,食方丈于前,如何?"《古列女传》卷二"楚于陵妻":于陵子仲谓其妻曰:"楚王欲以我为相,遣使者持金来。今日为相,明日结驷连骑,食方丈于前,可乎?"此故事在晋皇甫谧所撰《高士传》中,则变成了陈仲子入谓妻曰:"楚王欲以我为相,今日为相,明日结驷连骑,食方丈于前,意可乎?"均是以"结驷连骑,食方丈于前"两个具体的事项来指为相之后的富贵生活。

在小说中,"食方丈"常用在故事情节中对饮食场景的概述,六朝小说已有。如吴均《续齐谐记》中的《阳羡书生》,叙阳羡书生就食即云:"乃口中吐一铜奁子,奁子中具诸肴馔,海陆珍羞,方丈盈前,其器皿皆铜物,气味香旨,世所罕见。"[①]唐人小说在故事叙述中,也常用"食方丈"之语,概述小说中人物饮食的繁盛,表现饮食的豪奢。《酉阳杂俎》言何胤在饮

---

① 吴均:《续齐谐记》"阳羡书生",李剑国辑释《唐前志怪小说辑释》(修订本)南北朝编第三,上海古籍出版社 2011 年版,第 620 页。

食讲究,即云:"何胤侈于味,食必方丈。"特别是叙小说中人物宴聚,主人热情招待客人时,多用此语,常作"方丈盘"。如《玄怪录·来君绰》叙威污蠛招待来君绰四人,即云:"既而蜗儿举方丈盘至,珍羞水陆,充溢其间。"《玄怪录·袁洪儿夸郎》:"捧方丈盘至,珍羞万品,中有珍异,无不殚尽。"①其言举或捧,显然,此"方丈盘"不可能是实指一丈见方的盘子,而是概指所举、所捧之盘极大,所盛菜品丰富,突出主人招待之热情。

在唐人小说中,"食方丈""方丈盘"之外,也常用"水陆俱备""海陆毕备"等来表达饮食丰盛、奢侈之意。如《北梦琐言》叙五代王蜀时期的赵雄武,"为一时之富豪。严洁奉身,精于饮馔","事一餐,邀一客,必水陆俱备。虽王侯之家,不得相仿焉"。②言赵雄武饮食讲究,准备每一餐,或者哪怕一个客人,也会准备丰盛的饮食。《前定录·薛少殷》叙河南薛少殷忽一日暴亡于长安崇仪里,被一鬼吏引至地府,原来是其已为阴曹判官的亡兄召见,其间见王判官,王判官"接待甚厚",即云"俄闻备馔,海陆毕备"。③《剧谈录·洛中豪贵》叙乾符中,有李史君出牧罢归,居在东洛。深感一贵家旧恩,欲召诸子从容。因而向敬爱寺僧圣刚者请教,如何招待贵家诸子,僧言贵家每日饮食丰盛,亦云:"每观其食,穷极水陆滋味。"④《酉阳杂俎》叙韦斌兄韦陟奢侈,及于饮食:"若宴于公卿,虽水陆具陈,曾不下箸。"⑤用"水陆具陈"表达菜品丰盛。有时也用"水陆之馔""陆海之珍"等来表达,如在《李娃传》中,李娃收留沿街乞讨的荥阳生后,为其调理身体,饭菜逐渐丰美,"旬余,方荐水陆之馔"。《纂异记·徐玄之》中亦有云"负器皿盛陆海之珍味者,又数百"。⑥

---

① 牛僧孺撰,程毅中点校:《玄怪录》卷四"来君绰",卷六"袁洪儿誇郎",中华书局2014年版,第39页,第60页。
② 李昉等:《太平广记》卷二三四《食》"大饼",中华书局2003年版,第1796页。
③ 钟辂:《前定录》"薛少殷",李剑国辑校《唐五代传奇集》第三编卷一,中华书局2015年版,第1047页。
④ 康骈:《剧谈录》卷下"洛中豪士",李剑国辑校《唐五代传奇集》第四编卷八,中华书局2015年版,第2754—2755页。
⑤ 段成式撰,许逸民校笺:《酉阳杂俎校笺》续集卷三《支诺皋下》,中华书局2016年版,第1609页。
⑥ 白行简:《李娃传》;李玫:《纂异记》;李剑国辑校《唐五代传奇集》第二编卷一五,中华书局2015年版,第904页,第1627页。

唐人小说中,将饮食与身份相联系,主人公的饮食理想,则是《枕中记》所表达:"士之生世,当建功树名,出将入相,列鼎而食,选声而听……"①"列鼎而食",方丈盘、水陆之味俱陈是必然之事,而其间还更有排场的含义。唐人饮食,颇有注重排场者。《云仙杂记》卷五"烛围"引《长安后记》记载韦陟家宴,就十分注重排场:"韦陟家宴,使每婢执一烛,四面行立,人呼为烛围。"陈无咎的饮食排场又不同,《云仙杂记》卷五"宴客典斝"引《洛都要记》云:"陈无咎宴客,一客用一婢典斝。必十二斝而后使满,以尽诚敬之道。"②排场之盛,当属《剧谈录》所载李进贤宴会宾客:

> 通义坊刘相国宅,本文宗朝朔方节度使李进贤旧第。进贤起自戎旅,而倜傥瑰玮,累居藩翰,富于财宝。虽豪侈奉身,雅好宾客。有中朝宿德,常话在名场日,失意边游,进贤接纳甚至。其后京华相遇,时亦造其门。属牡丹盛开,因以赏花为名,及期而往。厅事备陈饮馔,宴席之间,已非寻常。举杯数巡,复引众宾归内,室宇华丽,楹柱皆设锦绣;列筵甚广,器用悉是黄金。阶前有花数丛,覆以锦幄。妓妾俱服纨绮,执丝簧善歌舞者至多。客之左右,皆有女仆双鬟者二人,所须无不必至,承接之意,常日指使者不如。芳酒绮肴,穷极水陆,至于仆乘供给,靡不丰盈。自午迄于明晨,不睹杯盘狼藉。朝士云:"迩后历观豪贵之属,筵席臻此者甚稀。"③

至于唐人饮食的讲究,唐人小说也多有描绘,《酉阳杂俎》言韦斌之兄韦陟,饮食就极为讲究:"其于馔羞,尤为精洁,仍以鸟羽择米。每食毕,

---

① 沈既济:《枕中记》,李剑国辑校《唐五代传奇集》第二编卷一八,中华书局2015年版,第450页。
② 冯贽:《云仙杂记》卷五"烛围","宴客典斝",《丛书集成初编》本,商务印书馆1939年版,第34页。
③ 康骈撰,萧逸校点:《剧谈录》卷下"刘相国宅",《唐五代笔记小说大观》下册,上海古籍出版社2000年版,第1479页。

视厨中所委弃,不啻万钱之直。"①"鸟羽择米",用米竟以羽毛挑选,表明韦陟制作饮食,在用料方面非常精细,则其他方面可想而知,也一定还有许多讲究。《剧谈录》"洛中豪贵"叙一贵家饮食,烧火用的炊炭都十分讲究,让人印象深刻:

> 乾符中,洛中有豪贵子弟,承藉勋荫,物用优足。恣陈锦衣玉食,不以充诎为戒,饮馔华鲜,极口腹之欲。有李史君,出牧罢归,居止亦在东洛。深感其家旧恩,欲召诸子从容。有敬爱寺僧圣刚者,常所来往。李因以具宴为说。僧曰:"某与之门徒久矣,每见其饮食,穷极水陆滋味。常馔必以炭炊,往往不惬其意。此乃骄逸成性,史君召之可乎?"李曰:"若朱象白、猩唇,恐不可致。止于精洁修办小筵,未为难事。"
>
> 于是广求珍异,俾妻孥亲为调鼎。备陈绮席雕盘,选日为请。弟兄列坐,矜持俨若冰玉。肴羞每至,曾不下箸。主人揖之再三,唯沾果实而已。及至水餐,俱致一匙于口,然相盼良久,咸若飧荼食蘗,李莫究其由,以失饪为谢。明日,复睹圣刚,备述诸子情貌。僧曰:"某前者所说岂谬哉!"而因造其门,以问之曰:"李史君特备一筵,疱膳间可为丰洁,何不略领其意?"诸子曰:"燔炙煎和,未得其法。"僧曰:"他物纵不可食,炭炊之饭,又嫌何事?"复曰:"上人未知,凡以炭炊饭,先烧令熟,谓之炼火,方可入爨。不然,犹有烟气。李史君宅炭不经炼,是以难于餐咯。"僧抚掌大笑曰:"此则非贫道所知也。"②

民间贵家的讲究,当然无法和皇家相比,《卢氏杂说》言及皇家御厨进馔,有所谓"看食":"御厨进馔,凡器用有少府监进者,用九钉食,以牙盘九枚,装食味于其间。置上前,亦谓之看食。"③用九枚精美的牙盘盛装

---

① 段成式撰,许逸民校笺:《酉阳杂俎校笺》续集卷三《支诺皋下》,中华书局2016年版,第1609页。
② 康骈:《剧谈录》卷下"洛中豪士",李剑国辑校《唐五代传奇集》第四编卷八,中华书局2015年版,第2754—2755页。
③ 李昉等:《太平广记》卷二三四《食》"御厨",中华书局2003年版,第1792页。

九种食品,这些食品仅用于观赏,必定制作精美、赏心悦目,宛如艺术品一般。当然,唐人的讲究,还不至于杨慎"饮食之侈"引内典所谓"炰凤烹龙,雕蚶镂蛤"。①

二、肉食及吃法

唐人肉食品类繁多,制作方法也很多样,一些吃法在今天看来,也让人耳目一新。唐人小说对此也多有呈现,虽不及食谱的细致和可操作性,但也十分细致鲜活。

唐人于肉食也有偏好,在各种动物性肉食中,对羊肉似乎有特殊的偏好。以致在唐人的命定故事中,一生的食羊数量都十分精确。《太平广记》卷一五六"李德裕"引《补录记传》云:

> 德裕为太子少傅,分司东都时,尝闻一僧,善知人祸福。因召之,僧曰:"公灾未已,当南行万里。"德裕甚不乐。明日,复召之,僧且曰:"虑言之未审,请结坛三日。"又曰:"公南行之期定矣。"德裕曰:"师言以何为验?"僧即指其地,此下有石函。即命发之,果得焉。然启无所睹,德裕重之,且问:"南行还乎?"曰:"公食羊万口,有五百未满,必当还矣。"德裕叹曰:"师实至人,我于元和中,为北部从事,尝梦行至晋山,尽目皆羊。有牧者数十,谓我曰:'此侍御食羊也'。尝志此梦,不泄于人。今知冥数,固不诬矣。"后旬余,灵武帅送米暨馈羊五百。大惊,召僧告其事,且欲还之。僧曰:"羊至此,是已为相国有矣,还之无益。南行其不返乎?"俄相次贬降,至崖州掾,竟终于贬所,时年六十三。②

此事《宣室志》亦有记,所叙故事主体基本相同,而命定观念表达更加强烈。其中食羊数量情节云:"因问:'南行诚不免矣,然乃终不还乎?'僧曰:'当还耳。'公讯其故,对曰:'相国平生当食万羊,今食九千五百矣。

---

① 杨慎:《升庵集》卷六九"饮食之侈",文渊阁《四库全书》本,第1270册,第684页上。
② 李昉等:《太平广记》卷一五六《定数十一》"李德裕",中华书局2003年版,第1121页。

所以当还者，未尽五百羊耳。'公惨然而叹曰：'吾师果至人。且我元和十三年为丞相张公从事于北都，尝梦行晋山，见其上皆白羊，有牧者十数迎拜我，我因问牧者，牧者曰：'此侍御平生所食羊。'吾尝识此梦，不泄于人。今者果如师之说耶。乃知冥数固不诬也。'"①用食羊数量来表达李德裕的禄位年寿，可谓新奇，李德裕一生食羊万口，数量极大，不可不谓多。而之所以用食羊数量，也表明唐人于羊肉的喜好，羊肉是唐人肉食的主要种类之一。上至帝王将相的御膳华筵，下至普通庶民的家居宴聚，均食羊肉。唐玄宗即有吃羊肉的故事。唐玄宗曾让作太子的肃宗割肉："肃宗为太子时，常侍膳。尚食置熟俎，有羊臂臑，上顾使太子割。肃宗既割，余污漫在手，以饼洁之，上熟视不怿。肃宗举饼啖之，上甚悦。谓太子曰：'福当如是爱惜。'"②《虬须客传》中李靖与红拂妓于灵石逆旅，即煮羊肉："将归太原，行次灵石旅舍。既设床，炉中烹肉且熟……客曰：'煮者何肉？'曰'羊肉，计已熟矣。'客曰：'饥。'公出市胡饼，客抽腰间匕首，切肉共食。食竟，余肉乱切，送驴前食之，甚速。"③

羊肉的吃法很多，唐人小说颇多涉及，除了上文提到的李靖等的"烹羊肉"、唐玄宗的"羊臂臑"，唐冯贽《云仙杂记》卷三引《青州集记》载熊翻曾为"过厅羊"招待客人："熊翻每会客，至酒半、阶前旋杀羊，令众客自割，随所好者，彩绵系之，记号毕，蒸之，各自认取，以刚竹刀切食。一时盛行，号'过厅羊'。"④羊肉之外，也食"羊脾"，《北梦琐言》载归登即好食羊脾："归登尚书……性甚吝啬。常烂一羊脾，旋割旋啖，封其残者。一旦内子于封处割食，登不见元封，大怒其内。由是没身不食肉。"⑤

除了羊肉，也多见其他肉类。如鹿肉，黄升就喜食鹿肉，每日三斤，四

---

① 张读撰，张永钦、侯志明点校：《宣室志》卷九"李德裕食万羊"，中华书局1983年版，第123页。
② 李昉等：《太平广记》卷一六五"廉俭""唐玄宗"，中华书局2003年版，第1201页。
③ 裴铏：《传奇·虬须客传》，李剑国辑校：《唐五代传奇集》第三编卷四三，中华书局2015年版，第2454—2455页。
④ 冯贽：《云仙杂记》卷三"过厅羊"，《丛书集成初编》本，商务印书馆1939年版，第19页。
⑤ 孙光宪撰，贾二强点校：《北梦琐言》卷五"裴氏再行归登尚书附"，中华书局2002年版，第111页。亦见：《太平广记》卷一六五"归登"，中华书局2003年版，第1211页。

十年不间断,《云仙杂记》卷三"享鹿肉"引《安成记》云:"黄升日享鹿肉三斤。自晨煮至日影下门西,则喜曰:'火候足矣。'如是四十年。"①《玄怪录·郭代公》亦曾有郭元振旅途中,随身带有鹿脯,且借此鹿脯斩断乌将军一手:"公囊中有利刃,思取刺之,乃问曰:'将军曾食鹿腊乎?'曰:'此地难遇。'公曰:'某有少许珍者,得自御厨,愿削以献。'将军者大悦。公乃起,取鹿腊并小刀,因削之,置一小器,令自取。将军喜,引手取之,不疑其他。公伺其无机,乃投其脯,捉其腕而断之。将军失声而走,导从之吏,一时惊散。"②驴肉也应是唐人喜好的肉食之一,《前定录·刘逸之》叙刘逸之与从母弟吴郡陆康、主簿杨豫、尉张颖冬寒饮酒,"方酣适,有魏山人琮来"。其间魏琮预言诸人禄位,"谓豫曰:'君后八月,勿食驴肉,食之遇疾,当不可救。'"特别提到不要食驴肉,可见唐人食驴肉是较为普遍的。动物内脏也为唐人所喜。后来杨豫"误啖驴肠数寸。至暮胀腹而卒"。③唐玄宗又好食鹿血,并名之曰"热洛河":"玄宗命射生官射鲜鹿,取血煎鹿肠。食之,谓之'热洛河',赐安禄山及哥舒翰。"④亦食牛肉,《大唐传载》记一人"好食爊牛头",一日梦物故而被拘至地府酆都狱:"有士人平生好食爊牛头,一日忽梦其物故,拘至地府酆都狱,有牛头在旁,其人了无畏惮,仍以手抚其头云:'只者头子大堪爊食。'牛头人笑而放回。"⑤此人至死不改好食爊牛头之好,鬼也拿他毫无办法,笑而放回。其"以手抚其头"而语的痴于爊牛头的形象,让人忍俊不禁,印象深刻。

鹅、鸭之类也是常见肉食。《卢氏杂说》载郑余庆曾"忽召亲朋官数人会食","余庆呼左右曰:'处分厨家,烂蒸去毛,莫拗折项。'诸人相顾,以为必蒸鹅鸭之类"。⑥看来鹅、鸭肉食也是待客中常见的肉食。而由此

---

① 冯贽:《云仙杂记》卷三"享鹿肉",《丛书集成初编》本,商务印书馆1939年版,第24页。
② 牛僧孺撰,程毅中点校:《玄怪录》卷二"郭代公",中华书局2014年版,第19页。
③ 钟辂:《前定录》"刘逸之",李剑国辑校《唐五代传奇集》第三编卷一,中华书局2015年版,第1036—1037页。
④ 李昉等:《太平广记》卷二三四《食》"热洛河",中华书局2003年版,第1794页。
⑤ 佚名撰,恒鹤点校:《大唐传载》,《唐五代笔记小说大观》上册,上海古籍出版社2000年版,第885页。
⑥ 李昉等:《太平广记》卷一六五《廉俭》"郑余庆",中华书局2003年版,第1204页。

也可知鹅、鸭的常见吃法是"蒸"。《云仙杂记》卷四"鹅蒸"引《琴庄美事》云:"蔺先生上隐亭望九里山,七日不能下,但食鹅蒸二十段。"①食"鹅蒸"二十段,当是全鹅蒸熟,然后分段。《卢氏杂说》言及一种特殊的全鹅吃法:

  见京都人说,两军每行从进食,及其宴设,多食鸡鹅之类。就中爱食子鹅,鹅每只价值二三千。每有设,据人数取鹅。燖去毛,及去五脏,酿以肉及糯米饭,五味调和。先取羊一口,亦燖剥,去肠胃。置鹅于羊中,缝合炙之。羊肉若熟,便堪去却羊。取鹅浑食之,谓之"浑羊殁忽"。②

"浑羊殁忽"的做法介绍细致,至今也可依此介绍制作,不过,以整只羊来制作这种"浑羊殁忽",方法实在是太过奢侈。

三、海鲜河鲜及吃法

  唐人喜食鱼,唐人小说中多有食鱼故事,且竟有因好食鱼而被冥王罚去作鱼的故事,《广异记·张纵》即是:

  唐泉州晋江县尉张纵者,好啖鲙。忽被病死,心上犹暖,后七日苏。云:初有黄衫吏告云:"王追。"纵随行,寻见王。王问吏:"我追张纵,何故将张纵来,宜速遣去。"旁有一吏白王曰:"此人好啖鲙,暂可罚为鱼。"王令纵去作鱼。又曰:"当还本身。"便被所白之吏引至河边,推纵入水,化成小鱼,长一才许,日夕增长,至七日,长二尺余。忽见罟师至河所下网,意中甚惧,不觉已入网中,为罟师所得,置之船中草下。须臾闻晋江王丞使人求鱼为鲙,罟师初以小鱼与之,还被杖。复至网所搜索,乃于草下得鲤,持还王家。至前堂,见丞夫人对镜理妆,偏袒一膊。至厨中,被脍人将刀削鳞,初不觉痛,但觉铁冷泓

---

① 冯贽:《云仙杂记》卷四"鹅蒸",《丛书集成初编》本,商务印书馆1939年版,第27页。
② 李昉等:《太平广记》卷二三四《食》"御厨",中华书局2003年版,第1792页。

然。寻被剪头,本身遂活。时殿下侍御史李萼左迁晋江尉,正在王家餐鲙,闻纵活,遽往视之。既入,纵迎接其手,谓萼曰:"餐脍饱耶?"萼因问何以得知,纵具言始末,方知所餐之鳞,是纵本身焉。①

张纵作鱼故事有清晰的佛教因果业报逻辑,张纵因"好啖鲙",虽被黄衫鬼吏误追到幽冥地府,还是被罚作鱼,体验了一回作鱼后为人刀俎的过程。《续玄怪录·薛伟》也是类似故事,其叙蜀州青城县主簿薛伟身化为鱼,遨游江海而最终因饥饿吞赵幹饵被钓起,然后被同僚买回煮食的过程。只是故事末云食鲙者丞邹滂、尉雷济、裴寮"三君并投鲙,终身不食。伟自此平愈,后累迁华阳丞,乃卒"。不仅述异而已,又有劝诫之意,也暗含佛教因果逻辑。

唐人食鱼的品类十分繁多,《纂异记·徐玄之》云:"乐徒奏《春波引》,曲未终,复获鲂鲤鲈鳜百余。遽命操脍促膳,凡数十味,皆馨香不可言。"②就提到鲂、鲤、鲈、鳜等多种鱼类。唐人食鱼方式,多是食鲙,即鱼片。而作鲙似也讲究技巧,善为鲙,也是一项值得炫耀的技艺。《逸史·崔洁》叙崔洁与进士陈彤同往衔西寻亲故,过天门街,偶逢卖鱼甚鲜,买鱼十斤,遂往近处裴令公亭飧鲙。正愁无人办鲙之际,第一部乐人来,其中一人见鱼,即主动请求为崔洁作鲙,自云"某善此艺":

太府卿崔公名洁在长安,与进士陈彤同往衔西寻亲故。陈君有他见知,崔公不信。将出,陈君曰:"当与足下于裴令公亭飧鲙。"崔公不信之,笑不应。过天门街,偶逢卖鱼甚鲜。崔公都忘陈君之言,曰:"此去亦是闲人事,何如吃鲙。"遂令从者取钱买鱼,得十斤。曰:"何处去得?"左右曰:"裴令公亭子甚近。"乃先遣人计会,及升亭下马,方悟陈君之说,崔公大惊曰:"何处得人斫鲙?"陈君曰:"但假刀

---

① 李昉等:《太平广记》卷一三二《报应三十一》"张纵",中华书局2003年版,第942—943页。

② 李玫撰,李宗为校点:《纂异记》"徐玄之",《唐五代笔记小说大观》上册,上海古籍出版社2000年版,第524页。

砧之类。当有第一部乐人来。"俄顷，紫衣三四人，至亭子游看。一人见鱼曰："极是珍鲜，二君莫欲作鲙否？某善此艺，与郎君设手。"诘之，乃梨园第一部乐徒也。余者悉去，此人遂解衣操刀，极能敏妙。鲙将办，陈君曰："此鲙与崔兄飧，紫衣不得鲙也。"既毕，忽有使人呼曰："驾幸龙首池，唤第一部音声。"切者携衫带，望门而走，亦不暇言别。崔公甚叹异之。两人既飧，陈君又曰："少顷，有东南三千里外九品官来此，得半碗清羹吃。"语未讫，延陵县尉李耿至，将赴任，与崔公中外亲旧，探知在裴令公亭子，故来告辞。方吃食羹次，崔公曰："有脍否？"左右报已尽，只有清羹少许。公大笑曰："令取来，与少府啜。"乃吃清羹半碗而去。延陵尉乃九品官也。食物之微，冥路已定，况大者乎？①

当然，此篇小说在于彰显陈彤"有他见知"，有预知将来之事的能力，表达"食物之微，冥路已定，况大者乎"的命定观念。

食鲙当在唐代士庶中极为流行，食鲙常常作为重要情节出现在小说中，如在《前定录·陆宾于》中，僧惟瑛在预告陆宾于未来事时，就将食鲙当作重要预兆：

吴郡陆宾于举进士，在京师。常有一僧曰惟瑛者，善声色，兼知术数。宾虞与之往来。每言小事，无不验。至宝历二年春，宾于欲罢举归吴，告惟瑛以行计。瑛留止一宿。明旦，谓宾于曰："君来岁成名，不必归矣。但取京兆荐送，必在高等。"宾于曰："某曾三就京兆，未始得。今岁之事，尤觉甚难。"瑛曰："不然，君之成名，必以京兆荐送，他处不可也。至七月六日，若食水族，必殊等及第矣。"宾于乃书于进昌里之牖间，日省之。数月后，因于靖宫北门，候一郎官。适遇朝客，遂回憩于从孙闻礼之舍。既入，闻礼喜迎曰："向有人惠双鲤鱼，方欲候翁而烹之。"宾于素嗜鱼，但令具羹，至者辄尽。后日因视

---

① 李昉等：《太平广记》卷一五六《定数十一》"崔洁"，中华书局2003年版，第1125页。

牖间所书字,则七月六日也。遽命驾诣惟瑛,且绐之曰:"将游蒲关,故以访别。"瑛笑曰:"水族已食矣,游蒲关何为?"宾于深信之,因取荐京兆,果得殊等。①

僧惟瑛知数术,"每言小事,无不验"。宾于本想罢举归吴,惟瑛告其"君来岁成名,不必归矣。但取京兆荐送,必在高等"。宾于颇怀疑。于是惟瑛即云:"至七月六日,若食水族,必殊等及第矣",宾于后果于此日食鲙,始信其言有征,才再次拜访惟瑛,并按照其建议行事。不难看出,故事中陆宾于食鲙,是故事情节发展的重要节点。

在《逸史·李公》中,食鲙更是作为故事情节的支点。万年县捕贼官李公,"春月与所知街西官亭子置鲙",一客偶至,淹然不去,气色甚傲。众问所能,曰"某善知人食料"。于是便有李公之问:"坐中有人不得吃者否?"客答"唯足下不得吃"。李公负气,认为自己作为主人,"安有不得吃之理",肯定能吃到鲙,故事由此展开:

> 唐贞元中,万年县捕贼官李公,春月与所知街西官亭子置鲙。一客偶至,淹然不去,气色甚傲。众问所能,曰:"某善知人食料。"李公曰:"且看今日鲙,坐中有人不得吃者否?"客微笑曰:"唯足下不得吃。"李公怒曰:"某为主人,故置此鲙,安有不得吃之理?此事若中,奉五千,若是妄语,当遭契阔。请坐中为证。"因促吃。将就,有一人走马来云:"京兆尹召。"李公奔马去,适会有公事,李公惧晚,使报诸客但餐,恐鲙不可停。语庖人"但留我两碟",欲破术人之言。诸客甚讶。良久,走马来,诸人已餐毕,独所留鲙在焉。李公脱衫就座,执箸而骂。术士颜色不动,曰:"某所见不错,未知何故?"李公曰:"鲙见在此,尚敢大言。前约已定,安知某不能忽忽酬酢……"言未了,官亭子仰泥土壤,方数尺,堕落,食器粉碎,鲙并杂于粪埃。李公惊异,问厨者更有鲙否?曰:"尽矣。"乃厚谢术士,以钱五千与之。②

---

① 钟辂:《前定录》"陆宾于",文渊阁《四库全书》本,第1042册,第638页下。
② 李昉等:《太平广记》卷一五三《定数八》"李公",中华书局2003年版,第1096页。

不仅河鱼可作鲙,海鱼也可。在唐代,还有一种特殊的干鱼鲙,这种干鱼鲙方便保存和运输,也因此远离海边的京都,也可以吃到美味的海鲜鱼鲙。《大业拾遗记》即载"海鮸干鲙"和"松江鲈鱼干鲙"的做法:

> 吴郡献海鮸干鲙四瓶,瓶容一斗。浸一斗,可得径尺数盘。并状奏作干鲙法。帝示群臣云:"昔术人介象于殿庭钓得海鱼,此幻化耳,亦何足为异? 今日之鲙,乃是真海鱼所作,来自数千里,亦是一时奇味。"虞世基对曰:"术人之鱼既幻,其鲙固亦不真。"出数盘以赐达官。作干鲙之法:当五六月盛热之日,于海取得鮸鱼。大者长四五尺,鳞细而紫色,无细骨不腥者,捕得之,即于海船之上作鲙。去其皮骨,取其精肉缕切。随成随晒,三四日,须极干,以新白瓷瓶,未经水者盛之,密封泥,勿令风入。经五六十日,不异新者。取啖之时,并出干鲙,以布裹,大瓮盛水渍之,三刻久出,带布沥却水,则皎然。散置盘上,如新鲙无别。细切香柔叶铺上,箸拨令调匀进之。海鱼体性不腥,然鳓鮸鱼肉软而白色,经干又和以青叶,皆然极可啖。
>
> 又吴郡献松江鲈鱼干鲙六瓶,瓶容一斗。作鲙法,一同鮸。然作鲈鱼鲙,须八九月霜下之时。收鲈鱼三尺以下者作干鲙,浸渍讫,布裹沥水令尽,散置盘内。取香柔花叶,相间细切,和鲙拨令调匀。霜后鲈鱼,肉白如雪,不腥。所谓"金玉鲙",东南之佳味也。紫花碧叶,间以素鲙,亦鲜洁可观。吴郡又献蜜蟹三千头,作如糖蟹法。蜜拥剑四瓮,拥剑似蟹而小,二螯偏大。《吴郡赋》所谓"乌贼拥剑"是也。①

"海鮸干鲙"为海鲜,"松江鲈鱼干鲙"为河鲜。《大业拾遗记》同时提到的海鲜或河鲜干鲙还有"海虾子"及其做法,"鮸鱼含肚"及其做法,"石首含肚""蜜蟹""蜜拥剑"等。可见唐人也食虾子、螃蟹等物,《云仙杂记》卷五"食蟠蜂"引《止戈集》也言及吃蟠蜂:"鹿宜孙食蟠蜂,炙于寿阳瓮中,

---

① 李昉等:《太平广记》卷二三四《食》"吴馔",中华书局2003年版,第1790—1791页,第1971—1972页。

顿进数器。"①螃蜅即今所谓梭子蟹。

四、面食及其花样

冯贽《云仙杂记》卷八"并、代人喜嗜面"引《河东备录》云:"并、代人喜嗜面,切以吴刀,淘以洛酒,漆斗贮之,击鼓集老幼,自以多寡取之,至饱。"②其实,不仅并、代两地,面食当是唐代各地的常见日常食品。《云仙杂记》卷四"袖饼班中"引《常朝记》云:"于琮班中,有时袖饼而食。或以遗同列。"③于琮上朝时自带饼,可见饼在唐代是十分普遍的面食。《宣室志·消面虫》叙吴郡陆颙"自幼嗜面,为食愈多而质愈瘦",原来是其肚中有消面虫。在胡人指导下,陆颙吐出消面虫。故事中胡人谈到作为面食的原料小麦:"盖以麦自秋始种,至来年夏季,方始成实,受天地四时之全气,故嗜其味焉。"④看来,在唐人眼中,小麦受天地四时之气,是上好佳品。

面食花样极多,胡饼应当是其中一种十分流行的做法。《任氏传》郑六第一次从任氏所居出来,城门尚未开,"门旁有胡人鬻饼之舍,方张灯炽炉"⑤。当时长安,应当多有这样的胡饼摊铺。由于其为人喜好,因而各地都有胡饼制作和售卖,《虬髯客传》中李靖、红拂妓于灵石逆旅,与虬髯客相识之后,"靖出市买胡饼,客抽匕首,切肉共食"。白居易任职忠县时,见当地做胡饼,全学长安,便买了一些寄给万州刺史杨归厚,让他尝尝看是否和长安的味道一样,并作诗《寄胡饼与杨万州》云:"胡麻饼样学京都,面脆油香新出炉。寄予饥馋杨大使,尝看得似辅兴无?"白居易诗称"胡麻饼",可见饼上当有芝麻,看来胡饼也有许多花样。《原化记·鬻饼

---

① 冯贽:《云仙杂记》卷五"食螃蜅",《丛书集成初编》本,商务印书馆1939年版,第36页。
② 冯贽:《云仙杂记》卷八"并、代人喜嗜面",《丛书集成初编》本,商务印书馆1939年版,第60页。
③ 冯贽:《云仙杂记》卷四"袖饼班中",《丛书集成初编》本,商务印书馆1939年版,第26页。
④ 张读撰、张永钦、侯志明点校:《宣室志》卷一"消面虫",中华书局1983年版,第5—6页。
⑤ 沈既济:《任氏传》,李剑国辑校《唐五代传奇集》第二编卷一,中华书局2015年版,第437页。

胡》则是一个以胡人卖饼为背景的故事：

> 有举人在京城，邻居有鬻饼胡，无妻。数年，胡忽然病。生存问之，遗以汤药。既而不愈。临死告曰："某在本国时大富，因乱，遂逃至此。本与一乡人约来相取，故久于此，不能别适。遇君哀念，无以奉答，某左臂中有珠，宝惜多年，今死无用矣，特此奉赠。死后乞为殡瘗。郎君得此，亦无用处，今人亦无别者。但知市肆之间，有西国胡客至者，即以问之，当大得价。"生许之。既死，破其左臂，果得一珠。大如弹丸，不甚光泽。生为营葬讫，将出市，无人问者。已经三岁。忽闻新有胡客到城，因以珠市之。胡见大惊曰："郎君何得此宝珠？此非近所有，请问得处。"生因说之。胡乃泣曰："此是某乡人也。本约同问此物，来时海上遇风，流转数国，故愍（愆）五六年。到此方欲追寻，不意已死。"遂求买之。生见珠不甚珍，但索五十万耳。胡依价酬之。生诘其所用之处。胡云："汉人得法，取珠于海上，以油一石，煎二斗，其则削。以身入海不濡，龙神所畏，可以取宝。一六度也。"①

此故事中胡人买胡饼，透露胡饼来自西域胡人，在唐代，来到中原地区的胡人数量当十分巨大。不过，胡饼传入中原很早，据《事物纪原》卷九"胡饼"云："《续汉书》曰：'灵帝好胡饼，京师皆食胡饼。'胡饼之起疑自此始也。然则饼有胡汉之异矣，胡饼盖今俗所为者是，而汉饼疑是今饼也，后赵石勒讳胡改为麻饼。"同时，此故事中还包含救助、信义等唐代社会普遍价值观念，而胡人所述宝珠的获得方法，也体现了唐人的龙与龙宫信俗。

胡饼之外，唐代的饼应该也还有其他花样。《北梦琐言》有赵雄武者，能造大饼，其饼"大于数间屋"，众号"赵大饼"，这应该是赵雄武自创的做饼之法：

> 王蜀时，有赵雄武者，众号"赵大饼"。累典名郡，为一时之富

---

① 李昉等：《太平广记》卷四〇二《宝三》"鬻饼胡"，中华书局2003年版，第3241—3242页。

豪。严洁奉身,精于饮馔。居常不使膳夫,六局之中,中有二婢执役,常厨者十五余辈,皆着窄袖鲜洁衣装。事一餐,邀一客,必水陆俱备。虽王侯之家,不得相仿焉。有能造大饼,每三斗面擀一枚,大于数间屋。或大内宴聚,或豪家有广筵,多于众宾内献一枚。裁剖用之,皆有余矣。虽亲密懿分,莫知擀造之法,以此得大饼之号。①

《云仙杂记》卷五引《退耕传》,又有"鸣牙饼":"许康年谒刘逊,赠逊鸣牙饼千枚,曰:'虽微物也,助厨中两日之费。'"②此"鸣牙饼"或当是一种小巧的饼干。

饼之外,唐代面食又有包子一类,《卢氏杂说》载宫中"尚食局造包子手",能做一种特殊的包子:

> 冯给事入中书祗候宰相,见一老官人衣绯,在中书门立,候通报。时夏谯公为相,留坐论事多时。及出,日势已晚,其官人犹尚在。乃遣人问是何官。官人近前相见曰:"某新除尚食局令,有事相见相公。"因令省官通之。官人入,给事偶未去。官人见宰相了,出谢云:"若非给事恩遇,某无因得见相公。某是尚食局造包子手,不知给事宅在何处?"曰:"在亲仁坊。"曰:"欲说薄艺,但不知给事何日在宅?"曰:"来日当奉候。然欲相访,要何物。"曰:"要大台盘一只,木楔子三五十枚,及油铛灰火,好麻油一二斗,南枣烂面少许。"给事素精于饮馔,归宅便令排比。乃垂帘,家口同观之。至日初出,果秉简而入。坐饮茶一瓯,便起出厅。脱衫靴带,小帽子,青半肩,三幅袴,花襜袜肚,锦臂沟。遂四面看台盘,有不平处,以一楔填之,后其平正。然后取油铛烂面等调停。袜肚中取出银盒一枚,银篦子银笊篱各一。候油煎熟,于盒中取包子馅。以手于烂面中团之,五指间各有面透出。以篦子刮却,便置包子于铛中。候熟,以笊篱漉出。以新汲水中良

---

① 李昉等:《太平广记》卷二三四《食》"大饼",中华书局2003年版,第1796页。
② 冯贽:《云仙杂记》卷五"鸣牙饼",《丛书集成初编》本,商务印书馆1939年版,第33页。

久,邻投油铛中,三五沸取出。抛台盘上,旋转不定,以太圆故也。其味脆美,不可名状。①

小说故事婉转,描摹细致,不仅制作包子的过程细致,包子手来到冯给事家中,准备制作前的一段对包子手装扮的细节描写,十分生动,可见唐时厨师穿戴面貌。

唐代面食,又有馄饨。《逸史·李宗回》中提到"五般馄饨",即五种馄饨:

> 李宗回者,有文词,应进士举,曾与一客自洛至关。客云:"吾能先知人饮馔,毫厘不失。"临正旦,一日将往华阴县。县令与李公旧知,先遣书报。李公谓客曰:"岁节人家皆有异馔,况县令与我旧知。看明日到,何物吃?"客抚掌曰:"大奇,与公各饮一盏椒葱酒,食五般馄饨,不得饭吃。"李公亦未信。及到华阴县,县令传语,遣鞍马驮乘,店中安下,请二人就县。相见喜曰:"二贤冲寒,且速暖两大盏酒来,着椒葱。"良久台盘到,有一小奴与县令耳语。令曰:"总煮来。"谓二客曰:"某有一女子,年七八岁,常言何不令我勾当家事?某昨恼渠,遣检校作岁饭食。适来云,有五般馄饨,问煮那般?某云,总煮来。"逡巡,以大碗盛,二客食尽。忽有佐吏从外走云,"敕使到。"旧例合迎。县令惊,忙揖二客,鞭马而去,客遂出。欲就店终餐,其仆者已归,结束先发,已行数里。二人大笑,相与登途,竟不得饮吃。异哉,饮啄之分也。②

由此看来,馄饨当是唐代的家常面食,县令家年七八岁的小女儿,也能做出五种馄饨。小说中云此时正是岁节,即农历新年。县令吩咐女儿准备"岁饭食",其中有馄饨。则馄饨也是唐代年节常备的一种面食。

唐时面食有馎饦,《灵异记·白行简》有一故事,叙白行简入冥,与二

---

① 李昉等:《太平广记》卷二三四《食》"尚食令",中华书局2003年版,第1795页。
② 李昉等:《太平广记》卷一五三《定数八》"李宗回",中华书局2003年版,第1097页。

鬼还,"至城门,店有鬻饼饦饦者":"唐郎中白行简,太和初,因大醉,梦二人引出春明门,至一新冢间,天将晓而回,至城门,店有鬻饼饦饦者,行简馁甚,方告二使者次,忽见店妇抱婴儿,使者便持一小土块与行简,令击小儿。行简如其言掷之,小儿便惊啼闷绝,店妇曰:'孩儿中恶。'令人召得一女巫至,焚香弹琵琶,召请曰:'无他故,小魍魉为患耳。都三人,一是生魂,求酒食耳。不为祟,可速作饦饦,取酒。'逡巡陈设,巫者拜谒,二人与行简就坐,食饱而起,小儿复如故。行简既寤,甚恶之,后逾旬而卒。"①饦饦当为水煮,宋代的高承以为饦饦源自汤饼,是汤饼的简化。《事物纪原》卷九"汤饼"云:"魏晋之代,世尚食汤饼。今索饼是也。《语林》有魏文帝与何晏热汤饼,即是其物,出于汉魏之间也。"汤饼为条状,与今之面条类似。《事物纪原》卷九"不饦"云:"束晳《饼赋》曰:'朝事之笾,煮麦为面。'则面之名盖自此而出也。魏世食汤饼,晋以来有不托之号,意不托之作缘汤饼而务简矣。今讹为饦饦,亦直曰面也。"②《北梦琐言》卷三"王文公叉手睡"言及"食饦饦面不过十八片":"王文公凝,清修重德,冠绝当时。每就寝息,必叉手而卧,虑梦寐中见先灵也。食饦饦面不过十八片。"③则饦饦当是片状,或类于今之面片。

唐代面食中,又有"蒸饼"。《刘宾客嘉话录》云:"刘仆射晏五鼓入朝,时寒,中路见卖蒸饼之处,势气腾辉,使人买之,以袍袖包裙帽底啖之,且谓同列曰:'美不可言,美不可言。'"④蒸饼或是一种用水气蒸熟的面食,出现在汉魏间。《事物纪原》卷九"蒸饼"云:"秦汉逮今,世所食。初有饼、胡饼、蒸饼、汤饼之四品,惟蒸饼至晋,何曾所食,非作十字折,则不下箸,方一见于此,以是推之,当出自汉魏以来也。"⑤又有所谓"馄头",或

---

① 李昉等:《太平广记》卷二八三《巫》"白行简",中华书局2003年版,第2258页。
② 高承:《事物纪原》卷九《农业陶渔部四十五》"汤饼""不饦",《丛书集成初编》本,商务印书馆1937年版,第333—334页。
③ 孙光宪撰,贾二强点校:《北梦琐言》卷三"王文公叉手睡",中华书局2002年版,第46页。
④ 刘禹锡:《刘宾客嘉话录》,《唐五代笔记小说大观》上册,上海古籍出版社2000年版,第803页。
⑤ 高承:《事物纪原》卷九《农业陶渔部四十五》"蒸饼",《丛书集成初编》本,商务印书馆1937年版,第333页。

作"捻头",是一种细条相连并扭成花样的油炸面食。《北梦琐言》卷四"诸重德好尚"云"崔魏公铉好食新馂头,以为珍美。从事开筵,先一夕前必到使院索新煮馂头也。"①又有"饆饠",或作"毕罗",当是一种包有馅心的面制点心。《北梦琐言》卷三"刘仆射射荔枝图"云:"唐刘仆射崇龟以清俭自居,甚招物论。尝召同列餐苦荬饆饠。"②《酉阳杂俎》载"韩约能作樱桃饆饠,其色不变"③,则饆饠当有很多花样品种。饆饠至明代仍有,杨慎云:"朱文公刈麦诗:'霞舫幸自夸真一,垂钵何须问毕罗。'《集韵》:'饆罗,修食也。'按小说,唐宰相有樱笋厨,食之精者有樱桃饆饠。今北人呼为波波,南人讹为磨磨。"只不过北方和南方对饆饠的叫法不一样了,北方称"波波",南方称"磨磨"了。④《云仙杂记》卷六"剪刀面月儿羹"引《字锦》又记唐代宫中又有"剪刀面":"柳公权以隔风纱作《龙城记》及《入朝名品》,号'锦样书'以进。上方御剪刀面、月儿羹,即命分赐。"⑤

另外,唐时已有人因为吃素,而用面食做成各种形状,假作荤食。《北梦琐言》卷三"崔侍中省刑狱"云:

  唐崔侍中安潜崇奉释氏,鲜茹荤血。唯于刑辟,常自躬亲,虽僧人犯罪,未尝屈法。于厅事前虑囚,必温颜恻悯,以尽其情。有大辟者,俾先示以判语,赐以酒食,而付于法。镇西川三年,唯多蔬食。宴诸司,以面及蒟蒻之类染作颜色,用象豚肩、羊臑、脍炙之属,皆逼真也。时人比于梁武。而频于宅使堂前弄傀儡子,军人百姓穿宅观看,一无禁止。而中壶预政,以玷盛德,惜哉!⑥

---

① 孙光宪撰,贾二强点校:《北梦琐言》卷四"诸重德好尚",中华书局2002年版,第72页。
② 孙光宪撰,贾二强点校:《北梦琐言》卷三"刘仆射射荔枝图,"中华书局2002年版,第63页。
③ 段成式撰,许逸民校笺:《酉阳杂俎校笺》卷七《酒食》,中华书局2016年版,第607页。
④ 杨慎:《升庵集》卷六九"饆饠",文渊阁《四库全书》本,第1270册,第682页。
⑤ 冯贽:《云仙杂记》卷六"剪刀面月儿羹",《丛书集成初编》本,商务印书馆1939年版,第46页。
⑥ 孙光宪撰,贾二强点校:《北梦琐言》卷三"崔侍中省刑狱",中华书局2002年版,第57页。

崔安潜崇奉佛教,不吃荤食,在招待客人时,便"以面及蒟蒻之类染作颜色,用象豚肩、羊臑、脍炙之属,皆逼真也"。用面制作成各种肉类的形状,代替肉类。

五、粟米、糕糜与粥羹及其他

唐人主食,以粟米为主,粟米饭之类谷物食品在唐人小说也经常出现。著名的黄粱一梦故事,即沈既济的《枕中记》就是以"时主人方蒸黍,共待其熟"为背景的。在卢生于梦中历尽唐代士人理想的人生,而梦醒之时,"主人蒸黍未熟",最终感悟到了人生之理:"夫宠辱之道,穷达之运,得丧之理,死生之情,尽知之矣。"①郑余庆"清俭有重德",据《卢氏杂说》载,招待亲朋官也仅有粟米饭:

> 郑余庆,清俭有重德。一日,忽召亲朋官数人会食,众皆惊。朝僚以故相望重,皆凌晨诣之。至日高,余庆方出。闲话移时,诸人皆器然。余庆呼左右曰:"处分厨家,烂蒸去毛,莫拗折项。"诸人相顾,以为必蒸鹅鸭之类。逡巡,尔台盘出,酱醋亦极香新。良久就餐,每人前下粟米饭一碗,蒸胡芦一枚。相国餐美,诸人强进而罢。②

因粟米为主食,粟也成为财富的象征。袁郊《甘泽谣·圆观》中即云:"圆观者,大历末洛阳惠林寺僧,能事田园,富有粟帛。"③故而在一些唐人命定小说中,也以粟来象征人的禄位,《玉堂闲话·许生》载许生入冥,即见到金吾将军朱仁忠的食禄是千石粟:"汴州都押衙朱仁忠家有门客许生,暴卒,随使者入冥。经历之处,皆如郡城。忽见地堆粟千石,中植一牌曰:'金吾将军朱仁忠食禄。'生极讶之。"④

---

① 沈既济:《枕中记》,李剑国辑校《唐五代传奇集》第二编卷一,中华书局 2015 年版,第 450—453 页。
② 李昉等:《太平广记》卷一六五《廉俭》"郑余庆",中华书局 2003 年版,第 1204 页。
③ 袁郊:《甘泽谣·圆观》,李剑国辑校:《唐五代传奇集》第三编卷三六,中华书局 2015 年版,第 2138 页。
④ 李昉等:《太平广记》卷一五八《定数十三》"许生",中华书局 2003 年版,第 1138 页。

粟米最常见的食用方法，就是粟米饭。方法可蒸可煮。《干𦠆子·阳城》云阳城为太守，即以米做粥，赈济困穷："及出守江华郡，日炊米两斛，鱼羹一大罂。自天使及草衣村野之夫，肆其食之。并置瓦瓯櫸杓，有类中衢樽也。"① 粟米为粥也很常见，《东城老父传》云："昌因日食粥一杯，浆水一升，卧草席，絮衣，过是悉归于佛。"②《定命录·崔元综》云崔元综"累迁至中书侍郎。九十九矣，子侄并死，唯独一身，病卧在床。顾令奴婢取饭粥，奴婢欺之，皆笑而不动"。③

粟米既可为普通日常主食，经过加工，则又可做成各种特别的食品，成为美味佳肴。《逸史·术士》载唐代玄宗朝宫中就有新糯米做的糕糜：

> 玄宗时，有术士，云："判人食物，一一先知。"公卿竞延接。唯李大夫栖筠不信，召至谓曰："审看某明日一餐何物。"术者良久曰："食两盘糕糜，二十碗桔皮汤。"李笑，乃遣厨司具馔，明日会诸朝客。平明，有敕召对。上谓曰："今日京兆尹进新糯米，得糕糜，卿且唯吃。"良久，以金盘盛来。李拜而餐，对御强食。上喜曰："卿吃甚美，更赐一盘，又尽。"既罢归，腹疾大作，诸物绝口，唯吃桔皮汤，至夜半方愈。忽记术士之言，谓左右曰："我吃多少桔皮汤？"曰："二十碗矣。"嗟叹久之，遽邀术士，厚与钱帛。④

此故事在于表现术士之先知。《前定录·韩滉》则叙韩滉在中书时遇一吏，"兼属阴司"，"主三品已上食料"，韩滉以为欺诈，询问自己明日当以何食，吏以为"此非细事，不可显之。请疏于纸，过后为验。"其中所定也有吃糕糜，且同样是赐食：

---

① 温庭筠：《干𦠆子·阳城》，李剑国辑校《唐五代传奇集》第三编卷二九，中华书局2015年版，第1901页。
② 陈鸿祖：《东城老父传》，李剑国辑校《唐五代传奇集》第二编卷一一，中华书局2015年版，第771页。
③ 李昉等：《太平广记》卷一四六《定数一》"崔元综"，中华书局2003年版，第1053页。
④ 李昉等：《太平广记》卷一四九《定数四》"术士"，中华书局2003年版，第1072页。

韩晋公晃在中书,尝召一吏。不时而至,公怒将挞。吏曰:"某有所属,不得遽至,乞宽其罪。"晋公曰:"宰相之吏,更属何人?"吏曰:"某不幸兼属阴司。"晋公以为不诚,乃曰:"既属阴司,有何所主?"吏曰:"某主三品已上食料。"晋公曰:"若然,某明日当以何食?"吏曰:"此非细事,不可显之。请疏于纸,过后为验。"乃恕之而系其吏。明旦,遽有诏命,既对,适遇太官进食,有糕糜一器,上以一半赐晋公。食之美,又赐之。既退而腹胀,归私第,召医者视之,曰:"食物所壅,宜服少橘皮汤。至夜,可啖浆水粥。"明旦疾愈。思前夕吏言,召之,视其书,则皆如其所云。因复问:"人间之食,皆有籍耶?"答曰:"三品已上日支,五品已上而有权位者旬支,凡六品至于九品者季支,其有不食禄者岁支。"①

此故事主题在于表达人之一切皆前定的观念,无论大事小事,即使是每一天每一餐饮食,也是冥冥之中早已注定。宫中赐食都十分特别,《云仙杂记》卷五"防风粥"引《金銮密记》又云:"白居易在翰林,赐防风粥一瓯。剔取防风得五合余,食之口香七日。"②看来宫中所做"防风粥"中加了不少防风。防风是一种多年生草本植物,有羽状复叶,叶片狭长,开白色小花。根供药用,有镇痛、祛痰等作用。则防风粥又是一种药膳了。《明皇杂录》又载宫中赐李林甫"甘露羹",可使白发变黑:"李林甫子婿郑平为户部员外,尝与林甫同处。一日,林甫就院省其女,遇平方栉发,见林甫坐处甘露羹,取而食之,曰:'纵当华皓,必当鬓黑。'明日,果有中使至,赐林甫食,中有甘露羹,遂以与平。平食讫,一旦发毛如黳。"③

唐人小说中也提到一些特殊的羹汤,上文《逸史·术士》《前定录·韩滉》中的橘皮汤,有消食功效,而如《云仙杂记》卷六"剪刀面月儿羹"引《字锦》中提到的唐时宫中有"月儿羹",则当是有特殊滋味的羹汤。其他

---

① 李昉等:《太平广记》卷一五一《定数六》"韩滉",中华书局2003年版,第1086页。
② 冯贽:《云仙杂记》卷五"防风粥",《丛书集成初编》本,商务印书馆1939年版,第36页。
③ 郑处诲撰,田廷柱点校:《明皇杂录》逸文"甘露羹",中华书局1994年版,第52页。

又如《云仙杂记》卷六"竹粉汤"引《洛都要纪》又有"竹粉汤":"夏侯钺谒卢怀慎,坐终日,得竹粉汤一盏。"《续定命录·李行修》中提到的皂荚子汤:"行修比苦肺疾,王氏尝与行修备治疾皂荚子汤。自王氏之亡也,此汤少得。至是青衣持汤,令行修啜焉,即宛是王氏手煎之味。"①

唐人小说有时也会提到一些新奇饮食,如《卢氏杂说》提到的"诸王修事":"翰林学士每遇赐食,有物若毕罗,形粗大,滋味香美,呼为'诸王修事'。"②又如冯贽《云仙杂记》卷七引《浣花旅地志》中有"甲乙膏":"蜀人二月好以豉杂黄牛肉为甲乙膏。非尊亲厚知不得而预,其家小儿三年一享。"③《酉阳杂俎》卷七"酒食"又提到"败障泥胡盝":"贞元中有一将军家出饭食,每说物无不堪吃,唯在火候。善均五味,尝取败障泥胡盝,修理食之,其味极佳。"④《杜阳杂编》又提到御厨所制"消灵炙""红虬脯":

> 上每赐御馔汤物,而道路之使相属。其馔有消灵炙、红虬脯。其酒则有凝露浆、桂花醑。其茶则有绿华、紫英之号。灵消炙,一羊之肉,取之四两,虽经暑毒,终不臭败。红虬脯,非虬也。但贮于盘中,缕健如虬,红丝高一尺,以箸抑之无数分,撤则复其故。迨诸品味,人莫能识。而公主家餍饫,如里中糠粃。一日,大会韦氏之族于广化里,玉馔具陈。暑气将甚,公主命取澄水帛以蘸之,挂于南轩,满座皆思挟纩。澄水帛长八九尺,似布而细,明薄可鉴。云其中有龙涎,故能消暑也。⑤

唐时也有一些名声远扬的名食,《酉阳杂俎》卷七"酒食"云:"今衣冠家名食,有萧家馄饨,漉去汤肥,可以瀹茗;庾家粽子,白莹如玉;韩约能作樱桃饆饠,其色不变;又能造冷胡突,鲙鳢鱼臆,连蒸麞麕皮,索饼。将军

---

① 李昉等:《太平广记》卷一六〇《定数十五》"李行修",中华书局2003年版,第1151页。
② 李昉等:《太平广记》卷二三四《食》"御厨",中华书局2003年版,第1792页。
③ 冯贽:《云仙杂记》卷七"甲乙膏",《丛书集成初编》本,商务印书馆1939年版,第50—51页。
④ 段成式撰,许逸民校笺:《酉阳杂俎校笺》卷七《酒食》,中华书局2016年版,第610页。
⑤ 苏鹗撰,阳羡生校点:《杜阳杂编》卷下,《唐五代笔记小说大观》下册,上海古籍出版社2000年版,第1395—1396页。

曲良翰能为驴鬃、驼峰炙。"①《酉阳杂俎》卷七"酒食"还罗列了唐代数十百种食品名称和制作方法名称。

冯贽《云仙杂记》卷一"洛阳岁节"引《金门岁节》,又提到唐代各种节日中的特殊美食:"洛阳人家,正旦,造丝鸡、蜡燕粉荔枝;正月十五日,造火蛾儿,食玉梁糕;寒食,装万花舆,煮杨花粥;端午,术羹、艾酒,以花丝楼阁插鬓,赠遗辟瘟扇;乞巧,使蜘蛛结万字,造明星酒,装同心脍;重九,迎凉,脯羊肝饼,佩癭木符;冬至,煎锡,彩珠,戴一阳巾;除夜,铜刀刻门,埋小儿砚,点水盆灯;腊日,造脂花餤。"冯贽《云仙杂记》卷四"上元影灯"引《影灯记》又言及上元食"芋郎君":"洛阳人家上元以影灯多者为上,其相胜之词曰:'千影万影。'又各家造芋郎君食之,宜男女。仍互送鸡肉酒,用六寸瓶贮之,于亲知门前,留地而去。"②

六、饮食中的风习世情

人各有好,不同的人有不同的饮食习惯和偏好。《北梦琐言》卷四"诸重德好尚"就提到唐代李德裕等喜好的特殊食品:"唐朱崖李太尉与同列款曲,或有征其所好者,掌武曰:'喜见未闻言、新书策。'崔魏公铉好食新馄头,以为珍美。从事开筵,先一夕前,必到使院索新煮馄头也。杜邠公每早食馓饭干脯。崔侍中安潜好看斗牛。虽各有所美,而非近利,与夫牙筹金坞、钱癖谷堆,不亦远乎?"③《龙城录》又提到"魏徵嗜醋芹":"魏左相忠言谠论,赞襄万几,诚社稷臣。有日退朝,太宗笑谓侍臣曰:'此羊鼻公,不知遗何好,而能动其情?'侍臣曰:'魏徵好嗜醋芹,每食之,欣然称快,此见其真态也。'明旦,召赐食,有醋芹三杯。公见之,欣喜翼然,食未竟而芹已尽。太宗笑曰:'卿谓无所好,今朕见之矣。'公拜谢曰:'君无为,故无所好,臣执作从事,独僻此收敛物。'太宗默而感之。公退,

---

① 段成式撰,许逸民校笺:《酉阳杂俎校笺》卷七《酒食》,中华书局2016年版,第607页。
② 冯贽:《云仙杂记》卷一"洛阳岁节",卷四"上元影灯",《丛书集成初编》本,商务印书馆1939年版,第5页,第29页。
③ 孙光宪撰,贾二强点校:《北梦琐言》卷四"诸重德好尚",中华书局2002年版,第72页。

太宗仰睨而三叹之。"①

而从一个人的饮食习惯和偏好,亦可大略窥见其个性甚至品行,因而,饮食中往往可见一地之世态风习,一时之世故人情,唐人小说于此多有精彩呈现。

前文引《剧谈录》"洛中豪士",即可见唐时豪贵的奢靡之风和矫情之态,承平时百般讲究,而战乱来临,"脱粟为餐",也竟然觉得"膏粱之美不如"。前后对比,将贵家子弟的矫情之态表现得极为生动:

> ……而因造其门,以问之曰:"李史君特备一筵,疱膳间可为丰洁,何不略领其意?"诸子曰:"燔炙煎和,未得其法。"僧曰:"他物纵不可食,炭炊之饭,又嫌何事?"复曰:"上人未知,凡以炭炊饭,先烧令熟,谓之炼火,方可入爨。不然,犹有烟气。李史君宅炭不经炼,是以难于餐啗。"僧抚掌大笑曰:"此则非贫道所知也。"
>
> 及大寇先陷瀍洛,财产剽掠俱尽。昆仲数人,乃与圣刚同时窜避。潜伏山草,不食者三日。贼锋稍远,徒步将往河桥。道中小店始开,以脱粟为餐而卖。僧囊中有钱数文,买于土杯同食。腹嚣既甚,粱肉之美不如。僧笑而谓曰:"此非炼炭所炊,不知可与郎君吃否?"但低首惭腼,无复词对。②

故事中贵家子弟豪奢矫情的形象十分鲜明,言"燔炙煎和,未得其法","上人未知,凡以炭炊饭,先烧令熟,谓之炼火,方可入爨。不然,犹有烟气。李史君宅炭不经炼,是以难于餐啗",日常饮食的挑剔、讲究,让人咋舌。而"恣陈锦衣玉食,不以充诎为戒,饮馔华鲜,极口腹之欲",李史君穷其所能,"广求珍异,俾妻孥亲为调鼎。备陈绮席雕盘",竟然"肴羞每至,曾不下箸。主人揖之再三,唯沾果实而已。及至水餐,俱置一匙于口,

---

① 柳宗元撰,曹中孚校点:《龙城录》"魏徵嗜醋芹",《唐五代笔记小说大观》上册,上海古籍出版社2000年版,第139页。
② 康骈:《剧谈录》卷下"洛中豪士",李剑国辑校《唐五代传奇集》第四编卷八,中华书局2015年版,第2755页。

各相盼良久,咸若飧茶食蘖",真可谓"骄佚成性",奢侈矫情之态,描摹细腻,宛在目前。及至战乱流离,脱粟为餐,且能"买于土杯",与僧同食。前后对比,僧笑而谓之曰"此非炼炭所炊,不知堪与郎君吃否",讽刺亦很辛辣。作者于末议论云"古人云:膏粱之性难正,其此之谓乎?是以圣人量腹而食,贤者戒于奢侈",可见作者的目的,也在于批评当时这种豪奢的饮食风尚。

豪贵子弟奢侈矫情,"力农自赡"者有时也"嚣浮甚于五侯家绮纨乳臭儿",《阙史》"荥阳公清俭"中的郑浣甥侄即此类人:

> 荥阳公尚书郑浣,以清规素履,嗣续门风。尹河南日,有从父昆弟之孙自覃怀来谒者,力农自赡,未尝干谒。拜揖甚野,束带亦古。郑公之子弟仆御,皆笑其疏质,而公独怜之。问其所欲,则曰:"某为本邑,以民待之久矣,思得承乏一尉,乃锦游乡里也。"公深然之。而公之清誉重德,为时所归,或致书于郡守,犹臂之使指也。郑脂辖前一日,召甥侄与之会食。有蒸而为饼者,郑孙搴去其皮,然后食之,公大嗟,怒曰:"皮之与中,何以异也?仆尝病浇态讹俗,骄侈自奉,思得以还淳返朴,敦厚风俗。是独怜子力田弊衣,必能知艰难于稼穑,奈何嚣浮甚于五侯家绮纨乳臭儿耶?"因引手请所弃饼表。郑孙错愕失据,器而奉之。公则尽食所弃。遂揖归宾阁,赠以束帛,斥归乡里。①

郑浣甥侄将蒸饼去皮而食,与其"拜揖甚野,束带亦古"的疏质形象形成强烈反差,"嚣浮"形象十分鲜明。

唐人小说于"靳食"者也多有呈现,《玉堂闲话·胡令》中好弈的胡令,就是一个典型的"靳食俭客"者。② 又如《北梦琐言》"刘仆射射荔枝图"中的刘崇龟:

---

① 高彦休撰,阳羡生校点:《唐阙史》卷上"荥阳公清俭",《唐五代笔记小说大观》下册,上海古籍出版社2000年版,第1330页。
② 李昉等:《太平广记》卷二六二《嗤鄙五》"胡令",中华书局2003年版,第2046页。

唐刘仆射崇龟以清俭自居，甚招物论。尝召同列餐苦荬饆饠，朝士有知其矫，乃潜问小苍头曰："仆射晨餐何物？"苍头曰："泼生吃了也。"朝士闻而哂之。及镇番禺，效吴隐之为人。京国亲知贫乏者颙俟濡救，但画荔枝图，自作赋以遗之。后薨于岭表。扶护灵榇经渚宫，家人鬻海珍珠翠于市，时人讥之。①

刘崇龟本性聚集好物，却"以清俭自居"，显得极为虚伪。招待同列"餐苦荬饆饠"，"镇番禺，效吴隐之为人"，只是做样子给人看。亲知贫乏，"但画荔枝图，自作赋以遗之"，暴露其"靳食"本性，其死后，"家人鬻海珍珠翠于市"，让人看清了他的真实品性，也因此为时人所讥笑。当然，也有表里如一的"清慎贞素"者，如卢怀慎即是：

唐卢怀慎，清慎贞素，不营资产。器用屋室，皆极俭陋。既贵，妻孥尚不免饥寒，而于故人亲戚散施甚厚。为黄门侍郎，在东都掌选事，奉身之具，才一布囊耳。后为黄门监，兼吏部尚书。卧病既久，宋璟、卢从愿常相与访焉。怀慎卧于弊箦单席，门无帘箔，每风雨至，则以席蔽焉。常器重璟及从愿，见之甚喜，留连永日，命设食。有蒸豆两瓯，菜数茎而已，此外翛然无办。②

卢怀慎不营产业，器用屋室，皆极俭陋。既贵，妻孥仍不免饥寒，但却极为慷慨，于故人亲戚，散施甚厚。饮食简陋，招待宋璟、卢从愿，仅有"蒸豆两瓯，菜数茎而已"。死后家无留储，唯苍头自鬻，以给丧事。

夏侯彪也是一个靳食者，饮食生虫腐败，也不给他人食用，家奴偷肉吃，竟"捉蝇与食，令呕出之"："夏侯彪，夏月食饮，生虫在下，未曾沥口。尝送客出门，奴盗食脔肉。彪还觉之，大怒，乃捉蝇与食，令呕出之。"安南都护邓祐也是这样的靳食者，巨富却从不设客，自家儿孙私用一只鸭子，

---

① 孙光宪撰，贾二强点校：《北梦琐言》卷三"刘仆射射荔枝图"，中华书局2002年版，第63页。

② 郑处诲撰，田廷柱点校：《明皇杂录》逸文，中华书局1994年版，第53页。

也被鞭打二十:"安南都护邓祐,韶州人,家巨富,奴婢千人。恒课口腹自供,未曾设客。孙子将一鸭私用,祐以擅破家资,鞭二十。"①又有夏侯处信,对"已溲讫"的二升面耿耿于怀,最后终于想到,"可总燔作饼",自己以后慢慢吃:

> 夏侯处信为荆州长史,有宾过之。处信命仆作食,仆附耳语曰:"溲几许面?"信曰:"两人二升即可矣。"仆入,久不出。宾以事告去。信遽呼仆,仆曰:"已溲讫。"信鸣指曰:"大异事!"良久乃曰:"可总燔作饼,吾公退食之。"信又尝以一小瓶贮醯一升,自食,家人不沾余沥。仆云:"醋尽。"信取瓶合于掌上,余数滴,因以口吸之。凡市易,必经手乃授直。识者鄙之。②

客人离去,"遽呼仆",将其靳食的形象表现得十分真切。醋尽,"取瓶合于掌上,余数滴,因以口吸之"的形象,也让人印象深刻。

也有畏妻而不敢延客者,冯贽《云仙杂记》卷五"聚香团"引《扬州事迹》云:"扬州太守仲端,畏妻不敢延客。谢廷皓谒之,坐久饥甚,端入内,袖聚香团啖之。"仲端小心翼翼将聚香团藏在袖中带出,与客人共食的场景,也十分生动。从仲端"袖聚香团"而出也可知,聚香团当为比较小巧的团状冷食。

唐人小说中的饮食书写,丰富多彩,不仅展现了唐代的饮食习尚,也为我们呈现出鲜活的唐代人物众生相。

---

① 张鷟撰,赵守俨点校:《朝野佥载》卷一,中华书局2005年版,第14—15页。
② 同上,第14页。

第四章 唐人小说与龙及龙宫俗信

第一节 崇龙与祭龙祈雨

中华民族自称"龙的传人",足见龙在中华民族文化心理中的特殊地位。中华民族对龙的崇拜,从史前时期就已开始,自上古至秦汉,据朱学良考辨,经历了"图腾崇拜阶段、灵物崇拜阶段、神灵崇拜阶段、王权崇拜阶段"几个阶段。[①] 随着佛教传入中国,佛教经典中关于龙的种种传说与故事,与中国传统的龙崇拜相结合,据张培锋研究,大约在隋唐之际,形成了龙王信仰。[②] 无论是在龙崇拜的上古至秦汉,还是随着佛教传入而形成龙王信仰的过程中及其以后,龙总是以各种方式和形象出现在文学作品特别是小说中,唐人小说中就出现了众多与龙有关故事,这些故事不仅呈现出唐人关于龙的种种奇幻想象,也折射出唐人崇龙的种种观念与习俗。

一、唐人小说中的龙

龙作为虚拟的崇拜图腾,中华民族的先民们赋予其鳞虫之长的身份,王充《论衡·龙虚》云:"传曰:鳞虫三百,龙为之长。"且能虚能实,能大能小,可以在深泉与云天间自由飞升。《说文解字·龙部》释龙云:"鳞虫之长,能幽能明,能细能巨,能短能长,春分而登天,秋分而潜渊。"在唐人小说中,龙的这种虚实、巨细、短长自由变化的特性被形象地呈现出来。

[①] 朱学良:《上古至秦汉时期龙崇拜之嬗变及其文化意蕴》,《文学与文化》2012年第3期。

[②] 张培锋:《中国龙王信仰与佛教关系研究》,《文学与文化》2012年第3期。

既然龙能随意变化，故而唐人小说中呈现出来的龙形态各异，在龙的鳞虫形态中，以蛇形最为普遍，《博异志·赵齐嵩》云赵齐嵩于石窟中见龙，描绘生动："俄而随云有巨赤斑蛇，粗合拱，鳞甲焕然。摆头而双角出，蜿身而四足生，奋迅鬐鬣，摇动首尾，乃知龙也。"①《大业拾遗记》云弘农郡太守蔡玉于崇敬寺见龙是"一白蛇身长丈余"②，《博异志·韦思恭》云韦思恭与董生、王生于嵩山岳寺东池中见"一大蛇，长数丈，黑若纯漆，而有白花似锦，蜿蜒盆中"③。《国史补·元义方》云元义方于海岛泉边见龙："忽有小蛇自泉中出。"④《北梦琐言·电取乖龙》言陈绚见藩竹中乖龙蛇形："一物蟠于竹节中，文彩烂然，小蛇也。"《北梦琐言·误杀安天龙》云安天龙亦蛇形，沧州民于"路逢白蛇"，即安天龙。⑤

蛇形之外，龙也可呈鱼形，《纪闻·卢翰》云卢翰得一圆石，"中有白鱼约长寸余，随石宛转落涧中，渐盈尺，俄长丈余，鼓鬐掉尾"⑥；《剧谈录·华山龙移湫》云华阴县南湫中"俄有巨鱼跃出波心，鳞甲如雪，俄而风雨冥晦"⑦；《剧谈录·崔道枢食井鱼》云崔道枢"所居因井渫得鲤鱼一头，长可五尺，鳞鬣金色，目光射人"⑧，此皆鱼形龙。《北梦琐言·崔枢食龙子》又云崔枢"家人于井中汲得一鱼"，崔枢食之，为冥官所追，乃知误食龙子。⑨《稽神录·柳翁》吕氏诸子网鱼于鄱阳湖，"果大获，舟中以巨盆贮之，中有一鳝鱼，长一二尺，双目精明，有二长须"⑩，实乃龙。《潇湘录·汾水老姥》言"汾水边有一老姥获一赤鲤，颜色异常，不与众鱼同"⑪，

---

① 谷神子：《博异志》补编"赵齐嵩"，中华书局1980年版，第44页。
② 李昉等：《太平广记》卷四一八《龙一》"蔡玉"，中华书局2003年版，第3407页。
③ 谷神子：《博异志》补编"韦思恭"，中华书局1980年版，第45页。
④ 李昉等：《太平广记》卷四二三《龙六》"元义方"，中华书局2003年版，第3441页。
⑤ 孙光宪撰，贾二强点校：《北梦琐言》逸文卷四"误杀安天龙"，中华书局2002年版，第429页，第437页。
⑥ 李昉等：《太平广记》卷四二二《龙五》"卢翰"，中华书局2003年版，第3438页。
⑦ 康骈撰，萧逸校点：《剧谈录》卷上"华山龙移湫"，《唐五代笔记小说大观》下册，上海古籍出版社2000年版，第1475页。
⑧ 康骈撰，萧逸校点：《剧谈录》卷下"崔道枢食井鱼"，《唐五代笔记小说大观》下册，上海古籍出版社2000年版，第1484页。
⑨ 孙光宪撰，贾二强点校：《北梦琐言》卷一○"崔枢食龙子"，中华书局2002年版，第220页。
⑩ 李昉等：《太平广记》卷四二三《龙六》"柳翁"，中华书局2003年版，第3448页。
⑪ 李昉等：《太平广记》卷四二四《龙七》"汾水老姥"，中华书局2003年版，第3453页。

亦为龙。《北梦琐言·捕鱼获龙》云王蜀时张温,于龙潭,"举网获一鱼,长尺许,鬐鳞如金"①,此金鱼即潭龙。

在唐人小说中,龙亦有为龟鳖形者,如薛用弱《集异记》中所载刘禹锡贞元中寓居荥泽,大雨之后,于杏树下所见之龙,即是龟鳖形,其云:"树下有一物,形如龟鳖,腥秽颇甚,大五斗釜。"②或有如叶形者,《酉阳杂俎》云史秀才者,元和中与道流游华山,环憩一小溪,"忽有一叶,大如掌,红润可爱,随流而下,史独接得,置怀中。食顷,渐重,潜起观之,觉叶上鳞起,栗栗而动。史惊惧,弃叶林中,遽白众曰:'此必龙也,可速去矣。'须臾,林中白烟生,弥于一谷,史下山未半,风雷大至"。③ 或有如犬形者,如《宣室志》云卢君畅侨居汉上,"尝一日,独驱郊野,见二白犬,腰甚长而其臆丰,飘然若坠,俱驰走田间。卢讶其异于常犬,因立马以望。俄而其犬俱跳入于一湫中,已而湫浪泛腾,旋有二白龙自湫中起,云气噎空,风雷大震。卢惧甚,鞭马而归,未及行数里,衣尽沾湿。方悟二犬乃龙也。"④

唐人小说中物形龙常常有大小长短的变化,如《沙州黑河》中的龙,初出现时,"长百尺自波中跃而出,俄然升岸,目有火光射人","既而果及于几筵,身渐短而长数尺",由大变小。《宣室志》言卢元裕中元设幡幢像,置盂兰盆于其间,"俄闻盆中有唧唧之音,元裕视,见一小龙才寸许,逸状奇姿,蜿然可爱",后以水沃之,"其龙伸足振鬣已长数尺矣"。⑤ 薛用弱《集异记·韦宥》云韦宥于沙岸芦苇中得一"新丝筝弦",后投江中,化为"白龙长百丈,怒攫升天"。⑥ 此是由小变大。《戎幕闲谈·费鸡师》对龙的瞬息间的小大之变化有形象的描写:

---

① 孙光宪撰,贾二强点校:《北梦琐言逸文》卷四"捕鱼获龙",中华书局2002年版,第435页。
② 薛用弱:《集异记》补编"刘禹锡",中华书局1980年版,第65页。
③ 段成式撰,许逸民校笺:《酉阳杂俎校笺》前集卷一五《诺皋记下》,中华书局2016年版,第1065页。
④ 张读撰,张永钦、侯志明点校:《宣室志》辑佚"白犬化龙",中华书局1983年版,第190页。
⑤ 张读撰,张永钦、侯志明点校:《宣室志》辑佚"盂兰盆中龙",中华书局1983年版,第190页。
⑥ 薛用弱:《集异记》卷一"韦宥",中华书局1980年版,第6页。

有张二师者,因巡行僧房,见有空院,将欲住持。率家人扫洒之际,于柱上得一小瓶子,二师观之,见一蛇在瓶内,覆瓶出之,约长一尺,文彩斑驳,五色备具。以杖触之,随手而长。众悉惊异,二师令一物挟之,送于寺外。当携掇之际,随触随大,以至丈余,如屋椽矣。①

《管子》云:"龙生于水,被五色而游,故神。欲小则化如蚕蠋,欲大则藏于天下,欲尚则凌于云气,欲下则入于深泉。变化无日,上下无时,谓之神。"②龙既然为神,故也常常以人形出现在小说中。或时而物形,时而人形,根据需要,在人形与物形之间随意变化形态。《续玄怪录·李卫公靖》中,李靖微时因猎霍山中,逐鹿群失道,求寄一朱门大第,后乃知为龙宫,其中龙母在焉,即为人形:"有顷,一青衣出曰:'夫人来。'年可五十余,青裙素襦,神气清雅,宛若士大夫家。"③李朝威《洞庭灵姻传》中龙女、洞庭君、钱塘君亦为人形,柳毅于道畔初见龙女,龙女是一牧羊妇人:"蛾脸不舒,巾袖无光,凝听翔立,若有所伺。"洞庭君亦人形,如人间君王:"言语毕,俄而宫门辟。景从云合,而见一人,披紫衣,执青玉。"钱塘君人形时状貌:"又有一人,披紫裳,执青玉,貌耸神溢。"在小说中,钱塘君初闻龙女被辱,奋出搏杀泾川小龙时,则是以物形而往:"俄有赤龙长千余尺,电目血舌,朱鳞火鬣,项掣金锁,锁牵玉柱,千雷万霆,激绕其身,霰雪雨雹,一时皆下。乃擘青天而飞去。"④《宣室志》任顼故事中的中龙亦同时以人形和物形呈现,其云任顼居山中,一日有一老翁来访:"有一翁叩门来谒,衣黄衣,貌甚秀,曳杖而至。"⑤后老翁自言己为龙,有难,求任顼帮助。此即"西去一里有大湫"中的黄龙。《原化记·张老》故事中的龙见

---

① 李昉等:《太平广记》卷四二四《龙七》"费鸡师",中华书局2003年版,第3452页。
② 戴望:《管子校正》卷一四《水地第三十九》,《诸子集成》第五册《管子校正》,上海书店出版社1996年版,第237页。
③ 李复言撰,程毅中点校:《续玄怪录》卷四"李卫公靖",中华书局2014年版,第195页。
④ 李朝威:《洞庭灵姻传》,李剑国辑校《唐五代传奇集》第二编卷八,中华书局2015年版,第649—658页。
⑤ 张读撰,张永钦、侯志明点校:《宣室志》辑佚"任顼救龙",中华书局1983年版,第189页。

寺僧时,即"化为人"。①《神仙感遇传·释玄照》中的三龙亦以人形听释玄照说法,"时有三叟,眉须皓白,容状瑰异。"②

二、龙的神性、困厄与物性

当然,龙的神性并不仅仅是"能幽能明,能细能巨,能短能长,春分而登天,秋分而潜渊"而已,唐人小说中也有对龙其他神性的描写。比如,对龙飞升、翱翔云天的表现。

《庄子·天运》云:"龙,合而成体,散而成章,乘乎云气,而养乎阴阳。"③唐人小说不仅有对龙"怒攫升天""乃擘青天而飞去"的简单描写④,还往往在小说中以人物亲身经历的方式生动呈现。

《原化记·韦氏》云京兆韦氏,嫁武昌孟氏,大历末孟与妻弟韦生同选,韦生授扬子县尉,孟授阆州录事参军,分路之官,韦氏从夫入蜀。至骆谷口,韦氏马惊,坠于岸下。其夫以为必死,设祭服丧而去。而孟氏无恙,但无计得出。后遇龙出:

> 忽于岩谷中,见光一点如灯,后更渐大,乃有二焉,渐近,是龙目也。韦惧甚,负石壁而立,此龙渐出,可长五六丈,至穴边,腾孔而出。顷又见双眼,复是一龙欲出。韦氏自度必死,宁为龙所害。候龙将出,遂抱龙跨之,龙亦不顾,直跃穴外,遂腾于空。韦氏不敢下顾,任龙所之。如半日许,意疑已过万里,试开眼下视,此龙渐低,又见江海及草木,其去地度四五丈,恐负入江,遂放身自坠,落于深草之上,良久乃苏。⑤

---

① 李昉等:《太平广记》卷四二四《龙七》"张老",中华书局 2003 年版,第 3452 页。
② 李昉等:《太平广记》卷四二〇《龙三》"释玄照",中华书局 2003 年版,第 3419 页。
③ 王先谦:《庄子集解》卷四《天运第十四》,《诸子集成》第三册《庄子集解》,上海书店出版社 1996 年版,第 93 页。
④ 李昉等:《太平广记》卷四二二《龙五》"韦宥",中华书局 2003 年版,第 3439 页;李朝威:《洞庭灵姻传》,李剑国辑校《唐五代传奇集》第二编卷八,中华书局 2015 年版,第 652 页。
⑤ 李昉等:《太平广记》卷四二一《龙四》"韦氏",中华书局 2003 年版,第 3429 页。

韦氏本以为必死崖下，不意遇龙出穴，"抱龙跨之"得出，且正好到扬子县，即其弟为官之任所。小说中孟氏的奇遇，利用了传说中龙能飞行云天的神性，可谓十分精彩。

又如《博异志·赵齐嵩》云贞元十二年，赵齐嵩赴任成都县尉途中，于栈道上马鞭缠树，坠于谷底，进退无路，亦遇龙得出：

> 坠之翌日，忽闻雷声殷殷，乃知天欲雨。须臾，石窟中云气相旋而出，俄而随云有巨赤斑蛇，粗合拱，鳞甲焕然。摆头而双角出，蜿身而四足生，奋迅鬐鬛，摇动首尾，乃知龙也。赵生自念曰："我住亦死，乘龙出亦死，宁出而死。"攀龙尾而附其身。龙乘云直上，不知几千仞，赵尽死而攀之，既而至中天，施体而行，赵生方得跨之。必死于泉矣。南视见云水一色，乃南海也。生又叹曰："今日不葬于山，卒于泉矣。"而龙将到海，飞行渐低，去海一二百步，舍龙而投诸地，海岸素有芦苇，虽堕而靡有所损……①

赵齐嵩返家，其家人以为其已死而正为其设三七斋，以为其鬼魂归来，自叙经历，方大喜。与《原化记·韦氏》故事相类，都是坠崖遇龙出，攀龙飞举获救。两篇小说中均是以龙能飞举并翱翔云天的神性而构设的奇遇故事。

此外，龙还有其他神性，如移山异湖，《神仙感遇传·释玄照》中三龙为了报答释玄照，为其移去了寺前大山："玄照因言：'前山当路，不便往来，却之可否？'三叟曰：'固是小事耳，但勿以风雷为责，即可为之。'是夕，雷霆震击，及晓开霁，寺前豁然，数里如掌。"②《剧谈录·华山龙移湫》则叙华山龙移一湫至华阴县南，其云："唐咸通九年春，华阴县南十余里，一夕风雷暴作，有龙移湫，自远而至。先是，崖垅高亚，无贮水之所，此夕

---

① 谷神子：《博异志》补编"赵齐嵩"，中华书局1980年版，第44页。
② 李昉等：《太平广记》卷四二〇《龙三》"释玄照"，中华书局2003年版，第3420页。

徙开数十丈小山,从东西直南北,峰峦草树,一无所伤,碧波回塘,湛若疏凿。"① 当然,龙最突出的神性还在于能致风雨。如《神仙感遇传·释玄照》中三龙所言,对龙来说:"召云致雨,固是细事"。龙的出现,往往就伴随着雷电风雨,关于此点,后文将有详述,此暂略。

龙虽为神,但亦或遭遇困厄,此时的龙无比脆弱,如待宰的羔羊,常需人的帮助才能摆脱困厄。唐人小说多有此类故事。如《宣室志·任顼救龙》,乐安任顼,建中初居深山中读书,一夕,"有一翁叩门来谒,衣黄衣,貌甚秀,曳杖而至",但"其言讷而色沮,甚有不乐事",任顼因问,乃曰:"且我非人,乃龙也。西去一里有大湫,吾家之数百岁。今为一人所苦,祸且将及,非子不能脱我死,辄来奉诉,子今幸问我,故得而言也。"后任顼按照龙所授方法,脱龙困厄,龙以一珠为报,"顼后持至广陵市,有胡人见之曰:'此真骊龙之宝也,而世人莫可得。'以数千万为价而市之。"② 又如《神仙感遇传·释玄照》中释玄照请求龙降雨以解旱灾,而龙云:"召云致雨,固是细事,但雨禁绝重,不奉命擅行,诛责非细,身首为忧也。"并云孙思邈可救。后三龙行雨,"一日一夜,千里雨足",并藏于孙思邈后沼之中,"有一人骨状殊异,径往后沼之畔,喑哑叱咤。斯须,水结为冰,俄有三獭,二苍一白,自池而出。此人以赤索系之,将欲挈去"。孙思邈为之恳请得释。三龙为报答释玄照,用法力移去寺前一山。③ 这些龙脱厄后以至宝或按要求回报施救者,有着唐人普遍崇尚的讲究信用、知恩图报的品性。

又如《河东记·韦丹》云韦丹过洛阳桥,见渔者卖鼋,鼋"呼呻余喘,须臾将死",韦丹怜之,买而放归。此鼋即龙,后为报答韦丹施救,"出一通文字",预先告知以一生官禄行止所在。小说末通过韦丹与葫芦先生的对话,揭示了龙虽为神圣,亦有困厄之时:"先生曰:'彼神龙也,处化无常,安可寻也。'韦曰:'若然者,安有中桥之患?'胡芦曰:'迍难困厄,凡人

---

① 康骈撰,萧逸校点:《剧谈录》卷上"华山龙移湫",《唐五代笔记小说大观》下册,上海古籍出版社 2000 年版,第 1474 页。
② 张读撰,张永钦、侯志明点校:《宣室志》辑佚"任顼救龙",中华书局 1983 年版,第 189 页。
③ 李昉等:《太平广记》卷四二〇《龙三》"释玄照",中华书局 2003 年版,第 3419—3420 页。

之与圣人,神龙之与螾蠕,皆一时不免也,又何得异焉?'"①再如《原化记·张老》,其云荆湘有僧寺背山近水,水中有龙,"时或雷风大作,损坏树木",术士寺中撞钟张老欲禁杀之,而龙无力自保,乃求助于寺僧,以一珠为报,僧诺之。僧于是求张老释龙,张老不得已,释龙而去。但"此龙甚穷,唯有此珠,性又悭恶",获救"后数日,忽大雷雨,坏此僧舍,夺其珠。"②此龙品性"悭恶"小气,不讲信用,脱厄后不仅夺回宝珠,还毁坏僧舍,其形象在唐人小说中十分独特。

有趣的是,在龙遭遇困厄之时,常常是以物形而存在。如王充《论衡·龙虚》云"传曰:鳞虫三百,龙为之长",龙既然为鳞虫,因而在人们的观念中,龙属于物类,唐人小说也多有对龙物性的表现。

比如龙为卵生。龙既为"鳞虫之长",亦当与鱼虾虫鸟等一样卵生,故唐人小说中多有发现龙卵的情节。如《原化记·斑石》云京邑士子山行拾得一龙卵:

> 京邑有一士子,因山行,拾得一石子,青赤斑斓,大如鸡子。甚异之,置巾箱中五六年。因与婴儿弄,遂失之。数日,昼忽风雨暝晦,庭前树下,降水不绝如瀑布状。人咸异其故。风雨息,树下忽见此石已破,中如鸡卵出壳焉。乃知为龙子也。③

《玉堂闲话·尹皓》云尹皓于荒地中拾得一龙卵:"朱梁尹皓镇华州,夏将半,出城巡警。时蒲雍各有兵戈相持故也,因下马,于荒地中得一物如石,又如卵,其色青黑,光滑可爱,命左右收之。又行三二十里,见村院佛堂,遂置于像前。其夜雷霆大震,猛雨如注,天火烧佛堂,而不损佛像,盖龙卵也。院外柳树数百株,皆倒植之,其卵已失。"④

唐人小说中的人形龙,虽主要呈现出人的品性,但亦时常表现出物性

---

① 李昉等:《太平广记》卷一一八《报应十七》"韦丹",中华书局 2003 年版,第 827—829 页。
② 李昉等:《太平广记》卷四二四《龙七》"张老",中华书局 2003 年版,第 3452 页。
③ 李昉等:《太平广记》卷四二四《龙七》"斑石",中华书局 2003 年版,第 3451 页。
④ 李昉等:《太平广记》卷四二四《龙七》"尹皓",中华书局 2003 年版,第 3455 页。

特征——兽性。《续玄怪录·苏州客》即有精彩的呈现,小说中逃祸在苏州的龙子蔡霞求刘贯词传递家书,刘贯词于是来到龙宫,见到龙母、龙女,在宴饮过程中,龙母时或兽性发作:"方对食,太夫人忽眼赤,直视贯词";"又进食,未几,太夫人复瞪视眼赤,口两角涎下"。后胡客为其道破实情,其中言及:"殷勤见妹者,非固亲也,虑老龙之馋,或欲相啗,以其妹卫君耳。"①小说中对龙母两次兽性几欲发作的描写活灵活现,十分生动。又如《博异志·许汉阳》中美丽高雅的龙女们,也有着残忍的兽性。小说云许汉阳舟行洪饶间,日暮洪波急而入一小浦濡,遇女郎六七人,邀入饮宴读诗,后乃知其遇乃龙女,所饮之酒乃人血,水溺四人,杀三人,一人得活,此人云:"昨夜海龙王诸女及姨姊妹六七人,归过洞庭,宵于此处,取我辈四人作酒,缘客少不多饮,所以我却得来。"后许汉阳"觉腹中不安,乃吐出鲜血数升,方知悉以人血为酒尔,三日方平。"②小说中龙女虽好读诗书,有高雅之趣,然以人血为酒,却又表现出奢纵残忍的兽性。

三、龙的施云致雨神格及其小说呈现

如前所言,中华民族对龙的崇拜,从史前时期就以开始,且很早就已将龙与雷电云雨相联系。

在上古传说中,龙施雷震,为雷神。《山海经·海内东经》:"雷泽中有雷神,龙身而人头,鼓其腹。在吴西。"③《易·说卦》:"震为雷,为龙。"《淮南子·地形训》亦云:"雷泽有神,龙身人头,鼓其腹而熙。"④并逐渐赋予龙施云致雨、控制雨水的特殊神格。在大禹治水的传说中,龙已是禹治水的重要帮手。屈原《天问》云:"应龙何画?河海何历?"朱熹集注引《山海经》曰:"禹治水,有应龙以尾画地,即水泉流通,禹因而治之也。"⑤应龙助禹治水故事家喻户晓,至魏晋南北朝时,王嘉《拾遗记》卷二犹言:"禹

---

① 李复言撰,程毅中点校:《续玄怪录》卷三"苏州客",中华书局 2014 年版,第 172—173 页。
② 谷神子:《博异志》"许汉阳",中华书局 1980 年版,第 4—6 页。
③ 袁珂:《山海经校注·海经新释》卷八,巴蜀书社 1996 年版,第 381 页。
④ 高诱:《淮南子注》卷四《地形训》,《诸子集成》第七册《淮南子》,上海书店出版社 1996 年版,第 64 页。
⑤ 朱熹:《楚辞集注》卷三《天问》,上海古籍出版社 1979 年版,第 56 页。

尽力沟洫,导川夷岳,黄龙曳尾于前,玄龟负青泥于后。"①商代的甲骨卜辞也有问龙卜雨之事,如《甲骨文合集》13002:"乙未卜:龙亡其雨?"又其29990:"其作龙于凡田,又雨?"及至春秋时期,龙施云致雨的神性更加明确,龙与雨水相关的文字更多。如《山海经·大荒东经》云:"大荒东北隅中,有山名曰凶犁土丘,应龙处南极,杀蚩尤与夸父,不得复上。故下数旱,旱而为应龙之状,乃得大雨。"②又如《左传·昭公十九年》云:"郑大水,龙斗于时门之外洧渊。"《左传·昭公二十九年》云:"龙,水物。"③至秦汉时期,致雨掌水已然成为龙的主要神性。《管子·形势解》云:"蛟龙,水虫之神者也,乘于水则神立,失于水则神废。"④龙的神性取决于水的有无。《淮南子·地形训》则对龙与云水的关系作了详细描述,可看作当时人们关于龙施云致雨、控制雨水神力观念的完整表达,其云:"黄龙入藏生黄泉,黄泉之埃,上为黄云,阴阳相薄为雷,激扬为电……青龙入藏生青泉,青泉之埃,上为青云,阴阳相薄为雷,激扬为电……赤龙入藏生赤泉,赤泉之埃,上为赤云,阴阳相薄为雷,激扬为电……白龙入藏生白泉,白泉之埃,上为白云,阴阳相薄为雷,激扬为电……玄龙入藏生玄泉,玄泉之埃,上为玄云,阴阳相薄为雷,激扬为电……"⑤可见,上古至秦汉,龙作为施云致雨、控制雨水的神灵形象与地位逐渐固定下来,汉末,随着佛教的传入,佛教中的龙与中国传统信仰中的龙合二为一,但"无论人们观念中的龙如何地发展,无论龙的性质发生了如何的变化,龙为水物、生水、与雨水相关这一基本的性质始终没有改变"⑥。

而随着佛教中龙形象与品格的混入,龙又逐渐人格化,形成以龙王为首的水中帝王家族。丁福保《佛学大辞典》释"龙"云:"梵语那伽

---

① 王嘉撰,萧绮录、齐治平校注:《拾遗记》卷二,中华书局1981年版,第37页。
② 袁珂:《山海经校注·海经新释》卷九,巴蜀书社1996年版,第413页。
③ 阮元校刻:《十三经注疏·春秋左传正义》卷四八《昭公十九年》,卷五三《昭公二十九年》,中华书局1982年版,第2088页,第2123页。
④ 戴望:《管子校正》卷二〇《形势解第六十四》,《诸子集成》第五册《管子校正》,上海书店出版社1996年版,第325页。
⑤ 高诱:《淮南子注》卷四《地形训》,《诸子集成》第七册《淮南子》,上海书店出版社1996年版,第66页。
⑥ 罗二虎:《龙与中国文化》,三环出版社1990年版,第22页。

（Naga），长身、无足，蛇属之长也八部众之一。有神力，变化云雨。"①佛教经典中有龙王传说，西晋竺法护于太康六年（285）译出的《海龙王经》四卷中，有佛陀在王舍城灵鹫山，为海龙王说六度十德等菩萨法之事。而姚秦时鸠摩罗什译的《法华经》中言及有八位龙王。②唐代汉译佛经《华严经》则将龙王增加到十位，并称这些"无量诸大龙王……莫不勤力，兴云布雨，令诸众生热恼消灭。"③施云致雨、控制雨水也就自然成为龙王家族的重要职司和神力。故宋赵彦卫《云麓漫钞》云："《史记·西门豹传》说河伯，而《楚辞》亦有河伯词，则知古祭水神曰河伯。自释氏书入，中土有龙王之说，而河伯无闻矣。"④且凡有水处，皆有龙王家族的存在，甚至四海龙王，还得到了正式册封。天宝十年（751）正月二十三日，唐玄宗即"封东海为广德王，南海为广利王，西海为广润王，北海为广泽王。"⑤唐人小说李朝威《洞庭灵姻传》中所体现出来的关于龙的观念就十分典型，不仅人格化，而且凡有水处皆有龙王家族：洞庭湖、钱塘湖有洞庭君、钱塘君为首的家族，泾川有泾川龙王家族，有子泾川次子配钱塘龙女。濯锦亦有龙王家族，有子"濯锦小儿"。

在唐人小说中，龙的出现总是伴随着雷电风雨，如《纪闻·卢翰》中龙卵堕地而折，"中有白鱼约长寸余，随石宛转落涧中，渐盈尺，俄长丈余，鼓鬐掉尾，云雷暴兴，风雨大至．"⑥薛用弱《集异记·韦宥》中韦宥于江边芦苇中得一龙，惊乃投江，"才及中流，风浪皆作，蒸云走电，咫尺昏晦。俄有白龙长百丈，怒攫升天"。⑦《宣室志·白犬化龙》中卢君畅见二白犬实为龙，跳入一湫，"已而湫浪泛腾，旋有二白龙自湫中起，云气噎空，风雷大震……衣尽沾湿"。⑧《酉阳杂俎·诺皋记下》云有白将军者于曲江洗

---

① 丁福保：《佛教大辞典》"龙"条，上海佛学书局 2004 年版，第 2719 页。
② 鸠摩罗什译：《大乘妙法莲华经》卷一《序品》，和裕出版社 1996 年版，第 5 页。
③ 实叉难陀译：《大方广乘华严经》卷一《世主妙言品》，佛教印经馆 1992 年版，第 122—123 页。
④ 赵彦卫撰，傅根清点校：《云麓漫钞》卷一〇，中华书局 1998 年版，第 178 页。
⑤ 王溥：《唐会要》卷四七《封诸岳渎》，中华书局 1955 年版，第 834 页。
⑥ 李昉等：《太平广记》卷四二二《龙五》"卢翰"，中华书局 2003 年版，第 3438 页。
⑦ 薛用弱：《集异记》卷一"韦宥"，中华书局 1980 年版，第 6 页。
⑧ 张读撰，张永钦、侯志明点校：《宣室志》辑佚"白犬化龙"，中华书局 1983 年版，第 190 页。

马,得一物色白如衣带,后送客至沪水,置水中,"少顷,虫蠕蠕而长,窍中泉涌,倏忽自盘若一席,有黑气如香烟,径出檐外,众惧曰:'必龙也。'遂急归,未数里,风雨忽至,大震数声。"又云有史秀才者,拾得一叶形龙,弃林中,"须臾,林中白烟升,弥于一谷,史下山未半,风雨大至"。①《北梦琐言》叙濛阳湫龙会亲故事,对龙出必有雷电风雨相伴有精彩的描述:

> 彭州蒙阳县界,地名清流,有一湫。乡俗云:此湫龙与西山慈母池龙为婚,每岁一会。新繁人王睿,乃博物者,多所辨正,尝鄙之。秋雨后经过此湫,乃遇西边雷雨冥晦,狂风拔树。王睿縶马障树而避,须臾,雷电之势,止于湫上,倏然而霁,天无纤云。诘彼居人,正符前说也。云安县西有小汤溪,土俗云此溪龙与云安溪龙为亲,此乃不经之谈也。或一日,风雷自小汤溪循蜀江中而下,至云安县,云物回薄入溪中,疾电狂霆诚可畏,有柳毅洞庭之事,与此相符。小汤之事自目睹。②

湫龙出而风雨兴,龙入湫"倏然而霁,天无纤云",溪龙出,所过一路风雷相随。小说中以博物者王睿亲身所历,先鄙后信,将龙行时的雷电风雨之势描写得生动真切。

物形龙如此,人形龙亦如此,《洞庭灵姻传》中钱塘君出,真可谓疾风暴雨:"语未毕,而大声忽发,天拆地裂,宫殿摆簸,云烟沸涌。俄有赤龙长千余尺,电目血舌,朱鳞火鬣,项掣金锁,锁牵玉柱,千雷万霆,激绕其身,霰雪雨雹,一时皆下。乃擘青天而飞去。"③另外,值得注意的是,龙女为舅姑所黜牧羊,而所牧之羊为"雨工",即"雷霆之类",亦与云雨相关。《博异志·许汉阳》中"龙王诸女及姨姊妹六七人归过洞庭",以风雨相

---

① 段成式撰,许逸民校笺:《酉阳杂俎校笺》前集卷一五《诺皋记下》,中华书局2016年版,第1053页,第1065页。
② 孙光宪撰,贾二强点校:《北梦琐言逸文》卷四"湫龙会亲",中华书局2002年版,第434页。
③ 李朝威:《洞庭灵姻传》,李剑国辑校《唐五代传奇集》第二编卷八,中华书局2015年版,第652页。

伴,不过未作正面描写,而是以许汉阳视角观察呈现,其来时,许汉阳舟行,"日暮洪波急";其去时,许汉阳"归舟,忽大风,云色斗暗,寸步黯黑"。①《续玄怪录·苏州客》中避难苏州的龙子蔡霞,胡客言及其归,亦云:"五十日后,漕洛波腾,瀺灂竟日,是霞归之候也。"刘贯词记其时日,"及期往视,诚然矣"。②

《续玄怪录·李卫公靖》则是一篇形象地呈现龙司成云致雨之神职的小说。③ 小说言李靖微时射猎霍山中,寓食山村,备受村翁馈赠,心存感激。一日猎逐群鹿失道,误入龙宫,获龙母款待。适逢天符到来,急令行雨,然龙母二子均外出未返,龙母遂烦请李靖代为行雨。李靖只因私心报恩,多施甘露,反致水灾泛滥,村庄被淹,龙母亦受到责罚。后李靖受龙母所送拗怒之奴而归,寓其后"以兵权静寇难"。小说中呈露的关于龙成云致雨的观念颇堪玩味。首先,龙是受天符行雨:"夜将半,闻扣门声甚急,又闻一人应之,曰:'天符,大郎子报当行雨,周此山七百里,五更须足,无慢滞,无暴伤。'应者受符入呈。"表明龙受上天管辖,按照上天的意旨行雨,雨量大小、降雨范围、时间等都有严格要求。如果违背,还要受到惩罚。小说中李靖为报答村翁,"顾一滴不足濡,乃连下二十滴",结果致"此村夜半平地水深二丈,岂复有人",龙母也受到惩罚,被"杖八十"、"儿子并连坐"。其次,龙行雨的方式:

> 夫人曰:"苟从吾言,无有不可也。"遂敕黄头:"鞴青骢马来。"又命取雨器,乃一小瓶子,系于鞍前,诫曰:"郎乘马,无勒衔勒,信其行,马躩地嘶鸣,即取瓶中水一滴滴马鬣上,慎勿多也。"于是上马,腾腾而行,其足渐高,但讶其稳疾,不自知其云上也。风急如箭,雷霆起于步下。于是随所躩,辄滴之。

---

① 谷神子:《博异志》"许汉阳",中华书局1980年版,第4页,第6页。
② 李复言撰,程毅中点校:《续玄怪录》卷三"苏州客",中华书局2014年版,第173页。
③ 李复言撰,程毅中点校:《续玄怪录》卷四"李卫公靖",中华书局2014年版,第194—196页。

骑青骢马,腾空而行,雷霆自生,雨器系鞍前,信马而行,马蹑地嘶鸣,即取瓶中水一滴滴马鬃上。这种行雨方式,可谓奇妙,且小说中又以凡人李靖代行,想象亦可谓优美出奇。

在唐前小说中,亦有凡人代龙行雨的故事,如《幽明录·曲阿人》载景元元年,曲阿人病死后见父于天上,父为其谋得雷公一缺,遂暂充此职,受命辽东行雨。乘露车,中有水,东西灌洒即可。但曲阿人不乐此职,苦求还,终得复活。①《唐年小录·王忠政》载唐泗州门监王忠政自言曾死去十二日,乃被天神所召,编入行雨队伍,持小颈瓶子,贮人间水以洒。若伤一物,则刑以铁杖。王忠政服役十一日后求还得归。②除《续玄怪录·李靖》外,唐代戴孚《广异记·颍阳里正》亦是类似故事:

> 颍阳里正说某不得名,曾乘醉还村,至少妇祠醉,因系马卧祠门下。久之欲醒,头向转,未能起。闻有人击庙门,其声甚厉。俄闻中间是何人,答云:"所由令觅一人行雨。"庙中云:"举家往岳庙作客,今更无人。"其人云:"只将门下卧者亦得。"庙中人云:"此过客,那得使他。"苦争不免,遂呼某令起。随至一处。濛濛悉是云气,有物如骆驼,其人抱某上驼背,以一瓶授之。诫云:"但正抱瓶,无令倾侧。"其物遂行,瓶中水纷纷然作点而下。时天久旱,下视见其居处,恐雨不足,因尔倾瓶。行雨既毕,所由放还。至庙门,见己尸在水中,乃前入,便活。乘马还家。以倾瓶之故,其宅为水所漂,人家尽死。某自此发狂,数月亦卒。③

看来这种观念早已有之。只不过在《续玄怪录·李卫公靖》中还通过李靖代龙行雨表达了唐代特有命定思想,即李靖命中注定将立大功、居高位,代龙行雨其实就是一次天命的暗示,小说中龙母为答谢李靖而送两奴,"一奴从东廊出,仪貌和悦,怡怡然。一奴从西廊出,愤气勃然,拗怒而

---

① 李昉等:《太平广记》卷三八三《再生九》"曲阿人",中华书局2003年版,第3052页。
② 李昉等:《太平广记》卷三九五《雷三》"王忠政",中华书局2003年版,第3155页。
③ 戴孚撰,方诗铭辑校:《广异记》"颍阳里正",中华书局1992年版,第64页。

立",李靖唯取拗怒者,作者更是直接说:"其后竟以兵权静寇难,功盖天下,而终不及于相,岂非悦奴之不得乎?世言'关东出相,关西出将',岂东西而喻耶?所以言奴者,亦臣下之象。向使二奴皆取,位极将相矣。"点明李靖后终未能做宰相,亦是命中注定,并早有预兆。

四、祭龙祈雨习俗的小说呈现

龙既然是施云致雨、控制雨水的神灵,故而干旱发生,向龙祈雨也成为人们表达摆脱干旱愿望的重要途径。中国的祭龙祈雨习俗也历史久远,殷商甲骨卜辞中就已有求雨的资料。① 最初的祭龙祈雨当是采取巫术仪式,如《神农求雨书》载就十分典型:"春夏雨日而不雨,甲乙命为青龙,又为火龙东方,小童舞之;丙丁不雨,命为赤龙南方,壮者舞之;戊己不雨,命为黄龙,壮者舞之;庚辛不雨,命为白龙,又为火龙西方,老人舞之;壬癸不雨,命为黑龙北方,老人舞之。"②秦汉以来方式渐多,记载亦繁。董仲舒《春秋繁露·求雨》所载祈雨方法颇具代表性,其云:

春旱求雨……以甲乙日为大苍龙一,长八丈,居中央。为小龙七,各长四丈。于东方。皆东向,其间相去八尺。小童八人,皆斋三日,服青衣而舞之。田啬夫亦斋三日,服青衣而立之……夏求雨……以丙丁日为大赤龙一,长七丈,居中央。又为小龙六,各长三丈五尺,于南方。皆南向,其间相去七尺。壮者七人,皆斋三日,服赤衣而舞之。司空、啬夫亦斋三日,服赤衣而立之……季夏……以戊己日为大黄龙一,长五丈,居中央。又为小龙四,各长二丈五尺,于南方。皆南向,其间相去五尺。丈夫五人,皆斋三日,服黄衣而舞之。老者五人,亦斋三日,衣黄衣而立之……秋……以庚辛日为大白龙一,长九丈,居中央。为小龙八,各长四丈五尺,于西方。皆西向,其间相去九尺。鳏者九人,皆斋三日,服白衣而舞之。司马亦斋三日,衣白衣而立

---

① 裘锡圭:《说卜辞的焚巫尪与作土龙》,胡厚宣主编《甲骨文与殷商史》,上海古籍出版社 1983 年版,第 32—33 页。
② 欧阳询:《艺文类聚》,上海古籍出版社 1982 年版,第 1723 页。

之……冬,舞龙六日……以壬癸日为大黑龙一,长六丈,居中央。又为小龙五,各长三丈,于北方。皆北向,其间相去六尺。老者六人,皆斋三日,衣黑衣而舞之。尉亦斋三日,服黑衣而立之……四时皆以水日,为龙,必取洁土为之,结盖,龙成而发之。①

至唐,祭龙祈雨习俗亦相沿不歇,且祭龙祈雨方式众多,仪式各异,比如筑土龙、扎草龙、画龙等祈雨,祷龙穴祈雨,舞龙祈雨,等等,唐时人们关于祭龙祈雨的种种习俗,唐人小说多有描写,透过小说家独特的艺术视角,往往呈现出别样的意蕴。

《酉阳杂俎》云:"相传黎幹为京兆尹时,曲江涂龙祈雨,观者数千。"②叙及"涂龙祈雨"之俗。作土龙祈雨,在唐时当很普遍。而《宣室志·法喜寺土龙》则是一篇艺术地再现土筑之龙成真、祈雨应验的故事:

> 政阳郡东南有法喜寺,去郡远百里,而正居渭水西。唐元和末,寺僧有频梦一白龙者自渭水来,止于佛殿西楹,蟠绕且久,乃直东而去,明日则雨,如是者数矣。其僧异之,因语于人。人曰:"福地盖神祇所居,固龙之宅也。而佛寺亦为龙所依焉,故释氏有天龙八部,其义在矣。况郊野外寺,殿宇清敞,为龙之止,不亦宜乎。愿以土龙置于寺楹间,且用识其梦也。"僧召工,合土为偶龙,具告其状,而于殿西楹置焉。功毕,甚得云间势,蜿蜒鳞鬣,曲尽其妙,虽丹青之巧,不能加也。至长庆初,其寺居人有偃于外门者,见一物从西轩直出,飘飘然若升云状,飞驰出寺,望渭水而去。夜将分,始归西轩下,细而视之,果白龙也。明日因告寺僧。僧奇之。又数日,寺僧尽赴村民会斋去,至午方归,因入殿视,像龙已失矣。寺僧且叹且异,相顾语曰:"是龙也,虽假以土,尚能变化无方,去莫知其适,来莫究其自,果灵物乎。"及晚,有阴云起于渭水,俄而将逼殿宇,忽有一物自云中跃而出,

---

① 苏舆:《春秋繁露义证》,中华书局1992年版,第426—437页。
② 段成式撰,许逸民校笺:《酉阳杂俎校笺》前集卷九《盗侠》,中华书局2016年版,第701页。

指西轩以入。寺僧惊惧,且视之,乃见像龙已在西楹上。迫而观之,其龙鬐鬣鳞角,若尽沾湿。自是因以铁锁系之。其后里中有旱涝,祈祷之,应若影响。①

无须多言,此故事显系根据民间筑土龙祈雨习俗的艺术虚构。法喜寺寺僧梦有白龙来去渭水与佛殿西楹,因而筑龙,置佛殿西楹,而此土龙竟然化为真龙,飘飘然若升云状,飞驰出寺,望渭水而去,夜将分始归,"龙鬐鬣鳞角,若尽沾湿",其后以铁锁系之,遇旱灾,祈祷有应。想象玄妙,描摹真切,洋溢惊奇之趣。

而《明皇杂录·冯绍正画龙》则是一篇源自民间画龙求雨习俗的故事,其云:

> 唐开元中,关辅大旱,京师阙雨尤甚,亟命大臣遍祷于山泽间,而无感应。上于龙池新创一殿,因召少府监冯绍正,令于四壁各画一龙。绍正乃先于西壁画素龙,奇状蜿蜒,如欲振跃。绘事未半,若风雨随笔而生。上及从官于壁下观之,鳞甲皆湿,设色未终,有白气若帘庑间出,入于池中,波涌涛汹,雷电随起,侍御数百人皆见。白龙自波际乘云气而上,俄顷阴雨四布,风雨暴作。不终日而甘露遍于畿内。②

此故事一方面展现了冯绍正画技之高超,绘龙栩栩如生,而京师缺雨,祷遍山泽而无感应,筑殿画龙未毕而雨降,亦隐含着画龙祈雨的习俗,而小说对冯绍正画龙过程及龙变场面的生动描绘,颇见奇致。

蜥蜴与龙相似,故唐时祭龙求雨,或有以蜥蜴为龙而设祭,《酉阳杂俎》即载以蜥蜴求雨习俗的故事:"王彦威尚书在汴州之二年,夏旱,时袁王傅季玘过汴,因宴,王以旱为言。季醉,曰:'欲雨,甚易耳。可求蛇医四

---

① 张读撰,张永钦、侯志明点校:《宣室志》辑佚"法喜寺土龙",中华书局1983年版,第191页。
② 郑处诲撰,田廷柱点校:《明皇杂录》卷下"冯绍正画龙",中华书局1994年版,第27页。

头,十石瓮二枚,每瓮贯以水,浮二蛇医,以木盖密泥之,分置于闹处,瓮前后设席烧香,选小儿十岁以下十余,令执小青竹,昼夜更击其瓮,不得少辍。'王如言试之,一日两夜,雨大注。旧说,龙与蛇师为亲家焉。"① 或以木蜥蜴代替真蜥蜴,唐时《蜥蜴求雨歌》云:"蜥蜴蜥蜴,兴云吐雾。雨若滂沱,放汝归去。"前注云:"唐时求雨法。以土实巨瓮,作木蜥蜴。小童操青竹,衣青衣以舞,歌云云。"②

《尚书故实》又载有以虎头骨投有龙处以祈雨的故事:"南中久旱,即以长绳系虎头骨投有龙处,入水,即数人牵制不定。俄顷,云起潭中,雨亦随降。"③《剧谈录·华阴湫》载乾符初,朝士数人不信龙之灵应者,以木石投之湫中,"俄有巨鱼跃出波心,鳞甲如雪,俄而风雨暝晦,车马几为暴水所漂"。④ 与此类似,这些祈雨意象,隐含着唐时所谓祷龙穴祈雨的习俗。

《北梦琐言》载临汉祭龙湫祈雨故事:"卭州临汉县内有湫,往往人见牝豕出入,号曰母猪龙湫。唐天复四年,蜀城大旱,使俾守宰躬往灵迹求雨。于时邑长具牢醴,命邑宰偕往祭之。三奠迨终,乃张筵于湫上,以神昨客,坐于烈日,铺席以湫为上,每酒巡至湫,则捧觞以献。俟雨沾足,方撤此筵。歌吹方酣,忽见湫上黑气如云,氤氲直上,狂电烨然,玄云陡暗,雨雹立至。令长与寮吏鼓舞去盖,蒙湿而归。翌日,此一境雨足,他邑依然赤地焉。"⑤

《大业拾遗记》载弘农太守蔡玉奇遇故事,则蕴含有舞龙祈雨的习俗,其云:

弘农郡太守蔡玉以国忌日于崇敬寺设斋,忽有黑云甚密,从东北而上,正临佛殿,云中隐隐雷鸣。官属犹未行香,并在殿前,聚立仰

---

① 段成式撰,许逸民校笺:《酉阳杂俎校笺》前集卷一一《广知》,中华书局2016年版,第860页。
② 彭定求等:《全唐诗》卷八七四《歌·蜥蜴求雨歌》,中华书局1999年版,第9968页。
③ 李昉撰:《太平广记》卷四二三《龙六》"虎头骨",中华书局2003年版,第3442页。
④ 康骈撰,萧逸校点:《剧谈录》卷上"华山龙移湫",《唐五代笔记小说大观》下册,上海古籍出版社2000年版,第1475页。
⑤ 孙光宪撰,贾二强点校:《北梦琐言》逸文卷三"母猪龙湫",中华书局2002年版,第426页。

看。见两童子赤衣,两童子青衣,俱从云中下来。赤衣二童子先至殿西南角柱下,抽出一白蛇身长丈余,仰掷云中,雷声渐渐大而下来。少选之间,向白蛇从云中直下,还入所出柱下。于是云气转低着地。青衣童子乃下就住,一人捧殿柱,离地数寸,一童子从下又拔出一白蛇长二丈许,仰掷云中。于是四童子亦一时腾上,入云而去,云气稍高,布散遍天。至夜,雷雨大霔,至晚方霁。后看殿柱根,乃蹉半寸许,不当本处。寺僧谓此柱腹空,乃凿柱至心,其内果空,为龙藏隐。①

四童子从天而降,从庙柱下抽出龙来,仰掷空中,龙下还入柱中,如此二次,然后云成雨降,整个过程颇类民间舞龙祈雨仪式。而其摹绘细腻,意趣盎然,堪称一幅仙童舞龙致雨图。

唐人小说中除了民众、官吏种种祈雨故事之外,还有大量僧、道施法驭龙降雨故事。高僧作法祈雨,如《北梦琐言·僧子朗祈雨》:"伪蜀王氏梁州天旱,祈祷无验。僧子朗诣州,云能致雨。乃具十石瓮贮水,僧坐其中,水灭于顶者凡三日。雨足,州将王宗俦异礼之,檀越云集,后莫知所适。僧令蔼他日于兴州见之,因问其术,曰:'此闭气耳,习之一月就。本法于湫潭中作观,与龙相系,龙为定力所制,必致惊动,因而致雨。然不如瓮中为之,保无他害。'"②此外,《宣室志·不空三藏祈雨》《酉阳杂俎》皆载不空三藏、僧一行施法祈雨故事。③《尚书故实》又载有道士豢龙、施法驱龙致雨故事:"牛僧孺镇襄州日,以久旱,祈祷无应。有处士自云豢龙者,公请致雨。处士曰:'江汉间无龙,独一湫泊中有之,黑龙也,强驱逐之,虑为灾,难制。'公固命之,果有大雨,汉水漫涨,漂溺万户。处士惧罪,亦亡去。"④《宣室志·孙思邈》亦云胡僧于昆明池设坛祈雨,其云:

---

① 李昉等:《太平广记》卷四一八《龙一》"蔡玉",中华书局2003年版,第3407页。
② 孙光宪撰,贾二强点校:《北梦琐言》逸文卷四"僧子朗祈雨",中华书局2002年版,第430页。
③ 分别见:张读撰,张永钦、侯志明点校:《宣室志》辑佚"不空三藏祈雨",中华书局1983年版,第188页;段成式撰,许逸民校笺:《酉阳杂俎校笺》前集卷三《贝编》,中华书局2016年版,第408页。
④ 李昉等:《太平广记》卷四二三《龙六》"豢龙者",中华书局2003年版,第3443页。

开元中，复有人见隐于终南山，与宣律师相接，每来往参请宗旨。时大旱，西域僧请于昆明池结坛祈雨，诏有司备香灯，凡七日，缩水数尺。忽有老人夜诣宣律师求救曰："弟子昆明池龙也。无雨时久，匪由弟子。胡僧利弟子脑将为药，欺天子言祈雨，命在旦夕，乞和尚法力救护。"宣公辞曰："贫道持律而已。可求孙先生。"老人因至，思邈谓曰："我知昆明龙宫有仙方三十首，若能示予，予将救汝。"老人曰："此方上帝不许妄传，今急矣，固无所吝。"有顷，捧方而至。思邈曰："尔但还，无虑胡僧也。"自是池水忽涨，数日溢岸。胡僧羞恚而死。①

显然，此胡僧心术不正，意在龙脑，龙于是求救于孙思邈，孙思邈向龙求龙宫仙方三十首，龙捧方至，孙思邈乃出手相救，胡僧失败，羞恚而死。这些僧、道施法祈雨的故事，其不仅寓含有祭龙祈雨的习俗，同时，也有以此表现僧、道身怀异能与擅为法术的用意。

不难发现，以上在唐人小说中呈现出来的祭龙祈雨习俗，基本都是以物形龙为对象，无论是《宣室志·法喜寺土龙》中的土龙成真，《明皇杂录·冯绍正画龙》中的画龙成真，还是《大业拾遗记》中的仙童舞龙，都是将现实生活中祭龙祈雨习俗进行艺术构设，在小说中形成一个个祭龙祈雨意象，其审美取向主要是通过婉妙的玄想造成惊奇的艺术效果，以玄妙的想象与离奇的情节取胜。《神仙感遇传·释玄照》则不同于以上诸篇，其中的龙是以人形出现，释玄照是在与其商量的基础上，达成了降雨的君子协定。其间蕴含了人类社会人与人之间交往的种种人伦规范，人文意蕴浓厚。小说云释玄照在嵩山白鹊谷修道，讲《法华经》，听者恒满讲席。其中有三叟，"眉须皓白，容状瑰异，虔心谛听，如此累日"，此即三龙。玄照异而问焉，三龙坦诚告知玄照，自己乃龙，为报玄照讲经，云"或长老指使，愿效微力"。玄照请龙降雨以救生灵：

玄照曰："今愆阳经时，国内荒馑，可致甘泽，以救生灵，即贫道所

---

① 张读撰，张永钦、侯志明点校：《宣室志》辑佚"孙思邈"，中华书局1983年版，第155—156页。

愿也。"三叟曰:"召云致雨,固是细事,但雨禁绝重,不奉命擅行,诛责非细,身首为忧也。试说一计,庶几可矣,长老能行之乎?"玄照曰:"愿闻其说。"三叟曰:"少室山孙思邈处士,道高德重,必能脱弟子之祸,则雨可立致矣。"玄照曰:"贫道知孙处士之在山也,而不知其所行,又何若此邪?"

龙乃言孙思邈因"著《千金翼方》,惠利济于万代,名已籍于帝宫,诚为贵真也,如一言救庇,当保无恙。"于是玄照见孙思邈,孙思邈答应救庇。后龙致雨,为异人所追,赖孙思邈救护获免。龙欲报孙思邈,而孙思邈不受,欲报玄照,玄照因前山当路,不便往来,愿龙却之。龙乃却之,"寺前豁然,数里如掌"。小说中玄照与三龙商议而定,三龙降雨,玄照请求孙思邈脱三龙之厄。[①] 小说中无论是三龙还是释玄照、孙思邈,均一诺千金,践履的是唐代社会普遍崇尚的"信义"与知恩图报的人伦美德。特别是三龙,不仅以人形出现,而且讲究信义,履行诺言,知恩图报,具有美好的人伦品性。小说的故事情节无疑仍然是"祭龙祈雨",但显然由于其中三龙的人形化、人格化及其信义、知恩图报等人伦品格的承载,"祭龙祈雨"的仪式变成了"请龙降雨"的协商,是唐人小说中别样的祭龙祈雨意象。

第二节 龙王、龙女与崇龙俗信

在唐人小说中,人格化的人形龙出现的频率虽不如物形龙高,但如《洞庭灵姻传》中的人格化的龙——洞庭君、钱塘君、龙女等形象,不仅外在人形,还有着独特鲜明的个性。其意义也不仅仅在于丰富了唐人小说的人物谱系,更在于其在人格化的人形龙塑造方面的典型意义。而透过这些人格化的人形龙形象特别是龙王、龙女形象,又可见唐时民间许多独特的崇龙俗信。

[①] 李昉等:《太平广记》卷四二〇《龙三》"释玄照",中华书局2003年版,第3419—3420页。

一、唐人小说中的龙王与龙女

如前所言,在中国固有的龙神崇拜中,龙主要是以物形存在,人形龙形象是随着佛教中龙形象的传入而出现的。在唐人小说中,张说《梁四公记》中首次出现了人格化的人形龙形象,其后渐多,且各有特点。而在这些人格化的龙形象中,龙王与龙女最夥。

李朝威《洞庭灵姻传》成功地塑造了一系列人格化的龙形象,特别是龙王形象。《洞庭灵姻传》有两位人格化的龙王形象——洞庭君与钱塘君。洞庭君是洞庭湖龙王,小说以柳毅的观察为视角描写洞庭君之外貌:"语毕而宫门辟,景从云合,而见一人披紫衣,执青圭。"完全是人间王侯装扮,洞庭君亦自称"寡人",柳毅亦呼之为"大王"。当然,《洞庭灵姻传》对洞庭君与钱塘君的人格化塑造并不仅仅在于外貌,更重要的是人伦品格的赋予。洞庭君闻知爱女所适非人,遭黜"牧羊于野,风鬟雨鬓",他心痛万分,"以袖掩面而泣","哀咤良久",表现出动人的慈父情怀。对待爱女的救命恩人柳毅,他以最隆重的礼仪款待,三番五次举办隆重的宴席:"宿毅于凝光殿。明日,又宴毅于凝碧宫。会友戚,张广乐,具以醪醴,罗以甘洁","翌日,又宴毅于清光阁","其夕,复欢宴,其乐如旧";"明日,毅辞归。洞庭君夫人别宴毅于潜景殿,男女仆妾等,悉出预会"。又赠遗柳毅大量财宝:"洞庭君因出碧玉箱,贮以开水犀;钱塘君复出红珀盘,贮以照夜玑,皆起进毅。毅辞谢而受。然后宫中之人,咸以绡彩珠璧,投于毅侧。重叠焕赫,须臾埋没前后";"赠遗珍宝,怪不可述。毅于是复循途出江岸,见从者十余人,担囊以随,至其家而辞去";所赠财宝,"毅因适广陵宝肆,鬻其所得。百未发一,财已盈兆。故淮右富族,咸以为莫如"。在洞庭君身上,有着知恩图报的美好人伦品格。同时洞庭君闻女受苦则悲,悲而掩泣,欢庆的宴席上又纵酒极娱,击席而歌,性情朗然,毫不做作。做事细致周到,当他闻宫中恸哭,遂告诫无使有声,恐钱塘所知,是因为虑及钱塘君的暴烈脾性。可以说,洞庭君,如小说末言,是"含纳大直",包容温和,沉稳练达,一派王者气象,恰如浩渺的洞庭湖。钱塘君是钱塘江龙王,钱塘君亦是王侯装扮:"又有一人,披紫裳,执青圭,貌耸神溢,立于君左。"与洞庭君一样,钱塘君亦重情尚义,当闻知自己的侄女身处困境,即刻拽断金锁,擘天而去,将侄女解救回来,亦表现出浓郁亲情和嫉恶如仇的性格。在为感谢柳毅而举行的宴会上,他为侄女向柳毅请婚,"愚有衷曲,欲一陈于公。如可,则俱在云霄;如不可,则皆夷粪壤",快人快语、刚猛凌人;但为柳毅严词拒绝后,意识到自己的言行欠妥,则即刻恭敬道歉,又表现出知错能改、真诚无邪的纯美脾性。正如文末所云"钱塘迅疾磊落"①,钱塘君亦即钱塘潮的具象化与人格化,《钱塘志》有这样一段描述:"自是自海门山,潮头汹高数百尺,越钱塘鱼浦,方渐低小。朝暮再来,其声震怒,雷奔电走百余里。"②钱塘君正是钱塘潮这种凶猛迅疾之势的写照。

《神仙感遇传·释玄照》中的三龙,则不是王者形象,而是儒雅的向佛长者:"眉须皓白,容状瑰异,虔心谛听"释玄照讲《法华经》,对释玄照心存感激。在与释玄照达成降雨的君子协议后,按约履践,如前文所言,有着讲究信义与知恩图报的美好人伦品性。③《宣室志·孙思邈》中的龙亦为老人:"忽有老人夜诣宣律师求救曰:'弟子昆明池龙也……'"④而《续玄怪录·苏州客》中的龙,是一个"精彩俊爽之极"的翩翩秀才,因偷了"罽宾国镇国碗","罽宾守龙上诉,当追寻次",故化名蔡霞,避地苏州,又因"阴冥吏严,不得陈首",乃借刘贯词送家书,以致谢的方式将碗送给贯词,再由贯词出卖、送还罽宾国。其巧妙送还偷盗之物、改正错误的做法,给人印象深刻。同时,其托贯词送家书,为防止其母啗食贯词而安排其妹出见的做法,细致周到。在唐人小说人格化的龙形象中,十分独特典型。⑤《宣室志·任顼救龙》中的龙,是一位深怀性命之忧的老翁:"衣黄衣,貌甚秀,曳杖而至","西去一里有大湫,吾家之数百岁。今为一人所

---

① 李朝威:《洞庭灵姻传》,李剑国辑校《唐五代传奇集》第二编卷八,中华书局2015年版,第649—658页。
② 李昉等:《太平广记》卷二九一《神一》"伍子胥",中华书局2003年版,第2315页。
③ 李昉等:《太平广记》卷四二〇《龙三》"释玄照",中华书局2003年版,第3419—3420页。
④ 张读撰,张永钦、侯志明点校:《宣室志》辑佚"孙思邈",中华书局1983年版,第156页。
⑤ 李复言撰,程毅中点校:《续玄怪录》卷三"苏州客",中华书局2014年版,第171—173页。

苦,祸且将及,非子不能脱我死,辄来奉诉",求助于任顼,后任顼按照他所教之法,破道士法术,帮助他逃过此劫,以价值数千万的一颗宝珠报答任顼。其作为弱者,哀哀求助之切、获救后感激之诚的形象,亦十分突出。①

《述异记·洪贞》中的龙,则化为道人,为歙人洪贞之师。后因洪贞见其寝中复蛟龙之形,入鄱阳而去。② 此篇中龙化为道士形象,且教授弟子,值得注意。而《洞庭灵姻传》中言柳毅初到龙宫,而洞庭君久不至,武夫乃言:"吾君方幸玄珠阁,与太阳道士讲《火经》,少选当毕。"则洞庭君亦喜道;《神仙感遇传·释玄照》中三龙喜听释玄照讲《法华经》,而最终能救他们的是孙思邈,孙思邈是道教人物;《宣室志·孙思邈》中的龙因胡僧欲取其脑而向高僧宣律师求救,并自称弟子,而最后救龙的也是孙思邈;《宣室志·任顼救龙》中欲杀龙者为一道士,能帮助龙脱厄的竟然是一个"好读书、不喜尘俗事""独知有诗书礼乐"的书生;《洞庭灵姻传》中帮助龙女的柳毅也是下第举子、一介书生;而《续玄怪录·苏州客》中龙又化为秀才,帮助他的刘贯词亦为"求丐于苏州"的书生。细审之,这些小说中龙、道士、佛徒、秀才四者之间的关系颇意味深长,体现出唐代社会儒、释、道对龙信仰的深刻影响,并使民间崇龙俗信也呈现出复杂的社会文化心理。

唐人小说塑造的人格化的龙形象中,龙王之外,龙女形象尤为引人注意。《梁四公记》中有龙女出现,但其形象还比较模糊,至《洞庭灵姻传》中的龙女,则十分鲜活,其被黜而"牧羊于野,风鬟雨鬓"的形象,早已凝固为一个经典,成为唐人小说人物画廊中的典型形象之一。龙女"风鬟雨鬓"的形象,是在与柳毅初遇之时留给柳毅的印象,小说通过柳毅的视角,写出其"殊色"之美,"蛾脸不舒,巾袖无光"的憔悴,"凝听翔立,若有所伺"的焦急。然后在柳毅的追问下,讲述了自己的不幸遭遇。经柳毅传书,龙女被其叔父解救,回到洞庭龙宫,这时的龙女,亦通过柳毅视角,呈现出另一种面貌:"自然蛾眉,明珰满身,绡縠参差。迫而视之,乃前寄辞

---

① 张读撰,张永钦、侯志明点校:《宣室志》辑佚"任顼救龙",中华书局1983年版,第189—190页。

② 李昉等:《太平广记》卷四二五《蛟》"洪贞",中华书局2003年版,第3463页。

者。然若喜若悲,零泪如丝。"微露悲喜之情,有着含而不露的动人之美。前后对比,龙女的美丽、高贵、温婉被刻画得十分生动。其后,几经周折,终得以卢氏之名嫁与柳毅,岁余得一子,乃向柳毅款述衷情,其温柔痴情、知恩图报的品性得到完美呈现。小说中的龙女,是一个完全人格化、有着"淑性茂质"的美人。①

《灵应传》的龙女九娘子,则是一个与《洞庭灵姻传》中的龙女有着相似经历而凭借努力完成自我救赎的形象。泾州东故薛举城善女湫龙女九娘子,是普济王第九女,嫁象郡石龙少子,其夫因"宪法不拘,严父不禁,残虐视事,礼教蔑闻",遭天谴而死,父母逼嫁不从,斥居善女湫。又为朝那龙族逼婚,无力抵抗,乃求救于泾州节度使周宝,周宝遣制胜关使郑承符相助,生擒朝那,解除祸患。小说中的龙女九娘子不仅美丽端庄:"言犹未终,而见祥云细雨,异香袭人。俄有一妇人,年可十七八,衣裙素淡,容质窈窕,凭空而下,立庭庑之间。容仪绰约,有绝世之貌。侍者十余辈,皆服饰鲜洁,有如妃主之仪。"而且具有坚贞守信、不屈服于威权与武力的品性,以真诚感动周宝,终获帮助,维护了自己的尊严与独立,也最终赢得父母的原谅和尊重,其坚强不屈的个性特征十分鲜明。②

《博异志·许汉阳》中的龙女形象,其外表与内质的不一致,使其品性呈现出复杂性,在龙女形象中别具一格。小说中塑造了一群龙女——"海龙王诸女及姨姊妹六七人",她们即使是在旅途中也居住奢华:"青衣命汉阳入中门。见满庭皆一大池,池中荷芰芬芳,四岸砌如碧玉,作两道虹桥,以通南北。北有大阁,上阶,见白金书曰'夜日宫'。四面奇花异木,森耸连云。"奴婢成群:许汉阳始登岸,先有"二青衣,双发若鸦,素面如玉,迎舟而笑",汉阳进入"夜日宫","青衣引上阁一层,又有青衣六七人,见汉阳列拜"。还身怀奇异仙术,能让鸟啼花开、花中生美人:"其中有一树,高数丈余,干如梧桐,叶如芭蕉。有红花满树,未吐,大如斗盎,正

---

① 李朝威:《洞庭灵姻传》,李剑国辑校《唐五代传奇集》第二编卷八,中华书局2015年版,第649—658页。
② 阙名:《灵应传》,李剑国辑校:《唐五代传奇集》第四编卷四,中华书局2015年版,第2611—2620页。

对饮所。一女郎执酒相揖,一青衣捧一鸟如鹦鹉,置饮前阑干上,叫一声,而树上花一时开,芳香袭人。每花中有美人长尺余,婉丽之姿,挈曳之服,各称其质。诸乐弦管尽备。其鸟再拜。"还雅好诵诗与书法:"一女郎取一卷文书,以示汉阳。览之,乃《江海赋》。女郎令汉阳读之,遂为读一遍。女郎请又自读一遍,命青衣收之。""女郎命青衣取诸卷兼笔砚,请汉阳与录之。汉阳展卷,皆金花之素,上以银字扎之。卷大如拱,已半卷相卷矣。"这些描写显露出这群龙女外表美艳,雅好高尚,一如仙女。但当夜宴结束,许汉阳回到濡口江岸,闻溺水幸存者叙述昨夜恐怖经历时,龙女真面目才陡然展示在我们面前:原来汉阳夜晚所饮的酒竟是被她们随意淹死的三个无辜者的人血,奢华的饮馔背后却是血腥的杀戮,其残酷之性让人不寒而栗,是一群仙子般的嗜血龙女。①《博异志·许汉阳》龙女的残忍品性,当源自佛教,在佛教经典中,龙亦为六道众生之一,是住于水中之蛇形畜类,有善有恶。北魏般若流支所译《正法念处经》卷十八《畜生品》载:龙王摄属于畜生趣,乃愚痴、嗔恚之人所受的果报,其住处称为戏乐城,分为法行龙王、非法行龙王两种。法行龙王的嗔恚心比较小,能够忆念福德,随顺法行,以善心依时降雨,令世间五谷成熟,属于善类;而非法行龙王不顺佛法,不敬沙门,以恶心起恶云雨,令一切五谷皆悉弊恶。②随着佛教龙与中国固有龙神信仰的融合,龙也逐渐形成了善恶兼具的品格。小说故事中也常常有恶龙出现,如《渚宫旧事·刘甲》即是龙为祟惑人故事。刘甲女未尝读佛经而突然能暗诵《法华经》,并登座讲论,为人说灾祥,诸事皆验。后为道士史玄真破之。③

《续玄怪录·苏州客》中的蔡霞秀才之妹,则是又一种类型的龙女,其在小说中着墨不多,然个性仍然较为鲜明。其兄托刘贯词传书,殷勤叮嘱一定邀妹即龙女出见,其后贯词至龙宫,龙女果出见,两次及时、巧妙地阻止了龙母欲啗食贯词的冲动,并及时送出贯词。不像其母身上尚有着

---

① 谷神子:《博异志》"许汉阳",中华书局1980年版,第4—6页。
② 般若流支译:《正法念处经》卷一八《畜生品》,《大正新修大藏经》第17册,第106页上。
③ 李昉等:《太平广记》卷四一八《龙一》"刘甲",中华书局2003年版,第3406页。

龙的兽性,在其兄龙子避祸他乡之时,龙女照管着龙宫上下,"某缘娘疾,须侍左右,不遂从容",是一个理性、机巧、而有担当的知性女子形象。①

另外,如《逸史·凌波女》中的龙女仿佛神女:"一女子容色秾艳,梳交心髻,大袙广裳",向唐玄宗求赐一曲。②或出《剧谈录》的《柳子华》中的龙女亦是神女形象,自降柳子华,与之婚恋。③裴铏《传奇·萧旷》中的龙女织绡娘子亦是神女形象:"洛浦龙君之处女,善织绡于水府,适令召之尔。"或因其善织绡,称织绡娘子。其与洛浦神女为友,夜会处士萧旷于洛水畔之双美亭,而有人神一夜欢会。④除龙女外,唐人小说如《洞庭灵姻传》《续玄怪录·苏州客》《续玄怪录·李卫公靖》等还有人格化的龙母形象。《洞庭灵姻传》中龙母形象较为模糊,仅在柳毅辞归时别宴柳毅于潜景殿,殷勤致谢,并使龙女当席拜毅以致谢。《续玄怪录·苏州客》中龙母的兽性品格给人印象深刻。《续玄怪录·李卫公靖》中的龙母虽在小说的叙事建构中主要承担预言李靖官禄的任务,但其形象刻画还是较为细致。小说通过李靖的视角,描写龙母外貌:"年可五十余,青裙素襦,神气清雅,宛若士大夫家。"接对李靖,颇有大家风范。在不得已的情况下,告知李靖真实身份,恳请李靖代子行雨,坦诚真挚。李靖行雨过多,自受惩罚而不怪罪李靖,并真诚致谢,不计人过、知恩图报。其他如沈亚之《湘中怨解》中的汜人,自言"我湘中蛟宫之娣也",亦当为龙族女性,其"含嚬凄怨"的形象十分生动。⑤

二、《传奇·萧旷》与崇龙俗信

裴铏《传奇·萧旷》叙大和中处士萧旷夜憩于洛水畔之双美亭,弹琴甚苦,洛浦神女闻而来赴,继而神女召洛浦龙王之处女织绡娘子至,三人月下叙语传觞,一夕缱绻,天明赋诗赠物而去。其间萧旷与洛浦女神谈论

---

① 李复言撰,程毅中点校:《续玄怪录》卷三"苏州客",中华书局 2014 年版,第 171—173 页。
② 李昉等:《太平广记》卷四二〇《龙三》"凌波女",中华书局 2003 年版,第 3421 页。
③ 李昉等:《太平广记》卷四二四《龙七》"柳子华",中华书局 2003 年版,第 3450 页。
④ 裴铏撰,周楞伽辑注:《传奇》"萧旷",中华书局 1980 年版,第 80—82 页。
⑤ 沈亚之:《湘中怨解》,李剑国辑校《唐五代传奇集》第二编卷一三,中华书局 2015 年版,第 835—836 页。

曹植作《洛神赋》之事,对曹植与甄后之关系、《洛神赋》之创作背景等有独到看法,对曹植与甄后的恋情悲剧寄寓深切的同情,对《洛神赋》给予由衷的赞美。其后,萧旷又与织绡娘子展开关于龙的谈话,略可窥见唐时人们诸多的崇龙俗信,具有标本意义。

小说中的织绡娘子,为"洛浦龙君之处女",大概因其在水府中"善织绡",因名织绡娘子。这一名号及龙女善织绡,则源于中国民间"鲛人"传说。鲛人水居,其泪成珠,《汉武帝别国洞冥记》云:"吠勒国……去长安九千里,在日南。人长七尺,被发至踵,乘犀象之车。乘象入海底取宝,宿于鲛人之舍。得泪珠,则鲛所泣之珠也,亦曰泣珠。"①张华《博物志》亦云:"南海外有鲛人,水居如鱼,不废织绩,其眠能泣珠。"②干宝《搜神记》亦云:"南海之外有鲛人,水居如鱼,不废绩织。时从水中出,向人家寄住,积日卖绡。鲛人临去,从主人索器,泣而出珠满盘,以与主人。"③《述异记》卷上三条言及鲛人,一云:"扬州有蛇市,市人鬻珠玉而杂货鲛布。鲛人,即泉先也,又名泉客。"一云:"南海出鲛绡纱,泉先潜织,一名龙纱,其价百余金,以为服,入水不濡。"一云:"南海有龙绡宫,泉先织绡之处,绡有白如霜者。"《述异记》卷下又云:"南海中有鲛人室,水居如鱼,不废机织,其眼泣则出珠。"④则汉以来就有鲛人居海底,善织绡,能泣珠。《传奇·萧旷》当据此创造出织绡娘子的形象,小说中织绡娘子留赠萧旷之诗云:"织绡泉底少欢娱,更劝萧郎尽酒壶。愁见玉琴弹《别鹤》,又将清泪滴真珠。"包含了传说中鲛人的织绡与泪珠意象。分别之际,织绡娘子更以"轻绡一匹赠旷"。故《传奇·萧旷》中的织绡娘子,实是蕴涵了民间鲛人相关俗信的艺术形象。

萧旷与龙女织绡娘子关于龙的叙谈,涉及柳毅灵姻事,"龙畏铁""龙嗜燕血"事,延平津剑化龙事,陶侃梭化龙事,马师皇治龙疾故事,龙之"好睡"习性及龙之修习法门等。其云:

---

① 郭宪:《汉武帝别国洞冥记》卷二,《丛书集成初编》本,中华书局1991年版,第6页。
② 张华撰,范宁校证:《博物志校证》卷二《异人》,中华书局1980年版,第24页。
③ 干宝撰,李剑国辑校:《新辑搜神记》卷二八"鲛人",中华书局2012年版,第443页。
④ 任昉:《述异记》卷下,文渊阁《四库全书》本,第1047册,第605页下。

旷因语织绡曰:"近日人世,或传柳毅灵姻之事,有之乎?"女曰:"十得其四五尔,余皆饰词,不可惑也。"旷曰:"或闻龙畏铁,有之乎?"女曰:"龙之神化,虽铁石金玉,尽可透达,何独畏铁乎?畏者,蛟螭辈也。"旷又曰:"雷氏子佩丰城剑至延平津,跃入水,化为龙,有之乎?"女曰:"妄也!龙,木类;剑乃金,金既克木,而不相生,焉能变化?岂同雀入水为蛤,野鸡入水为蜃哉?但宝剑灵物,金水相生而入水,雷生自不能沉于泉,信其下,搜剑不获,乃妄言为龙。且雷焕只言化去,张司空但言终合,俱不说为龙,任剑之灵异。且人之鼓铸锻炼,非自然之物,是知终不能为龙,明矣。"旷又曰:"梭化为龙,如何?"女曰:"梭,木也;龙本属木,变化归本,又何怪也?"旷又曰:"龙之变化如神,又何病而求马师皇疗之?"女曰:"师皇是上界高真,哀马之负重行远,故为马医,愈其疾者万有余匹。上天降鉴,化其疾于龙唇吻间,欲验师皇之能,龙后负而登天。天假之,非龙真有病也。"旷又曰:"龙之嗜燕血,有之乎?"女曰:"龙之清虚,食饮沉瀣,若食燕血,岂能行藏?盖嗜者乃蛟蜃辈。无信造作,皆梁朝四公诞妄之词尔。"旷又曰:"龙何好?"曰:"好睡。大即千年,小不下数百岁。偃仰于洞穴,鳞甲间聚其沙尘;或有鸟衔木实,遗弃其上,乃甲拆生树,至于合抱,龙方觉悟,遂振迅修行,脱其体而入虚无,澄其神而归寂灭。自然形之与气,随其化用,散入真空,若未胚腪,若未凝结,如物在恍惚,精寄杳冥。当此之时,虽百骸五体,尽可入于芥子之内,随其举止无所不之,自得还原返本之术,与造化争功矣。"旷又曰:"龙之修行,向何门而得?"女曰:"高真所修之术何异。上士修之,形神俱达;中士修之,神超形沉;下士修之,形神俱堕。且当修之时,气爽而神凝,有物出焉。即《老子》云'恍恍惚惚,其中有物'也。其于幽微,不敢泄露,恐为上天谴谪尔。"[1]

萧旷与织绡娘子一问一答,涉及唐时民间流传的许多有关龙的故事传说

---

[1] 裴铏撰,周楞伽辑注:《传奇》"萧旷",上海古籍出版社1980年版,第80—81页。

与俗信,主要包括以下几方面。

其一,柳毅灵姻。萧旷所问柳毅灵姻之事,是指李朝威《洞庭灵姻传》故事,织绡云"十得其四五尔,余皆饰词",这一方面说明《洞庭灵姻传》之传播甚广,一方面也说明《洞庭灵姻传》中的龙族故事,是在唐时民间关于龙的种种观念与俗信的基础上创造出来的。《洞庭灵姻传》利用民间崇龙传说与俗信,增益虚饰,创造出以洞庭君、钱塘君为首的龙王家族,体现了唐时民间龙王信仰的新发展。在中国传统的龙神信仰以及佛教龙王信仰中,龙主要是作为独立的个体而存在,《洞庭灵姻传》中龙王家族的出现以及一水一龙的观念,当是唐时民间龙王信仰的新内容。随着《洞庭灵姻传》的传播,这一内容逐渐获得了广泛认可。这可以从另一篇唐人小说《灵应传》得到印证。《灵应传》中龙女九娘子叙及家世,云:"妾家族望,海内咸知。只如彭蠡、洞庭,皆外祖也;陵水、罗水,皆中表也。内外昆季,百有余人,散居吴越之间,各分地土。咸京八水,半是宗亲。"洞庭龙君家族成了龙女九娘子的外祖,《灵应传》完全接纳了《洞庭灵姻传》中出现的龙王家族观念,并进一步增益,将天下江河湖泊中的龙族变成了姻戚,构建起一个庞大的龙族谱系。此外,《灵应传》还吸收了《梁四公记》中的龙女故事,龙女九娘子称自己"家世会稽之鄮县,卜筑于东海之潭"云云,即源自《梁四公记》。① 综观之,从《梁四公记》到《洞庭灵姻传》到《灵应传》中的龙族描写,形象化地呈现了唐时民间的龙王信仰的观念,虽有文学化的虚构,但如《传奇·萧旷》织绡所云,却是十之四五源自民间真实生活的民俗意象。

其二,"龙畏铁"与"龙嗜燕血"。萧旷此二问题,实际上涉及唐时民间关于龙的脾性的观念与俗信。龙嗜燕血,张华《博物志》已有言及:"人食燕肉,不可入水,为蛟龙所吞。"②张华还仅言及龙对燕肉有特别之好。至张说《梁四公记》,言及龙除了嗜燕肉,又喜美玉、空青而畏蜡,其云:

---

① 阙名:《灵应传》,李剑国辑校:《唐五代传奇集》第四编卷四,中华书局2015年版,第2611—2620页。
② 张华撰,范宁校证:《博物志校证》卷四《食忌》,中华书局1980年版,第49页。

"龙畏蜡,爱美玉及空青而嗜烧燕。若遣使信,可得宝珠。"①《北梦琐言·钓鱼见龙》故事亦言及龙嗜燕肉,其云:"李宣宰阳县,县左有潭,传有龙居,而鳞物尤美。李之子惰学,爱钓术,日往潭上。一旦,龙见,满潭火发,如舒锦被。李子褫魄,委竿而走。盖钓术多以煎燕为饵,果发龙之嗜欲也。"②而封演《封氏闻见记》,则又言及龙畏铁,其云:"海州南有沟水,上通淮、楚,公私漕运之路也。宝应中,堰破水涸,鱼商绝行。州差东海令李知远主役修复,堰将成,辄坏,如此者数四,用费颇多,知远甚以为忧。或说梁代筑浮山堰,频有阙坏,乃以铁数万斤坟积其下,堰乃成。知远闻之,即依其言而塞穴。初,堰之将坏也,辄闻其下殷如雷声;至是,其声移于上流数里。盖金铁味辛,辛能害目,蛟龙护其目,避之而去,故堰可成。大历中,刑部郎中程皓,家在相州,宅前有小池,有人造剑,于池内淬之,蛇鱼皆死。予家井中有鱼数十头,因有急,家人以药杵投之于井,信宿,鱼皆浮出。知鱼亦畏铁焉。"③织绡娘子对此二问的回答耐人寻味,一方面否定龙畏铁与嗜烧燕,一方面又称畏铁者"蛟螭辈",嗜燕血者"蛟蜃辈",表明唐时民间关于龙的脾性的说法颇多,且观念不一。唐以后,关于龙畏铁及蜡、嗜烧燕等脾性则似乎获得了确认,宋罗愿《尔雅翼》卷二八《释鱼》"龙":"其为性粗猛而畏铁,爱玉及空青,而嗜烧燕肉,故尝食燕者不可渡海。又言蛟龙畏楝叶五色丝。"④宋钱易《南部新书》云:"龙之性粗猛,而畏蜡,爱玉及空青,而嗜烧燕肉,故食燕肉人不可渡海。"⑤

　　织绡娘子的说法也透露出,在民间观念中,龙有等级之别,蛟螭、蛟蜃之类虽被认为是龙的同类,但地位较低。《说文解字》卷十三虫部释"蛟"云:"龙属,无角曰蛟。从虫,交声。池鱼满三千六百,蛟来为之长,能率鱼而飞,置笱水中,即蛟去。"蛟虽有神性,但不及龙,且蛟常为恶,故唐人小

---

① 见李昉等《太平广记》卷八一《异人一》"梁四公",卷四一八《龙一》"震泽洞",之中华书局 2003 年版,第 517—522 页,第 3404—3406 页。
② 孙光宪撰,贾二强点校:《北梦琐言》逸文卷四"伐蛟",中华书局 2002 年版,第 433 页。
③ 封演撰,赵贞信校注:《封氏闻见记校注》卷八"鱼龙畏铁",中华书局 2012 年版,第 80 页。
④ 罗愿:《尔雅翼》卷二八《释鱼》"龙",文渊阁《四库全书》本,第 222 册,第 480 页上。
⑤ 钱易撰,黄寿成点校:《南部新书》辛,中华书局 2002 年版,第 129 页。

说多斩蛟、杀蛟故事。如《北梦琐言》云：

> 《月令》："季秋伐蛟取鼍。"以明蛟可伐而龙不可触也。蛟之为物,不识其形状,非有鳞鬣四足乎。或曰："虮蜞蛟蝹,状如蛇也。"南僧说蛟之形如马蟥,即水蛭也。涎沫腥黏,掉尾缠人而噬其血。蜀人号为"马绊蛇",头如猫鼠,有一点白。汉州古城潭内马绊蛇,往往害人,乡里募勇者伐之,身涂药,游泳于潭底,蛟乃跃于沙汭,蟠蜿力困,里人欢噪以助,竟毙之。①

当然,在多数时候,蛟与龙常常并称,等无差别。

其三,延平津剑化龙与陶侃梭化龙。萧旷所问延平津剑化为龙事,出两晋时期的《雷焕别传》,其云：

> 焕字孔章,鄱阳人,善星历卜占。晋司空张华夜见异气起牛斗,华问焕："见之乎?"焕曰："此谓宝剑气。"华曰："时有相吾者云'君当贵达,身佩宝剑',此言欲效矣。"乃以焕为丰城令。焕至县,移狱,掘入三十余尺,得青石函一枚,中有双剑,文采未甚明,焕取南昌西山黄白土,用拭剑,光艳照曜。乃送一剑并少黄土与华,自留一剑。华得剑并土,曰："此干将也,莫邪已复不至,然天生神物,终当合耳。"乃更以华阴赤土一斤送与焕,焕得,磨剑,鲜光愈亮。及华诛,剑亡玉匣,莫知所在。后焕亡,焕子爽带剑经延平津,剑无故堕水,令人没水逐觅,见二龙,长数丈,盘交,须臾光采微发,曜日映川。②

《晋书·张华传》亦载此事。可见灵物化龙,早有传说。唐佚名《大唐传载》亦载类似故事,其云："昆山县遗尺潭,本大历中村女为皇太子元妃,

---

① 孙光宪撰、贾二强点校：《北梦琐言》逸文卷四《伐蛟》,中华书局2002年版,第439页。
② 《雷焕别传》,见《太平御览》卷三四三《兵部七四·剑中》引。

遗玉尺,化为龙,至今遂成潭。"①萧旷所问梭化龙事,出《晋书·陶侃传》,其云:"侃少时,渔于雷泽,网得一织梭,以挂于壁。有顷雷雨,自化为龙而去。"《建康实录》卷七《晋·宪宗成皇帝》亦载,文字相同。织绡娘子对剑化为龙与梭化为龙二事作出了不同判断,认为剑出于"鼓铸锻炼,非自然之物",不能化为龙;而织梭化为龙是"变化归本",理所当然。二事均据五行之说,一否一然,表明唐时民间的崇龙俗信,在佛道之外,儒家思想观念的影响也相当巨大。

其四,马师皇治龙疾。萧旷所问马师皇治龙疾事,出自《列仙传》,其云:

> 马师皇者,黄帝时马医也。知马形生死之诊,治之辄愈。后有龙下,向之垂耳张口。皇曰:"此龙有病,知我能治。"乃针其唇下口中,以甘草汤饮之而愈。后数数有疾,龙出其波,告而求治之。一旦龙负皇而去。②

《列仙传》此故事,乃是道教为显马师皇之能而编造,人为异类疗治疾病,唐人小说中此类故事甚多,《传奇·崔炜》中亦有崔炜为龙治病事,崔炜误堕枯井,遇一大白蛇,实为龙即玉京子,"蛇之唇吻,亦有疣焉","炜乃燃艾,启蛇而炙之",为报答崔炜治疣,玉京子赠崔炜龙珠,并送崔炜至南越王赵佗墓。③ 织绡娘子认为,马师皇治龙疾事实"非龙真有病",真实目的是"欲验师皇之能",认为师皇为神仙,龙亦天之臣属,"变化如神",受上天派遣考验马师皇,这是唐时民间关于龙的神格观念的体现。

其五,龙之"好睡"习性及龙之修习法门。织绡娘子回答萧旷"龙何好"与"龙之修行,向何门而得"之问,称龙有好睡之性,而修行与道教高真无异。几乎都是以道家的形神论说为出发点,足见道教对唐时崇龙俗

---

① 佚名撰,恒鹤校点:《大唐传载》,《唐五代笔记小说大观》上册,上海古籍出版社2000年版,第889页。
② 刘向:《列仙传》卷上《马师皇》,《两汉全书》第九册《刘向·列仙传》,山东大学出版社2009年版,第5178页。
③ 裴铏撰,周楞伽辑注:《传奇》"崔炜",中华书局1980年版,第15页。

信的影响。

当然,《传奇·萧旷》中萧旷与织绡娘子关于龙的问答,体现了唐时民间崇龙的诸多俗信,同时,作者也是借此显示学问与博识,炫才用意甚明。

第三节 龙宫与龙宫俗信

龙宫源自佛教,是佛教关于龙的传说故事中的意象。龙宫,丁福保《佛学大辞典》释云:"龙王之宫殿,在大海之底,为龙王之神力所化作。《海龙王经·请佛品说》:海龙王诣灵鹫山,闻佛说法,信心欢喜,欲请佛至大海龙宫供养,佛许之。龙王即入大海化作大殿,无量珠宝,种种庄严,且自海边通海底造三道宝阶,恰如佛往昔化宝阶自忉利天降阎浮提时,佛与诸比丘菩萨共涉宝阶入龙宫,受诸龙供养,为说大法。"①汉末以来,随着佛教的传入,中国传统的龙神信仰接纳佛教影响,龙宫也进入了中国的龙王信仰中,并成为重要组成部分。唐人小说中多有龙宫意象,形象地呈现了唐时民间诸多的龙宫俗信。

一、龙宫及其位置

佛教认为龙宫为海龙王神力所化,位于大海深处,《佛说海龙王经》卷三《请佛品第十》云:"时海龙王化作大殿,以绀琉璃、紫磨黄金而杂挍成,则建幢幡,造金交露,宝珠、璎珞、七宝为栏楯,而极广大,若干种香而以熏之,散众色华,纷纷如雪。于大殿上化立师子之座,高四百八十里,皆以众宝而合成,敷无数百千天缯,以为蜿蜒。"②《大法炬陀罗尼经》卷五《忍校量品第十》云:"是大海水深八万四千由旬,其下乃有诸龙宫殿住所及阿修罗迦楼罗等宫殿住处,所有众宝及大海中种种宝珠。"③在唐人小说中,龙宫亦多处江海湖泊等水中,《洞庭灵姻传》中的洞庭龙宫,即在洞

---

① 丁福保:《佛教大辞典》"龙宫"条,上海佛学书局 2004 年版,第 2721 页。
② 竺法护译:《佛说海龙王经》卷三《请佛品第十》,《大正新修大藏经》第 15 册。
③ 阇那崛多等译:《大法炬陀罗尼经》卷五《忍校量品第十》,《大正新修大藏经》第 21 册。

庭湖底,如人间帝王宫阙,一武夫引柳毅揭水而进:

> 武夫揭水指路,引毅以进。谓毅曰:"当闭目数息,可达矣。"毅如其言,遂至其宫。始见台阁相向,门户千万,奇草珍木,无所不有。夫乃止毅,停于大室之隅,曰:"客当居此以伺焉。"毅曰:"此何所也?"夫曰:"此灵虚殿也。"谛视之,则人间珍宝,毕尽于此。柱以白璧,砌以青玉,床以珊瑚,帘以水精,雕琉璃于翠楣,饰琥珀于虹栋。奇秀深杳,不可殚言。①

柳毅所见龙宫"台阁相向,门户千万",是一座巨大无比的建筑群,小说中武夫引柳毅进入龙宫,首先止于"灵虚殿","人间珍宝,毕尽于此"。武夫又提及洞庭君其时正在"玄珠阁"听讲经:"毅谓夫曰:'洞庭君安在哉?'曰:'吾君方幸玄珠阁,与太阳道士讲《火经》,少选当毕。'"其后,洞庭君安排柳毅宿于"凝光殿",明日,又宴毅于"凝碧宫",翌日,又宴毅于"清光阁",后柳毅辞归,洞庭君夫人别宴毅于"潜景殿"。这些宫殿台阁的名称,雅致无比且仿佛泛着粼粼波光,与水府洞天正相契合。《酉阳杂俎》前集卷一四《诺皋记上》云东海龙宫,状如天宫,在东海某处:"士人登舟,瞬息至岸。岸沙悉七宝,人皆衣冠长大。士人乃前,求谒龙王。龙宫状如佛寺所图天宫,光明迭激,目不能视。"②《录异记》则云龙宫在海岛畔,宫阙连绵百里:"海龙王宅在苏州东入海五六日程小岛之前,阔百余里,四面海水粘浊,此水清,无风而浪高数丈,舟船不敢近。每大潮水漫没其上,不见此浪,船则得过。夜中远望,见此水上红光如日,方百余里,上与天连。船人相传:龙王宫在其下矣。"③《续玄怪录·苏州客》中的龙宫,则在渭水之中,亦如人间高门大宅,刘贯词合眼叩桥柱,开目失桥及潭:"有朱门

---

① 李朝威:《洞庭灵姻传》,李剑国辑校《唐五代传奇集》第二编卷八,中华书局2015年版,第650—651页。
② 段成式撰,许逸民校笺:《酉阳杂俎校笺》前集卷一四《诺皋记上》,中华书局2016年版,第1024页。
③ 杜光庭撰,萧逸校点:《录异记》卷五《龙》,《唐五代笔记小说大观》下册,上海古籍出版社2000年版,第1531页。

甲第,楼阁参差"。①《灵应传》中龙女九娘子所居龙宫则当在善女湫下,其状如公署:"指顾间,望见一大城,其雉堞穹崇,沟洫深浚,余惚恍不知所自。俄于郊外,备帐乐,设享。宴罢入城,观者如堵,传呼小吏,交错其间。所经之门,不记重数。及至一处,有如公署……"②

唐人小说中的龙宫,也有藏于山中者。《续玄怪录·李卫公靖》中李靖所遇龙宫,即在霍山中,李靖逐鹿迷路,见灯火光,驰赴,"既至,乃朱门大第,墙宇甚峻"。③在《梁四公记》中龙女所居龙宫,则在洞穴之中:"震泽中,洞庭山南有洞穴深百余尺",龙宫藏于其中,"至一龙宫。周围四五里,下有青泥至膝,有宫室门阙。龙以气辟水,霏如轻雾,昼夜光明"。④还有藏于闹市者。《河东记·韦丹》中神龙接见韦丹所居,外表普通,而实际上"制度宏丽,拟于公侯之家",藏于洛阳城中通利坊:"静曲幽巷,见一小门,胡芦先生即扣之。食顷,而有应门者,开门延入,数十步,复入一板门,又十余步,乃见大门,制度宏丽,拟于公侯之家。复有丫鬟数人,皆极姝美,先出迎客,陈设鲜华,异香满室。"⑤或有倚于湖岸者。在《博异志·许汉阳》中,海龙王诸女及姨姊妹六七人,过归洞庭时,即暂憩湖岸边的夜日宫,许汉阳为避洪波而遇之,"渐近,见亭宇甚盛",二青衣迎入,"入中门,见满庭皆一大池,池中荷芰芬芳,四岸砌如碧玉,作两道虹桥,以通南北。北有大阁,上阶,见白金书曰'夜日宫'。四面奇花异木,森耸连云。"⑥

不难看出,唐人小说中的龙宫,多类于人间帝王宫阙与王侯豪贵之朱门甲第,同时又有着突出的水府洞天特点,故龙宫总会蒙上一层晶莹剔透的莹莹波光。如《洞庭灵姻传》中的龙宫殿名"凝光殿""凝碧宫""清光阁""潜景殿";《博异志·许汉阳》中夜日宫中的大池四岸"砌如碧玉";

---

① 李复言撰,程毅中点校:《续玄怪录》卷三"苏州客",中华书局2014年版,第171页。
② 阙名:《灵应传》,李剑国辑校:《唐五代传奇集》第四编卷四,中华书局2015年版,第2617页。
③ 李复言撰,程毅中点校:《续玄怪录》卷四"李卫公靖",中华书局2014年版,第195页。
④ 李昉等:《太平广记》卷四一八"震泽洞",中华书局2003年版,第3404页。
⑤ 李昉等:《太平广记》卷一一八"报应十七""韦丹",中华书局2003年版,第828页。
⑥ 谷神子:《博异志》"许汉阳",中华书局1980年版,第4页。

《梁四公记》云龙宫"霏如轻雾,昼夜光明";《酉阳杂俎》云龙宫"光明迭激,目不能视";《录异记》云龙宫"红光如日,方百余里,上与天连"。除波光粼粼之外,唐人小说中的龙宫,也常常表现出不同于人间的异美特性,如《洞庭灵姻传》龙宫"柱以白璧,砌以青玉,床以珊瑚,帘以水精,雕琉璃于翠楣,饰琥珀于虹栋";《河东记·韦丹》中龙宫"陈设鲜华,异香满室";《博异志·许汉阳》中龙宫"四面奇花异木,森耸连云"。

唐人小说中的龙宫生活,亦与人间宫廷及上层贵族生活相类,多聚会欢宴,从中亦可略窥唐代宫廷及上层社会生活的某些侧面。

《洞庭灵姻传》中钱塘得柳毅传书救回龙女后,设宴大会宾客,其间有乐舞助兴:

> 明日,又宴毅于凝碧宫。会友戚,张广乐,具以醪醴,罗以甘洁。初,笳角鼙鼓,旌旗剑戟,舞万夫于其右。中有一夫前曰:"此《钱塘破阵乐》。"旌铍杰气,顾骤悍栗,坐客视之,毛发皆竖。复有金石丝竹,罗绮珠翠,舞千女于其左。中有一女前进曰:"此《贵主还宫乐》。"清音宛转,如诉如慕,坐客听之,不觉泪下。二舞既毕,龙君大悦,锡以纨绮,颁于舞人。①

先有万夫舞《钱塘破阵乐》,"旌铍杰气,顾骤悍栗";后有千女舞《贵主还宫乐》,"清音宛转,如诉如慕";万夫千女齐舞,场面宏大壮观,一豪迈,一婉约。且《钱塘破阵乐》《贵主还宫乐》之名当据《秦王破阵乐》而来,据《新唐书·礼乐志》载,《秦王破阵乐》为唐太宗李世民为秦王击破刘武周时军中所作歌曲,即位后在宫廷宴会中经常演奏,后又编制舞蹈,由乐工一百二十八人披甲执戟而舞,是典型的宫廷雅乐。《钱塘破阵乐》《贵主还宫乐》仿《秦王破阵乐》,意在彰显其宫廷特质。其后宾主"密席贯坐,纵酒极娱",酒酣之后,洞庭君、钱塘君、柳毅先后击席而歌,各唱一首洋溢浓郁楚辞风格的谣歌。《洞庭灵姻传》中的龙宫宴会,观乐舞、诵歌诗,可

---

① 李朝威:《洞庭灵姻传》,李剑国辑校《唐五代传奇集》第二编卷八,中华书局2015年版,第653页。

略见唐时宫廷宴聚风尚。

《博异志·许汉阳》亦有龙宫宴聚描写,其所呈现则与《洞庭灵姻传》略有不同:

> 青衣具饮食,所用皆非人间见者。食讫,命酒……女郎举酒,众乐具作,萧萧泠泠,杳入神仙。才一巡,此夕月色复明。女郎所论,皆非人间事,汉阳所不测。时因汉阳以人间事杂之,则女郎亦无所酬答。欢饮至二更已来,毕……一女郎取一卷文书,以示汉阳。览之,乃《江海赋》。女郎令汉阳读之,遂为读一遍。女郎请又自读一遍,命青衣收之。一女郎谓诸女郎,兼白汉阳曰:"有《感怀》一章,欲诵之。"诸女郎及汉阳曰:"善。"乃言曰:"海门连洞庭,每去三千里。十载一归来,辛苦潇湘水。"女郎命青衣取诸卷兼笔砚,请汉阳与录之……写毕,令以汉阳之名押之……四更已来,命发。收拾挥霍次,二青衣曰:"郎可归舟矣。"汉阳乃起。诸女郎曰:"欣此旅泊接奉,不得郑重耳。"恨恨而别。①

如果说《洞庭灵姻传》中呈现的是唐时宫廷气派的宴饮场景,那么,《博异志·许汉阳》呈现的则仿佛是仕女宴饮场景。海龙王诸女及姨姊妹六七人一夜欢会,于饮宴中谈论、赋诗、诵赋、书写。小说中的龙女们,特别喜欢人间辞赋,不仅让许汉阳为之读一遍《江海赋》,又自读一遍,并赋《感怀》一章,并请许汉阳书写。在小说末,借溺水者之口道出龙女们对人间书法的痴迷。可以说,龙女们的夜宴,充满高雅旨趣,大略可见唐时贵族女性聚会的风尚。

二、传书范式及其渊源

在唐人小说的龙王、龙宫故事中,如《广异记·三卫》《洞庭灵姻传》《续玄怪录·苏州客》,有龙女、龙子托士子传书于龙宫的情节。《广异

---

① 谷神子:《博异志》"许汉阳",中华书局1980年版,第5页。

记·三卫》中龙女华岳第三新妇托三卫传书北海龙宫：

开元初，有三卫自京还青州，至华岳庙前，见青衣婢，衣服故恶，来白云："娘子欲见。"因引前行，遇见一妇人，年十六七，容色惨悴。曰："已非人，华岳第三新妇，夫婿极恶，家在北海，三年无书信，以此尤为岳子所薄。闻君远还，欲以尺书仰累，若能为达，家君当有厚报。"遂以书付之。其人亦信士也，问北海于何所送之，妇人云："海池上第二树，但扣之，当有应者。"言讫诀去。及至北海，如言送书，扣树毕，忽见朱门在树下，有人从门中受事，人以书付之，入，顷之，出云："大王请客入。"随行百余步，后入一门……①

《洞庭灵姻传》中柳毅还湘滨，途径泾阳，遇牧羊龙女，龙女即恳请柳毅传书洞庭龙宫：

见有妇人，牧羊于道畔……又曰："洞庭于兹，相远不知其几多也？长天茫茫，信耗莫通。心目断尽，无所知哀。闻君将还乡，密通洞庭。或以尺书，寄托侍者，未卜将以为可乎？"毅曰："吾义夫也。闻子之说，气血俱动，恨无毛羽，不能奋飞。是何可否之谓乎！然而洞庭，深水也。吾行尘间，宁可致意耶？唯恐道途显晦，不相通达，致负诚托，又乖恳愿。子有何术，可导我邪？"女悲泣且谢，曰："负载珍重，不复言矣。脱获回耗，虽死必谢。君不许，何敢言，既许而问，则洞庭之与京邑，不足为异也。"毅请闻之。女曰："洞庭之阴，有大橘树焉，乡人谓之社橘。君当解去兹带，束以他物。然后扣树三发，当有应者。因而随之，无有碍矣。幸君子书叙之外，悉以心诚之话倚托，千万无渝。"毅曰："敬闻命矣。"女遂于襦带间解书，再拜以进，东望愁泣，若不自胜。毅深为之戚，乃置书囊中……月余，到乡还家，乃访于洞庭。洞庭之阴，果有社橘。遂易带向树，以物三击而止。俄有

---

① 戴孚撰，方诗铭辑校：《广异记》"三卫"，中华书局1992年版，第50页。

武夫出于波间,再拜请曰:"贵客将自何所至也?"毅不告其实,曰:"走谒大王耳。"武夫揭水指路,引毅以进。谓毅曰:"当闭目数息,可达矣。"毅如其言,遂至其宫。①

《续玄怪录·苏州客》中洛阳刘贯词,大历中求丐于苏州。逢避难在苏州的龙子蔡霞秀才,龙子蔡霞亦恳求刘贯词传书洛阳渭水龙宫:

> 霞曰:"蓬行而望十万,乃无翼而思飞者也。设令必得,亦废数月。霞居洛中,左右亦不贫。以他故避地,音问久绝,意有所托,祈兄为回,途中之费,蓬游之望,不掷日月而得,如何?"曰:"固所愿耳。"霞于是遗钱十万,授书一缄,白曰:"逆旅中遽蒙周念,既无形迹,辄露心诚。霞家长鳞虫,宅渭桥下,合眼叩桥柱,当有应者,必邀入宅。娘奉见时,必请与霞小妹相见。既为兄弟,情不合疏,书中亦令渠出拜。渠虽年幼,性颇聪慧,使渠助为掌人,百缗之赠,渠当必诺。"贯词遂归。到渭桥下,一潭泓澄,何计自达。久之,以为龙神不当我欺,试合眼叩之,忽有一人应。因视之,则失桥及潭矣。有朱门甲第,楼阁参差,有紫衣仆拱立于前而问其意。贯词曰:"来自吴郡,郎君有书。"问者执书以入,顷而复出,曰:"太夫人奉屈。"遂入厅中……②

在《广异记·三卫》《洞庭灵姻传》《续玄怪录·苏州客》中,龙女、龙子托士子传书于龙宫,其基本情节相似,大致为:人间士子与龙女或龙子相遇,继而龙女或龙子请求代传书信并告知抵达龙宫方式,最后是人间士子按照龙女或龙子所教方法抵达龙宫、递交书信并获得邀请入龙宫。这种情节模式可概括为传书范式。在唐人小说的龙王、龙宫故事中,龙女、龙子托人传书于龙宫是一个惯常的情节范式,这一情节范式成为人间凡人进入龙宫的理由与展开龙宫异境游历的序曲。

---

① 李朝威:《洞庭灵姻传》,李剑国辑校《唐五代传奇集》第二编卷八,中华书局2015年版,第649—651页。
② 李复言撰,程毅中点校:《续玄怪录》卷三"苏州客",中华书局2014年版,第171页。

当然,这种传书情节范式,并非唐人首创,其在魏晋南北朝志怪小说中已有存在。《搜神记·胡母班》即有太山府君托胡母班传书于其女婿水神河伯的情节:

> 胡母班,曾至太山之侧,忽于树间逢一绛衣驺,呼班云:"太山府君召。"班惊愕,逡巡未答。复有一驺出呼之,遂随行。数十步,驺请班暂瞑。少顷,便见宫室,威仪甚严。班乃入阁拜谒,主为设食,语班曰:"欲见君无他,欲附书与女婿耳。"班问:"女郎何在?"曰:"女为河伯妇。"班曰:"辄当奉书,不知何缘得达?"答曰:"今适河中流,便扣舟呼青衣,当自有取书者。"班乃辞出。①

《异苑》卷五有类似故事,其云晋中朝质子归洛,有一行旅求寄书:

> 秦时,中宿县十里外,有观亭江神祠坛,甚灵异,经过有不恪者,必狂走入山,变为虎。晋中朝有质子将归洛,反路,见一行旅,寄其书云:"吾家在观亭,亭庙前石间有悬藤即是也。君至,但扣藤,自有应者。"及归如言,果有二人从水中出,取书而没,寻还云:"河伯欲见君。"此人亦不觉随去,便睹屋宇精丽,饮食鲜香,言语接对,无异世间。今俗咸言观亭有江伯神也。②

此故事《太平广记》卷二九一亦载,云出《南越志》,文字略有差异。③ 北朝郦道元《水经注》卷三八《溱水》"溱水又西南迳中宿县会一里水"亦载此事,云晋中朝人为水神传书,事略。④ 与唐人小说中龙王、龙宫故事中的传书情节范式相比,《搜神记》《异苑》传书故事,情节还比较简单,但已具备了传书范式的一些基本要素,如凡人传书、扣物得进异境等。《搜神

---

① 干宝撰,李剑国辑校:《新辑搜神记》卷六"胡母班",中华书局2012年版,第98页。
② 刘敬叔撰,范宁校点:《异苑》卷五,中华书局1996年版,第41页。
③ 李昉等:《太平广记》卷二九一《神一》"观亭江神",中华书局2003年版,第2317页。
④ 郦道元注,杨守敬、熊会贞疏,段熙仲点校,陈桥驿复校:《水经注疏》卷三八《溱水》,江苏古籍出版社1999年版,第3188页。

记》胡母班故事中的寄书者是太山府君,还不是如后世故事中龙女、龙子之类的水神,《异苑》晋质子故事中的寄书者,乃是水神江伯,已渐近龙王、龙宫故事。显然,唐人小说龙王、龙宫故事中的传书情节范式,源自六朝志怪小说。唐人小说中亦有沿袭六朝此类故事者,如《酉阳杂俎》所载邵敬伯为吴江使传书于济伯故事:

平原县西四十里,旧有杜林。南燕太上时,有邵敬伯者,家于长白山。有人寄敬伯一函书,言:"我吴江使也,令吾通问于济伯,今须过长白,幸君为通之。"仍教敬伯:但于杜林中,取树叶投之于水,当有人出。敬伯从之,果见人引入。敬伯惧水,其人令敬伯闭目,似入水中,豁然宫殿宏丽。见一翁,年可八九十,坐水精床,发函开书,曰:"裕兴超灭。"侍卫者皆圆眼,具甲胄。敬伯辞出,以一刀子赠敬伯曰:"好去,但持此刀,当无水厄矣。"敬伯出,还至杜林中,而衣裳初无沾湿。果其年宋武帝灭燕。敬伯三年居两河间,夜中忽大水,举村俱没,唯敬伯坐一榻床。至晓着岸,敬伯下看之,乃是一大鼋也。敬伯死,刀子亦失。世传杜林下有河伯家。①

故事中的水神如篇末云"世传杜林下有河伯家",以河伯而不是龙为水神,显是沿袭中国先秦民间传统,与六朝此类故事一脉相承,于此亦可见唐人小说中传书情节范式的渊源。

清人俞樾对传书范式有总结评论,在其《茶香室丛钞》卷一五"为神人寄书"条中,俞樾引《水经注·溱水》注引《异苑》质子故事后,又引《水经注·渭水》注引《春秋后传》:"载华山君使托郑容致书镐池君,言过镐池,见大梓下有文石,取以款列梓,当有应者。郑容至镐池,见一梓,下果有文石,取以款梓,应曰诺,郑容如睡,觉而见宫阙若王者之居焉。"然后评云:"款梓、扣藤,其事相类,而唐人小说载柳毅致书洞庭事,亦曰洞庭之阴有大橘树焉,叩树三发,当有应者。可知古来小说,皆转展沿袭而来,世人

---

① 段成式撰,许逸民校笺:《酉阳杂俎校笺》前集卷一四《诺皋记上》,中华书局2016年版,第1019页。

不博览,则但诧其奇怪耳。"《续钞》卷一九"寄江伯书"条引《太平御览》引王韶之《始兴记》质子故事,并云:"按余《丛钞》卷十五记为神人寄书事,此亦其类。"①俞樾指出传书情节范式的辗转沿袭、在小说中递相沿用情况的存在。钱钟书亦曾对此情节范式在小说中的运用做过梳理。②

三、龙宫之门与扣树俗信

在《广异记·三卫》《洞庭灵姻传》《续玄怪录·苏州客》等龙王、龙宫故事的传书范式中,有一个细节值得注意,那就是如何辨识龙宫之门与进入龙宫。《广异记·三卫》中是"海池上第二树,但扣之";《洞庭灵姻传》中是"解去织带,束以他物,然后叩树三发";《续玄怪录·苏州客》是"合眼叩桥柱";《酉阳杂俎》邵敬伯故事是"于杜林中取杜叶投之于水"。六朝此类故事《搜神记·胡母班》是"适河中流,便扣舟呼青衣";《异苑》质子故事是"君至,但扣藤"。可见无论是扣舟、扣梓、扣藤,还是扣树、扣桥柱,虽所扣之物略有不同,但都不离"扣(叩)"这一行为,而尤以"扣树"最为普遍。龙王、龙宫故事中传书范式以树为龙宫之门、以"扣树"为进入龙宫的方式,当然有其民间俗信的依托。③

《广异记·三卫》《洞庭灵姻传》中以树作为进入龙宫的门户,是在把树木作为异域门户这一民间俗信基础上的创造。在唐人小说中,树木常常是人间通往幽冥地府的门户,幽冥之境常常隐于树林。阙名《齐推女》叙元和中饶州刺史齐推女,因孕而止于其父之州宅,为鬼所杀,后其夫李生来,齐推女鬼魂于近郭旷野见之,告其向田先生求助,可使冤屈得伸。李生遂求田先生,田先生乃往幽冥地府:"乃起,从北出。可行百步余,止于桑林长啸。俄忽见一大府署,殿宇环合,仪卫森然,拟于王者。田先生衣紫帔,据案而座,左右解官等列侍。俄传教呼地界……"齐推女事处理

---

① 俞樾著,贞凡等点校:《茶香室丛钞》卷一五"为神人寄书"、《茶香室续钞》卷一九"寄江伯书",中华书局2006年版,第343—344页,第829页。
② 钱钟书:《管锥编》一八○条,中华书局1979年版,第805—806页。
③ 张黎明:《唐传奇柳毅传中扣树情节之民俗探析》(载《社会科学研究》2010年第4期)一文论及此,可参看。

完毕,"天明,尽失夜来所见,唯田先生及李氏夫妻三人共在桑林中。"①小说中田先生携李生所往幽冥地府,正隐于"桑林"之中。又如《续玄怪录·张质》中亳州临涣尉张质为鬼吏所追,地府亦"在县北三十里"的柏林中:"出数十里,到一柏林,使者曰:'到此宜下马。'遂去马步行,约百余步,入城郭,直北有大府门,门额题曰'地府'。"②正因为幽冥地府隐于树林,树林常是幽冥之境的门户,故在唐人小说中,来自幽冥地府的鬼吏常出现于树下。如《博异志·张遵言》中南阳张遵言于商山山馆获一白犬,收养之,"后遵言因行于梁山路,日将夕,天且阴,未至所诣,而风雨骤来,遵言与仆等隐大树下。"此时白犬化为白衣人苏四郎,引遵言脱夜叉追索,并至幽冥地府,冥王接对,宴席间苏四郎调笑仙姝,"四郎怒,以酒卮击牙盘一声,其柱上明珠,毂毂而落,瞑然无所睹。遵言良久懵而复醒,元在树下,与四郎及鞍马同处。"③小说中张遵言去往地府以及从地府归来,均在"树下",可见这"树下"即是人间通往幽冥地府的入口。《续玄怪录·辛公平》中洪州高安县尉辛公平为鬼吏邀请观看"天子上仙",地点亦在"灞西古槐下":"及期,辛步往灞西,见旋风卷尘,逶迤而去,到古槐立未定,忽有风来扑林,转盼间,一旗甲马立于其前……"④正因为树是幽冥之境的入口,故凡人与幽冥鬼吏如有所交接,亦往往在树下进行。如《冥报记·唐李山龙》云李山龙死而复生,鬼吏索要好处,"山龙惶惧,谢三人曰:'愚不识公,请至家备物,但不知何于处送之?'三人曰:'于水边若树下烧之。'山龙许诺,辞吏归家。"⑤

在唐人小说中,树木不仅是幽冥之境的入口,也常常是仙境入口的标志。如《广异记·汝阴人》中"树高百余尺,大数十围,高柯旁挺,垂阴连数亩"的大树,就是嵩山将军神府的标志,汝阴人许氏"倦息大树下"时,

---

① 阙名:《齐推女》,李剑国辑校《唐五代传奇集》第三编卷六,中华书局 2015 年版,中华书局 2014 年版,第 1185—1188 页。
② 李复言撰,程毅中点校:《续玄怪录》卷二"张质",中华书局 2014 年版,第 160—161 页。
③ 谷神子:《博异志》"张遵言",中华书局 1980 年版,第 27—29 页。
④ 李复言撰,程毅中点校:《续玄怪录》卷一"辛公平",中华书局 2014 年版,第 144—147 页。
⑤ 唐临撰,方诗铭辑校:《冥报记》卷中"唐李山龙",中华书局 1992 年版,第 43—45 页。

因捡到树上所悬"五色彩囊",而与嵩山南部将军之女结亲,当许氏随女拜谒府君时,"至前猎处,无复大树矣。但见朱门素壁,若今大官府中"。①

唐人小说中常将树木视为幽冥与神仙等异境的入口,自有其民间古老的俗信基础,在远古先民的信仰世界里,树木就已成为神界与人间沟通的特殊桥梁。《山海经》中载有众多神树,如建木,就是天神上下神界与人间的阶梯。《山海经·海内南经》云:"有木,其状如牛,引之有皮,若缨黄蛇。其叶如罗,其实如栾,其木若蓲,其名曰建木,在窫窳西弱水上。"②《山海经·海内经》云:"有木,青叶紫茎,玄华黄实,名曰建木,百仞无枝,有九欘,下有九枸,其实如麻,其叶如芒。"③《淮南子·地形训》云:"建木在都广,众帝所自上下。"④即此建木是众神来去的通道,亦即天梯。也就是说,在先民的观念中,众神来去人间,是要通过建木这样的神树作为通道。再如扶桑,《山海经·海外东经》云:"汤谷上有扶桑,十日所浴,在黑齿北。居水中,有大木,九日居下枝,一日居上枝。"⑤扶桑树是太阳所居,十个太阳之一居于上枝者,则照耀人间大地。即太阳在扶桑树上上下下,居下枝即隐于神界,居上枝者则照临人间。先民认为太阳之所以能照临人间,也是通过神树扶桑上上下下实现的。

树木不仅是天界与人间沟通的桥梁,在先民的观念中,树木也是人间通往幽冥世界的门户。王充《论衡·订鬼篇》引《山海经》云:"沧海之中,有度朔之山,上有大桃木,其屈蟠三千里,其枝间东北曰鬼门,万鬼所出入也。上有二神人,一曰神荼,一曰郁垒,主阅领万鬼。恶害之鬼,执以苇索,而以食虎。于是黄帝乃作礼以时驱之,立大桃人,门户画神荼、郁垒与虎,悬苇索以御。"⑥蔡邕《独断》卷上亦云:"海中有度朔之山,上有桃木,蟠屈三千里,卑枝东北有鬼门,万鬼所出入也。"⑦在度朔之山上的大桃

---

① 戴孚撰,方诗铭辑校:《广异记》,中华书局1992年版,第55—56页。
② 袁珂:《山海经校注·海经新释》卷五,巴蜀书社1996年版,第329页。
③ 袁珂:《山海经校注·海经新释》卷一三,巴蜀书社1996年版,第509页。
④ 高诱:《淮南子注》卷四《地形训》,《诸子集成》第七册《淮南子》,上海书店出版社1996年版,第57页。
⑤ 袁珂:《山海经校注·海经新释》卷四,巴蜀书社1996年版,第308页。
⑥ 王充撰,黄晖校释:《论衡校释》卷二二《订鬼篇》,中华书局1995年版,第941页。
⑦ 蔡邕:《独断》卷上,文渊阁《四库全书》本,第850册,第83页下。

树,其枝间东北即是鬼门。而这大桃树,与太阳所居扶桑关系密切,据郭沫若考证,"桃都树是从扶桑树演化出来的"[1]。所以,树木为鬼门的观念与树木为神界通道的观念实际上是基于同样的文化心理。

六朝小说中即已有将树木作为异境入口者,如《天台二女》即著名的刘晨阮肇遇仙故事,"刘晨、阮肇,入天台采药,远不得返,经十三日,饥,遥望山上有桃树子熟,遂跻险援葛至其下",然后遇到天台二女。[2] 再如戴祚《甄异传》所载张伯远故事:"沛国张伯远,年十岁时,病亡,见泰山下有十余小儿共推一大车,车高数丈,伯远亦推之。时天风暴起扬尘,伯远因桑枝而住,闻呼声,便归。遂苏,发中皆有沙尘。后年大,至泰山,识桑,如死时所见也。"[3]《天台二女》中的桃树,是洞天仙境的标志,而《甄异传》张伯远故事中的桑树,则是幽冥世界入口的标志。

值得注意的是,先民观念中作为通向神界或者幽冥世界之门户的神树,都高大无比,如建木高"百仞",大桃木"蟠屈三千里",将这些大树视为通往神界或幽冥异境的门户,显然是先民在现实世界面对高耸入云的大树的翩翩异想。所以,唐人小说如《洞庭灵姻传》等龙王、龙宫故事中的传书情节范式,以树为龙宫门户的设计,无疑是基于中国先民将树木视为通往神界或幽冥异境之门户这一悠远的民间俗信,自有其深厚的民间文化心理渊源。此外,《洞庭灵姻传》传书情节范式中进入龙宫的方法——"扣树"——又尚有着独特的民俗蕴涵。

如何进入龙宫,《广异记·三卫》中是找到"海池上第二树,但扣之",《续玄怪录·苏州客》是到渭桥下,"合眼叩桥柱",均无特别要求。唯《洞庭灵姻传》不同,要求甚细:"洞庭之阴,有大橘树焉,乡人谓之社橘。君当解去织带,束以他物,然后叩树三发"。其后,柳毅抵洞庭,亦严格遵照龙女所教扣树:"洞庭之阴,果有橘社,遂易带向树,以物三击而止。"

在《洞庭灵姻传》中,龙宫门户是一株"大橘树",此大橘树是当地"社

---

[1] 郭沫若:《桃都、女娲、加陵》,《郭沫若古典文学论文集》,上海古籍出版社1985年版,第64—66页。
[2] 李昉等:《太平广记》卷六一《女仙六》"天台二女",中华书局2003年版,第383页。
[3] 李昉等:《太平御览》卷九五五《木部四·桑》,中华书局1998年版,第4241页。

橘"。社即土地神,是中国民间传统信仰,各地几乎都有带有地方色彩的社神,但又都有一个共同之处,那就是大多以树为社,树即是社主,代表社神。《洞庭灵姻传》故事背景是洞庭湖一带,洞庭湖地区自古就盛产橘,而橘为楚地社树也由来已久,小说中以橘树为社当与此相关。

民间祭祀社神多用牲,也会借助于币、丝等巫术灵物,尤以丝为常见,《公羊传·庄公二十五年》:"日食则曷为鼓、用牲于社?求乎阴之道也。以朱丝营社,或曰胁之,或曰为暗,恐人犯之,故营之。"①即言及日食时用牲祭祀社神时,还以朱丝缠绕社树。班固《白虎通义·灾变》亦曰:"社者,众阴之主,以朱丝萦之,鸣鼓攻之。"②亦言祭祀社神时要以朱丝缠绕社树,看来祭祀社神用朱丝缠绕社树是民间惯常做法。用朱丝缠绕的原因,如《公羊传·庄公二十五年》所言,是"或曰胁之,或曰为暗,恐人犯之"。即或者为了胁迫社神,或者是为了保护社神。这种做法实际上是基于这样一种俗信,那就是丝、发、线或朱丝、五色线、五色缕等都是能慑服鬼神的灵物,社神或树精等畏惧丝、发等物,故以此系之,达到厌胜的目的。《太平御览》卷四四引《录异传》故事云秦文公伐树事,即体现了这一观念,其云:

> 秦文公时,雍南山有大梓树,文公伐之,辄有大风雨,树生合不断。有一人病,夜往山中,闻有鬼语树神:"秦若使人被发,以朱丝绕伐树,汝得不忧否?"文公如其言伐树,树断,中有一青牛出,走入沣水中,复出,使骑击之,不胜,骑堕地复上,发解,牛乃畏之,入水不出,故置髦头骑也。③

通过鬼与树神的对话,道出了树神的最大禁忌,即害怕朱丝缠绕。用朱丝绕树,果然伐断大树。

---

① 王维堤、唐书文:《春秋公羊传译注》,上海古籍出版社 1997 年版,第 152 页。
② 陈立撰,吴则虞点校:《白虎通疏证》,中华书局 1994 年版,第 273 页。
③ 李昉等:《太平御览》卷四四《地部九·关中蜀汉诸山》"太白山",中华书局 1998 年版,第 210 页。

可见，在民间传统的社神信仰中，祭祀社神常有"朱丝营社"的习俗，即以丝、发、绳、索等带状物缠绕神树，达到压胜树神的目的。《洞庭灵姻传》中龙女告知柳毅进入龙宫的方法"君当解去织带，束以他物，然后叩树三发"，当与祭祀社神的这种"朱丝营社"的习俗相关。柳毅要进入龙宫送信，需要社神通报，作为一方神灵，社神怎能听命于普通凡人呢？办法就是使用可以厌胜树神的朱丝缠绕社橘，"织带"是丝质的带状物，可以替代"朱丝"的功能，柳毅用"织带"辅助叩击"社橘"，即有要求社神为其通报之意。故《洞庭灵姻传》传书情节范式中进入龙宫方法——扣树（解去织带，束以他物，然后叩树三发）——不是凭空生造，而是基于民间现实生活中祭祀社树的仪式，自有其深厚的民间俗信背景。

当然，在唐人小说中，进入龙宫的方式不仅仅只有扣树、扣桥柱等扣物方式，亦有乘马直接而入者，《酉阳杂俎》载于阗国大臣入龙宫与龙女婚配事，大臣即乘马而入：

> 旃檀鼓，于阗城东南有大河，溉一国之田，忽然绝流。其国王问罗汉僧，言龙所为也。王乃祠龙。水中有一女子，凌波而来，拜曰："妾夫死，愿得大臣为夫，水当复旧。"有大臣请行，举国送之。其臣车驾白马，入水不溺，中河而没。后白马浮出，负一旃檀鼓及书一函。发书，言大鼓悬城东南，寇至，鼓当自鸣。后寇至，鼓辄自鸣。①

又有吞龙珠而入龙宫者，《宣室志》卷一《消面虫》云吴郡陆颙肚中有消面虫，胡人与药一丸而出，后胡人于海上烧消面虫，获海中仙人献龙珠，胡人吞之，与陆颙直接入海：

> 俄有一仙人，戴碧瑶冠，被霞衣，捧绛帕籍，籍中有一珠，径二寸许，奇光泛空，照数十步。仙人以珠献胡人。胡人笑而受之。喜谓颙曰："至宝来矣。"即命绝燎。自鼎中收虫，置金函中。其虫虽炼之且

---

① 段成式撰，许逸民校笺：《酉阳杂俎校笺》前集卷一〇《物异》，中华书局2016年版，第765页。

久,而跳跃如初。胡人吞其珠,谓颙曰:"子随我入海中,慎无惧。"颙即执胡人佩带,从而入焉。其海水皆豁开数步,鳞介之族,俱辟易而去。乃游龙宫,入蛟室……①

吞珠入龙宫的方法,当源自佛经故事中的服药入龙宫,据《大佛顶广聚陀罗尼经》卷四《大佛顶无畏宝广聚如来顶雌黄药法及秘密坛法品第十四》言若将一种特制的药点于膝上,"一切龙宫自然开辟",即可进入龙宫。又云将雌黄药点于眼中,"所有伏藏龙宫,并出现,入出无难"。② 而唐以后,特别是明清小说中诸神怪入龙宫的方式更多,最常见者是使用咒语,比如《西游记》中描述悟空进入龙宫时候念"闭水诀"或使用"闭水法"。而牛魔王入龙宫则骑"辟水金睛兽"。

四、龙宫与宝货

如前文言,据佛教经典,海龙王化建龙宫时,就有无限珠宝,《大法炬陀罗尼经》卷五《忍校量品第十》云:"是大海水深八万四千由旬,其下乃有诸龙宫殿住所及阿修罗、迦楼罗等宫殿住处,所有众宝及大海中种种宝珠。"③故在佛教中,龙宫不仅为龙王居住的宫殿,还是现世佛法隐没时龙王护持财宝、经卷之所在。《佛教大辞典》引《摩诃摩耶经》曰:"千五百岁……恶魔波旬及外道众踊跃欢喜,竞破塔寺,杀害比丘,一切经藏皆悉流移至鸠尸那竭国,阿耨达龙王悉持入海,于是佛法而灭尽也。"又引《莲华面经》下曰:"佛言阿难,此阎浮提及余十方所有佛钵及佛舍利,皆在婆伽罗龙王宫中。"④这一观念对中国民间的龙宫信仰影响至深,民间的龙宫信仰认为龙宫是宝货堆积的地方,取之不尽。唐人小说中的龙宫意象,宝货亦是其重要内容。

唐人小说所言及的龙宫往往宝货堆积,如《宣室志·消面虫》故事

---

① 张读撰,张永钦、侯志明点校:《宣室志》卷一"消面虫",中华书局1983年版,第6页。
② 《大佛顶广聚陀罗尼经》卷四《大佛顶无畏宝广聚如来顶雌黄药法及秘密坛法品第十四》,《大正新修大藏经》第19册。
③ 阇那崛多等译:《大法炬陀罗尼经》卷五《忍校量品第十》,《大正新修大藏经》第21册。
④ 丁福保:《佛教大辞典》"佛法隐没龙宫"条,上海佛学书局2004年版,第2721页。

中,陆颙随胡人入龙宫,即云:

> 乃游龙宫,入蛟室,奇珍怪宝,惟意所择。才一夕,而其获甚多。胡人谓颙曰:"此可以致亿万之资矣。"已而又以珍贝数品遗颙。径于南粤货金千镒,由是益富。其后竟不仕,老于闽越,而甲于巨室也。①

《洞庭灵姻传》中柳毅入龙宫,于龙宫灵虚殿上,所见"则人间珍宝,毕尽于此"。后洞庭君、钱塘君等于宴席上馈赠柳毅各种宝货:"洞庭君因出碧玉箱,贮以开水犀,钱塘君复出红珀盘,贮以照夜玑,皆起进毅,毅辞谢而受。然后宫中之人,咸以绡彩珠璧,投于毅侧,重叠焕赫,须臾埋没前后。"临别之际,洞庭君夫人又赠柳毅无数珍宝:"宴罢,辞别,满宫凄然。赠遗珍宝,怪不可述。"②可见,龙宫宝货种类繁多,包括金银珠玉、绫罗绡绮等人间所无的各种珍异。

在龙宫宝货中,最具特色的宝物当数珠玑了,佛教传说故事云龙颔下有珠,《行宗记》二上曰:"龙珠者,昔有螺髻梵志,居恒水边,为龙所扰,佛令从彼乞颈下珠缨,龙即不来。"③即所有龙都有龙珠,故在唐人小说中,多有龙酬人以珠的故事。如《梁四公记》中,罗子春入龙宫,龙女即赠其宝珠:

> 龙女知帝礼之,以大珠三,小珠七,杂珠一石,以报帝。命子春等乘龙,载珠还国,食顷之间便至江岸。龙辞去,子春荐珠。④

又如《宣室志·任顼救龙》故事中,任顼救龙后,龙来谢,奉一珠:

---

① 张读撰,张永钦、侯志明点校:《宣室志》卷一"消面虫",中华书局1983年版,第5—6页。
② 李朝威:《洞庭灵姻传》,李剑国辑校《唐五代传奇集》第二编卷八,中华书局2015年版,第649—658页。
③ 丁福保:《佛教大辞典》"龙珠"条,上海佛学书局2004年版,第2722页。
④ 李昉等:《太平广记》卷四一八"震泽洞",中华书局2003年版,第3405页。

是夕,梦前时老人来谢,曰:"赖得君子救我,不然,几死道士手。深诚所感,千万何言。今奉一珠,可于湫岸访之,用表我心重报也。"项往寻之,果得一粒径寸珠于湫岸草中。光耀洞澈,殆不可识。项后持至广陵市,有胡人见之,曰:"此真骊龙之宝也。而世人莫可得。"以数千万为价而市之。①

再如《洞庭灵姻传》中,在答谢柳毅的宴席之上,钱塘君也赠柳毅"照夜玑"。在龙宫中,珠玑之属种类繁多,唐人小说亦有呈现。如《梁四公记》云罗子春带回的"大珠三,小珠七,杂珠一石",乃是不同种类的龙珠:

> 帝大喜,得聘通灵异,获天人之宝,以珠示杰公。杰公曰:"三珠,其一是天帝如意珠之下者,其二是骊龙珠之中者。七珠,二是虫珠,五是海蚌珠,人间之上者。杂珠是蚌蛤、蛇鹤等珠,不如大珠之贵。"帝遍示百僚,朝廷咸谓杰公虚诞,莫不诘之。杰公曰:"如意珠上者,夜光照四十余里,中者十里,下者一里。光之所及,无风雨、雷电、水火、刀兵诸毒厉。骊珠上者,夜光百步,中者十步,下者一室。光之所及,无蛇虺、虫豸之毒。虫珠七色而多赤,六足二目,目当其凹处,有白如铁鼻。蚌珠五色,皆有夜光,及数尺。无瑕者为之上,有瑕者为下。蚌珠五,于时与月盈亏。蛇珠所致,隋侯、哈参,即其事也。"……②

龙宫多珠玑,《宣室志·消面虫》中胡人于海上燎消面虫,龙宫中就三番五次派人送来不同种类的珠玑:

> 遂即与群胡俱至海上。胡人结宇而居,于是置油膏于银鼎中,构火其下,投虫于鼎中炼之,七日不绝燎。忽有一童,分发,衣青襦,自

---

① 张读撰,张永钦、侯志明点校:《宣室志》辑佚"任顼救龙",中华书局1983年版,第190页。
② 李昉等:《太平广记》卷四一八《龙一》"震泽洞",中华书局2003年版,第3405页。

海中出,捧白玉盘,盘中有径寸珠甚多,来献胡人。胡人大声叱之,其童色惧,捧盘而去。仅食顷,又有一玉女,貌极冶,衣霞绡之衣,佩玉珥珠,翩翩自海中而出,捧紫玉盘,中有珠数十,来献胡人。胡人叱之,玉女捧盘而去。俄有一仙人,戴碧瑶冠,被霞衣,捧绛帕籍,籍中有一珠,径二寸许,奇光泛空,照数十步。仙人以珠献胡人。胡人笑而受之。喜谓颙曰:"至宝来矣。"即命绝燎……①

唐人小说言及的龙宫宝货,珠玑之外,有一类十分特别,那就是医药仙方。《宣室志·孙思邈》中,昆明池龙因胡僧设坛祈雨,意将取龙脑为药,昆明池龙王乞请宣律师相助,宣律师言孙思邈可救,而孙思邈则以龙宫仙方为条件:

开元中,复有人见隐于终南山,与宣律师相接,每来往参请宗旨。时大旱,西域僧请于昆明池结坛祈雨,诏有司备香灯,凡七日,缩水数尺。忽有老人夜诣宣律师求救,曰:"弟子昆明池龙也。无雨时久,匪由弟子。胡僧利弟子脑将为药,欺天子言祈雨,命在旦夕,乞和尚法力救护。"宣公辞曰:"贫道持律而已。可求孙先生。"老人因至,思邈谓曰:"我知昆明龙宫有仙方三十首,若能示予,予将救汝。"老人曰:"此方上帝不许妄传,今急矣,固无所吝。"有顷,捧方而至。思邈曰:"尔但还,无虑胡僧也。"自是池水忽涨,数日溢岸。胡僧羞恚而死。②

可见,龙宫还有医治疾病的仙方。孙思邈之医术及其所撰《千金方》,来源于龙宫。此故事实际上包含着医术天授的观念,这一观念与文才天授、棋艺天授一样,是唐人命定思想的体现。

龙宫宝货中还有可作为报警或联络之用的钟、鼓。《酉阳杂俎》载于

---

① 张读撰,张永钦、侯志明点校:《宣室志》卷一"消面虫",中华书局1983年版,第5—6页。
② 张读撰,张永钦、侯志明点校:《宣室志》辑佚"孙思邈",中华书局1983年版,第155—156页。

阗国大臣入龙宫与龙女婚配事,大臣车驾白马入河,中河而没。后白马浮出,"负一旃檀鼓及书一函。发书,言大鼓悬城东南,寇至,鼓当自鸣。后寇至,鼓辄自鸣"。① 钟鼓作为报警之用,当源自佛经,《酉阳杂俎》所载于阗国大臣事就见于《大唐西域记》,《中天竺舍卫国祇洹寺图经》中亦云龙宫藏有金鼓、银鼓各有十二面,是摩尼跋陀大将所造,原藏于黄金须弥山,佛灭度后被收入龙宫,鸣鼓可召集十方诸佛、十地菩萨。②

龙宫宝货中又有龙金与龙食。《法苑珠林》卷九一载大林商人救龙故事中,商人后至龙宫,龙女谢以龙金:"龙女即与八饼金,语言此金足汝父母眷属终身用之不尽,语言汝合眼即以神变持着本国,以八饼金持与父母,此是龙金,截已更生,尽寿用之,不可尽时。"龙金十分神异,能截而再生,用之不竭。此故事中又言及龙宫中的食物,亦十分特别:"即呼入宫坐宝床上,龙女白言:龙中有食,能尽寿消者,有二十年消者,有七年消者,有阎浮提人食者,未知天今欲食何食?答言:欲须阎浮提食,即持种种饮食与之。"③

在《洞庭灵姻传》中,洞庭君于凝光殿上举行的宴会上,除洞庭君、钱塘君赠以至宝外,又云"然后宫中之人,咸以绡彩珠璧,投于毅侧",言及龙宫珍宝中有"绡彩"之类。如前文言,在中国民间唐以降的龙与龙宫信仰中,也融入了先秦以来中国民间固有的鲛人传说,鲛人善织绡,如《述异记》卷下云:"南海中有鲛人室,水居如鱼,不废机织,其眼泣则出珠。"绡彩亦是龙宫宝货,价值连城。《述异记》卷上云:"南海出鲛绡纱,泉先潜织,一名龙纱,其价百余金,以为服,入水不濡。"④《传奇·萧旷》中萧旷与洛浦神女龙女织绡娘子分别之际,织绡娘子更赠萧旷"轻绡一匹","曰:'若有胡人购之,非万金不可。'"⑤

---

① 段成式撰,许逸民校笺:《酉阳杂俎校笺》前集卷一〇《物异》,中华书局 2016 年版,第 765 页。
② 玄奘、辩机撰,季羡林等校注:《大唐西域记校注》一二《瞿萨旦那国》,中华书局 1985 年版,第 1024 页。道宣:《中天竺舍卫国祇洹寺图经》,《大正新修大藏经》第 45 册。
③ 释道世:《法苑珠林》卷九一《受斋篇第八十九》"大林商人",上海古籍出版社 1995 年版,第 634—635 页。
④ 任昉:《述异记》卷上,文渊阁《四库全书》本,第 1047 册,第 605 页下。
⑤ 裴铏撰,周楞伽辑注:《传奇》"萧旷",中华书局 1980 年版,第 82 页。

唐人小说龙宫意象中的宝货内容，与佛教经典中的龙宫为龙王护持财宝、经卷之所在的传说相关，是中国民间龙宫俗信在唐人小说中的沉淀与艺术呈现。唐以后，龙宫意象中的宝货内容，在唐人小说的基础上不断充实，几乎成为一切宝藏之源，如《西游记》中的龙宫即是如此。此外，唐人小说龙宫意象中的宝货描写，往往颇见异想，也对后世多有启发。如《聊斋志异·罗刹海市》中马骥入龙宫，所见龙宫宝货，除了宫殿"玳瑁为梁，鲂鳞作瓦；四壁晶明，鉴影炫目"等之外，其中又言"宫中有玉树一株"，又有一"异鸟来鸣"，当是受《博异志·许汉阳》中龙宫异树与异鸟描写的启发。①

---

① 蒲松龄撰，张友鹤辑校：《聊斋志异》卷四"罗刹海市"，上海古籍出版社1995年版，第460—461页。

第五章　唐人小说与病患生死

第一节　病患与唐人的医疗观念

在传统中国，为人治病用药，被认为是方技之一，属于所谓"生生之具"，《汉书·艺文志》将医药用书归于"方技略"，其类序云："方技者，皆生生之具，王官之一守也。太古有岐伯、俞拊，中世有扁鹊、秦和，盖论病以及国，原诊以知政。汉兴有仓公。今其技术晻昧，故论其书，以序方技为四种。"《汉书·艺文志·方技略》类序所举，皆为古来著名医家，而所著录之书，包括医经和医方之书两个小类。医经即医家诊病的总结，"医经者，原人血脉经落骨髓阴阳表里，以起百病之本，死生之分，而用度箴石汤火所施，调百药齐和之所宜。至齐之得，犹慈石取铁，以物相使。拙者失理，以愈为剧，以生为死。"经方即医家治病用药的验方，"经方者，本草石之寒温，量疾病之浅深，假药味之滋，因气感之宜，辩五苦六辛，致水火之齐，以通闭解结，反之于平。及失其宜者，以热益热，以寒增寒，精气内伤，不见于外，是所独失也。故谚曰：'有病不治，常得中医。'"至《隋书·经籍志》，医经、医方及服食养生乃至禽畜医治之法皆囊括入子部医方类，云："医方者，所以除疾疢，保性命之术者也。"所以，此所言医事，即指医家在治病过程中的诊病和用方、用药及其与此相关的一切事项。

一、唐人小说中的医事书写

唐人小说中的医事书写，不仅突出疾患的怪异，更在于突出诊治的奇特。具体表现为疾病怪异，看上去是普通疾患，却无法治愈。至于不能名状的各种怪病，或为医经所不载，或超出一般医师的实践经验，则更是唐人小说的书写重点。当然,唐人小说在呈现疾患之奇怪的同时,更在于表现医家医治方法和用药的奇特,炫耀医家特出不凡的医技。唐人小说医事书写,在疾患与医技之间,由于侧重点不同,大致有以下几种不同的书写角度。

一是常见难疾,奇法治疗。对于那些看上去普通、却难于医治的疾患,唐人小说的书写,往往突出善医者对这些常见难疾的独特诊断和奇特的治疗方法。如《玉堂闲话》所载于遘故事,明明知道疾患为"中蛊毒",却"医治无门",本欲远适寻医,却因一日于中门之外,偶遇一位也曾患有此疾的钉铰匠,指明此病乃是体内有蛇。于是"请遘于舍檐下,向明张口。执钤俟之",一次失败后,第二次即"定意伺之,一夹而中",取出一蛇,于遘病愈,"复累除官,至紫微而卒"。①《稽神录》陈寨故事云"有漳州逆旅苏猛,其子病狂,人莫能疗"。知疾患所在,却束手无策。医家陈寨能治。其治疗方法则更是奇特:"立坛于堂中,戒人无得窥视。至夜,乃取苏氏子,劈为两片,悬堂之东壁,其心悬北檐下。"在此期间,所悬之心为犬所食,陈寨于是出门寻得一刚刚死于道旁之驿吏之心替换,其后苏氏子病愈。陈寨治狂病之法,采用了有类于当今医学的外科手术,且于紧急中还实施了换心。器官移植于今也是重大手术,在唐代则无疑更是惊天奇事,且在紧急中仓促完成。小说称陈寨是"泉州晋江巫也,善禁祝之术"②,更显其神秘怪异。

《北梦琐言》所载梁新赵鄂故事亦属此类。梁新诊断一朝士"风疾已深",于是"请速归,处置家事,委顺而已",亦即朝士所患风疾,已无医治,等死而已。朝士闻此而惶遽告退,策马而归,遇鄜州马医赵鄂,"赵鄂亦言疾危,与梁生之说同",再次印证其疾之危殆。不过赵鄂向其推荐了一个方法,"剩吃消梨,不限多少。咀龁不及,捩汁而饮"。朝士按照赵鄂之法,居然"烦觉爽朗,其恙不作"。③ 无法救治之病,仅吃消梨便得痊愈。

---

① 李昉等:《太平广记》卷二一九《医二》"于遘",中华书局2003年版,第1689页。
② 徐铉撰,白化文点校:《稽神录》卷三"陈寨",中华书局2012年版,第57—58页。
③ 孙光宪撰,贾二强点校:《北梦琐言》卷一〇"新赵意医",中华书局2002年版,第215页。

梁新得知,召赵鄂,并广为延誉,赵鄂后官至太仆卿。此故事于惊奇的医事书写中,还有意无意间彰显了高明医家的胸怀和气度。

二是疑难疾患,医药简单。人的身体疾患,疑难者总是层出不穷,唐人小说对疑难杂症救治的书写,有一个突出特点,那就是疾患疑难而医治方法和用药却十分简单。如《玉堂闲话》田令孜故事,田令孜有疾,"海内医工召遍。至于国师待诏,了无其征",而长安西市有一家药铺卖引子,"用寻常之药,不过数味,亦不闲方脉,无问是何疾苦,百文售一服。千种之疾,入口而愈"。田令孜得知,"遂遣仆人,驰乘往取之"。小说故事的戏剧性在于,田令孜之难治之疾,也并不是这长安西市药铺的引子治好的。原来,仆人取药之后,在回来时,马蹶而覆之。此仆没有再回药铺去重新取药,而是"遂诣一染坊,丐得池脚一瓶子,以给其主",而就是这样一瓶子"池脚子"水,田令孜饮用后,"其病立愈"。① 真可谓奇事。又如《朝野佥载》所载商州人事:"商州有人患大风,家人恶之,山中为起茅舍。有乌蛇坠酒罂中,病人不知,饮酒渐差。罂底见蛇骨,方知其由也。"② 大风即麻风病,《朝野佥载》商州人事前又载卢元钦染大风,吃蛇肉而得痊愈,商州人故事承此,柳宗元《捕蛇者说》亦云永州所产异蛇,得而腊之,以为饵,可以治疗包括大风在内的多种疾病。看来此种疗法确有功效。乌蛇坠酒罂,在无意中饮用了此酒而得以逐渐痊愈,而此故事的重心当也在此。疾病的疑难和治疗方法的简单,二者构成巨大反差,唐人小说对此类医事的书写,往往营造出十分强烈的惊奇效果。

三是疾病危急,诊疗精当。人之疾患病痛,多突然发生,往往情况紧急。唐人小说对此类疾患的书写,则多突出医者诊疗和用药的准确,表现医者人到病除、药到病除的高明。如《酉阳杂俎》所载王彦伯故事,"裴胄尚书子,忽暴中病。众医拱手"。而王彦伯"脉之良久",经过仔细分析其脉象,最后诊断"都无疾","乃煮散数味,入口而愈"。原来只是"中无鳃鲤鱼毒"。③《玉堂闲话》田承肇故事也是突发疾患,起因则是田承肇在野

---

① 李昉等:《太平广记》卷二一九《医二》"田令孜",中华书局2003年版,第1679页。
② 张鹭撰,赵守俨点校:《朝野佥载》卷一,中华书局2005年版,第2页。
③ 段成式撰,许逸民校笺:《酉阳杂俎校笺》卷七"医",中华书局2016年版,第616页。

外林木下玩弄一棵"并无柯叶,挺然而立,尤甚光滑"的小树,结果"手指如中毒药,苦不禁",回到营地时"臂膊已粗于桶","善禁"的村妪诊断为中"胎生七寸蛇"之毒,村妪为其治疗,治疗之法则是排毒,小说对村妪的排毒之法描摹细致:"妪遂禁勒。自膊间趁,渐渐下至于腕,又并趁入食指,尽食指一节,趁之不出,蹙成一球子许肉丸,遂以利刀断此一节,所患方除。"①方法独特新奇,当然为村妪所独有。

四是奇异之疾,奇异之法。对于那些或医经所不载、或超出一般医师实践经验的怪异之疾,唐人小说往往不仅在于记病之怪,更在于言医治方法和用药的奇异。如《朝野佥载》所载张文仲故事:"洛州有士人患应病,语即喉中应之。以问善医张文仲。经夜思之,乃得一法。即取《本草》令读之。皆应,至其所畏者,即不言。仲乃录取药,合和为丸。服之,应时而止。一云,问医苏澄云。"②读《本草》,至此病"所畏者",即不应,于是取此药合和为丸,服之即愈。应病之症状"语即喉中应之",少所听闻,医者张文仲治疗之法,也可称得上是奇思妙想。此故事将疾病拟人化,疾病具有了畏惧的人格特征,得其弱点而对症下药。此处将疾病拟人化,不仅想象奇特,又契合了传统医学对症下药的医家治病理论,也将一个疑难之症的治疗,化为一个颇带幽默意味的事件,拓展了医事书写的表现空间。《酉阳杂俎》载有江表商人事,与此相类。其云商人左臂生疮,"如人面",且能饮酒,能食物,简直就是手臂上又长出一个活人一样。而医者治疗之法,根据疮疤好食的特点,教患者"历试诸药,金石草木悉与之",最终发现"至贝母,其疮乃聚眉闭口",于是"因以小苇筒毁其口,灌之。数日成痂,遂愈"。③也是将疮疤人格化。显然,张文仲应病与江表商人臂疮,玄虚荒诞,原本非实,《朝野佥载》及《酉阳杂俎》的书写,恐主要在于表现奇异。

唐人小说中还有一类故事,言病患无治,却在偶然或无意中饮食某

---

① 李昉等:《太平广记》卷二二〇《医三》"田承肇",中华书局2003年版,第1686页。
② 张鹫撰,赵守俨点校:《朝野佥载》卷一,中华书局2005年版,第4页。
③ 段成式撰,许逸民校笺:《酉阳杂俎校笺》卷一五"诺皋记下",中华书局2016年版,第1091页。

物,不治之症得以痊愈。如《稽神录》所载渔人妻故事,渔人妻得劳疾,转相染著,已致死多人,后其女又染疾,于是被生钉入棺中抛弃。然而棺随水流漂至金山,为渔人救起,"多得鳗鲡鱼以食之,久之病愈"。① 无法治愈的劳疾,竟然因食鳗鲡鱼而被治愈。

实际上,在唐人小说的医事书写中,疾患之疑难的渲染不是主要目的,其重心还在于炫耀医家之医技,唐人小说对医事的神秘化书写,其来有自。在众多的汉魏六朝杂传中,保留有三国著名医药家华佗的传记即《华佗别传》,《华佗别传》大量载录华佗行医治病之事,大多疑难杂症、沉疴旧疾,久治不愈,华佗治法奇妙,往往超出常理。如记其治一长病经年的妇人:"又有妇人长病经年,世谓寒热注病者。冬十一月中,佗令坐石槽中,平旦用寒水汲灌,云当满百。始七八灌,会战欲死,灌者惧,欲止,佗令满数。将至八十灌,热气乃蒸出,嚣嚣高二三尺。满百灌,佗乃使然火温床,厚覆,良久汗洽出,着粉,汗燥便愈。"②《华佗别传》所载大多如此。由于唐人小说与汉魏六朝杂传之间的特殊联系,唐人小说医事书写的神秘化倾向,或与汉魏六朝杂传如《华佗别传》对医事的载录方式有关。

二、病因的具象化推想及其延伸

人类对自身身体的认识,在科学十分发达的今天,也无法作出完全肯定的回答,对于人之病痛疾患,更是如此。正因为无法获得科学的解释,自然而然就会将其神秘化,并将其归因于神秘力量的引发,生出许多的猜测和想象。唐人小说就有许多对各种疾患病因的猜测和推想,这些推想大多呈现具象化的特征,即把疾患病因具象化为存在于体内的某种怪物。对病因的具象化推想,构成了唐人小说神秘化医事书写的重要侧面。

唐人小说对病因的具象化推想,主要针对那些疑难杂症,或常见或罕见,多是现实生活中难于治愈者。如《朝野佥载》中崔融故事:"国子司

---

① 徐铉撰,白化文点校:《稽神录》卷三"渔人妻",中华书局2012年版,第57页。
② 熊明辑校:《汉魏六朝杂传集·三国杂传》卷三《华佗别传》,中华书局2017年版,第375页。

业、知制诰崔融病百余日,腹中虫蚀极痛,不可忍。有一物如守宫从下部出,须臾而卒。"①崔融的腹痛,被具化为"一物如守宫"者。而在《广古今五行记》绛州僧故事中,则将噎病具化为一个鱼形两头的生物:"绛州有一僧病噎,都不下食,如此数年"。此故事《太平广记》录入"医"类中的"异疾"中,可见噎病普通,却无法治愈。绛州僧临死,告其弟子,死后开胸喉,"视有何物,欲知其根本"。其弟子依言开视,胸中得一物,"形似鱼而有两头,遍体悉是肉鳞",仍然鲜活,"致钵中,跳跃不止",②此即引起僧噎病之物。隋巢元方著《诸病源候论》释噎病根源云:"夫阴阳不和,则三焦隔绝,三焦隔绝,则津液不利,故令气塞不调理也,是以成噎。此由忧恚所致,忧恚则气结,气结则不宣流,使噎。噎者,噎塞不通也。"③此篇故事则将噎病病因具化为一个"形似鱼而有两头,遍体悉是肉鳞"的活物,可谓奇想。小说后又言及弟子戏投各种食物、毒药,均被其化为水,后一僧"以少靛致钵中,此虫悑惧,绕钵驰走,须臾化成水"。找到了治疗噎疾的特效药,故小说末云"世传以靛水疗噎疾"。

如"绛州僧"故事对病因的具象化推想,在唐人小说中不是孤例,特别是对那些罕见的症候,对其致病因由,从雏、针到棋子、黄雀,推想更是充满奇幻,无奇不有。在《宣室志》李生故事中,李生"以热病旬余,觉左乳痛不可忍,及视之,隆若痈肿之状",医者诊断,认为"若臆中有物,以喙攻其乳"。其后,痈溃,"有一雏,自左乳中突而飞出,不知所止",李生也在其夕亡故。④此故事将李生莫名的乳痛,具化为"雏"的啄攻,想象奇幻。而《稽神录》载蒯亮言其所知"额角患瘤",医者为之割除"得一黑石棋子"。而另一"足胫生瘤者","因至亲家,为猘犬所齰,正啮其瘤",其中得"针百余枚"。⑤ 瘤被具象化为黑石棋子和百余枚针。《闻奇录》李言吉故事又云李言吉"左目上脸忽痒,而生一小疮。渐长大如鸭卵,其根如

---

① 张鹜撰,赵守俨点校:《朝野佥载》卷一,中华书局2005年版,第6页。
② 李昉等:《太平广记》卷二一九《医二》"田令孜",中华书局2003年版,第1687—1688页。
③ 巢元方:《槽氏诸病源候总论》卷二〇"噎候",文渊阁《四库全书》本。
④ 张读撰,张永钦、侯志明点校:《宣室志》辑佚"李生左乳生雏",中华书局1983年版,第173页。
⑤ 徐铉撰,白化文点校:《稽神录》补遗"蒯亮",中华书局2012年版,第125页。

弦",致其眼睛也无法睁开了。其舅崔尧封于是"他日饮之酒,令大醉,遂剖去之","赘既破,中有黄雀,鸣噪而去"。① 此故事将李言吉疮患具化为一只黄雀,想象亦奇。

而如《玄怪录》中的刁俊朝故事,则不仅仅只是对疾患因由的推想。安康伶人刁俊朝,其妻巴妪项上生出一瘿,此瘿不断长大,五年后,"大如数斛之鼎,重不能行"。如此还未超出常理,让人不解的是从瘿中传出音乐之声:"其中有琴瑟笙磬埙篪之响,细而听之,若合音律,泠泠可乐",如此又数年之后,"瘿外生小穴如针芒者,不知几亿。每天欲雨,则穴中吹白烟,霏霏如丝缕。渐高布散,结为屯云,雨则立降",居然又能生云成雨。如此奇怪之瘿病,自然引起家人恐惧,遂有建议刁俊朝将妻送至岩穴,让其自生自灭。刁俊朝不忍,与妻商议,其妻则提出:"此疾诚可憎恶,送之亦死,拆之亦死。君当为我决拆之,看有何物。"要求刁俊朝切去此瘿,看看其中到底有何物。结果,还未等刁俊朝动手,"瘿中轩然有声,遂四分披裂,有一大猱跳走腾踢而去"。② 原来瘿中是一只大猱! 此想象可谓奇绝,刁俊朝妻项上瘿瘤,原来是一只大猱居住其中所致,这显然也是源于对瘿瘤的具象化想象。小说又云,次日一黄冠扣门拜访,言己即昨日大猱,"本是老猕猴精,解致风雨",之所以寄居瘿瘤,本为避难,并"今于凤凰山神处求得少许灵膏,请君涂之,幸当立愈"。俊朝妻瘿得愈,因留黄冠,饮食讫,"贳酒欲饮,黄冠因转喉高歌,又为丝匏琼玉之音,罔不铿锵可爱"。由此观之,此故事显然又不仅仅在于对病源的推想,其超妙想象,谐谑意趣,超越了一般的志怪记奇,将医事书写带入了一种表现谐趣、文趣的审美境界。

《酉阳杂俎》王布故事,也想象惊奇。将王布之女所患鼻息异疾,想象为"天上乐神"藏匿所致:

　　永贞年,东市百姓王布,知书,藏镪千万,商旅多宾之。有女年十四,艳丽聪悟。鼻两孔各垂息肉,如皂夹子,其根如麻线,长寸许,触

---

① 李昉等:《太平广记》卷二二〇《医三》"李言吉",中华书局2003年版,第1693页。
② 牛僧孺撰,程毅中点校:《玄怪录》卷八"刁俊朝",中华书局2014年版,第77—78页。

之痛入心髓。其父破钱数百万治之,不差。忽一日,有梵僧乞食,因问布:"知君女有异疾,可一见,吾能止之。"布被问大喜。即见其女,僧乃取药,色正白,吹其鼻中。少顷,摘去之,出少黄水,都无所苦。布赏之百金,梵僧曰:"吾修道之人,不受厚施,唯乞此息肉。"遂珍重而去,行疾如飞。布亦意其贤圣也。计僧去五六坊,复有一少年,美如冠玉,骑白马,遂扣其门曰:"适有胡僧到无?"布遽延入,具述胡僧事。其人吁嗟不悦曰:"马小踠足,竟后此僧。"布惊异,诘其故。曰:"上帝失乐神二人,近知藏于君女鼻中。我天人也,奉帝命来取,不意此僧先取之,当获谴矣。"布方作礼,举首而失。①

东市百姓王布富有钱财,有一女年十四五,艳丽聪悟,却得怪病,"鼻两孔各垂息肉,如皂夹子,其根细如麻线,长寸许,触之痛入心髓"。王布破钱数百万医治,却一点效果也没有。束手无策之际,一梵僧来乞食,言能治此异疾。果然,梵僧"乃取药,色正白,吹其鼻中。少顷,摘去之,出少黄水,都无所苦"。简单而彻底地去除了病患。王布酬之百金而不受,却只要此息肉。梵僧得此息肉之后,"行疾如飞"而去。而其去后不久,"复有一少年,美如冠玉,骑白马"而来,求问是否有梵僧到此,王布尽言整个过程。少年叹恨来迟。原来,王布女鼻中息肉,藏着从上帝处逃走的两个乐神,少年乃"天人",是奉上帝之命来取乐神的。也就是说,王布女鼻中生息肉,是天上乐神藏匿其中所致。可见,此故事在推想王布女鼻息肉病因的同时,还在于借此表现乐神藏匿、梵僧与天人少年同时来取的竞速之事。天人少年言"马小踠足,竟后此僧",原来天神之马也如人间的普通凡马,也会"踠足",天人也有小差失。如此医事书写,也超越了病源的具象化推想,具有了更加显著的审美特征。

唐人对病源的具象化推想,也延伸到饮食。在唐人小说中,对某种食物的特殊偏好,也被想象为源自体内寄居着嗜好这种食物的特殊生物。如《朝野佥载》所载崔爽故事:"永徽中,有崔爽者。每食生鱼,三斗乃足。

---

① 段成式撰,许逸民校笺:《酉阳杂俎校笺》卷一"天咫",中华书局2016年版,第95—96页。

于后饥,作鲙未成,爽忍饥不禁,遂吐一物,状如虾蟆。自此之后,不复能食鲙矣。"①崔爽之所以嗜鲙,就是因为腹中有一"状如虾蟆"之物,吐出之后,崔爽就不再嗜鲙,也不能食鲙了。《广异记》所载句容佐史故事与此相类,"句容县佐史能啖鲙至数十斤,恒吃不饱",也是因为腹中有一物,"状如麻鞋底",此物特能消鲙,"安鲙所,鲙悉成水"。有胡人识此物,言"此是销鱼之精",能治胃病:"亦能销人腹中块病。人有患者,以一片如指端,绳系之,置病所,其块既销。"②《宣室志》陆颙故事,陆颙"自幼嗜面,为食愈多,而质愈瘦"。下第为太学生期间,有胡人来与之交往,胡人告知其嗜面因由,原来是陆颙体内有"消面虫",后胡人致药,陆颙吐出消面虫,此虫"实天下之奇宝","长二寸许,色青,状如蛙"。陆颙消面虫故事还不是此篇小说的重心,后胡人凭此虫,于海上"置油膏于银鼎中,构火其下,投虫于鼎中,炼之",逼迫龙宫献宝,由此得入海底龙宫,大获龙宫宝藏。在这篇小说中,张读将病因具象化想象与龙宫、龙宫宝藏俗信相结合,创作出此一篇奇幻的小说故事。③

《酉阳杂俎》刘录事故事则更玄幻,刘录事的食鲙偏好,被想象为在体内住着的另一个"自己":

和州刘录事者,大历中罢官,居和州旁县。食兼数人,尤能食鲙,尝言鲙味未尝果腹。邑客乃网鱼百余斤,会于野庭,观其下箸。初食鲙数碟,忽似哽,咯出一骨珠子,大如黑豆。乃置于茶瓯中,以碟覆之。食未半,怪覆瓯倾侧。刘举视之,向者骨珠已长数寸,如人状。坐客竞观之,随视而长,顷刻长及人。遂捽刘,因相殴流血。良久,各散走,一循厅之西,一转厅之左,俱及后门,相触,翕成一人,乃刘也。神已痴矣,半日方能语。访其所以,皆不省。自是恶鲙。④

---

① 张鹭撰,赵守俨点校:《朝野签载》卷一,中华书局2005年版,第5页。
② 李昉等:《太平广记》卷二二〇《医三》"句容佐史",中华书局2003年版,第1689页。
③ 张读撰,张永钦、侯志明点校:《宣室志》卷一,中华书局1983年版,第5页。
④ 段成式撰,许逸民校笺:《酉阳杂俎校笺》前集卷一五《诺皋记下》,中华书局2016年版,第1049页。

刘录事咯出之物,初如黑豆骨珠子,顷刻长大如人,并捽打刘录事。最后竟然与刘录事"翕成一人"。故事惊奇幽默,刘录事嗜鲙,被想象为另一个"自己",此故事对嗜好的具象化想象,可谓别出心裁。这一个"自己"之所以捽打刘录事,大概是不满刘录事将其吐出吧。

将在饮食上的特殊偏好具化为某种特殊生物在体内作祟,实际上与人们视偏嗜某物为病态的观念有关,如《宣室志》陆颙故事中,描写陆颙自幼嗜面,云"为食愈多,而质愈瘦",正是这种观念的直接体现。也就是说,偏嗜食物也被视作病态,因而饮食上偏嗜的具象化,实际上是病因具象化推想的延伸。

对疾患病痛的具象化推想,其实并不是唐人和唐人小说的新创,在三国时期的杂传《华佗别传》中,记载华佗治病,就已有这样的具象化想象。如记华佗治琅琊刘勋女"左脚膝里上有疮",华佗以"稻糠黄色犬"之热血丛疮中引出的,是一种似蛇而非蛇之物:"长三尺所,纯是蛇,但有眼处而无童子,又逆鳞耳。"取出此物之后,刘勋女的七八年的疮疾,"以膏散着疮中,七日愈"。

> 琅邪刘勋为河内太守,有女年几二十,左脚膝里上有疮,痒而不痛。疮愈数十日复发,如此七八年。迎佗使视,佗曰:"是易治之。当得稻糠黄色犬一头,好马二匹。"以绳系犬颈,使走马牵犬,马极辄易,计马走犬三十余里,犬不能行,复令步人拖曳,计向五十余里。乃以药饮女,女即安卧不知人。因取大刀断犬腹近后脚之前,以所断之处向疮口,令去二三寸。停之须臾,有若蛇者从疮中而出,便以铁锥横贯蛇头。蛇在皮中动摇良久,须臾不动,乃牵出,长三尺所,纯是蛇,但有眼处而无童子,又逆鳞耳。以膏散着疮中,七日愈。[①]

疾患病痛新奇怪异的具象化推想,虽非出于唐人与唐人小说独创,却在唐人与唐人小说中变得精彩绚烂。细究之,人们对疾患病痛的具象化

[①] 熊明辑校:《汉魏六朝杂传集》三国杂传卷三《华佗别传》,中华书局2017年版,第371页。

想象,实与传统医学的基本理论有关。中国传统医学即中医关于人之疾患及救治、养生的基本理论,本之中国哲学的自然之道。《谭宾录》通过孙思邈回答卢照邻等问,对此有精省的阐释:

> 照邻与当时知名之士宋令文、孟诜,皆执师资之礼。尝问思邈曰:"名医愈疾,其道何也?"思邈曰:"吾闻善言天者,必质于人。善言人者,必本于天。故天有四时五形,日月相推,寒暑迭代。其转运也。和而为雨,怒而为风,散而为露,乱而为雾,凝而为霜雪,张而为虹霓。此天之常数也。人有四肢五脏,一觉一寐,呼吸吐纳,精气往来。流而为荣卫,彰而为气色,发而为音声,此亦人之常数也。阳用其精,阴用其形。天人之所同也。及其失也,蒸则为热,否则生寒,结而为瘤赘,隔而为痈疽,奔而为喘乏,竭而为焦枯。诊发乎面,变动乎形。推此以及天地,亦如之。故五纬盈缩,星辰错行,日月薄蚀,彗孛流飞。此天地之危诊也。寒暑不时,此天地之蒸否也。石立土踊,此天地之瘤赘也。山崩地陷,此天地之痈疽也。奔风暴雨,此天地之喘乏也。雨泽不降,川泽涸竭,此天地之焦枯也。良医导之以药石,救之以针灸;圣人和之以至德,辅之以人事。故体有可消之疾,天有可消之灾,通乎数也。"……照邻又问:"养性之道,其要何也。"思邈曰:"天道有盈缺,人事多屯厄。苟不自慎而能济于厄者,未之有也。故养性之士,先知自慎。自慎者,恒以忧畏为本……"①

在这种"天人之所同"观念之下,身体的疾患病痛,也被认为是体内"呼吸吐纳,精气往来"失调、异物肇生所致,"蒸则为热,否则生寒,结而为瘤赘,隔而为痈疽,奔而为喘乏,竭而为焦枯",如自然之雨风、露雾、霜雪、虹霓的发生一样。天地自然之变,圣人"和之以至德,辅之以人事",可消天灾。人生疾患,良医"导之以药石,救之以针灸",可得救治。至于诊治方法,就是通过表现于外的各种症候来对症施治。《周礼·疾医》云:"两之

---

① 李昉等:《太平广记》卷二一八《医一》"孙思邈",中华书局2003年版,第1669—1670页。

以九窍之变,参之以九藏之动。"即通过身体内外相通的九窍和脏器表现出来。宋李如篪《东园丛说》卷上释云:"人之身,其阳窍七,阴窍二,总阴阳而为两,有疾而为变,其事显然而可知者也。所谓'两之以九窍之变'者也。心、肺、肝、脾、肾、胃、大肠、小肠、膀胱为九脏,其中有变不可得而见,而其血脉之动,常触于寸口。医之能知者,必于人两手臂高骨之下,用三指测候之。"①即良医可通过观脉象而知疾患病痛所在。

三、医技天授观念及其表达

唐人小说医事书写普遍的神秘化,实与唐人对医者医技的基本认知有关。唐人认为,医者医术,如文采、棋艺一样,本自天授,自身的资质与努力只是作为天授的基础。《朝野佥载》所载杨元亮及赵玄景得医术之事就是这一观念的体现。襄州人杨玄亮本以"庸力"为生,因为天尊堂舍破坏,托杨元亮为之修造,作为回报,天尊赋予他"能医一切病"的医术。杨元亮"寤而说之,试疗无不愈者"。后"造天尊堂成,疗病渐渐无效":

> 久视年中,襄州人杨元亮年二十余,于虔州汶山观佣力。昼梦见天尊云:"我堂舍破坏,汝为我修造,遣汝能医一切病。"寤而悦之,试疗无不愈者。赣县里正背有肿,大如拳。亮以刀割之,数日平复。疗病日获十千。造天尊堂成,疗病渐无效。②

如杨元亮有功于神仙,而获神仙以医术回报的,还有《传奇·崔炜》中的崔炜。崔炜不事家产而尚豪侠,财业殚尽,沦落至于栖止佛舍。中元日在开元寺,脱衣为一老妪偿"覆人酒瓮"之值。而此老妪当是神仙,来日便报以一艾灸:"谢子为脱吾难,吾善灸赘疣,今有越井冈艾少许奉子,每遇赘疣,只一炷耳,不独愈苦,兼获美艳。"③开启了他此后人生的一系列奇遇经历。《朝野佥载》载洛州人赵玄景病卒时,"见一僧与一木长尺

---

① 陶御风等编:《历代医事别录》,天津科学技术出版社 1988 年版,第 36—37 页。
② 张鷟撰,赵守俨点校:《朝野佥载》卷一,中华书局 2005 年版,第 3 页。
③ 裴铏撰,周楞伽辑注:《传奇》,中华书局 1980 年版,第 14—18 页。

余",并告知其"人有病者,汝以此木拄之即愈"。其后,赵玄景"试将疗病,拄之立差",以致门庭每日数百人。①

杨元亮、赵玄景以及崔炜医技的获得,是医术天授观念的艺术化、故事化呈现,十分典型。中国传统医术,被认为是方技之一,治病有专门方剂,而方剂之调配运用,变化无穷,因而熟稔医方、善用医方也被认为是医者最重要的技能,而这一技能的获得,也往往被归之于天授,如《稽神录·广陵木工》所载故事,广陵木工因病,"手足皆拳缩,不能复执斤斧",以至于"扶踊行乞",在后土庙遇一道士,不仅与药数丸,将其病治好,而且授予其医方,让其救人疾苦。毫无医技的木工,得到道士的医方后,"用以治疾,无不愈者"。②

得神秘医方,这是医技天授的另一种具体体现。《宣室志》孙思邈故事体现得更精彩。有一胡僧假借天旱,于昆明池上设坛祈雨,而真实意图在于将取龙脑为药。昆明池龙王于是乞请宣律师相助,宣律师则向龙王推荐孙思邈,而孙思邈则以龙宫仙方为条件:

> 开元中,复有人见隐于终南山,与宣律师相接,每来往参请宗旨。时大旱,西域僧请于昆明池结坛祈雨,诏有司备香灯,凡七日,缩水数尺。忽有老人夜诣宣律师求救,曰:"弟子昆明池龙也。无雨时久,匪由弟子。胡僧利弟子脑将为药,欺天子言祈雨,命在旦夕,乞和尚法力救护。"宣公辞曰:"贫道持律而已。可求孙先生。"老人因至,思邈谓曰:"我知昆明龙宫有仙方三十首,若能示予,予将救汝。"老人曰:"此方上帝不许妄传,今急矣,固无所吝。"有顷,捧方而至。思邈曰:"尔但还,无虑胡僧也。"自是池水忽涨,数日溢岸。胡僧羞恚而死。③

孙思邈是著名医药学家,著《千金要方》三十卷和《千金翼方》三十

---

① 张鷟撰,赵守俨点校:《朝野佥载》卷一,中华书局2005年版,第3页。
② 徐铉撰,白化文点校:《稽神录》拾遗"广陵木工",中华书局2012年版,第126页。
③ 张读撰,张永钦、侯志明点校:《宣室志》辑佚"孙思邈",中华书局1983年版,第155—156页。

卷,是中国古代传统医学最重要的方剂学著述。龙宫源自佛教,是佛教关于龙的传说故事中的意象。佛教认为龙宫为海龙王神力所化,海龙王化建龙宫时,就有无限珠宝,《大法炬陀罗尼经》卷五《忍校量品第十》云:"是大海水深八万四千由旬,其下乃有诸龙宫殿住所及阿修罗迦楼罗等宫殿住处,所有众宝及大海中种种宝珠。"①故在佛教中,龙宫不仅为龙王居住的宫殿,还是现世佛法隐没时龙王护持财宝、经卷之所在。此故事言孙思邈医方得之于龙宫,也是医方、医技天授观念的体现,同时,将医技天授观念与龙王、龙宫俗信相结合,想象新奇,也拓展了小说的艺术时空和表现力。

在医技天授观念影响下,唐人认为,疾患病痛的诊断、用药是医者的个人禀赋,其如何诊断、如何用药,随"意"而已,无法言说。《谭宾录》许裔宗故事于此体现得十分鲜明。

> 许裔宗名医若神。人谓之曰:"何不著书,以贻将来?"裔宗曰:"医乃意也,在人思虑。又脉候幽玄,甚难别。意之所解,口莫能宣。古之名手,唯是别脉。脉既精别,然后识病。病之于药,有正相当者,唯须用一味,直攻彼病,即立可愈。今不能别脉,莫识病源,以情忆度,多安药味。譬之于猎,不知兔处,多发人马,空广遮围,或冀一人偶然逢也。以此疗病,不亦疏乎?脉之深趣,既不可言,故不能著述。"②

许裔宗"名医若神",有人劝其著书立说,传之后来。由此引发他对医者诊病用药的看法,"医乃意也,在人思虑","意之所解,口莫能宣","病之于药,有正相当者,唯须用一味"。医者诊病,是个人识断,是无法表达的。用药也是如此,只要判断准确,只须一味药便能治好病。而"意"之所出,显然是指向天赋,即医技天授。《酉阳杂俎》卷七《医》言荆人道士王彦

---

① 阇那崛多等译:《大法炬陀罗尼经》卷五《忍校量品第十》,《大正新修大藏经》第21册。
② 李昉等:《太平广记》卷二一八《医一》"孙思邈",中华书局2003年版,第11671页。

伯,直云其"天性善医,尤别脉,断人生死寿夭,百不差一"①,则是更加清晰地表达。正因为王彦伯医技本自天赋,所以,其诊病用药,也是天意的体现:据《国史补》载:"彦伯自言:'医道将行。'时列三四灶,煮药于庭。老幼塞门而请。彦伯指曰:'热者饮此,寒者饮此,风者饮此,气者饮此。'各负钱帛来酬,无不效者。"②

医技天授观念的流行,必然导致对医者诊断与用药理解的崇拜和神圣化、神秘化,如王彦伯用药,仅对疾患病痛做"热者""寒者""风者""气者"的简单区分,在现代医学看来是不可想象的。然而,这种认知却被唐人普遍接受,并被作为其善医的体现而广泛传扬。

唐人小说中也多有神仙替人治病的故事,就其根源,其背后实也隐含着医技天授观念,只是神仙不再假医者之手,而是亲力亲为罢了。《稽神录》中所载陶俊故事和张易故事即是此类。陶俊"尝从军征江西,为飞石所中,因有腰足之疾,恒扶杖而行"。至白沙市,因避雨酒肆,遇二书生,"与药二丸"。陶俊服药后,腰足之疾得以痊愈,"良久,觉腹中痛楚甚,顷之痛止,疾亦都差。操篙理缆,尤觉轻捷。白沙去城八十里,一日往还,不以为劳"。张易少病热,"困惫且甚","恍惚见一神人,长可数寸,立于枕前,持药三丸"与之,张易吞服,"病因即愈。尔日出入里巷,了无所苦"。而如陶俊故事,其间还与道德价值判断相联系,神仙之所以出手为陶俊治病,盖是因为神仙认为"此人好心,宜为疗其疾"。③

当然,医技天授观念并不是唐人独有,而是源自传统,比如六朝小说《谈薮》中徐文伯故事就已有这种观念的表达。徐文伯善医,其父、祖亦善医。其祖熙之好黄老,隐于秦望山。有道士过乞饮,熙之给之,道士临别,"留一胡芦子曰:'君子孙宜以此道术救世,当得二千石。'熙开视之,

---

① 段成式撰,许逸民校笺:《酉阳杂俎校笺》前集卷一五《诺皋记下》,中华书局2016年版,第616页。
② 李肇撰,曹中孚校点:《唐国史补》卷中"王彦伯治疾",《唐五代笔记小说大观》,上海古籍出版社2000年版,第186页。
③ 徐铉撰,白化文点校:《稽神录》卷四"陶俊",补遗"张易",中华书局2012年版,第59页,第126页。

乃《扁鹊医经》一卷。因精学之,遂名振海内。"①也就是说,徐文伯祖父的医技,来源于神秘道士所留《扁鹊医经》,典型的医技天授故事。所以,医技天授是传统观念,只不过在唐人这里表现得特别显著,这与唐代命定观念的流行有关。②

四、医事书写的意象化与小说叙事建构

前文所述及唐人小说的医事书写,医事本身就是小说着意书写的故事主体和表现的主题,表现疾患病痛与医者诊治之怪、之奇,亦即志医事本身的怪,传医事本身之奇,而为志怪、传奇。在唐人小说中,除了作为故事的主体和表现的主题,医事书写也常常仅仅作为小说故事的背景,或者一个情节单元、一个特殊事象,参与小说整体的叙事建构,承担一定的叙事功能。

(一)医事书写作为小说故事的背景而存在,笼罩全篇。如《宣室志》卷八所载杨叟故事中的医事书写。

《宣室志》卷八所载杨叟故事,是一部以寻找能够治疗杨叟心病的生人之心为线索的小说。小说云会稽民杨叟,家产丰赡,将死,卧床数月,其子宗素罄其产以求医术。医者陈生察其病,分析其病因,并提出治疗之法,云:"是翁之病,心也。盖以财产既多,其心为利所运,故心已离去其身。非食生人心,不可以补之。"小说即以其子宗素为父求生人之心展开。宗素最初"以生人之心固莫可得也,独修浮屠氏法,庶可以间其疾。即召僧转经,命工绘图铸像,已而自赍衣粮,诣郡中佛寺饭僧"。一日往佛寺饭僧途中,误入山径,遇一胡僧,互问所以中,胡僧云"常慕歌利王割截身体及萨埵投崖以饲饿虎,故吾啖橡栗,饮流泉,恨未有虎狼噬吾,吾于此候之"。此说使宗素在无望中看到了希望,于是向胡僧提议,舍身饲虎,不若舍心救其父:"今师能弃身于豺虎,以救其馁,岂若舍命于人,以惠其生乎?愿师详之。"胡僧允诺,宗素便以所挈食饭胡僧,胡僧食尽,又提出"礼四

---

① 阳松玠撰,程毅中、程有庆辑校:《谈薮》,中华书局1996年版,第36页。
② 唐人的命定观念,熊明《唐人命定观念的小说呈现及其文化心理论析》(载王立主编《古今通俗文学演变论集》,人民文学出版社,2014年11月,第29—38页)一文有略论,可参看。

方之圣"之后奉心。但其礼毕,却"忽跃而腾上一高树",说《金刚经》之奥义:"过去心不可得,现在心不可得,未来心不可得。"最终云:"檀越若要取吾心,亦不可得矣。"胡僧言讫,"忽跳跃大呼,化为一猿而去"。宗素未能得到生人之心,惶骇而归。①

《宣室志》杨叟故事中的医事书写并不是故事的主题所在,杨叟因"心已离去其身"而病,病奇;治疗需"食生人心",治疗方法、药引亦奇。然而小说显然不是要传医事之奇,而在于通过其子宗素寻找"生人之心"过程,借老猿所化胡僧之口,表达失心于利欲,正心不可复得于外的哲理思考。即胡僧所谓:"《金刚经》云:'过去心不可得,现在心不可得,未来心不可得。'檀越若要取吾心,亦不可得矣。"所以,此篇小说是借医事来演绎佛教"心猿"之说,告诉人们如若放纵利欲之心,"心为利所运",便会失去自我、失去本心,难再找回。杨叟丢失的"心",即利欲之心,具化为老猿,即心猿,小说通过虚构故事,把抽象的观念形象化、具象化。胡僧最后"忽跳跃大呼,化为一猿而去",生动精彩。可以说,《宣室志》杨叟故事之巧在于借医事而言哲理。杨叟"心为利所运""心已离去其身"之病,是现实生活中没有的病症,而所谓救治之药引必"生人之心",显然也是假设的,故而在这篇小说中,医事是虚构的,虚构的医事书写是整个故事的背景。

(二)医事书写作为铺垫性的情节单元而存在,是后续故事情节发生和展开的前导。如《宣室志》卷一所载陆颙故事中对胡人治陆颙偏嗜之疾的书写。

《宣室志》卷一所载陆颙故事,前文已述及。小说明显分为前、后两个故事单元,前者言陆颙有偏嗜面食之疾,"为食愈多,而质愈瘦",胡人为治,陆颙吐出消面虫。后者为胡人炼虫海上,获"一珠,径二寸许,奇光泛空,照数十步",胡人吞珠而"游龙宫,入蛟室,奇珍怪宝,惟意所择",大获宝物而归。胡人"又以珍贝数品遗颙,径于南越货金千镒,由是益富",陆颙也因此暴富,后来竟然不再出仕,老于闽越中。② 故事中作为陆颙偏

---

① 张读撰,张永钦、侯志明点校:《宣室志》卷八,中华书局 1983 年版,第 106—108 页。
② 张读撰,张永钦、侯志明点校:《宣室志》卷一,中华书局 1983 年版,第 4—6 页。

嗜之疾因由的具象化之物"消面虫",也是"天下之奇宝"中的奇宝,"此虫乃中和之粹也,执其本而取其末,其远乎哉",即可以用之获得更多的珍宝,由此引出后来炼虫入龙宫的取宝故事。显然,胡人为陆颙治偏嗜之疾,在于取得消面虫;而取得消面虫,又在于获取辟水宝珠;获取辟水宝珠在于入龙宫获取珍宝。由此可知,陆颙故事开篇胡人为陆颙治偏嗜之疾的医事书写,虽然也是小说获宝主题的重要内容,但显然,胡人最终想要获取的是龙宫珍宝,因而治疾是为取消面虫,是后续炼虫得珠、龙宫取宝故事的前导。就整篇小说叙事建构而言,医事书写无疑是铺垫性的辅助情节单元。

(三)医事书写作为特殊事象,贯穿小说始终,是小说故事情节推演的关捩。如《传奇·崔炜》中对崔炜以艾替人治赘疣的书写。

中国传统医学的治病疗疾之法,除了使用以中药为主的方剂之外,还有针灸之法。唐人小说的医事书写,针灸之法也多有表现。《谭宾录》载侍医秦鸣鹤为唐高宗治风眩,就是以针灸之法,"刺百会及脑户出血"[①],即刻见效。又有艾灸,《传奇·崔炜》乞食老妪(即神仙鲍姑)赠送崔炜的用于艾灸的"越井冈艾",治赘疣疗效特著,"每遇疣赘,只一炷耳"。《传奇·崔炜》即演绎崔炜得乞食老妪赠艾之后,用艾灸替人之病、最后"兼获美艳"的传奇故事。[②]

崔炜因中元日在开元寺脱乞食老妪之难,得赠越井冈艾。其后,崔炜以艾灸替人治疣便成为小说故事中的一个特殊事象,勾连前后情节,在一次一次替人治疣的医事书写中,情节得以步步推进,逐次展开。得艾"后数日",崔炜第一次替人治疣,是海光寺老僧,老僧有"赘于耳",崔炜"出艾试灸之,而如其说",治好了老僧的耳上赘疣。老僧"感之甚",而将崔炜推荐给"藏镪巨万,亦有斯疾"的山下任翁。同样"一爇而愈",任翁许诺"有钱十万奉子",因留崔炜小住,其夜闻任翁女弹琴,"因请其琴而弹之",互有爱慕之意。而任翁家事鬼曰"独脚神",每三岁必杀一人飨之,此正其时,任翁求人不获,因有杀崔炜以飨鬼之意。其女潜知而告崔炜,

---

① 李昉等:《太平广记》卷二一八《医一》"秦鸣鹤",中华书局2003年版,第1671页。
② 裴铏撰,周楞伽辑注:《传奇》,中华书局1980年版,第14—18页。

崔炜"挥刃携艾,断窗櫺跃出,拔键而走",逃出任翁宅,"因迷道,失足坠于大枯井中"。而于此枯井,崔炜遇一白蛇,"蛇之唇吻,亦有疣",崔炜为治之,白蛇因携其至南越王赵佗玄宫。遇赵佗玄宫四女,并获赠阳燧珠及许田夫人婚姻,后随羊城使者归广州。其后,卖珠置产业,并最终娶田夫人为妻。不难看出,在整篇小说的叙事建构中,崔炜以艾替人治病,成为故事情节前后环环相扣的关捩,推动故事情节最终走向"不独愈苦,兼获美艳"的结局。

当然,《传奇·崔炜》中崔炜以艾灸替人治病,应该说是小说故事情节演进的表层显性逻辑,实际上,在《传奇·崔炜》中,还隐藏着一个逻辑链条,即本篇小说的主题——报恩思想观念的表达与宣扬。报恩思想是小说故事情节发展的隐性逻辑,贯穿始终:崔炜一念之仁,脱衣偿乞食老妪"覆人之酒瓮"之值,乞食老妪赠以能炷赘疣的"越井冈艾";海光寺老僧为了报答崔炜治好其耳上赘疣,表示要"转经以资郎君之福祐",并将山下"藏镪巨万,亦有斯疾"的任翁介绍给他;任翁为了报答崔炜治好赘疣,许诺以钱十万相奉,虽失信,却使崔炜误坠枯井而遇白蛇;崔炜为白蛇治好唇吻上赘疣,白蛇将他带到南越王越王赵佗的玄宫;赵佗为了报答(实是感谢崔炜之父崔子向助修其墓),赠给他宝珠、美妇。崔炜为报羊城使者相送,不但"具酒脯而奠之",又"兼重粉缋,及广其宇"。所以,本篇小说实际上包含一显一隐两条逻辑线索。

(四)作为医事书写要素的某种特定医药,有时也以道具性物象而存在,成为小说叙事建构的重要支点。如《传奇·崔炜》中的"乞食老妪"所赠"越井冈艾"。

在《传奇·崔炜》中,"越井冈艾"作为独立物象,与乞食老妪一道在小说的前、中、后三次出现。小说开篇云崔炜为"故监察子向之子",因父从事南海,故居南海。中元日番禺人多陈设珍异于佛庙,集百戏于开元寺。崔炜前往游观,因遇乞食老妪"覆人之酒瓮,当垆者殴之",崔炜怜而脱衣偿其值,因而获老妪赠"越井冈艾",这是"越井冈艾"第一次出现。而赠艾老妪,实乃是神仙鲍姑,传说中鲍姑善针灸。鲍姑予崔炜"越井冈艾",是出于对崔炜脱其难的感谢和回报。"越井冈艾"因感恩而出现,崔炜一系列奇遇故事正是由此引发。在崔炜奇遇故事的建构中,开篇此处仅交代乞食老妪因感恩赠艾,点明其可以治赘疣,且"不独愈苦,兼获美艳",暗示了小说故事的发展走向。其后,小说中崔炜因逃任翁追杀,误坠于大枯井中,替洞中白蛇灸唇吻上疣,为白蛇引至南越王赵佗玄宫。在离开之际,四女提及"鲍姑艾",并要求崔炜留下少许:"女曰:'知有鲍姑艾,可留少许。'炜但留艾,即不知鲍姑是何人也,遂留之。"这是"越井冈艾"第二次出现。四女所言,点明"越井冈艾"为何有如此神效的问题,即它是"鲍姑艾",所以异常珍贵,就连鬼女也希望留得少许。小说结尾,"越井冈艾"第三次出现,这一次是通过崔炜询问其妻田夫人,以一问一答的方式呈现:"又问曰:'昔四女云鲍姑,何人也?'曰:'鲍靓女,葛洪妻也。多行灸于南海。'炜方叹骇昔日之妪耳。"①开篇的两个疑问终于得到答案,并最终实现了清晰的对应,"越井冈艾"即"鲍姑艾","乞食老妪"即神仙"鲍姑"。完成小说叙事结构上的前后呼应。不难看出,小说中前、中、后三次出现的"越井冈艾",层层递进,最后揭开真实,既完成了"越井冈艾"与"鲍姑艾""乞食老妪"与神仙"鲍姑"之间对应关系的确认,也由此构成小说叙事的前后照应和勾连。"越井冈艾"即"鲍姑艾"作为小说故事的道具性物象,如同路标,前后三次出现在小说情节发展的关键时刻,是小说叙事构建中的重要支点。

五、唐人小说医事书写神秘化的文化心理

与中国古代医为方技的观念相关,唐人小说中的医事书写,在整体上呈现神秘化的取向,就故事的主要内容与表现主题而言,多表现疾患病痛之疑难紧急,医家断症用药之神妙精准,或常见难疾、奇法治疗,或疑难疾患、医药简单,或疾病危急、诊疗精当,或奇异之疾、奇异之法,不一而足。志医事本身之怪,传医事本身之奇成为医事书写的主要目标和价值取向。在唐人小说神秘化的医事书写中,病因的具象化推想是一个重要侧面,这些推想往往新奇诡谲,异想翩翩,成为医事书写志怪传奇性的明显标志。

---

① 裴铏撰,周楞伽辑注:《传奇》,中华书局1980年版,第14页,第16页,第18页。

把疾患病因具象化为存在于体内的某种怪物,就其根源,实与中国传统医学基本理论本之于中国哲学的自然之道有关,认为人的身体体运行与自然万物运行的机理、规律是同理的,所谓"天人之所同"。而医技天授观念在民间的流行,也为医事书写的神秘化取向提供了广泛的心理基础。

而就小说的叙事建构而言,唐人小说的医事书写也常常参与小说叙事的宏观结构搭建,或作为小说故事的背景,或者一个情节单元、一个特殊事象,在小说的全篇叙事结构中发挥功能性作用。这类医事书写,显然超越了对医事故事本身的执着,从志医事之怪、传医事之奇的单纯内容层面,上升到小说内部的叙事结构层面,将医事书写转变为特殊意象,参与小说叙事的整体建构,成为其中具有独特含义与功能的部件。总之,医事是唐人小说的重要书写对象,其在唐人小说中的存在无疑是多面向的,且医事本身之外,也可见唐时民间生活及俗信等方方面面。

第二节　鬼神观念与幽冥世界

唐代的鬼神观念承继传统鬼神观念而来,同时,由于唐代社会文化氛围的特殊性,又有其独特的一面,在唐人小说的幽冥世界意象中体现出来,本书此节拟对唐人小说中的幽冥世界意象略作梳理,并兼及其小说美学价值。

一、鬼神观念

人死而为鬼神的观念起源很早,它源于先民的祖先崇拜,鬼神是指人死去的祖先。后指人死之后的骸骨与魂灵,《说文》九上鬼部云:"人所归为鬼。"并认为骸骨归土为鬼,魂气升天为神。孔子云:"人生有气有魄。气者,人之盛也。魄者,鬼之盛也;夫生必死,死必归土,此谓鬼。魂气归天,此谓神。"[①]王充《论衡》云:"人死精神升天,骸骨归土,故谓之鬼神。鬼者,归也;神者,荒忽无形者也。或说:鬼神,阴阳之名也。阴气逆物而

[①] 陈士柯:《孔子家语疏证》卷四《哀公问政篇》,上海书店1987年版,第120页。

归,故谓之鬼;阳气导物而生,故谓之神。"①后来,鬼神观念中鬼与神的内涵不断扩大,不仅人死为鬼,凡人与物之死俱有鬼。不仅人之魂灵可以为神,动植物也能为神。故鬼与神界限模糊,且常常鬼神联称,且相互交叉互通,界限模糊,鲁迅先生言:"然详案之,其故殆尤在鬼神之不别,天神地祇人鬼,古者虽若有辨,而人鬼亦得为神祇,人神淆杂……"②也就说,有时,鬼亦可称作神,比如泰山府君,亦称作泰山神。而掌管人间男女婚姻的月下老人,是隶属于幽冥世界的冥吏,但却被尊为婚姻之神。

鬼神的观念是中国民间信仰中的最具特色的重要部分,殷周之前,我们的祖先就开始了鬼神崇拜,并逐渐形成一套对鬼神祭祀的活动与仪式,《尚书·尧典》:"分命羲仲,宅嵎夷,曰旸谷,寅宾出日,平秩东作。"③夏代就已具雏形,至殷商,鬼神崇拜愈炽,《礼记·表记》云:"夏道尊命,事鬼敬神而远之,近人而忠焉。""殷人尊神,率民以事神,先鬼而后礼。"④这种对鬼神的信仰,从此深植于民间,至周,周人虽"尊礼尚施,事鬼敬神而远之",但并没有抛弃鬼神信仰,只不过是敬而远之而已。此后,无论是佛教、还是道教的传播和流行,都未能消弭其影响,鬼神信仰反而渗入这些佛、道的流行教义之中。鲁迅先生言:"中国本信巫,秦汉以来,神仙之说盛行,汉末又大畅巫风,而鬼道愈炽;会小乘佛教亦入中土,渐见流传。凡此,皆张皇鬼神,称道灵异。"又说:"宋代虽云崇儒,并容释道,而信仰本根,夙在巫鬼。"⑤而传统的鬼神观念,在渗入佛、道等宗教之后,又不断得到丰富和发展,变得更加光怪陆离,充满异彩。

唐人的鬼神观念承继传统,同时,又与唐代社会文化相关联,带有显著的时代特征,这在唐人小说的幽冥世界意象中有着充分的体现,唐人小说中的幽冥世界意象,往往折射出唐代社会独有的幽冥观念,并因此呈现

---

① 王充撰,黄晖校释:《论衡校释》卷二〇《论死篇》,中华书局1995年版,第872页。
② 鲁迅:《中国小说史略》第二编《神话与传说》,东方出版社1996年版,第12页。
③ 《尚书正义》卷二《尧典》,阮元校刻《十三经注疏》,中华书局1982年版,第119页。
④ 《礼记正义》卷三二《表记》,阮元校刻《十三经注疏》,中华书局1982年版,第1641—1642页。
⑤ 鲁迅:《中国小说史略》第五编《六朝之鬼神志怪书》,第十一编《宋之志怪及传奇文》,东方出版社1996年版,第28页,第76页。

出独特的唐时民俗风情,具有特殊的审美价值。

二、幽冥世界之社会结构

唐人小说中的幽冥世界,其社会结构一如人间,《前定录·柳及》借小儿之口言:"冥间有一大城,贵贱等级,咸有本位,若棋布焉。"①《冥报记·唐睦仁蒨》云:

……景曰:"六道之内亦一如此耳。其得天道,万无一人,如君县内无一五品官。得人道者有数人,如君九品。入地狱者亦数十,如君狱内囚。唯鬼及畜生最为多也,如君县内课役户。就此道中又有等级。"……蒨曰:"鬼有死乎?"曰:"然。"蒨曰:"死入何道?"答曰:"不知。如人知死,而不知死后之事。"……景曰:"道者,天帝统六道,是谓天曹。阎罗王者如人间天子,太山府君如尚书令录,五道神如诸尚书……"②

可见,唐人小说中幽冥世界的社会结构有着人间社会的影子,甚至可以说就是按照人间社会建构起来的。"贵贱等级,咸有本位",其最高统治者为阎罗王,一如人间天子,阎罗王源自佛教,是佛教传入中国后被置于幽冥世界中的。《法苑珠林》一二《六道·典主》:"阎罗王者,昔为毗沙国王,经与维陀如生共战,兵力不敌,因立誓愿为地狱主。"关于阎罗王状貌,《广异记·周颂》有描述,其云:"有顷,使者引颂入见王,王形貌甚伟,头有两角。"③

这里提到的泰山府君(或作太山府君),俗称东岳大帝,即指泰山神,汉以来即有"太山治鬼"之说,④《博物志》卷一引《援神契》云:"太山,天

---

① 李昉等:《太平广记》卷一四九《定数四》"柳及",中华书局2003年版,第1075页。
② 唐临撰,方诗铭辑校:《冥报记》卷中"唐睦仁蒨",中华书局1992年版,第28页。
③ 戴孚撰,方诗铭辑校:《广异记》"周颂",中华书局1992年版,第147页。
④ 陈寿撰,裴松之注:《三国志》卷二九《魏书书·管辂传》,中华书局1999年版,第613页。

帝孙也,主召人魂。"①人死皆魂归泰山,泰山遂渐成为治鬼之所,泰山神亦为冥间地府之主。魏晋小说中即已有泰山府君,《搜神记》卷六《胡母班》:"胡母班,曾至泰山之侧,忽于树间逢一绛衣驺,呼班云:'太山府君召。'班惊愕,逡巡未答。复有一驺初呼之,遂随行。"②《幽冥录·赵泰》:"……见泰山府君来作礼,泰问吏何人。"③《搜神后记》卷三《桓哲》亦提及泰山府君。可见,最迟大约至魏晋时,泰山府君已成为幽冥世界中"管摄人灵之府、七十四司之主,掌百千万劫之流"的重要人物。④

唐临《冥报记·隋大业客僧》又云:"僧问曰:'闻世人传说,太山治鬼,宁有之也?'神曰:'弟子薄福,有之,欲见先亡已乎?'"⑤《广异记·李强友》云:"太山有两主簿,于人间如判官也,傧从甚盛,鬼神之事,多经其所。"⑥可见,阎罗王与泰山府君在民间观念的幽冥世界中名位几乎相等,都是幽冥世界中的地位最高者,于此也可见唐人之幽冥世界,是佛、道杂糅,且不计其相互之不协调。

除阎罗王、泰山府君之外,在唐人小说的幽冥世界中,还有一位地位与之相当者,那就是地藏菩萨,《纪闻·李思元》:"官因领思元等至王所,城门数重,防卫甚备,见王居有高楼十间,当王所居三间高大,尽垂帘。思元至,未进,见有一人,金章紫绶,行状甚贵,令投刺谒王。……院内地皆于清池,院内堂阁皆七宝,堂内有僧,衣金缕袈裟,坐宝床,思元之礼谒也,左右曰:'此地藏菩萨也。'"⑦地藏菩萨,源自佛教,据佛教传说,佛死后,地藏自誓,必须尽度六道众生,方始成佛,因现身入地狱,救众生苦难。

幽冥世界亦有郡国之分,《冥报记·唐眭仁蒨》中鬼向眭仁蒨讲述自己身份时说:"答:'吾是鬼耳,姓成名景,本弘农人。西晋时为别驾,今任临胡国长史。'仁蒨问:'其国何在?王姓何名?'答曰:'黄河以北,总为临

---

① 张华撰,范宁校正:《博物志校正》卷一《山水总论》,中华书局1980年版,第12页。
② 干宝撰,李剑国辑校:《新辑搜神记》卷六"胡母班",中华书局2012年版,第98页。
③ 李昉等:《太平广记》卷一〇九《报应八》"赵泰",中华书局2003年版,第740页。
④ 黄公绍:《在轩集·荐妻水路戒约榜》,文渊阁《四库全书》本,第1189册,第646页上。
⑤ 唐临撰,方诗铭辑校:《冥报记》卷中"隋大业客僧",中华书局1992年版,第18页。
⑥ 戴孚撰,方诗铭辑校:《广异记》"李强友",中华书局1992年版,第128页。
⑦ 李昉等:《太平广记》卷一〇〇《释证二》"李思元",中华书局2003年版,第671页。

胡国,国都在楼烦西北沙碛是也。其王是故赵武灵王,今统此国,总受太山控摄,每月各使上相朝于太山,是以数来过此,与君相遇也。'"①在唐人小说描绘的幽冥世界中,这一类掌管一方的王者十分常见,又如《冥报记·唐李山龙》中言:"当死时,被冥官收录,至一官曹,厅事甚宏壮,其庭亦广大……一大官坐高床座,侍卫如王者。山龙问吏此何官,吏曰:'是王也。'……谓吏曰:'可将此人历观诸狱。'……"②

《广异记·霍有邻》又提到御史大夫院:"有邻还,经一院,云'御史大夫院'……"当然,在唐人小说的幽冥世界中,出现得最多的,还是那些不知其名的官曹、府舍,如《冥报记·张公瑾妻》云:"嘉运即树下上马而去,其实倒卧于树下也,俄至一官曹……"又如《广异记·刘鸿渐》云:"因而向北行,路渐梗涩,前至大城,入城,有府舍,甚严丽……"《续定命录·李行修》:"西南行约数十里,忽到一处,城阙壮丽。前经一大宫,宫有门……"《酉阳杂俎》陈昭故事亦云:"昭依其言,不觉已随二吏行。路甚平,可十余里,至一城,大如府城,甲士守门焉……"③

在幽冥世界,一如《冥报记·唐眭仁蒨》所言,"唯鬼及畜生最为多也,如君县内课役户",他们来往于地府人间,最为普通,《广异记·张御史》"鬼云:'一日之外,不敢违也,我虽为使,然在地下,职类人间里尹坊胥尔。'"④

三、幽冥世界之职司

幽冥世界,仿佛是专为人间而存在,其职司似乎主要针对人间,分门别类地掌管着人间的一切,从一食一宿、每天行事到婚姻功名、禄位年寿,

---

① 唐临撰,方诗铭辑校:《冥报记》卷中"唐眭仁蒨",中华书局1992年版,第26页。
② 唐临撰,方诗铭辑校:《冥报记》卷中"唐李山龙",中华书局1992年版,第43—44页。
③ 戴孚撰,方诗铭辑校:《广异记》"霍有邻",中华书局1992年版,第138页;唐临撰,方诗铭辑校:《冥报记》卷下"唐张公瑾",中华书局1992年版,第64页;戴孚撰,方诗铭辑校:《广异记》"刘鸿渐",中华书局1992年版,第22页;《太平广记》卷一六〇《定数十五》"李行修",中华书局2003年版,第1150页;段成式撰,许逸民校笺:《酉阳杂俎校笺》续集卷七《金刚经鸠异》,中华书局2016年版,第1980—1981页。
④ 唐临撰,方诗铭辑校:《冥报记》卷中"唐眭仁蒨",中华书局1992年版,第28页;戴孚撰,方诗铭辑校:《广异记》"张御史",中华书局1992年版,第29页。

大凡人生一切,事无巨细,均由冥间掌管着。一个人一生所历,事无巨细,早已安排妥当,并记录在冥间的簿册上。哪怕是某一天的某一顿饭吃什么,都明白无误,且其人所历,一定是完全在履行幽冥的安排,毫厘不差。《前定录·李敏求》云:

> 柳命吏送出,将去,恳求知将来之事。柳曰:"人生在世,一食一宿,无不前定,所不欲人知者,虑君子不进德修业,小人惰于农耳。君固欲见,亦不难尔。"乃命一吏引敏求至东院,西有屋一百余间,从地至屋,书架皆满,文簿签帖,一一可观。吏取一卷,唯出三行,其第一行云:"太和二年罢举。"第二行云:"其年婚姻,得伊宰宅,钱二十四万。"其第三行云:"受官于张平子。"余不复见。敏求既醒,具书于缥帙之间。明年客游西京,过时不赴举。明年遂娶韦氏,韦之外亲伊宰将鬻别第,召敏求而售之,因访所亲,得价钱二百万,伊宰乃以二十万鬻敏求。既而当用之券头,以四万为货。时敏求与万年尉户曹善,因请之,卒不用所资,伊亦鬻焉,累为二十四万。明年以阴调授河南北县尉,县有张平子墓。时说者失其县名,以俟知者。①

李敏求在幽冥世界游历一番之后回到人间,其后所历三事,与在冥间簿册上看到的完全吻合。既然一切都早有安排,生死、功名、禄位、婚姻等人生大事,当然更不例外。《前定录·柳及》言:"世人将死,或半年或数月内,即先于城中呼其名。"《前定录·韦泛》中韦泛暴卒,见一吏持牒来,云府司追,"与之同行,约数十里,忽至一城,兵卫甚严。"这是决定人之生死年寿。《前定录·陈彦博》中陈彦博,"忽梦至都堂,见陈设甚盛,若行大礼然。庭中帷幄,饰以锦绣。中设一榻,陈列几案。上有尺牍,望之照耀如金字。彦博私问主事曰:'此何礼也?'答曰:'明年进士人名,将送上界官司阅视之所。'"这是决定人之功名。②《续玄怪录·定婚店》月下老人向

---

① 钟簵:《前定录》"李敏求",文渊阁《四库全书》本,第 1042 册,第 632 页上。
② 李昉等:《太平广记》卷一四九《定数四》"韦泛",卷一五四《定数九》"陈彦博",中华书局 2003 年版,第 1076 页,第 1107 页。

月检书,以赤绳"系夫妻之足,及其生,则潜用相系,虽仇敌之家,贵贱悬隔,天涯从宦,吴楚异乡,此绳一系,终不可逭。"①这是冥吏决定人之婚姻。

正因为幽冥世界掌管着人间的一切,冥吏鬼使便可先知人之生老病死、官位禄料等事,故在唐人小说中,就常常出现鬼为人预言将来事的描写,如《潇湘录·杨国忠》,鬼幻化为妇人,为杨国忠预言:"……'我来白于公,胡多事也?我今却退,胡有公也?公胡死也?民胡灾也?'言讫,笑而出。令人逐之,不见。后至禄山起兵,方悟胡字焉。"②而世人一旦有机会,也会向冥吏鬼使打听未来,《前定录·柳及》中的柳及小儿,死后为冥吏,柳及就屡就其打听将来事,在《前定录·李敏求》中,李敏求精魂去身,游地府,遇泰山府君判官,"将去,恳求知将来之事"③。

幽冥世界是人死之后灵魂之所归处,传统鬼神观念在吸收了佛教业报思想之后,其重要职责之一,就是清检人们一生的善恶行事,按照善有善报,恶有恶报的原则,确定和实施果报。唐人小说的幽冥世界中,此一方面涉及最多。如《广异记·扶沟令》云:"扶沟令某霁者,失其姓,以大历二年卒。经半岁,其妻梦与霁遇,问其地下罪福。霁曰:'吾生为进士,陷于轻薄,或毁讟词赋,或诋诃人物。今被地下所主,每日送两蛇及三蜈蚣,出入七窍,受诸痛苦,不可堪忍,法当三百六十日受此罪,罪毕,方得托生。'"④在唐人小说中,在冥间,最常见的惩罚是在地狱中受苦,如《冥报记·隋赵文若》:"得度墙外,见大地狱,镬汤苦具,罪人受苦,不可具述。"⑤有时,被错误摄至幽冥的人,在被送还之前,其善恶也常常要被清算。如《广异记·隰州佐史》:"王问佐史:'汝算既未尽,今放汝还。'因问左右:'此人在生有罪否?'左右云:'此人曾杀一犬一蛇。'王曰:'犬听合死,蛇复何故?枉杀蛇者,法合殊死。'令某回头,以热铁汁一杓,灼其背。

---

① 李复言撰,程毅中点校:《续玄怪录》卷四"定婚店",中华书局2014年版,第187页。
② 陆楫等:《古今说海·说略》,巴蜀书社1988年版,第495页。
③ 钟辂:《前定录》"李敏求",文渊阁《四库全书》本,第1042册,第632页上。
④ 戴孚撰,方诗铭辑校:《广异记》"扶沟令",中华书局1992年版,第43页。
⑤ 唐临撰,方诗铭辑校:《冥报记》补遗"隋赵文若",中华书局1992年版,第92页。

受罪毕,遣使送还。"①当然,这些小说一般都承载着佛教惩恶扬善、弘扬佛法的目的。

第三节 幽冥世界与人间社会

幽冥世界与现实人间虽幽显悬隔,而鬼们却往往可以在两个世界之间自由来去,有时,人间之人,也可以以某种方式进出幽冥世界。在唐人小说中,幽显之间的沟通方式千奇百怪,然而,无论何种方式,则无疑是源自唐人的鬼神及幽冥观念基础上的创想,更言之,唐人小说中的幽冥世界,亦实源自现实人间,是现实人间社会的镜像。本节拟对此略加辨析。

一、幽冥与人间的沟通

在唐人小说中,幽冥世界之所在,虽与人间悬隔,却相去不远,甚至就在身边,《朝野佥载·韩朝宗》:"于后巡检坊曲,遂至京城南罗城,有一坊中,一宅门向南开,宛然记得追来及吃杖处,其宅中无人居,问人,云:此是公主凶宅,人不敢居。乃知大凶宅皆鬼神所处,信之。"②在大多数小说中,幽冥世界之所在,往往是相去不远的某个地方,《酉阳杂俎》高涉故事:"不觉向北,约行数十里,至野外,渐入一谷底,后上一山,至顶四望,邑屋尽眼下。至一曹司。"③《纪闻·洪昉禅师》:"四人乘马,人持绳床一足,遂北行,可数百里,至一山,山腹有小朱门,四人请昉闭目,未食顷,人曰:'开之。'已到王庭矣。"④即使是被称为治鬼之所的泰山,也不难到达,《冥报记·唐眭仁蒨》:"仁蒨问:'何由见府君?'景曰:'鬼者可得见尔。往太山庙东,度一小岭,平地是其都所,君自当见。'"⑤

人间与幽冥,鬼可以自由来去,殊无障碍,《续玄怪录·定婚店》:"固

---

① 戴孚撰,方诗铭辑校:《广异记》"隰州佐史",中华书局1992年版,第129页。
② 张鹭撰,赵守俨点校:《朝野佥载》卷六"韩朝宗",中华书局2005年版,第131页。
③ 段成式撰,许逸民校笺:《酉阳杂俎校笺》续集卷七《金刚经鸠异》,中华书局2016年版,第2000页。
④ 李昉等:《太平广记》卷九四《异僧八》"洪昉禅师",中华书局2003年版,第631页。
⑤ 唐临撰,方诗铭辑校:《冥报记》卷中"唐眭仁蒨",中华书局1992年版,第27页。

曰：'幽冥之人，何以到此？'曰：'君行自早，非某不当来也。凡幽吏皆掌人生之事，掌人可不行冥中乎？今道途之行，人鬼各半，自不辨尔。'"①但人通常是无法自由出入幽冥世界的，人常是在身死的状态下，灵魂可以进出幽冥世界，且须有鬼使冥吏的引导。《广异记·王琦》："忽闻门外一人呼名云：'我来追汝。'因便随去，行五十里许，至一府舍，舍中官长大惊云：'何以误将此小儿来？即宜遣还。'旁人云：'凡召人来，不合放去，当合作使，方可去尔。'……"②

人入幽冥之境，不仅要有鬼使冥吏引导，有时还需特别之物的帮助，《酉阳杂俎》陈昭故事云："元和初，汉州孔目典陈昭，因患病，见一人着黄衣，至床前云：'赵判官唤尔。'昭问所因，云：'至自冥间，刘辟与窦悬对事，要君为证。'昭即留坐。逡巡，又有一人，手持一物，如毯胞。前吏怪其迟，答之曰：'缘此候屠行开。'因笑谓昭曰：'君勿惧，取生人气，须得猪胞，君可面东侧卧。'昭依其言，不觉已随二吏行。路甚平，可十余里，至一城，大如府城，甲士守门焉……"③这里，生人至幽冥之境，需持"猪胞"，则甚为可怪。

当然，人也可以不死而进入幽冥世界，但需要鬼神的帮助，《续定命录·李行修》云："行修如王老教，呼于林间，果有人应，仍以老人语传入。有顷，一女子出，行年十五。便云：'九娘子遣随十一郎去。'其女子言讫，便折竹一枝跨焉。行修观之，迅疾如马。须臾，与行修折一竹枝，亦令行修跨。与女子并驰，依依如抵。西南行约数十里，忽到一处，城阙壮丽。前经一大宫，宫有门……"④不过，有时生人也能在无意之中进入幽冥世界，《广异记·浚仪王氏》就言及活人醉酒后偶入棺中而进入幽冥世界："初葬之夕，酒向醒，无由得出，举目窃视，见人无数，文柏为堂，宅宇甚丽，王氏先亡长幼皆集，众鬼见裴郎甚惊……"⑤

---

① 李复言撰，程毅中点校：《续玄怪录》卷四"定婚店"，中华书局 2014 年版，第 187 页。
② 戴孚撰，方诗铭辑校：《广异记》"王琦"，中华书局 1992 年版，第 27 页。
③ 段成式撰，许逸民校笺：《酉阳杂俎校笺》续集卷七《金刚经鸠异》，中华书局 2016 年版，第 1980—1981 页。
④ 李昉等：《太平广记》卷一六〇《定数十五》"李行修"，中华书局 2003 年版，第 1150 页。
⑤ 戴孚撰，方诗铭辑校：《广异记》"浚仪王氏"，中华书局 1992 年版，第 92 页。

至于由人间进入幽冥世界的分界处到底如何,人间与幽冥世界相连接的通道,唐人小说中鲜有具体描述,仅有如《冥报记·周武帝》云:"始忽见人唤,随至一处,有大地穴,所行之道,径入穴中……"① 描述极为简略。

唐人小说中也有离开幽冥世界的描写,这往往是指灵魂重回肉体,与进入幽冥世界相似,通常也须有鬼使冥吏引导。方法很多:

有直接由鬼将灵魂领至肉体旁,然后复活:《冥报记·隋孙宝》:"因以瓶水灌之,从顶至足,遍淋其体,唯臂间少有不遍而水尽。指一空舍,令宝入其中,既入而苏。其灌水不遍之处,肉遂糜烂堕落,至今见骨。"②

有将灵魂推坠入某一神秘坑道,然后复活:《广异记·霍有邻》云:"……方毕,回谓有邻:'汝来多时,屋室已坏。'令左右取两丸药与之:'持归,可研成粉,随坏摩之。'有邻拜辞讫,出门十余里,至一大坑,为吏推落,遂活。"③《纪闻·李虚》云:"吏引虚南,入荒田小径中,遥见一灯炯然,灯旁有大坑,昏黑不见底,二吏推堕之,遂苏。"④《朝野佥载·孟知俭》:"遂至荒榛,入一黑坑,遂活。"⑤

有落入井中,然后回到人间:《广异记·周颂》:"使者乃行十余里,至一石井,坐其侧,复求去,人言:'入井即活,更何所之?'遂推颂落井而活。"⑥

还有从高山上坠下而活:《报应录·李质》:"遂命使者领送还家,至一高山,推落乃寤。"⑦

还有堕地而活:《广异记·郜澄》:"小儿走至,以杖击驴,惊澄堕地,因尔遂活。"⑧

还有自还而活:《冥报记·王璹》:"因问归路,吏曰:'但东行二百

---

① 唐临撰,方诗铭辑校:《冥报记》卷下"周武帝",中华书局1992年版,第49页。
② 唐临撰,方诗铭辑校:《冥报记》卷中"隋孙宝",中华书局1992年版,第24页。
③ 戴孚撰,方诗铭辑校:《广异记》"霍有邻",中华书局1992年版,第138页。
④ 李昉等:《太平广记》卷一○四《报应三》"李虚",中华书局2003年版,第704页。
⑤ 张鷟撰,赵守俨点校:《朝野佥载》卷三"孟知俭",中华书局2005年版,第67页。
⑥ 戴孚撰,方诗铭辑校:《广异记》"周颂",中华书局1992年版,第147页。
⑦ 李昉等:《太平广记》卷一一七《报应十六》"李质",中华书局2003年版,第820页。
⑧ 戴孚撰,方诗铭辑校:《广异记》"郜澄",中华书局1992年版,第150页。

步,当见一故墙,穿破见明,可推倒之,即至君家也。'璹如其言,行至墙,推良久乃倒,容人,璹从倒处出,即至其所居隆政坊南门矣。于是归家,家人哭泣,入户而苏。"①

当然,在唐人小说中关于复活方式的描述还有很多,又如,《广异记·刘长史女》:"女又曰:'后三日必生,使为开棺,夜中以面承霜露,饮以薄粥,当遂活也。'"②又如《法苑珠林·陈安居》:"行久之,阻大江,不得渡,安居依言投符,蒙然如眩,乃是其家庭中也,正闻家中号痛,所送三人,劝还就身,安居闻其臭秽,曰:'吾不复归。'此人乃强排之,仆于尸脚上,安居既愈。"③《冥报记·唐郑师辩》:"僧因引辩出至门外,为授五戒,用瓶水灌其额,谓曰:'日西当活。'……辩意时疑日午,问母,母曰:'夜半。'方知死生返昼夜也。"④

二、人间社会的镜像

唐人小说中的幽冥世界,实际上是人间世界的翻版,处处折射出人间世界的影子,可以说,唐人小说中的幽冥世界实乃人间世界的镜像。

如前文在"幽冥世界的社会结构"中所述,幽冥世界中的一个个城池,仿佛就是人间的一个个州府,从阎王到鬼卒的社会等级与职司,其实就是人间从皇帝到府县小吏的社会等级结构。凡人间社会所有,都能在幽冥世界中找到相应的投影。即便是人间纷杂的小商贩,幽冥世界也有存在,如在《广异记·阿六》中,阿六在冥间见到了与其"素相善"的胡人,"其胡在生,以卖饼为业,亦于地下卖饼"⑤,冥间居然也有以卖烧饼为业者。在与人间同样社会结构的幽冥世界,分散在各处的鬼们也各自有着和人间个体一样的小世界,过着仿佛生人的生活。一座座坟墓就是一个个鬼的家庭,几座相邻就成了左邻右舍。鬼们的社会生活,也一如人间。

---

① 唐临撰,方诗铭辑校:《冥报记》卷下"唐王璹",中华书局1992年版,第71页。
② 戴孚撰,方诗铭辑校:《广异记》"刘长史女",中华书局1992年版,第153页。
③ 释道世:《法苑珠林》卷六二《祭祠篇第六十九》"陈安居",上海古籍出版社1995年版,第454页。
④ 唐临撰,方诗铭辑校:《冥报记》卷中"唐郑师辩",中华书局1992年版,第40—41页。
⑤ 戴孚撰,方诗铭辑校:《广异记》"阿六",中华书局1992年版,第149页。

在幽冥世界里,也有如人间文人雅士一样的雅集之会,在《玄怪录·刘讽》中,就描绘了一群年轻美貌的女鬼于月下欢会的场面:

> ……忽有一女郎西轩至,仪质温丽,缓歌闲步,徐徐至中轩,回命青衣曰:"紫绶,取西堂花茵来,兼屈刘家六姨姨、十四舅母、南邻翘翘小娘子,并将溢奴来,传语道此间好风月,足得游乐。弹琴咏诗,大是好事……"未几而三女郎至,一孩儿,色皆绝国。于是紫绶铺花茵于庭中,揖让班坐。坐中设犀角酒樽,象牙杓,绿鳽花觯,白琉璃盏,醪醴馨香,远闻空际。女郎谈谑歌咏,音词清婉。①

她们的欢会,也如曲江之会一般,设明府、录事,饮酒传令,相互祝酒调笑,居然也希望自己能嫁得好郎,家人朋友都仕途通达。

当然,幽冥世界中的鬼们并不能都如此闲雅,也有贫寒凄苦者,《庐江冯媪传》中冯媪途中所遇鬼妇母子一家:"见一女子,年二十余,容服美丽。携三岁儿,倚门悲泣。前,又见老叟与媪,据床而坐。神气惨戚,言语咕嗫,有若征索财物追逐之状……"②凄凉之境况宛然可见,冯媪一打听,才知是鬼公公、婆婆来向鬼媳妇讨索财物。

幽冥世界的鬼吏鬼卒们也常计较得失,盘算利弊,也不免要耍滑头、托关系、开后门、卖人情、讨小费。

在《玄怪录·董慎》中,兖州佐史董慎,为太山府君所追,被带至幽冥世界,原来是太山府君在判狱中遇到了难题,便把准备把此事交由董慎来处理,太山府君说:"籍君公正,故有是请。今有闽州司马令狐寔等六人,置无间狱,承天曹符,以寔是太元夫人三等亲,准令递减三等。昨罪人程翥一百二十人引例,喧讼纷纭,不可止遏。已具名申天曹。天曹以为罚疑惟轻,亦令量减二等,余恐后人引例多矣,君谓宜如何?"③太山府君在对

---

① 牛僧孺撰,程毅中点校:《玄怪录》卷六"刘讽",中华书局2014年版,第53页。
② 李公佐:《庐江冯媪传》,李剑国辑校《唐五代传奇集》第二编卷九,中华书局2015年版,第704—705页。
③ 牛僧孺撰,程毅中点校:《玄怪录》卷六"董慎",中华书局2014年版,第56页。

闽州司马令狐寔等人的判决中,天曹因罪犯是上元夫人亲戚,希望太山府君为之减刑。但太山府君又害怕其他罪人引例,为了逃避责任,太山府君于是想出了请人间"性公直,明法理"的董慎来判决的主意,为官之道真是无比老练圆滑。

在《广异记·六合县丞》中,六合县丞被拘至冥府,见一女子,来前再拜,问其故,曰:"身是扬州谭家女,顷被招至,以无罪蒙放回,门吏以色美,曲相流连……我家素富,若得随行,当奉千贯,兼永为姬妾,无所恡也。以此求哀。"鬼卒调戏貌美的女鬼。而当县丞将此事告诉判官后,判官也索要财物,向县丞提出分其千贯钱:"千贯我得二百,我子得二百,余六百属君。"①鬼吏也索要贿赂钱财,营私舞弊。在《纂异记·浮梁张令》中,"贪财好杀,见利忘义"的浮梁张令,本该即死,前来索命的鬼卒受其一顿美食,便为之出主意,为其谋划延寿之法。②

甚至,幽冥世界的鬼们也有着和人相似的好尚。比如,鬼也赶时髦,在《河东记·李敏求》中,太山府君判官柳澥对将返回人间地李敏求说:"此间甚难得扬州毡帽子,他日请致一枚。"③请求为其卖一顶扬州毡帽子。

三、唐人小说中的幽冥意象及其审美价值

中国古代小说中对幽冥世界的描绘,在先唐的六朝志怪小说中就已经出现,比如百卷本《法苑珠林》卷七所引《赵泰传》所述赵泰故事,就是较早涉及幽冥世界描绘的小说作品。《法苑珠林》所引不著撰人,赵泰事又见于《辨正论》卷八注、《太平广记》卷一〇九引,注出《幽冥录》(当作《幽明录》);《法苑珠林》卷七及《太平广记》卷三七七引,注出《冥祥记》。《法苑珠林》所引《赵泰传》甚为简略,仅一百二十余字,《幽明录》较详,有九百余字,而《冥祥记》最详,有一千一百余字。在《冥祥记》赵泰故事中

---

① 戴孚撰,方诗铭辑校:《广异记》"六合县丞",中华书局1992年版,第142页。
② 李玫:《纂异记》"浮梁张令",《唐五代笔记小说大观》上册,上海古籍出版社2000年版,第518页。
③ 李昉等:《太平广记》卷一五七《定数十二》"李敏求",中华书局2003年版,第1128页。

所描绘的幽冥世界，十分细致，进入幽冥世界时是由乘黄马的二鬼吏引入，然后历见泰山府君，幽冥世界官府及地狱惨毒等状，最后被遣回复生。又如《幽明录》中的"康阿得""石长和""舒礼"等均有幽冥世界的描绘，只是有的更为简略而已。

六朝志怪小说中的幽冥世界描写，多与佛、道有关，其主要目的在于张皇鬼神的存在，宣扬佛、道灵异。唐人小说中当然也不乏此类主题的表达，如《冥报记》《冥报拾遗》《广异记》中的许多篇章也都是出于此种目的。但除此之外，有许多唐代小说中的幽冥世界描写，却在六朝志怪小说原有的弘教主题表达之外，被赋予了更多其他的主题与思想表达，并承载了更多的小说叙事含义。

如钟辂《前定录·李敏求》，叙李敏求魂游地府："京兆尹赵郡李敏求……日晚拥膝愁坐，忽如沉醉，俄而精魂去身，约行六七十里，至一城门，府门之外，有数百人。忽有一人出拜之……遂于稠人中引入通见，入门两廊，多有衣冠，或有愁立者，或白衣者，或执简板者，或有将通状者。其服率多惨紫，或绿色。既至廊，柳揖与之言曰：……乃命一吏引敏求至东院，西有屋一百余间，从地至屋，书架皆满，文簿签帖，一一可观。吏取一卷，唯出三行……"①《李敏求》中对幽冥世界的描写，其主题就不再与弘道有关，而是为了表现命运前定，是命定主题。

在唐人小说中，由对幽冥世界的描写而生发出其他许多小说主题，如入冥主题、复生主题、果报主题等，另外，也有许多小说中的幽冥世界描写，主要在于炫才与表现异想，如《广异记》《续玄怪录》《纪闻》等许多篇章中的幽冥世界描绘，或出于搜奇记逸，或炫耀才思与异想，其目的指向，则往往需要具体分析。

唐人小说中幽冥世界描写不仅被赋予了比六朝时期志怪小说更为广泛的主题表达，而且有的还具有叙事功能，这里我们以温畬《续定命录·李行修》为例略作说明。《续定命录·李行修》中有关幽冥世界的描写，其文如下：

---

① 钟辂：《前定录》"李敏求"，文渊阁《四库全书》本，第1042册，第632页上。

行修如王老教，呼于林间，果有人应，仍以老人语传入。有倾，一女子出，行年十五。便云："九娘子遣随十一郎去。"其女子言讫，便折竹一枝跨焉。行修观之，迅疾如马。须臾，与行修折一竹枝，亦令行修跨。与女子并驰，依依如抵。西南行约数十里，忽到一处，城阙壮丽。前经一大宫，宫有门……行修心记之，循西廊，见朱里缇幕下灯明，其内有横眸寸余数百，行修一如女子之言，趋至北廊，及院，果见行修数十年前亡者……①

在多数关于幽冥世界的小说中，与亡灵相见，多采取生人性命误被追索而灵魂进入地府的方式，《李行修》则与此不同，而是由王老引见，再由九子母祠中的九娘子派人相送。而且，这一情节的设置，其目的不在于表现幽冥世界，而是出于叙事的需要。李行修之妻王氏去世之后，由于对王氏的依恋和对梦感的厌恶，他不愿再娶，尤其是不愿续娶王氏幼妹，小说设置了李行修多次拒绝了岳父王仲舒的续婚之讽和故江陵尹卫伯玉之子卫随劝导的情节。出于情节发展的需要，必须解决李行修在娶王氏幼妹心理上的抵触情绪，由于情节已经设置了其岳父和朋友等人的劝导，所以，要使李行修忘却故妻王氏，接受其幼妹，最好的说客就是"十数年前亡者"的其妻王氏，于是，作者设置了李行修游地府、与王氏相见的情节。在稠桑王老的帮助下，李行修来到地府与王氏相见，他本"欲申离恨之久"，却被王氏制止，反而托以幼妹，并言："今与君幽显异途，深不愿如此，贻某之患。苟不忘平生，但得纳小妹鞠养，即于某之道尽矣！所要相见，奉托如此。"这一相见，最终造成了李行修心态的转变，他只好"续王氏之婚"，娶了王氏幼妹，解决了小说叙事的逻辑困境，小说中对幽冥世界的描写成为情节发展的重要环节。

另外，唐人小说中的幽冥世界描写，亦折射出许多其他的民间葬祭习俗。如《唐晅》："若于墓祭祀，都无益，必有相飨，但于月尽日黄昏时，于野田中，或于河畔，呼名字，儿尽得也。"②《广异记·裴龄》："龄曰：'若求

---

① 李昉等：《太平广记》卷一六〇《定数十五》"李行修"，中华书局2003年版，第1150页。
② 李昉等：《太平广记》卷三三二《鬼十七》"唐晅"，中华书局2003年版，第2638页。

纸钱,当亦可办,不知何所送之?'吏云:'世作钱于都市,其钱多为地府所收,君可呼凿钱人,于家中密室作之,毕,可以袋盛,当于水际焚之,我必得也。受钱之时,若横风动灰,即是我得。若有风扬灰,即为地府及地鬼神所受。此亦宜为常占。然鬼神常苦饥,烧钱之时,可兼设少佳酒饭,以两束草立席上,我得映草而坐,亦得食也。'"①对鬼魂如何获得祭品的描述,其实就从一个侧面反映出唐人的鬼神观念及其相关鬼神祭祀民俗。

中国古代的鬼神观念与信仰,具有杂糅与兼收并蓄的特点,它一方面是中国固有传统鬼神观念与信仰的延续,一方面又随着佛教的传入与道教的兴起而吸收了佛、道二教中的地狱之说。(传统鬼神观念与佛教鬼神信仰、道教鬼神信仰之间到底是如何发生相互影响,站在不同的角度会有不同的结论,三者之间的关系,在各种民俗著作、佛教论著、道教论著中有不同的阐释。)唐人的鬼神观念与信仰,既与佛、道等有密切关系,同时,它又游离于二者之外,有相对的独立性,既体现出历史的传承,又具有鲜明的时代风貌。而唐人小说中所表现出来的鬼神观念与信仰以及相应的对幽冥世界的描绘,不论是主题表达,还是叙事功能的承载与民俗呈现,与六朝志怪小说相较,都具有更为丰富、复杂和广泛的美学内涵。

---

① 戴孚撰,方诗铭辑校:《广异记》"裴龄",中华书局 1992 年版,第 141 页。

第六章　唐人小说与游艺行旅

第一节　竹马之戏与飞行的竹马

唐时民间流行有各种各样的儿童游戏,路德延在其《小儿诗五十韵》(见《全唐诗》卷七一九)中就叙及如竹马、藏钩、秋千、斗草、踢球、放纸鸢等童戏。唐时民间流行的各种儿童游戏,在唐人小说中亦有呈现,而小说中的这些童戏意象,往往被赋予奇特的功用,颇见天真的异想与机趣,本节选取唐时民间在儿童中极为流行的竹马之戏略作阐发。

一、飞行的竹马

竹马是儿童跨竹竿作马的游戏,宋王应麟《玉海》卷七九"汉鸠车"条引《杜氏幽求子》云:"儿年五岁有鸠车之乐,七岁有竹马之欢。"①《新唐书》卷二二一上《西域传·龟兹传》云:"帝喜,见群臣从容曰:'夫乐有几,朕尝言之:土城竹马,童儿乐也……'"这一儿童游戏由来已久,从史籍记载看,在两汉魏晋间就已十分流行,《后汉书·郭伋传》云后汉郭伋牧并州时,"素结恩德",后途经其地时,就有儿童骑竹马拜迎:"始至行部,到西河美稷,有童儿数百,各骑竹马,道次迎拜。"东晋桓温亦曾对人语及少年时与殷浩为竹马戏之事:"殷侯既废,桓公语诸人曰:'少时与渊源共骑竹马,我弃去,已辄取之,故当出我下。'"②童年时代的竹马之戏往往是成年后美好的回忆,晋武帝会诸葛靓,就向其提及童年时共为竹马之戏的美

---

① 王应麟:《玉海》卷七九《车服·车舆》,广陵书社2003年版,第1457页下。
② 刘义庆撰,刘孝标注,余嘉锡笺疏,周祖谟整理:《世说新语笺疏》,上海古籍出版社1996年版,第521页。

好记忆:"(诸葛靓)与武帝有旧……帝就太妃间相见。礼毕,酒酣,帝曰:'卿故复忆竹马之好不?'"①

到了唐代,竹马之戏也成为诗文中常见的意象,在诗人们的诗中,竹马意象常成为人生中欢乐无忧、天真烂漫的美好时光的象征,如顾况《悼稚》云:"稚子比来骑竹马,犹疑只在屋东西。莫言道者无悲事,曾听巴猿向月啼。"白居易《观儿戏》云:"一看竹马戏,每忆童騃时。"白居易《赠楚州郭使君》云:"笑看儿童骑竹马,醉携宾客上仙舟。"而在大诗人李白《长干行》诗中,更是把"竹马"与"青梅"联系起来:"妾发初覆额,折花门前剧。郎骑竹马来,绕床弄青梅。""青梅竹马"则又成为纯美爱情的代名词。

竹马意象不仅出现在唐代诗文中,也出现在小说中,唐人小说对竹马意象的运用,则可以说是异想翩翩,而不只停留在儿童游戏的层面上。试看牛僧孺《玄怪录·古元之》中的一段情节:

>……即令负一大囊,可重一钧。又与一竹杖,长丈二余。令元之乘骑随后,飞举甚速,常在半天。西南行,不知里数,山河逾远,欻然下地,已至和神国。②

《玄怪录·古元之》中的主人公古元之,因酒醉而死,实为其远祖古弼所召,古弼欲往和神国,无担囊者,遂召古元之。他们去和神国的乘用工具,居然就是儿童游戏中的竹马。作为童戏的竹马,居然在小说中真的成了一种真正的交通工具,且"飞举甚速,常在半天",当其"欻然下地"时,就已到达了目的地,这真是一个绝妙的异想。

除了《玄怪录·古元之》外,唐人小说《续定命录·李行修》《逸史·李林甫》《广古今五行记·惠照师》等中也有类似的情节。

《续定命录·李行修》有一段情节,叙李行修入幽冥之境见其亡妻:

---

① 刘义庆撰,刘孝标注,余嘉锡笺疏,周祖谟整理:《世说新语笺疏》,上海古籍出版社1996年版,第290页。
② 牛僧孺撰,程毅中点校:《玄怪录》卷八"古元之",中华书局2014年版,第79页。

> 行修如王老教,呼于林间,果有人应,仍以老人语传入。有倾,一女子出,行年十五。便云:"九娘子遣随十一郎去。"其女子言讫,便折竹一枝跨焉。行修观之,迅疾如马。须臾,与行修折一竹枝,亦令行修跨。与女子并驰,依依如抵。西南行约数十里,忽到一处,城阙壮丽……①

这里,九娘子所遣侍女与李行修入幽冥之境,竟也是乘"竹马"前往,而且这竹马也居然"迅疾如马"!《逸史·李林甫》中,道士带李林甫之魂魄到一神秘"府署",即李林甫"身后之所处",亦以竹马为乘用之具:

> 逡巡,以数节竹授李公曰:"可乘此,至地方止,慎不得开眼。"李公遂跨之,腾空而上,觉身泛大海,但闻风水之声,食顷止,见大郭邑……遂却与李公出大门,复以竹杖授之,一如来时之状……②

另外,《广古今五行记·惠照师》中的惠照和尚,亦常骑竹马为戏:

> 齐末惠照师者,不知从何许而来,骑一竹枝为马,振策驰驿,盘蹡回转,或时厉声云:"某处追兵甚急,何不差遣!"遂放杖驰走,不遑宁息。或晨往南殿,暮至北城,如其所言,果有烽檄之急。每遥见黑云、飞鸟、群豕,但是黑之物,必低身恭敬。忽自称云伏喽啰语,国人见者,莫不怪笑。京内咸识,不知名字者,呼为伏喻调马。齐未动之前,惠照走杖马,来到殿西骑省……③

惠照和尚"骑一竹枝为马"作戏,虽未见其"飞举甚速"之类的神异描写,但这一民俗意象的运用,无疑突出了惠照和尚行为的特殊与异常。

《玄怪录·古元之》等唐人小说,将民间儿童的竹马之戏引入小说情

---

① 李昉等:《太平广记》卷一六〇《定数十五》"李行修",中华书局2003年版,第1150页。
② 李昉等:《太平广记》卷一九《神仙十九》"李林甫",中华书局2003年版,第131页。
③ 李昉等:《太平广记》卷一三九《徵应五》"惠照师",中华书局2003年版,第1001页。

节中,是颇见思致的异想,既避免了落入俗套,又突出了神鬼及道术之士的神异与特别。

需要说明的是,赋予民间儿童的竹马以神异功能,在先唐古小说中实已有之,如葛洪《神仙传·壶公》云:

> 长房忧不能到家,公以竹杖与之曰:"但骑此,到家耳。"长房辞去,骑杖,忽然如睡,已到家。家人谓之鬼,具述前事,乃发视棺中,惟一竹杖,乃信之。长房以所骑竹杖,投葛陂中,视之,乃青龙耳。①

文中亦骑竹杖,转瞬之间,"忽然如睡,已到家",不过,此一竹杖,之所以能有如此功效,其乃青龙所化。而竹杖为龙,在《苏仙公》中亦提及,其云:"先生曾持一竹杖,时人谓曰'苏生竹杖',固是龙也。"②神仙左慈亦有一竹杖:

> 后出游,请慈俱行,令慈行于马前,欲自后刺杀之。慈着木履,持青竹杖,徐徐缓步行,常在马前百步。着鞭策马,操兵器逐之,终不能及。送知其有道,乃止。③

孙策欲借出游之机,在途中杀左慈,左慈于前"着木履,持青竹杖"而行,孙策于后"着鞭策马,操兵器逐之"而不能及。左慈之竹杖,未言及为龙,亦未点明孙策驱马而不能及是因为左慈挂一竹杖的缘故。当然,此竹杖显然也不是虚设。在《冥祥记·李清》中,也有骑竹杖而飞行的情节:李清被冥府所收,先是乘"竹辇",被二人推之,疾速如驰,来到地府,后因故人阮敬说情,被放还,这时,"敬时亦出,与清一青竹杖,令闭眼骑之。清如其言,忽然至家"④。

---

① 葛洪:《神仙传》卷九,文渊阁《四库全书》本,第1059册,第303页下。
② 李昉等:《太平广记》卷一三《神仙十三》"苏仙公",中华书局2003年版,第91页。按:注出《神仙传》。
③ 葛洪:《神仙传》卷八,文渊阁《四库全书》本,第1059册,第297页下。
④ 李昉等:《太平广记》卷三七九《再生五》"李清",中华书局2003年版,第3014页。

二、飞行的扫帚及其他

　　唐人小说以竹马童戏入文,将儿童游戏用的竹枝作为小说人物真正的交通工具,骑竹马而行,且"飞举甚速",实属翩翩之想。与此相类,在唐人小说中,除神仙鬼魅无凭借地凌空飞举之外,尚有许多与此相类的翩翩异想,此略举数端。

　　在《广异记·户部令史妻》中,户部令史妻为苍鹤之精所惑,夜出就之,乘马,而其婢女则骑扫帚飞行于空际:

　　　　一更,妻起靓妆,令婢鞍马,临阶御之,婢骑扫帚随后,冉冉乘空,不复见。①

扫帚、竹竿或竹枝相类,"骑扫帚"亦如跨竹马。更一夕,当令史夜归堂前幕中,其妻倾出,觉有生人气,令婢以扫帚烛火遍燃堂庑,而后又欲乘马往,因扫帚已烧,其婢无复可骑。这时,小说写道:

　　　　云:"随有即骑,何必扫帚。"婢仓卒,遂骑大瓮随行。令史在瓮中,惧不敢动。须臾,至一处,是山顶林间……②

欢会之后,妇人记起婢女返回:"妇人上马,令婢骑向瓮,婢惊云:'瓮中有人。'妇人乘醉,令推着山下。婢亦醉,推令史出,令史不敢言。乃骑瓮而去。令史及明,都不见人,但有余烟烬而已。乃寻径路,崎岖可数十里方至山口,问其所,云是阆州,去京师千余里。行乞辛勤,月余,仅得至舍。"

　　看来,不只是竹马可骑,扫帚亦可,更甚之,"随有即骑,何必扫帚",连堂前大瓮亦可骑而驱之,同样须臾而至千里之外。

　　而在《纂异记·陈季卿》中,则又有竹叶为舟之妙想。陈季卿家于江南,辞家十年,举进士,志不能无成归,羁栖辇下,鬻书判给衣食。常访僧

---

① 戴孚撰,方诗铭辑校:《广异记》"户部令史妻",中华书局1992年版,第228页。
② 同上。

于青龙寺。一日往，遇僧他适，息于暖阁中，见东壁《寰瀛图》，因起乡思，云："得自渭泛于河，游于洛，泳于淮，济于江，达于家，亦不悔无成而归。"时有终南山翁在焉，闻季卿此语，笑曰不难，"乃命僧童折阶前一竹叶，作叶舟，置图中渭水之上"，命季卿"注目于此舟"：

> 季卿熟视久之，稍觉渭水波浪，一叶渐大，席帆既张，恍然若登舟。始自渭及河，维舟于禅窟兰若，题诗于南楹云："霜钟鸣时夕风急，乱鸦又望寒林集。此时辍棹悲且吟，独向莲花一峰立。"明日，次潼关。登岸，题句于关门东普通院门云："度关悲失志，万绪乱心机。下坂马无力，扫门尘满衣。计谋多不就，心口自相违。已作羞归计，还胜羞不归。"自陕东，凡所经历，一如前愿。旬余至家，妻子兄弟拜迎于门。夕有《江亭晚望》诗，题于书斋，云："立向江亭满目愁，十年前事信悠悠。田园已逐浮云散，乡里半随逝水流。川上莫逢诸钓叟，浦边难得旧沙鸥。不缘齿发未迟暮，吟对远山堪白头。"此夕，谓其妻曰："吾试期近，不可久留，即当进棹。"乃吟一章别其妻……①

季卿如愿"自渭泛于河，游于洛，泳于淮，济于江，达于家"而返。后其妻自江南来，云其曾还家，并留别二章。明年春，下第东归，至禅窟及关门兰若，见所题两篇翰墨尚新。则其乘叶舟顷刻间漫游千里不虚。

而在《逸史·太阴夫人》中，麻婆刳葫芦为器，瞬息来去数万里：

> 清斋七日，斸地种药，才种已蔓生，未顷刻，二葫芦生于蔓上，渐大如两斛瓮。麻婆以刀刳其中，麻婆与杞各处其一。仍令具油衣三领，风雷忽起，腾上碧霄，满耳只闻波涛之声。久之觉寒，令着油衫，如在冰雪中，复令着至三重，甚暖。麻婆曰："去洛已八万里。"……②

---

① 李玫撰，李宗为校点：《纂异记》，《唐五代笔记小说大观》上册，上海古籍出版社 2000 年版，第 501 页。
② 李昉等：《太平广记》卷六四《女仙九》"太阴夫人"，中华书局 2003 年版，第 400—401 页。

当然,瞬息之间来去百里千里者,《玄怪录·柳归舜》则更玄妙,其不用竹马、扫帚、巨瓮之类,仅以尺绮掩目而已:

> 俄而阿春捧赤玉盘,珍羞万品,目所不识,甘香裂鼻。饮食讫,忽有二道士自空飞下,顾见归舜曰:"大难得! 与鹦鹉相对。君非柳十二乎? 君船以风便,索君甚急,何不促回?"因投尺绮曰:"以此掩眼,即去矣。"归舜从之,忽如身飞,却坠,以达舟所。①

如此之类,不一而足,此不赘述。

三、竹枝之妙用

在唐人小说中,竹枝除了能为竹马、飞举甚速之外,尚有其他妙用。最突出的是道者术士施道术于竹枝而使其变化成人形。如《续仙传·马自然》中道士马自然死后殡殓毕,后"发冢视棺,乃一竹枝而已"。这是以竹枝代替己形。也有以竹枝代替他人之形,而让其本形离开,如《续玄怪录·麒麟客》云:

> 迨暮,入白茂实曰:"感君恩宥,深以奉报。复家去此甚近,其中景趣亦甚可观,能相逐一游乎?"茂实喜曰:"何幸! 然不欲令家中知,潜一游可乎?"复曰:"甚易。"于是截竹杖长数尺,其上书符,授茂实曰:"君杖此入室,称腹痛,左右人悉令取药,去后,潜置竹于衾中,抽身出来可也。"茂实从之。②

麒麟客王复为报张茂实"恩宥",邀茂实一游其家,茂实不愿令家人知晓,故而麒麟客与茂实一竹杖,竹杖在衾中化为茂实之形,茂实因而得以秘密随麒麟客出游。后茂实归,麒麟客"取去竹杖",茂实方恢复本形。原来,竹杖只能代替其形,且如已死。随麒麟客出游的,实是茂实之神魂:"茂实

---

① 牛僧孺撰,程毅中点校:《玄怪录》卷四"柳归舜",中华书局 2014 年版,第 33—34 页。
② 李复言撰,程毅中点校:《续玄怪录》卷一"麒麟客",中华书局 2014 年版,第 151 页。

忽呻吟，众惊而问之，茂实绐之曰：'初腹痛，忽若有人见召，遂奄然耳。不知其多时日也。'家人曰：'取药既回，呼之不应，已七日矣。唯心头尚暖，故未敛也。'"再如《原化记·陆生》：

> 遂令取一青竹，度如人长，授之曰："君持此入城，城中朝官，五品以上，三品以下家人，见之，投竹于彼，而取其女来，但心存吾约，无虑也。然慎勿入权贵家，力或能相制伏。"生遂持杖入城，生不知公卿第宅，已入数家，皆无女，而人亦无见其形者。误入户部王侍郎宅，复入阁，正见一女临镜晨妆，生投杖于床，携女而去。比下阶顾，见竹已化作女形，僵卧在床。一家惊呼云："小娘子卒亡。"①

《续玄怪录·麒麟客》中道术之士麒麟客以竹杖替人本形是为了游赏，而《原化记·陆生》中的道士则是以此取他人女子，所为不义，故后被识破。

在唐人小说中，亦有以竹枝为幻术者，《酉阳杂俎》卷五载一事云：

> 王谓曾曰："予以相公好奇，故不远而来，今实乖望矣！予有一艺，自古无者，今将归，且荷公见待之厚，今为一设。"遂诣曾所居，怀中出竹一节及小鼓，规才运寸。良久，去竹之塞，折枝连击鼓子。筒中有蝇虎子数十，分行而出，为二队，如对阵势。每击鼓，或三或五，随鼓音变阵，天衡地轴，鱼丽鹤列，无不备也。进退离附，人所不及。变阵数十，乃行入筒中。曾观之大骇，方言于公，王公已潜去。于公悔恨，令物色求之，不获。②

一节小小竹筒中，而装而"蝇虎子数十"，折枝连击鼓，则列队而出，且能随鼓音变阵，真可谓"自古无者"。

---

① 李昉等：《太平广记》卷七二《道术二》"陆生"，中华书局2003年版，第448—449页。
② 段成式撰，许逸民校笺：《酉阳杂俎校笺》前集卷五《诡习》，中华书局2016年版，第490—491页。

在《续仙传·马自然》中，竹枝之用则更为神奇，马湘以竹枝击他人患痛之处，竟然可治病：

> 或人有疾告者，湘无药，但以竹拄杖打痛处，腹内及身上百病，以竹杖指之，口吹杖头如雷鸣，便愈。有患腰脚馳（同"驼"）曲，拄杖而来者，亦以竹拄杖打之，令放拄杖，应手便伸展。时有以财帛与湘者，推让不受。①

马湘的治病方法独特而神异，即以其竹拄杖敲打或以竹杖指之而吹，即刻病除痛消。

竹在中国古代文化传统中，是清雅高洁之物，而在唐人小说中，竹也能化为精怪，作祟害人，且十分血腥，《惊听录·韦氏女》云：

> 洛阳韦氏，有女殊色，少孤，与兄居。邻有崔氏子，窥见悦之，厚赂其婢，遂令通意，并有赠遗。女亦素知崔有风调，乃许之，期于竹间红亭之中。忽有曳履声，疑崔将至，遂前赴之。乃见一人，身长七尺，张口哆唇，目如电光，直来擒女。女奔走惊叫，家人持火视之，但见白骨委积，血流满地。兄乃诘婢得实，杀其婢而剪其竹也。②

韦氏女本于竹林中期待与邻家崔氏子的一次美好约会，没想到来赴约的却是"身长七尺，张口哆唇，目如电光"的竹怪，结果韦氏女被杀。

唐人小说中的这些竹意象，与竹马意象一样，是唐人烂漫异想在小说中的体现，当然，这些异想，无疑是基于竹在唐时民间生活中的广泛用途，与人们对竹的熟悉有关。

---

① 李昉等：《太平广记》卷三三《神仙三十三》"马自然"，中华书局2003年版，第213页。
② 李昉等：《太平广记》卷三三〇《鬼十五》"韦氏女"，中华书局2003年版，第2621页。

第二节 弈与对弈中的人间世相

如果说竹马之戏是唐时儿童中十分流行的游戏,那么对弈则是成人间一种十分流行的休闲与娱乐方式。在唐人小说中,对弈以及与此相关的意象,意蕴丰富,值得注意,本节拟对唐人小说中的对弈意象略作爬梳。

一、弈技天授

在唐代,无论是在民间还是士林,对弈都是极为流行的娱乐消遣方式之一,这在唐人小说中也体现出来,唐人小说中有许多与弈及对弈有关的描写,构成了小说中一类独特的意象,值得注意。

弈即围棋,许慎《说文解字》云:"弈,围棋也。从廾、亦声"。围棋起源很早,张华在《博物志》中说:"尧造围棋而丹朱善围棋。"或云:"尧造围棋以教子丹朱,或曰舜以子商均愚,故作围棋以教之,其法非智莫能也。"[1]对弈在春秋战国时已很流行,《孟子·告子章句上》中即提到善弈之"弈秋",其云:"弈秋,通国之善弈者也,使弈秋诲二人弈,其一人专心致志,惟弈秋之为听;一人虽听之,一心以为有鸿鹄将至,思援弓缴而射之,虽与之俱学,弗若之矣。"自此以降,对弈便成为中国民间广为流行的一种游戏形式。

唐人接受了西汉以降的阴阳五行、谶纬符命之说,并将其从对王朝兴衰和社会治乱的附会延伸到了对于个人命运的解释,相信人之一切,从年寿、禄位、功名、富贵、婚姻到每一天的一饮一食,均有冥冥之中的前定安排:"乃知命也,岂由于人耶"[2];"人之出处,无非命也"[3];"名第者,阴注阳受"[4];"人生之穷达,皆自阴骘"[5];"伉俪之道,亦系宿缘"[6];"生人一饮

---

[1] 张华撰,范宁校正:《博物志校正》佚文,中华书局1980年版,第124页。
[2] 李昉等:《太平广记》卷一四六《定数一》"狄仁杰",中华书局2003年版,第1053页。
[3] 李昉等:《太平广记》卷一五四《定数九》"樊阳源",中华书局2003年版,第1106页。
[4] 李昉等:《太平广记》卷一八四《贡举七》"高辇",中华书局2003年版,第1376页。
[5] 李复言撰,程毅中点校:《续玄怪录》卷二"李岳州",中华书局2014年版,第159页。
[6] 李昉等:《太平广记》卷一六〇《定数十五》"灌园婴女",中华书局2003年版,第1151页。

一啄,无非前定"①。

在这种前定观念的笼罩与支配下,唐人也相信每个人所秉之才华亦源自天授,比如相信文才天授,如王仁裕《开元天宝遗事》云:"李太白少时,梦所用之笔头上生花,后天才赡逸,名闻天下。"②当然,这种相信人之文才天授的观念,在唐以前已经存在,如《晋书·王珣传》云王珣梦大笔如椽:"珣梦人以大笔如椽与之,既觉,语人云:'此当有大手笔事。'俄而帝崩,哀册谥议,皆珣所草。"《南史·纪少瑜传》云纪少瑜梦陆倕授笔:"少瑜尝梦陆倕以一束青镂管笔授之,云:'我以此笔犹可用,卿自择其善者。'其文因此遒进。"既然天可与之,则亦可取走,如钟嵘《诗品》卷中"齐光禄江淹"云江淹才尽云:"初,淹罢宣城郡,遂宿冶亭,梦一美丈夫,自称郭璞,谓淹曰:'我有笔在卿处多年矣,可以见还。'淹探怀中,得五色笔以授之。尔后为诗,不复成语,故世传江淹才尽。"江淹之所以才尽,是因为郭璞取走了曾给他的代表文才的五色笔。

对弈讲究技艺,而弈技自有高下优劣,唐人认为,弈技之高下优劣,亦是天与。这种弈技天授的观念,在唐人小说中亦有表现。如《补录传记》言唐僖宗棋艺之获得:"僖宗自晋王即位,幼而多能,素不晓棋。一夕,梦人以《棋经》三卷焚而使吞之,及觉,命待诏观棋,凡所指画,皆出人意。"③唐僖宗于梦中吞下《棋经》之后,本来"素不晓棋"的他,居然可以指画待诏对弈,且招数"皆出人意",足见他棋艺之精不同凡响。这是一个典型的棋艺天授故事。如果说唐僖宗弈技的获得故事较为玄虚且乏新意的话,那么薛用弱《集异记·王积薪》叙王积薪弈技的获得则更委曲而生动:

> 玄宗南狩,百司奔赴行在,翰林善棋者王积薪从焉。蜀道隘狭,每行旅止息,道中之邮亭人舍,多为尊官有力之所先。积薪栖无所

---

① 牛僧孺撰,程毅中点校:《玄怪录》卷九"掠剩使",中华书局2014年版,第98页。
② 王仁裕撰,丁如明校点:《开元天宝遗事》卷下"梦笔头生花",《唐五代笔记小说大观》下册,上海古籍出版社2000年版,第1730页。
③ 李昉等:《太平广记》卷二七八《梦三》"唐僖宗",中华书局2003年版,第2212页。

入,因沿溪深远,寓宿于山中孤姥之家,但有妇姑,皆阖户,止给水火。才暝,妇姑皆阖户而休。积薪栖于檐下,夜阑不寝。忽闻堂内姑谓妇曰:"良宵无以适兴,与子围棋一赌可乎?"妇曰:"诺。"积薪私心奇之,堂内素无灯烛,又妇姑各在东西室。积薪乃附耳门扉,俄闻妇曰:"起东五南九置子矣。"姑应曰:"东五南十二置子矣。"妇又曰:"起西八南十置子矣。"姑又应曰:"西九南十置子矣。"每置一子,皆良久思惟。夜将尽四更,积薪一一密记,其下止三十六。忽闻姑曰:"子已败矣,吾止胜九枰耳。"妇亦甘焉。积薪迟明,具衣冠请问,孤姥曰:"尔可率己之意而按局置子焉。"积薪即出囊中局,尽平生之秘妙而布子,未及十数,孤姥顾谓妇曰:"是子可教以常势耳。"妇乃指示攻守杀夺救应防拒之法,其意甚略。积薪即更求其说,孤姥笑曰:"止此亦无敌于人间矣。"积薪虔谢而别,行十数步,再诣,则失向来之室间矣。自是积薪之艺,绝无其伦。即布所记妇姑对敌之势,罄竭心力,较其九枰之胜,终不得也。因名"邓艾开蜀势",至今棋图有焉,而世人终莫得而解矣。①

王积薪随唐玄宗奔蜀,夜间寓宿于山中孤姥之家,夜阑而闻室内姑妇在东西室凭空对弈,迟明请问,而得孤姥与妇人指教,"自是积薪之艺,绝无其伦"。而当积薪告别而出,"行十数步,再诣,则失向来之室间矣",表明积薪所遇乃是神仙。这无疑是一个弈技天授的故事,但与唐僖宗获天授棋艺故事相比,王积薪获得天授弈技的故事则要婉妙许多。由于围棋是唐时士人的普遍好尚,因而他们也如琢磨诗艺与为文之道一样琢磨棋艺,弈技天授故事应该是他们琢磨棋艺、希求获得神助而超越自身局限、棋艺大进心态的一种形象反映。

二、作为神仙标志的对弈

如前所言,唐时的对弈之风无论是在市井还是士林,都十分流行,而

---

① 薛用弱:《集异记》卷一"王积薪",中华书局1980年版,第2—3页。

在士林尤甚,被认为是一种高雅的休闲和娱乐方式。白居易《官舍闲题》写道:"职散优闲地,身慵老大时。送春唯有酒,销日不过棋。"(《全唐诗》卷四三九)而在白居易的另一首诗《池上》中,则描绘了一个幽静娴雅的对弈画面:"山僧对棋坐,局上竹阴清。映竹无人见,时闻下子声。"(《全唐诗》卷四五五)这样的对弈,恬淡而高雅,正是士人追求的诗意生活。

白居易《池上》诗中所描绘的这种诗意的对弈意象,在唐人小说中同样存在,唐人小说中的洞天福地故事中对神仙生活的描绘,常常使用对弈意象,对弈意象几乎成为唐人小说中描写神仙生活的固定意象。如《仙传拾遗·李球》中叙李球游五台山,探访风穴,而入神仙之境,他看到的神仙生活即是这样的情景:"良久至地,见一人形如狮子而人语,引球入洞中斋内,见二道士弈棋。道士见球喜,问球所修之道……"① 又如《神仙拾遗·嵩山叟》,言有嵩山叟者,误堕入嵩山大穴之中,巡穴而行十许日,而入神仙所居:

忽旷然见明,有草屋一区,中有二仙对棋,局下有数杯白饮。堕者告以饥渴,棋者与之饮,饮毕,气力十倍。棋者曰:"汝欲留此否?"答不愿停。棋者教云:"从此西行数十步,有大井,井中多怪异,慎勿畏之,必投身井中,自当得出。若饥,可取井中物食之。"②

《原仙记·冯俊》(《太平广记》卷二三)亦言冯俊入石穴而得见神仙洞天,其所见神仙道士,也是在"弈棋戏笑";《广异记·麻阳村人》中麻阳村人入洞天见群仙,"羽衣乌帻,或樗蒲,或弈棋,或饮酒";③《原化记·薛尊师》中薛尊师入一石室,见"有道士数人,围棋饮酒"。④ 而在《逸史·黄尊师》中,黄尊师入山砍柴,因遇二道士对弈,"看之不觉日暮",耽误了砍柴,空手而返,被其师黄生骂叱捶杖,最后因此而获得道术:

---

① 李昉等:《太平广记》卷四七《神仙四十七》"李球",中华书局2003年版,第292页。
② 李昉等:《太平广记》卷一四《神仙十四》"嵩山叟",中华书局2003年版,第97页。
③ 戴孚撰,方诗铭辑校:《广异记》"麻阳村人",中华书局1992年版,第6页。
④ 李昉等:《太平广记》卷四一《神仙四十一》"薛尊师",中华书局2003年版,第258页。

黄尊师居茅山，道术精妙，有贩薪者，于岩洞间得古书十数纸，自谓仙书。因诣黄君，恳请师事。黄君纳其书，不语。日遣斫柴五十束，稍迟并数不足，呵骂及棰击之，亦无怨色。一日，见两道士于山石上棋，看之不觉日暮，遂空返。黄生大怒骂叱，杖二十。问其故，乃具言之，曰："深山无人，何处得有棋道士，果是谩语。"遂叩头曰："实。明日便捉来。"及去，又见棋次，乃伴前看，因而擒捉。二道士并局，腾于空中上高树，唯得棋子数枚。道士笑谓曰："传语仙师，从与受却法箓。"因以棋子归，悉言其事。黄公大笑，乃遣沐浴，尽传法箓，受讫辞去，不知其终。①

不难看出，唐人小说中对神仙生活的描绘，对弈是其中几乎不可或缺的意象。这一点，恐与唐人对围棋的看法与态度有关。在唐人眼中，围棋是一种高雅而有情趣的休闲娱乐方式，唐人诗中的对弈意象，多如白居易《池上》诗所展现，常以对弈来表现一种恬淡高雅的意趣，又如刘禹锡的《过包尊师山院》："漱玉临丹井，围棋访白云。道经今为写，不虑惜鹅群。"(《全唐诗》卷一四八)而作为神仙，既然已出尘表，那么，他们的生活必定是宁静、惬意、安详和高雅的。唐人认为，对弈正是体现宁静、惬意、安详和高雅生活的最好方式，所以，在唐人对神仙生活的想象和设计中，对弈便成为神仙生活中必不可少的内容。刘禹锡《海阳十咏·蒙池》即云："地灵草木瘦，人远烟霞逼。往往疑列仙，围棋在岩侧。"(《全唐诗》卷三五五)而《集仙录·谢自然》中言及神仙之事，其实也透露出唐人的这种观念和认识："崔张二使，从寅至午，多说神仙官府之事，言上界好弈棋，多音乐，语笑率论至道玄妙之理。"②于此可见，在唐人看来，神仙生活或者说神仙的日常主要活动就是弈棋、音乐以及论道。而弈棋，甚至可以看作是神仙的标志性生活方式。

---

① 李昉等：《太平广记》卷四二《神仙四十二》"黄尊师"，中华书局2003年版，第265页。
② 李昉等：《太平广记》卷六六《女仙十一》"谢自然"，中华书局2003年版，第409页。

三、对弈中的人间世相

　　唐诗中的对弈意象,传达的多是一种高雅的志趣,与唐诗中的对弈意象相比,唐人小说中的对弈意象所具有的内蕴则要丰富许多,唐人小说中的对弈意象除了如前文所言被当作一种标志性意象出现在描写神仙生活的小说中之外,也广泛地存在于其他题材类型的唐人小说中,从这些对弈意象中,往往可见诸多的唐人对弈尚趣以及其时鲜活的人情世态。

　　唐人喜好围棋,对自己的棋名十分珍惜,如果棋艺甚高,声名远扬,还常会因此而获得特殊的照顾。如《刘宾客嘉话录》叙韦延祐事云:"韦延祐围棋与李士秀敌手,士秀惜其名,不肯先,宁输延祐筹,终饶两路。延祐本应明经举,道过大梁,其护戎知其善棋,表进之。遂因言江淮足棋人,就中弈棋明经者多解。"①李士秀惜名,与人对弈而不肯先,而韦延祐因善弈而获得荐举,可谓因善弈而得福。虽然善弈在多数情况下是一件好事,不过,有时却也会因此而招致麻烦,如孙光宪《北梦琐言·日本国王子棋》中的油客子邓生,就因善弈而招来麻烦:

　　　　蜀简州刺史安重霸黩货无厌,部民有油客子者,姓邓,能棋,其力粗赡,安辄召与对敌,只令立侍。每落一子,俾其退立于西北牖下,俟我算路,然后进之。终日不下十数子而已。邓生倦立且饥,殆不可堪。次日又召,或有讽邓生曰:'此侯好赂,本不为棋,何不献效而自求退?'邓生然之,以中金十锭获免。良可笑也。②

油客子邓生因善弈,被安重霸招来对弈,终日不歇,殆不可堪,后经人指点,以金十锭赂之而获免。小说也讽刺了安重霸实本不好棋,而是利用权势,假以围棋、以弈为名而致赂的丑行。

---

　① 韦绚撰、阳羡生校点:《刘宾客嘉话录》补遗,《唐五代笔记小说大观》上册,上海古籍出版社2000年版,第825页。
　② 孙光宪撰,贾二强点校:《北梦琐言》卷一"日本国王子棋",中华书局2002年版,第21页。

如果说安重霸是一个虚伪的弈者,借弈牟利,嘴脸可恶可憎的话,那么《玉堂闲话·胡令》中胡令,则是一个小气的弈者,好弈却"靳食倦客",嘴脸可笑可鄙:

> 奉先县有令姓胡,忘其名,渎货靳食,癖好博弈。邑寄张巡官,好尚既同,往来颇洽。每会棋,必自旦及暮,品格既停,略无厌倦。然宰君时入中门,少顷,又来对棋,如是日日,早入晚归,未尝设食于张。不胜饥冻,潜知之。时入盖自食而复出。及暮辞宰曰:"且去也,极是叨铁。"胡唯唯而已。①

待张巡官去后,胡令思"极是叨铁"之意而不得,追而问之,张巡官为之细述其意,言讫而去,后"胡入室,话于妻子,再三思之,方知讽其每日自入,噇猛火了,却出来棋也。"此事传扬,遂成为故实,以致"凡靳食倦客之士,时人多以此讽之"。小说中的胡令愚憨鄙陋,其形象十分典型,颇堪玩味。

棋逢对手者,往往惺惺相惜,《渚宫旧事》中所提到的朱道珍与刘廓,便是这样一对棋友,他们生前为棋友,死后亦不能相忘:

> 沈攸之在镇,朱道珍尝为孱陵令,刘廓为荆州户曹,各相并居江陵,皆好围棋,日夜相就。道珍元徽三年六日亡,至数月,廓坐斋中,忽见一人,以书授廓云:"朱孱陵书。"题云:"每思棋聚,非意致阔,方有来缘,想能近顾。"廓读毕,失信所在,寝疾寻卒。②

此故事属于以亡灵预告生人之死期的故事,表达的是生死前定的观念。情节模式不出前定故事之窠臼,而其以对弈意象来表达,则很别致。朱道珍生前与刘廓为棋友,"日夜相就",想必二人应是棋逢对手,甚为相得。朱道珍死后数月,即致书刘廓,表达对昔日棋聚的留恋,并致相召之意,而刘廓阅书之后,寝疾寻卒,想必二人在另一个世界中也会日夜相就,继续

---

① 李昉等:《太平广记》卷二六二《嗤鄙五》"胡令",中华书局 2003 年版,第 2046 页。
② 余知古:《渚宫旧事》补遗,文渊阁《四库全书》本,第 406 册,第 605 页下。

他们的对弈。

生前因棋为友,死后因棋相召,可谓痴于弈者。凡俗之人如此,而神仙亦不能免俗,也有着相似的情结,《北梦琐言·天帝召棋客》所叙便是一例,天帝也希望与善弈的滑能对弈,故而派人相召:

> 唐僖宗朝,翰林待诏滑能,棋品甚高,少逢敌手。有一张小子,年可十四,来谒觅棋,请饶一路。滑生棋思甚迟,沉吟良久,方下一子。张生随手应之,都不介意,仍于庭际取适,候滑生更下,又随手着应之。一旦黄寇犯阙,僖宗幸蜀,滑以待诏供职,谋赴行在,欲取金州路入,办装挈家将行。张生曰:"不必前迈,某非棋客,天帝命我取公着棋,请指挥家事。"滑生惊愕,妻子啜泣,奄然而逝。①

此故事中实透露出人们对那些棋品甚高者"奄然而逝"的惋惜之情,设想他们的去世,是因为被天帝所召。

在唐人小说中,《潇湘录·马举》亦涉弈事,但其立意构思颇为别致,值得注意。小说叙一棋局幻化为知兵道、善兵法的老者,向马举纵论兵战之事:

> 马举镇淮南日,有人携一棋局献之,皆饰以珠玉,举与钱千万而纳焉。数日,忽失其所在。举命求之,未得。而忽有一叟,策杖诣门,请见举,多言兵法。举遥坐以问之,叟曰:"方今正用兵之时也,公何不求兵机战术,而将御寇雠,若不如是,又何作镇之为也?"公曰:"仆且治疲民,未暇于兵机战法也。幸先生辱顾,其何以教之?"老叟曰:"夫兵法不可废也,废则乱生,乱生则民疲,而治则非所闻。曷若先以法而治兵,兵治而后将校精,将校精而后士卒勇。且夫将校者,在乎识虚盈,明向背,冒矢石,触锋刃也。士卒者,在乎赴汤蹈火,出死入生,不旋踵而一焉。今公既为列藩连帅,当有为帅之才,不可旷职

---

① 孙光宪撰,贾二强点校:《北梦琐言》卷一〇"天帝召棋客",中华书局2002年版,第213页。

也。"举曰:"敢问为帅之事何如?"叟曰:"夫为帅也,必先取胜地,次对于敌军。用一卒,必思之于生死;见一路,必察之于出入;至于冲关入劫,虽军中之余事,亦不可忘也。仍有全小而舍大,急杀而屡逃,据其险地,张其疑兵,妙在急攻,不可持疑也。其或迟速未决,险易相悬,前进不能,差须求活,屡胜必败,慎在欺敌。若深测此术,则为帅之道毕矣。"举惊异之,谓叟曰:"先生何许人,何学之深耶?"叟曰:"余南山木强之人也,自幼好奇尚异,人人多以为有韬玉含珠之誉,屡经战争,故尽识兵家之事。但乾坤之内,物无不衰,况假合之体,殊不坚牢,岂得更久耶?聊得晤言,一述兵家之要耳。幸明公稍留意焉。"因遽辞,公坚留,延于客馆。至夜,令左右召之,见室内唯一棋局耳,乃是所失之者,公知其精怪,遂令左右以古镜照之,棋局忽跃起,坠地而碎,似不能变化,公甚惊异,乃令尽焚之。①

物怪题材是唐人小说常见的题材,但棋局为怪,却并不多见,可谓别开生面。《马举》以棋局成精,化为"尽识兵家之事"及"兵家之要"的老叟,向人间真正领兵的将领谈兵论道,这一幻设无疑颇见巧思。棋局如同战场,弈技如同兵法,小小棋局,实可见治兵之术与用兵之道。不难看出,《潇湘录·马举》正是此一观念的形象表达。同时,小说对那些手握重兵却不知用兵者也有微讽之意。

唐人小说中的弈与对弈意象十分丰富,构成了唐人小说中一类独特的意象类型,这些弈与对弈意象蕴藏着丰富的人文意趣,可窥见诸多的唐人对弈尚趣以及其时鲜活的人情世态,其所具有的独特美学价值是值得注意的。

第三节　客店、客店奇遇与宵话征异

客店,又称逆旅、客舍、客馆、旅馆、邸店、邸舍、旅邸、候馆等等。客店

---

① 李昉等:《太平广记》卷三七一《精怪四》"马举",中华书局2003年版,第2949—2450页。

出现很早,《周礼·地官·遗人》云:"凡国野之道,十里有庐,庐有饮食;三十里有宿,宿有路室,路室有委;五十里有市,市有候馆,候馆有积。"这里的"庐""宿""候馆"均当具有客店的性质,则早在先秦,客店就已经出现。经两汉魏晋南北朝而至唐代,客店随着社会经济的繁荣与人员的流徙而有了长足的发展,据《通典》载:"东至宋、汴,西至岐州,夹路列店肆待客,酒馔丰溢","南诣荆、襄,北至太原、范阳,西至蜀川、凉府,皆有店肆,以供商旅"。① 客店也因此成为唐人生活中的重要部分,许多人都有栖止客店的经历。而作为陌生之所,行旅云集之处,遭逢奇人奇事便是十分自然的事了。这当然也在文学中体现出来,唐人小说中就有许多客店故事,出现了许多意蕴独特的客店意象。

在唐人小说的客店故事中,客店奇遇是重要一类,构形成一类特殊的故事范型,细究之,唐人小说中的客店奇遇故事,根据其性质,大致又可归纳为事、人、情三种亚型,即客店奇事型、客店奇人型与客店奇情型。

一、客店奇事型

在唐人小说的客店故事中,遭逢怪奇之事是重要一型,综观之,此型故事多以小说主人公的视角,以其亲眼所见、亲身经历的方式,叙奇述怪,或长或短,侧重于呈现惊奇之事及其过程。《纪闻·武德县民》(《太平广记》卷三六二)言逆旅奇事,短短六十余字,却十分精彩:"武德县逆旅家,有人锁闭其室,寄物一车,如是数十日不还。主人怪之,开视囊,皆人面衣也,惧而闭之。其夕,门自开,所寄囊物并失所在。"而如薛渔思《河东记·板桥三娘子》叙赵季和于汴州西板桥店目睹奇事,则篇幅漫长,委曲细微。小说云许州客赵季和诣东都,夜宿板桥店,店娃三娘子寡居无男女,亦无亲属。其夜赵季和辗转不寐,闻隔壁三娘子房间有悉窣若动物之声,于是从隙中窥之,得睹奇事:

见三娘子向覆器下取烛,挑明之,后于巾箱中取一副耒耜,并一

---

① 杜佑撰,王文锦等点校:《通典》卷七《历代户口盛衰》,中华书局 1992 年版,第 152 页。

木牛、一木偶人,各大六七寸,置于灶前,含水噀之,二物便行走。小人则牵牛驾耒耜,遂耕床前一席地,来去数出。又于箱中取出一裹荞麦子,授予小人种之,须臾生,花发麦熟,令小人收割持践,可得七八升。又安置小磨子硙成面,讫,却收木人子于箱中。即取面作烧饼数枚。有顷鸡鸣,诸客欲发,三娘子先起点灯,置新作烧饼于食床上,与客点心。季和心动,遽辞,开门而去,即潜于户外窥之,乃见诸客围床食烧饼,未尽,忽一时踣地作驴鸣,须臾皆变驴矣。三娘子尽驱入店后,而尽没其货财。①

木牛、木人经含水一噀而活,且于室内耕种荞麦,须臾而熟,可谓奇妙,而更让人惊奇的是,此荞麦子磨面作成饼,人食后居然须臾变驴!显然,板桥三娘子以木牛、木人耕种荞麦、须臾而熟,当是使用了巫术方式,巫术在中国源远流长,正如鲁迅所言:"中国本信巫,秦汉以来,神仙之说盛行,汉末又大畅巫风,而鬼道愈炽,会小乘佛教亦入中土,渐见流传。"②在唐前漫长的历史进程中,随着中国与印度、西域诸国交往的深入,西域幻术、魔术等也为传统巫术注入了新的内容,赵季和所见板桥三娘子噀水而活木人、木牛种荞麦、荞麦须臾而熟以及食饼之客变驴等,当是传统巫术与西域幻术、魔术相结合而生的异想。噀水而使木偶变活,是中国古代巫术及方术、道术故事中常见的情节,《续仙传》中恒山道士张果巾箱中有纸驴,噀水则成真驴;《桂苑丛谈》云张绰剪纸蝴蝶,吹气而飞,剪纸鹤,噀水翔翥。裴铏《传奇·聂隐娘》中聂隐娘与其夫亦有白黑二纸卫,装于布囊,小说中虽未明言,想必他们骑时亦或用此法。活木人、木牛于室内种植,须臾便熟,《稽神录·逆旅客》(《太平广记》卷八五)亦讲述类似奇事,其言大梁逆旅客常于市卖皂荚,好事者夜窥之,得见其皂荚得来之法:"方见鉏治床前数尺之地甚熟,既而出皂荚实数枚种之,少顷即生,时窥之,转复滋长,向曙则已垂实矣。即自采掇,伐去其树,剉而焚之。及明携之而去,

---

① 李昉等:《太平广记》卷二八六《幻术三》"板桥三娘子",中华书局2003年版,第2280页。
② 鲁迅:《中国小说史略》,东方出版社1996年版,第28页。

自是遂出，莫知所之。"当然，人化为兽，在唐人小说中亦是常见情节，如《广异记·范端》《宣室志·李徵化虎》即有人化为虎之事。薛用弱《集异记·毛安道》中有道士毛安道噀水将二弟子化为黑鼠，自己化为巨鸢之事。但这些小说中人化为兽的情节均不及《河东记·板桥三娘子》细致奇幻。赵季和既见三娘子将住店诸客变为驴，后月余赵季和自东都回，再过板桥三娘子店，便以诈使三娘子自食其饼，三娘子变驴，"季和即乘之发，兼尽收木人、木牛子等，然不得其术，试之不成。季和乘策所变驴，周游他处，未尝阻失，日行百里"。后道遇一老人识三娘子，因求季和放之，老人于是"从驴口鼻边，以两手擘开，三娘子自皮中跳出，宛复旧身"。

《稽神录·茅山道士》（《太平广记》卷八五）、《宣室志·俞叟惩恪》叙逆旅奇事，亦与巫术或道术有关。《稽神录·茅山道士》叙茅山道士陈某于客店亲身所历奇事，与道术相关。其云茅山道士陈某，壬子岁游海陵，宿于逆旅，雨雪方甚，有同宿者身衣单葛，欲与同寝而嫌其垢弊，乃曰："寒雪如此，何以过夜？"答曰："君但卧，无以见忧。"既皆就寝。陈窃视之，"见怀中出三角碎瓦数片，炼条贯之，烧于灯上。俄而火炽，一室皆暖。陈去衣被，乃得寝。"次日凌晨，此人未明而行。《宣室志·俞叟惩恪》叙吕生因贫乏往投荆南节度使王潜，潜不为礼，吕生困于逆旅，窘迫卖驴于市，有俞叟见之，邀至其处，夜为其召王潜魂，戒令王潜"宜厚给馆谷，尽亲亲之道"，并具体要求"可致一匹一仆，缣二百匹"以遗吕生。第二天，果然有应："明旦天将晓，叟谓吕生曰：'子可疾去，王公旦夕召子矣。'及归逆旅，王公果使召之。"[①]俞叟为吕生招王潜魂事，《补录传记·俞叟》（《太平广记》卷八四）亦载而故事稍异。作法取暖，应属佛道法术，魏晋南北朝时期杂传《葛仙公别传》即载道教葛仙公作法取暖事："公与客谈语，时天大寒，仙公谓客曰：'居贫，不能人人得炉火，请作一大火，共致暖者。'仙公因吐气，火赫然从口中出，须臾，大满屋，客皆热脱衣矣。"[②]《宣室志·俞叟惩恪》云俞叟致生人魂魄事，招人魂魄当是传统方术中技艺，

---

① 张读撰，张永钦、侯志明点校：《宣室志》辑佚"俞叟惩恪"，中华书局1983年版，第165页。
② 据《艺文类聚》卷五《岁时下·寒》校录。

《汉孝武故事》中有李少翁为汉武帝招李夫人魂事,后道教兴起,继承了这一法术,只不过李少翁所招乃亡魂,而此为生人之魂。

在唐人的客店奇事型故事中,客店公案是重要一类。《河东记·板桥三娘子》中板桥三娘子以巫术谋害住店行旅,小说也有客店公案故事性质,只不过其表现的重心不在于此。唐人小说中的客店公案故事普遍而言还比较粗糙,案情的真相大白以及正义的声张主要以受害者鬼魂的报复或者鬼神等其他神秘力量的介入而达成。

如《鄂州小将》(《太平广记》卷一三〇),其云鄂州小将某者,本田家子。既仕,欲结豪族而谋其故妻,因相与归宁,杀之于路,弃尸江侧,并杀其同行婢,已而奔告其家,告诉其妻家人妻为盗所杀,家人毫不怀疑,某得以逍遥法外。这一杀人案似乎永无昭雪之日,小说接下来则以数年后,某"奉使至广陵,舍于逆旅",而见其所杀婢卖花:

> 后数年,奉使至广陵,舍于逆旅,见一妇人卖花,酷类其所杀婢,既近,乃真是婢,见已亦再拜,因问:"为人耶?鬼耶?"答云:"人也。往者为贼所击,幸而不死。既苏,得贾人船,寓载东下,今在此与娘子卖花给食而已。"复问娘子何在。曰:"在近。""可见之乎?"曰:"可。"即随之而去一小曲中,指一贫舍曰:"此是也。"婢先入,顷之,其妻乃出,相见悲涕,备述艰苦。某亦恍然,莫之测也。俄而设餐具酒,复延入内室,置饮食于从者,皆醉。日暮不出,从者稍前觇之,寂若无人,因直入室中,但见白骨一具,衣服毁裂,流血满地,问其邻云:"此空宅,久无居人矣。"①

鄂州小将某杀妻杀婢这一公案,最后是通过其妻与婢的鬼魂于逆旅杀某报仇的方式,使凶手获得应有的惩罚、正义得到伸张。唐人小说中的此类无头公案故事,神秘力量的介入常常是重要的解决方式,而其思想依据和逻辑基础则主要是佛教报应思想以及民间传统的善恶有报等观念。如

---

① 李昉等:《太平广记》卷一三〇《报应二十九》"鄂州小将",中华书局2003年版,第924页。

《宣室志·现世之报》载一故事,未言出处,其最后正义的声张,方式与此相类,其云李生曾于太行道杀一少年而夺其财货,"即疾驱其骡逆旅氏,解其囊,得缯绮百余段,自此家稍赡"。其后李生仕深州录事参军,值成德军帅王武俊子王士真巡深州,一见李生而怒,并无故杀之。李生于狱中乃言当年事,而士真貌类少年,故当是昔少年转世为王士真来报。小说云:"宴罢,太守密讯其年,则二十有七矣,盖李生杀少年之岁而士真生于王氏也。"正如小说中李生自言"尝闻释氏有现世之报"①,这则公案故事利用了佛教报应思想,设计出王士真无故而怒杀李生,从而使李生当年在太行道杀人越货的罪行得到了应有的惩罚。

《冥报记·唐李大安》亦与佛教有关,其云唐陇西李大安,工部尚书大亮之兄也。武德中,大亮任越州总管,大安自京往省之,大亮遣奴婢数人从兄归,至谷州鹿桥,宿于逆旅。其奴有谋杀大安者,候大安眠熟,夜已过半,奴以小剑刺大安项,洞之,刃着于床,奴因不拔而逃。大安惊觉,呼奴其不叛者,奴婢欲拔刃,大安曰:"拔刀便死,可先取纸笔作书。"书毕,县官亦至,因为拔刃,洗疮加药,大安遂绝。这是一桩逆旅杀人公案,小说接下来没有叙写如何抓捕杀人者,而是笔锋一转,叙写李大安如何得到佛的帮助而起死回生。李大安死后,宛然如梦,其魂出庭,见金像,俄化为僧,"因以手摩大安颈疮而去",大安因此复活,后还家,乃知金像为其夫人所造。故事中一个有趣的细节是,大安"见僧背有红缯补袈裟,可方寸许,甚分明"。原来,这一补丁,是造像时所留:"安妻使婢诣像工,为安造佛像。像成,以绿彩画衣,有一点朱污像背上,当遣像工去之,不肯。今仍在,形状如郎君所说。大安因与妻及家人共起观像,乃所见者也。其背点朱,宛然补处。"②显然,主人公逆旅被杀,因其妻虔诚奉佛而重生,一桩公案最后归结于弘佛。

相对而言,《独异志·李灌义行》则是一篇较为典型的逆旅公案故事,其云:

---

① 张读撰,张永钦、侯志明点校:《宣室志》卷三"现世之报",中华书局1983年版,第40—42页。
② 唐临撰,方诗铭辑校:《冥报记》卷中"唐李大安",中华书局1992年版,第33—34页。

> 李灌者，不知何许人，性孤静。常次洪州建昌县，倚舟于岸，岸有小蓬室，下有一病波斯，灌悯其将尽，以汤粥给之，数日而卒。临绝，指所卧黑毡曰：中有一珠可径寸，将酬其惠。及死，毡有微光溢耀，灌取视，得珠。买棺葬之，密以珠内胡口中，植木志墓。其后十年，复过旧邑，时杨平为观察使，有外国符牒以胡人死于建昌逆旅，其粥食之家，皆被栲讯经年。灌因问其罪囚，具言本末，灌告县寮，偕往郭墦，伐树，树已合拱矣。发棺，视死胡貌如生。乃于口中探得一珠还之，其夕棹舟而去，不知所往。①

李灌于建昌逆旅遇一病笃胡波斯，波斯死而赠珠，公案形成；多年后，外国求波斯死亡实情，当地官府侦办此案，经年未决；当事人复过旧邑，说出实情，案情真相大白。整体情节十分典型，只不过较为简略而缺少情致而已。又《尚书故实》载兵部员外郎李约葬一商胡，得珠以含之，与此事略同。

在唐人小说的客店奇事型故事中，还有一类故事值得注意，那就是逆旅所遇奇事往往具有预言性质，暗示主人公未来命运，特别是官禄与穷达之运。如《玉堂闲话·戴思远》言毛璋宿逆旅，夜深而无故剑吼。其云：

> 梁朝将戴思远任浮阳日，有部曲毛璋为性轻悍，常与数十卒追捕盗贼，还宿于逆旅。毛枕剑而寝，夜分，其剑忽大吼跃出鞘外，从卒闻者愕然惊异，毛亦神之。乃持剑咒曰："某若异日有此山河，尔当更鸣跃，否则已。"毛复寝未熟，剑吼跃如初，毛深自负。其后戴离镇，毛请留，戴从之。未几，毛以州归命于唐庄宗，庄宗以毛为其州刺史，后竟帅沧海。②

《北梦琐言·娠子能语》与此相类，只不过用另一种方式即胎儿腹语的方

---

① 李亢撰，张永钦、侯志明点校：《独异志》补佚"李灌义行"，中华书局1983年版，第88页。
② 李昉等：《太平广记》卷一三八《征应四》"戴思远"，中华书局2003年版，第996页。

式预言。言后唐明宗皇帝微时,随蕃将李存信巡边,宿于雁门逆旅,逆旅媪方娠,帝至,不时具食。腹中儿语谓母曰:"天子至,速宜具食。"腹中胎儿发言,依据常理是不可能的事情,小说正是用这种不可能的离奇之事,意在预言明宗将"贵不可言"。①

这类客店奇遇故事所承载的主题显然与《河东记·板桥三娘子》之类不同,如果说《河东记·板桥三娘子》一类故事主要在于炫耀绮思,承载的是唐人翩翩异想与卓异才思的话,那么此类故事承载的则是唐人的命定观念。而这种前定的命运,唐人认为可以通过各种途径如梦、异人之言、奇异之事甚至鬼神等宣示出来,《玉堂闲话·戴思远》通过剑鸣这一奇异事件宣示毛璋将为一方之主,而《北梦琐言·娠子能语》则是通过腹中婴儿言说这样的奇事宣示明宗将为皇帝。《宣室志·周生释鹅》所叙客店奇事也与梦有关,但不关预言,而是物灵以梦的方式向人求助。其云汝南周氏子,元和中以明经上第,调选,得昆山尉,之官途中,舍于逆旅,"中夜梦一丈夫衣白衣,仪状甚秀而血濡衣襟,若伤其臆"②,言为周氏僮仆所系,求其悯而宥之。第二天至家,其夜又梦,白衣丈夫乃言其为鸟,为其家僮所获,周生明日询问家僮,乃始知梦中白衣丈夫乃是一鹅,因放之。

二、客店奇人型

于客店遭逢奇人,是唐人客店奇遇故事的又一重要类型,与客店奇事型故事突显事异不同,客店奇人型故事重点在于突显人物之卓异品性和能力,这些品性和能力往往超出常理,是普通人所不具备且望尘莫及的。就身份而言,唐人的客店奇人型故事中的奇人,多为鬼神仙道及术士巫者。如《广异记·阎庚》张仁亶与阎庚陈留逆旅而遇地府冥吏。张仁亶与阎庚往白鹿山,宿陈留逆旅舍,仁亶见"一客后至,坐于床所,仁亶见其视瞻非凡",因致酒属客,其夜同宿,客因告二人其实"非人,乃地曹耳,地

---

① 孙光宪撰,贾二强点校:《北梦琐言》卷一八"娠子能语",中华书局2002年版,第330页。
② 张读撰,张永钦、侯志明点校:《宣室志》卷四"周生释鹅",中华书局1983年版,第43页。

府令主河北婚姻,绊男女脚。"仁亶开视其衣装,见袋中细绳,方信焉。为答谢二人酒食,告诉二人年寿禄位,并为阎庚绊得佳偶而改变命运。与此相类的是《续玄怪录·定婚店》中的韦固,韦固贞观二年,游清河,旅次宋城南店,于店西龙兴寺遇月下老人,亦为地府主婚姻之冥吏。《河东记·韦浦》(《太平广记》卷三四一)亦云韦浦于阌乡逆旅遇客鬼,韦浦自寿州士曹赴选,至阌乡逆旅,方就食之际,忽有一人前拜,自称曰归元昶,愿备门下厮养卒。韦浦"视之衣甚垢而神彩爽迈",怜而许之。而此归元昶乃一客鬼,一路上作祟路边啮草之牛、潼关稚儿,为华岳神君所遣,分别之际,归元昶为韦浦预告人生二三事。而《宣室志·赤水神》中袁生则于逆旅遇见了赤水神。贞元初,陈郡袁生者尝任参军于唐安,罢秩游巴川,舍于逆旅氏,忽有一夫白衣来谒,自称高氏子。言善算,能祈平生事。其夜,乃明言自己非人,乃赤水神,将有托于袁生。原来其在新明之南的神祠,因去岁淫雨数月而毁坏,郡人无有治者,因而希求袁生为其修缮。并言及来岁袁生将为新明令。然袁生食言,最后为赤水神所罪。沈既济《枕中记》叙卢生于邯郸邸舍遇道者吕翁,言及人生之得失,大叹不得意,于是道士为出一枕,"其枕瓷而窍其两端",云"子枕此,当令子荣适如志"。卢生枕此入梦,果如其言,于梦中实现其"当建功树名,出将入相,列鼎而食,选声而听,使族益茂,而家用肥"的人生愿望。而当卢生醒来后,见"主人蒸黍未熟",怃然良久,并悟出了"宠辱之道,穷达之运,得丧之理,死生之情"的至理。

《稽神录·陈师》叙逆旅梅氏,因颇济惠行旅,而遇仙道:

豫章逆旅梅氏,颇济惠行旅,僧道投止,皆不求直。恒有一道士,衣服蓝缕,来止其家,梅厚待之。一日谓梅曰:"吾明日当设斋,从君求新瓷碗二十事及匕箸,君亦宜来会,可于天宝洞前访陈师也。"梅许之,道士持碗渡江而去,梅翌日诣洞前,问其村人,莫知其处,久之将回,偶得一小径甚明净,试寻之,果见一院,有青童应门,问之,乃陈之居也。入见道士,衣冠华楚,延与之坐,命具食。顷之食至,乃熟蒸一婴儿,梅惧不食。良久,又进食,乃蒸一犬子,梅亦不食。道士叹息,命取昨所得碗赠客,视之,乃金碗也。谓梅曰:"子善人也,然不得仙,千岁人参、枸杞皆不肯食,乃分也。"谢而遣之,比不复见矣。①

梅氏因济惠行旅的善举而引起仙人的注意,故意"衣服蓝缕,来止其家",而梅氏厚待之,仙道知其真诚,以"明日当设斋"为由,从其借"从君求新瓷碗二十事及匕箸",并邀请梅氏至仙人洞。梅氏如约而往,然而,因其夙分,不食千岁人参、枸杞,未能成仙,最后得金碗而归。其间隐含着唐人的善报观念及弘道目的。《集仙录·梁母》(《太平广记》卷五九)中的梁母亦与梅氏相类,只不过结局与梅氏相反,"寡居无子,舍逆旅于平原亭,客来投憩,咸若还家,客还钱多少,未尝有言。客住经月,亦无所厌,自家衣食之外,所得施诸贫寒",最后得以仙去。而《稽神录·华阴店妪》(《太平广记》卷八五)中的店妪,则是一个"能知方来事"的巫者,杨彦伯"童子及第,天复辛酉岁赴选,至华阴",舍于其店,因"时京国多难,朝无亲识,选事不能如期,意甚忧闷",前路未卜,在乡里杨姓旧知的提醒下,最终获得了店妪对其前途的预见。

可以看到,生人与鬼神仙道及术士巫者遭逢,或出偶然,如《广异记·阎庚》中张仁亶、阎庚与地曹相遇,《续玄怪录·定婚店》韦固与月下老人相遇,《稽神录·华阴店妪》中杨彦伯与店妪相遇等;或为鬼神主动接近生人,如《河东记·韦浦》中即客鬼归元昶主动来见韦浦,《宣室志·赤水神》亦是赤水神主动来见袁生,《稽神录·陈师》中道士与梅氏的交往等。在鬼神主动接近生人的逆旅故事中,成仙主题往往是其表现的重心。《宣室志·郑又玄傲慢失神仙》就是一篇这样的典型故事,小说叙叙荥阳郑又玄遇太清真人事,郑又玄先后结交长安闾丘子、唐兴仇氏子,实皆太清真人所化,然而却不能真诚相待,闾丘子、仇氏子终以忧亡,最后于褒城逆旅遇十余岁童儿,亦为太清真人所化,向其尽道实情,揭开谜底。郑又玄两番错过成仙机会,皆因其"骄傲之甚",不能平等真诚对待朋友,小说在表达成仙主题的同时,其间蕴涵的为人处事之道也值得深思。另外,柳祥

---

① 李昉等:《太平广记》卷五一《神仙五十一》"陈师",中华书局2003年版,第317页。

《潇湘录·欧阳敏》叙欧阳敏客店遇鬼而不怕鬼,最后还使鬼哀求其不要诉于尊神,并获得鬼送的一卷能"预知帝王历数"的书,亦可谓奇人。而此小说中的客店乃是一座坏坟的幻象,亦是唐人客店奇遇故事中别具一格的客店。

唐人小说中的客店奇人型故事,所遇奇人除了鬼神仙道及术士巫者之类的奇人之外,豪侠刺客也是重要一类。如《酉阳杂俎》卷九所在唐山人于楚州逆旅所遇卢生,就是一位刺客。小说云唐山人涉猎史传,好道,常游名山,自言善缩锡,颇有师之者。后于楚州逆旅,遇一卢生,义气相合,卢亦语及炉火,称唐族乃外氏,遂呼唐为舅,唐不能相舍,因邀同之南岳。途中止一兰若,其夜卢生逼唐山人言缩锡术,唐山人不与,几杀之,乃言"某师,仙也,令某等十人索天下妄传黄白术者杀之,至添金缩锡,传者亦死。"则这位卢生乃是一名专门刺杀妄传黄白术者的刺客。

而客店巧遇达官贵人甚至皇帝,则是客店遇奇人中的特别一类,这一类故事中的主人公多为落魄者,困居逆旅,因与达官贵人甚至皇帝相遇而得以脱困甚至改变命运。《玉堂闲话·裴度》所叙故事即此类,其云有新授湖州录事参军未赴任而遇盗,物资文簿悉无孑遗,求丐近邑,困居逆旅。一日晋公裴度出游,遇之客店:

> 晋公在假,因微服出游侧近邸,遂至湖纠之店,相揖而坐,与语周旋,问及行止,纠曰:"某之苦事,人不忍闻。"言发涕零。晋公悯之,细诘其事,对曰:"某主京数载,授官江湖,遇寇荡尽,唯残微命,此亦细事尔。其如某将娶而未亲迎,遭郡牧强以致之,献于上相裴公,位亚国号矣。"裴曰:"子室之姓氏何也?"答曰:"姓某,字黄娥。"裴时衣紫袴衫,谓之曰:"某即晋公亲校也,试为子侦。"遂问姓名而往,纠复悔之,此或中令之亲近,入而白之,当致其祸也。寝不安席。迟明,诣裴之宅侧侦之,则裴已入内,至晚,有赪衣吏诣店,颇忽遽,称令公召。纠闻之惶惧,仓卒与吏俱往。至第斯须,延入小厅,拜伏流汗,不敢仰视。即延之坐,窃视之,则昨日紫衣押牙也。因首过再三,中令曰:"昨见所话,诚心恻然,今聊以慰其憔悴矣。"即命箱中官诰授之,已

再除湖州矣。纠喜跃未已,公又曰:"黄娥可于飞之任也。"特令送就其逆旅,行装千贯,与偕赴所任。①

湖纠困于逆旅,因遇裴度,而获赠遗,不仅送还了将娶而未迎的妻子,还获行装千贯。可谓一遭脱困。又如《北梦琐言·卢沆遇宣宗私行》载卢沆故事,卢沆"曾于浐水逆旅遇宣宗皇帝微行。意其贵人,敛身回避。帝揖与相见,沆乃自称进士卢沆。帝请诗卷袖之,乘驴而去"。② 后获皇帝特别安排,得以登第。在此类故事中,也有主人公因不识泰山而错失良机,甚至得咎者。如《北梦琐言·温李齐名》载温庭筠逆旅遇唐宣宗,因其"不识龙颜",傲然诘问,最后被"谪为方城县尉"。③ 又如《明皇杂录·萧颖士恃才傲物》载萧颖士逆旅遇尚书王丘而不识,傲慢无礼而被斥:

萧颖士开元二十三年及第,恃才傲物,漫无与比,常自携一壶,逐胜郊野。偶憩于逆旅,独酌独饮。会有风雨暴至,有紫衣老人领一小僮,避雨于此。颖士见其散冗,颇肆陵侮。逡巡风定雨霁,车马卒至,老人上马,呵殿而去。颖士仓忙觇之,左右曰:"吏部王尚书,名丘。"初,萧颖士常造门,未之面。极惊愕,明日,具长笺造门谢,丘命引至庑下,坐责之,且曰:"所恨与子非亲属,当庭训之耳。"顷曰:"子负文学之名,踞忽如此,止于一第乎?"颖士终扬州功曹。④

在唐人小说中,也常有精彩的客店遇知己、遇同志的故事,如《本事诗·高逸》所叙李白初自蜀至京师,贺知章访之于逆旅,奇李白之文,解金龟换酒与倾尽醉,就是逆旅遇知己的典型故事。⑤《河东记·萧洞玄》

---

① 李昉等:《太平广记》卷一六七,中华书局 2003 年版,第 1221 页。
② 孙光宪撰,贾二强点校:《北梦琐言》卷八"卢沆遇宣宗私行",中华书局 2002 年版,第 177 页。
③ 孙光宪撰,贾二强点校:《北梦琐言》卷四"温李齐名",中华书局 2002 年版,第 90 页。
④ 郑处诲撰,田廷柱点校:《明皇杂录》卷上"萧颖士恃才傲物",中华书局 1994 年版,第 14 页。
⑤ 孟棨撰,李学颖校点:《本事诗》高逸第三,《唐五代笔记小说大观》下册,上海古籍出版社 2000 年版,第 1246 页。

(《太平广记》卷四四)叙王屋灵都观道士萧洞玄,志心学炼神丹,积数年而卒无所成,后神人授以《大还秘诀》,并提醒他若想有成,"须得一同心者,相为表里",后萧洞玄于扬州广陵埭逆旅遇终无为,洞玄见其"船顿,蹙其右臂且折,观者为之寒栗,其人颜色不变,亦无呻吟之声,徐归船中,饮食自若",而认为是可以共同修道的同志,则是逆旅遇同志的典型故事。《玄怪录·张佐》言开元中前进士张佐,曾南次鄠杜,郊行时见有老父乘青驴,四足白,腰背鹿革囊,颜甚悦怿,旨趣非凡。张佐欲与语而不答。后至逆旅,置酒召之,云"吾之所见,梁隋陈唐耳,贤愚治乱,国史已具,然请以身所异者语子",则张佐所遇,乃一博古通今的奇人。

三、客店奇情型

客店奇情型是客店奇遇故事中最具温情浪漫因素的一型。寓居客店,遇佳人青睐而获爱情婚姻,这种意想不到的爱情奇遇,是每一个孤居的旅人都希望遭逢的艳事。然而这种浪漫情缘却往往是可遇而不可求的。《潇湘录·郑绍》(《太平广记》卷三四五)中的郑绍是一个幸运儿。小说云商人郑绍,丧妻后,方欲再娶,"行经华阴,止于逆旅"。因悦华山之秀峭,乃自店南行约数里,而遇青衣,自云为南宅皇尚书女,适于宅内登台望见,遂令致意,郑绍于是随青衣至其宅,乃知女孤居于此,只求佳偶,三年未得,因向郑绍自求婚姻。郑绍许之,其夜成礼。郑绍本商人,后经月余,绍以"我当暂出,以缉理南北货财"为由要求离开,而女郎以"鸳鸯配对,未闻经月而便相离也"相留。郑绍闻之不忍,再居月余,复云:"我本商人也,泛江湖,涉道途,盖是常也。虽深承恋恋,然若久不出行,亦吾心之所不乐者,愿勿以此为嫌,当如期而至。"女乃许之,郑绍离开,至明年春,郑绍复至此地,但见"红花翠竹,流水青山,杳无人迹",绍乃号恸经日而返。

在《潇湘录·郑绍》中,男主人的商人身份值得注意,小说开篇即特别交代郑绍的身份:"商人郑绍者,丧妻后方欲再娶,行经华阴,止于逆旅。"而小说中女主人公的身份却相当高贵,青衣传语时即介绍是"南宅皇尚书女也",后女自我介绍又云:"妾故皇公之幼女也,少丧二亲,厌居城郭,故止此宅。"郑绍至其宅,所见亦俨然大家:"俄及一大宅,又有侍婢数人出,命绍入,延之于馆舍,逡巡,有一女子出,容质殊丽,年可初笄,从婢十余,并衣锦绣……绍唯唯,随之复入一门,见珠箔银屏,焕烂相照,闺阃之内,块然无侣。"相较于女子的这一身份,郑绍与其是不相匹配的,故郑绍在回答女子求婚时说:"余一商耳,多游南北,惟利是求,岂敢与簪缨家为眷属也?然遭逢顾遇,谨以为荣,但恐异日为门下之辱。"正是因为男女主人公的这种身份差异,郑绍的爱情奇遇也就更让人称奇了。

《潇湘录·郑绍》中女主人的身份始终没有言明,从其厌居城郭、独居华山之侧以及最后消隐无踪推想,其或神仙妖媚,但无论如何,"红花翠竹,流水青山"间曾经真实存在且"容质殊丽"的美人,最后却消失无踪,不能不让人生出许多遗憾。当然,在大多数的唐人客店奇情故事中,女主人公的身份多是明确的,且多为神仙鬼女、花妖狐魅。如《广异记·华岳神女》中士人所遇,就是华岳神第三女。小说云近代有士人应举之京,途次关西,宿于逆旅舍小房中。俄有贵人奴仆数人,云公主来宿,即华岳神第三女:

> 近代有士人,应举之京,途次关西,宿于逆旅舍小房中。俄有贵人奴仆数人,云"公主来宿",以幕围店及他店四五所。人初惶遽,未得移徙。须臾,公主车声大至,悉下,店中人便拒户寝,不敢出。公主于户前澡浴,令索房内,婢云不宜有人。既而见某,群婢大骂,公主令呼出,熟视之曰:"此书生颇开人意,不宜挫辱。"第令入房,浴毕召之,言甚会意,使侍婢洗濯,舒以丽服,乃施绛帐,铺锦茵及他寝玩之具,极世奢侈,为礼之好。①

华岳神女因士人"颇开人意",且"言甚会意",而与之相好。与《潇湘录·郑绍》中郑绍遇皇尚书女相比,士人与华岳神女的这段客店情缘似乎完全出于偶然。后华岳神女与士人同还京师,居怀远里公主宅,"某有父母在

---

① 戴孚撰,方诗铭辑校:《广异记》"华岳神女",中华书局1992年版,第60页。

其故宅,公主令婢诣宅起居,送钱亿贯,他物称是,某家因资郁为荣贵,如是七岁,生二子一女。"后公主别为娶妇,因婚家"见其恒入废宅,恐为鬼神所魅",他日乘其醉,书符贴身,公主于是别去。求其名氏,乃云为华岳第三女。又如《广异记·李参军》中兖州李参军在新郑逆旅所遇萧氏,即狐魅。小说云唐兖州李参军,拜职赴上,途次新郑逆旅,遇老人读《汉书》。李因与交言,便及姻事。然后老人为做媒,称"去此数里有萧公,是吏部璇之族,门第亦高,见有数女,容色殊丽"。李闻而悦之,因求老人绍介于萧氏,因至萧宅,"萧氏门馆清肃,甲第显焕,高槐修竹,蔓延连亘,绝世之胜境"。李参军喜而许之,其夕成礼。后乃知其妻萧氏一门乃狐也。①

《传奇·张无颇》中张无颇所遇则是幽冥广利王之女,不过,张无颇不是直接与之相遇,而是在客店中获善易者袁大娘的帮助指点,然后获得机会:

> 长庆中,进士张无颇居南康;将赴举,游丐番禺。值府帅改移,投诣无所,愁疾,卧于逆旅,仆从皆逃。忽遇善易者袁大娘来主人舍,瞪视无颇曰:"子岂久穷悴耶?"遂脱衣买酒而饮之,曰:"君窘厄如是,能取某一计,不旬朔自当富赡,兼获延龄。"无颇曰:"某困饿如是,敢不受教。"大娘曰:"某有玉龙膏一合子,不惟还魂起死,因此亦遇名姝,但立一表白,曰'能治业疾'。若常人求医,但言不可治,若遇异人请之,必须持此药而一往,自能富贵耳。"无颇拜谢受药,以暖金合盛之,曰:"寒时但出此合,则一室暄热,不假炉炭矣。"无颇依其言立表,数日,果有黄衣若宦者扣门甚急,曰:"广利王知君有膏,故使召见。"无颇志大娘之言,遂从使者而往……②

由此结识广利王之女,两番救治之后,终获美人青睐,结为夫妻。

与上述诸篇客店爱情奇遇故事略有不同,陆勋《集异记·朱觐》叙朱

---

① 戴孚撰,方诗铭辑校:《广异记》"李参军",中华书局1992年版,第200—202页。
② 裴铏撰,周楞伽辑注:《传奇》"张无颇",上海古籍出版社1980年版,第58页。

觊于逆旅杀蛇妖而获美妻,小说云:

> 朱觊者,陈蔡游侠之士也。旅游于汝南,栖逆旅。时主人邓全宾家有女,姿容端丽,常为鬼魅所幻惑,凡所医疗,莫能愈之。觊时过友人饮,夜艾方归,乃憩歇于庭。至二更,见一人着白衣,衣甚鲜洁,而入全宾女房中,逡巡,闻房内语笑甚欢,不成寐,执弓矢于黑处以伺其出,候至鸡鸣,见女送一少年而出,觊射之,既中而走,觊复射之,而失其迹。晓乃闻之,全宾遂与觊寻血迹,出宅可五里已来,其迹入一大枯树孔中,令人伐之,果见一蛇,雪色,长丈余,身带二箭而死。女子自此如故,全宾遂以女妻觊。①

朱觊是"陈蔡游侠之士","旅游于汝南,栖逆旅",一夜憩于客店之庭,偶见幻惑客店主人邓全宾女的蛇妖,待其出而以箭射之,天明寻其迹,蛇妖身带二箭而死,于是全宾遂以女妻觊。显然,这是一个典型的以客店为故事发生之地的英雄救美而获美的浪漫故事,较大多数客店奇情故事,多了几分豪侠之气。

《宣室志·谢翱遇鬼诗》中谢翱的爱情奇遇虽不是在客店发生,却在分别之后再次在逆旅相遇。小说云陈郡谢翱,举进士,寓居长安升道里,一日晚霁,出其居南行百步,眺终南峰,而遇一美人,"年十六七,风貌闲丽,代所未识",欢会而别。后谢翱下第东归,途过新丰,作诗寄托相思,美人感其意,于逆旅再次与之相见,互诉款曲,又赠诗而别。谢翱与美人客店的相遇、再别,生动而精彩地叙写了一种男女之间的离别之情,也寄寓了一种美的得而复失的无奈与感伤。此外,沈亚之《秦梦记》应该是一篇特别的客店奇情故事,与沈既济《枕中记》相似,小说主要部分叙写沈亚之梦中经历,然无如《枕中记》中道士这样的异人指点与引导,其云大和七年,沈亚之将之邠,出长安城,客橐泉邸舍,然后昼梦入秦,获内史举荐试补中涓,为秦下五城,值穆公女弄玉新寡,得娶弄玉,后弄玉无疾而终,

---

① 李昉等:《太平广记》卷四五六《蛇一》"朱觊",中华书局2003年版,第3733页。

穆公遣亚之返,亚之作诗痛悼而归,惊觉而仍卧邸舍。亚之俱道此事于友人崔九万,知此处乃秦穆公葬处。沈亚之《秦梦记》以委婉缠绵的笔调叙写了主人公"我"与弄玉短暂而美好的爱情经历,淋漓尽致地表现了对于美的得而复失的深切哀愁。

四、客店奇遇故事中客店场景的小说功能

以上所论唐人小说客店奇遇故事的三种类型的区分,只是依据故事的主要指向的大致归纳,在唐人小说的故事构设中,人、事、情总是水乳交融地同时存在并形成有机的故事整体,这是需要说明的。无论哪一类客店奇遇故事,显然,客店是小说故事情节建构中的一个关键要素,就其功能而言,主要体现在三个方面,第一,作为小说故事情节发生与展开的主要场景或者唯一场景;第二,作为小说故事情节发生与展开的重要背景;第三,作为小说整个故事情节中某一单元的场景。

将客店作为小说故事情节发生与展开的主要场景,薛渔思《河东记·板桥三娘子》具有代表性。在《河东记·板桥三娘子》中,故事情节的发生与展开的主要场景就是三娘子的客店——汴州西板桥店。如前所述故事梗概,小说的整个故事大致分为三个情节单元:第一情节单元,元和中赵季和诣东都宿板桥店,"得深处一榻"而临三娘子房间,赵季和深夜得窥三娘子如何噀水活木牛、木人,如何种荞麦须臾便熟,如何磨面做饼,如何将客人变为驴畜。小说故事情节的第二单元,后月余,赵季和自东都回,复宿板桥店,设计让三娘子自食其饼,将其变为驴畜,"尽收木人、木牛子等",并"乘策所变驴,周游他处"。第三个情节单元,后四年,于华岳庙东五六里,赵季和乘三娘子所变驴,路边遇一老人,老人请于赵季和"可怜许,请从此放之",老人助三娘子变回人形,三娘子"走去,更不知所之"。《河东记·板桥三娘子》三个情节单元,前两个单元是小说的主要部分,三娘子开黑店,以巫术将行旅之人变为驴畜,赵季和偶睹其术,将三娘子变为驴畜,均在三娘子的客店展开。最后一个情节单元的路遇老人、将三娘子变回人形,则是故事的结局。客店是小说故事发生与展开的主要场景。前文所论如《鄂州小将》《冥报记·唐李大安》《玉堂闲话·裴度》等

亦如此，客店是作为其中的主要场景而存在。而在《广异记·华岳神女》《稽神录·茅山道士》《玉堂闲话·戴思远》《北梦琐言·娠子能语》《稽神录·华阴店妪》等中，客店几乎是唯一场景，小说故事基本都在客店展开，如同一出独幕剧。

而如沈既济《枕中记》、沈亚之《秦梦记》、柳祥《潇湘录·郑绍》等则是将客店作为故事情节发生与展开的重要背景。作为小说故事发生与展开的背景，客店往往承担不同的小说功能。在沈既济《枕中记》与沈亚之《秦梦记》中，故事的主体部分为梦中经历，客店作为主人公的入梦之地，是梦中故事的遥远背景，梦里梦外构成二度时空，梦中故事时间的漫长与空间的宏大，客店驻留时间的短暂与空间的狭隘，造成鲜明反差，客店意象与梦意象共同构成人生如寄、人生如梦的象征意义。柳祥《潇湘录·郑绍》中的客店，亦是作为主体故事的背景，但与沈既济《枕中记》、沈亚之《秦梦记》中的客店相比，写实意味相对浓厚，小说开篇云："商人郑绍者，丧妻后方欲再娶。行经华阴，止于逆旅，因悦华山之秀峭，乃自店南行可数里，忽见青衣。"言及郑绍止逆旅，小说故事情节主要在皇尚书女所居之"南宅"展开，与客店无涉，皇尚书女所居之"南宅"是故事的主要场景，郑绍在青衣的引导下进入南宅，于此与女郎相见、成亲，"经月余"，"又经月余"，然后出行，当郑绍"明年春，绍复至此"时，则失所在。客店于此在于表明郑绍的行旅身份，突出郑绍这一奇遇的偶然性，并为最后郑绍再次寻访而南宅的"杳无人迹"设下伏笔。《传奇·张无颇》中客店亦是作为主体故事的背景而存在，张无颇"愁疾卧于逆旅"，遇"善易者袁大娘"，获袁大娘所赠玉龙膏一合子。张无颇客店中与袁大娘相遇并获赠遗这一奇遇，是作为小说主要故事情节的基础与前导，《宣室志·俞叟惩恪》《河东记·韦浦》《稽神录·陈师》等中客店的小说功能与此相似。

也有一些唐人小说，由于其故事情节较为曲折复杂，整个故事由多个情节单元构成，就地位而言，这些情节单元是并列的，并体现着情节发生、发展的逻辑先后关系。其中以客店为场景的情节单元处于情节演进过程的某一特殊位置，虽不是主要部分，但十分重要。如《宣室志》中《郑又玄傲慢失神仙》《谢翱遇鬼诗》等即属此类。如前所言，《宣室志·郑又玄傲慢失神仙》实际上是在表达成仙主题,小说实际上由四个情节单元构成,第一个情节单元叙郑又玄居长安,与邻舍间丘氏子为同学,以其寒贱而斥之,致其忧卒。第二个情节单元叙郑又玄于唐安郡为参军,与仇生为同舍,以其商贾而斥之,致其忧卒。第三个情节单元叙郑又玄侨居蒙阳郡佛寺,从吴道士学艺而不善终。第四个情节单元,叙郑又玄于褒城逆旅遇一童儿,告知其前所遇间丘子、仇氏子以及此身,均为太清真人所化:

> 又玄即辞去,燕游蒙阳郡,久之,其后东入长安,次褒城,舍逆旅氏,遇一童儿十余岁,貌甚秀。又玄与之语,其辨慧千转万化。又玄自谓不能及,已而谓又玄曰:"我与君故人有年矣,君省之乎?"又玄曰:"忘矣。"童儿曰:"吾尝生间丘氏之门,居长安中,与子偕学于师氏,子以我寒贱,且曰'非吾类也'。后又为仇氏子,尉于唐兴,与子同舍,子受我金钱赂遗甚多,然子未尝以礼貌遇我,骂我市井之民,何吾子骄傲之甚邪。"又玄惊,因再拜谢曰:"诚吾之罪也,然子非圣人,安得知三生事乎?"童儿曰:"我太清真人,上帝以汝有道气,故生我于人间,与汝为友,将授真仙之诀,而汝以性骄傲,终不能得其道,吁,可悲乎!"言讫,忽亡所见。①

可见,以客店为场景的此情节单元,是整个故事四个情节单元之一,与前三个情节单元应是并列的组成部分,而这一单元的重要作用在于,太清真人最终亮出了自己的真实身份,从而揭示出故事的主题。神仙来去无踪,小说将其安排在客店现身,符合这一民间神仙观念,同时,也使太清真人道出真相后"忽亡所见"并收束全篇的结构安排具有了逻辑的合理性。

《宣室志·谢翱遇鬼诗》实际上包含两大情节单元,第一单元,谢翱居长安升道里,所居庭中多牡丹,一日晚霁,出其居南行百步,眺终南峰,遇美人相邀,一夜欢会,相互赠诗而别。第二情节单元,即新丰逆旅的再次相遇:

---

① 张读撰,张永钦、侯志明点校:《宣室志》卷九"郑又玄傲慢失神仙",中华书局1983年版,第114页。

明年春,下第东归,至新丰,夕舍逆旅,因步月怅望,感前事,又为诗曰:"一纸华笺丽碧云,余香犹在墨犹新。空添满目凄凉事,不见三山缥缈人。斜月照衣今夜梦,落花啼鸟去年春。红闺更有堪愁处,窗上虫丝镜上尘。"既而朗吟之,忽闻数百步外有车音西来甚急,俄见金闺从数骑,视其从者,乃前时双鬟也。惊问之,双鬟遽前告,即驻车使谓翱曰:"通衢中恨不得一见。"翱请其舍逆旅,固不可。又问所适,答曰:"将之弘农。"翱因曰:"某今亦归洛阳,愿偕东可乎?"曰:"吾行甚迫,不可。"即褰车帘,谓翱曰:"感君意勤厚,故一面耳。"言竟,呜咽不自胜。翱亦为之悲泣,因诵以所制之诗,美人曰:"不意君之不忘如是也,幸何厚焉!"又曰:"愿更酬此一篇。"翱即以纸笔与之,俄顷而成,曰:"惆怅佳期一梦中,五陵春色尽成空。欲知离别偏堪恨,只为音尘两不通。愁态上眉凝浅绿,泪痕侵脸落轻红。双轮暂与王孙驻,明月西驰又向东。"翱谢之良久,别去,才百余步,又无所见。翱虽知为怪,眷然不能忘,及至陕西,遂下道,至弘农,留数日,冀一再遇,竟绝影响。乃还洛阳,出二诗话于友人,不数月,以怨结遂卒。①

客店再遇,显然是对第一情节单元已表达的男女离别之情的进一步渲染,而设以客店场景,则在于突出这种相见的短暂与离别的必然,并造成一种恍然如梦、似真似幻的凄迷效果,得以将这种离别之情表现得情致黯然。

另外,在一些唐人小说中,以客店为场景的情节相对简单,但在整个故事情节的建构中却有着勾连前后的作用。如《续定命录·李行修》中,李行修于稠桑客店遇王老的情节部分即是如此。小说中三次叙及稠桑客店,第一次,预设伏笔,故江陵尹卫伯玉之子卫随言及稠桑王老。李行修深怀亡妻,于是"有秘书卫随者,即故江陵尹伯玉之子,有知人之鉴,言事屡中,忽谓行修曰:'侍御何怀亡夫人之深乎?如侍御要见夫人,奚不问稠桑王老?'"然后搁置此事,叙写后二三年,其岳父王公屡讽行修,托以小女,行修坚不纳。第二次,李行修客店遇王老,"及行修除东台御史,是岁

---

① 张读撰,张永钦、侯志明点校:《宣室志》补遗"谢翱遇鬼诗",中华书局1983年版,第145页。

汴人李介逐其帅,诏征徐泗兵讨之,道路使者星驰,又大掠马,行修缓辔出关,程次稠桑驿。"言其途经稠桑,上承卫伯玉之子卫随之言,于此叙写李行修见王老:

> 已闻敕使数人先至,遂取稠桑店宿。至是日迫曛暝,往逆旅间,有老人自东而过,店之南北争牵衣请驻,行修讯其由,店人曰:"王老善录命书,为乡里所敬。"行修忽悟卫秘书之言,密令召之,遂说所怀之事。①

待李行修言毕,稠桑王老即云"十一郎欲见亡夫人,今夜可也",故事情节立即转入李行修见亡夫人事。第三次,李行修在王老的引导下回到客店,"壁釭荧荧,枥马唼刍如故,仆夫等昏疲熟寐"。《续定命录·李行修》是一篇形象图解唐人命定思想的小说,其故事意在表达李行修续王氏之婚乃是命中注定,无论如何,终必如此。整个故事情节的脉络大致为:李行修梦已再娶王氏幼妹,行修恶之——王氏亡,岳父王公意托续亲,行修拒之——李行修见亡妻魂,亡妻托以幼妹——李行修续王氏之婚。由此可知,小说中李行修稠桑客店遇王老事,其作用在于引出王老,王老安排李行修见其亡妻之魂,了却怀念,为最终再娶王氏幼妹完成心理准备,故这一客店遇王老的情节虽着墨不多,却被精巧地镶嵌在整个情节架构的关键处,成为一个必不可少的支点,承担着勾连前后的作用,并为整个故事情节的发展增添了跌宕之姿。

五、客店奇遇故事与宵话征异

无论是将客店作为小说中故事情节的主要场景甚至唯一场景,还是作为小说中主要故事情节的背景,抑或是作为多情节单元故事中某一情节单元的小场景,或者是作为整个情节链条中的一个小小支点,客店在唐人小说的客店奇遇故事范型中的独特作用都是不容忽视的,特别是在制

---

① 李昉等:《太平广记》卷一六〇《定数十五》"李行修",中华书局2003年版,第1150页。

造奇幻与营构惊奇的审美效果方面具有重要意义。唐人小说客店奇遇故事最显著的美学特征就是故事情节的奇幻性与审美体验的惊奇效果,而其获得在很大程度上与客店相关。这里我们以裴铏《传奇·虬须客传》为例略加说明。①

《传奇·虬须客传》是一篇典型的豪侠题材小说,小说叙隋末先李靖以布衣谒见杨素,有执红拂之妓悦而夜奔之。二人共往太原途中遇到虬须客。李靖欲往太原拜见李姓真人,客亦言闻知太原有奇气,将往访之,遂约定日期而别。及期在刘文静家见到李世民,客见而沮丧万分,再邀其道兄来见,亦然,乃厚赠李靖,令其辅佐李世民,自己则别图海外。贞观十年,客帅海船甲兵入扶馀国,杀其主自立,成就帝业。小说讲述了李靖、红拂妓、虬须客"太原三侠"相遇、相知并成就大事的故事,其中三侠相遇相知的故事,都是以客店为场景展开的,可以说《传奇·虬须客传》是唐人小说运用客店场景的完美典型。

综观之,《传奇·虬须客传》的整个故事主要由五个情节单元构成:第一单元,李靖谒见杨素;第二单元,红拂妓夜奔李靖;第三单元,太原三侠相遇;第四单元,虬须客见李世民;第五单元,虬须客厚赠李靖与红拂妓夫妇。其中故事第一单元的场景是杨素府第,第二、三单元故事场景均为客店,第四单元故事场景一为刘文静处,一为马行东酒楼,第五单元故事场景为虬须客府第。第二、三单元故事场景均为客店。第二单元,红拂妓夜奔李靖,故事场景是西京一逆旅:

> 公归逆旅,其夜五更初,忽闻扣门而声低者,公起问焉,乃紫衣戴帽人,杖一囊,公问:"谁?"曰:"妾,杨家之红拂妓也。"公遽延入,脱衣去帽,乃十八九佳丽人也,素面画衣而拜,公惊,答拜,曰:"妾侍杨司空久,阅天下之人多矣,无如公者。丝萝非独生,愿托乔木,故来奔耳。"公曰:"杨司空权重京师,如何?"曰:"彼尸居余气,不足畏也。诸妓知其无成,去者众矣,彼亦不甚逐也,计之详矣,幸无疑焉。"问其

---

① 裴铏:《传奇·虬须客传》,李剑国辑校《唐五代传奇集》第三编卷四三,中华书局2015年版,第2453—2458页。

姓,曰张。问其伯仲之次,曰最长。观其肌肤仪状、言词气语,真天人也。公不自意获之,愈喜愈惧,瞬息万虑不安,而窥户者无停屦。数日,亦闻追讨之声,意亦非峻。乃雄服乘马,排闼而去。

显然,这是一个呈现式的情节单元,红拂妓夜奔李靖于逆旅,故事情节在客店场景中展开,以对话方式呈现出二人相见的全过程。深夜五更,扣门声响起,紧张的氛围瞬间便弥漫开来,而后通过李靖的心理和行动刻画,"愈喜愈惧,瞬息万虑不安,而窥户者无停屦",进一步渲染并强化了这种紧张氛围,至最后"排闼而去",紧张氛围才得以消解。正是由于客店场景的运用,红拂妓夜奔的突然及其胆识、智慧,李靖的万虑不安及其胆略气概得以展现,并使二人结合充满惊奇,从而营构出一个完美的爱情奇遇故事。

红拂、李靖堪称奇人,红拂夜奔李靖于逆旅堪称奇事,而二人相会逆旅亦堪称奇情。第三单元,太原三侠相遇,故事场景是灵石旅舍:

将归太原,行次灵石旅舍,既设床,炉中烹肉且熟。张氏以发长委地,立梳床前。公方刷马,忽有一人,中形,赤髯如虬,乘蹇驴而来。投革囊于炉前,取枕欹卧,看张梳头。靖怒甚,未决,犹亲刷马。张氏熟观其面,一手握发,一手映身摇示公,令勿怒。急急梳头毕,敛衽前问其姓,卧客答曰:"姓张。"对曰:"妾亦姓张,合是妹。"遽拜之,问第几。曰:"第三。"问妹第几,曰:"最长。"遂喜曰:"今夕幸遇一妹。"张氏遥呼:"李郎且来拜三兄!"公骤拜之。遂环坐。曰:"煮者何肉?"曰:"羊肉,计已熟矣。"客曰:"饥。"公出市胡饼。客抽腰间匕首,切肉共食。食竟,余肉乱切送驴前食之,甚速。客曰:"观李郎之行,贫士也,何以致斯异人?"曰:"靖虽贫,亦有心者焉。他人见问,固不言。兄之问,则不隐耳。"具言其由。曰:"然则将何之?"曰:"将避地太原。"曰:"然吾故疑非君所致也。"曰:"有酒乎?"曰:"主人西,则酒肆也。"公取酒一斗,既巡,客曰:"吾有少下酒物,李郎能同之乎?"靖曰:"不敢。"于是开革囊,取出一人头并心肝,却头囊中,以匕首切心肝,共食之。曰:"此人天下负心者,衔之十年,今始获之,吾憾释矣。"又曰:"观李郎仪形器宇,真丈夫也。亦闻太原有异人乎?"曰:"尝识一人,愚谓之真人也。其余,将帅而已。"……言讫,乘驴而去,其行若飞,回顾已失。

情节的演绎同样是呈现式的,在灵石旅舍这一场景中,李靖红拂夫妇先至,张氏正梳头,李靖方刷马,炉中烹肉且熟,然后虬须客至——陌生人忽然出现,紧张氛围顿起,而此人又甚是无礼,"投革囊于炉前,取枕欹卧,看张梳头",似乎三人之间马上就要爆发冲突,紧张氛围几乎达到沸点。小说接下来以言语、动作以及背后的心理刻画,细致地展现了三人各自从陌生人到兄妹、同志的相识、相知过程,并言及"太原真人"为小说故事情节向下一单元过渡作铺垫。太原三侠相遇、相知的过程,是有别于红拂夜奔李靖的另一种奇人、奇事与奇情,是一种英雄之间的一见如故与由衷欣赏,也正是由于客店场景的运用,使这一过程充满了惊奇,从而构成一个英雄相遇的经典传奇故事。

可见,客店是演绎奇遇故事与制造惊奇效果的绝佳场景之一。基于俄国文艺理论家维克多·鲍里索维奇·什克洛夫斯基提出的"陌生化"理论,尤其在小说创作中,故事情节的陌生化是小说成功的重要因素。唐人小说客店奇遇故事中客店场景的运用,可以说天然地契合了这一理论。客店是营造陌生化效果的最佳场所之一,这与客店的现实特性与人们的普遍经验相关。在现实生活中,对于行旅之人而言,客店是熟悉的故乡之外的陌生环境,而客店所遇也是自己不熟悉的、来自四面八方的陌生人,陌生的环境与陌生的人物,作为客店暂住者的个体,必然以一种警觉而又好奇的眼光注视客店中的人与事,因为陌生,一切便自然而然地具有了奇幻性质,而这里突然有事发生,特别是当所发生之事又与己相关时,惊奇效果也自然十分强烈。唐人小说作者注意到了客店的这一天然特性,于是在小说故事特别是奇遇故事的营构中,客店便成为其场景设置的一个重要选项。同时,由于读者(无论何代)亦普遍具有栖止客店的经历,在小说阅读中也会因经验而更易产生共鸣。

而唐人旅行中的话异习惯,则是唐人奇遇故事多选择客店作为场景或背景,从而造成大量客店奇遇故事的重要因素。因科举等的需要,宦游成为唐人特别是士人的重要生活经历。而在宦游中,栖止逆旅则是经常性和普遍性的,唐代宦游士人在孤独的旅途与客店生活中,聚集一处,互道奇异故事是重要的消遣方式,这在唐人小说中多有言说与描写,许多唐人小说的创作与此相关。如李公佐的《庐江冯媪传》,即得之于是"宵话征异,各尽见闻":

  元和六年夏五月,江淮从事李公佐使至京,回次汉南,与渤海高钺、天水赵儹、河南宇文鼎会于传舍。宵话征异,各尽见闻。钺具道其事,公佐因为之传。①

又如《任氏传》的创作,沈既济在小说结尾处自言,也是"自秦徂吴"途中,"昼宴夜话,各征异说"得来:

  建中二年,既济自左拾遗与金吾将军裴冀、京兆少尹孙成、户部郎中崔儒、右拾遗陆淳,皆谪居东南,自秦徂吴,水陆同道。时前拾遗朱放,因旅游而随焉。浮颍涉淮,方舟沿流,昼宴夜话,各征其异说。众君子闻任氏之事,共深叹骇,因请既济传之,以志异云。②

而《东阳夜怪录》更是这样一篇具有标本意义的小说。小说开篇云故事得于逆旅话异:

  前进士王洙,字学源,其先琅琊人。元和十三年春擢第,尝居邹鲁间名山习业,洙自云前四年时,因随籍入贡,暮次荥阳逆旅,值彭城

---

① 李公佐:《庐江冯媪传》,汪辟疆校录《唐人小说》,上海古籍出版社1983年版,第118页。

② 沈既济:《任氏传》,李剑国辑校《唐五代传奇集》第二编卷一,中华书局2015年版,第443页。

客秀才成自虚者,以家事不得就举,言旋故里,遇洙,因话辛勤往复之意,自虚字致本,语及人间目睹之异……①

小说故事的主要情节,则更是艺术地展示了逆旅客人聚集一处话异的情景,只不过话异之地是在一"佛宇"而已。成自虚从渭南县归逆旅途中,遇风雪栖一庙中,遇病橐驼、乌驴、瘠牛、老鸡、驳猫、刺猬、犬诸物所化僧智高、卢倚马、朱中正、奚锐金、苗介立、胃藏瓠、胃藏立、敬去文,一夕谈论,天晓寻查,乃知是怪。《东阳夜怪录》形象地呈现出唐代士人行旅途中的话异习惯。当然,唐人也不仅仅在逆旅话异,三五相聚,朋会宴乐,也常常征奇话异。如沈亚之《异梦录》云:

元和十年,沈亚之以记室从陇西公军泾州。而长安中贤士,皆来客之。五月十八日,陇西公与客期,宴于东池便馆。既坐,陇西公曰:"余少从邢凤游,得记其异,请语之。"客曰:"愿备听。"陇西公曰……②

元稹《莺莺传》云:

时人多许张为善补过者。予尝于朋会之中,往往及此意者,夫使知者不为,为之者不惑。贞元岁九月,执事李公垂宿于予靖安里第,语及于是,公垂卓然称异,遂为《莺莺歌》以传之。崔氏小名莺莺,公垂以命篇。③

而唐人小说的主要作者群正是这些士人,故他们在进行小说创作特别是奇遇故事的创作时,将客店作为主要场景或背景也就是十分自然的事了。

---

① 王洙:《东阳夜怪录》,李昉等《太平广记》卷四九〇,中华书局 2003 年版,第 4023 页。
② 沈亚之:《异梦录》,李剑国辑校《唐五代传奇集》第二编卷一三,中华书局 2015 年版,第 822 页。
③ 元稹:《莺莺传》,汪辟疆校录《唐人小说》,上海古籍出版社 1983 年版,第 168 页。

在唐人客店奇遇故事中，以各种面目出现的客店具有重要意义，不仅在故事情节营构中承担着特殊的小说功能，对客店奇遇故事独特美学品格的形成也有着关键影响。小说中对这些散落各处的客店虽多未作具体的描摹，但由于客店在现实生活中的普遍存在以及几乎所有读者都存在的客店生活经验，这些小说中寥寥数笔勾勒出的客店，与相应的奇事、奇人、奇情相结合，形成一个个意蕴独特的客店意象。这些客店意象，除了具有小说的审美价值之外，也具有特殊的文化意蕴，亦即唐人客店奇遇故事中的客店，对于那个早已消失在历史烟尘中的时代，对于那个时代的人们及他们的日常生活，实又有着标本意义。

参 考 文 献

《太平广记》，[宋]李昉等编，中华书局，2003。
《太平广记》，[宋]李昉等编，张国风会校，燕山出版社，2011。
《唐五代笔记小说大观》，《历代笔记小说大观》本，上海古籍出版社，2000。
《汉魏六朝笔记小说大观》，《历代笔记小说大观》本，上海古籍出版社，1999。
《全唐五代小说》，李时人编校，陕西人民出版社，1998。
《唐人小说》，汪辟疆校录，上海古籍出版社，1983。
《唐人小说》，[清]桃源居士编，上海文艺出版社影印本，1992。
《唐五代传奇集》，李剑国辑校，中华书局，2015。
《唐宋传奇品读辞典》，李剑国主编，新世界出版社，2007。
《说郛》，[元]陶宗仪编，《说郛三种》本（涵本），上海古籍出版社，1988。
《说郛》，[明]陶珽重辑，《说郛三种》本（宛本），上海古籍出版社，1988。
《顾氏文房小说》，[明]顾元庆辑，民国十四年上海商务印书馆据明本影印。
《古今说海》，[明]陆楫等辑，巴蜀书社，1988。
《五朝小说大观》，上海文艺出版社影印本，1991。
《旧小说》，吴曾祺编，上海书店影印本，1985。
《汉魏六朝小说选注》，徐震堮选注，上海古典文学出版社，1955。

《新辑搜神记 新辑搜神后记》，[晋]干宝撰，陶潜撰，李剑国辑校，中华书局，2012。

《博物志校正》，[晋]张华撰，范宁校正，中华书局，1980。

《世说新语笺疏》，[南朝宋]刘义庆撰，[南朝梁]刘孝标注，余嘉锡笺疏，周祖谟等整理，上海古籍出版社，1996。

《玄怪录》，[唐]牛僧孺撰，程毅中点校，中华书局，2014。

《续玄怪录》，[唐]李复言撰，程毅中点校，中华书局，2014。

《前定录》，[唐]钟辂撰，文渊阁《四库全书》本。

《朝野佥载》[唐]张鷟撰，赵守俨点校，中华书局，2005。

《隋唐嘉话》，[唐]刘𫗧撰，赵守俨点校，中华书局，2005。

《明皇杂录》，[唐]郑处诲撰，田廷柱点校，中华书局，1994。

《传奇》，[唐]裴铏撰，周楞伽辑注，上海古籍出版社，1980。

《因话录》，[唐]赵璘撰，上海古籍出版社，1979。

《因话录》，[唐]赵璘撰，王宏治整理，《中华野史》唐朝卷，金锋主编，泰山出版社，2000。

《刘宾客嘉话录》，[唐]韦绚撰，上海古籍出版社，1985。

《刘宾客嘉话录》，[唐]韦绚撰，陈尚君、汪习波整理，《中华野史》唐朝卷，金锋主编，泰山出版社，2000。

《唐阙史》，[唐]高彦休撰，《丛书集成初编》本，中华书局，1985。

《法苑珠林》，[唐]道世撰，上海古籍出版社，1995。

《大唐西域记校注》，[唐]玄奘撰，季羡林等校注，中华书局，1985。

《北梦琐言》，[五代]孙光宪撰，贾二强点校，中华书局，2002。

《南部新书》，[宋]钱易撰，黄寿成点校，中华书局，2002。

《云麓漫钞》，[宋]赵彦卫撰，傅根清点校，中华书局，1998。

《东观余论》，[宋]黄伯思撰，中华书局影宋本《宋本东观余论》，1988。

《续谈助》，[宋]晁载之撰，《丛书集成初编》本，中华书局，1985。

《史通通释》，[唐]刘知幾撰，浦起龙释，上海古籍出版社，1978。

《史略校笺》,[宋]高似孙撰,周天游校笺,书目文献出版社,1987。

《史见》,[清]陈遇夫撰,《丛书集成初编》本,中华书局,1985。

《文史通义校注》,[清]章学诚撰,叶瑛校注,中华书局,1985。

《中国历代小说论著选》,黄霖、韩同文选注,江西人民出版社,1985。

《中国历代小说序跋集》,丁锡根编著,人民文学出版社,1996。

《中国小说史略》,鲁迅著,东方出版社,1996。

《中国小说的历史的变迁》,鲁迅著,《鲁迅全集》本,人民文学出版社,2005。

《唐人传奇》,吴志达著,上海古籍出版社,1981。

《唐人传奇》,李宗为著,中华书局,2003。

《唐代小说史话》,程毅中著,文化艺术出版社,1990。

《古代小说艺术教程》,张稔穰著,山东教育出版社,1991。

《中国文言小说史》,吴志达著,齐鲁书社,1994。

《中国小说源流论》,石昌渝著,三联书店,1994。

《中国古典小说的文体独立》,董乃斌著,中国社会科学出版社,1994。

《神怪情侠的艺术世界》,程毅中编,中共中央党校出版社,1994。

《中国古典小说史论》,杨义著,中国社会科学出版社,1995。

《中国小说发展史论》,王恒展著,山东教育出版社,1996。

《中国神怪小说通史》,欧阳健著,江苏教育出版社,1997。

《隋唐五代小说史》,侯忠义著,浙江古籍出版社,1997。

《唐五代志怪传奇叙录》(增订本),李剑国著,中华书局,2017。

《宋代志怪传奇叙录》(增订本),李剑国著,中华书局,2018。

《中国小说史漫稿》,李悟吾著,湖北教育出版社,1998。

《中国古代小说通论综解》,王增斌、田同旭著,中国文联出版公司,1999。

《小说艺术论》,马振方著,北京大学出版社,1999。

《文言小说审美发展史》,陈文新著,武汉大学出版社,2002。

《唐五代小说的文化阐释》,程国赋著,人民文学出版社,2002。
《唐代文言小说与科举制度》,俞钢著,上海古籍出版社,2004。
《小说史：理论与实践》,陈平原著,北京大学出版社,2005。
《唐前志怪小说史》,李剑国著,人民文学出版社,2011。

《孔子家语疏证》,陈士柯辑,上海书店,1987。
《论衡校释》,[汉]王充撰,黄晖校释,中华书局,1995。
《渚宫旧事》,[唐]余知古撰,文渊阁《四库全书》本。
《唐六典》,[唐]李林甫等撰,陈仲夫点校,中华书局1992。
《曲洧旧闻》,[宋]朱弁撰,孔凡礼点校,中华书局,2002。
《唐才子传校笺》,[元]辛文房撰,傅璇琮主编,中华书局,1990。
《升庵诗话笺证》,[明]杨慎撰,王仲镛笺证,上海古籍出版社1987。
《少室山房笔丛》,[明]胡应麟撰,上海书店出版社,2001。
《山堂肆考》,[明]彭大翼撰,文渊阁《四库全书》本。
《唐音癸签》,[明]胡震亨撰,上海古籍出版社,1985年。
《越缦堂读书记》,[清]李慈铭撰,由云龙辑,中华书局,2006。
《隋书经籍志考证》,[清]章宗源撰,《二十五史补编》本,中华书局,1998。
《隋书经籍志考证》,[清]姚振宗撰,《二十五史补编》本,中华书局,1998。
《元白诗笺证稿》,陈寅恪著,三联书店,2001。
《古稗斗筲录》,李剑国著,南开大学出版社,2004。

后 记

北方的春天来得稍晚,三月,风虽尚不免料峭,但桃树的枝干已微微泛红,柳枝也柔软了,而残雪点缀的草地,已荡漾着动人的绿意。冬去春来,季节变换,总让人心常恨恨。时光流逝,年华老去,却发现镜中的自己,智慧不增,学问未成,而鬓发已疏,怎不让人唏嘘!

数年来,沉溺于唐人小说。其始本严坐捧书,欲读出人所未道之佳处,冀成经世鸿文。然每每读来,却总是流连于满纸锦绣文章,绮思妙想,绝倒于其间翩翩情致,婉妙意趣。而会意之间,遂且欣且笑,且书且记,至于今日,乃有盈箧之积。条理之际,虽仍陶陶于得趣几许,而实颇有遗憾——于事无补,于世无益。然亦略知己之难成大事,此或略堪呈诸同好,倘得一哂一领,则不负灯火阑珊。

近日,遥远蜀中山乡的故园常无端萦于脑际。记忆中童年的那时那地,三月里,满山遍野正是绿油油的麦田,田埂间,三五树桃花、李花、杏花正相继开放。燕子刚刚回来,呢喃而语,诉说着一冬的思念……而我的小伙伴在哪里呢——许多人,我已经想不起他们的名字和模样。

过往如此悠远,早已无处追寻;过往又是如此亲近,仿佛就在昨天。常常感叹阮籍之穷途痛哭,羊祜之对景堕泪,或许,面对自然万古与人生倏忽,执着的意义追寻往往徒劳而苍白。青灯荧壁,夜阑人静,唯有天边月,怜人清寂,倚窗不去。这时,如果还有过往可堪追惜,还有阿堵可解人颐,虽不足道,却能让满室的月华顿生涟漪,便是意义。

熊明　甲午孟春识于耕烟堂

又 记

  青岛无风无雨的春天,树们的花期都很长,窗外的一行晚樱,两树梨花,几棵紫荆花,静静地盛开了近一个月,让我觉得这个春天特别美好。立夏前的一场夜雨,落花满地,枝头上始见新叶簇簇。晚樱与梨树上残红依稀,花瓣虽凋落殆尽,然而花蕊与花萼还在,点点猩红,也惹人怜惜。而紫荆的枝干上,紫荆花依然繁茂,枝条从上端不断冒出的嫩芽,逐渐向下,仿佛是在驱赶那些下端艳紫的花。立夏了,绿叶已经等不及花的慢慢凋落。

  我们也是如此,仿佛是在被催促着,一路向前,不经意就是许多年。

  时光荏苒,每回望那些已经逝去的岁月,总让人惊悚诧异:这么漫长的一段岁月,竟然就这么无声无息地过去了!而在这么漫长的岁月中,似乎每天都在忙碌,每天都在做着必须要做的紧要事情。日复一日,如此竟斑白了须鬓,衰老了容颜,佝偻了腰身,蹒跚了步履。而忆念事功,却殊无可称,更无论可慰平生了。心意惶惑茫然,无有措置处。

  好在一直痴迷于唐人小说,时时翻检,间有小悟。或许于博学鸿儒、博物君子而言,实在是不足道的小知小见,然而于我,却是这漫长的已逝去的时光中仅仅留下的一抹淡如烟水的痕迹,所以也特别珍惜。今幸有机缘修订前作,便也乘机略补一二新得。

  绿荫渐浓,窗外一行晚樱,两树梨花,几棵紫荆花,她们的枝头上曾经盛开得那么灿烂,如今都已成为过往。随着年光的流逝,留在我记忆中她们盛放的样子,也将越来越模糊,越来越淡薄。我于是想:是否应该主动地反复重温，以便永远记住，今年春天，我看到的这些美丽和每望一眼就会有一片花瓣落下的情景？

熊明　庚子立夏识于耕烟堂